Fremdwörterlexikon

Fremdwörter Lexikon

Rund 20.000 Stichwörter und Begriffe leicht verständlich erklärt

area

Fremdwörterlexikon

Einbandgestaltung: Peter Mebus für Nova Libra Medien, Köln
Satz und Layout: Marion Heimel
Druck und Bindung: Bercker, Kevelaer
Printed in Germany 2003

ISBN 3-89996-101-3

Vorwort

Der Einzug fremdsprachiger Wörter in unsere Alltagssprache nimmt immer mehr zu. Inzwischen sind uns Begriffe wie „Seminar“, „aggressiv“, „Rushhour“, „gratis“ oder „toupieren“ schon so in Fleisch und Blut übergegangen, dass wir sie gar nicht mehr als Fremdwörter wahrnehmen. Viele Definitionen wurden bereits in die deutsche Sprache übernommen und eingedeutscht. Andere wiederum – das gilt vor allem für Fachbegriffe (beispielsweise „Software“, „Terminal“, „Seismograph“ usw.) – sind erst gar nicht ins Deutsche übersetzt worden. Ein gewisses Maß an Fremdwortkenntnissen ist deshalb für jeden von uns unerlässlich.
Im Alltag machen Fremdwörter unseren persönlichen Wortschatz bei der Konversation oder Korrespondenz variantenreicher und werten ihn entsprechend auf. Wir ersetzen „herstellen“ durch „produzieren“, „menschenwürdig“ durch „human“, aus einer „Rückschau“ wird eine „Retrospektion“ und aus einer simplen „Aussage“ ein „Statement“. Auch klingt der Begriff „Impertinenz“ einfach besser als „Unverschämtheit“. Und „Kretin“ hört sich doch allemal weniger beleidigend an als das althergebrachte „Schwachkopf“ – obwohl es das gleiche aussagt.

Dieses Wörterbuch enthält und erklärt nicht nur weit über 15.000 Fremdwörter aus allen nur erdenklichen Bereichen, sondern gibt auch viele Hinweise auf ihre Bedeutung und Herkunft. Hinter jedem Begriff ist sowohl das grammatische Geschlecht als auch – soweit bekannt – die ursprüngliche Herkunftssprache genannt.
Die Stichwörter sind alphabetisch geordnet. Hat ein Stichwort mehrere Bedeutungen, dann sind diese durch Ziffern voneinander getrennt.

Abkürzungen

Abk. ..... Abkürzung
abwert. ... abwertend
afrik. ..... afrikaans
ägypt. .... ägyptisch
altind. .... altindisch
altisl. ..... altisländisch
altnord. ... altnordisch
amerik. .. amerikanisch
arab. ..... arabisch
aram. .... aramäisch
austral. ... australisch
aztek. .... aztekisch
Bed. ..... Bedeutung
bes. ...... besonders
Bez. ...... Bezeichnung
brasil. .... brasilianisch
bzw. ...... beziehungsweise
ca. .... circa
chem. .... chemisch
chin. ..... chinesisch
dän. ...... dänisch
d.h. ...... das heißt
dt. .... deutsch
ehemal. .. ehemalig
eigtl. ..... eigentlich
Eigw. .... Eigenschaftswort
einged. ... eingedeutscht
elektr. .... elektrisch
engl. ..... englisch
entspr. ... entsprechend
eskim. ... eskimoisch
europ. .... europäisch
evang. .... evangelisch
Ez. .... Einzahl
finn. ..... finnisch
frz. .... französisch
gäl. ...... gälisch
gebr. ..... gebräuchlich od. gebraucht
gegr. ..... gegründet
germ. .... germanisch
ggf. ...... gegebenenfalls
Ggs. ..... Gegensatz
gr. .... griechisch
hait. ...... haitisch
hawai. .... hawaiisch
hebr. ..... hebräisch
Herk. .... Herkunft
Hptw. .... Hauptwort
ind. ...... indisch
indian. ... indianisch
indones. .. indonesisch
isl. .... isländisch
itl. .... italienisch
jap. ...... japanisch
jav. .... javanisch
Jh. .... Jahrhundert
jidd. ...... jiddisch
jmd. ...... jemand
jmdm. .... jemandem
jmdn. .... jemanden
jmds. ..... jemandes
karib. .... karibisch
kath. ..... katholisch
kelt. ...... keltisch
korean. ... koreanisch
kreol. .... kreolisch
lat. .... lateinisch
m. .... männlichen Geschlechts
malai. .... malaiisch
mexik. ... mexikanisch

mhd. ..... mittelhochdeutsch
mong. .... mongolisch
mytholog. mythologisch
Mz. ...... Mehrzahl
n. Chr. ... nach Christus
nepales. .. nepalesisch
niederl. .. niederländisch
norw. ..... norwegisch
o.Ä. ...... oder Ähnliches
o.Art. .... ohne Artikel
od. .... oder
o.g. ...... oben genannt
österr. .... österreichisch
pers. ..... persisch
peruan. ... peruanisch
philos. ... philosophisch
poln. ..... polnisch
port. ..... portugiesisch
provenz. . provenzalisch
rd. .... rund
röm. ..... römisch
roman. ... romanisch
rumän. ... rumänisch
russ. ..... russisch
s. .... sächlichen Geschlechts
sanskr. ... sanskritisch
schott. ... schottisch
schwed. .. schwedisch
semit. .... semitisch
serb. ..... serbisch
singhal. .. singhalesisch
skand. .... skandinavisch
slaw. ..... slawisch
slowen. .. slowenisch
sog. ...... so genannt
span. ..... spanisch
tägl. ...... täglich
tahit. ..... tahitisch
tamil. .... tamilisch
tibet. ..... tibetisch
tschech. ... tschechisch
tungus. ... tungusisch
türk. ..... türkisch
u.a. ...... und andere(s)
u.Ä. ...... und Ähnliche(s)
ugs. ...... umgangssprachlich
unbek. ... unbekannt
ungar. .... ungarisch
urspr. .... ursprünglich
usw. ...... und so weiter
v. Chr. .... vor Christus
vgl. ...... vergleiche
viell. ..... vielleicht
w. .... weiblichen Geschlechts
walis. .... walisisch
wörtl. .... wörtlich
Wz. ...... Warenzeichen
z.B. ...... zum Beispiel
z.T. ...... zum Teil
Ztw. ...... Zeitwort
zz. .... zurzeit
z. Z. ...... zur Zeit

à *(frz.)* für, je, zu, das Stück zu

A-, **a-** *(gr.)*, **Ab-**, **ab-** *(lat.)* als Vorsilbe: weg, ab, ent-, nicht

Abakus *m. (gr.-lat.)* 1. antikes Rechen- bzw. Brettspiel; 2. Säulenabdeckplatte beim Kapitell

Abandon *m. (frz.)* Abtretung von Rechten oder Vermögen

Abasie *w. (gr.)* Unfähigkeit zu gehen; **abatisch** an Abasie leidend

Abaton *s. (gr.)* Altarraum in orthodoxen Kirchen

Abba *m. (aram.)* 1. Gebetsanrede für Gott im Neuen Testament; 2. alte Anrede an Geistliche der Ostkirche

Abbasiden *Mz.* Kalifengeschlecht im Mittelalter (Nachfolger von Mohammeds Onkel Abbas)

Abbé *m. (frz.)* Titel, kath. Weltgeistlicher in Frankreich

Abbreviatur *w.* Abkürzung in Schrift und Notenschrift; **abbreviieren** abkürzen

Abderit *m.* Einfaltspinsel (benannt nach den Einwohnern der altgriechischen Stadt Abdera)

Abdikation *w. (lat.)* Abdankung, Verzicht; **abdizieren** abdanken, zurücktreten

Abdomen *s.* *(lat.)* 1. Bauch, Unterleib; 2. Hinterteil bei Gliedertieren;
abdominal das Abdomen betreffend

Abdominalgravidität *w.* Bauchhöhlenschwangerschaft

Aberration *w.* *(lat.)* 1. Abbildungsfehler bei optischen Systemen; 2. Abweichungen bei einer Tier- oder Pflanzenart

abhorreszieren *(lat.)* 1. verabscheuen; 2. zurückschrecken

Abiogenese *w.* *(gr.)* Theorie von der Entstehung des Ur-Lebens aus Unbelebtem

Abiose, Abiosis *w.* *(gr.)* Lebensunfähigkeit, Absterben von Gewebe

Abitur *s.* *(lat.)* Reifeprüfung; **Abiturient** *m.* jmd., der die Reifeprüfung ablegen möchte oder abgelegt hat

Abjudikation *w.* *(lat.)* Aberkennung;
abjudizieren aberkennen, absprechen

Ablaktation *w.* *(lat.)* Entwöhnung;
ablaktieren abstillen

Ablation *w.* *(lat.)* Abtragung durch Wind und Regen, Abschmelzen von Gletschern

abnorm *(lat.)* von der Regel abweichend

Abolition *w.* *(lat.)* 1. Abschaffung der Sklaverei; 2. Niederschlagung eines Strafverfahrens

abominabel *(frz.)* abstoßend, widerlich, abscheulich

Abonnement *s.* *(frz.)* Dauerbezug

Aborigines *Mz.* (*lat.-engl.*) Ureinwohner (bes. Australiens)

Abort, Abortus *m.* *(lat.)* Fehlgeburt; **abortieren** fehlgebären

ab ovo *(lat.)* von Beginn an

abqualifizieren *(lat.)* Eignung absprechen

Abrakadabra *s.* *(unbek. Herk.)* Zauberwort

Abrasion *w.* *(lat.)* 1. „abschleifende" Wirkung der Meeresbrandung; 2. Ausschabung (der Gebärmutter)

Abraxas *m.* *(gr.)* gnostisches Geheimwort (für Gott); **Abraxasstein** *m.* Gemme, Amulett, Ring mit einem Abraxas

abreagieren *(lat.)* von Erregung und Spannung befreien; Hptw. **Abreaktion** *w.* Lösung seelischer Spannung

Abrogation *w.* *(lat.)* Abschaffung bzw. Aufhebung eines Gesetzes;
abrogieren abschaffen, aufheben, zurücknehmen

abrupt *(lat.)* jäh, unvermittelt, unerwartet, zusammenhanglos

Absence *w.* *(frz.)* kurze Geistesabwesenheit

absent *(lat.)* abwesend; **in absentia (-zia)**

in Abwesenheit; **sich absentieren** sich entfernen

Absinth *m. (gr.-lat.)* Wermutbranntwein

absit! *(lat.)* Bewahre!

absolut *(lat.)* 1. ohne Einschränkung; 2. unbedingt; 3. völlig; **absolutistisch** autoritär, uneingeschränkt, unbeschränkt, unumschränkt, diktatorisch, totalitär, allgewaltig

Absolution *w.* Befreiung von Sünden, Sündenerlass, Lossprechung, Freisprechung, Ablass, Vergebung; **Absolution erteilen**

Absolutismus *m.* 1. Alleinherrschaft; 2. Zeitalter der uneingeschränkten Fürstenherrschaft; Eigw. **absolutistisch**

absolvieren durchlaufen, erfolgreich abschließen; Hptw. **Absolvierung** *w.* 1. Ablegung; 2; Erledigung; **Absolvent** *m. (lat.)* jmd., der die Schule, einen Lehrgang oder eine Studium erfolgreich beendet hat

Absorber *m. (engl.)* Gerät zum Aufsaugen von Gasen (in Kältemaschinen); **absorbieren** *(lat.)* 1. aufsaugen; 2. restlos beanspruchen; 3. verschlucken (von Licht, Strahlung); Hptw. **Absorption** *w.* **absorptiv** einsaugend, verschluckend

abstinent *(lat.)* enthaltsam; Hptw. **Abstinenz** *w.* Enthaltsamkeit, Enthaltung; **Abstinenzler** *m.* enthaltsamer Mensch; **Abstinent** *m.* Antialkoholiker, Alkoholgegner, (ugs.) Enthaltsamkeitsapostel

Abstract *s. (engl.)* kurze Inhaltsangabe, kurzer Abriss

abstrahieren *(lat.)* 1. abziehen, absehen von, beiseite lassen; 2. verallgemeinern, zum Begriff erheben; **abstrakt** begrifflich; theoretisch; unanschaulich; **abstrakte Kunst** vom Gegenständlichen abgehende Kunst; **Abstraktion** *w.* Verallgemeinerung, etwas Nichtgegenständliches

abstrus *(lat.)* dunkel, verworren, unklar, absonderlich, unverständlich

absurd *(lat.)* verworren, unsinnig, widersinnig, sinnlos, abwegig; **Absurdität** *w.* Widersinn

Abszess *m. (lat.)* Eiterherd, Geschwür; **abszedieren** eitern

Abszisse *w. (lat.)* waagerechte Achse im Koordinatensystem

abturnen *(engl.)* die Stimmung vermiesen

Abu *m. (arab.)* Bestandteil arab. Namen (Bedeutung: Vater)

Abulie *w. (gr.)* Willenlosigkeit, Unentschlossenheit

abundant *(lat.)* reichlich, überfließend;

Abundanz *w.* Überfluss, Überangebot
ab urbe condita *(lat.)* altrömische Zeitrechnung
Abusus *m.* *(lat.)* übermäßiger Gebrauch, Missbrauch; **abusiv** missbräuchlich
Abyssus *m.* *(gr.)* 1. Meerestiefe; 2. Abgrund; **abyssisch** aus abgründiger Tiefe stammend
a cappella *(itl.)* Gesang ohne Instrumentalbegleitung
accel. Abk. für **accelerando** *(itl.)* Musik: schneller lebhafter werdend
Accessoire *s.* *(frz.)* modisches Zubehör
Accountant *m.* *(engl.)* Wirtschaftsprüfer
accresc. Abk. für **accrescendo** *(itl.)* Musik: anschwellend, stärker
Accrochage *w.* *(frz.)* Ausstellung aus den eigenen Beständen einer Galerie
Acetat *w.* Kunstseide aus Zellulose-Acetat
Aceton *s.* Lösungsmittel
Acetylen *s.* brennbarer, gasförmiger Kohlenwasserstoff
Achat *m.* *(gr.)* Schmuckstein; Eigw. **achaten**
Acheron *m.* *(gr.)* Fluss in der Unterwelt; **acherontisch** unterweltlich
Acheuléen *s.* *(frz.)* Kulturstufe der älteren Steinzeit
Achillessehne *w.* *(gr.)* Sehne in der Wadenmuskulatur; **Achillesferse** *w.* wunder, neuralgischer Punkt eines Menschen, seine empfindliche, verwundbare Stelle
achromatisch *(gr.)* klare, unverzerrte Farben; **Achromat** *m.* Objektiv bzw. Linse; **Achromasie** *w.*, **Achromatismus** *m.* Brechung des Lichts ohne dessen Zerlegung in Farben; **Achromatopsia** *w.* Farbenblindheit
Acid *s.* *(engl.)* Rauschgift (LSD)
Acidimetrie *w.* *(lat.)* bestimmt den Säuregehalt; **Acidität** *w.* Säuregehalt einer Lösung
à condition *(frz.)* unter Vorbehalt, bedingt
a conto *(itl.)* auf Abschlag
Acre *m.* *(engl.)* englisches Flächenmaß (40,5 Ar)
Acrylfarben *Mz.* Kunstharzdispersionsfarben
Action *w.* *(engl.)* Spannung, Handlungsreichtum
Actionfilm *m.* Film mit viel Aktion und wenig Dialog
Actionpainting Aktionsmalerei
A. D. = Anno Domini
a. d. = a dato
Ad-, ad- *(lat.)* als Vorsilbe: zu, hinzu

ad absurdum *(lat.)* **führen** die Sinnlosigkeit einer Behauptung nachweisen, widerlegen

ad acta *(lat.)* **legen** zu den Akten legen, als erledigt betrachten

Adagietto *s. (ital.)* Musik: langsames Adagio; **adagio** getragen; **Adagio** *s.* langsamer Satz eines Musikstückes; **adagio assai** sehr langsam; **molto adagissimo** äußerst langsam

Adagium *s. (lat.)* Sprichwort

Adapter *m. (engl.)* Stecker oder Gerät zur Anpassung elektrischer Apparate oder Stecker; **Adaption, Adaptation** *w. (lat.)* Anpassung, Umarbeitung; **adaptieren** anpassen, umarbeiten; **adaptiv** auf einer Adaption beruhend

adäquat *(lat.)* angemessen, entsprechend, passend

a dato *(lat.)* vom Tage des Datums an

ad calendas graecas, ad kalendas graecas *(lat.)* am Nimmerleinstag

addieren *(lat.)* zusammenzählen, zusammenrechnen, hinzufügen; **Addition** *w.* Zusammenrechnung, Summierung; **additional, additionell** nachträglich, zusätzlich; **additiv** durch Addition entstanden; **Additiv** *s.* Zusatz zur Qualitätsverbesserung

addizieren *(lat.)* zuerkennen, zusprechen, zuschreiben

Adduktion *w. (lat.)* heranziehende Bewegung; **adduktiv** heranziehend; **Adduktor** *m.* heranziehender Muskel (Mz. Adduktoren)

à demi *(frz.)* zur Hälfte

Adenitis *w. (gr.)* Drüsenentzündung, Lymphknotenentzündung; **Adenoma** *s.* Drüsengeschwulst; **adenös** die Drüsen betreffend

Adept *m. (lat.)* Eingeweihter, Schüler

adhärent *(lat.)* aneinander haftend; **adhärieren** anhaften; **Adhäsion** *w.* 1. Aneinanderhaftung von Stoffen; 2. Anziehung

ad hoc *(lat.)* aus dem Augenblick heraus

ad hominem *(lat.)* **argumentieren** (demonstrieren) Beweis oder Erklärung auf das Verständnis eines bestimmten Menschen abstellen

ad honorem *(lat.)* ehrenhalber

adieu *(frz.)* Gott befohlen! Lebwohl!

Ädikula *w. (lat.)* Fenstereinfassung

Adipositas *w. (lat.)* Fettleibigkeit

à discrétion *(frz.)* nach Belieben

ad infinitum *(lat.)* endlos

Adjektiv *s. (lat.)* Eigenschaftswort

Adjudikation *w. (lat.)* Zuerkennung;

adjudizieren zuerkennen, zusprechen
adjungieren *(lat.)* zuordnen, beigeben
Adjunkt *(lat.)* Gehilfe
Adjunktion *w.* Beifügung
adjustieren *(lat.)* eichen, normen; **Adjustierung** *w.* Eichung, Normung
Adjutant *m. (lat.)* unterstützender Offizier
Adlatus *m. (lat.)* Helfer
ad libitum *(lat.)* nach Belieben, beliebig
ad maiorem Dei gloriam *(lat.)* zur größeren Ehre Gottes
Administration *w. (lat.)* Verwaltung, Verwaltungsbehörde; **administrativ** behördlich, verwaltungsmäßig; **Administrator** *m.* Verwalter
Admiral *m. (arab.-frz.)* 1. Seeoffizier im Generalsrang; 2. Schmetterling; **Admiralität** *w.* oberste Behörde der Kriegsmarine
Adnex *m. (lat.)* Anhang, Zusatz
ad notam *(lat.)* **nehmen** zur Kenntnis nehmen, sich merken
ad oculos *(lat.)* **demonstrieren** anschaulich machen, demonstrieren, zeigen, veranschaulichen
adoleszent *(lat.)* heranwachsend; **Adoleszenz** *w.* Jugendalter, Entwicklungsjahre
Adonai *(hebr.)* Jahwe im Alten Testament
Adonis *m. (griech.)* schöner Jüngling der griech. Mythologie; Eigw. **adonisch**
adoptieren *(lat.)* 1. Kind annehmen; 2. etwas nachahmen, aneignen; Hptw. **Adoption** *w.*; **Adoptivkind** *s.* angenommenes Kind
Adoration *w. (lat.)* Anbetung; Eigw. **adorabel**
ad referendum *(lat.)* zur Berichterstattung
ad rem *(lat.)* zur Sache
Adrema *w. (Wz.)* Kurzwort: Adressiermaschine
Adrenalin *s. (lat.)* Hormon des Nebennierenmarks
Adressat *m. (frz.)* Empfänger einer Sendung; **Adresse** *w.* Anschrift
adrett *(frz.)* sauber, nett, ordentlich
adsorbieren *(lat.)* anlagern; **Adsorption** *w.* Bindung von Gasen an feste Stoffe
ad spectatores *(lat.)* ans Publikum gerichtet (beim Schauspiel)
Adstringens *s. (lat.)* zusammenziehendes Mittel (Mz. Adstringenzien); **adstringieren** zusammenziehen, verengen
Adulter *m.*, **Adultera** *w. (lat.)* Ehebrecher(in)
ad usum *(lat.)* zum Gebrauch; **ad usum**

Delphini Literatur: von anstößigen Stellen gesäubert

Advantage *s. (engl.)* beim Tennis erster Punkt nach Einstand

Advent *m. (lat.)* 1. die vier Wochen vor Weihnachten, Vorweihnachtszeit; 2. Sonntag in der Vorweihnachtszeit, Adventssonntag.

Adverb *s. (lat.)* Umstandswort; **adverbial** als Umstandswort gebraucht

adversativ *(lat.)* gegensätzlich, entgegengesetzt

Advertising *s. (engl.)* Werbung

Advertising Agency *w. (engl.)* Werbeagentur

Advocatus Diaboli *m. (lat.)* jmd., der die Position der Gegenseite einnimmt

Advokat *m. (lat.)* Rechtsanwalt, Rechtsbeistand, Fürsprecher, Anwalt

Adynamie *w. (gr.)* Schwäche, Kraftlosigkeit; **adynamisch** schwach, kraftlos

Aero-, aero- (*gr.*) als Vorsilbe: Luft; **Aerodynamik** *w.* Lehre von den Bewegungsgesetzen der Luft; **aerodynamisch** windschlüpfig; **Aerologie** *w.* Erforschung höherer Luftschichten in der Meteorologie; **Aeronautik** *w.* Luftfahrtkunde; **Aerostatik** *w.* Lehre von den Gleichgewichtszuständen der Luft

Affäre *w. (frz.)* 1. peinlicher Vorfall; 2. Liebesverhältnis

Affekt *m. (lat.)* Gemütsbewegung, Erregung; **affektiert** geziert, gekünstelt; **Affektation** *w.* affektiertes Benehmen; **Affektion** *w.* Erkrankung; **affektiv** affektbetont; **Affektivität** *w.* Gesamtheit der menschlichen Gefühle und Stimmungen

affettuoso, con affetto *(itl.)* Musik: leidenschaftlich, gefühlsbetont

Affiche *w. (frz.)* Anschlag, Aushang, Plakat; Ztw. **affichieren**

Affidavit *s. (lat.)* 1. eidesstattliche Versicherung; 2. Bürgschaft

affin *(lat.)* 1. wesensverwandt; 2. Chemie: reaktionsfähig; **affinieren** reinigen, scheiden, trennen; **Affinität** *w.* 1. Anziehungskraft; 2. Reaktionsbereitschaft

Affirmation *w. (lat.)* Bejahung, Bekräftigung, Zustimmung; **affirmativ** bejahend, bekräftigend, zustimmend

affixieren *(lat.)* reizen, krankhaften Vorgang auslösen; **affiziert** gereizt, befallen

Affront *m. (frz.)* herausfordernde Beleidigung, Brüskierung

affrös *(frz.)* abscheulich

Afghane *m.* afghanischer Windhund

à fonds perdu *(frz.)* auf Verlustkonto

a fortiori *(lat.)* erst recht, umso mehr

Afrikaans *s. (niederl.)* Sprache der südafrikanischen Buren

Aftershave *(engl.)* Rasierwasser

Aga, Agha *m. (türk.)* 1. Herr; 2. Titel türkischer Offiziere; **Agha Khan** *m.* Oberhaupt

Agape *w. (gr.)* 1. Gottesliebe, Nächstenliebe; 2. Liebesmahl, Speisung der Armen

Agave *w. (gr.)* Pflanze, Gattung der Amaryllisgewächse

Agenda *w. (lat.)* 1. Merkbuch; 2. Terminkalender; 3. Verhandlungspunkte; **Agende** *Mz.* Gottesdienstordnung

Agens *s. (lat.)* treibende Kraft, wirkende Ursache (Mz. Agenzien)

Agent *m. (lat.)* 1. Vertreter, Vermittler, Unterhändler; 2. Geheimaufträge ausführender Spion, Geheimagent, Geheimdienstler, Späher, Spitzel, Saboteur; 3. Handelsvertreter; **Agent provocateur** *m. (frz.)* Lockspitzel; **Agentur** *w.* 1. Geschäftsstelle; 2. Künstlervermittlungsbüro; 3. Nachrichtenbüro

Agglomerat *s. (lat.)* zusammengeballtes Gestein; **Agglomeration** *w.* Zusammenballung, Konzentration (z.B. von Vorstädten); **agglomerieren** zusammenballen, anhäufen

Agglutination *w. (lat.)* Verklebung, Verklumpung (von Zellen); **agglutinieren** zusammenballen, zusammenkleben

Aggregat *s. (lat.)* Maschinensatz; **Aggregatzustand** *m.* feste, flüssige oder gasförmige Erscheinungsform der Körper

Aggression *w. (lat.)* Angriff, Überfall, Angriffskrieg; **aggressiv** einen Angriffskrieg planend, kriegslüstern, kriegstreiberisch, angriffslustig, militant, eroberungsdurstig, kämpferisch, streitsüchtig, provozierend; **Aggressivität** *w.* Angriffslust, Angriffsverhalten; **Aggressor** *m.* Angreifer (Mz. Aggressoren)

Ägide *w. (gr.)* Leitung, Schirmherrschaft

agieren *(lat.)* handeln; auftreten als

agil *(lat.)* flink, gewandt, beweglich, geschäftig; Hptw. **Agilität** *w.*; **agile** *(itl.)* Musik: leicht

Agio *s. (itl.)* Aufgeld, Aufschlag; **Agiotage** *w. (itl.-frz.)* Börsenspekulation mit Kursdifferenzen; **Agioteur** *m.* Börsenspekulant; **agiotieren** Kursschwankungen nutzen

Agitation *w. (lat.)* Propaganda
agitato *(itl.)* Musik: heftig
Agitator *m. (lat.)* jmd., der Agitation betreibt; **agitieren** Propaganda treiben
Agitprop *w.* Verbindung aus: Agitation und Propaganda
Agnat *m. (lat.)* Blutsverwandter väterlicher Seite; **agnatische Erbfolge** männliche Erbfolge
Agnomen *s. (lat.)* Beiname (Mz. Agnomina)
Agnostiker *m. (lat.)* Anhänger der Lehre von der rationalen Unerkennbarkeit des Göttlichen, des Metaphysischen; Hptw. **Agnostizismus** *m.*; Eigw. **agnostizistisch**; **agnoszieren** *(lat.)* anerkennen
Agnus Dei *s. (lat.)* Lamm Gottes
à gogo *(frz.)* nach Belieben
Agon *m. (gr.)* Wettkampf in der Antike; **agonal** wettkampfmäßig; **Agonie** *w.* Todeskampf; **Agonist** *m.* Wettkämpfer
Agonie *(gr.-lat.)* Todeskampf; **in Agonie liegen** sterben
Agrar *(gr.)* Landwirtschaft; **Agrarier** *m.* Landbesitzer, Großgrundbesitzer; **agrarisch** landwirtschaftlich; **Agronom** *m.* ausgebildeter Landwirt; **Agronomie** *w.* Landwirtschaftswissenschaft; Eigw. **agronomisch**
Agreement *s. (engl.)* Übereinkunft
Agrikultur *w. (lat.)* Ackerbau, Landwirtschaft
Ahasver *m. (hebr.-lat.)* umherirrender, ruheloser Mensch; **ahasverisch** ruhelos umherirrend
ai = *amnesty international*
Aide-mémoire *w. (frz.)* schriftliche Fixierung
Aids *s. (engl.)* „acquired immune deficiency syndrome“: Immundefektsyndrom, Infektion mit dem HIV-Virus
Air *s. (frz.)* Fluidum
Airbag *m. (engl.)* Sicherheitsluftsack im Auto, Prallsack
Aikido *s. (jap.)* Kampftechnik
Airbus *m. (engl.)* Großraumflugzeug
Aircondition *w. (engl.)* Klimaanlage
Airmail *(engl.)* Luftpost
Airport *m. (engl.)* Flughafen
Ajatollah *m. (pers.)* schiitischer Geistlicher
à jour *(frz.)* auf dem Laufenden sein
Akademie *w. (gr.)* Hochschule, wissenschaftliche Gesellschaft
Akademiker *m.* 1. Person mit Hochschulbildung, Hochschulabsolvent, Wissenschaftler; 2. Akademiemitglied; **akademisch** wissenschaftlich, gelehrt

Akanthus *m. (gr.)* Blattornament am korinthischen Kapitell

Akelei *w. (lat.)* Zierpflanze aus der Familie der Hahnenfußgewächse

Akinesie *w. (gr.)* Sichtotstellen bei Tieren; **akinetisch** unbeweglich, bewegungsarm

Akklamation *w. (lat.)* 1. Beifall; 2. Zustimmung; **akklamieren** zustimmen

Akklimatisation *w. (gr.-lat.)* Anpassung; **akklimatisieren** sich eingewöhnen

akkommodabel *(lat.)* anpassungsfähig, zweckmäßig; **Akkommodation** *w.* Angleichung, Anpassung; **akkommodieren** anpassen, angleichen; **sich akkommodieren** sich einigen, sich vergleichen

Akkompagnement *s. (frz.)* musikalische Begleitung; **akkompagnieren** instrumental begleiten

Akkord *m. (frz.)* 1. das Zusammenklingen von mindestens 3 Tönen; auch Wohlklang; 2. Arbeit für Stücklohn Akkordarbeit; 3. Vergleich zwischen Schuldner und Gläubiger; **Akkordeon** *s.* Ziehharmonika, Handharmonika; **akkordieren** einen Vergleich eingehen

akkreditieren *(frz.)* 1. beglaubigen, bevollmächtigen; **Akkreditiv** *s.* 1. Beglaubigungsschreiben; 2. Kreditbrief

Akkumulation *w. (lat.)* Anhäufung, Ansammlung; **Akku** *m.* 1. Stromspeicher; 2. Speicherzelle; **akkumulieren** anhäufen, speichern

akkurat *(lat.)* sorgfältig, ordentlich; **Akkuratesse** *w. (frz.)* Genauigkeit, Ordnungsliebe

Akkusativ *m. (lat.)* der 4. Kasus (Wenfall)

Akme *w. (gr.)* Gipfel, Höhepunkt einer Krankheit

Akne *w. (gr.)* Hautausschlag, Pickel

akquirieren *(lat.)* 1. anschaffen;

Akquisiteur *m.* Kundenwerber; **Akquisition** *w.* Kundenwerbung

Akribie *w. (gr.)* peinliche Sorgfalt; Eigw. **akribisch**

Akrobat *m. (gr.)* Artist; **Akrobatik** *w.* Artistik Eigw. **akrobatisch**

Akromegalie *w. (gr.)* Riesenwuchs

Akropolis *w. (gr.)* Oberstadt, Stadtburg altgriechischer Städte

Akrostichon *s. (gr.)* Gedicht

Akt *m. (lat.)* 1. Handlung; 2. Zeremonie; 3. Koitus; 4. Darbietung; 5. Aufzug; 6. künstlerische Darstellung des nackten Körpers

Akte *w.* *(lat.)* Sammlung zusammengehöriger Schriftstücke (Mz. Akten)

Akteur *m.* *(frz.)* Schauspieler

Aktie *w.* *(lat.)* Anteilschein einer Aktiengesellschaft; **Aktionär** *m.* Aktienbesitzer

Aktinometer *s.* *(gr.)* Messgerät für Sonnenstrahlung; **aktinomorph** strahlenförmig

Aktion *w.* *(lat.)* Handlung, Unternehmung, Tun

Aktionismus *m.* von Aktion zu Aktion getrieben sein; Eigw. **aktionistisch**

Aktionsradius *m.* Wirkungsbereich

aktiv *(lat.)* tätig, unternehmend

Aktiv *s.* Tätigkeitsform des Zeitworts; **Aktiva** *Mz.* Guthaben; **Aktivität** *w.* Unternehmungsgeist, Tätigkeitsdrang; **aktivieren** in Bewegung bringen; **Aktivismus** *m.* zielstrebiges Handeln; Eigw. **aktivistisch**

Aktrice *w.* *(frz.)* Schauspielerin

aktualisieren *(lat.)* auf den neuesten Stand bringen; Hptw. **Aktualisierung** *w.*; **Aktualität** *w.* 1. Gegenwartsnähe, Tagesbezogenheit; 2. das Wirksamsein; **aktuell** gegenwartsnah, zeitnah

Akupunktur *w.* *(lat.)* Heilbehandlung mit Nadeln

Akustik *w.* *(gr.)* 1. Lehre vom Schall; 2. Klangverhältnisse in einem Raum; Eigw. **akustisch**

akut *(lat.)* wichtig, vordringlich

Akzedenz *w.* *(lat.)* Beitritt, Bewilligung; **akzedieren** beistimmen, beitreten

Akzeleration *w.* *(lat.)* Beschleunigung; **akzelerieren** beschleunigen

Akzent *(lat.)* 1. Aussprache; 2. Betonung; 3. Tonzeichen; **akzentuieren** betonen, hervorheben

Akzept *s.* *(lat.)* Anerkennung; **akzeptabel** annehmbar; **Akzeptanz** *w.* Billigung; **akzeptieren** billigen, annehmen, sich einverstanden erklären

akzessorisch *(lat.)* nebensächlich, untergeordnet

akzidentiell *(lat.)* zufällig, beiläufig

à la *(frz.)* nach Art von

Alabaster *m.* *(gr.)* marmorartiger Gips

à la bonne heure! *(frz.)* sehr gut!

à la carte *(frz.)* nach der Speisekarte

Alalie *w.* *(gr.)* fehlendes Sprachvermögen

à la longue *(frz.)* auf die Dauer

à la mode *(frz.)* modisch

Alarm *m.* *(frz.-itl.)* Ruf zum Einsatz, Warnsignal, Rettungssignal; **alarmierend** beunruhigend

à la suite *(frz.)* Ehrenstellung

Alaun *m. (lat.)* Doppelsulfat zur Blutstillung
Albatros *m. (arab.-span.)* Seevogel
Albe *w. (lat.)* weißes Chorhemd eines kath. Geistlichen
Albergo *s. (itl.)* Wirtshaus, Herberge
Albinismus *m. (lat.)* Pigmentmangel bei Mensch und Tier
Albino *m.* Mensch oder Tier mit Pigmentmangel
Alcantara *s. (Wz.)* Wildlederimitat
Alchemie *w. (arab.-gr.)* 1. Goldmacherkunst; 2. mittelalterliche Chemie; **Alchimist** *m.* Chemiker des Mittelalters
al corso *(itl.)* zu laufenden Börsenkursen
Aldehyd *s. (gr.)* Alkohol ohne Wasserstoff
al dente *(itl.)* bissfest
Ale *s. (engl.)* englisches Bier
alea iacta est *(lat.)* Der Würfel ist gefallen.
alert *(frz.)* lebhaft, fröhlich
Alexandriner *m.* sechsfüßiger gereimter Jambenvers
Alexandrit *m.* sibirische Abart des Chrysoberylls
Alexie *w. (gr.)* Unfähigkeit zu lesen
alfanzen *(itl.)* Possen reißen; **Alfanzerei** *w.* Albernheit
al fresco *(itl.)* auf frischem Putz gemalt
Algebra *w. (arab.)* Lehre von mathematischen Gleichungen; Eigw. **algebraisch**
Algesie *w. (gr.)* Schmerzempfindlichkeit; **Algesiologie** *w.* Schmerzforschung
Algonkium *s. (indian.)* Zeitalter der Erdgeschichte
Algorithmus *m. (gr.)* festgelegte Schrittfolgen zur Lösung einer Aufgabe
alias *(lat.)* anders, außerdem, oder, auch, sonst, eigentlich, unter dem Namen ... bekannt
Alibi *(lat.)* 1. Abwesenheitsnachweise; 2. Ausreden
Alien *s. (engl.)* Außerirdischer
Alienation *w. (lat.)* 1. Entfremdung; 2. geistige Zerrüttung; 3.Veräußerung; **alienieren** 1. entfremden; 2. veräußern
Alimentation *w. (lat.)* Unterhaltsgewährung; **Alimente** *Mz.* Unterhaltsgeld, Unterhaltszahlung, Unterhaltsbeitrag; **alimentieren** Alimente zahlen
a limine *(lat.)* ohne weiteres
aliter *(lat.)* anders
Alizarin *s. (arab.- span.)* krapproter Farbstoff
Alkahest *m.* oder *s.* Universallösungsmittel
alkäisch Versmaß des griechischen Dichters Alkäos
Alkalde *m. (span.)* spanischer Richter, Bürgermeister

Alkalimetall *(arab.)* stark reaktionsfähige Elemente; **alkalisch** basisch, laugenhaft; **Alkaloid** *s.* organische Stickstoffverbindung

Alkazar *m.* *(arab.-span.)* Schloss, Palast

Alkohol *m.* *(arab.)* 1. chemische Verbindung; 2. Weingeist enthaltendes Getränk; **Äthyl-** Bleiglanz zum Färben der Augenbrauen; **Alkoholika** *Mz.* alkoholische Getränke; **Alkoholiker** *m.* Alkoholkranker; **alkoholisch** alkoholhaltig; **Alkoholismus** *m.* Trunksucht; **alkoholisieren** jmdn. betrunken machen

Alkoven *m.* *(arab.)* Bettnische

Alkyl *s.* *(arab.-gr.)* einwertiger Kohlenwasserstoff

alla breve *(itl.)* Musik: schneller werdend

Allah *(arab.)* Name Gottes im Islam

alla prima *(itl.)* Maltechnik mit einem einzigen Farbauftrag

allargando *(itl.)* Musik: langsamer werdend

Allee *w.* *(frz.)* mit Bäumen besäumte Straße

Allegat *(lat.)* angeführtes Zitat; **allegieren** Zitat anführen

Allegorese *w.* *(gr.)* Suche nach einem verborgenen Sinn hinter dem Text; **Allegorie** *w.* Sinnbild, Gleichnis; **allegorisch** durch eine Allegorie ausgedrückt

allegretto *(itl.)* Musik: schnell

allegro *(itl.)* Musik: lebhaft

Allel *s.* Erbanlagepaar innerhalb eines Gens

allelodidaktisch sich unterrichtend

Allemande *w.* *(frz.)* Tanz

Allergene *Mz.* *(gr.)* Stoffe, die Allergien hervorrufen; **Allergie** *w.* Überempfindlichkeit gegen bestimmte Stoffe; Eigw. **allergisch**

allez! *(frz.)* vorwärts, los!

Allianz *w.* *(frz.)* Bündnis; **alliieren** verbünden, **alliiert** verbündet

Alligator *m.* *(span.)* Krokodilart

Alliteration *w.* *(lat.)* Stabreim; **alliterieren** stabreimen

Allium *s.* *(lat.)* Knoblauch

Allogamie *w.* *(gr.)* Fremdbestäubung von Blüten

Allonge *w.* *(frz.)* Verlängerungsabschnitt; **Allongeperücke** *w.* Herrenperücke; **allongieren** verlängern

allons! *(frz.)* vorwärts!

allonym *(gr.)* unter anderem Namen

Allotria *Mz.* *(gr.)* Unfug

Allüre *w.* *(frz.)* eigenwilliges Benehmen; **Allüren** *Mz.*

Allusion *w. (lat.)* Anspielung
Alma Mater *w. (lat.)* Universität
Almanach *m. (gr.)* Jahrbuch
Almosen *s. (gr.)* milde Gabe
alogisch *(gr.)* unlogisch
al pari *(itl.)* zum Nennwert
Alpha *s. (gr.)* erster Buchstabe des griechischen Alphabets; **Alphabet** *s.* Reihenfolge der Schriftzeichen einer Sprache; **alphabetisieren** 1. alphabetisch anordnen; 2. Analphabeten im Lesen und Schreiben unterrichten
Alt *m. (itl.)* tiefe Frauenstimme
Altan *m. (itl.)* Balkon
Altar *m. (lat.)* Opferstätte
altere pars *(lat.)* Gegenseite
Alteration *w. (lat.)* 1. Aufregung; 2. Tonänderung im Akkord; **alterieren** 1. ärgern, aufregen; 2. abändern
Alter Ego *s. (lat.)* das unbewußte zweite Ich
Alternative *w. (lat.)* Entscheidung zwischen zwei und mehr Möglichkeiten; Eigw. **alternativ**; **alternieren** wechseln, abwechseln; Hptw. **Alternation** *w.*
Altruismus *m. (lat.)* Selbstlosigkeit; **Altruist** *m.* selbstloser Mensch; Eigw. **altruistisch**
Aluminium *s. (lat.)* Leichtmetall
Alumnat *s. (lat.)* Stift; **Alumne** *m.* Zögling eines Stifts
amabile *(itl.)* Musik: zärtlich
Amalgam *s. (arab.-gr.)* Legierung von Metall in Quecksilber z.B. für Zahnfüllungen
Amant *m. (frz.)* Liebhaber
Amarant *m. (lat.-gr.)* dunkelroter Farbstoff; **amarant, amaranten** dunkelrot
Amarelle *w. (lat.)* Sauerkirschensorte
Amaryl *m. (gr.)* hellgrüner Saphir; **Amaryllis** *w.* Zierpflanze
Amateur *m. (frz.)* Nichtfachmann
Amazonen *w. (gr.)* 1. Frauenvolk; 2. Turnierreiterin
Ambassade *w. (frz.)* Gesandtschaft; **Ambassadeur** *m.* Gesandter
ambidexter *(lat.)* beidhändig gleich geschickt
Ambiente *s. (itl.)* Umgebung
Ambiguität *w. (lat.)* Mehrdeutigkeit; Eigw. **ambiguos**
Ambition *w. (lat.-frz.)* Streben; **ambitioniert** anspruchsvoll; **ambitiös** ehrgeizig
ambivalent *(lat.)* doppelwertig; **Ambivalenz** *w.* Doppelwertigkeit
Ambra *w. (arab.)* Duftstoff
Ambrosia *w. (gr.)* Speise der Götter; **ambrosisch** himmlisch

ambulant *(lat.)* nicht ortsfest; **Ambulanz** *w.* Krankenwagen; **Ambulatorium** *s.* Behandlungsraum

Amenorrhöe *w.* *(gr.)* Ausbleiben der Monatsregel

Amethyst *m.* *(gr.)* Schmuckstein

Ametrie *w.* *(gr.)* Ungleichmäßigkeit; **ametrisch** unproportioniert

Amigo *m.* *(span.)* Freund

Amnesie *w.* *(gr.)* Gedächtnisschwäche, Erinnerungsverlust

Amnestie *w.* *(gr.)* Straferlass; **amnestieren** begnadigen

Amnion *s.* *(gr.)* Embryonalhülle

Amöbe *w.* *(gr.)* Einzeller; **amöboid** amöbenartig

Amok *m.* *(malai.)* blindwütige Mordlust

amön *(lat.)* lieblich

Amor *m.* *(lat.)* römischer Liebesgott

amoralisch *(lat.)* unsittlich; **Amoralismus** *m.* Ablehnung moralischer Maßstäbe

Amoretten *Mz.* *(frz.)* Putten

amorph *(gr.)* formlos

Amortisation *w.* *(lat.)* Tilgung; **amortisieren** abzahlen

Amouren *Mz.* *(frz.)* Liebschaften

Ampere *s.* Einheit der elektrischen Stromstärke

Amphetamin *s.* Droge

Amphibie *w.* *(gr.)* Tiergattung, die im Wasser und auf dem Lande leben kann; Eigw. **amphibisch**; **Amphibolie** *w.* Doppeldeutigkeit; **amphibol**, **amphibolisch** doppelsinnig

Amphitheater *s.* *(gr.)* antike Theaterform; Eigw. **amphitheatralisch**

Amphitrite *w.* *(gr.)* griechische Meeresgöttin

Amphitryon *m.* griechischer Sagenheld

Amphore *w.* *(gr.)* Steinkrug

Amplifikation *w.* *(lat.)* Erweiterung; **amplifizieren** ausführen

Amplitude *w.* *(lat.)* größter Schwingungsausschlag

Ampulle *w.* *(lat.)* luftdichtes Glasröhrchen für Medizin

Amputation *w.* *(lat.)* operative Abnahme, Abtrennung eines Körperglieds; **amputieren** ein Körperglied abnehmen

Amulett *s.* *(arab.-lat.)* Talisman, Anhänger

amüsant *(frz.)* vergnüglich, unterhaltend; **Amuse-geule** *s.* *(frz.)* Appetithäppchen; **Amüsement** *s.* *(frz.)* Vergnügung, Zeitvertreib; **amüsieren** unterhalten, belustigen

amusisch *(gr.)* ohne Kunstverständnis
Anabaptist *m. (gr.)* Wiedertäufer
Anabolika *Mz. (gr.-lat.)* Hormonpräparate zur Leistungssteigerung
Anachoret *m. (gr.)* Einsiedler; **anachoretisch** einsiedlerisch
Anachronismus *m. (gr.)* zeitwidrige Erscheinung; Eigw. **anachronistisch**
Anadyomene *w. (gr.)* die Schaumgeborene (Aphrodite)
Anagogie *w. (gr.)* Textauslegung mit Hinzufügung eines höheren (göttlichen) Sinns; Eigw. **anagogisch**
Anagramm *s. (gr.)* Veränderung des Wortsinns durch Buchstabenumstellung
Anakonda *w. (singhal.)* Königsschlange
Anakreontik *w.* Dichtung des Rokoko
anal *(lat.)* den After betreffend
Analeptika *Mz. (gr.)* belebende Medizin
Analgetika *Mz. (gr.)* schmerzlindernde Medizin
analog *(gr.)* sinngemäß, vergleichbar; **Analogie** *w.* Übereinstimmung, Gleichartigkeit; **Analogieschluss** *m.* Schlussfolgerung aus ähnlichen Voraussetzungen; **Analogon** *s.* ähnlicher Fall; **Analogrechner** *m.* elektronische Rechenanlage, die mathematische Beziehungen in Kurven darstellt
Analphabet *m. (gr.)* Mensch, der weder lesen noch schreiben kann; Eigw. **analphabetisch**
Analyse *w. (gr.)* systematische Zerlegung bzw. Untersuchung; **analysieren** zergliedern, systematisch untersuchen; **Analysis** *w.* Zergliederung; **Analyst** *m.* Börsenfachmann; **Analytik** *w.* Lehre von Beweisen und Schlüssen; **Analytiker** *m.* 1. Analytik-Wissenschaftler; 2. Psychoanalytiker; **analytisch** zergliedernd, zerlegend
Anämie *w. (gr.)* Blutarmut; Eigw. **anämisch**
Anamnese *w. (gr.)* Krankheitsgeschichte; Eigw. **anamnetisch**
anamorphisch, **anamorphotisch** *(gr.)* verzerrt; **Anamorphose** *w.* verzerrte Darstellung in der bildenden Kunst
Anankasmus *m. (gr.)* Zwangsvorstellung, Zwangsneurose
Ananke *w. (gr.)* griechische Schicksalsgöttin
Ananym *s. (gr.)* Pseudonym aus dem rückwärts geschriebenen wirklichen Namen
Anapäst *m. (gr.)* griechischer Versfuß
Anapher *w. (gr.)* Satzreihe beginnend mit

immer demselben Wort
Anaphrodisiakum *s. (gr.)* Mittel gegen den Geschlechtstrieb
Anarchie *w. (gr.)* Gesetzlosigkeit; Eigw. **anarchisch**; **Anarchismus** *m.* politische Lehre; **Anarchist** *m.* Anhänger dieser Lehre; Eigw. **anarchistisch**
Anästhesie *w. (gr.)* Betäubung; **anästhesieren** betäuben; **Anästhetikum** *s.* Betäubungsmittel
Anathem, Anathema *s. (gr.)* Bannfluch, Kirchenbann
Anatom *m. (gr.)* Wissenschaftler der Anatomie; **Anatomie** *w.* Lehre vom Körperbau der Lebewesen
Anchovis *w.;* **Anschovis** *w. (span.-niederl.)* Sardellen
ancora *(itl.)* sich wiederholende Musikpassage
andante *(itl.)* Musik: langsam, schreitend **andante con moto** leicht bewegt; **andantino** mäßig bewegt
andocken *(engl.)* ankoppeln
Androgamet *m. (gr.)* männliche Keimzelle; **Androgen** *s.* männliches Geschlechtshormon; **androgyn** zwitterhaft; **Androgynie** *w.* Mischung weiblicher und männlicher Keimzellen
Anekdote *w. (gr.)* witzige Kurzgeschichte; **anekdotenhaft**, **anekdotisch** wie eine Anekdote
Anemograph *m. (gr.)* Windmesser; **Anemologie** *w.* Lehre vom Wind; **Anemometer** *s.* Windmesser
Anemone *w. (gr.)* Buschwindröschen
Angelus *m. (gr.-lat.)* katholisches Gebet mit Glockengeläut
Angina *w. (lat.)* Mandelentzündung; **Angina pectoris** *w.* Herzkrampf
Anglaise *w. (frz.)* englischer Volkstanz
anglikanisch *(lat.)* der englischen Staatskirche angehörig
Anglist *m. (lat.)* Erforscher der englischen Sprache; **Anglistik** *w.* Erforschung der englischen Sprache und Kultur; **Anglizismus** *m.* aus dem Englischen übernommenes Sprachelement; **anglophil** englandfreundlich; Hptw. **Anglophilie** *w.*
Angora dichtes, seidiges Fell und Wollart
Angostura *m. (Wz.)* Aroma aus Angosturabaumrinde
Anhydrid *s. (gr.)* neue Verbindung durch Wasserentzug
änigmatisch *(gr.)* rätselhaft
Anilin *s. (span.-arab.)* Grundstoff aus

Steinkohlenteer für viele Farbstoffe

Anima *w.* *(lat.)* Seele; **animalisch** tierisch; **Animalismus** *m.* religiöse Tierverehrung; **Animalität** *w.* tierisches Wesen; **Animateur** *m.* *(frz.)* Unterhalter; **Animation** *w.* *(engl.)* Zeichentrickfilm; **Animatismus** *m.* Glaube an die Allbelebung; **Animator** *m.* Trickfilmer; **animieren** *(lat.)* 1. ermuntern, anregen; 2. Trickfilmverfahren anwenden; **Animismus** *m.* Glaube an okkulte Erscheinungen durch mediale Begabung bestimmter Menschen; Eigw. **animistisch**

Animosität *w.* *(lat.)* Gereiztheit, Abneigung

animoso *(itl.)* Musik: erregend

Anisette *w.* *(frz.)* Anislikör

Ankathete *w.* *(gr.)* der Schenkel eines rechtwinkligen Dreieckes

Annalen *Mz.* *(lat.)* Jahrbücher

Annaten *Mz.* *(lat.)* Jahresabgabe an den Papst für ein neu besetztes kirchliches Amt

annektieren *(lat.)* gewaltsam aneignen; **Annex** *m.* Anhang; **Annexion** *w.* gewaltsame Aneignung; **Annexionismus** *m.* Streben nach Annexionen; Eigw. **annexionistisch**

anni currentis *(lat.)* im laufenden Jahr

Annihilation *w.* *(lat.)* Nichtigkeitserklärung; **annihilieren** zunichte machen

Anniversarium *s.* *(lat.)* jährliche Gedächtnisfeier der kath. Kirche

Anno *(lat.)* im Jahre; **Anno Domini** im Jahre des Herrn (nach Christi Geburt, Abk. A. D.)

Annonce *w.* *(frz.)* Zeitungsanzeige; **annoncieren** anzeigen, ankündigen

Annotation *w.* *(lat.)* erklärende Anmerkung; **annotieren** Inhalt eines Schriftstückes erklären und analysieren

annuell *(lat.)* einjährig; **Annuität** *w.* Jahreszahlung an Raten und Zinsen

annullieren *(lat.)* widerrufen; Hptw. **Annullierung**

Anode *w.* *(gr.)* positive Elektrode; **Anodenstrahlen** *Mz.* positiv elektrisch geladene Strahlen

anomal *(gr.)* ungewöhnlich, abnorm; **Anomalie** *w.* Abnormität, Missbildung

anonym, anonymisch *(gr.)* ungenannt, namenlos, unbekannt, inkognito; **Anonymität** *w.* Unbekanntheit des Namens; **Anonymus** *m.* unbekannte Person (*Mz.* Anonymi oder Anonymen)

Anopheles *w.* *(gr.)* Fiebermücke, die Malaria überträgt

Anorak *m. (eskim.)* Regenjackenbluse mit Kapuze
Anorexie *w. (gr.)* Appetitlosigkeit
anorganisch *(gr.)* unbelebt
Antagonismus *m. (gr.)* Widerstreit, Widerspruch; **Antagonist** *m.* Gegenspieler; **antagonistisch** gegensätzlich, unversöhnbar
Antarktika *w. (gr.)* Südpolarkontinent; **Antarktis** *w.* Land- und Meergebiete um den Südpol; Eigw. **antarktisch**
Antäus *m. (gr.)* Sohn des Poseidon und der Erdgöttin Gäa
ante *(lat.)* vor(zeitlich) **ante Christum natum** *(lat.)* vor Christi Geburt (Abk. a. Chr.)
ante meridiem *(lat.)* vor Mittag (Abk. a. m.)
Antenne *w. (lat.)* 1. Vorrichtung zum Empfangen oder Senden elektromagnetischer Wellen; 2. Fühler von Gliedertieren
Antependium *s. (lat.)* Verkleidung des Altarunterbaus
ante portas *(lat.)* im Kommen, im Anmarsch
Antezedens *s. (lat.)* Voraussetzung (Mz. Antezedenzien)
Anthologie *w. (gr.)* Sammlung literarischer Texte
Anthrax *w. (gr.)* Milzbranderreger
Anthrazit *m. (gr.)* Steinkohle
Anthropo-, anthropo- *(gr.)* als Vorsilbe: Mensch; **anthropogen** vom Menschen geschaffen; **Anthropogenie** *w.* Abstammungslehre; **Anthropogeographie** *w.* Erforschung der Wechselbeziehung zwischen Mensch und Umfeld; **Anthropoide** *m.* Menschenaffe; **Anthropolatrie** *w.* Menschenkult; **Anthropologe** *m.* Anthropologie-Wissenschaftler; **Anthropologie** *w.* Wissenschaft von der Entwicklung des Menschen als biologisches und soziales Wesen; Eigw. **anthropologisch**; **anthropomorph** menschenähnlich; **Anthropomorphismus** *m.* Übertragung menschlicher Eigenschaften auf Tiere; **Anthropophage** *m.* Kannibale; **Anthropophobie** *w.* Menschenfurcht, Menschenscheu; **Anthroposoph** *m.* Anhänger der Anthroposophie; **Anthroposophie** *w.* die Weltanschauungslehre Rudolf Steiners; Eigw. **anthroposophisch**; **anthropozentrisch** den Menschen in den Mittelpunkt stellend; **Anthropus** *m.* Vertreter einer Frühstufe in der menschlichen Entwicklung
Anti-, anti- *(gr.)* als Vorsilbe: gegen

Antialkoholiker *m.* *(gr.-arab.)* Alkoholgegner
antiautoritär *(gr.-frz.)* gegen Zwänge und autoritäre Normen
antibakteriell (*gr.-lat.*) bakterienvernichtend
Antichrist *m.* *(gr.)* Teufel, Satan
Antidot *s.* *(gr.)* Gegengift
Antifaschist *m.* *(gr.-itl.)* Gegner des Faschismus
Antigene *Mz.* *(gr.)* giftige Eiweißstoffe, die die Bildung von Antikörpern bewirken
Antiheld *m.* *(gr.-germ.)* negative Hauptfigur in Roman oder Film
antik *(lat.)* 1. dem gr. oder röm. Altertum zugehörig; 2. wertvoll und alt (ugs.); **Antike** *w.* klassisches Altertum
antiklerikal *(gr.-lat.)* kirchenfeindlich; Hptw. **Antiklerikalismus** *m.*
antikonstitutionell *(lat.)* verfassungswidrig
antikonzeptionell *(lat.)* empfängnisverhütend
Antikörper *Mz.* Körperzellen, die giftige Antigene bekämpfen
Antimaterie *w.* *(gr.-lat.)* Materie aus Antiteilchen
Antineuralgika *Mz.* *(gr.)* schmerzstillende Mittel
Antinomie *w.* *(gr.)* Widerspruch zwischen zwei gleich gültigen Urteilen; Eigw. **antinomisch**
Antipasto *m.* oder *s.* *(itl.)* itl. Vorspeise
Antipathie *w.* *(gr.)* Abneigung, Widerwillen; Eigw. **antipathisch**
Antiphlogistikum *s.* *(gr.)* entzündungshemmendes Mittel
Antiphon *w.* *(gr.)* Wechselgesang zwischen Priester und Chor bzw. Gemeinde
Antiphrase *w.* *(gr.)* ironische, im entgegengesetzten Sinn verwendete Bemerkung
Antipode *m.* *(gr.)* Bewohner des entgegengesetzten Teils der Erdkugel
Antipyretikum *(gr.)* Mittel zur Fiebersenkung; Eigw. **antipyretisch**
Antiqua *w.* *(lat.)* lateinische Druckschrift
Antiquar *m.* Händler mit gebrauchten Druckerzeugnissen; **Antiquariat** *s.* Buchhandlung mit gebrauchten Druckerzeugnissen; **antiquarisch** alt, gebraucht; **antiquiert** veraltet; **Antiquität** *w.* wertvoller, alter kostbarer Gegenstand
Antisemit *m.* Judengegner; **antisemitisch** judenfeindlich; **Antisemitismus** *m.* Judenfeindschaft
Antisepsis *w.* *(gr.)* Abtötung von Krankheitserreger in einer Wunde; **Antiseptika** *Mz.*

keimtötende Mittel; **antiseptisch** keimtötend

Antispasmodikum *s. (gr.)* krampflösendes Mittel; Eigw. **antispastisch**

antistatisch elektrostatische Aufladung verhindernd

Antithese *w. (gr.)* entgegengesetzte Behauptung; Eigw. **antithetisch**

Antitoxin *s. (gr.)* körpereigener Immunstoff

Antizipation *w. (lat.)* Vorwegnahme; **antizipatorisch** vorwegnehmend; **antizipieren** vorausdenken

antizyklisch *(gr.)* unregelmäßig wiederkehrend; **Antizyklone** *w.* Hochdruckgebiet

anturnen *(engl.)* in Stimmung bringen

Anus *m. (lat.)* After; Eigw. **anal**

Äolsharfe *w. (gr.)* Saiteninstrument

Äon *m. (gr.)* Ewigkeit (Mz. Äonen)

Aorta *w. (gr.)* Hauptschlagader

Apache *m. (indian.)* Indianerstamm in Nordamerika

Apanage *w. (frz.)* Zuwendung

apart *(frz.)* anziehend

Apartheid *w. (afrik.)* Rassentrennung

Apartment *s. (engl.)* Kleinwohnung; **Apartmenthaus** *s.* Wohnhaus mit Apartments; **Apartmenthotel** *s.* Hotel mit Apartments

Apathie *w. (gr.)* Teilnahmslosigkeit; Eigw. **apathisch**

Apatride *m.* und *w. (gr.)* Staatenlose(r)

Aperçu *s. (frz.)* geistreiche Bemerkung

Aperitif *m. (frz.)* appetitanregendes Getränk

Apertur *w. (lat.)* 1. Körperöffnung; 2. Maß für Bildhelligkeit und die Bildauflösungsqualität optischer Systeme

Apex *m. (lat.)* 1. Längenzeichen für Vokale, Betonungszeichen für Silben; 2. Zielpunkt bewegter Objekte; 3. Zungenspitze (Mz. Apizes)

Aphasie *w. (gr.)* Verlust des Sprachvermögens; Eigw. **aphasisch**

Aphel *s. (gr.)* größte Sonnenferne eines Planeten

Aphorismus *m. (gr.)* prägnante Formulierung einer Lebenseinsicht; **aphoristisch** treffend, zugespitzt

Aphrodisiakum *s. (gr.)* den Geschlechtstrieb anregendes Mittel (Mz. Aphrodisiaka); **aphrodisisch** den Liebesgenuss betreffend; **Aphrodite** *w.* griechische Liebesgöttin

Aphthe *w.* (*gr.*) entzündete Stelle der Mundschleimhaut; **Aphthenseuche** Maul- und Klauenseuche

a piacere *(itl.)* Musik: willkürlich
apikal *(lat.)* 1. an der Spitze gelegen; 2. mit der Zungenspitze artikuliert
Apikultur *w. (lat.)* Bienenzucht; **Apis** *w.* Biene; **Apis** *m. (ägypt.-gr.)* Stiergottheit im alten Ägypten
Aplomb *m. (frz.)* 1. sicheres Auftreten; 2. Balance beim Balletttanz
apodiktisch *(gr.)* 1. keinen Widerspruch duldend; 2. unumstößlich
Apogäum *s. (gr.)* erdfernster Punkt der Gestirnsbahn
Apokalypse *w. (gr.)* Weltuntergang; **Apokalyptik** *w.* Zeichen für das Weltende; **apokalyptisch** Unheil verkündend
apolitisch *(gr.)* unpolitisch
Apoll, Apollo *m. (gr.)* griechischer Gott der Dichtkunst und der Weissagung; **apollinisch** maßvoll, harmonisch, ausgeglichen
Apophthegma *s. (gr.)* geflügeltes Wort (Mz. Apophthegmata); **apophthegmatisch** kurz und geistvoll
Apophyse *w. (gr.)* 1. Knochenfortsatz als Muskelansatz; 2. Gesteinsabzweigung
Apoplektiker *m. (gr.)* Menschentyp, der zum Schlaganfall neigt; **apoplektisch** zum Schlaganfall neigend; **Apoplexie** *w.* Schlaganfall
Aporem *s. (gr.)* logische Schwierigkeit eines philosophischen Problems; **Aporie** *w.* Ausweglosigkeit
Apostasie *w. (gr.)* Abfall vom Glauben; **Apostat** *m.* Abtrünniger
Apostel *m. (gr.)* Jünger Jesu; **apostolisch** die Apostel oder ihre Lehre betreffend
a posteriori *(lat.)* aus Erfahrung gewonnen; **aposteriorisch** erfahrungsgemäß
Apostroph *m. (gr.)* Auslassungszeichen; **apostrophieren** mit einem Apostroph versehen; 2. mit einer Apostrophe feierlich anreden
Apotheose *w. (gr.)* 1. Vergöttlichung; 2. prunkvolles Schlussbild einer theatralischen Darbietung
Apparat *m. (lat.)* 1. Gerät aus zusammengesetzten Einzelteilen für die Durchführung einer Aufgabe; **apparativ** den Apparat betreffend; **Apparatschik** *m.* stur seinen Anweisungen verpflichteter Bürokrat; **Apparatur** *w.* Einheit von Apparaten
appassionato *(itl.)* Musik: stürmisch
Appeal *m. (engl.)* Ausstrahlungskraft
Appell *m. (frz.)* 1. Aufruf; 2. Antreten zum Befehlsempfang; **Appellation** *w.* Berufung;

appellieren Berufung einlegen
Appendix *m. (lat.)* 1. Anhang; 2. Wurmfortsatz des Blinddarms
Apperzeption *w. (lat.)* bewusste Erfassung äußerer und innerer Eindrücke; **apperzipieren** aufnehmen, bewusst erfassen
Appetenz *w. (lat.)* l. Suchverhalten; 2. Begehren
Appetit *m. (lat.)* Lust aufs Essen; **appetitlich** anziehend; **Appetizer** *m. (engl.)* appetitanregendes Mittel
applanieren *(frz.)* ebnen, glätten
applaudieren *(lat.)* Beifall klatschen; **Applaus** *m.* Beifall
Applikation *w. (lat.)* 1. Aufnäharbeit; 2. Anwendung von Medikamenten; **Applikatur** *w.* Klavierspieltechnik; **applizieren** 1. anwenden 2. aufnähen
appoggiando *(itl.);* **appoggiato** Musik: getragen
Apport *m. (frz.)* l. Herbeibringen; **apportieren** herbeibringen
Apposition *w. (lat.)* Beifügung, erklärender Beisatz
Apprehension *w. (lat.)* unmittelbares Erfassen, Begreifen
Approbation *w. (lat.)* Zulassung, Genehmigung; Ztw. **approbieren**
approximativ *(lat.)* annähernd
après nous le déluge *(frz.)* nach uns die Sintflut
Après-Ski *s. (frz.)* 1. abendliches Vergnügen nach dem Skilaufen; 2. bequeme Kleidung nach dem Skilaufen
a priori *(lat.)* von vornherein
apropos *(frz.)* übrigens, am Rande (bemerkt)
Aqua destillata *s. (lat.)* destilliertes Wasser (Abk. aq. dest.)
Aquädukt *m. (lat.)* antike Wasserleitung
Aquamanile *s. (lat.)* bei der Messe gebrauchtes Gefäß zum Händewaschen
Aquamarin *m. (lat.)* meergrüner Edelstein
Aquaplaning *s. (lat.-engl.)* Wasserglätte auf der Fahrbahn
Aquarell *s. (itl.)* Wasserfarbenbild; **aquarellieren** mit Wasserfarben malen
Aquaristik *w. (lat.)* Züchtung und Haltung von Wassertieren; **Aquarium** *s.* Wasserbehälter zur Züchtung und Haltung von Wassertieren; **Aquarius** *m.* Sternbild des Wassermanns;
Aquatinta *w. (itl.)* Kupferstichverfahren
Äquator *m. (lat.)* größter Breitenkreis, der

die nördliche und südliche Erdhälfte trennt; **äquatorial** am Äquator gelegen

Äquidistanz *w. (lat.)* gleich großer Abstand

Äquilibrist *m. (lat.)* Jongleur; Eigw. **äquilibristisch**

Äquinoktium *s. (lat.)* die Zeit der Tag- und Nachtgleiche

Äquivalent *s. (lat.)* Gegenwert, vollwertiger Ersatz; **äquivalent** gleichwertig; **Äquivalenz** *w.* Gleichwertigkeit; **äquivok** 1. gleich lautend, aber in der Bedeutung unterschiedlich; 2. doppeldeutig

Ar *s. (lat.)* Flächenmaß (100 qm)

Ara *m. (Tupi)* Papagei im tropischen Südamerika

Ära *w. (lat.)* Zeitabschnitt (Mz. Ären)

Arabesken *(frz.)* 1. stilisiertes, verziertes Blattrankenornament; 2. reich figurierte Melodie; **Arabesque** *w. (frz.)* Grundposition im Ballett

Aräometer *s. (gr.)* Gerät zur Ermittlung des spezifischen Gewichts

Ärar *s. (lat.)* Staatskasse; **ärarisch** staatseigen

Arbiter *m. (lat.)* Schiedsrichter; **Arbiter elegantiarum** *m.* Sachverständiger in Fragen des guten Geschmacks

Arbitrage *w. (frz.)* 1. Schiedsspruch (im Handelsrecht); 2. Ausnützung von Kursschwankungen; **arbiträr** willkürlich

Arboretum *s. (lat.)* Baumgarten

Archaikum *s. (gr.)* älteste Erdformation; **archaisch** frühzeitlich; **archaisieren** in archaischen Formen gestalten; **Archaismus** *m.* Gebrauch alter Wörter und Wendungen in Gegenwartssprache und -literatur; **Archäologe** *m. (gr.)* wissenschaftlicher Erforscher des Altertums; **Archäologie** *w.* Altertumskunde; Eigw. **archäologisch**

Archäopteryx *m. (gr.)* Urvogel

Archetyp, **Archetypus** *m. (gr.)* Urbild, Urform, Urfassung; **archetypisch** der Urform entsprechend

Archidiakon *m. (gr.)* erster Diakon; **Archimandrit** *m.* Abt eines Klosters der Ostkirchen

Archipel *m. (gr.)* Inselgruppe, Inselmeer

Architekt *m. (gr.)* Baumeister; **Architektonik** *w.* künstlerischer Aufbau eines Werks; **architektonisch** die Architektonik betreffend; **Architektur** *w.* Baukunst, Baustil

Architrav *m. (gr.-lat.)* steinerner Querbalken zwischen Säulen und Fries an antiken Bauwerken

Archiv *s. (gr.-lat.)* 1. Sammlung von Urkunden, Schriftstücken, Dokumenten; 2. das Haus oder der Raum, wo sie verwaltet werden; **Archivar** *m.* Verwalter des Archivs; **Archivalien** *Mz.* die im Archiv aufbewahrten Dokumente; **archivalisch** urkundlich; **archivieren** in ein Archiv aufnehmen

Archivolte *w. (itl.)* Stirnseite eines Rundbogens

Archont *m. (gr.)* der höchste Beamte im antiken Athen

ardente *(itl.)* Musik: feurig

Areal *s. (lat.)* (abgegrenzte) Bodenfläche

Arena *w. (lat.)* Kampfplatz

Areopag *m. (gr.)* höchster Gerichtshof im antiken Athen

Ares *m. (gr.)* griechischer Kriegsgott

Argon *s. (gr.)* Edelgas

Argot *s. (frz.)* Gaunersprache

Argument *s. (lat.)* Beweismittel; **Argumentation** *w.* Beweisführung; **argumentativ** die Argumentation betreffend; **argumentieren** folgern, begründen; **argumentum e contrario** *s.* Folgerung aus dem Gegenteil

Argus *m.* hundertäugiger Wächter in der gr. Sage; **mit Argusaugen** wachsam, misstrauisch

Ariadnefaden *m. (gr.)* Leitfaden durch Wirrnisse

Arianer *m.* Anhänger des Arianismus; **Arianismus** *m.* die von dem Presbyter Arius im 4. Jh. begründete Lehre, wonach Christus mit Gott wesensähnlich, nicht wesensgleich ist

arid *(lat.)* trocken, wüstenhaft

Arie *w. (itl.)* Komposition für Sologesang mit Orchesterbegleitung

Ariel *m. (hebr.)* Luftgeist

Ariette *w. (frz.)* kleine Arie; **arioso** *(itl.)* Musik: liedhaft

Aristokrat *m. (gr.)* Adeliger; **Aristokratie** *w.* adlige Oberschicht; **aristokratisch** dem Adel angehörig

Arithmetik *w. (gr.)* Teilgebiet der Mathematik; Eigw. **arithmetisch**

Arkade *w. (frz.)* Bogengang

Arkadien *s.* Ort eines idyllischen heiteren Landlebens; **arkadisch** ländlich, heiter, sorgenfrei

Arkanum *s. (lat.)* Geheimnis

Arkebuse *w. (niederl.-frz.)* altes Gewehr

Arktis *w. (gr.)* Nordpolgebiet; Eigw. **arktisch**

Arlechino *m. (itl.)* Harlekin der Commedia dell' Arte

Armada *w. (span.)* große Kriegsflotte
Armageddon *s. (hebr.)* Untergang
Armagnac *m. (frz.)* französischer Weinbrand
Armatur *w. (lat.)* Ausrüstungsstück einer technischen Anlage; **armieren** mit Armaturen versehen
Armee *w. (frz.)* Streitmacht eines Staats
Arom, Aroma *s. (gr.)* Duft oder Geschmack; **aromatisch** würzig
Arrak *m. (arab.)* Branntwein aus Reis oder Melasse
Arrangement *s. (frz.)* 1. Anordnung, Gestaltung; 2. Übereinkunft, Absprache, Vereinbarung; 3. Bearbeitung eines Musikstücks; **Arrangeur** *m. (frz.)* jmd., der etwas arrangiert; **arrangieren** in die Wege leiten, bearbeiten; einrichten; **Arrangierprobe** *w.* Stellprobe im Theater
Arrest *m. (lat.-frz.)* Haft; **Arrestant** *m.* Häftling; **arretieren** 1. verhaften; 2. bewegliche Teile feststellen; **Arretierung** *w.* 1. Festnahme; 2. Sperrvorrichtung
arriviert *(frz.)* gesellschaftlich aufgestiegen und anerkannt
arrogant *(frz.)* anmaßend, überheblich; **Arroganz** *w.* Anmaßung, Überheblichkeit
arrondieren *(frz.)* abrunden, zusammenlegen (von Grundstücken); Hptw. **Arrondierung** *w.*; **Arrondissement** *s.* französischer Verwaltungsbezirk
Ars *w. (lat.)* Kunst (Mz. Artes); **Ars amandi** *w.* Liebeskunst; **Ars antiqua** *w.* mehrstimmige Musik des 13. und 14. Jhs.; **Ars moriendi** *w.* mittelalterliches Sterbebüchlein; **Ars nova** *w.* die mehrstimmige Musikströmung im Frankreich des 14. Jhs.; **Ars poetica** *w.* Dichtkunst
Arsen *s. (gr.)* chemisches Element
Arsenik *s.* giftige Arsenverbindung
Arsenal *s. (arab.-itl.)* Zeughaus
Art deco *s. (frz.)* dekorative Kunst, Kunstgewerberichtung der 20er- und 30er-Jahre des 20. Jhs.; **Art-Director** *m. (engl.)* künstlerischer Direktor einer Werbeabteilung
Artefakt *s. (lat.)* 1. Kunsterzeugnis; 2. vorgeschichtliches Werkzeug;
Artemis *(gr.)* griechische Göttin der Jagd
Arte povera *w. (itl.)* moderne Objektkunst mit schlichten Alltagsmaterialien
Arterie *w. (gr.)* Schlagader; **arteriell** die Schlagadern betreffend
Arteriosklerose *w.* Arterienverkalkung
Artes liberales *Mz. (lat.)* die sieben freien

Künste in Antike und Mittelalter

Arthritis *w. (gr.)* Gelenkentzündung; **Arthrose, Arthrosis** *w.* degeneratives chronisches Gelenkleiden

artifiziell *(lat.)* künstlich

Artikel *m. (lat.)* 1. Geschlechtswort; 2. Verkaufsgegenstand, Ware; 3. Aufsatz, Abhandlung; 4. Abschnitt eines Gesetzes oder Vertrags

artikular *(lat.)* zum Gelenk gehörig; **Artikulaten** *Mz.* Gliedertiere; **Artikulation** *w.* 1. deutliche Aussprache; 2. das Benennen; 3. Verbindung oder Trennung von Tönen; 4. Gelenk; **artikulieren** 1. deutlich aussprechen; 2. etwas formulieren

Artillerie *w. (frz.)* Waffengattung mit Geschützen; **Artillerist** *m.* Soldat der Artillerie

Artischocke *w. (itl.)* Gemüsepflanze

Artist *m. (lat.)* Geschicklichkeitskünstler im Zirkus und Variete; **Artistik** *w.* Zirkus- und Varietékunst; **artistisch** in der Art eines Artisten

Art nouveau *w. (frz.)* Jugendstil in Frankreich und England

Artothek *w. (lat.-gr.)* Kunstverleih

As *m. (lat.)* altrömische Münz- und Gewichtseinheit

Ascorbinsäure *w. (gr.-lat.)* Vitamin C

Asebie *w. (gr.)* Frevel, Gottlosigkeit; Eigw. **asebisch**

Asepsis, Aseptik *w. (gr.)* keimfreie Wundbehandlung; **aseptisch** keimfrei

Askaris *w. (gr.)* Spulwurm (Mz. Askariden)

Askese *w. (gr.)* entsagende Lebensweise; **Asket** *m.* enthaltsam lebender Mensch; Eigw. **asketisch**

Äskulap griechischer Gott der Heilkunde; **Äskulapstab** *m.*, **Äskulapschlange** *w.* Schlangenstab, Symbol für Heilkunst und Arztberuf

Asmodi *m. (aram.)* Fürst der Dämonen im Talmud

Asomnie *w. (lat.)* Schlaflosigkeit

asozial *(lat.)* unsozial

Aspekt *m. (lat.)* Blickwinkel, Gesichtspunkt

Aspergill *s. (lat.)* Weihwedel zum Besprengen

Asphalt *m. (gr.)* Straßenbelag aus Bitumen und Mineralstoffen; **asphaltieren** eine Straße mit Asphalt belegen

Aspik *s. (frz.)* Fisch- oder Fleischgelee

Aspirant *m. (lat.)* Anwärter, Bewerber; **Aspirata** *w.* Hauchlaut; **Aspiration** *w.* 1. Hoffnung, Bestrebung; 2. Aussprache mit Hauchlaut; **Aspirator** *m.* Vorrichtung zum Ansaugen; **aspirieren** 1. mit Hauchlaut aussprechen; 2. ansaugen

assai *(itl.)* Musik: temporeich

Assekuranz *w. (lat.)* Versicherung, Versicherungsgesellschaft

Assemblage *w. (frz.)* dreidimensionale Collage aus alltäglichen Gegenständen; **Assemblée** *w. (frz.)* Versammlung

Assembling *s. (engl.)* Zusammenschluss von Firmen zwecks Rationalisierung

assentieren *(lat.)* zustimmen

Assertion *w. (lat.)* Behauptung, Feststellung; **assertorisch** behauptend, einen Tatbestand feststellend

Assessment *s. (engl.)* Einstufungstest, Beurteilung

Assessor *m. (lat.)* noch nicht fest angestellter Beamter

Assiette *w. (frz.)* flache, kleine Schüssel

Assignaten *Mz. (frz.)* Papiergeld, Inflationsgeld zur Zeit der Französischen Revolution

Assimilation, Assimilierung *w. (lat.)* 1. Angleichung, Anpassung; 2. Umwandlung der Nahrung im Körper; 3. Angleichung zweier benachbarter Mitlaute; **assimilieren** angleichen, anpassen, anverwandeln

Assistent *m. (lat.)* eine zugeordnete Fachkraft; **Assistenz** *w.* Hilfe, Beistand, Mitwirkung; **assistieren** mitwirken, zur Hand gehen

Associé *m. (frz.)* Teilhaber, Geschäftspartner

Assoluta *w. (itl.)* weiblicher Opern- oder Ballettstar

Assonanz *w. (lat.)* Halbreim bei Verschiedenheit der Konsonanten

assortieren *(frz.)* nach Warengattungen zusammenstellen; **Assortiment** *s.* Warenlager

Assoziation *w. (lat.)* 1. Zusammenschluss; 2. Gedankenverbindung, Gedankenverknüpfung; **assoziativ** verbindend; **assoziieren** 1. gedanklich verknüpfen; 2. sich zusammenschließen

Assumtion *w. (lat.)* Himmelfahrt Marias; **Assunta** *w.* Darstellung der Himmelfahrt Marias in der bildenden Kunst

Asteroid *m. (gr.)* 1. Seestern; 2. kleiner Planet

Asthenie *w. (gr.)* Kraftlosigkeit, Schwäche; **Astheniker** *m.* Mensch mit schmächtigem Körperbau; Eigw. **asthenisch**

Ästhesie *w. (gr.)* Empfindungsfähigkeit, Empfindungsvermögen; **Ästhet** *m.* jmd., der größten Wert auf stilvoll-schöne Gestaltung legt; **Ästhetik** *w.* 1. wissenschaftliche Untersuchung des Schönen;

2. den Regeln der Ästhetik entsprechende Gestaltung; **ästhetisch** geschmackvoll, stilvoll-kultiviert; **ästhetisieren** nach den Gesetzen der Ästhetik urteilen; **Ästhetizismus** *m.* Beurteilung aller Lebenserscheinungen nach dem Maßstab der Ästhetik

Asthma *s. (gr.)* anfallsweise auftretende Atemnot

Astigmatismus *m. (gr.)* Unvermögen des Auges, unverzerrte Bilder wiederzugeben; Eigw. **astigmatisch**

ästimieren *(lat.)* schätzen, achten, würdigen

Asti spumante *(itl.)* itl. Schaumwein

Astrachan *s. (russ.)* Fell des Astrachanschafs und Nachahmung in Plüsch

astral *(lat.)* die Gestirne betreffend; **Astralleib** *m.* im Okkultismus der unsichtbare Ätherleib des Menschen

Astrologe *m. (gr.)* Sterndeuter; **Astrologie** *w.* Sterndeutekunst; Eigw. **astrologisch**; **Astronaut** *m. (gr.)* Weltraumfahrer; **Astronautik** *w.* Raumfahrt; **Astronom** *m.* Wissenschaftler der Astronomie; **Astronomie** *m.* Wissenschaft, die sich mit der Erforschung des Weltalls befasst; **astronomisch** 1. die Astronomie betreffend; 2. unfassbar groß; **Astrophysik** *w.* Teilgebiet der Astronomie, das sich mit der Physik der Gestirne befasst

Asyl *s. (gr.)* Zufluchtsort; **Asylant** *m.* politisch oder religiös Verfolgter, der in einem anderen Land Zuflucht sucht

Asymmetrie *w. (gr.)* Ungleichmäßigkeit; **asymmetrisch** ungleichmäßig

Asymptote *w. (gr.)* Gerade, die sich einer Kurve beliebig nähert, ohne sie zu erreichen

asynchron *(gr.)* nicht übereinstimmed im Takt; **Asynchronmotor** *m.* Motor, dessen Drehzahl nicht mit der Netzfrequenz übereinstimmt

Asyndeton *s. (gr.)* eine Reihe gleichgeordneter, nicht durch Konjunktionen verbundener Wörter oder Satzteile; Eigw. **asyndetisch**

Asynergie *w. (gr.)* mangelhaftes Zusammenwirken von Muskeln; Eigw. **asynergisch**

Aszendent *m. (lat.)* 1. Verwandter in aufsteigender Linie; 2. Aufgangspunkt eines Gestirns; 3. das im Augenblick der Geburt am Osthorizont erscheinende Tierkreiszeichen; **Aszendenz** *w.* 1. Verwandtschaft in aufsteigender Linie; 2. Aufgang eines Gestirns

ataktisch *(gr.)* unregelmäßig

Ataraktikum *s. (gr.)* Beruhigungsmittel

Ataraxie *w. (gr.)* Unerschütterlichkeit

Atavismus *m. (lat.)* Rückfall in überwunden geglaubte Zustände; Eigw. **atavistisch**

Ataxie *w. (gr.)* Bewegungsstörung durch mangelnde Muskelkoordination

Atelier *s. (frz.)* Werkstatt für Künstler und bestimmte Berufe

a tempo *(itl.)* Musik: rasch

Äthan *s.* gasförmiger Kohlenwasserstoff

Athanasie *w. (gr.)* Unsterblichkeit

Atheismus *m. (gr.)* die Überzeugung, dass es keinen Gott gibt; **Atheist** *m.* Gottloser; **atheistisch** gottlos

Athene griechische Göttin der Weisheit

Äther *m. (gr.)* 1. organische Verbindung mit narkotisierender Wirkung; 2. nach antiker Vorstellung die unveränderliche Materie der himmlischen Sphären; **ätherisch** 1. hauchzart, vergeistigt; 2. flüchtig, verfliegend

Athlet *m. (gr.)* 1. Kraftmensch; 2. Wettkämpfer; **athletisch** muskelstark, sportlich, durchtrainiert

Äthylen *s. (gr.)* ungesättigter Kohlenwasserstoff

Athymie *w. (gr.)* Schwermut, Antriebslosigkeit

Ätiologie *w. (gr.)* Lehre von den (Krankheits-) Ursachen; **ätiologisch** ursächlich

Atlant *m. (gr.)* männliche Figur als Gebälkträger; **Atlantik** *m.* der Atlantische Ozean; **Atlantis** *w.* sagenhafter versunkener Kontinent

Atlas *m. (gr.)* 1. Riese, der nach der griechischen Sage das Himmelsgewölbe trägt; 2. gebundene Sammlung von Karten zur Geographie oder einem anderen Fachgebiet (Mz. Atlanten); 3. oberster Halswirbel

Atlas *m. (arab.)* glänzender Seidenstoff

Atman *s. (sanskr.)* der Wesenskern des Menschen in der indischen Philosophie

Atmosphäre *w. (gr.)* 1. Lufthülle um die Erde; 2. Einheit für den Druck; 3. Stimmung; **atmosphärisch** die Atmosphäre betreffend

Atoll *s. (malai.)* ringförmige Koralleninsel

Atom *s. (gr.)* kleinste Einheit eines chemisches Elements; **atomar** mit dem Atom zusammenhängend; **Atomenergie** *w.* bei der Spaltung des Atomkerns frei werdende Energie; **atomisieren** in kleinste Teile zerlegen; **Atomkern** *m.* der aus Nukleonen bestehende positiv geladene Bestandteil des Atoms in der Elektronenhülle; **Atommei-**

ler *m.* Reaktor; **Atommüll** *m.* radioaktive Abfallstoffe; **Atomwaffe** *w.* Waffe, die auf Atomkernumwandlung beruht

atonal *(lat.)* tonartlich ungebunden; Hptw. **Atonalität** *w.*

Atonie *w.* *(gr.)* Muskelerschlaffung; Eigw. **atonisch**

Atout *s.* *(frz.)* Trumpf im Kartenspiel

à tout prix *(frz.)* um jeden Preis

atoxisch *(gr.)* ungiftig

Atrium *s.* *(lat.)* 1. säulenumstandener Hofraum im altrömischen Haus; 2. Säulenvorhof der altchristlichen Basilika; 3. Innenhof eines Hauses; 4. Vorkammer des Herzens

Atrophie *w.* *(gr.)* Abnahme von Gewebe und Organen durch Zellschwund

Atropin *s.* *(gr.)* natürliches hochgiftiges Alkaloid (z. B. in der Tollkirsche)

Atrozität *w.* *(lat.)* Grausamkeit, Gräuel

attacca *(itl.)* Musik: ohne Pause an den folgenden Satz anschließend

Attaché *m.* *(frz.)* beigeordneter Beamter des diplomatischen Dienstes

Attachment *s.* *(engl.)* ein an eine E-Mail angehängtes längeres (Ton-, Bild-, Text- oder Film-) Dokument

Attacke *w.* *(frz.)* 1. Angriff; 2. Krankheitsanfall; **attackieren** angreifen, anfeinden

Attentat *s.* *(lat.)* (Mord-) Anschlag auf einen politischen Gegner; **Attentäter** *m.* jmd., der ein Attentat ausführt

Attentismus *m.* *(lat.)* 1. abwartendes Verhalten; 2. berechnende Zurückhaltung der eigenen Entscheidung

Attest *s.* *(lat.)* ärztliche Bescheinigung; **attestieren** bescheinigen

Attika *w.* *(gr.)* fensterloser Aufbau über dem Gesims

Attila *w.* *(ungar.)* mit Schnüren besetzte Husarenjacke

Attitüde *w.* *(frz.)* 1. innere Einstellung, Pose; 2. eine Grundposition im Ballett

Attraktion *w.* *(lat.)* Zugnummer; **attraktiv** gut aussehend

Attrappe *w.* *(frz.)* Nachbildung

Attribut *s.* *(lat.)* 1. Kennzeichen, Merkmal, Eigenschaft; 2. Beifügung; **attributiv** beigegeben, beifügend

atü Zeichen für Atmosphärenüberdruck

atypisch *(gr.)* nicht typisch

Aubergine *w.* *(frz.)* 1. Frucht einer Gemüsepflanze, Eierfrucht; 2. chinesisches Porzellan mit blauroter Glasur

Audienz *w.* *(lat.)* Empfang bei hohen Persönlichkeiten

Audiometer *s.* *(lat.)* Hörmessgerät

audiovisuelle Medien *Mz.* (elektronische) Medien, die Töne und Bilder übermitteln sowie die Geräte zum Speichern (Tonfilm, Fernsehen, Videorecorder); **Audiphon** Hörapparat

Auditeur *m.* *(frz.)* Militärjurist; **auditiv** *(lat.)* das Gehör betreffend; **Auditor** *m.* Richter der röm. Kurie; **Auditorium** *s.* 1. Zuhörerschaft; 2. Hörsaal einer Universität; **Auditorium maximum** größter Hörsaal; **Auditus** *m.* das menschliche Hörvermögen

Augiasstall *m.* unordentlich, verschmutzter Raum

Augur *m.* *(lat.)* orakelnder Vogelschauer, römischer Priester; **Augurenlächeln** *s.* verständnisinniges Lächeln unter Eingeweihten

Auktion *w.* *(lat.)* Versteigerung; **Auktionator** *m.* Versteigerer; **auktionieren** versteigern

Aula *w.* *(lat.)* Festsaal, großer Versammlungsraum einer Schule

au pair *(frz.)* ohne Bezahlung, auf Gegenleistung

Aura *w.* *(gr.)* Ausstrahlung

Aureole *w.* *(lat.)* 1. Heiligenschein; 2. Hof um Sonne oder Mond

Aureomyzin *s.* *(Wz.)* Antibiotikum

Aureus *m.* *(lat.)* römische Goldmünze

au revoir *(frz.)* auf Wiedersehen

Aurignacien *s.* Stufe der Altsteinzeit

Aurora *(lat.)* röm. Göttin der Morgenröte

ausbalancieren *(frz.)* ins Gleichgewicht bringen

ausbaldowern *(jidd.)* auskundschaften

Auskultation *w.* *(lat.)* medizin. Abhorchen; **auskultatorisch** durch Abhorchen; **auskultieren** behorchen, abhorchen

ausloggen *(engl.)* ein Computernetzwerk verlassen

ausrangieren *(frz.)* aussondern

ausstaffieren *(frz.)* ausstatten; **Ausstaffierung** *w.* Ausstattung

austarieren *(itl.)* ins Gleichgewicht bringen

Austerity *w.* *(engl.)* 1. Strenge, Einfachheit, Einschränkung; 2. rigorose Sparpolitik

austricksen *(engl.)* überlisten

Autarkie *w.* *(gr.)* wirtschaftliche Selbstversorgung; Eigw. **autark**

authentifizieren *(gr.-lat.)* beglaubigen; **authentisch** *(gr.)* verbürgt, echt, beglaubigt; **authentisieren** rechtsgültig machen;

Authentizität *w.* Echtheit, Glaubwürdigkeit

Autismus *m. (gr.)* psychische Störung mit extremer Selbstbezogenheit und Kontaktverlust; Eigw. **autistisch**

Auto-, auto- *(gr.)* als Vorsilbe: selbst, eigen

Auto = Automobil

Autoaggression *w. (gr.-lat.)* gegen die eigene Person gerichtete Aggression; **Autoaggressionskrankheit** *w.* Krankheit, bei der der Körper Antikörper gegen körpereigene Antigene bildet

Autobiographie *w. (gr.)* Beschreibung des eigenen Lebens; Eigw. **autobiographisch**

Autodafé *s. (port.)* Ketzerverbrennung, Bücherverbrennung

Autodidakt *m. (gr.)* jmd., der sich durch Selbstunterricht bildet; Eigw. **autodidaktisch**

autodynamisch *(gr.)* selbstwirkend

autoerotisch *(gr.)* selbstverliebt; Hptw. **Autoerotismus** *m.*

Autofokus *w. (gr.-lat.)* Vorrichtung zur automatischen Einstellung der Bildschärfe

autogen *(gr.)* selbsttätig, selbstwirkend; **autogenes Training** Übungen zur Entspannung durch Selbsthypnose

Autogramm *s. (gr.)* eigenhändige Unterschrift

Autograph *s. (gr.)* Manuskript in der ersten Fassung, Urschrift

Autohypnose *w. (gr.)* Selbsthypnose

Autoinfektion *w. (gr.-lat.)* Selbstansteckung

Autointoxikation *w. (gr.-lat.)* Selbstvergiftung des Körpers

Autokrat *m. (gr.)* 1. unbeschränkter Herrscher, Alleinherrscher; 2. selbstherrlicher, rücksichtsloser Mensch; **Autokratie** *w.* Staatsform mit unbeschränkt herrschendem Oberhaupt; **autokratisch** 1. alleinherrschend; 2. selbstherrlich

Automat *m. (gr.)* Apparat mit elektronischer Steuerung; **Automatik** *w.* Vorgang der Selbststeuerung; **automatisch** 1. selbsttätig; 2. zwangsläufig, mechanisch; **Automatisierung, Automation** *w.* Umstellung der Produktion auf automatische Arbeitssysteme; Ztw. **automatisieren**; **Automatismus** *m.* selbsttätiger, unbewusster Ablauf von Vorgängen; **Automobil** *s. (gr.-lat.)* Kraftfahrzeug

autonom *(gr.)* selbständig, unabhängig; **Autonomie** *w.* Selbständigkeit, (politische)

Unabhängigkeit; **Autonomist** *m.* Kämpfer für politische Autonomie

Autopilot *m. (gr.-itl.)* automatisches Steuerhilfsgerät

Autoplastik *w. (gr.)* Ersatz von Haut- oder Gewebeverlusten durch geeignetes Gewebe des eigenen Körpers

Autopsie *w. (gr.)* Leichenschau, Leichenöffnung

Autor *m. (lat.)* Urheber, Schriftsteller, Verfasser; **autorisieren** bevollmächtigen; Hptw. **Autorisierung, Autorisation** *w.*

Autoreverse *s. (lat.-engl.)* Rückwärtsschaltung in Kassettenrecordern

Autorität *w. (lat.)* 1. Ansehen, Einfluss; 2. fachliche Kompetenz; **autoritär** diktatorisch; **autoritativ** auf Autorität beruhend

Autosuggestion *w. (gr.-lat.)* Selbstbeeinflussung; Eigw. **autosuggestiv**

Autotypie *w. (gr.)* fotomechanisches Reproduktionsverfahren für Bilder mit Halbtönen

auxiliar *(lat.)* helfend

Aval *m. (frz.)* Wechselbürgschaft; **per aval** als Bürge

Avance *w. (frz.)* 1. Vorsprung, Vorteil; 2. Entgegenkommen (meist Mz. Avancen); **Avancement** *s.* Beförderung, Vorwärtskommen; **avancieren** vorwärts kommen, aufrücken; **Avantage** *w.* Vorteil, Gewinn

Avantgarde *w. (frz.)* Vorkämpfer; **Avantgardist** *m.* Wegbereiter, Vorkämpfer; **avantgardistisch** vorkämpferisch

avanti! *(itl.)* vorwärts!

Avatar *m. (sanskr.)* 1. indischer Gott, 2. computergenerierte (Menschen-) Figur

ave *(lat.)* sei gegrüßt

Avers *m. (lat.)* Vorderseite, Kopfseite einer Münze

Aversion *w. (lat.)* Abneigung, Widerwille

avid *(lat.)* Antikörper anziehend

Avis *s. (frz.)* Benachrichtigung, Ankündigung; **avisieren** ankündigen

a vista *(itl.)* bei Sicht, bei Vorlage fällig

Avitaminose *w. (lat.)* durch Vitaminmangel bewirkte Krankheit

Avocado *w. (aztek.)* dunkelgrüne Frucht eines südamerik. Lorbeergewächses

axillar *(lat.)* zur Achselhöhle gehörend

Axiologie *w. (gr.)* Wertlehre

Axiom *s. (gr.)* nicht ableitbarer und somit

nicht beweisbarer Grundsatz; **Axiomatik** *w.* Lehre von den mit Axiomen durchführbaren logischen Operationen; **axiomatisch** auf Axiomen beruhend, unanzweifelbar

Azimut *s.* oder *m. (arab.)* Winkel zur Lagebestimmung eines Gestirns

Azoikum *s. (gr.)* früheste erdgeschichtliche Formation; **azoisch** ohne Spuren organischen Lebens

Azur *m. (arab.-pers.)* das Himmelsblau

Baal *m. (hebr.)* Fruchtbarkeitsgott der Westsemiten

Baas *m. (niederl.)* Chef, Meister, Aufseher, Vermittler (von Seeleuten)

Baba *m. (pers.-türk.)* türkischer Ehrentitel für Geistliche und Fromme

Babusche *w. (pers.-türk.)* orientalischer pantoffelartiger Schuh

Babuschka *w. (russ.)* Großmutter

Baby *s. (engl.)* Säugling, Kleinkind; **Baby-Bonds** Schuldverschreibungen von sehr kleinem Nennwert; **Babydoll** *m.* Damenschlafanzug mit kurzem Höschen und weitem Oberteil; **Babysitter** *m.* jmd., der auf ein Baby gegen Entgelt aufpasst; Ztw. **babysitten**

Bacchus *m. (gr.-lat.)* röm. Gott des Weins und der Fruchtbarkeit; **Bacchanal** *s.* ausschweifendes Trinkgelage; **Bacchant** *m.* 1. berauschter Zecher; 2. fahrender Schüler im Mittelalter; **bacchantisch** überschäumend, ausgelassen, trunken

Bachelor *(lat.-engl.)* niedrigster akademischer Grad der englischen und amerikanischen Universitäten; **Bachelor of Arts** Grad für die geisteswissenschaftliche Fachrichtung

Backup *m. (engl.)* Sicherung von Computer-

Daten

Badminton *s. (engl.)* Turnierform des Federballspiels

Bagatelle *w. (frz.)* Kleinigkeit, Nichtigkeit; **Bagatelldelikt** *s.* unbedeutender Rechtsverstoß; **bagatellisieren** auf die leichte Schulter nehmen, als geringfügig darstellen, verkleinern

Bai *w. (frz.)* Meeresbucht

Baigneuse *w. (frz.)* Spitzenhaube des 18. Jahrhunderts

Bain-marie *s. (frz.)* Wasserbad zum Wärmen von Speisen

Baiser *s.* oder *m. (frz.)* Meringe, Schaumgebäck

Baisse *w. (frz.)* Fallen der Preise und Börsenkurse; **Baissier** *m.* Spekulant, der fallende Kurse ausnutzt

Bajadere *w. (port.)* indische Tempeltänzerin

Bajazzo *m. (itl.)* Clown, Possenreißer im itl. Theater

Bajonett *s. (frz.)* Seitengewehr

Bakelit *s. (Wz.)* Kunststoff aus Kunstharzen

Bakkalaureat *s. (lat.)* 1. unterster akademischer Grad in England und den USA; 2. Abitur in Frankreich; **Bakkalaureus** *m.* Inhaber des Bakkalaureats

Bakkarat *s. (frz.)* Kartenglücksspiel

Bakschisch *s. (pers.)* 1. Trinkgeld; 2. Bestechungsgeld

Bakterie *w. (gr.)* einzelliges Kleinlebewesen, **bakteriell** durch Bakterien erzeugt; **Bakteriologie** *w.* Wissenschaft von den Bakterien; Eigw. **bakteriologisch**; **Bakteriophagen** *Mz.* bakterienzerstörende Kleinstlebewesen; **bakterizid** keimtötend

Balalaika *w. (russ.)* russisches Saiteninstrument

Balance *w. (frz.)* Gleichgewicht

Balance *m.* Schwebeschritt im Tanz

Balanceakt *m.* Gleichgewichtskunststück; **Balance of power** *w. (engl.)* Gleichgewicht der Mächte; **balancieren** *(frz.)* das Gleichgewicht halten

Balata *w. (indian.)* kautschukartiger Pflanzensaft; **Balatum** *s. (Wz.)* kautschukgetränkter Fußbodenbelag

Baldachin *m. (itl.)* Altarhimmel, Thronhimmel, Stoffdach

Balkon *m. (frz.)* 1. offener Gebäudevorbau; 2. erhöhter Zuschauerraum im Theater oder Kino

bailabile *(itl.)* Musik: tänzerisch

Ballade *w. (frz.-itl.)* Gedicht mit tragischem

Ausgang; Eigw. **balladesk**
Ballei *w. (lat.)* Amtsbezirk eines Ritterordens
Ballerina *w. (itl.)* Balletttänzerin
Ballett *s. (frz.)* 1. Bühnentanz; 2. Tanzgruppe; **Ballettensemble** Tanzgruppe eines Theaters; **Balletteuse** *w.* Balletttänzerin
ballhornisieren verschlimmbessern
Balliste *w. (gr.-lat.)* altes Wurfgeschütz
Ballistik *w.* Lehre von den Geschossbahnen; **ballistische Kurve** *w.* Flugbahn eines Geschosses
Ballotade *w. (frz.)* Sprung des Pferdes in der Reitkunst
Ballotage *w. (frz.)* Abstimmung mit Kugeln
Ballyhoo *s. (engl.)* marktschreierische Reklame, Werberummel
Balneologie *w. (lat.)* Bäderkunde
Bal paré *m. (frz.)* großer Ball, bei dem die Damen maskiert sind
Balsa *s. (span.)* Nutzholz des südamerik. Balsabaums; **Balsa** *w.* Boot aus Binsenbüscheln der südamerik. Indianer
Balsam *m. (gr.-lat.)* Gemisch aus Harzen und ätherischen Ölen; **balsamisch** duftend, wohltuend; **balsamieren** einsalben
Baluster *m. (gr.-frz.)* Ziersäulchen
Balustrade *w. (frz.)* Brüstung aus Säulchen
Bambule *w. (frz.)* Häftlingsprotest
Bambus *m. (niederl.)* tropische Graspflanze
Bami-goreng *s. (malai.)* indonesisches Nudelgericht
Ban *m. (ungar.)* ungar. Landeshauptmann im Mittelalter
banal *(frz.)* abgedroschen, platt, alltäglich; **banalisieren** verflachen, breittreten; **Banalität** *w.* Plattheit, Abgeschmacktheit
Banause *m. (gr.)* Mensch ohne Kunstverständnis; Eigw. **banausisch**; Hptw. **Banausentum** *s.*
Band *w. (engl.)* Musikgruppe (z.B. Jazzband, Beatband); **Bandleader** *m.* Leiter einer Band
Bandage *w. (frz.)* 1. fester Verband; 2. Schutzbinde (z.B. beim Sport); **bandagieren** verbinden, umwickeln; **Bandagist** *m.* Hersteller von Bandagen
Banderilla *w. (span.)* geschmücktet Spieß des Banderilleros; **Banderillero** *m.* Stierkämpfer, der den Stier mit der Banderilla reizt
Banderole *w. (frz.)* Spruchband in der Malerei; **banderolieren** mit Kontrollstreifen versehen
Bandit *w. (itl.)* Räuber, Straßenräuber

Bandola *w. (span.-itl.)* lautenähnliches Musikinstrument

Bandoneon *s.* Handharmonika

Bandy *s. (engl.)* frühere Form des Eishockeyspiels mit Ball statt Puck

Banjo *s. (engl.)* gitarrenartiges Instrument

Bank *w. (frz.-itl.)* Kreditanstalt

Bankett *s. (frz.)* 1. Festmahl; 2. Randstreifen neben der Landstraße; **bankettieren** festlich tafeln

Bankier *m. (frz.)*, **Banker** *m. (engl.)* Inhaber, Vorstandsmitglied einer Bank, Bankfachmann; **Bankomat** *m.* Geldautomat

Bankrott *m. (itl.)* Zahlungseinstellung, Konkurs; **bankrott** zahlungsunfähig, übertragen: erledigt; **Bankrotteur** *m.* jmd., der Bankrott macht

Bantamgewicht *s. (jav.)* leichtere Körpergewichtsklasse beim Boxen, Ringen und Gewichtheben

banzai! *(jap.)* lebe hoch!

Baptismus *m. (gr.-lat.)* christl. Religionsgemeinschaft mit Erwachsenentaufe; **Baptist** *m.* Anhänger des Baptismus; **Baptisterium** *s.* Taufkapelle

Bar *w. (engl.)* 1. Schanktisch mit hohen Stühlen; 2. Nachtlokal; **Barmixer** *m.*, **Barkeeper** *m.* Barmann

Bar *s. (gr.)* alte Maßeinheit des (Luft-)Drucks

Baracke *w. (frz.)* provisorischer Bau

Baratt *m. (itl.)* Warentausch **Baratthandel** *m.* Tauschhandel; **barattieren** tauschen; **Baratterie** *w.* Betrug oder Verschulden der Schiffsbesatzung gegenüber dem Reeder

Barbar *m. (gr.)* unkultivierter Mensch, Rohling; **Barbarei** *w.* Rohheit, Grausamkeit, barbarisches Vergehen; **barbarisch** roh, ungesittet, grausam; **Barbarismus** *m.* grober Ausdrucksfehler

Barbecue *s. (engl.)* 1. Gartenfest, bei dem ganze Tiere am Spieß gebraten werden; 2. Bratrost, Gartengrill

Barbier *m. (frz.)* Frisör, Rasierer; **barbieren** rasieren

Barbiton *s. (gr.)* altgriechisches Saiteninstrument

Barbiturat *s.* (Kunstwort) Schlaf- und Beruhigungsmittel

Barchent *m. (arab.)* linksseitig gerauter Baumwollstoff

Barde *m. (kelt.)* Sänger, Dichter, Liedermacher

Barde *w.* *(frz.)* Speckscheibe; **bardieren** mit Speck belegen, in Speck wickeln

Barège *m.* *(frz.)* gazeartiger Kleiderstoff

Barett *s.* *(lat.)* flache Mütze ohne Schirm

Bariton *m.* *(itl.)* Männerstimme zwischen Tenor und Bass

Barkarole *w.* *(itl.)* Gondellied

Barkasse *w.* *(span.)* 1. kleines Dampfboot; 2. größtes Beiboot von Schiffen

Barock *m.* oder *s.* *(frz.)* Kulturepoche und Kunststil vom Ende des 16. bis Mitte des 18. Jhs.; **barock** 1. im Barockstil; 2. verschnörkelt, übertrieben; Ztw. **barockisieren**; **Barockperle** *w.* unregelmäßige Perle

Barogramm *s.* *(gr.)* vom Barographen aufgezeichnete Luftdruckkurve; **Barograph** *m.* selbsttätig schreibendes Barometer; **Barometer** *s.* Gerät zur Messung des Luftdrucks Eigw. **barometrisch**

Baron *m.* *(frz.)* Freiherr; **Baronesse** *w.* Freifräulein; **Baronin** *w.* Freifrau; **baronisieren** in den Freiherrnstand erheben

Barras *m.* Kommiss, Militär

Barrel *s.* *(engl.)* Hohlmaß für Erdöl (ca. 158 l)

Barriere *w.* *(frz.)* Schlagbaum, Bahnschranke, Sperre

Barrikade *w.* *(frz.)* Straßensperre

Barrister *m.* *(engl.)* Rechtsanwalt an engl. Obergerichten

Barsoi *m.* *(russ.)* russ. Windhund

Barsortiment *s.* Zwischenhandel zwischen Verlag und Einzelbuchhandel

Baryton *s.* *(gr.-frz.)* Saiteninstrument; **baryzentrisch** auf den Schwerpunkt beziehend; **Baryzentrum** *s.* Schwerpunkt

basal *(gr.)* grundlegend, die Basis bildend

Basalt *m.* *(lat.)* Eruptivgestein

Basar, Bazar *m.* *(pers.)* 1. orientalisches Händlerviertel; 2. Ladenstraße; 3. Verkaufsausstellung zu Wohltätigkeitszwecken

Baschlik *m.* *(russ.-türk.)* kaukasische Wollkapuze mit Schal

Base *w.* *(gr.)* Stoff der in Wasser gebildet wird und dadurch basisch wirkt (ph-wert unter 7); Eigw. **basisch**

Baseball *s.* *(engl.)* amerik. Schlagballspiel

Basedowsche Krankheit *w.* Schilddrüsenerkrankung

Basement *s.* *(engl.)* Tiefparterre

Basilika *w.* *(gr.-lat.)* im römischen Altertum mehrschiffige, flachgedeckte Markt- und Gerichtshalle, später von der frühchristlichen Kirche übernommen

Basilikum *s.* *(gr.)* Gewürzpflanze

Basilisk *m. (gr.)* Leguanart; **Basiliskenblick** *m.* tödlicher Blick

Basis *w. (gr.)* Grundlage, Grundlinie, Grundzahl, Grundfläche; **basieren** ruhen auf, beruhen auf, sich gründen auf

Basketball *s. (engl.)* Korbballspiel

Basküle *w. (frz.)* 1. Fensterverschluss; 2. gute Manier eines Pferdes beim Überspringen eines Hindernisses; **Baskülverschluss** *m. (frz.)* Fensterverschluss, Drehschloss

Basrelief *s. (frz.)* Flachrelief

Bass *m. (itl.)* 1. tiefe Männerstimme; 2. Streichinstrument, Kontrabass

Basset *m. (engl.)* Dachshund

Bassett *s. (itl.)* Cello; **Bassetthorn** *s.* Altklarinette

Bassin *s. (frz.)* Wasserbecken

Bassist *w. (itl.)* 1. Sänger mit Bassstimme; 2. Kontrabassspieler

Basson *m. (frz.)* Fagott

basta! *(itl.)* genug!, Schluss!

Bastard *m. (lat.)* l. durch Artenkreuzung entstandenes Tier oder entstandene Pflanze; 2. uneheliches Kind; **Bastardfaden** *m.* Kennzeichen unehelicher Abkunft im Wappen; Hptw. **Bastardierung** *w.*; **Bastardschrift** *w.* Druckschrift, in der sich verschiedene Schriftarten mischen

Bastei *w. (itl.)* aus der Mauer vorspringender Festungsteil

Bastille *w. (frz.)* 1. befestigtes Schloss, Burg; 2. Pariser Staatsgefängnis

Bastion *w. (frz.)* Bollwerk

Bastonade *w. (itl.)* bes. im Orient bis ins 19. Jh. gebräuchliche Prügelstrafe auf Fußsohlen und Rücken

Bataille *w. (frz.)* Schlacht; **Bataillon** *s.* Truppenverband aus mehreren Kompanien

Batate *w. (indian.)* Süßkartoffel

Bathometer *s. (gr.)* Meerestiefenmesser, Tiefseelot

bathygraphisch *(gr.)* tiefseekundlich

Bathysphere *w. (gr.)* größte Tiefe des Meeres

Batik *m.* oder *w. (malai.)* Stofffärbeverfahren mit Hilfe von Wachs; Ztw. **batiken**

Batist *m. (frz.)* zartes Leinen- bzw. Baumwollgewebe; Eigw. **batisten**

Batterie *w. (frz.)* l. Artillerie-Einheit; 2. zusammengeschaltete elektrische Elemente; **battieren** beim Fechten dem Gegner die Klinge aus der Hand schlagen

Battuta *w. (itl.)* 1. Taktschlag; 2. Schlag auf die gegnerische Fechtklinge

Bauxit *m.* Aluminiumerz

Bavaria *w. (lat.)* Frauengestalt als Sinnbild Bayerns

Bazillus *m. (lat.)* stäbchenförmige Sporen bildende Bakterie (Mz. Bazillen); **Bazillophobie** *w.* übertriebene Bazillenfurcht

Beachvolleyball *m.* und *s. (engl.)* auf Sand von Zweiermannschaften gespielte Art des Volleyballspiels

Beam-Antenne *w. (engl.)* Richtantenne

Beat *m. (engl.)* 1. regelmäßiger rhythmisierender Grundschlag in Jazz und Unterhaltungsmusik,; 2. Sammelbegriff für verschiedene nach 1960 aufgekommene Strömungen der Popmusik

Beatifikation *w. (lat.)* Seligsprechung; **beatifizieren** selig sprechen

Beau *w. (frz.)* schöner Mann, Modenarr; **Beauté** *w. (frz.)*, **Beauty** *w. (engl.)* Schönheit, schöne Frau

Bébé *s. (frz.)* Säugling, kleines Kind

Bebop *m. (engl.)* Stilform des Jazz in den 1940er-Jahren

becircen *(lat.)* verzaubern, verführen

Becquerel *s.* Maßeinheit für die Aktivität einer radioaktiven Substanz

Beduine *m. (arab.)* arabischer Nomade

Beefeater *m. (engl.)* königliche Leibwache im Londoner Tower

Beefsteak *s. (engl.)* Rindersteak; **Beeftea** *m.* Kraftbrühe aus Rindfleisch

Beelzebub *m. (hebr.)* Teufel

Beg *m. (türk.)* höherer türkischer Titel

Beginen *Mz. (niederl.)* halb klösterliche Frauengemeinschaft in den Niederlanden und Belgien

Begum *w. (Hindi)* Titel indischer Fürstinnen

Behaviorismus *m. (engl.)* amerik. Richtung der Verhaltensforschung

Behemoth *m. (hebr.)* ein Tier der Endzeit

beige *(frz.)* naturfarben, sandfarbig

Beignet *m. (frz.)* in Teig getauchtes und in Schmalz gebackenes Obst

Bel *s.* Einheit für das logarithmierte Verhältnis zweier physikalischer Größen, meist im zehnten Teil verwendet

Belami *m. (frz.)* Frauenliebling

Belcanto *m. (itl.)* virtuoser Gesang der italienischen Schule

Beletage *w. (frz.)* der erste Stock eines Hauses

Belladonna *w. (itl.)* Gift der Tollkirsche

Belle Époque *w. (frz.)* Zeit von der Jahrhundertwende bis zum Ersten Weltkrieg in Frankreich

Belletrist *m. (frz.)* Schriftsteller der Belletristik; **Belletristik** *w.* erzählende, schöngeistige Literatur; Eigw. **belletristisch**

Bellevue *s. (frz.)* Name von Schlössern („schöne Aussicht")

Bel-Paese *m. (itl.)* Butterkäse

Beluga *w. (russ.)* russ. Störfisch; **Beluga** *m.* Kaviar aus dem Rogen des Störfischs

Ben *(hebr.-arab.)* Bestandteil von Familiennamen mit der Bedeutung Sohn

benedeien *(lat.)* segnen, lobpreisen

Benediktion *w.* Segnung, kath.-kirchl. Weihe

Benefiz *s. (lat.)* Wohltätigkeitsveranstaltung

Benefizium *s.* 1. Pfründe aus einem Kirchenamt; 2. mittelalterliches Lehen

benevolent *(lat.)* wohlwollend; **Benevolenz** *w.* Wohlwollen

benigne *(lat.)* gutartig; **Benignität** *w.* Gutartigkeit

Benjamin *m. (hebr.)* der Jüngste einer Familie oder Gruppe

Benthos *s. (gr.)* Pflanzen- und Tierwelt des Meeresbodens; Eigw. **benthonisch**

Benzin *s. (lat.)* Treibstoff aus Rohöl

Benzoe *w. (lat.)* tropisches Harz

Benzol *s. (lat.)* leicht entzündliche Kohlenstoffverbindung

Beo *m. (malai.)* asiatischer Star (Singvogel)

Berber *m.* 1. Knüpfteppich; 2. Nichtsesshafter; 3. nordafrikanisches Volk

Berceuse *w. (frz.)* Wiegenlied

Bergamaska *w. (frz.-itl.)* italienischer Bauerntanz

Bergamotte *w. (itl.-türk.)* 1. Abart der Apfelsine; 2. Birnenart

Beriberi *w. (singhal.)* Krankheit durch Vitamin-B-Mangel

Berlocke *w. (frz.)* Schmuckanhänger

Bermudashorts, Bermudas *Mz. (engl.)* knielange Badehose

Bersagliere *m. (itl.)* Angehöriger einer itl. Scharfschützentruppe (Mz. Bersaglieri)

Berserker *m. (altnord.)* 1. Krieger der altnord. Sage; 2. jmd., der sich wild gebärdet und wütet

Beryll *m. (gr.)* grüner Edelstein

Besanmast *m. (lat.-niederl.)* hinterster Schiffsmast

Besigue *s. (frz.)* Kartenspiel

bestialisch *(lat.)* unmenschlich, grausam; Hptw. **Bestialität** *w.*; **Bestie** *w.* 1. wildes

Tier; 2. brutaler Mensch, Unmensch

Bestseller *m. (engl.)* literarischer Verkaufsschlager

Beta *s. (gr.)* zweiter Buchstabe des griechischen Alphabets; **Betablocker** *m.* Kurzform von Betarezeptorenblocker; **Betarezeptor** *m. (gr.-lat.)* Nervenfaserende des sympathischen Nervensystems; **Betarezeptorenblocker** *m.* chemische Substanz zur Behandlung von Bluthochdruck; **Betastrahlen** *(gr.)* beim radioaktiven Zerfall von Atomkernen entstehende Strahlen aus Elektronen; **Betatron** *s.* Elektronenschleuder; **Betateilchen** *s.* beim radioaktiven Zerfall ausgesendete Elektronen; **Betazerfall** *m.* Umwandlung eines Atomkerns unter Aussendung von ß-Strahlen

Bête *w. (frz.)* Geld des (Spiel-)Verlierers

Betel *m. (malai.)* Genussmittel aus der Frucht der Betelnusspalme

Betise *w. (frz.)* Dummheit, Torheit

Beton *m. (frz.)* Baustoff aus Zement, Wasser, Sand und Kies; **betonieren** mit Beton ausbauen

Bezoar *m. (pers.)* Stein aus dem Magen von Wiederkäuern

bfn. = brutto für netto

Bhagawadgita *w. (sanskr.)* altind. religionsphilosophisches Lehrgedicht; **Bhagwan** *m.* Ehrentitel für hinduistische Religionslehrer

Bi-, bi- *(lat.)* als Vorsilbe: zweifach, doppelt; **bi** Kurzwort für bisexuell

Biarchie *w. (lat.-gr.)* Doppelherrschaft

Biathlon *s. (gr.)* Doppelwettkampf im Skilanglauf und im Scheibenschießen

Bibel *w. (gr.)* Buch des Alten und Neuen Testaments; **Bibelkonkordanz** *w.* Nachschlagewerk für Bibelstellen

Bibelot *m. (frz.)* Kleinkunstwerk

Bibernelle *w. (lat.)* Gewürzpflanze

Biblia pauperum *w. (lat.)* mittelalterliche Bilderbibel

Bibliographie *w. (gr.)* Bücherverzeichnis, Schrifttumsnachweis; Eigw. **bibliographisch**; **Bibliomane** *m.* Büchernarr; Eigw. **bibliomanisch**; **bibliophil** bücherliebend; **Bibliophile** *m.* Bücherfreund; **Bibliophilie** *w.* Buchliebhaberei; **Bibliothek** *w.* Bücherei, Büchersammlung, größerer Besitz an Büchern; **Bibliothekar** *m.* Verwalter einer Bibliothek; Eigw. **bibliothekarisch**

Biblizismus *m. (gr.-lat.)* Bibelverständnis, das jede Aussage in der Bibel wörtlich nimmt

Bidet *s.* *(frz.)* Sitzgefäß für Spülungen des Unterleibs

Bidonville *s.* *(frz.)* Elendsquartier am Stadtrand nordafrikanischer Siedlungen

biennal *(lat.)* zweijährlich, alle zwei Jahre (stattfindend) **Biennale** *w.* alle zwei Jahre stattfindende Veranstaltung; **Biennium** *s.* Zeitraum von zwei Jahren

bifilar *(lat.)* doppelfädig

Bifokalglas *(lat.)* Zweistärkenglas

biform *(lat.)* zwiegestaltig, doppelgestaltig; Hptw. **Biformität** *w.*

Bifurkation *w.* *(lat.)* Gabelung

Bigamie *w.* *(lat.-gr.)* Doppelehe; **Bigamist** *m.* jmd., der zwei Ehen gleichzeitig führt

Big Band *w.* *(engl.)* Jazzorchester

Big Bang *m.* *(engl.)* Urknall bei der Entstehung des Weltalls

Big Ben *m.* *(engl.)* Glockenturm des Londoner Parlamentsgebäudes

Big Business *s.* *(engl.)* Großindustrie, Geschäftswelt

bigott *(frz.)* scheinheilig, frömmelnd; Hptw. **Bigotterie** *w.*

Bijou *m.* oder *s.* *(frz.)* Kleinod, Edelstein **Bijouterie** *w.* 1. kunstgewerbliche Schmuckwaren; 2. Schmuckwarenhandel

Bikarbonat *s.* *(lat.)* doppeltkohlensaures Salz

Bike *s.* *(engl.)* Fahrrad

Bikini *m.* zweiteiliger Damenbadeanzug

bikonkav *(lat.)* auf beiden Seiten hohl geschliffen

bikonvex *(lat.)* auf beiden Seiten erhaben geschliffen

Bilabial *m.* mit beiden Lippen gebildeter Laut

Bilanz *w.* *(itl.)* 1. Kontenabschluss; 2. Ergebnis, Fazit; **bilanzieren** Bilanz machen

bilateral *(lat.)* zweiseitig

Bilge *w.* *(engl.)* Kielraum eines Schiffes

biliär *(lat.)* die Galle betreffend; **biliös** gallig

bilingual *(lat.)* 1. zweisprachig; 2. auf zwei Sprachen bezogen; **bilinguisch** in zwei Sprachen verfasst

Billetdoux *s.* *(frz.)* Liebesbrief

Billett *s.* *(frz.)* Ticket, Eintrittskarte

Billiarde *w.* tausend Billionen

Billion *w.* *(frz.)* tausend Milliarden

binär, **binarisch** *(lat.)* zweiteilig, aus zwei Einheiten bestehend, **Binärcode** *m.* Code mit nur zwei Zeichen; **Binärsystem** *s.* Dualsystem

Bingo *s.* *(engl.)* engl. Glücksspiel; Redewendung für: Hat geklappt!

Binokel *s. (lat.)* Opernglas; **binokular** mit beiden Augen, für beide Augen

Bio-, bio- *(gr.)* als Vorsilbe: Leben, das Leben betreffend

Biobibliographie *w.* Bibliographie zu Quellen und Sekundärliteratur über eine Person

Biochemie *w.* 1. Wissenschaft von der Chemie des Organismus; 2. Heilverfahren, das auf Biochemie beruht

Biochip *m. (gr.-engl.)* Computerchip aus organischen Verbindungen

Bioethik *w. (gr.)* Teilgebiet der Ethik

Biogas *s.* Faulgas aus Biomasse

Biogenese *w.* Entwicklungsgeschichte der Lebewesen; Eigw. **biogenetisch**

Biograph *m.* jmd., der das Leben eines Menschen beschreibt; **Biographie** *w.* 1. Lebensbeschreibung; 2. Lebensgeschichte eines Menschen; Eigw. **biographisch**

Biologie *w.* Wissenschaft von den Lebensvorgängen; Eigw. **biologisch**; **Biomasse** *w.* Gesamtheit der organischen Substanz eines Lebensraums; **Biomechanik** *w.* Wissenschaft von den mechanischen Abläufen in Organismen; **Biometrie, Biometrik** *w. (gr.)* Erfassung und Bearbeitung von Mess- und Zählwerten in allen Bereichen der Biologie; Eigw. **biometrisch**; **Biomorphose** *w.* durch den Lebensablauf bedingte Veränderungen des Erscheinungsbildes von Lebewesen; **Bionomie** *w.* Wissenschaft von den Gesetzen des Lebens; **Biophysik** *w.* Wissenschaft von den physikalischen Vorgängen im Körper

Bioskop *s. (gr.)* altes Filmvorführgerät

Biopsie *w.* Entnahme von Gewebe aus dem lebenden Organismus; **Biorhythmus** *m.* der regelmäßig wiederkehrende Teil organischen Lebens; **Biosphäre** *w.* Teil der Erde, in dem Lebewesen existieren; **Biotechnologie** *w.* Wissenschaft, die die technische Durchführung biologischer Prozesse erforscht; **Biotop** *m.* oder *s.* Lebensraum einer Tier- oder Pflanzenart (Mz. Biotope); **biotrope Faktoren** *Mz. (gr.-lat.)* Gegebenheiten wie Wetter und Luftdruck, die auf Lebewesen einwirken; **Biotypus** *m.* durch Selbstbefruchtung oder Parthenogenese entstandene, genetisch gleiche Organismengruppe; **biozentrisch** Denkweise, die das organische Leben in den Mittelpunkt stellt

bipolar *(lat.)* zweipolig, doppelpolig; **Bipolarität** *n.* Doppelpoligkeit

Bireme *w. (lat.)* antikes Kriegsschiff mit zwei übereinander liegenden Ruderreihen
Birett *s. (gr.-lat.)* Barett kath. Geistlicher
Bisam *m. (hebr.)* 1. Moschus; 2. Bisamrattenfell
Bisexualität *w. (lat.)* Doppelgeschlechtigkeit; Eigw. **bisexuell**
Biskuit *m.* oder *s. (frz.)* leichtes Gebäck; **Biskuitporzellan** zweimal gebranntes, unglasiertes Porzellan
Bison *m. (gr.)* Büffel
Bistro *s. (frz.)* kleine Gastwirtschaft
Bit *s. (engl.)* Kurzwort: Einheit für die Anzahl von Zweierschritten, die ein Computer gleichzeitig bearbeiten kann
Bitter Lemon *s. (engl.)* Zitronensaft mit Chiningehalt
Bitumen *s. (lat.)* bei der Erdölaufbereitung gewonnenes Kohlenwasserstoffgemisch, Steinkohlenpech
bivalent *(lat.)* zweiwertig
Biwak *s. (frz.)* Zeltlager; **biwakieren** Zeltlager aufschlagen
bizarr *(frz.)* sonderbar, fremdartig; **Bizarrerie** *w.* Absonderlichkeit
Bizeps *m. (lat.)* Oberarmmuskel
Blackout *s. (engl.)* 1. totaler Stromausfall; 2. Denkaussetzer
blamabel *(frz.)* beschämend; **Blamage** *w.* Peinlichkeit, Bloßstellung; **blamieren** beschämen, lächerlich machen, bloßstellen
blanchieren *(frz.)* Gemüse kurz überbrühen
Blancmanger *s. (frz.)* Mandelsüßspeise
blanko *(itl.)* unbeschrieben, leer **Blankoscheck** *m.* unterschriebener Scheck mit unausgefüllter Summe; **Blankovollmacht** *w.* unumschränkte Vollmacht
blasiert *(frz.)* überheblich, eingebildet
Blason *s. (frz.)* Wappenschild; **blasonieren** Wappen ausmalen
Blasphemie *w. (gr.)* Gotteslästerung; Eigw. **blasphemisch**
Blastogenese *w. (gr.)* ungeschlechtliche Vermehrung
Blazer *m. (engl.)* Damen- oder Herrenjackett
Blend *m.* oder *s. (engl.)* Verschmelzung zweier Wörter zu einem neuen Begriff
Blennorrhö, **Blennorrhöe** *w. (gr.)* Eiterfluss, bes. der Augenbindehaut
blessieren *(frz.)* verwunden; **Blessur** *w.* Wunde, Verwundung
Blimp *m. (engl.)* 1. englischer Stockkonservativer; 2. Geräuschschutzgerät an Kameras
Blind Date *s. (engl.)* Rendezvous mit unbe-

kanntem Partner

Blini *Mz. (russ.)* Buchweizenpfannkuchen

Blizzard *m. (engl.)* Schneesturm

Blockade *w. (frz.)* l. Absperrung; 2. Funktionsstörung; **blockieren** l. absperren; 2. ausfallen einer Funktion

Blockbuster *m.* od. *s. (engl.)* Kinohit, Kassenknüller

Blonde *w. (frz.)* Seidenspitze; **blondieren** blond färben; **Blondine** *w.* blonde Frau

Bloody Mary *w. (engl.)* Cocktail mit Wodka und Tomatensaft

Blouson *s. (frz.)* Windjacke

Blow-up *s. (engl.)* Vergrößerung eines Fotos

Blue Chip *m. (engl.)* Wertpapier der besten Sorte; **Blue Jeans** *Mz.* Nietenhose aus blauer Baumwolle; **Blue Movie** *m.* oder *s.* Erotikfilm

Blues *m. (engl.)* 1. schwermütiger Song der Schwarzen in den USA; 2. langsamer Tanz; 3. Traurigkeit, Schwermut

Bluff *m. (engl.)* Irreführung, Täuschung; **bluffen** irreführen, täuschen

blümerant *(frz.)* schwindelig, übel

Boa *w. (lat.)* 1. Riesenschlange; 2. Schal aus Pelz oder Straußenfedern

Bob *m. (engl.)* Sportschlitten

Bobby *m. (engl.)* engl. Polizist

Bobine *w. (frz.)* 1. Garnspule; 2. Seiltrommel; 3. Papierrolle, von der Zigarettenhülsen abgeteilt werden

Bobinet *m. (frz.)* feiner Tüll

Boccia *w. (itl.)* italienisches Kugelspiel

Boche *m. (frz.)* französisches Schimpfwort für Deutsche

Bodega *w. (span.)* Weinstube

Body *m. (engl.)* 1. Körper; 2. enganliegender Anzug; **Body-Art** *w.* Körperkunst; **Bodybuilding** *s.* Ausbildung der Muskulatur; **Bodycheck** *m.* erlaubte Körperattacke beim Eishockey; **Bodydouble** *s.* Ersatzdarsteller(in) in Filmszenen, in denen nur der Körper zu sehen ist; **Bodyguard** *m.* Leibwächter

Boheme *w. (frz.)* künstlerisches Milieu; **Bohemien** *m.* Angehöriger der Boheme

Boiler *m. (engl.)* Warmwasserspeicher

boisieren *(frz.)* täfeln

Bojar *m. (russ.)* adliger Großgrundbesitzer, Würdenträger

Bolero *m. (span.)* 1. spanischer Tanz; 2. knappes Jäckchen; 3. Hut

Bollette *w. (itl.)* Zollabfertigungspapier

Bolometer *s. (gr.)* Instrument zur Messung

von Wärmestrahlen

Bolschewik *m. (russ.)* Mitglied der Kommunistischen Partei der Sowjetunion; **Bolschewismus** *m.* Theorie und Praxis des sowjetischen Kommunismus; Eigw. **bolschewistisch**

Bombarde *w. (frz.)* altes Geschütz; **bombardieren** beschießen, Bomben abwerfen; **Bombardement** *s.* Beschießung, Bombenabwürfe

Bombardon *s. (frz.)* Tuba

Bombasin *m. (frz.)* Gewebe aus feinem Merinokammgarn

Bombast *m. (lat.)* 1. Baumwollzeug zum Wattieren; 2. Schwulst; **bombastisch** schwülstig, hochtrabend

Bon *m. (frz.)* Gutschein, Kassenzettel

Bonbon *m.* oder *s. (frz.)* Zuckerzeug; **Bonbonniere** *w.* Pralinenschachtel

Bond *m. (engl.)* verzinsbare Schuldverschreibung

Bondage *s. (engl.)* Fesselung

Bonhomie *(frz.)* Biederkeit, Gutmütigkeit, Einfalt; **Bonhomme** *m.* Einfaltspinsel

Bonifikation *w. (lat.)* Vergütung, Preisnachlass; Eigw. **bonifizieren**

Bonität *w. (lat.)* Zahlungsfähigkeit, Kreditwürdigkeit

Bonmot *s. (frz.)* geistreiche Bemerkung

Bonne *w. (frz.)* Kindermädchen

Bonsai *m. (jap.)* jap. Zwergbaum

Bonus *m. (lat.)* 1. Sondervergütung; 2. Pluspunkt gegenüber anderen

Bonze *m. (jap.)* 1. buddhistischer Priester; 2. eingebildete, überhebliche Persönlichkeit in Amt oder Partei; **Bonzokratie** *w.* Bonzenherrschaft

Boogie-Woogie *m. (engl.)* Blues-/Jazz-Pianospiel

Booklet *s. (engl.)* Beiheftchen

Boom *m. (engl.)* plötzlicher wirtschaftlicher Aufschwung, ökonomischer Erfolg; Ztw. **boomen**

Bootleg *s. (engl.)* schwarz hergestellte Waren; **Bootlegger** *m.* Hersteller von Bootlegs

Bor *s. (lat.)* chemisches Element

Bora *w. (itl.)* kalter Fallwind an der Adria

Borax *m. (arab.-lat.)* borsaures Natrium

Bordcase *s.* und *m. (engl.)* kleines Fluggepäck

Bordeaux *m. (frz.)* französischer Rot- und Weißwein; **bordeauxrot** braunrot, weinrot

Bordell *s. (frz.)* Freudenhaus

Borderlinesyndrom *s. (engl.-gr.)* Krankheitssyndrom an der Grenze zwischen Neurose und Psychose

Bordüre *w. (frz.)* Saum, Einfassung, Borte; **bordieren** einfassen

Boreas *m. (gr.)* kalter Nordwind; **boreal** nördlich

borniert *(frz.)* beschränkt, engstirnig; Hptw. **Borniertheit** *w.*

Borretsch *m. (lat.-arab.)* Gewürzkraut

Borsalino *m. (itl.)* Herrenfilzhut

Borschtsch *m. (russ.)* Kohlsuppe

Borussia *(lat.)* Frauengestalt als Sinnbild Preußens

Boss *m. (engl.)* Chef

Boston *m. (engl.)* langsamer Walzer

Botanik *w. (gr.)* Pflanzenkunde; **Botaniker** *m.* Wissenschaftler auf dem Gebiet der Botanik; **botanisieren** Pflanzen bestimmen

Bottleparty *w. (engl.)* Party, zu der jeder Gast ein alkoholisches Getränk mitbringt

Bouclé *s. (frz.)* 1. starkes Kräuselgarn; 2. Haargarnteppich

Boudoir *s. (frz.)* elegantes, privates Damenzimmer

Bouillabaisse *w. (frz.)* Fischsuppe

Bouillon *w. (frz.)* Fleischbrühe

Boule *w.* oder *s. (frz.)* 1. Spielkugel; 2. Kugelspiel

Boulevard *m. (frz.)* breite Straße, Ringstraße; **Boulevardpresse** *w.* Sensationspresse

Bourgeois *m. (frz.)* Bürger; **bourgeois** bürgerlich; **Bourgeoisie** *w.* wohlhabendes Bürgertum

Bourrée *w. (frz.)* heiterer Tanz

Bourrette *w. (frz.)* Seidenfrotté, körniger Seidenstoff in Taftbindung

Bouteille *w. (frz.)* Flasche

Boutique *w. (frz.)* Modeladen

Bowiemesser *s. (engl.)* Jagdmesser, Hirschfänger

Bowle *w. (engl.)* 1. Getränk aus Wein mit Früchten oder Kräutern; 2. Gefäß für das Getränk

Bowler *m. (engl.)* Herrenhut (Melone)

Bowling *s. (engl.)* 1. amerikanisches Kegeln; 2. engl. Kugelspiel auf Rasen

Bowlinggreen *s.* Rasenplatz für engl. Bowling

Boxcalf, Boxkalf *s. (engl.)* feines Kalbleder

Boykott *m. (engl.)* Ausschluss, Liefersperre, Ächtung; **boykottieren** mit Boykott belegen

Boyscout *m. (engl.)* Pfadfinder

Brabançonne *w. (frz.)* belgische Nationalhymne

Bracelet *s. (frz.)* 1. Armband; 2. Handschelle
Brachialgewalt *w.* rohe Gewalt
Brahma *m. (altind.-sanskr.)* höchster Gott des Hinduismus; **Brahman** *s.* Weltseele, schöpferische Kraft; **Brahmaismus** *m.* Lehre von Brahma; **Brahmane, Brahmine** *m.* Mitglied der obersten Hindi-Kaste (Priester, Gelehrte, Dichter); Eigw. **brahmanisch**
Braille-Schrift *w. (frz.)* Blindenschrift
Brainstorming *s. (engl.)* Ideenkonferenz
Braintrust *m. (engl.)* Expertengruppe in Wirtschaftsunternehmen und Behörden
Brakteat *m. (lat.)* einseitig geprägte mittelalterliche Münze aus dünnem Silber- oder Goldblech
Bram *w. (niederl.)* Verlängerung von Schiffsmasten
Branche *w. (frz.)* Geschäftszweig
Brandy *m. (engl.)* Branntwein
Brasil *w. (port.)* dunkle Zigarre aus Brasiltabak
Brass-Band *w. (engl.)* Marschkapelle mit Blechblasinstrumenten
Brasse *w. (niederl.-frz.)* Tau zum Segelstellen
Brasselett *s. (frz.)* Armband
bravo! *(itl.)* gut!, gut gemacht!
Bravour *w. (frz.)* 1. Schwung; 2. Virtuosität; **bravourös** glanzvoll, meisterhaft **Bravourstück** *s.* Glanzleistung
Break *m.* oder *s. (engl.)* 1. Pause, Unterbrechung; 2. Durchbruch im sportlichen Wettkampf, Konterschlag; 3. kurzes Solo im Jazz; 4. Punktgewinn beim gegnerischen Aufschlag im Tennis; **Breakdance** *m.* akrobatische Tanzkunststücke
Break-even-Point *m. (engl.)* Rentabilitätsschwelle, Übergang zu Gewinn oder Verlust
Bredouille *w. (frz.)* Klemme, Patsche
Breeches *Mz. (engl.)* Reithosen
Breton *m. (frz.)* kleiner Hut
Breve *s. (lat.)* kurzer päpstlicher Erlass
Brevier *s. (lat.)* 1. Stundengebet(buch) für den kath. Geistlichen; 2. Sammlung markanter Textpassagen eines klassischen Autors
Bridge *s. (engl.)* Kartenspiel für vier Personen
Brie *m. (frz.)* französischer Schimmelkäse
Briefing *s. (engl.)* kurze Unterrichtung, Lagebesprechung, Einweisung
Brigade *w. (span.-itl.)* 1. Truppeneinheit; 2. Belegschaft einer Hotelküche; **Brigadier** *m.* Brigadegeneral
Brigant *m. (itl.)* Straßenräuber; **Brigantine** *w.*

kleines zweimastiges Segelschiff
Brigg *w. (itl.-engl.)* zweimastiges Segelschiff
Brikett *s. (frz.)* quader- oder eiförmig gepresste Kohle; **brikettieren** in Brikettform pressen
Brikole *w. (frz.)* Rückprall beim Billard; **brikolieren** durch Rückprall treffen
Brillant *m. (frz.)* besonders geschliffener Diamant; **brillant** glänzend, virtuos; **Brillantine** *w.* Haarpomade; **Brillanz** *w.* 1. Virtuosität; 2. Tonschärfe; 3. Bildschärfe; **brillieren** glänzen, Aufsehen erregen
Brimborium *s. (lat.)* Gerede, Getue
Brioche *w. (frz.)* feines Gebäck aus Butterteig
Brioletten, Briolетts *Mz. (frz.)* Doppelrosette aus Brillanten
brioso *(itl.)* Musik: forsch
Brisanz *w. (frz.)* hohe Aktualität, Sprengkraft; **brisant** explosiv, heikel
Brise *w. (frz.- span.)* Seewind
Brisolett *s. (frz.)* Klößchen aus Kalbfleisch
Broadcasting *s. (engl.)* Rundfunk
Broderie *w. (frz.)* Stickerei, Einfassung; Ztw. **brodieren**
Broiler *m. (engl.)* Brathähnchen
Brokat *m. (itl.)* gold- oder silberdurchwirkter Seidenstoff; **brokaten** aus Brokat
Brokkoli *m.* und *Mz. (itl.)* Spargelkohl
Brom *s. (gr.)* Element
Bronchialkatarr *m.*, **Bronchitis** *w. (gr.)* Entzündung der Luftwege; **Bronchien** *Mz.* die Luftwege
Brontosaurus *m. (gr.)* urzeitliche Riesenechse
Bronze *w. (frz.)* Legierung aus Kupfer und Zinn; Eigw. **bronzen, bronzefarben**; **Bronzezeit** *w.* vorgeschichtlicher Zeitabschnitt zwischen Stein- und Eisenzeit; **bronzieren** mit Bronzefarbe überziehen
broschieren *(frz.)* 1. zusammengeheftete Druckbogen in leichten Karton binden; 2. mit Webmustern durchwirken; **Broschur** *w.* 1. das Broschieren; 2. Broschüre; **Broschüre** *w.* geheftete Druckschrift
Browning *m. (engl.)* Selbstladepistole
Browser *m. (engl.)* Internet-Zugangssoftware
Bruitismus *m. (frz.)* Kompositionsweise mit Einbeziehung von Lärm und Krach
Brumaire *m. (frz.)* zweiter Monat im Kalender der Französischen Revolution (22. Oktober – 20. November)
Brunch *m. (engl.)* spätes Frühstück anstelle des Mittagessens; Ztw. **brunchen**

Brünelle *w. (frz.)* geschälte und entkernte Pflaumen

brünett *(frz.)* braunhaarig, braunhäutig; **brünieren** Metall bräunen; Hptw. **Brünierung** *w.*

brüsk *(frz.)* schroff, barsch, unvermittelt; **brüskieren** vor den Kopf stoßen; Hptw. **Brüskierung** *w.*

brutal *(lat.)* rücksichtslos, gefühllos, gewalttätig, roh; Hptw. **Brutalität** *w.*

brutto *(itl.)* 1. ohne Abzug; 2. mit Verpackung; **Bruttoeinnahme** *w.* Einnahme inklusive Unkosten; **brutto für netto** Preis für das Gewicht einer Ware inklusive Verpackung; **Bruttoregistertonne** *w.* Maß für den Rauminhalt eines Schiffes

Bruyereholz *s. (frz.)* Wurzelholz der mittelmeerischen Baumheide

Bryologie *w. (gr.)* Wissenschaft von den Moosen

BSE *w. (engl.)* Kurzwort: bovine spongiforme Enzephalopathie; tödliche Hirnerkrankung bei Rindern, Rinderwahnsinn

Bubblegum *s.* oder *m. (engl.)* Kaugummi

Bucentaur *m. (itl.)* Prunkschiff des Dogen von Venedig

Buckram *m. (engl.)* Steifleinen zum Buchbinden

Buckskin *m. (engl.)* 1. Schaf- oder Hirschleder; 2. melierter Herrenanzugstoff

Buddha *m. (sanskr.)* indischer Religionsstifter; **Buddhismus** *m.* die von Buddha im 6. Jh. v. Chr. begründete ostasiatischindische Religion; **Buddhist** *m.* Anhänger des Buddhismus; Eigw. **buddhistisch**

Budget *s. (frz.)* Haushaltsplan, Voranschlag öffentlicher Haushalte; Ztw. **budgetieren**

Buffalo *m. (engl.-span.)* amerikanischer Büffel, Bison

Büfett, Buffet *s. (frz.)* 1. Schanktisch; 2. Anrichte; **kaltes Büfett** *s.* Tisch mit kalten Speisen zur Selbstbedienung

Buffo *m. (itl.)* Sänger komischer Rollen; **Buffo-Oper** *w.* komische Oper

Buggy *m. (engl.)* 1. hochrädriges Geländeauto; 2. zusammenklappbarer Kinderwagen

bugsieren *(niederl.)* ins Schlepptau nehmen, lotsen

Bukanier, **Bukanier** *m. (westind.)* Seeräuber

Bukett *s. (frz.)* 1. Blumenstrauß; 2. Blume des Weins

Bukinist *m. (frz.)* Straßenhändler mit antiquarischen Büchern

Bukoliker *m.* Dichter idyllischer Poesie;

bukolisch idyllisch, ländlich

Bülbül *m. (pers.)* Nachtigall

Bulette *w. (frz.)* Fleischklößchen, Frikadelle

Bulimie *w. (gr.)* Essstörung mit Heißhunger und anschließendem Erbrechen

Bull *m. (engl.)* Spekulant auf steigende Kurse

Bulldozer *m. (engl.)* Planierraupe

Bulle *w. (lat.)* 1. Siegelkapsel; 2. mittelalterliche, mit Metallsiegel versehene Urkunde; 3. päpstlicher Erlass

Bulletin *s. (frz.)* 1. amtliche Bekanntmachung, Tagesbericht; 2. Titel wissenschaftlicher Zeitschriften

Bullfinch *w. (engl.)* Dornenhecke als Sprunghindernis im Reitsport

Bully *s. (engl.)* Anspiel von zwei Spielern im Eishockey

Bumerang *m. (austral.)* gekrümmtes Wurfholz, das einen Kreisbogen fliegt

Buna *s. (Wz.)* künstlicher Kautschuk

Bungalow *w. (ind.-engl.)* flaches einstöckiges Haus

Bungee *s. (engl.)* Sprung aus großer Höhe an einem elastischen Seil, das kurz vor dem Boden zurückfedert

Bunny *s. (engl.)* als Häschen kostümierte weibliche Bedienung in Playboy-Clubs

Buran *m. (russ.)* Steppensturm

Burette *w. (frz.)* Messglas für chemische Untersuchungen

Burka, **Burkha**, **Burqa** *m. (arab.)* Ganzkörperschleier

burlesk *(itl.)* komisch, possenhaft; **Burleske** *w.* Posse, Schwank

Burnout *s. (engl.)* 1. unkontrollierte Kernspaltung; 2. Syndrom großer körperlich-seelischer Erschöpfung

Burnus *m. (arab.)* Kapuzenumhang der Beduinen

Büro *s. (frz.)* Geschäftszimmer, Amtsraum, Schreibstube; **Bürokratie** *w.* Verwaltungsapparat; **Bürokratismus** *m.* Aufblähung des Verwaltungsapparats und Überschätzung seiner Wichtigkeit; **Bürokrat** *m.* jmd., der bürokratisch denkt und handelt; **bürokratisch** übergenau, stur nach den Vorschriften; **bürokratisieren** überorganisieren

burschikos *(gr.-lat.)* betont ungezwungen

Bus *m. (lat.)* 1. Kurzform von Autobus, Omnibus; 2. *(engl.)* Sammelleitung in der EDV

Bushel *s. (engl.)* englisches Getreidemaß (ca. 36 l)

Bushido *m.* *(jap.)* Ehrenkodex des altjapanischen Kriegertums

Business *s.* *(engl.)* Geschäft; **Businessman** *m.* *(engl.)* Geschäftsmann

Bussole *w.* *(frz.)* Kompassgerät

Bustier *s.* *(frz.)* Büstenhalter

Butan *s.* *(lat.)* Kohlenwasserstoff

Butler *m.* *(engl.)* Diener

Butterflystil *m.* *(engl.)* Schwimmstil

Button *m.* *(engl.)* Anstecker mit Text oder Symbol

Butyrometer *s.* *(gr.)* Messrohr zur Bestimmung des Fettgehalts von Milch

bye-bye! *(engl.)* tschüss!

Bypass *m.* *(engl.)* 1. Umführung einer Strömung im Triebwerk; 2. Umgehung einer verschlossenen Blutbahn durch Gefäßtransplantat

Byte *s.* *(engl.)* Einheit der Speicherkapazität eines Computers

Byzantinistik *w.* Wissenschaft von der byzantinischen Geschichte und Kultur

Byzantinismus *m.* Unterwürfigkeit

C = Celsius

ca. = circa

Cab *s.(engl.)* Kabriolett, einspännige Droschke, Taxi

Caballero *m. (span.)* 1. Edelmann; 2. Titel: Herr

Cabochon *m. (frz.)* rundgeschliffener Edelstein

Cachenez *s. (frz.)* seidenes Halstuch

Cachucha *w. (span.)* Tanz im Walzertakt

Caddie *m. (engl.)* Träger oder Wagen zum Tragen der Golfschläger

Café *s. (frz.)* Kaffeehaus; **Cafeteria** *w. (span.-engl.)* Imbissstube mit Selbstbedienung; **Cafetier** *m.* Kaffeehausbesitzer

Ça ira *(frz.)* französisches Revolutionslied

Cakewalk *m. (engl.)* afroamerikanischer Tanz Anfang des 20. Jahrh.

cal. = Kalorie

Calamus *m. (gr.)* antikes Schreibrohr

calando *(itl.)* Musik: leiser und langsamer werdend

Calembour *m. (frz.)* Wortspiel

Callboy *m. (engl.),* **Callgirl** *w.* Prostituierte(r)

calmato *(itl.)* Musik: beruhigend

Calvados *m. (frz.)* französischer Apfelbranntwein

Calypso *m.* volkstümliche Tanzmusik Westindiens

Camcorder *m. (engl.)* Videokamera

Camelot *m. (frz.)* französischer Straßenhändler

Camembert *m. (frz.)* Weichkäse

Camera obscura *w. (lat.)* Lochkamera

Camerlengo *m. (itl.)* päpstlicher Vermögensverwalter

Camorra *w. (itl.)* krimineller Geheimbund in Neapel

Camouflage *w. (frz.)* Tarnung

Camp *s. (engl.)* 1. Zeltlager; 2. Gefangenenlager; **campen** zelten; **Camping** *s.* das Zelten; **Campingplatz** *m.* Zeltplatz

Campanile *m. (itl.)* Glockenturm

Campesino *m. (span.)* Bauer, Landarbeiter in Lateinamerika

Camposanto *m. (itl.)* Friedhof

Campus *m. (engl.)* Universitätsgelände

Canadienne *w. (frz.)* gegürtete Jacke

Canapé, Kanapee *s. (frz.)* l. Sofa; 2. pikante Weißbrotschnitte

Canasta *m.* oder *s. (span.)* Kartenspiel

Cancan *m. (frz.)* französischer Tanz

Candida *w. (lat.)* 1. Antiquadruckschrift; 2. Sprosspilz auf der Haut

Canotier *m. (frz.)* Strohhut

Cant *m. (engl.)* 1. Heuchelei, Scheinheiligkeit; 2. Gaunersprache

cantabile *(itl.)* Musik: gesanglich; **cantando** singend

Cantus firmus *m. (lat.)* Grundmelodie in einer musikalischen Komposition

Capa *w. (span.)* farbiger Umhang des Stierkämpfers; **Cape** *s. (engl.)* ärmelloser Umhang

Capeador *m. (span.)* Stierkämpfer, der den Stier mit der Capa reizt

Cappuccino *(itl.)* italienischer Milchkaffee

Capriccio *s. (itl.)* lustige Musik; **capriccioso** launig, spielerisch

Captain *m. (engl.)* Hauptmann

Capuchon *m. (frz.)* Damenmantel mit Kapuze im 19. Jh.

Caput mortuum *s. (lat.)* rotes Eisenoxyd, Englischrot

caramba! *(span.)* Donnerwetter! Teufel!

Caravan *(engl.)* Wohnwagenanhänger

Cardigan *m. (engl.)* kragenlose Wolljacke

carezzando *(itl.)* Musik: zärtlich

Carmagnole *w. (frz.)* frz. Revolutionslied

Carpaccio *m. (itl.)* dünne, marinierte Rindfleischscheiben

carpe diem *(lat.)* genieße den Tag

Carte blanche *w.* *(frz.)* unbeschränkte Vollmacht

Cartoon *m.* *(engl.)* politisch-satirische Bildgeschichte; **Cartoonist** *m.* Cartoonzeichner

Casa *w.* *(lat.-itl.)* Haus

Casanova *m.* *(itl.)* Frauenverführer, Frauenheld

Cäsar *m.* *(lat.)* Titel des röm. Kaisers; **Cäsarenwahn** *m.* Größenwahn des Alleinherrschers; **Cäsarismus** *m.* uneingeschränkte Herrschergewalt; **Cäsaropapismus** *m.* Staatsform, bei der weltliche und geistliche Herrschaft in einer Hand liegen

Casework *s.* *(engl.)* amerik. Form der Sozialfürsorge

Cash *s.* *(engl.)* Bargeld, Barzahlung

Cashflow *m.* *(engl.)* Summe von Reingewinn und Abschreibungen, die die Innenfinanzierung eines Unternehmens wiedergibt

Cäsium *s.* *(lat.)* chemisches Element

Cassata *s.* oder *w.* *(itl.)* italienische Eistorte

Cassis *m.* *(frz.)* schwarzer Johannisbeerlikör

Cast *s.* *(engl.)* Produktionsteam beim Film; **Casting** *s.* Rollenbesetzung beim Film

Castorhut *m.* *(lat.)* Hut aus Biberfilz

Casus *m.* *(lat.)* Fall; **Casus belli** *m.* Kriegsfall; **Casus foederis** *m.* Bündnisfall

Catch-as-catch-can *s.* *(engl.)* Ringkampf im freien Stil; Ztw. **catchen**; **Catcher** *m.* Freistilringer

Catering *s.* *(engl.)* Lieferdienst für Verpflegung

Caterpillar *m.* *(engl.)* Raupenschlepper

Cattleya *w.* Orchideengattung, benannt nach William Cattley, † 1832

Caudillo *m.* *(span.)* Heerführer, diktatorischer Machthaber

Causa *w.* *(lat.)* 1. Ursache; 2. Streitsache; **causa** wegen, um ... willen

Causeuse *w.* *(frz.)* kleines Sofa

Cavatine *w.* *(itl.)* Arie, Instrumentalstück

Cayennepfeffer *m.* *(frz.)* Chilipfeffer

cbm Kubikmeter

CD, CD-ROM = Compact Disc; - Read Only Memory; Medium mit großer Speicherkapazität, Lesespeicher

CD = 1. Abk. für Corps diplomatique; 2. Compact Disc

Cedille *w.* *(frz.)* Häkchen unter dem Buchstaben c

Cella *w.* *(lat.)* 1. Innenraum des antiken

Tempels; 2. Zelle, kleinste Einheit von Organismen

Cellist *m. (itl.)* Cellospieler; **Cello** *s.* Kniegeige, Violoncello (Mz. Celli)

Cellon *s.* Kunststoff; **Cellophan** *s.* durchsichtige Folie, Verpackungsmaterial

Cellulitis, **Zellulitis** *w.* Bindegewebsschwäche („Orangenhaut")

Celsius Gradeinheit; **Celsiusskala** *w.* Thermometerskala von 100 Graden zwischen Gefrier- und Siedepunkt des Wassers

Cembalo *s. (itl.)* Tasteninstrument

Cenacle *s. (frz.-lat.)* 1. Saal, in dem das Abendmahl abgehalten wird; 2.Vereinigung französischer Dichter in Paris zur Zeit der Romantik

Cent *m. (engl.)* Münze

Center *s. (engl.)* Zentrum; **Center-Court** *m.* Haupt-Tennisplatz

Cercle *m. (frz.)* l. gesellschaftlicher Kreis; 2. Empfang bei Hof

Ceres *w.* römische Göttin des Ackerbaus

cerise *(frz.)* kirschrot

c'est la vie! *(frz.)* so ist das Leben!

Chablis *m. (frz.)* weißer Burgunderwein

Cha-Cha-Cha *m. (span.)* kubanischer Tanz

Chaconne *w. (frz.)* langsamer spanischer Tanz

Chagrin *s. (frz.)* künstlich genarbtes Leder; **chagrinieren** Narbenmuster aufpressen

Chairman *m. (engl.)* Vorsitzender, Präsident, Leiter eines Gremiums

Chaise *w. (frz.)* halb offener Wagen

Chaiselongue *w. (frz.)* Ruhebett

Chalet *s. (frz.)* Landhaus

Chalkotypie *w. (gr.)* Kupferdruck

Chalzedon *m. (gr.)* grüner Schmuckstein

Chamäleon *s. (gr.)* die Farbe wechselnde Eidechsenart

Chambertin *m. (frz.)* roter Burgunderwein

Chambre séparée *s. (frz.)* Nebenzimmer im Restaurants

chamois *(frz.)* gelbbraun; **Chamois** *s.* Gämsenleder

Champagner *m. (frz.)* französischer Schaumwein

Champignon *m. (frz.)* essbarer Pilz

Champion *m. (engl.)* Spitzensportler

Chamsin *m. (arab.)* heißer Südwind in Ägypten

Chance *w. (frz.)* günstige Gelegenheit, Aussicht, Glücksfall

Change *m. (engl.)* Geldwechsel, Geldumtausch

Changeant *m. (frz.)* verschiedenfarbig schillernder Stoff

changieren *(frz.)* 1. schillern; 2. beim Reitsport vom Rechts- zum Linksgalopp wechseln

Chanson *s. (frz.)* poetisches, politisches oder satirisches Lied; **Chansonette** *w.* 1. kleines Chanson; 2. Chansonsängerin; **Chansonnier** *m.* 1. Troubadour; 2. Chansonsänger

Chaos *s. (gr.)* ungeordneter Zustand; **chaotisch** ungeordnet, wirr

Chapeau claque *m. (frz.)* zusammenklappbarer Zylinder

Charakter *m. (gr.)* 1. Wesensart, Persönlichkeit; 2. Merkmal, Kennzeichen (Mz. Charaktere); **charakterisieren** kennzeichnen, schildern; **Charakteristik** *w.* Kennzeichnung, Beschreibung; **charakteristisch** bezeichnend; **Charakteristikum** *s.* Kennzeichen, Merkmal; **charakterlich** den Charakter eines Menschen betreffend; **Charakterologie** *w.* Charakterkunde; Eigw. **charakterologisch**

Charge *w. (frz.)* 1. Rang, Dienstgrad; 2. Nebenrolle im Theater; 3. Ladung; **chargieren** 1. beschicken; 2. eine Nebenrolle spielen; 3. Rollencharakter übertreiben; **Charge d'affaires** *m.* Geschäftsträger

Charis *w. (gr.)* griech. Göttin der Anmut

Charisma *s. (gr.)* Ausstrahlung; Eigw. **charismatisch**

Charité *w. (frz.)* Krankenhaus

Chariten, Charitinnen *Mz. (gr.)* Grazien, Göttinnen der Anmut

Charivari *s. (frz.)* Durcheinander

Charleston *m. (engl.)* Modetanz der 1920er-Jahre

Charlotte (russe) *w. (frz.)* Süßspeise aus in Wein getauchten Löffelbiskuits und Creme

charmant *(frz.)* liebenswert; **Charme** *m.* Zauber, gewinnendes Wesen; **Charmeur** *m.* charmanter Mann

Charmeuse *w. (frz.)* Kunstseidenstoff

Charon *m. (gr.)* Totenfährmann in der griech. Mythologie

Charta *w. (lat.)* Urkunde, Verfassung

Charter *m. (engl.)* 1. Freibrief, Schutzbrief; 2. Frachtvertrag; **Charterer** *m.* Mieter eines Schiffes oder Flugzeugs; **chartern** mieten; **Chartermaschine** *w.* gemietetes Flugzeug

Chartreuse *w. (frz.)* l. Kartause; 2. Klosterlikör

Charts *Mz. (engl.)* Rangtabelle, Hitliste, Hitparade

Chasse *w. (frz.)* Spiel mit 15 Bällen beim Billard; **Chassé** *m.* Tanzschritt; Ztw. **chassieren**

Chasseur *m. (frz.)* Jäger

Chassis *s. (frz.)* Fahrgestell des Autos

Château *s. (frz.)* Schloss

Chateaubriand *s. (frz.)* die auf dem Rost gebratene Rindslendenschnitte

Chatelaine *s. (frz.)* Uhrkette mit Anhänger

Chat *s. (engl.)* Unterhaltungsräume für Internetbenutzer; Ztw. **chatten**

Chaudeau *m. (frz.)* süße Weinsoße

Chauffeur *m. (frz.)* Fahrer, der berufsmäßig Personen im Kraftfahrzeug befördert; **chauffieren** 1. ein Kraftfahrzeug lenken; 2. jmdn. berufsmäßig fahren

Chaussee *w. (frz.)* ausgebaute Landstraße

Chauvi *m.* (Kurzwort für Chauvinist) Mann, der sich Frauen überlegen fühlt

Chauvinismus *m. (frz.)* 1. blinder Nationalismus; 2. Geisteshaltung eines Machos; Eigw. **chauvinistisch**; **Chauvinist** *m.* 1. engstirniger Nationalist; 2. = Chauvi

Check *s. (engl.)* Spielbehinderung beim Eiskockey; **checken** 1. prüfen, kontrollieren; 2. begreifen

Check-in *s. (engl.)* Flugabfertigung; **Checkliste** *w.* Kontrollliste; **Checkpoint** *m.* Kontrollstelle an Grenzübergängen; **Check-up** *m.* umfassende medizinische Vorsorgeuntersuchung

cheerio! *(engl.)* Prost!

Chef *m. (frz.)* Leiter, Vorgesetzter; **Chef d'Œuvre** *s.* Meisterwerk, Meisterstück

Chemie *w. (frz.-arab.)* Wissenschaft von den Eigenschaften der Zusammensetzung und Umwandlung der Stoffe; **chemische Elemente** chemische Grundstoffe in der äußeren, Meere und Atmosphäre umfassenden Erdschicht + Metalle und Nichtmetalle; **chemische Keule** Reizstoff; **chemische Verbindungen** aus Elementen zusammengesetzte, in ihren Eigenschaften gegenüber den Ausgangsstoffen veränderte Stoffe; **Chemismus** *m.* Gesamtheit der chemischen Vorgänge im Tier- und Pflanzenkörper, **Chemotechnik** *w.* Gesamtheit der Verfahren und Einrichtungen zur praktischen Nutzbarmachung chemischen Wissens; **Chemotherapie** *w.* Behandlung von Krankheiten mit chemischen Mitteln; Eigw. **chemotherapeutisch**

Chemisett *s. (frz.)* gesteifte Hemdbrust

Chenille *w. (frz.)* raupenartig wirkender Webfaden

cherchez la femme! *(frz.)* sucht die Frau!

Cherrybrandy *m. (engl.)* Kirschlikör

Cherub *m. (hebr.)* himmlisches Wesen (Mz. Cherubim); Eigw. **cherubinisch**

Chester *m. (engl.)* Hartkäse

Chesterfield *m. (engl.)* einreihiger Herrenmantel mit verdeckter Knopfleiste

chevaleresk *(frz.)* ritterlich, kavaliersmäßig; **Chevalier** *m.* 1. franz. Adelstitel; 2. Kavalier

Chevreau *s. (frz.)* weiches Schaf- oder Ziegenleder

Chewinggum *m. (engl.)* Kaugummi

Chi *s. (gr.)* 22. Buchstabe des griechischen Alphabets

Chianti *m.* talienischer Rotwein

Chicorée, **Schikoree** *w. (frz.)* endivienartige Gemüsepflanze

Chiffon *m. (frz.)* schleierfeiner Stoff aus Wolle oder Seide

Chiffre *w. (frz.-arab.)* l. Ziffer; 2. geheimes Schriftzeichen; 3. Kennziffer einer Zeitungsannonce; **chiffrieren** verschlüsseln

Chignon *s. (frz.)* Haarknoten im Nacken

Chili *m. (indian.)* 1. roter Pfeffer; 2. scharf gewürztes Gericht

Chiliasmus *m. (gr.)* Lehre von der Erwartung des Jüngsten Gerichts; Eigw. **chiliastisch**

Chimäre *w. (gr.)* 1. aus mehreren Tierkörpern zusammengesetztes Fabelwesen der griech. Sage; 2. = Schimäre; 3. Organismus, der aus genetisch verschiedenen Zellen besteht; 4. Lebewesen, bei dem Zellen mit abweichender Chromosomenstruktur nachweisbar sind

Chinchilla *w. (span.)* südamerikanische Hasenmaus

Chinin *s. (peruan.)* aus Chinarinde gewonnenes Arzneimittel

Chinoiserie *w. (frz.)* europäisches Kunstgewerbe im chinesischen Stil

Chip *m. (engl.)* 1. dünne, gebackene Kartoffelscheiben; 2. Spielmarke; 3. aus Silicium bestehendes Trägerplättchen mit integrierten Schaltkreisen, auf dem Informationen gespeichert werden

Chippendale *s. (engl.)* englischer Rokokostil

Chiragra *s. (gr.)* Gicht in der Hand

Chirologie *w.* 1. die Taubstummensprache; 2. Lehre von der Handdeutung; **Chiro-**

mant *m.* Wahrsager; **Chiromantie** *w.* Wahrsagen aus den Handlinien

Chiropraktik *w.* *(gr.)* Heilmethode bei Wirbelsäulenleiden

Chirurg *m.* *(gr.)* Facharzt der Chirurgie; **Chirurgie** *w.* Behandlung durch operative Eingriffe, Krankenhausabteilung; Eigw. **chirurgisch**

Chitin *s.* *(gr.)* hornartige Panzer bei Gliedertieren

Chiton *m.* *(gr.)* altgriechisches hemdartiges Untergewand

Chlamys *w.* *(gr.)* Überwurf im antiken Griechenland

Chlor *s.* *(gr.)* chemisches Element; **chlorieren** mit Chlor keimfrei machen; **Chloroform** *s.* Betäubungsmittel; Ztw. **chloroformieren**

Chlorophyll *s.* *(gr.)* grüner Farbstoff in Pflanzenzellen

Choke *m.* *(engl.)* Kaltstarthilfe im Auto

Cholera *w.* *(gr.)* Infektionskrankheit von Magen und Darm

Choleriker *m.* *(gr.)* jähzorniger Mensch; **cholerisch** jähzornig, aufbrausend, reizbar

Cholesterin *s.* *(gr.)* Steroid, Bestandteil aller menschlicher und tierischer Körperzellen

Chor *m.* *(gr.)* 1. Sängergruppe; 2. Musikstück für Singstimmen; 3. Raum des Hauptaltars; **Chorist** *m.* Chorsänger in der Oper

Choral *m.* *(gr.)* Kirchenlied

Choreograph *m.* *(gr.)* Tanzregisseur; **Choreographie** *w.* Tanzregie. Ztw. **choreographieren**

Chose *w.* *(frz.)* Sache, Angelegenheit

Chow-Chow *m.* *(chin.)* Hunderasse, chinesischer Spitz

Chrestomathie *w.* *(gr.)* Sammlung ausgewählter Texte

Chrisam *s.* oder *m.*; **Chrisma** *s.* *(gr.)* geweihtes Salböl in der kath. und orthodoxen Kirche

Christolatrie *w.* *(gr.)* Verehrung Christi als Gott; **Christologie** *w.* die dogmatische Lehre von der Person Christi

Christophanie *w.* Erscheinung Christi

Chrom *s.* *(gr.)* chemisches Element

Chromatik *w.* *(gr.)* 1. Farbenlehre; 2. Aufteilung der Tonleiter in Halbtonschritte; **chromatisch** 1. farbig, farblich; 2. in Halbtönen fortschreitend; **chromogen** farberzeugend; **Chromolithographie** *w.* Farbsteindruck

Chromatin *s.* *(gr.)* das Erbgut der Zelle

enthaltender Bestandteil des Zellkerns

Chromosom *s. (gr.)* Träger der Erbanlagen, Bestandteil der Zellen jeder Organismenart

Chromosphere *w. (gr.)* atmosphärische Schicht der Sonne

Chronik *w. (gr.)* Geschichtswerk, das die Ereignisse in ihrer zeitlichen Reihenfolge darstellt; **chronisch** *(gr.)* ständig; **Chronist** *m.* Verfasser einer Chronik

Chronologie *w. (gr.)* Wissenschaft von der Zeitmessung und -rechnung; **chronologisch** zeitlich geordnet; **Chronometer** *m.* Zeitmesser

Chrysalis *w.* Puppenstadium der Insekten

Chrysolith *m. (gr.)* grüner Schmuckstein

chthonisch *(gr.)* der Erde angehörend, unterirdisch; **chthonische Gottheiten** Erdgottheiten

Chuzpe *w. (hebr.-jidd.)* Unverschämtheit, Dreistigkeit

CIA *m. (engl.)* „Central Intelligence Agency“: zentrale Nachrichtenbehörde, Geheimdienst der USA (gegr. 1947, Sitz in Washington)

ciao *(itl.)* hallo!, tschüs!

Ciborium *s. (lat.)* 1. Altarüberbau; 2. Gefäß zur Aufbewahrung geweihter Hostien

Cicerone *m. (itl.)* Fremdenführer

Cicisbeo *m. (itl.)* Hausfreund, Liebhaber

Cidre *m. (frz.)* französischer Apfelwein

Cineast *m. (frz.)* Filmkenner, Filmliebhaber, Kinofan (Mz. Cineasten)

Cinemascope *s. (gr.)* Filmverfahren

circa *(lat.)* etwa, ungefähr

Circe *w. (gr.)* 1. männerbetörende Zauberin der griech. Sage; 2. Verführerin

Citoyen *m. (frz.)* frz. Bez. für (Staats-)Bürger (in der Französischen Revolution anstelle von Monsieur benutzt)

City *w. (engl.)* Innenstadt; **Cityhall** engl. Bez. für Rathaus

Civitas Dei *w. (lat.)* der Staat Gottes

Clair-obscur *s. (frz.)* Helldunkelmalerei im holländischen Barock

Clairon *s. (frz.)* hohe Trompete, Signalhorn

Clairvoyance *w. (frz.)* Hellsehen

Clan *m. (kelt.)* 1. Lehnsverband; 2. verschworene Interessengruppe

Claque *w. (frz.)* Gruppe bezahlter Beifallklatscher; **Claqueur** *m.* bezahlter Beifallklatscher

Clavicula *w. (lat.)* Schlüsselbein

clean *(engl.)* nicht mehr rauschgiftabhängig

clever *(engl.)* geschickt, gewandt, klug,

gerissen; Hptw. **Cleverness** *w.*
Cliffhanger *m. (engl.)* Ende von Fortsetzungsfilmen im spannendsten Augenblick
Clinch *m. (engl.)* Umklammerung
Clip *m. (engl.)* 1. Ohrschmuck; 2. Kurzfilm, Videoclip
Clique *w. (frz.)* durch gemeinsame Interessen verbundene Gruppe
Clochard *m. (frz.)* Stadtstreicher
Close-up *s. (frz.)* Nahaufnahme im Film
Clou *m. (frz.)* Höhepunkt, Glanzpunkt
Clown *m. (engl.)* Spaßmacher; **Clownerie** *w.* Spaßmacherei; Eigw. **clownesk**
Cluster *s. (engl.)* 1. Menge von Einzelteilen, die als einheitliches Ganzes anzusehen ist; 2. Klangfeld; 3. pathologische Zellhaufen
Coach *w. (engl.)* Trainer, Betreuer; **coachen** trainieren, betreuen; Hptw. **Coaching** *s.*
Cockerspaniel *m. (engl.)* engl. Jagdhund, Stöberhund
Cockpit *s. (engl.)* 1. Sitzraum in Motor- und Segelboot; 2. Pilotenkabine im Flugzeug; 3. Sitz des Fahrers im Rennwagen
Cocktail *m. (engl.)* alkoholisches Mischgetränk verschiedenster Zusammensetzung; **Cocktailkleid** kleines Abendkleid; **Cocktailparty** *w.* Geselligkeit am frühen Abend
Coeur *s. (frz.)* Spielkarte der Farbe Herz
cogito ergo sum *(lat.)* ich denke, also bin ich
Cognac *m. (frz.)* französischer Weinbrand
Coiffeur *m. (frz.)* Friseur; **Coiffeuse** *w.* Friseurin; **Coiffure** *w.* Frisur; Haartracht
College *s. (engl.)* höhere Schule und Universität in England und Amerika
Collie *m. (kelt.)* schottischer Schäferhund
Collier *s. (frz.)* Halsband
Colt *m. (Wz.)* Revolver
Combo *w. (engl.)* kleines Ensemble von Jazzmusikern
Comic, **Comicstrip** *m. (engl.)* gezeichnete Bildgeschichte mit Text in Sprechblasen
Coming-out *s. (engl.)* öffentliches Eingeständnis einer bisher verborgenen Tatsache oder Neigung
Commercial *s. (engl.)* Werbespot
Common Sense *m. (engl.)* gesunder Menschenverstand
Commonwealth *s. (engl.)* 1. Staatenbund; 2. Bez. für das ehemalige britische Weltreich
Compact Disc *w. (engl.)* kleine Schallplatte als digitaler Datenträger von hoher Ton-

qualität, der durch Laserstrahl abgetastet wird

Computer *m. (engl.)* Rechner, elektronische Datenverarbeitungsanlage; **Computervirus** *m. (engl.-lat.)* im Netzwerk bzw. Computer eingeschleustes Programm, das sich wie ein biologischer Virus vermehrt und Daten und Programme gegen den Willen des Benutzers verändert oder zerstört

Comte *m. (frz.)* Graf, **Comtesse** *w.* Gräfin

Concept-Art *w. (engl.)* Kunstrichtung, die künstlerische Konzepte, nicht deren Realisation zum Gegenstand der Darstellung macht

Concierge *m.* oder *w. (frz.)* Hausmeister, Hausmeisterin

Concordia *w. (lat.)* röm. Göttin der Eintracht

con dolcezza *(itl.)* Musik: zärtlich

Condottiere *m. (itl.)* italienischer Söldnerführer in der Renaissance-Zeit

con espressione *(itl.)* Musik: ausdrucksvoll

Conferencier *m. (frz.)* Unterhaltungskünstler, Ansager

Confessio *w. (lat.)* 1. Glaubensbekenntnis, Bekenntnisschrift; 2. Geständnis, Beichte; 3. Heiligengrab unter dem Hochaltar kath. Kirchen, Krypta; **Confessor** *m.* Glaubensbekenner in der römischen Kaiserzeit

Confiteor *s. (lat.)* das allgemeine und öffentliche Schuldbekenntnis als Teil der kath. Liturgie

Conga *w. (span.)* 1. kubanische fass- oder kegelförmige Holztrommel; 2. kubanischer Volkstanz

con gusto *(itl.)* Musik: geschmackvoll

Connection *w. (engl.)* vorteilhafte Verbindung

con passione *(itl.)* Musik: leidenschaftlich

con sordino *(itl.)* Musik: gedämpft

Consulting *s. (engl.)* Beratungstätigkeit, bes. Unternehmensberatung

Container *m. (engl.)* 1. standardisierter Großbehälter; 2. behelfsmäßiger Wohn- oder Gewerberaum; **Containerterminal** *m.* spezielle Umschlaganlage für den Containerverkehr

Conte *m. (itl.)* Graf; **Contessa** *w.* Gräfin

Contenance *w. (frz.)* Haltung, Fassung, Gelassenheit

con tenerezza *(itl.)* Musik: zart

contra *(lat.)* gegen

cool *(engl.)* nüchtern, leidenschaftslos, gelassen; souverän **Cool Jazz** *m.* Stilform des Jazz

Cop *m. (engl.)* amerikanischer Polizist

Copyright *s. (engl.)* Urheberrecht

Cord *m. (engl.)* stark gerippter Woll- oder Baumwollstoff

Cordon bleu *m. (frz.)* mit Käse und gekochtem Schinken gefülltes Kalbsschnitzel

Corned Beef *s. (engl.)* gesalzenes, zerkleinertes Rindfleisch in Dosen

Cornflakes *Mz. Wz. (engl.)* geröstete Maisflocken

Corrida *w. (span.)* Stierkampf

Cottage *s. (engl.)* englisches Landhaus

Cotton *s. (engl.)* Baumwolle, Baumwollstoff

Couch *w. (engl.)* Liegesofa, Schlafsofa

Couleur *w. (frz.)* 1. Trumpf im Kartenspiel; 2. Gesinnung

Count *m. (engl.)* engl. Titel für einen Grafen des europäischen Kontinents; **Countess** *w.* Gräfin; **County** *w.* Grafschaft

Countdown *m. (engl.)* 1. letzte technische Kontrollen vor einem Start; 2. Rückwärtszählung bis Null, wo der Start beginnt

Coup *m. (frz.)* Schlag, Streich, Husarenstück

Coupé *s. (frz.)* 1. Eisenbahnabteil; 2. geschlossenes zweitüriges Auto

Coupon *m. (frz.)* l. Gutschein; 2. Zinsabschnitt

Courage *w. (frz.)* Mut, Beherztheit, Eigw. **couragiert**

Courtage *w. (frz.)* Maklergebühr

Cousin *m. (frz.)* Vetter; **Cousine** *w.* Base

Cover *s. (engl.)* 1. Titelblatt; Umschlag; 2. Plattenhülle; **Cover-Version** Neuauflage, Uminterpretation eines Musiktitels

Cowboy *m. (engl.)* amerik. Rinderhirt

Crack *m. (engl.)* 1. das beste Rennpferd; 2. hervorragender Sportler; 3. synthetisches Rauschgift; **Cracker** *m.* 1. ungesüßtes Gebäck; 2. Codeknacker; Ztw. **cracken**

Craquelé *s. (frz.)* 1. Glasur mit absichtlich erzeugten feinen Sprüngen; 2. *s.* und *m.*, Kreppgewebe aus Baumwolle oder Zellwolle mit rissigem Aussehen

Crash *m. (engl.)* 1. Unfall, Zusammenprall; 2. Zusammenbruch eines Unternehmens; **Crashtest** *m.* Aufpralltest

Cream *w. (engl.)* Rahm, Sahne, Creme

Credo *s. (lat.)* Glaubensbekenntnis, Überzeugung

Creme *w. (frz.)* 1. Sahne; 2. Süßspeise; 3. Hautpflegemittel; 4. Oberschicht der Gesellschaft; **cremefarben** blassgelb; **Crème de la crème** allerbeste Gesellschaft

Crêpe *m. (frz.)* 1. Kreppstoff; 2. hauchdünner Eierpfannkuchen; **Crêpe chiffon** *m.* hauchdünnes Gewebe aus reiner Seide in Taftbindung; **Crêpe de Chine** *m.* rein- oder kunstseidenes Gewebe in Taftbindung mit gekrepptem Schussfaden; **Crêpe marocain** *m.* körniges Gewebe in Taftbindung; **Crêpe satin** *m.* Seiden- oder Kunstseidengewebe in Atlasbindung mit glänzender Vorderseite

crescendo *(itl.)* Musik: anschwellend

Crew *w.* *(engl.)* 1. Besatzung, Mannschaft; 2. Personengruppe mit einer bestimmten Aufgabe

Croissant *s.* *(frz.)* Hörnchen aus Blätterteig

Cromagnonrasse *w.* Menschen der Altsteinzeit

Crosscountry *s.* *(engl.)* Querfeldeinrennen, Waldlauf **Cross-over** *s.* *(engl.)* 1. Austausch von Erbfaktoren zwischen Chromosomen; 2. Stilmischung, Stilkreuzung

Croupier *m.* *(frz.)* Spielbankangestellter

Cruisemissile *s.* *(engl.)* unbemannter Flugkörper

Crux *w.* *(lat.)* Kreuz, Leid, Kummer, Last

Cupido *m.* *(lat.)* römischer Liebesgott

Curacao *m.* *(Wz.)* Likör aus den Schalen der Curacao-Pomeranze

Curie *s.* *(frz.)* Maßeinheit der radioaktiven Strahlung

Curriculum vitae *s.* *(lat.)* Lebenslauf

Curry *s.* *(engl.)* indisches Gewürz

Cursor *m.* *(engl.)* Anzeige auf dem Bildschirm eines Computers

Cuvée *w.* *(frz.)* Weinverschnitt zur Schaumweinbereitung

Cyanid *s.* *(gr.)* Salz der Blausäure

Cyber- *(engl.)* als Vorsilbe: in einer virtuellen, vom Computer erzeugten Realität

Cyborg *m.* *(engl.)* Mensch mit implantierten technischen Geräten

da capo *(itl.)* noch einmal

d'accord *(frz.)* einverstanden

Dada, **Dadaismus** *m.* internationale Kunstbewegung in der Zeit nach dem Ersten Weltkrieg; Eigw. **dadaistisch**

Daguerrotypie *w. (frz.)* frühe Fotografie, Lichtbild auf Metallplatte

Daimyo *m. (jap.)* japanischer Ritter, Angehöriger des Hochadels

Dakapo *s. (itl.)* Beifallsbekundung des Publikums mit Aufforderung zur Wiederholung

Daktylogramm *s. (gr.)* Fingerabdruck; **Daktyloskopie** *w.* Fingerabdruckverfahren

Dalai-Lama *m. (mong.-tibet.)* weltliches Oberhaupt des Lamaismus in Tibet

Damast *m.* Stoff mit eingewebten Mustern; Eigw. **damasten** (nach der Stadt Damaskus)

Damaszenerklinge *w. (frz.)* Klinge aus verziertem Stahl; **damaszieren** Eisen und Stahl mit Musterungen versehen; Hptw. **Damaszieren** *w.*

Damoklesschwert *s. (gr.)* ständig drohende Gefahr

Dämon *m. (gr.)* 1. göttliches Wesen; 2. böser Geist, von dem jmd. besessen ist;

Dämonie *w.* Macht des Dämons; **dämonisch** 1. getrieben; 2. geheimnisvoll wirkend, suggestiv

Danaergeschenk *s.* *(gr.)* verhängnisvolles Geschenk, Unglücksgabe

Danaidenarbeit *w.* *(gr.)* Anstrengung, die zu nichts führt, vergebliche Mühe, Fass ohne Boden

Dandy *m.* *(engl.)* extravaganter Lebe- und Genussmensch mit übertriebenem modischen Äußeren; **dandyhaft** blasiert, extravagant, egozentrisch

Danebrog *m.* *(dän.)* dänische Flagge

Danse macabre *m.* *(frz.)* Totentanz

Darling *m.* *(engl.)* Liebling

Darwinismus *m.* Selektionstheorie J. Darwins; **Darwinist** *m.* Anhänger des Darwinismus; Eigw. **darwinistisch**

Date *s.* *(engl.)* Treffen, Verabredung, Rendezvous; **Dating** *s.* das Sichverabreden

Daten *Mz.* *(lat.)* 1. nähere Angaben, Tatsachen; 2. Zeichen, die eine Information darstellen und in Form von Buchstaben oder Ziffern gespeichert und weiterverarbeitet werden können; **Datei** *w.* Daten-sammlung; **Datenbank** *w.* durch Integration von Dateien entstandene umfassende Datensammlung; **Datenerfassung** *w.* Eingabe von bereitgestellten und für den Computer bearbeiteten Daten; **Datenhighway** *m.* = Internet; **datieren** 1. mit Datum versehen; 2. seit einer bestimmten Zeit bestehen, stammen von; Hptw. **Datierung** *w.*; **Datum** *s.* Zeitangabe nach dem Kalender

Dativ *m.* *(lat.)* der 3. Kasus (Wemfall)

Datscha *w.* *(russ.)* Wochenendhaus, Sommerhaus

Dauphin *m.* *(frz.)* Titel des französischen Kronprinzen

Deadline *w.* *(engl.)* Endtermin einer Frist

Deal *m.* *(engl.)* Handel, Geschäft; **dealen** 1. unsaubere Geschäfte machen; 2. handeln, verkaufen, Geschäfte vermitteln; **Dealer** *m.* 1. Rauschgifthändler; 2. Börsenspekulant

Debakel *s.* *(frz.)* Katastrophe, desaströses Ereignis

Debatte *w.* *(frz.)* Erörterung, Meinungsaustausch, Diskussion; **Debattenschrift** *w.* verkürzte Kurzschrift; **debattieren** diskutieren, Debatten führen

debil *(lat.)* schwachsinnig; **Debilität** *w.*

Schwachsinn
Debüt *s.* *(frz.)* erstes Auftreten in der Öffentlichkeit; **Debütant** *m.* jmd., der zum ersten Male auftritt; Ztw. **debütieren**
Dechanat *s.*, **Dechanei** *w.* *(lat.)* Amtsbezirk des Dechanten; **Dechant** *m.* Vorsteher eines Kirchenbezirks der kath. Kirche
dechiffrieren *(frz.)* etwas entschlüsseln
deciso *(itl.)* Musik: entschlossen
declamando *(itl.)* Musik: ausdrucksvoll
Decoder *m.* *(engl.)* Gerät zur Daten- bzw. Informationsentschlüsselung **Decoding** *s.* Entschlüsselung einer chiffrierten Nachricht
decrescendo *(itl.)* Musik: leiser werdend
Deduktion *w.* *(lat.)* Ableitung, Herleitung des Besonderen aus dem Allgemeinen; **deduktiv** ableitend; **deduzieren** ableiten
de facto *(lat.)* wirklich, tatsächlich
Defekt *m.* *(lat.)* Mangel, Schaden, Fehler; **defekt** beschädigt, mangelhaft
defensiv *(lat.)* abwehrend, verteidigend; **Defensive** *w.* Abwehr, Verteidigung; **Defensor** *m.* Verteidiger
deficiendo *(itl.)* Musik: nachlassend
defilieren feierlich vorbeiziehen
definieren *(lat.)* begrifflich festlegen, abgrenzen, erklären; **Definition** *w.* Begriffsbestimmung, Begriffsabgrenzung, Erklärung; **definitiv** endgültig; **Definitivum** *s.* endgültiger Zustand, Dauerzustand
defizient *(lat.)* fehlend, unvollständig
Defizit *s.* *(lat.)* Fehlbetrag, Mangel; **defizitär** zu einem Defizit führend, mit einem Defizit belastet
Deflation *w.* *(lat.)* Beschränkung der Geldmenge zur Steigerung des Geldwerts und zur Vergrößerung der Kaufkraft
Defloration *w.* *(lat.)* Entjungferung; **deflorieren** entjungfern
Deformation *w.* *(lat.)* Verformung, Verunstaltung; Eigw. **deformiert**
Degeneration *w.* *(lat.)* Entartung, Verfall, Rückbildung; **degenerieren** verkümmern, entarten
degradieren *(lat.)* herabsetzen, zurückversetzen; **Degradierung**, **Degradation** *w.* 1. Rückversetzung, Rangminderung; 2. Zerlegung von Molekülen in kleinere Bruchstücke (z.B. Abbau von Polymeren); 3. negative Veränderung des Bodenprofils
Dehydratation, **Dehydratisierung** *w.* *(lat.)* Wasserentzug, Austrocknung; **dehydratisieren** Wasser entziehen; **dehydrieren**

Wasserstoff entziehen; Hptw. **Dehydrierung** *w.*

Deifikation *w. (lat.)* Vergottung eines Dinges oder Menschen; Ztw. **deifizieren**

Deismus *m. (lat.)* Glaube an Gott als Schöpfer, nicht aber als Lenker der Welt; **Deist** *m.* Anhänger des Deismus; Eigw. **deistisch**

DJ = Diskjockey

Déjà-vu-Erlebnis *(frz.)* das plötzliche Gefühl, etwas Gegenwärtiges schon einmal erlebt zu haben

Dekabrist *m. (russ.)* Teilnehmer an der russischen Verschwörung vom Dezember 1825

Dekade *w. (gr.)* Zeitraum von 10 Tagen, Monaten usw.

dekadent *(frz.)* kulturell niedergehend; **Dekadenz** *w.* Niedergang, Verfall

dekadisch *(gr.)* nach Zehnern rechnend **Dekalog** *m. (gr.)* die Zehn Gebote

Dekan *m. (lat.)* 1. höherer Geistlicher der evang. und kath. Kirche; 2. Vorsitzender einer Fakultät; **Dekanat** *s.* Amtsbereich des Dekans

dekantieren *(frz.)* abgießen, umgießen (bes. Rotwein)

deklassieren *(lat.-frz.)* 1. einen Gegner hoch besiegen; 2. sozial absteigen; Hptw. **Deklassierung** *w.*

Deklination *w. (lat.)* 1. Beugung von Adjektiv, Artikel, Numerale, Substantiv; 2. Abweichung der Magnetnadel; **deklinieren** Worte beugen

dekodieren *(lat.)* mit Hilfe eines Codes entschlüsseln

Dekolleté *s. (frz.)* tiefer Ausschnitt an Damenkleidern; **dekolletiert** tief ausgeschnitten

dekompensieren *(lat.)* eine Störung ausgleichen wollen; Hptw. **Dekompensation** *w.*

dekomponibel *(lat.)* zerlegbar, auflösbar; **dekomponieren** auseinander nehmen, zerlegen; **Dekomposition** *w.* 1. Auflösung; 2. Verminderung einer Organfunktion; **Dekompositum** *s.* Ableitung von Wörtern aus einem Kompositum

dekonstruieren *(lat.)* zerlegen; **Dekonstruktion** *w.* Zerlegung, Auflösung, Auseinanderlegung

Dekor *s. (lat.)* Muster, Musterung; **Dekorateur** *m. (frz.)* Fachmann für die Innenausstattung; **Dekoration** *w.* 1. Ausgestaltung, Ausschmückung; 2. künstlerische Ausgestaltung der Bühne, Bühnenbild; 3. Ordensverleihung; **dekorativ** effektvoll schmückend; **dekorieren** 1. ausstatten, ausschmücken; 2. Orden verleihen

Dekret *s. (lat.)* Erlass, Verordnung; **dekretieren** bestimmen, verordnen

Delegation *w. (lat.)* 1. Abordnung; 2. Übertragung von Zuständigkeiten; **delegieren** abordnen, übertragen; **Delegierte** *m.* und *w.* Abgeordnete(r), Beauftragte(r)

delektieren (sich) *(lat.)* ergötzen, laben, sich gütlich tun

delicatamente, **delicato** *(itl.)* Musik: zart

delikat *(lat.)* 1. fein, auserlesen; 2. wohlschmeckend, köstlich; 3. Behutsamkeit erfordernd, heikel; **Delikatesse** *w. (frz.)* 1. Leckerbissen, Feinkost; 2. Zartgefühl

Delikt *s. (lat.)* Straftat

Delinquent *m. (lat.)* Straffälliger

deliziös *(frz.)* köstlich

Delphinus *m. (lat.)* lateinische Bezeichnung für Dauphin (Kronprinz); **delphisch** dunkel, doppelsinnig

Delta *s. (gr.)* 1. Mündungsgebiet eines mehrarmigen Flusses; 2. vierter Buchstabe des griechischen Alphabets; **Deltamuskel** *m.* dreieckig geformter Armhebemuskel

Demagoge *m. (gr.)* Volksverführer; **Demagogie** *w.* politische Hetze, Volksverführung; **demagogisch** hetzerisch, volksverführend

Demand *m. (engl.)* Marktnachfrage

Demarkation *w. (frz.)* Abgrenzung; **Demarkationslinie** *w.* vorläufige Grenzlinie

demaskieren (sich) *(frz.)* die Maske abnehmen, entlarven; **Demaskierung** *w.* Entlarvung

Dementi *s. (frz.)* Richtigstellung, Widerruf; **dementieren** etwas richtig stellen, widerrufen

Demission *w. (lat.)* Niederlegung eines Amts, Abschied, Rücktritt; **demissionieren** seinen Abschied nehmen, vom Amt zurücktreten

Demoiselle *w. (frz.)* Fräulein

Demokrat *m. (gr.)* 1. Anhänger der Demokratie; 2. Anhänger oder Mitglied einer demokratischen Partei; **Demokratie** *w.* 1. Volksherrschaft als Staatsform; 2. Gültigkeit freiheitlicher Prinzipien in allen gesellschaftlichen Bereichen; Eigw. **demokratisch**

demolieren *(lat.)* zerstören, beschädigen, zertrümmern; Hptw. **Demolierung** *w.*

Demonstrant *m. (lat.)* Teilnehmer an einer Protestkundgebung; **Demonstration** *w.* 1. Vorführung, anschaulicher Beweis; 2. öffentliche Kundgebung; **Demonstrationsaufnahme** *w.* Musik- oder Videoband zu Werbungszwecken; **demonstrativ** 1. mit Nachdruck, herausfordernd; 2. verdeutlichend; 3. hinweisend; **Demonstrativpronomen** *s.* hinweisendes Fürwort; **demonstrieren** 1. vorführen, verdeulichen, anschaulich machen; 2. zu erkennen geben; 3. öffentlich kundtun, protestieren

Demontage *w. (frz.)* Abbau, Abbruch; **demontieren** abbauen

demoralisieren *(frz.)* entmutigen; Hptw. **Demoralisierung, Demoralisation** *w.*

Demoskopie *w. (gr.)* Meinungsforschung

Denar *m. (lat.)* altrömische Münze

Dendrologie *w. (gr.)* Baumkunde **Dendrometer** *m.* Gerät zur Vermessung stehender Bäume

Denier *s. (frz.)* Einheit für die Fadenstärke von Seide und Kunstfaser

Denomination *w. (lat.)* 1. Benennung, Ernennung; 2. Anzeige, Ankündigung; 3. Herabsetzung des Nennbetrags einer Aktie; **Denominativ** *s.* von Haupt- oder Eigenschaftswort abgeleitetes Zeitwort; **denominieren** ernennen, benennen

Densimeter Gerät zur Messung des spezifischen Gewichts von Flüssigkeiten, Dichtemesser; **Densität** *w.* Dichtigkeit

dental *(lat.)* die Zähne betreffend

Denunziant *m. (lat.)* jmd., der denunziert; **Denunziation** *w.* verleumderische Anzeige, Bezichtigung; **denunziatorisch** verleumderisch, öffentlich verurteilend; **denunzieren** 1. jmdn. anzeigen; 2. etwas verdammen, verurteilen

Deo, **Deodorant** *s. (lat.-engl.)* Mittel gegen Körpergeruch

Departement *s. (frz.)* 1. frz. Verwaltungsbezirk; 2. Abteilung; **Department** *s. (engl.)* amerik. Ministerium

Dependence *w. (frz.)* 1. Nebengebäude eines Hotels; 2. Zweigstelle

Dependenz *w. (lat.)* Abhängigkeit; Eigw. **dependent**

Depesche *w. (frz.)* Eilnachricht, Telegramm; Ztw. **depeschieren**

Depigmentierung *w. (lat.)* Schwinden des Pigments aus Haut oder Haar

Depilation *w. (lat.)* Enthaarung; **depilieren** enthaaren, Haare entfernen

Deplacement *s. (frz.)* Wasserverdrängung eines Schiffs; **deplaciert**, **deplatziert** unangebracht

Deponens *s. (lat.)* lateinisches Zeitwort mit passiver Form, aber aktiver Bedeutung

Deponie *w.* Müllkippe; **deponieren** hinterlegen, zum Aufbewahren geben; Hptw. **Deponierung** *w.*

Deportation *w. (lat.)* Zwangsverschickung, Verbannung; **deportieren** zwangsweise verschicken, verbannen; **Deportierte** *m.* oder *w.* Verbannte(r); **Deposition** *w.* Hinterlegung; **Depot** *s. (frz.)* 1. Warenlager, Sammelstelle; 2. Ablagerung, Bodensatz; 3. Abteilung einer Bank für die Deponierung von Wertsachen

Depression *w. (lat.)* 1. düstere, hoffnungslose Gestimmtheit; 2. Niedergang der Wirtschaft; 3. Tiefdruckgebiet; 4. Bodensenke; **depressiv** 1. schwermütig, düster; 2. im Konjunkturrückgang; **deprimieren** verstimmen, niederdrücken, entmutigen; **deprimiert** niedergeschlagen, mutlos; **Deprimiertheit** *w.* Niedergeschlagenheit

Derby *s. (engl.)* 1. Pferderennen; 2. Sportereignis

deregulieren *(lat.)* ordnende, regelnde Maßnahmen außer Kraft setzen

Derivat *s. (lat.)* 1. Abkömmling einer chemischen Substanz oder eines Worts; 2. Finanztransaktion

dermal *(gr.)* die Haut betreffend; **Dermatitis** *w.* Hautentzündung; **Dermatologe** *m.* Hautarzt; **Dermatologie** *s.* Lehre von den Hautkrankheiten; Eigw. **dermatologisch**; **Dermatoplastik** *w.* Hautverpflanzung; **Dermatose** *w.* Hautkrankheit

Derwisch *m. (pers.)* Mönch eines islamischen Bettelordens, zu dessen Riten ekstatisch-religiöse Tänze gehören

Desaster *s. (frz.)* Unglück; Eigw. **desaströs**

Deserteur *m. (frz.)* Fahnenflüchtiger; **desertieren** fahnenflüchtig werden, überlaufen; **Desertion** *w.* Fahnenflucht

Design *s. (engl.)* Entwurf, Modell, Muster; **Designer** *m. (engl.)* Formgestalter

Designation *w. (lat.)* einstweilige Ernennung; **designieren** für ein Amt bestimmen

desillusionieren *(frz.)* enttäuschen, ernüchtern; Hptw. **Desillusionierung** *w.*

desinfizieren *(lat.)* Krankheitserreger beseitigen; Hptw. **Desinfektion** *w.*, **Desinfizierung** *w.;* **Desinfiziens** *s.* Mittel zur Desinfektion

Deskription *w. (lat.)* Beschreibung; **deskriptiv** beschreibend

desolat *(lat.)* verlassen, einsam, trostlos

desorientieren *(frz.)* verwirren, falsch informieren; **desorientiert** verwirrt; nicht im Bilde; Hptw. **Desorientierung** *w.*

despektierlich *(lat.)* geringschätzig, respektlos

Desperado *m. (span.)* Abenteurer

desperat *(lat.)* verzweifelt, hoffnungslos

Despot *m. (gr.)* Tyrann, Gewaltherrscher; **Despotie** *w.*, **Despotismus** *m.* Gewaltherrschaft, Diktatur; **despotisch** wie ein Tyrann

Dessert *s. (frz.)* Nachtisch, Süßspeise

Dessous *Mz. (frz.)* elegante Damenunterwäsche

Destillat *s. (lat.)* durch Destillation gewonnene Flüssigkeit; **Destillateur** *m. (frz.)* Branntweinbrenner; **Destillation** *w. (lat.)* Reinigung von Flüssigkeit durch Verdampfen und anschließende Rückverflüssigung; **Destille** *w.* Branntweinbrennerei; **destillieren** verdampfen

Destination *w.* Bestimmung, Bestimmungsort

destra mano *(itl.)* mit der rechten Hand Musik machen

Destruktion *w.* 1. Zerstörung; 2. Verwitterung, Abtragung; **destruktiv** zerstörerisch, zersetzend

Deszendent *m. (lat.)* 1. Nachkomme, Abkömmling; 2. Gestirn im Untergehen; **Deszendenz** *w.* Verwandtschaft (absteigende Linie)

Detail *s. (frz.)* Einzelheit; **ins Detail gehen** ausführlich schildern, genau berichten; **detaillieren** aufgliedern, Einzelheiten angeben

Detektiv *m. (engl.)* 1. Geheimpolizist; 2. privater Ermittler; Eigw. **detektivisch**

Detonation *w. (lat.)* Explosion; **detonieren** explodieren

Deuce *s. (engl.)* Gleichstand beim Tennisspiel

Devise *w. (lat.)* 1. Wahlspruch, Losung; 2. ausländisches Zahlungsmittel; **Devisenmarkt** *m.* Handel mit Devisen an der Devisenbörse

devot *(lat.)* ergeben, unterwürfig; **Devotion** *w.* Ergebenheit, Unterwürfigkeit; **Devotionalien** *Mz.* Gegenstände der Volksfrömmigkeit wie Kreuze, Rosenkränze, Heiligenbildchen

Dextropur *s. (Wz.)* Traubenzuckerpräparat; **Dextrose** *w.* Traubenzucker

Dextrokardie *w. (gr.-lat.)* Lage des Herzens in der rechten Brusthöhle

Dezennium *s. (lat.)* Jahrzehnt

dezent *(lat.)* zurückhaltend, unaufdringlich; Hptw. **Dezenz** *w.*

Dezentralisation *w. (lat.)* Auflösung von Mittel- und Schwerpunkten; Ztw. **dezentralisieren**

Dezernat *s.* *(lat.)* Aufgabenbereich, Sachgebiet; **Dezernent** *m.* Dezernatsleiter

Dezi-, **dezi-** *(lat.)* als Vorsilbe: ein Zehntel einer Einheit

Dezibel *s.* *(lat.)* Maßeinheit für die Lärmstärke (Abk. dB)

dezidiert *(lat.)* entschieden, entschlossen

Dezimalsystem *s.* Zahlensystem, das auf der Zahl 10 beruht; **dezimieren** *(lat.)* etwas vermindern, jmdm. starke Verluste beibringen; Hptw. **Dezimation**, **Dezimierung** *w.*

Dezision *w.* *(lat.)* Entscheidung; **dezisiv** entscheidend

Dharma *s.* od. *m.* *(sanskr.)* religiöses Grundprinzip, Gesetz in der indischen Religion

Di-, **di-** *(gr.)* als Vorsilbe: zwei, doppelt

Dia-, **dia-** *(gr.)* als Vorsilbe: durch, hindurch

Diabas *m.* *(gr.)* vulkanisches Eruptivgestein

Diabetes mellitus *m.* Zuckerkrankheit; **Diabetiker** *m.* Zuckerkranker

diabolisch *(gr.)* teuflisch, tückisch; **Diabolus** *m.* der Teufel

Diadem *s.* *(gr.)* Stirnreif, niedrige Krone

Diagnose *w.* *(gr.)* 1. Erkennen einer Krankheit; 2. Zustandsbeurteilung; **Diagnostik** *w.* Lehre vom Erkennen einer Krankheit; **Diagnostiker** *m.* jmd., der sich besonders auf die Diagnose versteht; Eigw. **diagnostisch**; Ztw. **diagnostizieren**

diagonal *(gr.)* schräg laufend; **Diagonal** *m.* Stoff mit deutlich schräg laufender Musterung; **Diagonale** *w.* Schräglinie, Verbindungslinie zwischen zwei nicht benachbarten Ecken eines Vierecks

Diagramm *s.* *(gr.)* Schaubild, zeichnerische Darstellung

Diakon *m.* *(gr.)* niederer Geistlicher (kath. Kirche), Prediger (evang. Kirche); **Diakonie** *w.* Gemeindedienst der evang. Kirche; **Diakonisse** *w.* evang. Kranken- oder Gemeindeschwester

Dialekt *m.* *(gr.)* Mundart; **Dialektik** *w.*
1. Kunst der Gesprächsführung;
2. philosophische Erkenntnismethode;
Dialektiker *m.* jmd., der sich auf Dialektik versteht; **dialektisch**
1. mit den Methoden der Dialektik;
2. spitzfindig

Dialog *m.* *(gr.)* Wechselrede

Diameter *m.* *(gr.)* Durchmesser einer Kugel oder eines Kreises; **diametral** völlig entgegengesetzt; **diametrisch** den Durchmesser betreffend

Diana *w. (lat.)* römische Jagdgöttin

Dianoetik *w. (gr.)* die Lehre vom Denken; **dianoetisch** den Verstand betreffend

diaphan *(gr.)* durchscheinend; Hptw. **Diaphanität** *w.*, **Diaphanie** *w.*; **Diaphanbild** *s.* durchscheinendes Bild

Diapositiv *s. (gr.-lat.)* durchsichtiges Foto; **Diaprojektor** *m.* Projektionsgerät

Diarrhöe, Diarrhö *w. (gr.)* Durchfall

Diaspora *w. (gr.)* religiöse Minderheit in sonst andersgläubigem Gebiet

Diavolo *m. (itl.)* Teufel

Didaktik *w. (gr.)* Lehre des Lehrens und Lernens; **didaktisch** 1. unterrichtskundlich; 2. belehrend, lehrhaft

diffamieren *(lat.)* verleumden, herabsetzen; **diffamatorisch** verleumderisch, ehrenrührig; Hptw. **Diffamierung, Diffamation** *w.*

different *(lat.)* verschieden, abweichend; **Differential, Differentialgetriebe** *s. (lat.)* Ausgleichsgetriebe; **Differentialdiagnose** *w.* Abklärung einer Krankheit durch Vergleich mit ähnlichen Krankheitsbildern; **Differentialquotient** *m.* Verhältnis zweier unendlich kleiner Größen; **Differenz** *w.* 1. Unterschied, Fehlbetrag; 2. Meinungsverschiedenheit; **differenzieren** unterscheiden, trennen; **Differenzierung** *w.* Ausbildung von Unterschieden; **differieren** 1. abweichen; 2. anderer Meinung sein

diffizil *(lat.)* schwierig, verwickelt, heikel; Hptw. **Diffizilität** *w.*

diffus zerstreut, verschwommen; **Diffusion** *w.* 1. Durchdringung, Vermischung; 2. Zerstreuung (von Licht); **diffusiv** sich ausbreitend

digital *(lat.)* in Ziffern oder Zeichen darstellend; **Digitalaufzeichnung** *w.* Speicherung von analogen Zeichen in digitalisierter Form auf Trägern; **digitalisieren** 1. Daten und Informationen in Ziffern durch binäre Zeichen darstellen; 2. ein Analogsignal in ein digitales Signal umwandeln; Hptw. **Digitalisierung** *w.*; **Digitalrechner** *m.* elektronische Rechenanlage, die mit Binärzeichen arbeitet

Dike *w. (gr.)* Göttin der Gerechtigkeit

Diktat *s. (lat.)* 1. Nachschrift eines aufgesagten Texts; 2. Befehl; **Diktator** *m.* unumschränkter Gewaltherrscher; **diktatorisch** gebieterisch; **Diktatur** *w.* Gewaltherrschaft; **diktieren** 1. einen Text zum Mitschreiben Wort für Wort sagen; 2. befehlen, aufzwingen

Dildo *m. (engl.)* künstlicher Penis

Dilemma *s. (gr.)* Zwangslage, Klemme

Dilettant *m. (itl.)* 1. laienhafter Liebhaber einer Kunst oder Wissenschaft; 2. Pfuscher; **dilettantisch** laienhaft, unzulänglich; **Dilettantismus** *m.* Unzulänglichkeit, Pfuscherei; **dilettieren** etwas als Liebhaberei betreiben

Dimension *w. (lat.)* Ausdehnung; **dimensional** die Ausdehnung betreffend; **dimensionieren** abmessen

Dimeter *m. (gr.)* zweifüßige Verseinheit

diminuendo *(itl.)* Musik: abnehmend

Diminutiv, **Diminutivum** *s. (lat.)* Verkleinerungsform; **diminutiv** verkleinernd

Diner *s. (frz.)* 1. Mittagessen; 2. Festessen; **dinieren** zu Mittag essen; festlich speisen

Dinner *s. (engl.)* 1. Hauptmahlzeit; 2. festliches Essen; **Dinnerjacket** *s.* weißes Smokingjackett

Dinosaurier, **Dinosaurus** *m. (gr.)* ausgestorbene Riesenechse der Kreidezeit

Diode *w. (gr.)* Zweipolröhre

Diorama *w. (gr.)* plastisch wirkendes Bild im Schaukasten

Dioxin *s. (gr.)* hochgiftige Verbindung aus Chlor und Kohlenwasserstoff

Diözese *w. (gr.)* Amtsbezirk eines kath. Bischofs

Diphtherie, **Diphtheritis** *w. (gr.)* Infektionskrankheit der Luftwege; **diphtheroid** diphtheritisartig

Diplom *s. (gr.)* Urkunde über eine bestandene Abschlussprüfung; **Diplomand** *m.* Student, der sich auf seine Diplomprüfung vorbereitet; **Diplomat** *m.* 1. Vertreter eines Staates im Ausland; 2. kluger Taktiker; **diplomieren** ein Diplom erteilen

Diptychon *s. (gr.)* zweiteiliges, zusammenklappbares Bild

direkt *(lat.)* 1. unmittelbar, sofort; 2. geradezu, schnörkellos; **Direktion** *w.* Vorstand; **Direktive** *w.* Anleitung, Verhaltensmaßregel; **Direktmandat** *s.* Abgeordnetensitz aufgrund von Persönlichkeits-, nicht Listenwahl; **Direktor** *m.* Leiter eines Unternehmens, eines Amtes oder einer Schule; Eigw. **direktorial**; **Direktorium** *s.* Geschäftsleitung, Vorstandsgruppe; **Direktrice** *w. (frz.)* Leiterin

Dirigent *m. (lat.)* Leiter eines Orchesters; **dirigieren** 1. lenken, steuern; 2. ein Orchester leiten; **Dirigismus** *m.*

Wirtschaftssystem mit hohem Staatseinfluss; Eigw. **dirigistisch**

Dis-, **dis-** *(lat.)* als Vorsilbe: auseinander, zwischen **Disharmonie** *w. (gr.)* 1. Missklang; 2. Uneinigkeit, Unstimmigkeit; **disharmonisch** 1. misstönend; 2. uneinig, schlecht zusammenpassend

Diskant *m. (lat.)* 1. Oberstimme, hohe Tonlage eines Instruments; 2. Schrillheit einer Stimme beim Sprechen; 3. obere Hälfte der Klaviatur

Diskette *w.* externer Speicher, Datenträger

Diskjockey, **Deejay**, **DJ** *m. (engl.)* jmd., der in einer Diskothek oder im Radio ein Musikprogramm bestreitet und kommentiert

Disko, **Diskothek** *w. (gr.-engl.)* Tanzlokal

diskontinuierlich *(lat.)* unterbrochen, nicht fortdauernd; **Diskontinuität** *w.* unterbrochener Vorgang

diskreditieren *(lat.)* verdächtigen, in Verruf bringen

diskrepant *(lat.)* uneinig, zwiespältig, abweichend; **Diskrepanz** *w.* Zwiespältigkeit, Unstimmigkeit, Abweichung

diskret *(lat.)* 1. verschwiegen, taktvoll, zurückhaltend; 2. isoliert, vereinzelt (bei Zahlenwerten); **Diskretion** *w.* Verschwiegenheit, Zurückhaltung

diskriminieren *(lat.)* herabsetzen, benachteiligen; **Diskriminierung** *w.* Herabsetzung, Benachteiligung

Diskurs *m. (lat.)* Gespräch, Auseinandersetzung, Erörterung; **diskursiv** fortschreitend, erschließend

Diskus *m. (gr.)* Wurfscheibe

Diskussion *w. (lat.)* Erörterung, Meinungsaustausch; **diskutabel** erörternswert; **diskutieren** erörtern, besprechen

Dispersion *w. (lat.)* 1. Brechung des Lichts in verschiedene Farben; 2. feinste Verteilung eines Stoffs in einem anderen

Display *s. (engl.)* 1. Datensichtgerät; 2. Blickfangwerbung im Schaufenster

Disposition *w. (lat.)* 1. Einteilung, Anordnung; 2. Neigung zu Krankheiten; 3. Plan, Aufriss; 4. Verfügung; 5. Stimmung; **zur Disposition** 1. zur Verfügung; 2. einstweilen im Ruhestand; **Dispositionskredit** *m.* Überziehungskredit; **dispositiv** *(lat.)* anordnend, verfügend

Disput; **Disputation** *w.* wissenschaftliches Streitgespräch; **disputieren** erörtern, sich auseinander setzen; **Disputierer** *m.* Recht-

haber
disqualifizieren *(lat.)* wegen Regelverletzung vom Spiel ausschließen; Hptw. **Disqualifizierung, Disqualifikation** *w.*
Dissens *m. (lat.)* Meinungsverschiedenheit; **dissentieren** anders denken, anderer Meinung sein
Dissertation *w. (lat.)* Doktorarbeit; **dissertieren** eine Doktorarbeit anfertigen
Dissident *m. (lat.)* Freidenker
dissonant *(lat.)* misstönend, unharmonisch; **Dissonanz** *w.* 1. Missklang; 2. Misston, Unstimmigkeit; **dissonieren** nicht zusammenstimmen
Distanz *w. (lat.)* 1. Abstand; 2. Reserviertheit; **distanzieren** jmdn. im Wettkampf hinter sich lassen, Distanz einlegen; **sich distanzieren** von jmdm. oder abrücken; **distanziert** zurückhaltend
distinguiert *(lat.-frz.)* vornehm
distribuieren *(lat.)* verteilen; **Distribution** *w.* Verteilung; **distributiv** verteilend
Distrikt *m. (lat.)* Bezirk, Bereich
Disziplin *w. (lat.)* 1. Unterordnung, bewusste Einordnung; 2. wissenschaftliches Fachgebiet; 3. Teilbereich des Sports; **disziplinarisch** der Dienstordnung gemäß; **disziplinieren** zur Ordnung erziehen; **diszipliniert** sich ein- oder unterordnend, beherrscht
dito *(itl.)* gleichfalls, ebenso
Diva *w. (lat.)* gefeierte Künstlerin, Star
divergent, divergierend *(lat.)* auseinandergehend, voneinander abweichend; **Divergenz** *w.* Auseinanderstreben, Meinungsverschiedenheit; **divergieren** auseinander streben, verschiedener Meinung sein
divers *(lat.)* verschieden; **Diversant** *m. (russ.)* Störer, Saboteur; **Diversifikation** *w.* Produkterweiterung eines Unternehmens
Dividend *m. (lat.)* die zu teilende Zahl; **Dividende** *w.* Gewinnanteil, der auf eine Aktie entfällt; **dividieren** teilen
Divis *s. (frz.)* Bindestrich, Teilungszeichen; **divisibel** *(lat.)* teilbar; **Division** *w.* 1. Grundrechenart des Teilens; 2. Truppenverband; **Divisor** *m.* Teiler, Nenner
Diwan *m. (pers.)* 1. ehem. türkischer Staatsrat; 2. Bettsofa; 3. orientalische Gedichtsammlung
Dixieland *s. (engl.)* 1. Bezeichnung für die Südstaaten der USA; 2. *m.* Jazzstil
DNA, DNS = Desoxyribonucleinsäure
Dock *s. (engl.)* Anlage zum Trockenlegen der

Schiffe; **docken** Schiffe ins Dock legen

Doge *m. (itl.)* Oberhaupt der ehemaligen Republik Venedig

Dogma *s. (gr.)* Glaubenssatz, Lehrsatz, festgelegte, verbindliche Lehrmeinung (Mz. Dogmen); **dogmatisch** engstirnig, starr; **dogmatisieren** zum Dogma erheben; **Dogmatismus** *m.* 1. Denken auf der Grundlage von Dogmen; 2. Verzicht auf selbständiges Denken

Doktor *m. (lat.)* 1. akademischer Titel auf der Basis einer Doktorarbeit; 2. jmd., der den Doktortitel besitzt (Abk. Dr.); 3. Arzt; **Doktorand** *m.* jmd., der an seiner Dissertation arbeitet; **Doktorat** *s.* Doktorwürde; **doktorieren** promovieren

Doktrin *w. (lat.)* 1. verbindlicher Grundsatz; 2. politisches Programm; **doktrinär** auf eine Doktrin festgelegt, starr, einseitig; **Doktrinär** *m.* starrer Verfechter von Lehrmeinungen

Dokument *s. (lat.)* 1. Urkunde, Beweisstück; 2. Information in jeder multimedialen Form; **dokumentarisch** urkundlich beglaubigt, amtlich; **dokumentieren** belegen, beweisen

Dolce Vita *w. (itl.)* Luxusleben, Genussleben, Müßiggängertum

dolente *(itl.)* Musik: klagend

Dollar *m. (engl.)* Währungseinheit

Dolly *m. (engl.)* Kamerawagen

dolmetschen *(türk.)* zwischen Partnern verschiedener Sprachen vermitteln; **Dolmetscher** *m.* berufsmäßiger Übersetzer

doloroso *(itl.)* Musik: wehmütig

Domäne *w. (frz.)* 1. staatliches Gut; 2. Sparte, Arbeitsgebiet

Domestik, Domestike *m. (lat.)* Dienstbote; **Domestikation** *w.* Zähmung zum Haustier; **domestizieren** zähmen

Domina *w. (lat.)* 1. Herrin, Stiftvorsteherin; 2. Sadistin; **dominant** vorherrschend, bestimmend; Hptw. **Dominanz** *w.*; **dominieren** beherrschen, vorherrschen

Domizil *s. (lat.)* Wohnsitz

Dompteur *m. (frz.)* Tierbändiger; **Dompteuse** Tierbändigerin

Don *m. (span.-itl.)* Herr; **Doña** *w. (span.)* Frau

Donatar *m. (lat.)* Beschenkter; **Donation** *w.* Schenkung; **Donator** *m.* Schenker, Stifter; **Donum** *s.* Geschenk, Schenkung

Döner *m. (türk.)* stark gewürztes Hammelfleisch vom Drehspieß

Don Juan *m. (span.)* Frauenheld, Verführer

Donna *w. (itl.)* Titel für weibliche Adlige in Italien

Dope *s. (niederl.-engl.)* Rauschgift; **dopen** verbotene Mittel zur sportlichen Leistungsförderung einnehmen

Dorado *s. (span.)* sagenhaftes Goldland, Paradies

dosieren *(gr.)* bemessen, zuteilen; **Dosis** *w.* kleine, zugemessene Menge

Dossier *m. (frz.)* 1. Aktenbündel; 2. Rückenlehne

Double *s. (frz.)* Ersatzdarsteller; Ztw. **Doubeln**, **Double-feature** *s.* zwei Spielfilme in einer Vorstellung

Dow-Jones-Index *m. (engl.)* Index der Durchschnittskurse von dreißig Aktien an der New Yorker Börse

down *(engl.)* niedergedrückt, niedergeschlagen

Downing Street *w. (engl.)* Straße in London, Amtssitz des britischen Premier-ministers

Downtown *w. (engl.)* Stadtzentrum

Down-Syndrom *s. (engl.)* angeborene Chromosomenfehlentwicklung, Mongolismus

Dozent *m. (lat.)* Hochschullehrer; **dozieren** Vorlesung halten

Dr. h.c. (- honoris causa) Doktor ehrenhalber, Ehrendoktor

Dragee *w.* oder *s. (frz.)* mit Zucker überzogene Tablette

Dragoner *m. (frz.)* 1. leichter Reiter; 2. resolute Frau

Drainage, **Dränage** *w. (engl.)* Ableitung von Flüssigkeit; **drainieren**, **dränieren** Abfluss verschaffen, entwässern; **Drainierung** *w.* Entwässerung des Bodens

drakonisch *(gr.)* hart, streng, grausam

Drama *s. (gr.)* 1. Schauspiel; 2. ernstes, erschütterndes Geschehen; **Dramatik** *w.* Spannung; **Dramatiker** *m.* Verfasser eines Bühnenwerks; **dramatisch** aufregend, spannend; **dramatisieren** übertreiben, aufbauschen

dribbeln *(engl.)* Ball mit kleinen Stößen übers Spielfeld treiben; Hptw. **Dribbling** *s.*

Drink *m. (engl.)* alkoholisches (Misch-) Getränk

Droge *w. (niederl.)* 1. Rohstoff für Arzneimittel; 2. Rauschgift; **Drogerie** *w.* Fachgeschäft für Arzneimittel u.a.; **Drogist** *m.* Besitzer einer Drogerie

Dromedar *s. (gr.-lat.)* einhöckriges Kamel

Droschke *w. (russ.)* Pferdekutsche mit Klappverdeck

Drugstore *m. (engl.)* Gemischtwarenladen

Druide *m. (kelt.)* keltischer Priester

Drummer *m. (engl.)* Schlagzeuger

Dschihad *m. (arab.)* 1. Pflicht des einzelnen Muslim zur lebenslangen religiös-moralischen Vervollkommnung; 2. „heiliger" Krieg der muslimischen Gemeinschaft zur Verteidigung und Ausbreitung des Islam

Dschinn *m. (arab.)* Dämon des arabischen Volksglaubens

Dschungel *m.* oder *s. (sanskr.-engl.)* tropisches Sumpfwalddickicht, Urwald

Dschunke *w. (chin.)* ostasiatisches Segelschiff

Dual, **Dualis** *m. (lat.)* Zweizahl, Zweiheit; **dual** zweiheitlich; **Dualismus** *m.* Gegensätzlichkeit; **dualistisch** gegensätzlich, gespalten; **Dualität** *w.* Zweiheit; **Dualsystem** *s.* Zahlensystem mit der Basis 2, in dem sich jede Zahl durch eine Folge von nur zwei Symbolen (0 und 1) ausdrücken lässt, Grundlage der digitalen Datenverarbeitung

dubios *(lat.)* zweifelhaft

Dublone *w. (span.)* Goldmünze

Duc *m. (frz.)* Titel eines Herzogs in Frankreich; **Duca** *m. (itl.)* Titel eines Herzogs in Italien; **Duchess** *w. (engl.)* Titel einer Herzogin in England; **Duchessa** *w. (itl.)* Titel einer italien. Herzogin; **Duchesse** *w. (frz.)* 1. Titel einer Herzogin in Frankreich; 2. Seiden- oder Kunstseidengewebe in Atlasbindung; **Duchessespitze** Verbindung von Nadel- und Klöppelspitze

Duell *s. (lat.)* Zweikampf; **duellieren** ein Duell austragen; **Duett** *s. (itl.)* Komposition für zwei Stimmen

Dufflecoat *m. (engl.)* halblanger Kapuzenmantel aus Wollstoff

Dukaten *m. (lat.)* Goldmünze

Duke *m. (engl.)* Titel eines Herzogs in England

Duma *w. (russ.)* 1. Ratsversammlung im zaristischen Russland; 2. russ. Parlament

Dumdum *s. (ind.-engl.)* stumpfes Geschoss

Dummy *m. (engl.)* Attrappe

düpieren *(frz.)* prellen, täuschen, an der Nase herumführen; Hptw. **Düpierung** *w.*

Duplikat *s. (lat.)* Doppel, Kopie; **Duplikation** *w.* Verdoppelung; **duplizieren** verdoppeln; **Duplizität** *w.* Doppelgeschehen, Zweimaligkeit

Dur *s.* *(lat.)* Tonart mit großer Terz

Duty-free-Shop *m.* *(engl.)* Geschäft mit zollfreier Ware

DVD *(engl.)* Digitale Versatile Disc, digitaler Datenträger für Ton-Bild-Aufzeichnungen, Nachfolger der Videotechnik

Dynamik *w.* *(gr.)* 1. Lehre vom Einfluss der Kraft auf die Bewegung von Körpern; 2. Schwung, Lebendigkeit, Triebkraft; **dynamisch** lebendig, schwungvoll; **dynamisieren** vorantreiben; **Dynamit** *s.* oder *m.* Sprengstoff

Dynamo *m.* *(gr.)* Stromerzeuger

Dynast *m.* *(gr.)* Herrscher; **Dynastie** *w.* Herrschergeschlecht, Herrscherhaus; Eigw. **dynastisch**

Dys-, dys- *(gr.)* als Vorsilbe: miss-, übel

Dysenterie *w.* Ruhr; **dysenterisch** ruhrartig; **Dysmelie** *w.* angeborene Missbildung der Gliedmaßen; **Dyspepsie** *w.* Verdauungsstörung; Eigw. **dyspeptisch**; **Dystrophie** *w.* Ernährungsstörung

E

Eagle *m. (engl.)* amerikanische Goldmünze

Earl *m. (engl.)* Titel eines Grafen in England

echauffieren *(frz.)* sich erhitzen, aufregen; **echauffiert** aufgeregt, erhitzt

Echo *s. (gr.)* 1. Widerhall; 2. Resonanz, Reaktion; **Echolot** *s.* Meerestiefenmesser

Economyklasse *w. (engl.)* preisgünstige Tarifklasse im Luftverkehr

Eden *s. (hebr.)* Paradies

edieren *(lat.)* herausgeben, veröffentlichen; **Edition** *w.* Ausgabe, Auflage; **Editor** *m.* Herausgeber; **Editorial** *s.* Verlagsimpressum, Vorwort

Edikt *s. (lat.)* Erlass, Verordnung

Edukation *w. (lat.)* Erziehung

Efendi *m. (türk.)* frühere türkische Anrede für Herr

Effekt *m. (lat.)* Wirkung, Erfolg, Ergebnis; **Effekten (**Mz. Wertpapiere); **effektiv** wirkungsvoll; **Effektivität** *w.* Wirksamkeit

Effemination *w. (lat.)* Verweiblichung

Effet *s. (frz.)* Wirkung eines bestimmten Stoßes auf einen Gegenstand

Effizienz *w. (lat.)* Wirksamkeit

effilieren *(lat.-frz.)* Haare ausdünnen

Effloreszenz *w. (lat.)* 1. Hautausschlag; 2. Kristallausblühung; **effloreszieren**

1. aufblühen, ausschlagen; 2. ausblühen, auswittern

egal *(frz.)* 1. gleich, gleichartig; 2. gleichgültig; **egalisieren** gleichmachen, ausgleichen; Hptw. **Egalisierung** *w.*; **Egalité** *w.*; **Egalität** *w.* Gleichheit; **egalitär** auf Gleichheit zielend

Ego *s.* *(lat.)* das Ich; **Egoismus** *m.* Selbstsucht, Ichsucht; **Egoist** *m.* selbstsüchtiger Mensch; **egoistisch** selbstgefällig, eigensüchtig; **egomanisch** auf sich selbst bezogen; Hptw. **Egomanie** *w.*; **Egotismus** *m.* Eigenliebe, Bedürfnis, im Vordergrund zu stehen; **Egotist** *m.* Verfasser von Romanen in Ichform; **Egozentrik** *w.* Neigung, alles Erlebte ausschließlich in Bezug zum eigenen Leben zu setzen

einloggen *(dt.-engl.)* sich in ein kennwortverschlüsseltes Computernetzwerk einschalten

Ejakulation *w.* *(lat.)* Erguss, Samenerguss; **ejakulieren** *ausspritzen;* **Ejektion** *w.* die Ausschleudertätigkeit des Vulkans

Ekarté *s.* *(frz.)* französisches Kartenspiel

EKG = Elektrokardiogramm

Eklampsie *w.* *(gr.)* Krampfanfall während der Schwangerschaft oder im Wochenbett

Eklat *m.* *(frz.)* Skandal; **eklatant** 1. Aufsehen erregend; 2. offenkundig

Eklektiker *m.* *(gr.)* Denker; **eklektisch** unoriginell

Eklipse *w.* *(gr.)* Sonnen-, Mondfinsternis; **Ekliptik** *w.* Jahresbahn der Sonne am Himmel; Eigw. **ekliptisch**

Ekstase *w.* *(gr.)* Rausch, Verzückung; **Ekstatiker** *m.* Verzückter, Entrückter; **ekstatisch** verzückt, rauschhaft, begeistert, außer sich

Ekto-, ekto- *(gr.)* als Vorsilbe: außen; **Ektoderm** *s.* *(gr.)* äußere Hautschicht; **Ektoplasma** *s.* äußere Protoplasmaschicht

Ekzem *s.* *(gr.)* entzündlicher Hautausschlag

Elaborat *s.* *(lat.)* schriftliche Arbeit; **elaboriert** hoch entwickelt, durchgebildet

Elan *m.* *(frz.)* Schwung, Begeisterung

Elastik *s.* oder *w.* *(gr.-frz.)* sehr dehnbares Gewebe; **elastisch** spannkräftig, dehnbar, federnd; **Elastizität** *w.* Spannkraft, Dehnbarkeit, Federkraft

Elefantiasis *w.* *(gr.)* unförmige Lymphstauverdickungen der Gliedmaßen

elegant *(lat.)* 1. geschmackvoll, gewählt, vornehm; 2. geschickt in Durchführung und Ergebnis; **Elegant** *m.* *(frz.)* Geck;

Eleganz *w.* 1. Vornehmheit; 2. Gewandtheit

Elegie *w.* *(gr.)* 1. wehmütiges Gedicht; 2. Wehmut, Schwermut; **elegisch** wehmütig, klagend

Elektion *w.* *(lat.)* Wahl, Auswahl; **Elektorat** *s.* Kurfürstenwürde

Elektroenergie *w.* Energie des elektrischen Feldes; **Elektroenzephalogramm** *s.* Aufzeichnung der Hirnströme (Abk. EEG); **Elektrokardiogramm** *s.* Aufzeichnung der Herztätigkeit mittels elektrischer Ströme (Abk. EKG)

Element *s.* *(lat.)* 1. Stoff, der mit chemischen Mitteln nicht weiter zerlegt werden kann, chemischer Grundstoff; 2. Urstoff in der alten Naturphilosophie (Erde, Feuer, Wasser, Luft); 3. Komponente, Bauteil; 4. Stromquelle, die auf chemischer Zersetzung beruht; 5. idealer Entfaltungsraum für eine Person; **elementar** l. grundlegend; 2. ursprünglich, ungebändigt; **Elementargewalt** *w.* Naturgewalt; **Elementarunterricht** *m.* Grundschul-unterricht; **Elementarteilchen** *s.* fundamentaler Baustein der Materie

Elixier *s.* *(arab.)* Auszug, Heiltrank, Verjüngungsmittel

Eloge *w.* *(frz.)* Lobrede, Schmeichelei; **eloquent** *(lat.)* beredt, wortgewandt; **Eloquenz** *w.* Beredsamkeit, Redegewandtheit

Elysium *s.* *(gr.)* Gefilde der Seligen in der griech. Sage; Eigw. **elysisch, elysäisch**

E-Mail *w.* *(engl.)* „electronic mail“: elektronische Post, die von den Benutzern des Internets von Computer zu Computer verschickt wird

Emanzipation *w.* *(lat.)* 1. Befreiung, Selbstbefreiung aus Abhängigkeit; 2. gesellschaftlich-rechtliche Gleichstellung der Frau mit dem Mann; **emanzipieren** (sich) befreien, rechtliche Gleichstellung erlangen; **emanzipiert** frei, gleichberechtigt, unabhängig

Embargo *m.* oder *s.* *(span.)* l. Beschlagnahme; 2. Handels- und Ausfuhrverbot

Emblem *s.* *(gr.)* Sinnbild, Kennzeichen, Symbol; **emblematisch** sinnbildlich

Embolie *w.* *(gr.)* Verstopfung eines Blutgefäßes durch einen Blutpfropf oder Fremdkörper; Eigw. **embolisch**; **Embolus** *m.* Blutpfropf

Embryo *m.* *(gr.)* Keimling, Leibesfrucht im frühen Stadium der Schwangerschaft; **embryonal** l. im Zustand des Embryos; 2. im Anfangsstadium

Emigrant *m. (lat.)* Auswanderer; **Emigration** *w.* Auswanderung; **emigrieren** auswandern

eminent *(lat.)* außerordentlich, hervorragend; **Eminenz** *w.* Anrede für Kardinale; **graue Eminenz** *w.* einflussreiche Person im Hintergrund

Emir *m. (arab.)* orientalischer Fürst; **Emirat** *s.* Amtsbereich eines Emirs, Fürstentum

Emissär *m. (lat.)* Abgesandter mit einem speziellen Auftrag; **Emission** *w.* 1. Ausgabe von Wertpapieren; 2. Ausstrahlung von elektromagnetischen Wellen oder Teilchen; 3. Aussendung von Stoffen; **Emissionskurs** *m.* Ausgabekurs von Wertpapieren; **Emissionswerte** *Mz.* die Emission betreffende Werte; **Emittent** *m.* jmd., der Anleihen oder Wertpapiere ausgibt; **emittieren** aussenden, ausströmen, ausgeben

Emotion *w. (lat.)* Gemütsbewegung, Gefühlszustand, Gemütserregung; **emotional**, **emotionell** gefühlsmäßig, gefühlsbetont; **Emotionalität** *w.* Gefühlsbetontheit, Erregbarkeit

Empathie *w. (gr.)* Einfühlungsvermögen; Eigw. **empathisch**

Emphase *w. (gr.)* Nachdruck, Eindringlichkeit, Betonung; **emphatisch** nachdrücklich, betont

Empire *s. (engl.)* das britische Weltreich; **Empire** *s. (frz.)* 1. das französische Kaiserreich unter Napoleon I.; 2. Stilepoche zur Zeit Napoleons I.

Empirie *w. (gr.)* Erfahrung, Sinneserfahrung, Erfahrungswissen; **empirisch** auf Erfahrung beruhend, nicht theoretisch; **Empirismus** *m.* philosophische und wissenschaftliche Richtung, die jede Erkenntnis aus Sinneswahrnehmungen ableitet; Eigw. **empiristisch**

Empyreum *s.* oberster Lichthimmel, Ort der Seligen nach antiker und mittelalterlicher Anschauung

Emu *m. (port.)* Straußvogel

Emulgator *m. (lat.)* Stoff, der eine dauerhafte Mischung mehrerer unlöslicher Stoffe ermöglicht; **emulgieren** eine Emulsion herstellen; **Emulsion** *w.* Gemisch unlöslicher Stoffe wie Fett und Wasser

Encoding *s. (engl.)* Chiffrierung, Verschlüsselung von Nachrichten

Encounter *s. (engl.)* Gruppentraining in der Psychologie

Endivie *w. (lat.-frz.)* Salatpflanze

endogen *(gr.)* im Inneren, im Körper entstanden

Endoparasit *m. (gr.)* Parasit, der im Innern des Wirtstiers oder der Wirtspflanze lebt

Endoskop *s. (gr.)* Gerät zum Untersuchen und Ausleuchten von Körperhöhlen; **Endoskopie** *w.* Untersuchung mit dem Endoskop

Endotoxin *s. (gr.)* Gifte, das durch Bakterienzerfall frei wird

Energetik *w. (gr.)* 1. Wissenschaft von der Energie und ihrer Umwandlung; 2. philosophische Ansicht, dass alles Sein und Geschehen auf Energie zurückgeht; Eigw. **energetisch**; **Energie** *w.* 1. Fähigkeit eines Systems, Arbeit zu leisten, Arbeitsvermögen; 2. Tatkraft, Schwung, Willenskraft, Unternehmungslust; **energisch** 1. tatkräftig, willensstark; 2. nachdrücklich

enervieren *(lat.)* auf die Nerven gehen, entnerven

Enfant terrible *s. (frz.)* jmd., der durch seine Verhaltensweisen andere in Verlegenheit bringt oder schockiert

Engagement *s. (frz.)* persönlicher Einsatz; **engagieren** anstellen, unter Vertrag nehmen; **sich engagieren** sich auf etwas einlassen, sich für etwas einsetzen; Eigw. **engagiert**

en gros *(frz.)* im Großen, im Großhandel, im Allgemeinen

enkodieren *(engl.)* mit einem Kode verschlüsseln

Enkomion *s. (gr.)* Loblied, Lobrede, Lobgedicht

en masse *(frz.)* in Mengen, massenhaft

en miniature *(frz.)* verkleinert

enorm *(lat.)* außerordentlich, ungeheuer; **Enormität** *w.* Ungeheuerlichkeit

en passant *(frz.)* im Vorübergehen, nebenbei, beiläufig

en route *(frz.)* unterwegs, auf der Reise

Ensemble *s. (frz.)* 1. Schauspielgruppe, Künstlergruppe, Musikergruppe; 2. Gesamtheit von Gegenständen; 3. zusammengehörige Kleidungsstücke

en suite *(frz.)* 1. hintereinander, ununterbrochen; 2. im Gefolge

Entertainer *m. (engl.)* 1. Unterhalter, Showmaster; 2. Unterhaltungskünstler; **Entertainment** *s.* Unterhaltung, Showgeschäft

enthusiasmieren *(gr.)* begeistern, berauschen; **enthusiasmiert** hingerissen; **Enthusias-**

mus *m.* leidenschaftliche Begeisterung; **Enthusiast** *m.* schwärmerischer Bewunderer; **enthusiastisch** schwärmerisch, begeistert

Entomologe *m. (gr.)* Insektenforscher; **Entomologie** *w.* Insektenkunde; Eigw. **entomologisch**

Entree *s. (frz.)* 1. Eingang; 2. Eintrittskarte; 3. Vorspeise

entre nous *(frz.)* unter uns, ungezwungen

en vogue *(frz.)* modern, beliebt

Enzyklika *w. (gr.)* päpstliches Rundschreiben; **enzyklisch** einen Kreis durchlaufend

Enzyklopädie *w. (gr.)* umfassende Darstellung des vorliegenden Wissens aller Disziplinen oder eines Wissensgebiets; **enzyklopädisch** alle Wissensgebiete umfassend; **Enzyklopädist** *m.* Herausgeber einer Enzyklopädie

Enzym *s. (gr.)* organische Verbindung in der lebenden Zelle, die den Stoffwechsel im Körper steuert; **Enzymologie** *w.* Lehre von der Wirkungsweise der Enzyme

Epaulett *s.*, **Epaulette** *w. (frz.)* Schulterstück auf Uniformen

Ephorus *m. (gr.)* Vorsteher eines Predigerseminars der evang. Kirche

Epi-, epi- *(gr.)* als Vorsilbe: bei, neben, über, um, auf

Epidemie *w. (gr.)* Krankheitswelle; **epidemisch** in Form einer Epidemie auftretend

Epidermis *w. (gr.)* Oberhaut, oberste Hautschicht

Epidiaskop *s. (gr.)* Projektor für durchsichtige und nicht durchsichtige Vorlagen

Epigastrium *s. (gr.-lat.)* Oberbauch, Oberbauchgegend

Epik *w. (gr.)* Kunst des Epos; **Epiker** *m.* erzählender Dichter; **episch** erzählend, ausmalend

Epikrise *w. (gr.)* abschließende ärztliche Beurteilung einer Erkrankung

Epilepsie *w. (gr.)* Fallsucht; **Epileptiker** *m.* jmd., der an Epilepsie leidet; Eigw. **epileptisch**

epilieren *(lat.)* Haare kosmetisch entfernen; Hptw. **Epilation** *w.*

Epilog *m. (gr.)* Schlussteil einer Rede, eines Films, eines Buches, abschließendes Nachwort, Nachspiel im Drama

Epiphänomen *s. (gr.)* Begleiterscheinung

Episkop *s. (gr.)* Projektor für undurchsichtige Bilder

episkopal *(gr.)* bischöflich; **Episkopalismus**

m. kirchenrechtliche Lehre, die das Episkopat über den Papst stellt; **Episkopalkirche** *w.* Kirche mit bischöflicher Verfassung; **Episkopat** *m.* od. *s.* 1. Bischofsamt; 2. Gesamtheit der Bischöfe; **Episkopus** *m.* Bischof

Episode *w.* *(gr.)* Nebenhandlung, Zwischenspiel, nebensächliches Erlebnis; **episodisch** 1. gelegentlich; 2. vorübergehend, nebensächlich

Epistel *w.* *(gr.-lat.)* 1. Brief, Sendschreiben; 2. Strafpredigt

Epistemologie *w.* *(gr.)* Erkenntnistheorie, Lehre vom Wissen

Epistyl *s.* *(gr.)* Säulenknauf und Verbindungsbalken zwischen zwei Säulen

Epitaph *s.* *(gr.)* 1. Grabschrift und 2. Grabmal mit Inschrift

Epithel *s.* *(gr.)* die oberste Zellschicht der Haut

Epitheton *s.* *(gr.)* Beiwort

Epizentrum *s.* *(gr.-lat.)* Erdoberfläche über einem Erdbebenherd

Epoche *w.* *(gr.)* Zeitabschnitt; **epochemachend**, **epochal** eine Epoche begründend, bedeutend, Aufsehen erregend

Epos *s.* *(gr.)* große erzählende Dichtung in gehobener Sprache

Equalizer *m.* *(engl.)* Gerät zur Hebung oder Senkung eines Frequenzbereichs

Equestrik *w.* *(lat.)* Reitkunst im Zirkus

Equipage *w.* *(frz.)* herrschaftliche Kutsche; **Equipe** *w.* Mannschaft

Equipment *s.* *(engl.)* Ausstattung, Ausrüstung

Erato *w.* *(gr.)* griech. Muse der Liebesdichtung

Erbium *s.* chemisches Element

Erebus, **Erebos** *m.* *(gr.-lat.)* Unterwelt, Hades

erektil *(lat.)* schwellfähig; **Erektion** *w.* Aufrichtung, Steifwerden von Schwellkörpern an Penis und Kitzler; **erigiert** im Zustand der Erektion, aufgerichtet

Eremit *m.* *(gr.)* Einsiedler; **Eremitage** *w.* *(frz.)* Einsiedelei, als Einsiedelei gestaltetes Lustschlösschen

Erg *s.* *(gr.)* alte physikalische Einheit für Arbeit

ergo *(lat.)* also, folglich

Ergograph *m.* *(gr.)* Instrument zur Aufzeichnung der Muskelarbeit **Ergometer** *s.*, **Ergostat** *m.* Apparat zur Messung der Muskelarbeit

Ergonomie *w.* *(gr.)* Arbeitswissenschaft

Erinnyen *Mz.* *(gr.)* die Rachegöttinnen Tisiphone, Alekto und Megaira in der griech. Mythologie

Eris *w. (gr.)* Göttin des Streits in der griech. Sage; **Eristik** *w.* Kunst des Streit-gesprächs

Eros *m. (gr.)* 1. sinnliche Anziehung 2. griech. Gott der Liebe

Eroscenter *s. (engl.)* Bordell

Erosion *w. (lat.)* Auswaschung, Bodenabtragung durch Wasser oder Wind

Erotik *w. (gr.)* Sinnlichkeit, sinnliche Liebe; **Erotiker** *m.* 1. Verfasser von Erotika; 2. sinnlicher Mensch, Liebeskünstler; **Erotikon** *s.* Buch mit erotischem Inhalt (Mz. Erotika); **erotisch** 1. sinnlich; 2. von der sinnlichen Liebe handelnd; 3. sexuell **Erotomanie** *w.* Fixiertheit auf Sexualität; Eigw. **erotomanisch**

errare humanum est *(lat.)* irren ist menschlich

erratisch *(lat.)* weit vom Ursprungsort entfernt; **erratischer Block** *m.* Findling, der in der Eiszeit durch Gletscher verschleppt wurde

Erratum *s. (lat.)* Druckfehler (Mz. Errata)

eruieren *(lat.)* ermitteln, erforschen

Eruption *w. (lat.)* 1. Ausbruch von Vulkanmassen; 2. Hautausschlag; **eruptiv** 1. durch Eruption entstanden; 2. reizbar, jähzornig

Erysipel, **Erysipelas** *s. (gr.)* durch Streptokokken hervorgerufene Wundrose, Rotlauf

Erythem *s. (gr.)* (entzündliche) Hautröte; **Erythrozyt** *m.* Blutkörperchen

Eschatologie *w. (gr.)* Lehre von den letzten Dingen; **eschatologisch** von den letzten Dingen handelnd

Eskaladierwand *w.* Hinderniswand für Kletterübungen

Eskalation *w. (lat.-engl.)* Steigerung, Ausdehnung, stufenweise Verschärfung; **eskalieren** sich ausweiten, steigern, verschärfen

Eskorte *w. (frz.)* Geleit, Schutz, Ehrengeleit; **eskortieren** geleiten

Esoterik *w. (frz.)* nur Eingeweihten zugängliche Lehre, Geheimlehre; **Esoteriker** *m.* jmd., der in eine Esoterik eingeweiht ist; **esoterisch** in Form einer Geheimlehre, nur Eingeweihten zugänglich

Espada *m. (span.)* mit dem Degen bewaffneter Stierkämpfer

Espagnole *w. (frz.)* spanischer Tanz

Esperanto *s.* Welthilfssprache, die der poln. Arzt L. L. Zamenhof 1887 unter dem

Pseudonym Dr. Esperanto als Lingua Internacia veröffentlichte
Esplanade *w. (frz.)* Anlage, freier Platz
espressivo *(itl.)* Musik: ausdrucksvoll
Espresso *m. (itl.)* italienisch zubereiteter Mokka (Mz. Espressi)
Esprit *m. (frz.)* Geist, Witz, Schlagfertigkeit, Scharfsinn; **Esprit de corps** *m. (frz.)* Standesbewusstsein, Korpsgeist
Esquire *m. (engl.)* englischer Höflichkeitstitel
Essay *m.* oder *s. (frz.)* Studie, anspruchsvolle Abhandlung über ein gegenwartsbezogenes Thema; **Essayist** *m.* Verfasser von Essays; **essayistisch** nach Art eines Essays
Essential *s. (engl.)* wesentlicher Punkt, Kernpunkt (Mz. Essentials)
essentiell *(lat.)* wesentlich, lebensnotwendig; **Essenz** *w.* 1. Wesen einer Sache; 2. konzentrierter Auszug aus Naturprodukten; 3. Hauptsache, Kernpunkt
Establishment *s. (engl.)* etablierte Gesellschaftsschicht
estimieren *(frz.)* schätzen, achten, respektieren
Estrade *w. (frz.)* erhöhter Platz im Raum (meist vor Fenstern)
Estragon *m. (arab.-frz.)* Gewürzpflanze
Estrich *m. (lat.)* glatter Fußboden aus Lehm, Zement, Ziegelsteinen
et *(lat.)* und
etablieren *(frz.)* gründen, einrichten, eröffnen; **sich etablieren** sich niederlassen; Hptw. **Etablierung** *w.*; **Etablissement** *s.* 1. Betrieb; 2. Vergnügungsstätte; 3. Bordell
Etage *w. (frz.)* Stockwerk; **Etagere** *w.* Gestell mit mehreren Etagen
Etalon *s. (frz.)* Eichmaß
Etatnin *s. (frz.)* gazeartiger Gitterstoff
Etappe *w. (frz.)* 1. Teilstrecke, Abschnitt; 2. Gebiet hinter der Front
Etat *m. (frz.)* 1. Haushaltsplan des Staates; 2. zweck- und zeitgebundene Geldmittel
etc. Abk. für **et cetera** *(lat.)* und so weiter
eternisieren *(lat.)* verewigen
Eternit *s. (Wz.)* Baumaterial aus Asbest und Zement
Ethik *w. (gr.)* Lehre vom sittlichen Verhalten; **ethisch** den Erkenntnissen der Ethik entsprechend, sittlich
Ethnie *w. (gr.)* Gruppe von Menschen mit einheitlicher Kultur und Sprache; **ethnisch** einer Ethnie zugehörig; **Ethnographie** *w.* beschreibende Völkerkunde; Eigw. **ethnographisch**; **Ethnologe** *m.* Wissenschaftler auf dem Gebiet der Ethnologie; **Ethnolo-**

gie *w.* wissenschaftliche Völkerkunde; Eigw. **ethnologisch**

Ethologe *m. (gr.)* Verhaltensforscher; **Ethologie** *w.* Verhaltensforschung

Ethos *s. (gr.)* sittliches Bewusstsein, moralische Grundhaltung

Etikett *s. (frz.)* Aufklebeschild mit Bezeichnung des Inhalts; **Etikette** *w.* 1. Hofsitte; 2. Vorschriften für gesellschaftliche Umgangsformen; **etikettieren** mit Zettel und Aufschrift versehen

Etui *s. (frz.)* Behälter, Hülle

Etymologie *w. (gr.)* Wissenschaft vom Ursprung und der Bedeutungsentwicklung der Wörter; **etymologisch** worterklärend

eu-, eu- *(gr.)* als Vorsilbe: gut, schön, leicht

Eubiotik *w. (gr.)* Lehre vom gesundheitlichen Leben

Eucharistie *w. (gr.)* Altarsakrament in der kath. Kirche; **eucharistisch** zum Altarsakrament gehörig

Eudämonie *w. (gr.)* Glückseligkeit; **Eudämonismus** *m.* Weltanschauung, die im Glück das Lebensziel sieht; **eudämonistisch** nach Glückseligkeit strebend; **Eudämonologie** *w.* Anleitung zum glücklichen Leben

Eudoxie *w. (gr.)* 1. guter Ruf; 2. richtiges Urteil

Eukalyptus *m. (gr.)* immergrüner Strauch oder Baum, dessen ätherische Öle zu Heilzwecken verwendet werden

Eunuch *m. (gr.)* Kastrat

Euphorie *w. (gr.)* Hochgefühl; Eigw. **euphorisch**

Euro *m.* gemeinsame Währung der Europäischen Union seit 2002; **Euro-Stoxx** *m.* seit 1998 bestehender europäischer Aktienindex, der die 50 umsatzstärksten Aktienwerte der Länder der Europäischen Wirtschafts- und Währungsunion enthält

Eurovision *w.* Fernsehprogrammaustausch zwischen europäischen Fernsehanstalten

Eusebie *w. (gr.)* Frömmigkeit, Gottesfurcht; Eigw. **eusebisch**

Euterpe *w. (gr.)* Muse der lyrischen Dichtkunst

Euthanasie *w. (gr.)* 1. Erleichterung des Sterbens; 2. Massentötung von (Geistes-) Kranken im Nationalsozialismus

eutroph *(gr.)* 1. reich an Nährstoffen; 2. überdüngt; **Eutrophie** *w.* guter Ernährungszustand

Evakuation *w. (lat.)* Herstellung eines Vakuums; **Evakuierung** *w.* Räumung,

Aussiedlung; **evakuieren** 1. ein Gebiet von den Bewohnern räumen, aussiedeln; 2. ein Vakuum herstellen

Evangeliar *s. (gr.)* liturgisches Buch mit den Evangelientexten; **Evangelisation** *w.* Verkündigung des Evangeliums; **evangelisch** 1. der evangelischen Kirche angehörend; 2. auf das Evangelium bezüglich; **Evangelist** *m.* Verfasser eines Evangeliums; **Evangelium** *s.* eins der vier Bücher vom Leben Jesu im Neuen Testament

evaporabel *(lat.)* verdunstbar; **Evaporation** *w.* Verdampfung, Verdunstung von Wasser; **Evaporator** *m.* Gerät, das aus Meereswasser Süßwasser erzeugt; **evaporieren** durch Verdampfen Wasser entziehen

Event *s. (engl.)*, **Evenement** *s. (frz.)* 1. Ereignis, Begebenheit; 2. medienwirksam inszenierte Veranstaltung

Evergreen *m.* oder *s. (engl.)* Musikstück mit dauerhaftem Erfolg

Evertebrat *m. (lat.)* wirbelloses Tier

evident *(lat.)* augenscheinlich, offenbar, einleuchtend; **Evidenz** *w.* Einsichtigkeit, Gewissheit

Evolution *w. (lat.)* 1. allmähliche Entwicklung; 2. stammesgeschichtliche Entwicklung der Lebewesen; **evolutionär** auf Evolution beruhend, sich langsam entwickelnd

Ex *m.* und *w.* Kurzform für Exmann, Exfrau, ehemalige(r) Partner(in)

Ex-, **ex-** *(lat.)* als Vorsilbe: aus, aus ... heraus, ehemalig

ex abrupto *(lat.)* überraschend, unvorhergesehen

exakt *(lat.)* 1. genau, sorgfältig; 2. berechen- und messbar; Hptw. **Exaktheit** *w.*

Exaltation *w. (lat.)* Überspanntheit, übertriebene Erregtheit; **exaltiert** überspannt, übersteigert

Examen *s. (lat.)* Prüfung; **Examinand** *m.* Prüfling; **Examinator** *m.* Prüfer; **examinieren** prüfen, ausfragen

Exanthem *s. (gr.)* Hautausschlag

Exanthropie *w. (gr.)* Menschenscheu

ex cathedra *(lat.)* 1. vom Papst verkündet; 2. als unanzweifelbar daherkommend

Exchange *w. (engl.)* Tausch, Geldwechsel

Exegese *w. (gr.)* wissenschaftliche Ausdeutung, Auslegung eines Textes, **Exeget** *m.* Fachmann für die Bibelausdeutung; **Exegetik** *w.* Kunst der Textauslegung; **exegetisch** erklärend, auslegend, deutend

exekutieren *(lat.)* vollstrecken, hinrichten; **exekutiv** ausführend; **Exekutive, Exekutivgewalt** *w.* Vollzugsgewalt des Staates; **Exekutor** *m.* Vollstrecker; **Exekution** *w.* 1. Vollzug, Vollstreckung eines richterlichen Spruches; 2. Hinrichtung

Exempel *s. (lat.)* Beispiel, Lehre; **Exempel statuieren** abschreckendes Beispiel setzen; **Exemplar** *s.* Einzelstück, Muster; **exemplarisch** 1. beispielhaft; 2. abschreckend; **Exemplifikation** *w.* Erläuterung durch Beispiele; **exemplifizieren** am Beispiel erläutern

Exequien *Mz. (lat.)* Begräbnisriten der kath. Kirche

exerzieren *(lat.)* drillen, einüben; **Exerzitien** *Mz.* geistl. Übungen der Katholiken

Exhibition *w. (engl.)* 1. Zurschaustellung; 2. Ausstellung, Schau; **Exhibitionismus** *m.* zwanghafte Neigung zur Entblößung der Geschlechtsteile; **Exhibitionist** *m.* jmd., der an Exhibitionismus leidet; **Exhibitionsklage** *w.* Klage auf Aushändigung einer Sache

exhumieren *(lat.)* wieder ausgraben; **Exhumierung** *w.* Wiederausgrabung von Leichen für gerichtliche Zwecke

Exil *s. (lat.)* Ort der Verbannung; **exilieren** ausweisen, verbannen

Existenz *w.* 1. Dasein, Vorhandensein; 2. materielle Lebensgrundlage; **Existenzminimum** *s.* Mindesteinkommen; **existieren** sein, vorhanden sein, leben

Exit *m. (engl.)* Ausgang

Exitus *m. (lat.)* Ausgang, Tod

Exklusion *w.* Ausschluss; **exklusiv** 1. ausschließlich; 2. anspruchsvoll; **exklusive** außer, mit Ausnahme von; **Exklusivität** *w.* das Exklusivsein

Exkommunikation *w. (lat.)* Kirchenbann, Ausschließung aus der kath. Kirche; **exkommunizieren** aus der kath. Kirche ausschließen, bannen

Exkrement *s. (lat.)* Ausscheidung; **Exkret** *s.* ausgeschiedenes Stoffwechselprodukt; **Exkretion** *w.* Vorgang der Absonderung, der Ausscheidung

Exkurs *m. (lat.)* Abschweifung; **Exkursion** *w.* Lehr- und Studienausflug

exlex *(lat.)* außerhalb des Gesetzes, vogelfrei

Exlibris *s. (lat.)* Eigentumszeichen in Büchern

Exmatrikel *w. (lat.)* Bescheinigung beim Abgang von der Hochschule; **Exmatrikulation** *w.* Streichung aus dem Studentenverzeichnis; Ztw. **exmatrikulieren**

Exmission *w. (lat.)* zwangsweise Ausweisung aus einer Wohnung; **exmittieren** ausweisen, gerichtlich entfernen

ex nihilo nihil *(lat.)* aus nichts entsteht nichts

Exo-, exo- *(gr.)* als Vorsilbe: außerhalb, außen

Exodus *m. (gr.)* Auszug der Juden aus Ägypten

exogen *(gr.)* durch äußere Einflüsse entstanden

exorbitant *(lat.)* außergewöhnlich, ungeheuerlich

Exorzismus *m. (gr.-lat.)* Austreibung böser Geister; **Exorzist** *m.* Geisterbeschwörer; Ztw. **exorzieren**

Exot *m. (gr.)* Mensch, Tier, Pflanze aus fernen Ländern; **Exotik** *w.* Reiz des Fremdartigen; **exotisch** fremdartig, ausgefallen

Expander *m. (lat.)* Muskelstrecker, Sportgerät zur Übung der Muskeln; **expandieren** sich ausdehnen; **expansibel** dehnbar; **Expansion** *w.* Ausdehnung, Ausbreitung; **Expansions-politik** *w.* Eroberungspolitik; **expansiv** sich ausdehnend, raumgreifend

Experiment *s. (lat.)* 1. wissenschaftlicher Versuch; 2. gewagtes Unternehmen; **Experimentator** *m.* jmd., der Versuche anstellt; **experimentell** auf Versuchen beruhend; **experimentieren** Versuche anstellen; **experimentum crucis** *s.* entscheidendes Experiment für den endgültigen Beweis

Experte *m. (lat.)* Sachverständiger, Sachkenner; **Expertise** *w.* Gutachten eines Experten

Explosion *w.* Detonation, Entladung, Sprengschlag; **explosiv** leicht explodierend

Exploration *w. (lat.)* Untersuchung, Befragung, Erforschung; **explorieren** untersuchen, erforschen, befragen

Exponat *s. (lat.-russ.)* ausgestellter Gegenstand, Museumsstück

Export *m. (lat.)* Ausfuhr, Absatz im Ausland; **Exporten** *Mz.* Ausfuhrwaren; **Exporteur** *m.* jmd., der Waren ausführt; **exportieren** Waren ins Ausland ausführen

Exposé *s. (frz.)* Entwurf, Übersicht, Bericht; **Exposition** *w. (lat.)* 1. Einführung; 2. Aufriss; 3. Ausstellung

ex post *(lat.)* hinterher

express *(lat.)* 1. ausdrücklich; 2. eilig; **Express** *m.* Schnellzug; **expressis verbis** ausdrücklich, in deutlichen Worten, unmissverständlich

Expression *w. (lat.)* Ausdruck; **Expressionismus** *m.* Kunstrichtung des frühen 20. Jhs.; **Expressionist** *m.* Vertreter des Expressionismus; Eigw. **expressionistisch**; **expressiv** ausdrucksvoll; **Expressivität** *w.* 1. Ausprägung; 2. Ausdruckskraft

exquisit *(lat.)* auserlesen, edel

Exsekration *w. (lat.)* Fluch, rituelle Verwünschung der kath. Kirche; **exsekrieren** verfluchen

Exsikkation *w. (lat.)* Austrocknung; **exsikkativ** austrocknend; **Exsikkator** *m.* Gerät zum Austrocknen von Chemikalien

Exspiration *w. (lat.)* Ausatmung; **exspiratorisch** auf Exspiration beruhend; **exspirieren** ausatmen

Exstirpation *w. (lat.)* Entfernung eines Organs oder Gewebes; **exstirpieren** völlig entfernen, ausschneiden

extendieren *(lat.)* ausdehnen, ausweiten; **Extension** *w.* 1. Ausdehnung, Streckung; 2. Begriffsumfang; **Extensität** *w.* Ausdehnung, Umfang, Breitenwirkung; **extensiv** ausgedehnt, umfassend

Exterieur *s. (frz.)* Äußeres, äußere Erscheinung, Außenseite; **Exteriorität** *w. (lat.)* Außenseite, Oberfläche

Extermination *w. (lat.)* 1. Landesverweisung; 2. Zerstörung; **exterminieren** vertreiben

extern *(lat.)* 1. auswärtig, fremd, draußen; 2. nicht im Internat wohnend; Hptw. **Externe** *w.* und *m.*; **Externalisation** *w. (engl.)* Verlegung eigener Gefühle in die Außenwelt, Projektion

exterritorial *(lat.)* der Landeshoheit nicht unterworfen; **Exterritorialität** *w.* rechtliche Unabhängigkeit von der Gerichtsbarkeit des Gastlandes

extra *(lat.)* 1. besonders; 2. nebenbei, außerdem; 3. eigens, absichtlich; **Extra** *s.* Zubehör; **Extrablatt** *s.* Sonderausgabe einer Zeitung

extra brut *(frz.)*, **extra dry** *(engl.)* besonders herber, trockener Schaumwein

extrahieren *(lat.)* ausziehen, herausziehen; **Extrakt** *m.* 1. Auszug; 2. die wesentlichen Punkte; **Extraktion** *w.* Herausziehen, Entfernen, Herauslösung; **extraktiv** ausziehend, auslaugend

extraordinär *(lat.)* außergewöhnlich, außerordentlich; **Extraordinarium** *s.* außerordentlicher Haushaltsplan; **Extraordinarius** *m.* außerordentlicher Professor

extraterrestrisch *(lat.)* außerhalb der Erde
Extratour *w.* *(lat.-frz.)* eigenwillige Verhaltensweise
extravagant *(lat.-frz.)* ausgefallenes Verhalten; **Extravaganz** *w.* auffallendes Verhalten
extravertiert, extrovertiert *(lat.)* nach außen gewandt, der Welt zugewandt, offen für Eindrücke von außen
extrem *(lat.)* 1. äußerst; 2. radikal; **Extrem** *s.* 1. der äußerste Punkt, der größte oder der kleinste Wert, die äußerste Möglichkeit; 2. Übertreibung; **Extremismus** *m.* radikale Haltung; **Extremist** *m.* radikaler Mensch; Eigw. **extremistisch**; **Extremitäten** *Mz.* Gliedmaßen
ex tunc *(lat.)* von damals an
Exulant *m.* *(lat.)* Verbannter; **exulieren** in der Verbannung leben
ex voto *(lat.)* einem Gelübde entsprechend; **Exvoto** *s.* Weihgeschenk, Votivgabe
exzellent *(lat.)* ausgezeichnet, hervorragend, vorzüglich; **Exzellenz** *w.* 1. Vortrefflichkeit; 2. Titel für hohe Persönlichkeiten; **exzellieren** glänzen, sich hervortun
exzelsior! *(lat.)* empor! höher hinauf!
Exzentrik *w.* *(lat.)* überspanntes Verhalten **Exzentriker** *m.* überspannter Mensch; **exzentrisch** verstiegen, überspannt, ungewöhnlich; **Exzentrizität** *w.* Überspanntheit
Exzeption *w.* *(lat.)* Ausnahme; **exzeptionell** ungewöhnlich, außergewöhnlich; **exzeptiv** ausnehmend, ausschließend
Exzerpt *s.* Auszug
Exzess *m.* *(lat.)* Ausschweifung; **exzessiv** übermäßig, ausschweifend
exzitabel *(lat.)* erregbar, reizbar; **Exzitation** *w.* Erregung, Aufregung; **exzitieren** anregen
Eyecatcher *m.* *(engl.)* Blickfang; **Eyeliner** *m.* Kosmetikstift oder Pinsel zum Ziehen eines Lidstrichs
Ezzes *Mz.* *(jidd.)* Tipps, Ratschläge

Fabel *w. (lat.)* Lehrdichtung mit Tieren; **Fabulant** *m.* Schwätzer; **fabulieren** Geschichten erfinden, schwindeln; **fabulös** märchenhaft

Facelifting *s. (engl.)* 1. Schönheitsoperation zur Straffung des Gesichtes; 2. äußerliche Veränderung von Marktprodukten, deren Absatz stagniert; 3. Aufpolieren, Modernisieren

Facette *w. (frz.)* l. geschliffene Abschrägung an Spiegeln oder Edelsteinen; 2. Teil eines Zusammenhangs; **Facettenauge** *s.* aus mehreren Einzelaugen zusammengesetztes Auge der Insekten; **facettieren** abschrägen, Facetten schleifen

facile *(itl.)* Musik: leicht

Factoring *s. (engl.)* amerik. Methode der Absatzfinanzierung

Facts *Mz. (lat.-engl.)* Tatsachen

Fade-out *s. (engl.)* Ausblenden von Musik oder Film

Fado *m. (port.)* schwermütiges portugiesisches Tanzlied

Fagott *s. (itl.)* Holzblasinstrument, Bass der Holzbläser; **Fagottist** *m.* Fagottspieler

Faible *s. (frz.)* Schwäche, Vorliebe, Neigung

Faille *w. (frz.)* Stoff mit Ripscharakter aus Seide

fair *(engl.)* anständig, ehrlich, gerecht, den Spielregeln entsprechend; **Fairness** *w.*, **Fairplay** *s.* faires Verhalten

Fake *s.* *(engl.)* Vortäuschung, Fälschung; **faken** etwas vortäuschen, zurechtmachen, „frisieren" oder „hinbiegen"

Fäkalien *Mz.* *(lat.)* Kot

Fakir *m.* *(arab.)* 1. islamischer Bettelmönch; 2. hinduistischer Asket; 3. indischer Zauberer, Gaukler

Faksimile *s.* *(lat.)* Reproduktion, genaue Nachbildung; **faksimilieren** Faksimile herstellen

faktisch *(lat.)* tatsächlich, wirklich; **Faktizität** *w.* nachweisbare Wirklichkeit, Gegebenheit

Faktor *m.* *(lat.)* 1. bestimmender Umstand, wichtiger Bestandteil, Gesichtspunkt; 2. Vervielfältigungszahl in der Multiplikation; **Faktorei** *w.* überseeische Handelsniederlassung in der Kolonialzeit

Faktotum *s.* *(lat.)* „Mädchen für alles"

Fakultas *w.* *(lat.)* Lehrbefähigung, Lehrberechtigung; **Fakultät** *w.* mehrere Wissenschaften zusammenfassende Abteilung einer Universität; **fakultativ** nach eigenem Ermessen

Falange *w.* *(span.)* bis 1977 faschistische Staatspartei in Spanien; **Falangist** *m.* Mitglied der Falange

fallieren *(frz.)* zahlungsunfähig werden, Bankrott machen

Fall-out *m.* *(engl.)* Niederschlag von radioaktiven Stoffen

Falsett *s.* *(itl.)* Kopfstimme, Fistelstimme

Falsifikat *s.* *(lat.)* Fälschung

familiär *(lat.)* vertraut, vertraulich; Hptw. **Familiarität** *w.*; **Familie** *w.* *(lat.)* 1. Eltern und Kinder, die nächste Verwandtschaft; 2. verwandte Gattung

famos *(lat.)* ausgezeichnet, trefflich, prächtig

Famulus *m.* *(lat.)* 1. Medizinstudent im Praktikum; 2. Gehilfe

Fan *m.* *(engl.)* begeisterter Anhänger

Fanal *s.* *(itl.)* 1. Feuerzeichen, Leuchtfeuer, Sturmzeichen; 2. Ereignis, Handlung als Auftaktzeichen einer Veränderung

Fanatiker *m.* *(lat.)* Eiferer, Anhänger, Schwärmer; **fanatisch** blindgläubig, unbelehrbar, unbekehrbar, verrannt, verbohrt, vernagelt; **fanatisieren** aufhetzen; **Fanatismus** *m.* Verbohrtheit, Verranntheit, Glaubenseifer, blindgläubiges, kompromiss- und rücksichtsloses Verfolgen eines Ziels

Fandango *m. (span.)* spanischer Tanz mit Kastagnettenbegleitung

Fanfare *w. (frz.)* 1. gerade Trompete ohne Ventile; 2. Trompetensignal

Fango *m. (itl.)* mineralischer Schlamm für Heilpackungen

Fantasia *w. (span.)* nordafrikanisches Reiterschauspiel; **Fantasie** *w. (frz.)* Musikstück in freier Form

Fantasy *w. (engl.)* Roman- oder Filmgenre mit Handlung in einer Märchenwelt

Farad *s.* Maßeinheit der elektrischen Kapazität

Farandole *w. (frz.)* provenzalischer Tanz

Farce *w. (frz.)* 1. kurzes burleskes Spiel; 2. billige, abgeschmackte Posse; 3. Fleischfüllung; **farcieren** mit einer Fleischmasse füllen

Farin *m. (lat.-itl.)* 1. Rohzucker; 2. Puderzucker

Farm *w. (engl.)* landwirtschaftlicher Betrieb; **Farmer** *m.* Landwirt

Faro = Pharao; Pharus

faschieren *(frz.)* Fleisch durch die Maschine drehen

Faschinen *Mz. (itl.)* Reisigbündel für Befestigungsanlagen

Faschismus *m. (itl.)* 1. von Mussolini geleitete nationalistische Gewaltherrschaft in Italien; 2. eine ähnlich organisierte Herrschaftsform oder Bewegung; **Faschist** *m.* Anhänger des Faschismus; Eigw. **faschistisch**; **faschistoid** in Gedanken oder Methoden dem Faschismus ähnelnd

Fashion *w. (engl.)* 1. Mode; 2. Lebensart; **fashionable** modisch, schick

Fassade *w. (frz.)* 1. Vorderseite, Schauseite, Stirnseite; 2. Äußerlichkeit, äußerer Schein

Fasson *w. (frz.)* 1. Form, Schnitt, Sitz von etwas; 2. Lebensweise

Fastfood *s. (engl.)* 1. Schnellgerichte in Imbisslokalen; 2. etwas, das billig gemacht und schnell konsumierbar ist

fastidiös *(frz.)* ärgerlich, widerwärtig

fastoso *(itl.)* Musik: prächtig

Faszes *Mz. (lat.)* Symbol altrömischer Magistratsgewalt; **Faszie** *w. (lat.)* Muskelhaut, Bindegewebshaut

Faszikel *m. (lat.)* Aktenbündel

Faszination *w. (lat.)* Bezauberung; **faszinieren** bezaubern, fesseln

fatal *(lat.)* 1. folgenschwer, verhängnisvoll; 2. unangenehm, peinlich; **Fatalismus** *m.* dem Schicksal ergebende Lebenshaltung;

Fatalist *m.* schicksalsergebener Mensch; Eigw. **fatalistisch**; **Fatalität** *w.* Peinlichkeit, Missgeschick
Fata Morgana *w.* *(itl.)* 1. Luftspiegelung; 2. „Luftschloss“, unrealistische Vorstellung
fatigieren *(frz.)* ermüden, langweilen
Fatum *s.* *(lat.)* Schicksal, Verhängnis
Fatwa *w.* *(arab.)* gesetzlicher Entscheid nach muslimischer Rechtsvorstellung
Faun *m.* *(lat.)* römischer Gott mit Bocksfüßen (Sinnbild der Lüsternheit); **faunisch** geil, lüstern
Fauna *w.* *(lat.)* Tierwelt eines Gebiets; **Faunistik** *w.* Erforschung einer Fauna
Fauteuil *m.* *(frz.)* Lehnsessel
Fauvismus *m.* Malstil mit reinen Farben und starken Kontrasten
Fauxpas *m.* *(frz.)* Missgriff, Taktlosigkeit
Favela *w.* *(port.)* Slum am Rande von Großstädten Südamerikas
favorisieren *(frz.)* 1. begünstigen, bevorzugen; 2. einen voraussichtlichen Sieger im Sport benennen; **Favorit** *m.* jmd., der favorisiert wird
Fazenda *w.* *(port.)* Landgut in Brasilien
Fazetien *Mz.* *(lat.)* Kurzerzählungen mit erotischem oder satirischem Inhalt
Fazilität *w.* *(lat.)* Leichtigkeit, Gewandtheit
Fazit *s.* *(lat.)* Ergebnis, Endsumme
FBI *m.* oder *s.* *(engl.)* „Federal Bureau of Investigation“, Bundeskriminalamt der USA
FCKW = Fluorchlorkohlenwasserstoff
Feature *s.* *(engl.)* Dokumentarbericht mit Reportagen
febril *(lat.)* fieberhaft, fiebrig
Feedback *s.* *(engl.)* 1. Rückkopplung, Rückmeldung; 2. Rückbeeinflussung durch die Wirkung des eigenen Verhaltens auf andere
Feeling *s.* *(engl.)* Gefühl, Gespür
Fellache *m.* *(arab.)* Ackerbauer in Ägypten
Fellatio *w.* *(lat.)* orale sexuelle Erregung des Penis
Felonie *w.* *(frz.)* Bruch der Lehnstreue
Feluke *w.* *(arab.)* kleines Küstenfahrzeug des Mittelmeerraums
feminin *(lat.)* weiblich; **feminisieren**, **feminieren** verweiblichen; **Femininum** *s.* weibliches Hauptwort (Abk. f.); **Feminismus** *m.* Theorie und Praxis der Frauenbewegung; **feministisch** 1. den Feminismus betreffend; 2. Ziele der Frauenbewegung vertretend
Femme fatale *w.* *(frz.)* begehrenswertes weib-

liches Luxusgeschöpf, das seine Liebhaber in den Ruin treibt

Fender *m. (engl.)* Schutzpolster an Schiffswänden

Fermate *w. (itl.)* Haltezeichen über einer Note in der Notenschrift

Ferment *s. (lat.)* organischer Stoff, der einen Stoffwechsel steuert; **Fermentation** *w.* 1. Gärung; 2. biochemische Aufbereitung (bes. von Genussmitteln); **fermentieren** mittels Fermentation verändern

feroce *(itl.)* Musik: wild

fertil *(lat.)* fruchtbar; **Fertilität** *w.* Fruchtbarkeit

Fes, Fez *m. (türk.)* orientalische Kopfbedeckung aus rotem Filz

Festival *s. (engl.)* periodisch stattfindendes kulturelles Ereignis; **Festivität** *w. (lat.)* Festlichkeit

fetal *(lat.)* zum Fötus gehörig

Fete *w. (frz.)* Fest, Party

Fetisch *m. (port.)* Zaubermittel, Gegenstand, dem Schutzkräfte zugeschrieben werden; **fetischisieren** etwas zum Fetisch machen; **Fetischismus** *m.* 1. Fetischverehrung; 2. Erregung der Sexualität durch bestimmte Gegenstände; **Fetischist** *m.* 1. Fetisch-Verehrer; 2. Person mit fetischistisch geprägter Sexualität; **fetischistisch** den Fetischismus betreffend

Fetus, Fötus *m. (lat.)* Leibesfrucht ab der 12. Schwangerschaftswoche

feudal *(lat.)* 1. herrschaftlich, üppig; 2. zum Feudalismus gehörig; **Feudalismus** *m.* Herrschaftsform, die auf dem Lehnswesen und der politischen und wirtschaftlichen Macht des Adels aufgebaut ist; **Feudalität** *w.* 1. Lehnsverhältnis; 2. prunkvoller, üppiger Lebensstil

Feuilleton *s. (frz.)* 1. Kulturteil der Zeitung; 2. literarischer Einzelbeitrag im Kulturteil; **Feuilletonist** *m.* jmd., der im Feuilleton schreibt; **feuilletonistisch** 1. essayistisch; 2. plaudernd, leicht, unterhaltend

Fiaker *m. (frz.)* Pferdedroschke und deren Kutscher

Fiale *w. (gr.)* gotisches Spitztürmchen auf Strebepfeiler

Fiasko *s. (itl.)* Misserfolg, Reinfall

fiat *(lat.)* es sei, es geschehe; **fiat iustitia** die Gerechtigkeit nehme ihren Lauf

Fibel *w. (lat.)* 1. Schmuckspange, Gewandspange; 2. Schulbuch

Fiber *w. (lat.)* Faser; **Fibrin** *s.* Eiweißstoff, der bei der Blutgerinnung auftritt;

Fibrom *s.* gutartige Geschwuls; **fibrös** faserreich

Fiction *w. (engl.)* Prosaliteratur, die auf Fiktion beruht

fidel *(lat.)* lustig, vergnügt

Fidibus *m. (lat.)* Papierstreifen zum Anzünden der Pfeife

fiero *(itl.)* Musik: stolz

Fiesta *w. (span.)* spanisches Volksfest

fifty-fifty *(engl.)* halb und halb

Figaro *(span.-itl.)* Frisör

Figur *w. (lat.)* 1. menschliche Gestalt, Körperform; 2. literarische Gestalt; 3. Bewegungsablauf im Tanz; 4. geschlossene Klangfolge; 5. Spielstein; **Figurine** *w.* kleine Statue

Fiktion *w. (lat.)* etwas Erdichtetes; **fiktiv** auf Fiktion beruhend

Filet *s. (frz.)* 1. Lendenstück; 2. Lenden- oder Brustfleisch und vom entgräteten Fischrücken

Filiale *w. (lat.)* Zweigniederlassung, Tochtergesellschaft

Filigran *s. (lat.)* Arbeit aus feinem Gold- oder Silberdraht; **filigran** feingliedrig

Filius *m. (lat.)* Sohn

Film *m. (engl.)* 1. dünnes Häutchen, dünne Schicht; 2. fotografische Emulsionsschicht; 3. projiziertes Laufbild; 4. Lichtspielwesen; **filmen** einen Film machen; **filmisch** den Film betreffend, für den Film geeignet

Filou *m. (frz.)* Spitzbube, gerissener Halunke, Gauner

Filter *m.* oder *s. (lat.)* Klärvorrichtung; **Filtrat** *s.* gefilterte Flüssigkeit; **filtrieren** durch einen Filter laufen lassen

Filzokratie *w. (dt.-gr.)* Machtausübung durch Ämterverfilzung

final *(lat.)* 1. beendend, endgültig; 2. zweckbestimmend; **Finale** *s. (itl.)* 1. Schlusssatz eines Musikwerks; 2. abschließender Höhepunkt einer Veranstaltung; 3. Endrunde, Endspurt

Finanzen *Mz. (frz.)* Geldwesen, Geldbesitz, Vermögensverhältnisse; **finanziell** geldlich; **Finanzier** *m.* Geldgeber; **finanzieren** Geldmittel bereitstellen; **Finanzierung** Geldmittelbeschaffung, Kreditgewährung

Fine *s. (itl.)* Schlusszeichen in der Partitur

Finesse *w. (frz.)* Feinheit, Raffinesse, Kunstgriff

fingieren *(lat.)* vortäuschen, erdichten

finito *(itl.)* vorbei, beendet

Finte *w. (itl.)* Scheinangriff, Täuschungsversuch

Firlefanz *m.* 1. überflüssiger Kram; 2. Unsinn, Spinnerei

firm *(lat.)* beschlagen, „sattelfest"

Firma *w.* *(lat.)* wirtschaftliches Unternehmen; **firmieren** mit einem bestimmten Namen unterzeichnen, diesen führen

Firmament *s.* *(lat.)* Himmelsgewölbe

Firmelung, **Firmung** *w.* *(lat.)* kath. Sakrament, Bestätigung der Taufe; Ztw. **firmeln, firmen**

Firnis *m.* *(frz.)* glänzender Überzug, Lack; **firnissen** mit Firnis überziehen

first class *(engl.)* erstklassig

First Lady *w.* Frau eines Staatsoberhaupts

Fishing for Compliments „Erpichtsein" auf Komplimente

Fiskus *m.* Staatskasse, Bezeichnung für den Staat als Eigentümer von Vermögen

fix *(lat.)* 1. schnell; 2. fest; 3. gewandt

fixe Idee *w.* Zwangsvorstellung; **fixieren** 1. haltbar, unempfindlich machen; 2. anheften, festmachen; 3. anstarren; 4. schriftlich niederlegen, verbindlich machen; 5. psychisch, emotional in einer frühkindlichen Phase stecken bleiben; Hptw. **Fixierung** *w.*; **Fixpunkt** *m.* Festpunkt, Ausgangspunkt; **Fixstern** *m.* scheinbar unbeweglicher Stern

Fjord *m.* *(dän.-norw.)* tief eingeschnittene enge Meeresbucht

flagrant *(lat.)* offensichtlich, ins Auge fallend; **in flagranti** auf frischer Tat

Flair *s.* *(frz.)* 1. Witterung; 2. persönliche Note, Ausstrahlung

Flakon *s.* *(frz.)* Fläschchen aus geschliffenem Glas

Flambeau *m.* *(frz.)* hoher Armleuchter; **flambieren** Speisen mit Spirituosen übergießen und kurz anzünden

Flamberg *m.* Zweihänderschwert mit welliger Klinge, „Flammenschwert"

Flamboyant *s.* *(frz.)* 1. flammenartiges gotisches Maßwerk; 2. tropischer Zierstrauch

Flamenco *m.* *(span.)* Tanzlied und Tanz in Andalusien

Flanell *m.* *(engl.)* leicht gerautes Woll- oder Baumwollgewebe

Flaneur *m.* *(frz.)* Müßiggänger; **flanieren** bummeln, umherschlendern

flankieren *(frz.)* 1. seitlich begrenzen; 2. seitlich decken

flautando *(itl.)* Musik: flötenartig; **Flauto** *m.* Flöte

flebile *(itl.)* Musik: flehentlich

flektieren *(lat.)* beugen, ein Wort konjugieren oder deklinieren

Fleuron *s. (frz.)* stilisierte Blume in Stein oder im Buchdruck

flexibel *(lat.)* 1. biegsam, anpassungsfähig; 2. beugbares Wort; **Flexibilität** *w.* Biegbarkeit, Biegsamkeit, Anpassungsfähigkeit; **Flexion** *w.* Beugung eines Wortes; Biegung, Knickung; **Flexor** *m.* Beugemuskel

Flibustier *m. (frz.)* Seeräuber, Freibeuter

Flic *m. (frz.)* französischer Polizist

Flicflac, **Flickflack** *m. (frz.)* mehrfacher Handstandüberschlag nach rückwärts

Flip *m. (engl.)* 1. alkoholisches Mischgetränk mit Ei oder Eigelb; 2. Eiskunstlaufsprung

Flipper *m.* Spielautomat

Flirt *m. (engl.)* 1. erotisch-verspielte Kontaktaufnahme zwischen Personen; 2. Liebelei; **flirten** tändeln, kokettieren, liebäugeln, schöntun, Avancen machen, balzen

Flop *m. (engl.)* misslungenes Projekt, Misserfolg

Floppydisk, **Floppy** *w. (engl.)* Diskette

Flor *m. (lat.)* 1. Blütenpracht; 2. schwarzer Seidenkrepp; **Flora** *w.* 1. römische Blumengöttin; 2. Pflanzenwelt; **floral** geblümt; **Floreal** *m. (frz.)* der achte Monat des französischen Revolutionskalenders; **Floreszenz** *w.* Blütezeit; **florid** in voller Blüte, voll entwickelt; **florieren** in Blüte stehen, gedeihen, sich günstig entwickeln; **Florilegium** *s.* Blütenlese; **Florist** *m.* 1. Blumenbinder; 2. Pflanzenforscher; **Floristik** *w.* Erforschung der Flora; Eigw. **floristisch**

Florett *s. (span.)* 1. Stoßwaffe mit biegsamer, vierkantiger Klinge und Handschutz

Florettseide *w.* Abfallseide

Floskel *w. (lat.)* inhaltsleere Redewendung, konventionelle Höflichkeitsformel

Fluid *s. (lat.)* flüssiges Mittel; **fluid** flüssig; **Fluidität** *w.* Fließfähigkeit; **Fluidum** *s.* besondere Ausstrahlung eines Menschen, einer Umgebung oder Situation

Fluke *m. (engl.)* Schwanzflosse des Wals

Fluktuation *w. (lat.)* 1. Hin- und Herschwanken; 2. schneller Wechsel; **fluktuieren** hin und her wogen, wechseln; **fluktuierend** unsicher, schwankend

Fluor *s. (lat.)* chemisches Element; **Fluorchlorkohlenwasserstoff** *m.* Kältemittel und Treibgas, das die Ozonschicht schädigt (Abk. FCKW); **Fluoreszenz** *w.* Aufleuchten bei oder durch Bestrahlung; **fluoreszie-**

ren aufleuchten

Fluxus *m. (lat.)* Kunstrichtung des Neodadaismus um 1960

Flyer *m. (engl.)* Handzettel, Werbezettel

Föderalismus *m. (lat.)* Streben nach weitgehender Selbständigkeit der Einzelstaaten in einem Bundesstaat; **Föderalist** *m.* Anhänger des Föderalismus; **Föderation** *w.* Bund; **föderativ** bündnismäßig; bundesstaatlich; **föderiert** verbündet

Fokus *m.* 1. Brennpunkt; 2. Krankheitsherd; **fokussieren** 1. etwas auf einen Brennpunkt richten; 2. Strahlen sammeln; Hptw. **Fokussierung** *w.*

Foliant *m. (lat.)* dickes Buch

Folie *w. (lat.)* Kunststoffblatt

Fond *m. (frz.)* 1. Grundlage; 2. Hintergrund; 3. Rücksitz im Wagen; 4. Fleischsaft; **Fonds** *m. (frz.)* Bestand, Rücklage, verfügbarer Geldvorrat

Fondue *w. (frz.)* mit Wein geschmolzenes Käsegericht

Fontäne *w. (lat.-frz.)* Springbrunnen

Fontanelle *w. (lat.)* Knochenlücke am Schädel des Säuglings

forcieren mit Nachdruck betreiben, erzwingen

forensisch *(lat.)* gerichtlich

formal *(lat.)* die Form betreffend, äußerlich; **formalisieren** in eine systematische Form bringen; **Formalismus** *m.* Überbetonung des Formalen; Eigw. **formalistisch**; **Formalität** *w.* Formsache, Förmlichkeit; **formaliter** der Form nach, der Form wegen; **formell** förmlich

Formaldehyd *m.* Ameisensäure, giftiges Raumdesinfektionsmittel; **Formalin** *s. (Wz.)* wässerige Lösung (aus Formaldehyd), die als Konservierungs- und Desinfektionsmittel verwendet wird.

Format *s. (lat.)* 1. Normgröße; 2. Bedeutung, überdurchschnittliches Niveau einer Person; 3. Anordnung von Daten; **formatieren** Ordnungsmerkmale für Daten festlegen; **Formation** *w. (lat.)* 1. angeordnetes, strukturiertes Ganzes; 2. erdgeschichtlicher Abschnitt; 3. geschlossene Pflanzengesellschaft; 4. Truppeneinheit; **formativ** gestaltend

Formel *w. (lat.)* 1. kürzeste Form einer Begriffsbestimmung; 2. feststehende Redewendung; 3. chemische, physikalische, mathematische Bezeichnung

formidabel *(frz.)* sehr gut, außergewöhnlich

formieren *(lat.)* in einer bestimmten Form aufstellen, ordnen, gestalten

Formular *s.* *(lat.)* Vordruck, Formblatt; **formulieren** in Worte fassen, ausdrücken

Fort *s.* *(frz.)* Festung

forte *(itl.)* Musik: kräftig, laut; **fortissimo** sehr laut

Fortuna *w.* *(lat.)* 1. Erfolg, Glück; 2. römische Göttin des Glücks

Forum *s.* *(lat.)* 1. Marktplatz im antiken Rom; 2. öffentliche Diskussion; 3. Plattform

forzando *(itl.)* Musik: stark betont

Foße *w.* *(frz.)* Fehlfarbe, leere Karte

Fossil *s.* *(lat.)* 1. Versteinerung oder Abdruck von Lebewesen der geologischen Vorzeit (Mz. Fossilien); 2. altmodischer Mensch; **fossil** versteinert, urzeitlich

Fotoapparat *m.* *(gr.-lat.)* Stehbildkamera; **fotogen** *(engl.)* bildwirksam; **Fotograf** *m.* *(gr.)* jmd., der professionell fotografiert; **Fotografie** *w.* 1. Verfahren zur Herstellung von Lichtbildern; 2. einzelnes Lichtbild, Foto; **fotografieren** Bilder mit dem Fotoapparat machen; **fotografisch** zur Fotografie gehörig; **Fotokopie** *w.* durch Fotografie hergestellte Kopie; Ztw. **fotokopieren**; **Fotomodell** *s.* jmd., der sich beruflich als Modell für Werbung und Mode fotografieren lässt; **Fotomontage** *w.* Zusammensetzung verschiedener Fotos oder Ausschnitte zu einem neuen Bild; **Fotorealismus** *m.* Richtung der Malerei mit hyperrealistischem Stil

Fötus = Fetus

Foul *s.* *(engl.)* grober Verstoß gegen die sportlichen Regeln; **foul** regelwidrig, unsportlich

Foxterrier *m.* *(engl.)* englische Hunderasse

Foxtrott *m.* *(engl.)* Gesellschaftstanz

Foyer *s.* *(frz.)* Wandelgang, Erfrischungsraum im Theater

Frack *m.* *(engl.)* Gesellschaftsanzug für Herren

fragil *(lat.)* zerbrechlich, überzart; **Fragilität** *w.* Zartheit, Zerbrechlichkeit

Fragment *s.* *(lat.)* Bruchstück, unvollendetes Werk; Eigw. **fragmentarisch**

Fraktion *w.* *(lat.-frz.)* 1. parlamentarische Vertretung einer Partei; 2. durch Trennung eines Stoffgemischs gewonnener Anteil; **fraktionieren** aufteilen, unterteilen

Fraktur *w.* *(lat.)* 1. Knochenbruch; 2. Schreib- und Druckschrift mit mehreren Varianten

Frangaise *w.* *(frz.)* Gesellschaftstanz

Franchising *s.* *(engl.)* gemeinsame Warenvertriebsform mehrerer Unternehmen

frankieren *(itl.)* Postsendung freimachen; Hptw. **Frankierung** *w.*; **franko** freigemacht, portofrei

frankophil *(lat.-gr.)* allem Französischen zugeneigt; Hptw. **Frankophilie** *w.*

frappant *(frz.)* überraschend, auffallend; **Frappé** 1. *m.* Stoff mit eingepressten Mustern; 2. *s.* alkoholisches Getränk auf zerkleinertem Eis; **frappieren** 1. überraschen; 2. Getränke mit Eis kühlen

Freelance *m. (engl.)* freiberuflich Tätiger

Fregatte *w. (frz.)* Kriegsschiff, Schnellsegler

frenetisch *(gr.)* rasend, tobend

frequent *(lat.)* häufig; **frequentieren** häufig besuchen, in Anspruch nehmen; Hptw. **Frequentation** *w.*; **Frequenz** *w.* 1. Zulauf, Besucherzahl; 2. Schwingungszahl, Periodenzahl

Fresko *s.*, **Freske** *w. (itl.)* Wandmalerei auf frischem Verputz (Mz. Fresken)

Frigidität *w. (lat.)* sexuelle Unerregbarkeit bzw. Orgasmusunfähigkeit bei Frauen; Eigw. **frigid, frigide**

Frikadelle *w. (frz.)* gebratenes Hackfleischklößchen

Frimaire *m. (frz.)* der dritte Monat im Kalender der Französischen Revolution

Friseur, **Frisör** *m. (frz.)* **Friseurin**, **Friseuse** *w.* jmd., der Haarschnitt und Haarpflege professionell beherrscht; **frisieren** 1. die Haare kämmen, bürsten und stylen; 2. etwas manipulieren; **Frisur** *w.* Ergebnis des Frisierens

Fritten *Mz. (frz.)* Kurzform von Pommes frites; **frittieren** *(lat.-frz.)* in siedendem Fett garen

frivol *(frz.)* leichtfertig, schlüpfrig; **Frivolität** *w.* Zweideutigkeit, Leichtfertigkeit

Fromage de Brie *m. (frz.)* französischer Käse

Front *w. (frz.)* 1. Vorderseite eines Gebäudes; 2. vorderste Kampflinie; 3. geschlossene Gegengruppe; 4. Grenzbereich zwischen Luftmassen; **frontal** von vorn

Frottee *m. (frz.)* Kräuselstoff mit Noppen; **frottieren** reiben

Froufrou *s. (frz.)* Rascheln oder Knistern eleganter Damenunterkleider

Fructidor *m. (frz.)* der zwölfte Monat des Kalenders der Französischen Revolutions

frugal *(lat.)* einfach, mäßig, bescheiden (von Mahlzeiten); Hptw. **Frugalität** *w.*

Frust *m.*, **Frustration** *w. (lat.)* Versagung,

erzwungener Verzicht, Enttäuschung; **frustrieren** versagen, Erwartungen enttäuschen

fulminant *(lat.)* blendend, zündend, durchschlagend

Fundament *s. (lat.)* Grundlage, Grundstein, Grundmauern; **fundamental** grundlegend; **Fundamentalismus** *m.* starres Festhalten an Grundsätzen; Eigw. **fundamentalistisch**; **Fundamentalist** *m.* jmd., der kompromisslos an seinen Grundsätzen festhält

Fundi *m.* Kurzform von Fundamentalist; **fundieren** 1. mit Mitteln ausstatten; 2. untermauern; **fundiert** 1. gut ausgerüstet, abgesichert; 2. gut begründet, überzeugend

Fundus *m. (lat.)* Bestand, Grundstock

funebre *(frz.)*, **funerale** *(itl.)* Musik: düster

Funktion *w. (lat.)* 1. Tätigkeit, Aufgabe, Zweck; 2. Leistung; 3. mathematische Größe, zu deren Wert ein bestimmter Wert einer anderen Größe gehört; **funktional** zweckgerichtet

fuocoso *(itl.)* Musik: leidenschaftlich

Furie *w. (lat.)* 1. römische Rachegöttin; 2. wutentbranntes Weib; **furios** wütend, leidenschaftlich, zornig; **furioso** *(itl.)* Musik: wild

Furnier *s. (frz.)* dünnes Blatt aus edlem Holz zur Verkleidung einfacher Hölzer; **furnieren** mit Furnier bedecken, beziehen

Furunkel *m. (lat.)* eitrige Entzündung einer Talgdrüse

füsilieren *(frz.)* standrechtlich erschießen

Fusion *w. (lat.)* Vereinigung, Verschmelzung; **fusionieren** zusammenlegen, verschmelzen

futil *(lat.)* nichtig, unbedeutend; Hptw. **Futilität** *w.*

Futon *s. (jap.)* hart gepolsterte japanische Matratze

Futur, **Futurum** *s. (lat.)* die grammatische Form des Zeitwortes, mit der eine Voraussage, Vermutung, feste Absicht oder Aufforderung ausgedrückt wird; **Futurismus** *m.* von Italien ausgehende Kunstrichtung zu Beginn des 20. Jhs.; **Futurist** *m.* Vertreter des Futurismus; **futuristisch** dem Futurismus entsprechend, zum Futurismus gehörend; **Futurologie** *w. (lat.-gr.)* Zukunftsforschung

Gäa *w. (gr.)* griech. Göttin der Erde
Gadget *s.(engl.)* Nippes, Krimskrams
Gag *m. (engl.)* komischer Einfall
gaga verrückt, meschugge
Gage *w. (frz.)* Gehalt von Künstlern
Gala *w. (span.)* 1. festliche Kleidung; 2. Hoftracht; 3. prunkvolle Aufführung
galaktisch *(gr.)* zur Milchstraße gehörend; **Galaxie** *w.* Sternsystem; **Galaxis** *w.* Milchstraße
Galaktometer *s. (gr.)* Messapparat zur Bestimmung der Milchqualität
Galaktose *w.* Bestandteil des Milchzuckers
Galalith *m. (Wz.)* Kunststoff aus Milcheiweiß
Galan *m. (span.)* Verehrer, Liebhaber; **galant** höflich, aufmerksam; **Galanterie** *w.* galante Bemerkung, galantes Verhalten
Galeasse *w. (frz.)* 1. Küstenfrachtsegler; 2. größere Galeere
Galeere *w. (gr.-itl.)* Ruder- oder Segelkriegsschiff des Mittelalters
Galeone, **Gallone** *w. (span.)* großes span.-port. Kauffahrt- und Kriegsschiff mit Segeln
Galerie *w. (frz.)* 1. nach einer Seite offener, gedeckter Gang; 2. oberster Rang im Theater; 3. Kunsthandlung

Galion, **Gallion** *s. (span.)* Vorbau am Bug alter Schiffe; **Galionsfigur** *w.* 1. Schmuckfigur am Bug; 2. Vorzeigefigur, Wortführer

Gallien *(lat.)* röm. Name Frankreichs; **gallisch** zu Gallien gehörig; **Gallium** *s.* chemisches Element

Gallone *w. (frz.)* Hohlmaß (ca. 4,5 l in Großbritannien und ca. 3,8 l in den USA)

Galopp *m. (itl.)* Laufart des Pferdes; **galoppieren** Galopp reiten, rennen

Galosche *w. (frz.)* Gummischuh

Galvanisation *w.* (nach dem itl. Naturforscher L. Galvani) 1. Überziehen eines Gegenstandes mit einer Metallschicht durch Elektrolyse; 2. Heilbehandlung mit galvanischem Strom; **galvanischer Strom** Gleichstrom; **Galvaniseur** *m.* Facharbeiter für das Galvanisieren; **galvanisieren** 1. auf elektrischem Wege mit einer Metallschicht überziehen; 2. mit galvanischem Strom behandeln; **Galvanokaustik** *w.* Ausglühen von krankem Gewebe durch einen galvanisch glühenden Draht

Gamasche *w. (frz.-span.)* Knöchel- oder Wadenbekleidung aus Leder oder Stoff

Gambe *w. (itl.)* Kniegeige

Gambit *s. (itl.-frz.)* Eröffnung einer Schachpartie mit einem Bauernopfer

Gambrinus *m. (lat.)* flandrischer König und Erfinder des Bierbrauens

Gameshow *w. (engl.)* Gewinnspiel im Fernsehen

Gamma *(gr.)* dritter Buchstabe des griech. Alphabets; **Gammaglobulin** *s.* Eiweiß des Blutplasmas; **Gammaquant** *s.* Elementarteilchen der Gammastrahlen; **Gammastrahlen** *Mz.* kurzwellige Röntgenstrahlen

Gang *m. (engl.)* kriminelle Bande; **Gangster** *m.* Mitglied einer Gang

Gangspill *s. (niederl.)* Ankerwinde am Schiff

Gangway *w. (engl.)* Laufsteg vom Schiff zum Ufer, fahrbare Treppe zum Besteigen eines Flugzeugs

Ganove *m. (hebr.)* Dieb, Gauner

Ganymed *m. (gr.)* 1. Mundschenk und Geliebter des Zeus; 2. größter Jupitermond

Garage *w. (frz.)* Einstellraum für Autos

Garant *m. (frz.)* Bürge; **Garantie** *w.* Gewährleistung, Zusicherung; **garantieren** bürgen, gewährleisten

Garde *w. (frz.)* Leibwache, Elitetruppe; **Garderobe** *w. (frz.)* 1. Kleidung, Kleiderbestand; 2. Kleiderablage

garnieren *(frz.)* ausschmücken, verzieren,

reizvoll anrichten; Hptw. **Garnierung** *w.*

Garnison *w. (frz.)*Truppenstandort

Garnitur *w. (frz.)* 1. Verzierung, Besatz; 2. Satz zusammengehöriger Gegenstände

Gastritis *w.* Magenkatarrh, Entzündung der Magenschleimhaut

gastrogen vom Magen ausgehend

Gastronom *m. (gr.)* Gastwirt; **Gastronomie** *w.* 1. Gaststättengewerbe; 2. feine Kochkunst; **gastronomisch** feinschmeckerisch; **Gastrosophie** *w.* Kunst des Feinschmeckens

Gaucho *m. (span.)* südamerikanischer Rinderhirt

Gavotte *w. (frz.)* altfranzösischer Tanz

Gay *m. (engl.)* Homosexueller; **gay** homosexuell

Gaze *w. (frz.-pers.)* lose gewebter Stoff

Gazette *w. (itl.-frz.)* Zeitung

Gecko *m. (malai.)* Klettereidechse

Geiser, **Geysir** *m. (isl.)* periodisch sprudelnde heiße Springquelle vulkanischen Ursprungs

Geisha *w. (jap.)* Gesellschafterin in japanischen Teehäusern

Geison *s. (gr.)* Kranzgesims antiker Tempel

Gel *s.* Kurzform von Gelatine, gallertartiges, wasserhaltiges Kolloid; **Gelatine** *w. (frz.)* aus Knochen gewonnene Gallerte; **gelatinieren** zur Gelatine erstarren

Gelee *s. (frz.)* mit Zucker eingedickter Fruchtsaft; **Gelee royale** *s.* Futtersaft für die Bienenkönigin; **gelieren** zu Gelee erstarren (Fruchtsaft oder Fleischbrühe)

Gemination *w. (lat.)* von Konsonanten; **Gemini** *Mz.* Zwillinge; **Geminiden** *Mz.* Meteorstrom im Sternbild der Zwillinge

Gemme *w. (lat.)* 1. Halbedelstein mit eingeschnittenen Figuren; 2. Pilzspore; **Gemmoglyptik** *w. (gr.)* Kunst, Gemmen zu schneiden

Gen *s. (gr.)* Erbträger in den Chromosomen (Mz. Gene)

genant *(frz.)* 1. peinlich; 2. verlegen, befangen

Gendarm *m. (frz.)* Landpolizist; **Gendarmerie** *w.* Polizei in Landbezirken

Genealoge *m. (gr.)* Stammbaumforscher; **Genealogie** *w.* 1. Stammbaumforschung; 2. Herkunftsforschung; Eigw. **genealogisch**

General *m. (frz.)* 1. Offizier der höchsten Rangklasse; 2. Vorsteher eines kath. Ordens; **General-** als Vorsilbe: Haupt-, Ober-; **Generalisation**, **Generalisierung** *w.* Verallgemeinerung; **generalisieren** verallgemeinern; **Generalissimus** *m.* oberster

Befehlshaber; **Generalität** *w.* Gesamtheit der Generäle; **generell** allgemein, allgemein gültig

Generation *w. (lat.)* 1. Gesamtheit der Altersgenossen; 2. Menschenalter; 3. die einzelnen Glieder der Geschlechterfolge; 4. die technischen Geräte eines bestimmten Herstellungs- oder Ausstattungstypus; **Generator** *m. (lat.)* Erzeuger von Strom und Gas; **generieren** *(lat.)* erzeugen, produzieren, hervorbringen; **generös** *(lat.-frz.)* großmütig, großzügig, freigebig; Hptw. **Generosität** *w.*

Genetik *w. (gr.)* Vererbungslehre; **genetisch** 1. entwicklungsgeschichtlich; 2. auf der Genetik beruhend; **genetischer Code** *m.* Verschlüsselung der genetischen Information in DNS und RNS

genial *(lat.)* schöpferisch, großartig; **genialisch** 1. genial veranlagt; 2. überschwänglich; **Genialität** *w.* geistige Schöpferkraft; **Genie** *s.* 1. schöpferische Begabung; 2. Mensch mit außergewöhnlicher schöpferischer Begabung

Genien *Mz. (lat.)* römische Schutzgeister

genital *(lat.)* die Geschlechtsorgane betreffend; **Genitale** *s.* Geschlechtsorgan (Mz. Genitalien)

Genitiv *m. (lat.)* der 2. Kasus (Wesfall)

Genius *m. (lat.)* 1. Genie; 2. röm. Schutzgeist, helfende Macht; **Genmanipulation** *w.* Veränderung des Erbguts von Zellen oder Organismen durch Übertragung fremder genetischer Information; **Genmutation** *w.* erbliche Veränderung eines Gens; **Genom** *s.* der die Erbmasse tragende einfache Chromosomensatz einer Zelle; **Genozid** *m. (gr.-lat.)* Völkermord, Vernichtung ethnischer, rassischer oder religiöser Gruppen

Genres *(frz.)* Gattung; **Genremalerei** *w.* Darstellung des alltäglichen Lebens

Gentechnologie *w. (gr.)* Forschung und Entwicklung von Verfahren zur Genmanipulation

Geogenese *w.* Wissenschaft von der Entstehung der Erde; **Geograph** *m.* Geographiewissenschaftler; **Geographie** *w.* Erdkunde, Wissenschaft von der Erde; Eigw. **geographisch**; **Geoid** *s.* die theoretische Gestalt der Erde; **Geologe** *m.* Vertreter der Geologie; **Geologie** *w.* Wissenschaft von der stofflichen Beschaffenheit der Erdkruste und ihrer Entwicklung; Eigw.

geologisch; **Geometrie** *w.* die Raumlehre als Teil der Mathematik; Eigw. **geometrisch**; **Geophysik** *w.* Wissenschaft von den physikalischen Eigenschaften des Erdkörpers; **Geopolitik** *w.* Lehre vom Einfluss der geographischen Bedingungen auf die Politik; **Geosphäre** *w.* Erdhülle

Germania *w. (lat.)* Frauengestalt, die das Deutsche Reich von 1871 personifizierte; **Germanismus** *m.* dem Deutschen entlehnte Spracheigentümlichkeit in einer anderen Sprache (Mz. Germanismen); **Germanist** *m.* Vertreter der Germanistik; **Germanistik** *w.* deutsche Philologie, Wissenschaft von der deutschen Sprache und Literatur; Eigw. **germanistisch**

Germinal *m. (frz.)* der siebte Monat des Kalenders der Franz. Revolution

Gerontologie *w.* Lehre vom Altern und seinen Ursachen

Gerundium *s. (lat.)* gebeugter Infinitiv des lateinischen Verbs; **Gerundiv, Gerundivum** *s.* Passivpartizip (des Futurs) vom lateinischen Verb

Gespons *m.* und *s. (lat.)* Gatte, Gattin

Geste *w. (lat.)* Gebärde; **Gestik** *w.* Gesamtheit der gestischen Ausdrucksformen; **Gestikulation** *w.* Gebärdensprache; **gestikulieren** Gebärden machen

Getto, Ghetto *s. (itl.)* 1. Stadtviertel, in dem die jüdische Bevölkerung lebte bzw. leben musste; 2. Stadtbezirk, in dem eine Minderheit wohnt

Ghostwriter *m. (engl.)* jmd., der für einen anderen anonym schreibt

G. I. *m. (engl.)* 1. Bedeutung für Staatseigentum; 2. Bez. für den amerikanischer Soldaten

Giaur *m. (arab.)* Bez. der Moslems für einen Nichtmoslem

Giga- *(gr.)* als Vorsilbe: das Milliardenfache einer Einheit; **Gigameter** *m.* eine Milliarde Meter

Gigant *m. (gr.)* Riese; **gigantisch** riesig, gewaltig, überlebensgroß; **Gigantismus** *m.* Riesenwuchs; **Gigantomachie** *w.* Kampf der Giganten gegen Zeus in der griech. Mythologie

Gigolo *m. (frz.)* 1. Eintänzer; 2. von älteren Frauen ausgehaltener junger Mann

Gimmick *m.* oder *s. (engl.)* Effekthascherei

Ginseng *m. (chin.)* chinesische Heilpflanze

Giro *s.* bargeldlose Zahlung durch Überweisung

Girardi *m.* flacher Strohhut

Girl *s. (engl.)* Mädchen; **Girlie** *s.* selbstbewusstes Mädchen

Gitarre, **Guitarre** *w. (span.)* Zupfinstrument; **Gitarrist** *m.* Gitarrenspieler

giusto *(itl.)* Musik: im richtigen Tempo

Glace *s. (frz.)* weiches Lamm- oder Ziegenleder

Gladiator *m. (lat.)* Schaukämpfer im alten Rom (Mz. Gladiatoren)

Glamour *m.* oder *s. (engl.)* glänzende Aufmachung; Eigw. **glamourös**; **Glamourgirl** *s. (engl.)* Hollywood-Schönheit

Glaukom *s. (gr.)* grüner Star

Global Player *m. (engl.)* transnationaler Konzern frei von nationalen Beschränkungen

Globetrotter *m. (engl.)* Weltenbummler, Weltreisender

Globus *m. (lat.)* Erdball, verkleinerte Nachbildung des Erdballs

Globulin *s. (lat.)* Eiweißstoff im Blutplasma

Gloria *s. (lat.)* 1. Lob, Ruhm; 2. Lobgesang, Teil der kath. Messe; **Gloria in excelsis Deo** *(lat.)* Ehre sei Gott in der Höhe; **Glorie** *w. (lat.)* Ruhm, Herrlichkeit, Glanz; **glorifizieren** verherrlichen; Hptw. **Glorifikation** *w.*; **Gloriole** *w.* Heiligenschein; **glorios** glanzvoll, glorreich

Glossar, **Glossarium** *s. (gr.-lat.)* Wörterverzeichnis mit Erklärungen; **Glosse** *w.* spöttische Randbemerkung; **glossieren** Randbemerkungen machen

Glukose *w. (gr.)* Traubenzucker

Glutaminsäure *w.* in eiweißhaltigen Nahrungsmitteln enthaltene Aminosäure

Glutin *s.* Eiweißstoff aus tierischen Knochen

Glykämie *w. (gr.)* Zuckergehalt des Blutes

Glykogen *s.* vom Körper erzeugte Stärke

Glykosurie *w.* Ausscheiden von Zucker im Harn

Glyzerin *s. (gr.)* dickflüssige, süße Alkoholart

Gnom *m. (gr.)* Kobold

Gnoseologie *w. (gr.)* Erkenntnislehre; Eigw. **gnoseologisch**; **Gnosis** *w.* 1. Erkenntnis durch die Schau Gottes; 2. esoterische Philosophie oder Weltanschauung; **Gnostiker** *m.* Vertreter der Gnosis; Eigw. **gnostisch**

Go *s. (jap.)* japanisches Brettspiel

Goal *s. (engl.)* Fußballtor

Gobelin *m. (frz.)* Wandteppich mit Bildern

Goi, **Goj** *m. (hebr.)* jüd. Bez. für einen

Nichtjuden

Golem *m. (hebr.)* aus Ton geschaffene Gestalt der jüdischen Legende

Golf *m. (frz.)* Meeresbucht oder *s. (schott.-engl.)* Spiel

Goliath *m. (hebr.)* Riese aus dem Alten Testament

Gon *s. (gr.)* Maßeinheit für Winkel

Gondel *w. (itl.)* 1. venezianisches Boot; 2. Personenkorb am Ballon; **Gondoliere** *m.* Gondelführer

Goniometer *s. (gr.)* Apparat zum Messen von Neigungswinkeln; **Goniometrie** *w.* Winkelmessung u. Winkelberechnung

Gonokokken *Mz. (gr.)* Bakterien, Erreger der Gonorrhöe

Gonorrhöe *w.* Geschlechtskrankheit (Tripper)

Gorgonenhaupt *s. (gr.)* Haupt der Medusa

Gorgonzola *m. (itl.)* italienischer Schimmelpilzkäse

Gouache *w. (frz.)* l. Maltechnik; 2. Einzelbild in dieser Technik

Goudakäse *m.* vollfetter Süßmilchkäse

Gourmand *m. (frz.)* Schlemmer, Vielfraß

Gourmet *m. (frz.)* Feinschmecker, Weinkenner

Gout *m. (frz.)* Geschmack; **goutieren** zu würdigen wissen

Gouvernante *w. (frz.)* Hauslehrerin, Erzieherin

Gouvernement *s.* 1. Regierung; 2. Verwaltungsbezirk; **Gouverneur** *m.* 1. oberster Beamter eines Gouvernements oder einer Kolonie; 2. Befehlshaber einer Festung; 3. oberster Beamter eines amerik. Bundesstaats

Gracht *w. (niederl.)* schiffbarer Kanal in einer Stadt

Grad *m. (lat.)* 1. Rang; 2. Maß, Stärke

Gradation *w.* Steigerung, Abstufung; **gradieren** 1. abstufen; 2. verstärken, konzentrieren

Gradierung *w.* Erhöhung, Verstärkung; **gradual** *(lat.)* den Grad betreffend, gradmäßig; **graduell** stufenweise; **graduieren** l. in Grade einteilen; 2. einen akademischen Titel verleihen; **graduiert** im Besitz eines akademischen Titels

Graffiti *Mz. (itl.)* Farbspraybilder; **Graffito** *m.* oder *s.* 1. Ez. von Graffiti; 2. in Stein eingeritzte Inschrift oder Muster

Grain *m. (engl.)* Juwelengewicht

Gramm *s. (gr.)* Gewichtseinheit

Grammatik *w. (gr.)* 1. Regelsystem der Sprache; 2. Sprachlehrbuch; **grammatisch**, **grammatikalisch** dem Regelsystem entsprechend; **Grammatiker** *m.* Wissen-

schaftler auf dem Gebiet der Grammatik
Grammy *m. (engl.)* amerik. Schallplattenpreis
Granat *m. (lat.)* Edelstein; **Granatapfel** *m.* Frucht des Granatbaums
Granate *w. (itl.)* Artilleriegeschoss
Grande *m. (span.)* Angehöriger des spanischen Hochadels
Grandeur *w. (frz.)* Größe, Großartigkeit
Grandezza *w. (span.-itl.)* Hoheit, Würde, nobles Auftreten; **con grandezza** Musik: würdevoll
Grandhotel *s. (frz.)* Luxushotel
grandios *(itl.)* großartig
Grandseigneur *m. (frz.)* weltgewandter, vornehmer Herr
Grand Slam *m. (engl.)* internationale Tennismeisterschaften
granulär *(lat.)* körnig; **granulieren** 1. körnen, in Körnchenform bringen; 2. Körnchen bilden; **Granulat** *s.* gekörnte Substanz; **Granulom** *s.* geschwulstartige Bindegewebswucherung
Grapefruit *w. (engl.)* Pampelmuse
Graphik *w.* 1. künstlicherische Techniken 2. ein Werk in diesen Techniken; Eigw. **graphisch**; **Graphiker** *m.* Künstler und ausgebildeter Techniker in der Graphik; **graphische Darstellung** *w.* Schaubild; **Graphikdesign** *s. (engl.)* Gebrauchsgraphik
Graphit *m. (gr.)* unlösliche Form des Kohlenstoffs
Graphologie *w. (gr.)* Handschriftendeutung; Eigw. **graphologisch**
Grappa *m.* oder *w. (itl.)* Schnaps
grassieren *(lat.)* sich ausbreiten, um sich greifen
Gratifikation *w. (lat.)* zusätzliche Vergütung
Gratin *(frz.)* überbackenes Gericht; **gratinieren** überbacken
gratis *(lat.)* umsonst, kostenlos
Gratulant *m. (lat.)* Glückwünschender; **gratulieren** beglückwünschen; **Gratulation** *w.* Glückwunsch, Beglückwünschung
gravamente, **grave** *(itl.)* Musik: schwer
Gravität *w. (lat.)* Würde, Gemessenheit; **gravitätisch** gemessen, würdevoll, betont feierlich
Gravitation *w. (lat.)* wechselseitige Anziehungskraft von Körpern, Schwerkraft; **gravitieren** der Schwerkraft folgen; **Graviton** *s.*

Elementarteilchen des Schwerkraftfeldes

Grazie *w. (lat.)* Anmut; **Grazien** *Mz.* römische Göttinnen der Anmut; **grazil** schlank, gazellenhaft; **graziös** anmutig, lieblich, zierlich

gregorianischer Gesang *m.* unbegleiteter liturgischer Gesang der kath. Kirche; **gregorianischer Kalender** *m.* heute gültiger, 1582 von Papst Gregor XIII. eingeführter Kalender

Gremium *s. (lat.)* beratender oder beschließender Ausschuss

Grenadier *m. (frz.)* Infanterist

Grimasse *w. (frz.)* beabsichtigte Verzerrung des Gesichts; Ztw. **grimassieren**

Gringo *(span.)* Spottname in Lateinamerika für Nichtromanen

Grisaille *w. (frz.)* 1. Seidenstoff aus schwarzen und weißen Fäden; 2. Malerei in graufarbigen Abtönungen

Großmogul *m. (tatarisch)* 1. Titel indischer Herrscher; 2. großer Diamant (Mz. Großmoguln)

Großwesir *m. (arab.)* 1. Titel eines nur dem Herrscher unterstellten Beamten islamischer Länder; 2. früherer Titel des türkischen Ministerpräsidenten

grotesk *(itl.)* 1. absurd, lächerlich; 2. verzerrt, phantastisch, übersteigert

Ground Zero *s. (engl.)* Gelände an der Südspitze Manhattans, auf dem das World Trade Center am 11. 9. 2001 zerstört wurde

Groupie *s. (engl.)* weiblicher Fan

Guano *m. (span.)* abgelagerter Vogelmist, der als Düngemittel verwendet wird

Guepiere *w. (frz.)* Miedergürtel

Guerilla *w. (span.)* 1. Kleinkrieg, 2. paramilitärische Einheit; **Guerillero** *m.* Untergrundkämpfer in Lateinamerika

Guide *m. (engl.)* Reiseführer

Guilloche *w. (frz.)* verschlungene Zierlinie auf Geldscheinen

Guillotine *w. (frz.)* Fallbeil; **guillotinieren** durch das Fallbeil hinrichten

Gummi *m. (ägypt.-gr.)* Kautschukmasse; **Gummiarabicum** *s. (gr.-lat.)* Klebstoff aus dem Saft der Gummiakazie; **gummieren** mit Klebstoff bestreichen

Guppy *m. (engl.)* Zahnkarpfen

Guru *m. (hindi)* geistlicher Lehrer im Hinduismus und bei den Sikh

Gusto *m. (itl.)* Geschmack, Neigung, Wohlgefallen

gustoso Musik: zurückhaltend

Guttural *m. (lat.)* Kehllaut; **guttural** tief, kehlig

Gymnasiast *m. (gr.)* Schüler eines Gymnasiums; **Gymnastik** *w.* Körperübungen; Eigw. **gymnastisch**; **Gymnasium** *s.* 1. Gymnastikschule im antiken Griechenland; 2. höhere Schule

Gynäkologe *m. (gr.)* Frauenarzt; **Gynäkologie** *w.* Frauenheilkunde; Eigw. **gynäkologisch**; **Gynäkospermium** *s.* Samen mit X-Chromosom

Gyros *s. (gr.)* geröstetes Fleisch vom Drehspieß; **Gyroskop** *s.* Messgerät zum Nachweis der Achsendrehung der Erde

h = hora *w. (gr.)* Stunde

ha = Hektar

Habanera *w. (span.)* kubanisch-spanische Lied- und Tanzform

Habit *s. (lat.)* Amtstracht

Habitat *s. (lat.)* 1. Lebensraum einer Tier- oder Pflanzenart; 2. Wohnstätte, Wohnraum

habitualisieren *(lat.)* zur Gewohnheit machen; **Habitualisierung** *w.* Gewöhnung

Habitus *m. (lat.)* Gesamterscheinungsbild und Auftreten einer Person

Hacker *m. (engl.)* verschafft sich über PC und Internet unberechtigt Zugang zu fremden Datenbanken; Ztw. **hacken**

Hades *m. (gr.)* 1. griechischer Gott der Unterwelt; 2. Unterwelt

Hadith *m. (arab.)* Sammlung von Mohammed zugeschriebenen Aussprüchen und Taten

Hadsch *w. (arab.)* Pilgerfahrt nach Mekka; **Hadschar** *m.* der schwarze Stein an der Kaaba in Mekka; **Hadschi** *m.* Ehrentitel des Mekkapilgers

Hafis *m. (arab.)* Bez. für einen Mann, der den Koran auswendig kennt

Hagia Sophia *w. (gr.)* die Sophienkirche in Istanbul

Hagiographie *w.* Lebensbeschreibung der Heiligen; **hagiographisch** 1. das Leben der Heiligen beschreibend; 2. kritiklos verherrlichend; **Hagiolatrie** *w.* Heiligenverehrung; **Hagiologie** *w.* die Lehre von den Heiligen

Haiku *s. (jap.)* aus 17 Silben bestehende jap. Gedichtform

Hakim *m. (arab.)* 1. orientalischer Arzt und Weiser; 2. orientalischer Herrscher und Richter

halleluja *(hebr.)* lobet Gott; **Halleluja** *s.* liturgischer Gesang

Halluzination *w. (lat.)* Sinnestäuschung; Eigw. **halluzinatorisch**; **halluzinieren** an Halluzinationen leiden

Halo *m. (gr.)* atmosphärische Lichter

Halogen *s. (gr.-lat.)* chemisches Element

Halunke *m. (tschech.)* Gauner

Hamadryade *w. (gr.)* Baumnymphe

Hamam, **Hammam** *m. (arab.)* türkisches Bad

Hämatit *m.* rotes Eisenerz; **hämatogen** 1. aus dem Blut entstanden; 2. Blut bildend; **Hämatogramm** *s.* Blutbild; **Hämatologie** *w.* Lehre vom Blut und den Blutkrankheiten; **Hämatom** *s.* Bluterguss; **Hämatopoese** *w.* Blutbildung; **Hämatoskopie** *w.* Blutuntersuchung; **Hämaturie** *w.* Blutausscheidung im Urin

Hämoglobin *s. (gr.)* Farbstoff der roten Blutkörperchen

Hämometer, **Hämoglobinometer** *s.* Gerät zur Bestimmung des Hämoglobingehalts; **Hämopathie** *w.* Blutkrankheit; **Hämophilie** *w.* Bluterkrankheit; **Hämorrhoiden** *Mz.* Erweiterung der Blutadern im Mastdarm; **Hämozyten** *Mz.* Blutkörperchen

Handy *s.* stromnetzunabhängiges Telefon

Haptik *w. (gr.)* Lehre vom Tastsinn; **haptisch** den Tastsinn betreffend

Harakiri *s. (jap.)* zeremoniell durchgeführter Selbstmord durch Bauchaufschlitzen

Harem *m. (arab.-türk.)* 1.vom Wohnhaus abgetrennte Frauengemächer in islamischen Ländern; 2. die darin wohnenden Frauen

Häresie *w. (gr.)* vom Dogma der Kirchenlehre abweichende Glaubenslehre, Ketzerlehre; **Häretiker** *m.* Ketzer; **häretisch** vom Dogma abweichend, ketzerisch

Harlekin *m. (itl.)* Spaßmacher

Harmonie *w. (gr.)* 1. Einklang, Übereinstimmung; 2. Wohlklang, Ebenmaß; **Harmonielehre**, **Harmonik** *w.* Lehre vom Aufbau der

Akkorde und der Verbindung der Klänge; **harmonieren** 1. zusammenstimmen, zusammenpassen; 2. sich verstehen

Harnisch *m. (frz.)* Schutzrüstung; **in Harnisch bringen** ärgern

Harpune *w. (frz.-niederl.)* Wurfspeer; **Harpunier** *m.* 1. Harpunenwerfer

Harpyie *w.* (*gr.*) 1. unheilvolles weibliches Ungeheuer in der griech. Sage; 2. südamerik. Greifvogel

Haschisch *s. (arab.)* Rauschmittel aus Hanf

Hattrick *m. (engl.*) drei Torschüsse nacheinander; dreimaliger Erfolg desselben Wettkämpfers

Haubitze *w. (tschech.)* Feldgeschütz

Hausse *w. (frz.)* 1. Steigen der Börsenkurse; 2. wirtschaftlicher Aufschwung; **Haussier** *m.* Börsenspekulant, der auf das Ansteigen der Kurse spekuliert

Haute Couture *w. (frz.)* die bestimmende Mode jeder Saison; **Haute Couturier** *m. (frz.)* Modeschöpfer

Hautevolee *w. (frz.)* die feine Gesellschaft

Hautgout *m. (frz.)* 1. typischer strenger Wildgeschmack und -geruch; 2. Anrüchigkeit

Havarie *w. (itl.-frz.-arab.)* 1. Schaden auf See; 2. Schaden an technischen Anlagen; **havariert** beschädigt

Hazienda *w. (span.)* südamerikanische Farm

h. c. = honoris causa (ehrenhalber)

h. e. = hoc est; das ist (das heißt)

Hebe *w. (gr.)* griechische Göttin der Jugend, Mundschenkin der Götter

Hebephrenie *w. (gr.)* Schizophrenie

Hedonismus *m. (gr.)* philosophische Lehre und Weltanschauung, nach der Genuss und Sinnenlust das höchste Prinzip menschlichen Handelns sind; **Hedonist, Hedoniker** *m.* Anhänger des Hedonismus, Genießer; Eigw. **hedonistisch**

Hedschra *w. (arab.)* Übersiedlung Mohammeds von Mekka nach Medina (622 n. Chr.) und Beginn der mohammedanischen Zeitrechnung

Hegemonie *w. (gr.)* Vorherrschaft, Vormachtstellung; Eigw. **hegemonial**

Heiduck *m. (ungar.)* ungar. Söldner, Freischärler

Heimarmene *w. (gr.)* Verhängnis, Schicksal in der griechischen Philosophie

Hekate *w. (gr.)* Nacht- und Unterweltsgöttin, Torhüterin

Hektar *s. (gr.)* Flächenmaß 10.000 qm, Abk. ha)

Hektik *w. (gr.)* unruhige Betriebsamkeit; **hektisch** nervös-erregt

helikoidisch *(gr.)* spiralförmig

Helikon *s. (gr.)* Kontrabasstuba

Helikopter *m. (gr.)* Hubschrauber

Helio-, **helio-** *(gr.)* als Vorsilbe: Sonne; **Heliotrop** *m.* Schmuckstein; **heliozentrisch** die Sonne als Mittelpunkt des Weltalls annehmend

Helium *s.* chemisches Element

Helix *w. (gr.)* 1. Ohrmuschelrand; 2. Molekularstruktur; 3. Weinbergschnecke

hellenisch *(gr.)* griechisch; **Hellenismus** *m.* 1. griechische Kulturepoche; Eigw. **hellenistisch**; **Hellenistik** *w.* Wissenschaft von der griechischen Sprache und Kultur

Helvetia, **Helvetien** *s. (lat.)* Name der Schweiz; Eigw. **helvetisch**

Hemisphäre *w.* 1. Halbkugel, nördliche oder südliche Hälfte der Erde; 2. Hirnhälfte

Henna *w. (arab.)* Strauch, aus dessen Blättern ein Haarfärbemittel gewonnen wird

Henriquatre *m. (frz.)* kurzer Spitzbart

Hepatitis *w.* Leberentzündung; **Hepatopathie** *w.* Leberleiden

Heptameter *m.* siebenfüßiger Vers; **Heptateuch** *m.* die ersten sieben Bücher des Alten Testaments

Hera *w. (gr.)* griechische Göttin, Gemahlin des Zeus

Herakles = Herkules

Heraldik *w. (dt.-frz.)* Wappenkunde; Eigw. **heraldisch**; **Heraldiker** *m.* Wappenkundiger, Wappenforscher

Herbarium *s. (lat.)* Sammlung gepresster Pflanzen

Hereditât *w.* Erbschaft, Erbfolge

Herkules *m. (gr.)* 1. Halbgott der griechischen Sage; 2. ein Sternbild

Herme *w. (gr.)* Pfeiler mit Bildniskopf

Hermes *m. (gr.)* Götterbote

hermetisch *(gr.)* dicht verschlossen

Heroe, **Heros** *m. (gr.)* 1. Held; 2. griechischer Halbgott; **Heroine** *w.* Heldin; **heroisieren** zum Helden erheben; **Heroismus** *m.* Heldentum, Heldentat

Herpes *m. (gr.)* Bläschenausschlag durch Viren

Hesperiden *Mz. (gr.)* Töchter des Atlas, Hüterinnen der goldenen Hesperidenäpfel

Hesperus *m.* Abendstern

Hestia *w. (gr.)* griechische Göttin des Herdes

Hetäre *w. (gr.)* einflussreiche Geliebte bedeutender Männer in der Antike

Hetero-, hetero- *(gr.)* als Vorsilbe: anders, verschieden; **Heterosexualität** *w.* auf das andere Geschlecht gerichtete Sexualität; Eigw. **heterosexuell**

heureka! *(gr.)* ich hab's! ich hab's gefunden!

Heuristik *w.* 1. Lehre von den Problemlösungsverfahren; 2. Methoden, die zu neuen Erkenntnissen führen; **heuristisch** zu neuen Erkenntnissen führend

Hibiskus *m. (lat.)* artenreiches Malvengewächs

Hickory *m. (engl.)* nordamerikanische Walnussbaumart

Hierarchie *w. (gr.)* 1. Rangfolge, Rangordnung; 2. Gesamtheit des Klerus und dessen Rangordnung der kath. Kirche; **hierarchisch** nach einer Rangordnung aufgebaut

Hierodulen *Mz. (gr.)* weibliche oder männliche Tempelsklaven in der Antike

Hieroglyphen *Mz.* altägyptische Bilderschrift; **hieroglyphisch** dunkel, rätselhaft; **Hierogramm** *s.* altägyptische Priesterschrift; **Hierokratie** *w.* Ausübung der staatlichen Gewalt durch kirchliche Amtsträger

Hieromant *m.* aus den Eingeweiden der Opfertiere weissagender Priester; **Hieromantie** *w.* Weissagung aus Opfertieren

Hieronymie *w.* Wechsel des Namens beim Eintritt in eine Kultgemeinschaft

Hi-Fi *w.* Kurzform von **Highfidelity** *w. (engl.)* höchste Wiedergabetreue

Hightech *w. (engl.)* hoch entwickelte Technologie

Hijacker *m. (engl.)* Entführer eines Flugzeugs oder eines Schiffs

Himation *s. (gr.)* weites altgriechisches Übergewand

Hindi *s.* Amtssprache in Indien

Hindu *m.* Anhänger des Hinduismus; **Hinduismus** *m.* Form des Brahmanismus, Volksreligion in Indien

Hippiatrie, **Hippiatrik** *w. (gr.)* Pferdeheilkunde

Hippodrom *m. (gr.)* Reitbahn, Reithalle

hippokratisch *(gr.)* gemäß den Grundsätzen des Hippokrates; **hippokratischer Eid** *m.* für einen Arzt gültigen Eid des Hippokrates

Hippologie *w. (gr.)* Wissenschaft vom Pferd; Eigw. **hippologisch**

Hippopotamus *m. (gr.)* Nilpferd, Flusspferd

Histamin *s. (gr.)* körpereigenes Gewebshormon

Historik *w.* Geschichtswissenschaft; **Historiker** *m.* Geschichtswissenschaftler, Geschichtsforscher; **Historiograph** *m.* Geschichtsschreiber; **Historiographie** *w.* Geschichtsschreibung

Histrione *m. (lat.)* Schauspieler im antiken Rom

Hit *s. (engl.)* 1. Erfolgsstück; 2. Verkaufsschlager

HIV *s. (engl.)* „human immunodeficiency virus", menschliches Immundefektvirus, Aidsvirus

Hobby *s. (engl.)* Steckenpferd, Liebhaberei

hoc anno *(lat.)* in diesem Jahr

hoc loco *(lat.)* an diesem Ort

Hodscha *m. (türk.)* geistlicher Lehrer im Islam

Hokuspokus *m. (engl.)* 1. Formel bei Zauberkunststücken; 2. Verballhornung der kath. Messformel *hoc est corpus meum* (dies ist mein Leib)

Holocaust; **Holokaust** *m. (gr.-engl.)* Judenvernichtung während des Nationalsozialismus

Homecomputer *m. (engl.)* Computer für den Hausgebrauch

Homepage *w.* Internetseite, Webseite

Homilophobie *w. (gr.)* krankhafte Menschenscheu

Hominiden *Mz. (lat.)* Menschenartige, Familie der Primaten

Hommage *w. (frz.)* Huldigung

Homo *m. (lat.)* der Mensch; **Homo ludens** *m.* schöpferischer Mensch; **Homo novus** *m.* Emporkömmling; **Homo sapiens** *m.* der vernunftbegabte Mensch

Homo-, **homo-** *(gr.)* als Vorsilbe: gleich

homogen *(gr.)* gleichartig, gleich beschaffen; **homogenisieren** eine einheitliche Mischung herstellen; **Homogenität** *w.* Gleichartigkeit, Einheitlichkeit

Homöo-, **homöo-** *(gr.)* als Vorsilbe: ähnlich

Homöopath *m. (gr.)* Heilpraktiker; **Homöopathie** *w.* Heilmethode mit kleinsten Dosen von den Krankheitserregern ähnlichen Stoffen; **homöopathisch** 1. Homöopathie anwendend; 2. in minimaler Dosis

Homunkulus *m. (lat.)* künstlich erzeugter Mensch

Honneurs *Mz. (frz.)* Ehrenbezeigungen

Honorar *s.* Vergütung, Bezahlung

Honorarprofessor *m.* Professor ehrenhalber

Honoratioren *Mz.* angesehenste Bürger

honorieren 1. bezahlen; 2. anerkennen, würdigen; **honorig** gönnerhaft, anständig; **honoris causa** ehrenhalber (Abk. h. c.)

Hooligan *m. (engl.)* Randalierer
hora *(gr.)* Stunde als physikalische Maßeinheit (Abk. h)
Horen *Mz. (lat.)* griechische Göttinnen der Jahreszeiten
Horizont *m. (gr.)* 1. Trennungslinie zwischen Himmel und Erde; 2. geistiges Fassungsvermögen; **horizontal** waagerecht; **Horizontale** *w.* waagerechte Linie oder Lage
Hormon *s. (gr.)* körpereigener Wirkstoff; Eigw. **hormonal, hormonell**
Horoskop *s. (gr.)* 1. Stellung der Gestirne; 2. Aufzeichnung dieser Stellung; 3. Zukunftsdeutung aus der Stellung der Gestirne
horrend *(lat.)* schrecklich, unmäßig
horribel *(lat.)* grausig, schrecklich
Horror *m. (lat.)* Schrecken, Abscheu, Entsetzen; **Horrorfilm** *m.* Film mit schaurig-gruseligem Inhalt; **Horrortrip** *m.* 1. extreme Angstzustände; 2. alptraumartiges Erlebnis; **Horror vacui** *m.* Angst vor dem Leeren (angebliche Abneigung der Natur gegen leere Räume)
Horsd'œuvre *s. (frz.)* Vorspeise
Horus *m.* altägyptischer Hauptgott
Hospital *s. (lat.)* Krankenhaus; **Hospitalismus** *m.* 1. Infektion im Krankenhaus; 2. seelische Störung; **Hospitant** *m.* 1. Gasthörer; 2. Praktikant; Ztw. **hospitieren; Hospiz** *s.* von einer christl. Vereinigung betriebenes Gasthaus oder Hotel
Hostess *w. (engl.)* 1. Betreuerin, Begleiterin; 2. Prostituierte
Hostie *w. (lat.)* Abendmahlsoblate
hostil *(lat.)* feindlich; **Hostilität** *w.* Feindseligkeit
Hourdi *m. (frz.)* Hohlziegel für Dächer
html *(engl.)* „Hypertext Markup Language" Sprache zur Erstellung von Hypertext-Dokumenten für das Internet
http *(engl.)* „Hypertext Transfer Protocol", steht vor jeder Internet-Adresse
Hugenotten *Mz. (frz.)* die Protestanten in Frankreich; Eigw. **hugenottisch**
human *(lat.)* 1. menschlich; 2. nachsichtig; 3. menschenwürdig; **Humanismus** *m.* 1. Bildungsbewegung mit dem Ziel, den Menschen zu wahrer Menschlichkeit zu erziehen; 2. geistige Haltung, die auf die Würde des menschlichen Individuums ausgerichtet ist; **Humanist** *m.* Vertreter des Humanismus; **humanistisch** 1. im Geist des Humanismus; 2. altsprachlich gebildet;

humanitär menschenfreundlich, wohltätig; **Humanität** *w.* Menschlichkeit, Menschenwürde; **Human Touch** *m.* menschliche Note; **Humanwissenschaften** *Mz. (lat.)* alle Wissenschaften, die sich mit dem Menschen befassen

Humbug *m. (engl.)* Schwindel, Unsinn

humid *(lat.)* feucht; **Humidität** *w.* Feuchtigkeit

Humor *m. (lat.)* Heiterkeit; **Humoreske** *w.* humoristische Kurzerzählung; **Humorist** *m.* humoristischer Autor oder Vortragskünstler; **humoristisch** scherzhaft, witzig

Humus *m. (lat.)* Nährboden

Huris *Mz. (arab.)* ewig junge, schöne Jungfrauen, die nach islamischem Glauben die Seligen im Paradies belohnen

Hurrikan *m. (indian.)* tropischer Wirbelsturm, Orkan

Husar *m. (ungar.- itl.)* Mitglied der leichten Kavallerie

Husky *m. (engl.)* Eskimohund

Hyazinth *m. (gr.)* Edelstein; **Hyazinthe** *w.* Liliengewächs

hybrid *(gr.)* 1. gekreuzt, zusammengesetzt; 2. vermessen, hochmütig; **Hybride** *w.* aus einer Kreuzung hervorgegangenes Lebewesen; **Hybridisation** *w.* Kreuzung; Ztw. **hybridisieren**; **Hybris** *w.* Selbstüberhebung, Vermessenheit

Hydr(o)-, hydr(o)- *(gr.)* als Vorsilbe: Wasser

Hydra *w. (gr.)* 1. neunköpfiges Seeungeheuer der griechischen Mythologie; 2. Süßwasserpolyp

Hydrant *m.* Wasserzapfstelle

Hydria *w. (gr.)* altgr. Gefäß zum Wassertragen

Hydrid *s. (gr.)* Verbindung von Wasserstoff mit anderen Elementen; **hydrieren** auf chemischem Wege Wasserstoff anlagern; Hptw. **Hydrierung** *w.*

Hydrobiologie *w. (gr.)* Wissenschaft vom Leben in der Wasserwelt; **hydrobiont** im Wasser lebend; **Hydrogen** *s.* Wasserstoff, Element; **Hydrokultur** *w.* Pflanzenaufzucht in Nährlösungen; **Hydrologie** *w.* Wissenschaft vom Wasser; **Hydrometer** *s.* Gerät zum Messen strömender Flüssigkeiten; **hydrophil** Wasser anziehend; **hydrophob** Wasser abstoßend, wasserscheu; **Hydrops** *m.*, **Hydropsie** *w.* Wassersucht; **Hydrosphäre** *w.* Wasserhülle der Erde

Hydrotherapie *w.* Wasserheilkunde

Hyetograph *m. (gr.)* Instrument zum Registrieren der Niederschlagsmenge; **Hyetometer** *s.* Instrument zum Messen der Niederschlagsmenge

Hygieia *w. (gr.)* Göttin der Gesundheit; **Hygiene** *w.* Gesundheitslehre; **hygienisch** der Gesundheitslehre entsprechend

Hygrograph *m. (gr.)* erfasst die Daten eines Hygrometers; **Hygrometer** *s.* Gerät zur Messung der Luftfeuchtigkeit; **Hygrophyten** *Mz.* Pflanzen, die an feuchten Stellen leben; **Hygroskop** *s.* zeigt die Luftfeuchtigkeit an; **hygroskopisch** Feuchtigkeit bindend

Hyle *w. (gr.)* Urstoff in der altgr. Naturphilosophie

Hymen 1. *m. (gr.)* griechischer Hochzeitsgott; 2. *s.* Jungfernhäutchen

Hymne *w.*, **Hymnus** *m. (gr.)* 1. Lobgesang; 2. Nationalhymne; **hymnisch** lobpreisend, überschwänglich

Hype *m. (engl.)* Medienrummel

Hyper-, hyper- *(gr.)* als Vorsilbe: über, über ... hinaus, übermäßig

Hyperalgesie *w.* Schmerzüberempfindlichkeit

Hyperfunktion *w. (gr.-lat.)* Überfunktion eines Organs

Hyperglykämie *w. (gr.)* erhöhter Blutzuckergehalt

Hyperion *m. (gr.)* Titan in der griechischen Mythologie

Hyperkinese *w. (gr.)* krankhafter Bewegungsdrang

hyperkritisch *(gr.)* überkritisch

Hyperlink = Link

Hypermetropie, **Hyperopie** *w. (gr.)* Weitsichtigkeit

Hypertext *m. (engl.)* Dokumentensystem im Internet, das Texte, Graphiken, Video- und Audiodokumente miteinander verbindet

Hypertonie *w. (gr.)* erhöhter Blutdruck

Hypertrichose *w. (gr.)* übermäßige Körperbehaarung

Hypertrophie *w.* überzogenes Selbstbewusstsein, Anmaßung

Hypnos *m. (gr.)* griechischer Gott des Schlafes; **Hypnose** *w.* durch Suggestion hervorgerufene Willenlosigkeit; **hypnotisch** willenlähmend; **Hypnotiseur** *m.* Person mit hypnotischen Fähigkeiten; **hypnotisieren** bannen, widerstandslos machen

Hypo-, hypo- *(gr.)* als Vorsilbe: unter

Hypochonder *m. (gr.)* eingebildeter Kranker; Eigw. **hypochondrisch**; **Hypochondrie** *w.*

(gr.) unbegründete Krankheitsangst

Hypofunktion *w.* *(gr.)* Unterfunktion der Organe

Hypoglykämie *w.* *(gr.)* verminderter Blutzuckergehalt

Hypokinese *w.* *(gr.)* Bewegungsarmut der Muskulatur

Hypokrisie *w.* *(gr.)* Heuchelei, Scheinheiligkeit; **Hypokrit** *m.* Heuchler; **hypokritisch** heuchlerisch, scheinheilig

Hypophyse *w.* *(gr.)* Hirnanhangdrüse

Hypoplasie *w.* *(gr.)* Unterentwicklung von Organen

Hypotenuse *w.* *(gr.)* die längste Seite eines rechtwinkligen Dreiecks

Hypothek *w.* *(gr.)* Pfandrecht an Grundstücken und Häusern; Eigw. **hypothekarisch**

Hypothese *w.* *(gr.)* unbewiesene wissenschaftliche Annahme; **hypothetisch** angenommen

Hypotonie, Hypotension *w.* *(gr.)* 1. Blutunterdruck; 2. verminderter Augendruck

Hypotrophie *w.* *(gr.)* 1. Unterentwicklung von Organen und Geweben; 2. Unterernährung

Hypovitaminose *w.* *(gr.)* Vitaminmangelkrankheit

Hypso-, hypso- *(gr.)* als Vorsilbe: Höhe; **Hypsometer** *s.* Höhenmesser; **Hypsometrie** *w.* Höhenmessung; **Hypsophobie** *w.* Höhenangst

Hysterie *w.* *(gr.)* krankhafter Erregungszustand; **Hysteriker** *m.* jmd., der an Hysterie leidet; **hysterisch** 1. auf Hysterie beruhend; 2. überspannt

Hysteroskopie *w.* *(gr.)* Gebärmutteruntersuchung; **Hysterotomie** *w.* Kaiserschnitt

I

Iberer *Mz. (lat.)* Bevölkerung der Pyrenäenhalbinsel; **iberisch** die Pyrenäenhalbinsel betreffend; **Iberische Halbinsel** *w.* Pyrenäenhalbinsel

Ibis *m. (arab.-gr.)* tropischer Storchvogel

Ibn *m. (arab.)* Sohn (Teil arab. Familiennamen)

IC Intercity-Zug

ICE Intercity-Expresszug

Ichthyologie *w. (gr.)* Fischkunde

Ichthyosaurus *m.* vorweltliche, riesige Fischeidechse (Mz. Ichthyosaurier)

Icon *s. (engl.)* computererzeugtes Bildobjekt

Id *s. (arab.)* höchstes mohammedanische Fest

Ideal *s. (gr.)* Inbegriff des Vollkommenen, Vorbild; **ideal** l. vollkommen, vorbildlich; 2. nur in der Vorstellung vorhanden; **idealisieren** verklären; **Idealismus** *m.* durch Ideale bestimmte Weltanschauung; **Idealist** *m.* von Idealen bestimmter Mensch; Eigw. **idealistisch**; **Idealität** *w.* ideale Beschaffenheit; **Idealtyp** *m.* perfekte Person; Eigw. **idealtypisch**

Idee *w. (gr.)* 1. Einfall, Vorstellung, Gedanke; 2. Kleinigkeit; **ideell** auf einer Idee beruhend

idem *(lat.)* derselbe, dasselbe

Identifikation, **Identifizierung** *w. (lat.)* 1. Feststellung von etwas; 2. gefühlsmäßiges Sichgleichsetzen mit anderen und deren Normen; **identifizieren** 1. jmdn. oder etwas wieder erkennen; 2. gleichsetzen; 3. sich mit etwas oder jmdm. gleichsetzen; **identisch** ein und dasselbe; **Identität** *w.* 1. Übereinstimmung in allen Merkmalen; 2. das eigene Ich

Ideographie *w.* Bilderschrift; Eigw. **ideographisch**

Ideologie *w.* Denksystem, das einseitig und interessegeleitet ist; **ideologisch** auf einer Ideologie beruhend; **ideologisieren** etwas zur Ideologie machen

Idio-, **idio-** *(gr.)* als Vorsilbe: Eigen-, Selbst-

Idiolatrie *w. (gr.)* Selbstvergötterung

Idiom *s. (gr.)* 1. Mundart; 2. Spracheigentümlichkeit; **Idiomatik** *w.* Wissenschaft von den Spracheigenarten; **idiomatische Wendung** *w.* Spracheigentümlichkeit, Redewendung

Idiosynkrasie *w. (gr.)* 1. Überempfindlichkeit gegen bestimmte Stoffe; 2. Widerwille gegenüber bestimmten Gegenständen, Anschauungen, Personen; Eigw. **idiosynkratisch**

Idiot *m. (gr.)* Schwachsinniger; **idiotisch** geistesschwach, blöde

Idol *s. (gr.)* 1. Götzenbild in Menschengestalt; 2. kritiklos vergötterte Person; **Idolatrie** *w.* Götzendienst; **idolisieren** zum Idol erheben

Idyll *s. (gr.)* friedliches Dasein; **idyllisch** friedlich, ländlich

Iglu *m. (eskim.)* Rundbau der Eskimos aus Eis und gefrorenem Schnee

Ignorant *m. (lat.)* gewollt Unwissender; **Ignoranz** *w.* 1. gewollte Unwissenheit; **ignorieren** nicht beachten

Ikebana *s. (jap.)* japanische Kunst des Blumensteckens

Ikon *s.*, **Ikone** *w. (gr.)* 1. Heiligenbild der Ostkirchen; 2. Kultbild, das sich jmd. von jmdm. macht

Ikonodulie *w.* Bilderverehrung; **Ikonoklasmus** *m.* Bildersturm; **Ikonoklast** *m.* Bilderstürmer; **Ikonologie** *w.* Erforschung, Beschreibung und Deutung von Bildinhalten jeder Art; **Ikonoskop** *s.* Elektronenröhre im Fernsehapparat; **Ikonostase** *w.* Bilderwand vor dem Altarraum orthodoxer Kirchen

Ikterus *m.* Gelbsucht

Iktus *m. (lat.)* 1. Betonung im Vers; 2. schwere Erkrankungszeichen

Ilias *w. (gr.)* Homers Epos über den Kampf um Troja; **Ilion**, **Ilios**, **Ilium** *s.* antike Namen Trojas

illegal *(lat.)* ungesetzlich, gesetzwidrig; **Illegalität** *w.* Ungesetzlichkeit; **illegitim** unrechtmäßig; **Illegitimität** *w.* Unrechtmäßigkeit

illiquid *(lat.)* zahlungsunfähig, in Zahlungsschwierigkeiten; **Illiquidität** *w.* Mangel an Barmitteln

Ilumination *w.* 1. Festbeleuchtung; 2. göttliche Erleuchtung; 3. Ausmalung von Zeichnungen; **illuminieren** 1. festlich beleuchten; 2. Buchmalereien herstellen

Illusion *w. (lat.)* 1. Selbsttäuschung; 2. Phantasievorstellung, Wunschbild; **illusionär** auf Illusion beruhend; **Illusionist** *m.* 1. Phantast; 2. Zauberkünstler; **illusorisch** 1. trügerisch; 2. vergeblich

illuster *(lat.)* berühmt, vornehm

Illustration *w.* 1. Abbildung; 2. Erläuterung, Veranschaulichung; **illustrativ** veranschaulichend; **Illustrator** *m.* Zeichner; **illustrieren** 1. bebildern; 2. erläutern, veranschaulichen

Illustrierte *w.* Zeitschrift

Image *s. (engl.)* 1. Vorstellungsbild einer Person oder Organisation in der Öffentlichkeit; **imaginär** nur in der Vorstellung vorhanden; **Imagination** *w.* Einbildungskraft; **imaginieren** sich vorstellen

Imam *m. (arab.)* Vorsteher einer Moschee und Vorbeter

Imitat *s.*, **Imitation** *w. (lat.)* Nachahmung, Nachbildung; **Imitator** *m.* Nachahmer; **imitieren** nachahmen, nachmachen; **imitiert** nachgeahmt

immaculata conceptio *w. (lat.)* das 1854 verkündete Dogma der kath. Kirche über die unbefleckte Empfängnis der Jungfrau Maria

Immatrikulation *w. (lat.)* Aufnahme in eine Universität; **sich immatrikulieren** sich als Studierender eintragen

immens *(lat.)* unendlich, unermesslich, außerordentlich; **immensurabel** unmessbar; **Immensurabilität** *w.* Unmessbarkeit

Immigrant *m. (lat.)* Einwanderer; **Immigration** *w.* Einwanderung; **immigrieren** einwandern

Immission *w. (lat.)* 1. Einführung, Amtseinsetzung; 2. Einwirkung schädlicher Umwelteinflüsse auf Lebewesen

immobil *(lat.)* unbeweglich

Immobiliarkredit *m.* Kredit auf Liegenschaften

Immobilien *Mz.* unbewegliches Vermögen, Liegenschaften

Immortalismus *m.* *(lat.)* Glaube an die Unsterblichkeit; **Immortalität** *w.* Unsterblichkeit

Immortelle *w.* *(frz.)* Strohblume

immun *(lat.)* 1. gegen Krankheiten geschützt; 2. unempfindlich, nicht zu beeindrucken; 3. unverletzlich; 4. nicht zu belangen; **Immundefekt** *m.* Immunstörung des Organismus; **Immunglobulin** *s.* Antikörpereigenschaft des Gammaglobulins; **immunisieren** immun machen; Hptw. **Immunisierung** *w.;* **Immunität** *w.* 1. Unempfänglichkeit für Krankheiten; 2. rechtliche Sonderstellung von Diplo-maten; 3. Schutz der Parlamentarier vor strafrechtlicher Verfolgung; **Immunologe** *m.* Wissenschaftler auf dem Gebiet der Immunologie; **Immunologie** *w.* Wissenschaft von der Immunität der Organismen

Imparität *w.* *(lat.)* Ungleichheit

Imperativ *m.* *(lat.)* 1. Befehlsform des Zeitworts; 2. Pflichtgebot; **imperativ** zwingend, bindend; **imperativisch** befehlend; **Imperator** *m.* *(lat.)* 1. Oberbefehlshaber im alten Rom; 2. Kaiser; **Imperator Rex** *m.* Kaiser und König

Imperfekt, **Imperfectum** *s.* *(lat.)* Zeitform der nicht abgeschlossenen Vergangenheit, Präteritum

Imperialismus *m.* Streben eines Staates nach Großmachtstellung; **Imperialist** *m.* Anhänger des Imperialismus; Eigw. **imperialistisch**; **Imperium** *s.* 1. Kaiserreich, Weltreich; 2. großer Einflussbereich eines Unternehmens

impertinent *(lat.)* frech, anmaßend, unverschämt; **Impertinenz** *w.* Frechheit, Unverschämtheit

imperzeptibel *(lat.)* nicht wahrnehmbar, unmerklich

Implantat *s.* *(lat.)* in den Körper eingepflanztes Gewebestück; **Implantation** *w.* Einpflanzung von Gewebe und anderen Substanzen in den Körper; **implantieren** eine Implantation vornehmen

implementieren *(engl.)* 1. einsetzen, einführen, einbauen; 2. ein Computerprogramm an die bestehende Rechenanlage anpassen; Hptw. **Implementierung** *w.*

Implikation *w.* *(lat.)* Einbezogensein, Einbeziehung; **implizieren** 1. einbeziehen; 2. nach sich ziehen; **implizit** inbegriffen, einschließlich

imponieren *(lat.)* Eindruck machen, Achtung einflößen; **imponierend** eindrucksvoll; **Imponiergehabe** *s.* Angeberei

Import *m.* *(lat.)* Einfuhr; **Importe** *Mz.* eingeführte Waren; **Importeur** *m.* *(frz.)* jmd., der Waren einführt; **importieren** einführen

imposant *(lat.-frz.)* eindrucksvoll, stattlich

impotent *(lat.)* 1. unvermögend, unfähig; 2. unfähig zum Geschlechtsverkehr; 3. zeugungsunfähig; **Impotenz** *w.* 1. Unvermögen, Schwäche; 2. Unfähigkeit des Mannes zum Geschlechtsverkehr; 3. Zeugungsunfähigkeit

Impression *w.* *(lat.)* Sinneseindruck; **impressionabel** empfänglich, aufgeschlossen; **Impressionismus** *m.* Kunstrichtung Ende des 19. Jhs.; **Impressionist** *m.* Vertreter des Impressionismus

Impressum *s.* *(lat.)* Angabe aller Beteiligten an einem Druckerzeugnis

Improvisation *w.* *(lat.)* 1. Spiel aus dem Stegreif; 2. unvorbereitete Handlung; **Improvisator** *m.* jmd., der improvisiert; **improvisieren** etwas ohne Vorbereitung durchführen

Impuls *m.* *(lat.)* 1. Anstoß, Antrieb; 2. Geschwindigkeit eines Körpers; **impulsiv** spontan; **Impulsivität** *w.* spontane Wesensart

In-, **in-** *(lat.)* als Vorsilbe: 1. hinein; 2. nicht

inadäquat *(lat.)* unangemessen

inakkurat *(lat.)* ungenau

inaktiv *(lat.)* 1. untätig, tatenlos; 2. außer Dienst; **inaktivieren** 1. in Ruhestand versetzen; 2. unwirksam machen; **Inaktivität** *w.* Untätigkeit, Ruhestand

inakzeptabel *(lat.)* unannehmbar

Inch *s.* oder *m.* *(engl.)* englisches Längenmaß (ca. 2,5 cm)

Indefinitivpronomen, **Indefinitum** *s.* das unbestimmte Fürwort

indeklinabel *(lat.)* nicht veränderlich, nicht beugbar

Indemnität *w.* *(lat.)* nachträgliche Billigung von Regierungsmaßnahmen

Index *m.* *(lat.)* 1. Verzeichnis, Register; 2. Verzeichnis der von der kath. Kirche verbotenen Bücher; 3. statistischer Messwert für Veränderungen; 4. mathematische Kennzeichen zur Unterscheidung zusammengehöriger Dinge

Indigo *m. (gr.-span.)* blauer Farbstoff

Indikation *w. (lat.)* Feststellung der Notwendigkeit ein bestimmtes medizinisches Verfahren anzuwenden

Indikativ *m. (lat.)* Wirklichkeitsform des Zeitworts; Eigw. **indikativisch**

Indikator *m. (lat.)* 1. zeigt einen Verlauf oder eine Leistung an; 2. zeigt eine Reaktion an; 3. weist auf den Stand einer Entwicklung hin

Indio *m. (span.)* südamerikanischer Indianer

indirekt *(lat.)* mittelbar, auf Umwegen; **indirekte Rede** nicht wörtlich Rede

indiskret *(lat.)* taktlos; **Indiskretion** *w.* Vertrauensbruch

indiskutabel *(lat.)* keiner Diskussion wert

indispensabel *(lat.)* unerlässlich

indisponibel *(lat.)* nicht verfügbar

indisponiert *(lat.)* unpässlich, nicht aufgelegt; **Indisposition** *w.* Unpässlichkeit

indisputabel *(lat.)* unbestreitbar

Indium *s. (lat.)* chemisches Element

individualisieren *(lat.)* auf den Einzelnen abstellen; Hptw. **Individualisierung** *w.;* **Individualismus** *m.* Lehre, die dem Individuum Vorrang vor der Allgemeinheit gibt; 2. Neigung eines Menschen zu individueller Lebensgestaltung; Eigw. **individualistisch**; **Individualist** *m.* Person mit ausgeprägt eigenständigem Lebensstil, Einzelgänger; **Individualität** *w.* persönliche Eigenart, Unverwechselbarkeit; **individuell** 1. aus der persönlichen Eigenart entspringend; 2. auf das Individuum zugeschnitten; **Individuum** *s.* 1. der Mensch als Einzelwesen; 2. Pflanze und Tier als Einzelexemplar; 3. Person

indivisibel *(lat.)* unteilbar

Indiz *s. (lat.)* Anzeichen, Hinweis (Mz. Indizien); **Indizienbeweis** *m.* Rechtsbeweis, der sich nur auf Anzeichen und Verdachtsgründe stützt

indizieren *(lat.)* 1. anzeigen; 2. auf den Index setzen; **indiziert** ratsam, angezeigt

Indoktrination *w. (lat.)* massive, einseitige, gezielte Beeinflussung; Ztw. **indoktrinieren**

in dubio *(lat.)* im Zweifelsfalle; **in dubio pro reo** im Zweifelsfalle zugunsten des Angeklagten

Industrial Design *s. (engl.)* Formgestaltung industrieller Gebrauchsgegenstände

ineffektiv *(lat.)* unwirksam, nicht lohnend;

Hptw. **Ineffektivität** *w.*

infam *(lat.)* niederträchtig, gemein; **Infamie** *w.* 1. Gemeinheit, Niedertracht; 2. unverschämte, bösartige Äußerung

Infant *m.*, **Infantin** *w. (lat.)* Titel der königlichen Prinzen und Prinzessinnen in Spanien und Portugal

Infanterie *w. (span.-frz.)* Fußtruppen; **Infanterist** *m.* Soldat der Infanterie

infantil *(lat.)* kindlich, kindisch; **Infantilismus** *m.* körperliches oder seelisches Stehenbleiben auf einer kindlichen Entwicklungsstufe; **Infantilität** *w.* unreifes, kindisches Wesen

Infarkt *m. (lat.)* Absterben eines Gewebeteils durch Gefäßverschluss

Infekt *m.*, **Infektion** *w. (lat.)* Ansteckung durch Krankheitserreger; **infektiös** ansteckend

infernalisch *(lat.)* höllisch, teuflisch, schrecklich; **Inferno** *s. (itl.)* 1. Hölle; 2. schreckliches Ereignis, das viele Menschen betrifft

Infinitiv *m.* Nennform des Zeitworts

infizieren *(lat.)* anstecken, Krankheit übertragen

in flagranti *(lat.)* auf frischer Tat

Influenza *w. (lat.)* Grippe

Info *s.* Kurzwort für Information; **Information** *w. (lat.)* Auskunft, Mitteilung, Nachricht; **Informatik** *w. (lat.)* Wissenschaft und Technik von der elektronischen Informations- und Datenverarbeitung; **Informatiker** *m.* Wissenschaftler oder Techniker der Informatik; **informativ**, **informatorisch** aufschlussreich, belehrend; **informieren** *(lat.)* wissen lassen, in Kenntnis setzen

Infraktion *w. (lat.)* unvollständiger Knochenbruch

Infrarot *s. (lat.)* unsichtbare Wärmestrahlen

Infraschall *m.* Schallwellen unterhalb der menschlichen Hörgrenze

Infrastruktur *w. (lat.)* Gesamtheit der materiellen, institutionellen und personellen Voraussetzungen, die eine Gesellschaft für ihr Funktionieren braucht

Infusion *w.* Einfließenlassen, Einführen von Flüssigkeiten in den Organismus

Ingrediens *s.*, **Ingredienz** *w. (lat.)* Zutat, Bestandteil (Mz. Ingredienzien, Ingredienzen)

in grosso *(itl.)* im Großen

Ingwer *m. (gr.-ind.-pers.)* Wurzel einer südostasiatischen Gewürzpflanze

Inhalation *w. (lat.)* Einatmung von Dämpfen; Ztw. **inhalieren**; **Inhalator** *m.* Gerät zum Inhalieren

inhomogen *(gr.-lat.)* ungleich(artig)

Initial *s.*, **Initiale** *w. (lat.)* großer Anfangsbuchstabe (Mz. Initiale, Initialen); **Initialwort** *s. (lat.)* ein aus Anfangsbuchstaben mehrer Wörter gebildetes Kurzwort, **Initialzündung** *w.* Auslösung von etwas Großem durch etwas Kleines

initiativ den Anstoß gebend; **Initiative** *w.* 1. Anfang, erster Schritt; 2. Entschlusskraft, Unternehmungsgeist; 3. Zusammenschluss von Personen, um Interessen durchzusetzen; **Initiator** *m.* Urheber, Anreger; **initiatorisch** veranlassend, anstiftend

Injektion *w. (lat.)* 1. Einspritzung; **injizieren** einspritzen

Inkarnation *w.* 1. Fleischwerdung, Menschwerdung; 2. Verkörperung

inkarniert Fleisch geworden, verkörpert

Inkasso *s. (itl.)* Einziehung von Geld; **Inkassobüro** *s.* Büro, das das Einziehen von Forderungen übernimmt;

inklusive *(lat.)* einschließlich

inkognito *(lat.)* unter fremdem Namen, unerkannt; **Inkognito** *s.* Verheimlichung des Namens

inkommodieren *(lat.)* jmdm. Umstände machen, Mühe verursachen

inkomparabel *(lat.)* 1. unvergleichbar; 2. nicht steigerungsfähig

inkompatibel *(lat.)* unvereinbar, unverträglich, nicht zusammenpassend; **Inkompatibilität** *w.* Unvereinbarkeit

inkompetent *(lat.)* nicht zuständig, nicht fähig; **Inkompetenz** *w.* Unzuständigkeit, mangelnder Sachverstand

inkongruent *(lat.)* nicht übereinstimmend, sich nicht deckend; Hptw. **Inkongruenz** *w.*

inkonsequent *(lat.)* 1. nicht folgerichtig; 2. widersprüchlich im Verhalten; **Inkonsequenz** *w.* Widersprüchlichkeit

inkonsistent *(lat.)* unbeständig; Hptw. **Inkonsistenz** *w.*

inkonstant *(lat.)* unbeständig, veränderlich; Hptw. **Inkonstanz** *w.*

Inkontinenz *w. (lat.)* Unfähigkeit, Harn oder Stuhl zu halten

inkonvertibel *(lat.)* nicht austauschbar

inkorrekt *(lat.)* ungenau, fehlerhaft, unangemessen; Hptw. **Inkorrektheit** *w.*

Inkubation *w. (lat.)* Zeitspanne zwischen Ansteckung und Ausbruch einer Krankheit

Inkubator *m.* Brutkasten

Inkubus *m. (lat.)* 1. Alpdruck; 2. Teufel

inkulant *(frz.)* nicht entgegenkommend, ungefällig; **Inkulanz** *w.* Mangel an Entgegenkommen

in medias res *(lat.)* zur Sache

inoffiziell *(frz.)* nicht amtlich, nicht bestätigt

in petto *(itl.)* im Sinn

Inquisition *w.* 1. Untersuchung; 2. geistliches Gericht der kath. Kirche zur Verfolgung und Bestrafung von Ketzern; **Inquisitionsmaxime** *w.* Grundsatz der Inquisition, nach der Ankläger und Richter ein und dieselbe Person sind; **Inquisitor** *m.* Ankläger und Richter der Inquisition; **inquisitorisch** scharf, peinlich genau untersuchend

Insekt *s. (lat.)* Kerbtier

Insemination *w. (lat.)* 1. künstliche Befruchtung; 2. Eindringen der Samenfäden in das Ei

Inserat *s. (lat.)* Zeitungsanzeige; **Inserent** *m.* jmd., der eine Anzeige aufgibt; **inserieren** Anzeige aufgeben

Insignien *Mz. (lat.)* Abzeichen, Symbole der Macht und Würde

Insinuant *m. (lat.)* Einschmeichler; **Insinuation** *w.* Einschmeichelei; **insinuieren** sich einschmeicheln, etwas unterstellen

insistieren *(lat.)* beharren, zusetzen, drängen

insolent *(lat.)* unverschämt, anmaßend; Hptw. **Insolenz** *w.*

insolvent *(lat.)* zahlungsunfähig; **Insolvenz** *w.* Zahlungsunfähigkeit

Insomnie *w. (lat.)* Schlaflosigkeit

in spe *(lat.)* künftig, später

Inspektion *w. (lat.)* 1. Prüfung, Kontrolle; 2. regelmäßige Wartung; 3. Aufsichtsbehörde; **Inspektor** *m.* Aufsichtsbeamter

Inspiration *w. (lat.)* 1. Einatmung; 2. Eingebung; **Inspirator** *m.* Anreger; **inspirieren** anregen, eingeben, begeistern

inspizieren beaufsichtigen, kontrollieren, nachprüfen

instabil *(lat.)* unbeständig; **Instabilität** *w.* Unbeständigkeit

Installateur *m. (frz.)* Fachmann für Sanitär- und Heizungsanlagen; **Installation** *w.* 1. Einbau technischer Anlagen; 2. Einweisung in ein geistliches Amt; **installieren** einrichten, einbauen, einweisen

instant *(engl.)* ohne lange Vorbereitung, gebrauchsfertig

Instanz *w. (lat.)* zuständige Amtsstelle; **Instanzenweg** *m.* Dienstweg

Instinkt *m.* *(lat.)* angeborene Fähigkeit zu einem bestimmten Verhalten; **instinktiv** unwillkürlich

Institut *s.* 1. Einrichtung, Anstalt; 2. Forschungsstätte an der Universität

Institution *w.* 1. öffentliche Einrichtung; 2. soziales Gebilde mit normativen Richtlinien

instruieren *(lat.)* unterweisen; **Instrukteur** *m.* Unterweiser in Geräten und Vorschriften; **Instruktion** *w.* Anweisung, Vorschrift; **instruktiv** aufschlussreich

Instrument *s.* *(lat.)* 1. Gerät, Werkzeug; **instrumentalisieren** jmdn. für die eigenen Zwecke benutzen; Hptw. **Instrumentalisierung** *w.;* **Instrumentalmusik** *w.* Musik ohne Singstimmen; **Instrumentarium** *s.* 1. alle zur Durchführung einer Aufgabe notwendigen Mittel; 2. alle bei einer Aufführung eingesetzten Musikinstrumente

insuffizient *(lat.)* unzulänglich; **Insuffizienz** *w.* Schwäche, Unzulänglichkeit, ungenügende Leistung

Insulin *s.* *(lat.)* Hormon der Bauchspeicheldrüse, Mittel gegen Zuckerkrankheit

in summa *(lat.)* im Ganzen, alles in allem

Insurgent *m.* *(lat.)* Aufständischer; **insurgieren** aufständisch sein, sich erheben; **Insurrektion** *w.* Aufstand, Erhebung

inszenieren *(lat.-frz.)* 1. in Szene setzen, künstlerisch gestalten; 2. geschickt einfädeln; **Inszenierung** *w.* ein in Szene gesetztes Schauspiel

Intabulation *w.* *(lat.)* 1. Eintragung ins Grundbuch; 2. Vertäfelung; Ztw. **intabulieren**

intakt *(lat.)* unversehrt, in Ordnung, unberührt, voll funktionsfähig

Intarsie *w.* *(arab.-itl.)* Einlegearbeit

integer *(lat.)* unbescholten, unbestechlich; **Integrität** *w.* 1. Unbescholtenheit, Unbestechlichkeit; 2. Unverletzlichkeit des Staatsgebiets

integral *(lat.)* ein Ganzes bildend, für sich bestehend; **Integral** *s.* Summe unendlich vieler, unendlich kleiner Teile in der Mathematik; **Integralrechnung** *w.* Teilgebiet der höheren Mathematik, Rechnung mit Integralen

Integration *w.* *(lat.)* 1. Herstellung einer Einheit, Eingliederung in ein größeres Ganzes; 2. Berechnung eines Integrals; **integrieren** 1. einfügen, einbeziehen; 2. ein Integral berechnen; **integrierend** wesentlich, unerlässlich für ein Ganzes; **integriert** zusammengefügt

Intellekt *m.* *(lat.)* Denk-, Erkenntnisvermögen, Verstand; **Intellektualismus** *m.* übermäßige Betonung des Verstandes; **intellektuell** verstandesmäßig

Intelligence Service *m.* *(engl.)* britischer Geheimdienst

intelligent *(lat.)* klug, gescheit, **Intelligenz** *w.* die Gesamtheit der geistigen Fähigkeiten; **Intelligenzquotient** *m.* Messzahl der geistigen Fähigkeit (Abk. IQ)

Intendant *m.* *(frz.)* Leiter eines Theaters oder Senders; **Intendanz** *w.* 1. Amt und 2. Büro des Intendanten

Intensität *w.* *(lat.)* Stärke, Wirksamkeit, Eindringlichkeit; **intensiv** 1. eindringlich, nachdrücklich, stark; 2. gesteigert, alle Möglichkeiten nutzend; **intensivieren** verstärken, steigern; Hptw. **Intensivierung** *w.*

Inter-, **inter-** *(lat.)* als Vorsilbe: zwischen

Interaktion *w.* *(lat.)* Wechselbeziehung, wechselseitige Beeinflussung

interaktiv Interaktion bewirkend

Interdikt *s.* *(lat.)* Verbot kirchlicher Amtshandlungen

interessant *(lat.-frz.)* fesselnd, spannend, anregend, bemerkenswert; **Interesse** *s.* 1. Vorliebe, Neigung; 2. Nutzen, Vorteil; **Interessent** *m.* jmd., der für etwas Interesse hat, sich um etwas bemüht; **interessieren** Anteilnahme, Interesse bekunden; **interessiert** aufgeschlossen, aufmerksam

Interface *s.* *(engl.)* Schnittstelle zwischen Geräten, Programmen, Bauteilen (EDV)

Interferon *s.* körpereigener, virusabwehrender Eiweißkörper

intergalaktisch *(lat.-gr.)* zwischen den Galaxien befindlich

Interim *s.* *(lat.)* einstweilige Regelung; Zwischenzeit; **interimistisch** einstweilig, zwischenzeitlich, vorläufig

Interjektion *w.* *(lat.)* Ausrufewort

interkontinental *(lat.)* von einem Erdteil zum anderen reichend

interkulturell *(lat.)* mehrere Kulturen betreffend, mehrere Kulturen umfassend

Intermezzo *s.* *(itl.)* Zwischenspiel

intern *(lat.)* innerlich, im Innern, innerhalb; **Interna** *Mz.* vertrauliche Angelegenheiten (Ez. Internum *s.*); **internalisieren** sich Werte, Normen zu Eigen machen, verinnerlichen

Internat *s.* Lehranstalt, in der die Schüler wohnen

Interne *m.* u. *w.* Schüler(in) eines Internats

international *(lat.)* zwischenstaatlich, überstaatlich

Internet *s. (engl.)* „international network", größtes Computernetzwerk der Welt

internieren *(lat.)* Personen aus politischen oder medizinischen Gründen absondern; Hptw. **Internierung** *w.*

Internist *m. (lat.)* Facharzt für innere Krankheiten

Interpol *w.* Kurzwort für Internationale Kriminalpolizeiliche Organisation

Interpunktion *w. (lat.)* Zeichensetzung; Ztw. **interpunktieren**

Interruption *w. (lat.)* Unterbrechung

Intersex *s. (lat.)* Lebewesen mit männl. und weibl. Geschlechtsmerkmalen

interterritorial *(lat.)* zwischenstaatlich

Intervall *s. (lat.)* 1. Zeitspanne, Frist, Pause; 2. Bereich zwischen zwei Zahlen einer Skala; 3. Abstand zwischen zwei Tönen

intervenieren *(lat.)* sich einschalten, dazwischentreten, vermitteln; **Intervention** *w.* Vermittlung, Einmischung, Eintreten

Interview *s. (engl.)* Befragung; Ztw. **interviewen**; **Interviewer** *m.* Person, die ein Interview führt

intim *(lat.)* 1. eng befreundet, vertraut, innig; 2. sexuell, geschlechtlich; **Intima** *w.* 1. Vertraute, Freundin; **Intimität** *w.* enges Freundschaftsverhältnis, Vertrautheit; 2. Vertraulichkeit; 3. sexuelle Handlung; **Intimus** *m.* enger Freund, Vertrauter

intolerant *(lat.)* unduldsam; **Intoleranz** *w.* Unduldsamkeit

Intra-, **intra-** *(lat.)* als Vorsilbe: innen, innerhalb

Intrade *w. (lat.-itl.)* musikalisches Einleitungsstück, Vorspiel

Intranet *s. (engl.)* auf der Internet-Technologie basierendes internes Netzwerk

intrigant *(frz.)* ränkesüchtig, hinterhältig; **Intrigant** *m.* Ränkeschmied, Drahtzieher; **Intrige** *w.* Ränkespiel, hinterlistige Machenschaft; **intrigieren** Ränke spinnen

Intro-, **intro-** *(lat.)* als Vorsilbe: hinein

Introduktion *w. (lat.)* Einleitung, Vorspiel; **introduktiv**, **introduktorisch** einführend, einleitend; **introduzieren** einleiten

Introspektion *w. (lat.)* Selbstbeobachtung, Selbstanalyse; **introspektiv** durch Selbstbeobachtung

introvertiert *(lat.)* nach innen gewandt

Intuition *w. (lat.)* Eingebung; **intuitiv** auf Intuition beruhend

invalid *(lat.)* erwerbsunfähig; **Invalide** *m.*

Erwerbsunfähiger; **Invalidität** *w.* Erwerbsunfähigkeit

Invasion *w. (lat.)* 1. feindlicher Truppeneinfall; 2. Eindringen von Krankheitserregern; 3. überraschender Besuch

Inventur *w.* Bestandsaufnahme der Vermögensteile; Ztw. **Inventur machen**

investieren *(lat.)* 1. Kapital in Sachgütern anlegen; 2. Mühe, Arbeit, Gefühle auf etwas oder jmdn. verwenden; **Investition** *w.* Anlage von Kapital in Sachgütern

involvieren *(lat.)* enthalten

Inzest *m. (lat.)* Blutschande, Geschlechtsverkehr zwischen engen Verwandten; **inzestuös** einen Inzest darstellend

Ion *s. (gr.)* elektrisch geladenes Teilchen; **Ionisation** *w.* Erzeugung von Ionen; Ztw. **ionisieren**; **Ionosphäre** *w.* oberste Schicht der Erdatmosphäre

Iris *w. (gr.)* 1. Regenbogenhaut des Auges; 2. Schwertlilie; 3. Botin der Götter in der griechischen Mythologie; **irisieren** schillern; **Iritis** *w.* Regenbogenhautentzündung

Ironie *w. (gr.)* 1. verdeckte spöttische Form der Kritik; 2. paradoxe schicksalhafte Ereignisse; **ironisch** voller Ironie; **ironisieren** etwas ironisch behandeln

irrational *(lat.)* verstandesmäßig nicht fassbar; jeglicher Vernunft widersprechend; **irreal** *(lat.)* unwirklich; **Irrealität** *w.* Unwirklichkeit

irregulär *(lat.)* regelwidrig; **Irregularität** *w.* Regelwidrigkeit

irrelevant *(lat.)* unerheblich, unbedeutend; **Irrelevanz** *w.* Geringfügigkeit, Bedeutungslosigkeit

irreparabel *(lat.)* nicht wieder gutzumachen, nicht heilbar, unersetzlich; Hptw. **Irreparabilität** *w.*

Islam *m. (arab.)* von Mohammed im 7. Jh. gegründete und im Koran niedergelegte Religion; **islamisch** zum Islam gehörig; **islamisieren** zum Islam bekehren; **Islamit** *m.* Anhänger des Islam

Iso-, **iso-** *(gr.)* als Vorsilbe: gleich

Isolation *w. (lat.)* 1. Vereinsamung, Vereinzelung; 2. Hinderung von Strömen durch Isoliermaterial; 3. Absonderung von Personen mit ansteckenden Krankheiten, von Häftlingen; **isolieren** 1. absondern, einzeln halten; 2. vereinsamen; 3. abdichten; Hptw. **Isolierung** *w.*

Isoptera *Mz. (gr.)* Termiten

Isotone *Mz. (gr.)* Atomkerne mit gleicher

Anzahl von Neutronen, **Isotope** *Mz.* Atomkerne desselben Elements mit gleicher Anzahl von Protonen

isotrop *(gr.)* von physikalisch gleicher Beschaffenheit; Hptw. **Isotropie** *w.*

Iwrit (h), **Iwrith** *s.* *(hebr.)* Neuhebräisch, Amtssprache in Israel

ixothym *(lat.)* von schwerfälligem Temperament; **Ixothymie** *w.* zähes, beharrliches Temperament

J

Jacht *w. (niederl.)* Schiff mit Segel oder Motor für Sport- oder Vergnügungsfahrten

Jacketkrone *w. (engl.)* Zahnmantelkrone

Jackett *s. (frz.)* Jacke als Teil eines Herrenanzuges

Jackpot *m. (engl.)* besonders hohe Gewinnquote bei Glücksspielen

Jade *w. (span.)* blaugrüner, durchscheinender Schmuckstein

Jahwe *(hebr.)* Name Gottes im Alten Testament

Jakobiner *m.* Mitglied einer radikalen Vereinigung in der Französischen Revolution

Jalousie *w. (frz.)* Rollladen, Sichtschutz

Jamboree *s. (engl.)* 1. Pfadfindertreffen; 2. Treffen mit Unterhaltungsprogramm

Jambus *m. (gr.)* Versfuß oder rhythmischer Silbenwechsel nach dem Schema (kurz–lang)

Janitscharen *Mz. (türk.)* türkische Fußtruppe aus islamisierten christlichen Kriegsgefangenen

Jan Maat, **Janmaat** *m. (niederl.)* für Seemann

Januskopf *m.* zweigesichtiger Männerkopf nach dem italischen Gott Janus, dem Sinnbild des Zwiespalts

Jargon *m. (frz.)* Umgangssprache

Jaschmak *m. (türk.)* Schleier der vornehmen Türkin

Jaspis *m. (gr.)* Schmuckstein

Jause *w. (slowen.)* Zwischenmahlzeit

Jazz *m. (engl.)* Anfang des 20. Jhs. in Nordamerika entstandene Musikrichtung, basierend auf Elementen afrikanischer und europäischer Musik; **jazzen** Jazzmusik spielen; **Jazzer** *m.* Jazzmusiker

Jeans *Mz. (engl.)* Kurzform für Blue Jeans

Jeep *m. Wz. (engl.)* Geländefahrzeug mit Vierradantrieb

Jeremiade *w. (hebr.)* Klagelied

Jersey *m. (engl.)* gewirkter Wollstoff

Jet *m. (engl.)* Düsenflugzeug; **Jetlag** *m. (engl.)* Beschwerden wegen des Zeitunterschieds nach Langstreckenflügen; **Jetliner** *m. (engl.)* Düsenverkehrsflugzeug; **jetten** 1. mit dem Jet fliegen; 2. sich sputen

Jeton *m. (frz.)* Spielmarke

Jetset *m. (engl.)* Schickimicki

Jetstream *m.* schneller Luftstrom in der oberen Atmosphäre

Jeu *s. (frz.)* Glücksspiel

Jitterbug *m. (engl.)* akrobatischer Tanz

Jiu-Jitsu *s. (jap.)* japanische Kampfsportart zur Selbstverteidigung

Job *m. (engl.)* Arbeit, Verdienstmöglichkeit; Ztw. **jobben**; Hptw. **Jobber** *m.*; **Jobhopping** *s.* häufiger Stellenwechsel; **Jobkiller** *m.* Faktor, der menschl. Arbeitskraft überflüssig macht; **Jobsharing** *s.* Aufteilung eines Vollarbeitsplatzes auf mehrere Kräfte

Jockey *m.*, **Jockei** *m. (engl.)* berufsmäßiger Rennreiter

Jod *s. (gr.)* chemisches Element

Jogging *s. (engl.)* sportliches Laufen; Ztw. **joggen**

Joghurt *m.* oder *s. (türk.)* mit Hilfe von Bakterien erzeugte Dickmilch

Joker *m. (engl.)* Spielkarte

Jom Kippur *(hebr.)* höchstes jüdisches Fest am Versöhnungstag

Jongleur *m. (frz.)* Artist, Geschicklichkeitskünstler; **jonglieren** 1. Gegenstände werfen und auffangen oder im Gleichgewicht halten; 2. Anstoß vermeiden

Jota *(gr.)* der zehnte Buchstabe des griechischen Alphabets

Joule *s. (engl.-frz.)* Maßeinheit für Arbeit, Energie und Wärme

Journaille *w. (frz.)* Journalismus; **Journal** *s.* Zeitschrift; **Journalismus** *m.*, **Journalis-**

tik *w.* Pressewesen; **journalistisch** Schreibstil in Zeitungen (abwertend); **Journalist** *m.* Reporter für Presse, Rundfunk und Fernsehen

jovial *(lat.)* herablassend, wohlwollend; Hptw. **Jovialität** *w.*

Joystick *m. (engl.)* Steuerhebel am Spielcomputer

jr. junior, nur hinter Personennamen nachgestellt; **junior** *(lat.)* jünger; der Jüngere; dient der Bezeichnung des Sohnes zur Unterscheidung vom Vater

Jubiläum *s. (lat.)* Ehrentag, Gedenktag

Judikative *w. (lat.)* richterliche Gewalt im Staat

Judo *s. (jap.)* Kampfsportart; **Judoka** *m.* Judosportler

Jukebox *w. (engl.)* Musikbox

Julfest *s. (schwed.)* Weihnachtsfest in Skandinavien; **Julklapp** *m.* Weihnachtsgeschenk

Junior *m.* 1. jüngerer Teilhaber; 2. Spieler einer Nachwuchsmannschaft; 3. Jugendlicher; 4. Sohn

Junkfood *s. (engl.)* Essen ohne Nährwert mit hoher Kalorienzahl

Juno *w.* schönste und bedeutendste Göttin des alten Rom

Junta *w. (lat.-span.)* 1. Regierungsausschuss; 2. Militärdiktatur

Jupiter *m. (lat.)* 1. der höchste Gott der Römer; 2. Planet unseres Sonnensystems; **Jupiterlampe** *w.* transportable lichtstarke Lampe für Bühne und Film

Jura *Mz. (lat.)* die Rechte (Ez. Jus); **juridisch**, **juristisch** rechtswissenschaftlich; **Jurisdiktion** *w.* Rechtsprechung; **Jurisprudenz** *w.* Rechtswissenschaft; **Jurist** *m.* Rechtsgelehrter; **juristische Person** *w.* rechtsfähige Körperschaft; **Juror** *m.* Preisrichter (Mz. Juroren); **Jury** *w. (engl.-frz.)* 1. Preisrichter-Kollegium; 2. Schwurgericht in Großbritannien und den USA

Jus *s. (lat.)* Recht, Rechtswissenschaft: **Jus naturale** *s.* Naturrecht; **Jus gentium** *s.* Völkerrecht; **Jus primae noctis** *s.* feudales Recht des Grundherrn auf die erste Nacht mit der Braut; **Jus sanguinis** Recht, wonach die Staatsangehörigkeit durch Blutsverwandtschaft mit den Eltern oder einem Elternteil erworben wird

justieren *(lat.)* einstellen, eichen; Hptw. **Justierung** *w.*

Justitia *w. (lat.)* 1. Frauengestalt als Sinnbild, Personifizierung der Gerechtigkeit;

2. altrömische Göttin der Gerechtigkeit

Justiz *w. (lat.)* staatliche Rechtspflege, Gerichtswesen

Juwel *s. (frz.)* geschliffener Edelstein, **Juwelier** *m.* Goldschmied, Schmuckwarenhändler

Jux *m. (lat.)* Spaß, Ulk

Kaaba *w. (arab.)* Hauptheiligtum des Islam in Mekka

Kabale *w. (hebr.-frz.)* Machenschaft, Intrige

Kabarett *s. (frz.)* 1. Kleinkunstbühne; 2. Kleinkunst; 3. Schüssel mit Glaseinsätzen für Vorspeisen

Kabbala *w. (hebr.)* 1. Sammlung von inoffiziellen mystisch-religionsphilosophischen Schriften des Judentums; 2. esoterische jüdische Geheimlehre, die auf Buchstaben- und Zahlensymbolik beruht; **Kabbalist** *m.* Kenner der Kabbala; **Kabbalistik** *w.* Erforschung der Kabbala; Eigw. **kabbalistisch**

Kabinett *s. (frz.)* 1. kleines Zimmer; 2. Kunstsammlung; 3. Regierung, Ministerrat; **Kabinettsfrage** *w.* Vertrauensfrage; **Kabinettstück** *s.* erfolgreiches Unterfangen

Kabrio, **Kabriolett** *s. (frz.)* Auto mit zurückklappbarem Verdeck

Kabuki *s. (jap.)* japanisches Volkstheater

Kadaver *m. (lat.)* Tierleichnam

Kadavergehorsam *m.* blinder Gehorsam

Kaddisch *m. (hebr.)* jüdisches Totengebet

Kadi *m. (arab.)* 1. Richter in islamischen Ländern; 2. Gericht, Richter

Kadmium *s. (lat.)* chemisches Element

Kaduzierung *w. (lat.)* Verfallserklärung von Aktien

Kafir *m. (arab.)* abwertende Bezeichnung der Moslems für Nichtmohammedaner

Kaftan *m. (türk.-pers.)* orientalisches Obergewand

Kaiman *m. (span.-indian.)* Alligator

Kajal *s. (sanskr.)* schwarze Farbe zum Schminken der Augen

Kakerlak *m. (ind.-niederl.)* Küchenschabe

Kakophonie *w. (gr.)* Missklang

Kalamität *w. (lat.)* Unannehmlichkeit, Klemme

Kalebasse *w. (span.)* Gefäß aus einem Flaschenkürbis

Kaledonien *s.* Nordschottland

Kaleidoskop *s. (gr.)* Spiegelgerät zum Erzeugen ständig wechselnder farbiger Muster

Kalfaterer *m. (itl.)* Schiffausbesserer; **kalfatern** Schiffswände abdichten

Kaliber *s. (span.-arab.)* 1. innerer Durchmesser von Rohren; 2. äußerer Durchmesser von Geschossen; 3. Messwerkzeug für Durchmesser; Eigw. **kalibrig**; **kalibrieren** eichen

Kalif *m. (arab.)* Titel der Nachfolger Mohammeds

Kalkül *s. (frz.)* Berechnung, Überlegung

Kalkulation *w.* Kostenvoranschlag; **kalkulatorisch** rechnerisch; **kalkulieren** veranschlagen, berechnen

Kallipygos *w. (gr.)* Beiname der altgriechischen Liebesgöttin Aphrodite

Kalorie *w. (lat.)* Maßeinheit für Wärme und den Energiewert von Nahrung

Kalvinismus *m.* von Calvin gegründete evangelisch-reformierte Richtung des Protestantismus; **Kalvinist** *m.* Anhänger des Kalvinismus; Eigw. **kalvinistisch**

Kalypso *w. (gr.)* Nymphe in der Odysseussage

kalzinieren *(lat.)* entwässern; **Kalzination** *w.* Entwässerung von Elementen durch Erhitzen

Kambrium *s. (lat.)* erdgeschichtliches Zeitalter

Kamera *w. (lat.)* 1. Fotoapparat; 2. Filmkamera

Kamikaze *m. (jap.)* japanischer Selbstmordpilot

Kampagne *w. (frz.)* medien- und öffentlichkeitswirksame Aktion

Kampanile *m. (ital.)* einzeln stehender Glockenturm

kampieren *(frz.)* zelten

Kanaille *w.* *(frz.)* Schuft, Schurke

Kandare *w.* *(ungar.)* Gebissstange des Pferdes

Kandelaber *m.* *(lat.)* Standleuchter

Kandidat *m.* *(lat.)* 1. Bewerber um ein Amt oder Mandat; 2. Student vor der Abschlussprüfung; **Kandidatur** *w.* laufende Bewerbung; **kandidieren** sich bewerben

kandieren *(frz.)* verzuckern; **Kandis** *m.* *(arab.)* aus heißer Lösung kristallisierter Zucker

Kanephore *w.* *(gr.)* Jungfrau, die bei Prozessionen im alten Griechenland Gefäße mit Opfergeräten auf dem Kopf trug

Kanister *m.* *(lat.)* Behälter zum Transportieren von Flüssigkeiten

Kannibale *m.* *(span.-karib.)* Menschenfresser; **kannibalisch** unmenschlich, grausam; **Kannibalismus** *m.* Menschenfresserei

Kanope *w.* altägyptische Urne für die Eingeweide der mumifizierten Toten

Kantate *w.* *(lat.)* Musikwerk für Solostimmen, Chor und Instumente

Kanter *m.* *(engl.)* kurzer, leichter Galopp; Ztw. **kantern**; **Kantersieg** *m.* mühelos erzielter hoher Sieg im Sport

Kantine *w.* *(itl.)* Speiseraum in Betrieben

Kanton *m.* *(frz.)* l. Verwaltungsbezirk in Frankreich und Belgien; 2. Einzelstaat in der Schweiz; Eigw. **kantonal**

Kantor *m.* *(lat.)* Leiter der Kirchenmusik

Kanu *s.* *(karib.)* 1. Einbaum; 2. Sportboot mit Paddel; **Kanute** *m.* Kanufahrer

Kanüle *w.* *(frz.)* 1. in den Körper eingesetztes Röhrchen zu Abflusszwecken; 2. Hohlnadel an einer Injektionsspritze

kanzerogen *(lat.-gr.)* Krebs erzeugend

Kanzone *w.* *(itl.)* 1. Gesangsstück; 2. italienische Gedichtform

Kaolin *s.* *(chin.)* Porzellanerde

Kap *s.* *(lat.-frz.)* Landzunge, vorspringender Teil einer Küste

kapabel *(lat.)* fähig

Kapaun *m.* *(lat.-frz.)* kastrierter Masthahn

Kapazität *w.* *(lat.)* 1. Fassungsvermögen, Speicherfähigkeit, Leistungsvermögen technischer Anlagen; 2. Fachmann, Fachgröße

Kapelle *w.* *(lat.)* 1. kleiner Kirchen- oder Andachtsraum; 2. kleines Orchester

Kaperbrief *m.* staatliche Vollmacht, Schiffe zu kapern; **Kaperei** *w.* Erbeuten eines Schiffs; **kapern** l. ein Schiff erbeuten; 2. umgangssprachlich: etwas ohne die

Zustimmung des Besitzers erbeuten

kapieren *(lat.)* begreifen, verstehen

kapillar *(lat.)* haarfein; **Kapillare** *w.*, **Kapillargefäß** *s.* Haarröhrchen, Haargefäß, haarfeines Blutgefäß

kapital *(lat.)* groß, stark, entscheidend; **Kapital** *s.* 1. Vermögen in Geld- und Sachwerten; **kapitalisieren** in eine Geldsumme umwandeln; Hptw. **Kapitalisierung**; **Kapitalist** *m.* jmd., der Einkommen aus Kapital bezieht; Eigw. **kapitalistisch**; **Kapitalmarkt** *m.* Geldmarkt für Kapitalanlagen und langfristige Kredite; **Kapitalverbrechen** *s.* schweres Verbrechen

Kapitälchen *s.* *(lat)* Großbuchstabe in der Schrifthöhe eines Kleinbuchstabens

Kapitän *m.* *(lat.-frz.)* 1. Führer eines Schiffs; 2. Führer einer Mannschaft im Sport; 3. Chefpilot

Kapitel *s.* *(lat.)* 1. Abschnitt eines Buchs; 2. Kollegium und Versammlung der Priester einer Dom- oder Stiftskirche; 3. Versammlung eines geistlichen Ordens; **kapitelfest** 1. beschlagen; 2. von guter Gesundheit

Kapitell *s.* *(lat.)* oberer Säulenkopf

Kapitol *s.* *(lat.)* 1. Stadtburg des antiken Rom; 2. Amtssitz des amerikanischen Senats

Kapitulation *w.* *(lat.)* Übergabe, Waffenstreckung; **kapitulieren** sich ergeben, aufgeben

Kaplan *m.* *(lat.)* kath. Hilfsgeistlicher

Kaprice *w.* *(frz.)* Laune, Grille

Kapriole *w.* *(itl.)* Luftsprung, tolles Stück

kaputt *(hebr.)* 1. zerbrochen, hin; 2. erschöpft, erschlagen

Karabiner *m.* *(frz.)* Gewehr mit kurzem Lauf; **Karabinerhaken** *m.* Haken mit Federverschluss

Karabiniere *m.* *(itl.)* italienischer Polizist

Karacho *s.* *(span.)* Schwung, hohe Geschwindigkeit

Karaffe *w.* *(itl.)* geschliffene Glasflasche mit Glasstöpsel

Karambolage *w.* *(frz.)* Zusammenprall, Zusammenprall; Ztw. **karambolieren**

Karamell *m.* *(frz.)* gebräunter Zucker; **Karamelle** *w.* Süßigkeit aus Karamell

Karate *s.* *(jap.)* waffenlosen Kampfsportart zur Selbstverteidigung

Karawane *w.* *(pers.)* Kaufmanns- oder Reisezug in Afrika oder Asien; **Karawanserei** *w.* Herberge für Karawanen

Karbatsche *w.* *(russ.-türk.)* Riemenpeitsche; **karbatschen** peitschen

Karbid *s. (lat.)* Verbindung aus Kohlenstoff und Metall

Karbolsäure *w.* keimtötendes Mittel

Karbonari *Mz.* italienischer politischer Geheimbund zu Beginn des 19.Jhs.; **Karbonaro** *m.* Mitglied der Karbonari

Kardangelenk *s. (itl.)* Gelenk zur Kraftübertragung von einer Antriebswelle auf zwei zueinander gewinkelten Wellen; **Kardanwelle** *w.* Antriebswelle mit Kardangelenken, Gelenkwelle

Kardätsche *w. (itl.)* harte Pferdebürste, Striegel

Kardiakum *s. (gr.)* herzstärkendes Mittel

Kardinal *m.* höchster Würdenträger der kath. Kirche nach dem Papst; **Kardinalfehler** *m.* Hauptfehler; **Kardinalpunkt** *m.* Hauptpunkt; **Kardinaltugenden** *Mz.* Haupttugenden (in der griechischen Philosophie); **Kardinalzahl** *w.* Grundzahl, ganze Zahl

Kardiogramm *s. (gr.)* graphische Aufzeichnung von elektrisch übertragenen Herzbewegungen

Kardiograph *m.* Apparat zur Aufzeichnung der Herzbewegung; **Kardiologie** *w. (gr.)* Herzmedizin; **Karditis** *w.* Herzentzündung

Karenz *w.* Enthaltsamkeit, Wartezeit

Karfunkel *m. (lat.)* Granat

Kargo *m. (span.)* Ladung, Fracht eines Schiffes

Karies *w. (lat.)* Zahnfäule; Eigw. **kariös**

Karikatur *w. (itl.)* gezeichnetes Spottbild; Eigw. **karikaturistisch**; **karikieren** lächerlich darstellen, verzerren

Karitas *w. (lat.)* Nächstenliebe, Wohltätigkeit; Eigw. **karitativ**

Karkasse *w. (frz.)* 1. Gerippe des Geflügels ohne Fleisch; 2. Laufschicht des Gummireifens

Karneol *m. (lat.)* Schmuckstein

Karneval *m. (itl.)* Fasching, Fastnacht

Karo *s. (lat.)* 1. Raute, Viereck; 2. Spielkarte

Karosse *w. (frz.)* Prachtwagen; **Karosserie** *w.* Oberbau des Autos

Karotin *s. (gr.)* Farbstoff der Karotte

Karotis *w. (gr.)* Halsschlagader

Karpenterbremse *w.* Eisenbahnbremse

Karriere *w. (frz.)* 1. schnellste Gangart des Pferdes; 2. erfolgreiche Laufbahn; **Karrierist** *m.* jmd., der unbedingt Karriere machen will; Eigw. **karrieristisch**

Kartätsche *w. (itl.)* 1. mit Bleikugeln gefülltes Artilleriegeschoss; 2. Brett zum Glätten des Verputzes

Kartaune *w.* *(lat.)* schweres Geschütz

Kartell *s.* *(frz.-itl.)* Wirtschaftsverband in einer Branche zur Beschränkung des Wettbewerbs; **kartellieren** ein Kartell bilden; Hptw. **Kartellierung** *w.;* **Kartellträger** *m.* Überbringer einer Duellforderung

Kartograph *m.* *(gr.)* Kartenzeichner; **Kartographie** *w.* Wissenschaft und Technik der Herstellung von geographischen Karten; Eigw. **kartographisch**

Karton *m.* *(frz.)* dünne Pappe

Kartusche *w.* *(frz.)* 1. gemalter Zierrahmen; 2. Hülse für Pulver

Karussell *s.* *(itl.-frz.)* Rundbahn auf Jahrmärkten

Karyatide *w.* *(gr.)* weibliche Figur als Gebälkträgerin eines Bauwerks

Karyologie *w.* *(gr.)* Wissenschaft vom Zellkern

Karyon *s.* Zellkern; **Karyotyp** *s.* Chromosomensatz einer Zelle

Karzer *m.* *(lat.)* Arrestlokal in Schulen und Universitäten

karzinogen *(gr.)* Krebs erzeugend

Karzinom *s.* Krebsgeschwulst; **karzinomatös** krebsartig

Kasack *m.* *(frz.-türk.)* Damenbluse

Kasba (h), **Kasbah** *w.* *(arab.)* 1. Burg, Sultanschloss; 2. arabisches Viertel in den Städten Nordafrikas

Kaschemme *w.* anrüchiges Lokal

Kaschmir *m.* *(ind.-frz.)* feines Gewebe aus der glänzenden Wolle der Kaschmirziege

Kasein *s.* *(lat.)* Eiweißstoff der Milch

Kasel *w.* *(lat.)* Übergewand des kath. Priesters bei der Messe

Kasematte *w.* *(itl.)* 1. in Befestigungswerken, schusssicherer Geschützraum; 2. gepanzerter Geschützraum auf Kriegsschiffen

Kasino *s.* *(itl.)* 1. Glücksspielbetriebsstätte; 2. Speise- und Klubhaus; 3. Kantine für gehobene Ansprüche

Kaskade *w.* *(itl.-frz.)* 1. künstlicher Wasserfall in Stufen; 2. kühner artistischer Sprung; **Kaskadeur** *m.* Artist, Stuntman

Kasko *m.* *(span.)* Schiffsrumpf; Fahrzeug; **Kaskoversicherung** *w.* *(span.)* Versicherung eines Fahrzeugs

Kassa *w.* *(itl.)* Kasse, Bargeld; **Kassageschäft** *s.* Börsengeschäft; **Kassakurs** *m.* Kurs der gegen Barzahlung gehandelten Wertpapiere

Kassandra *w.* 1. -ruf, eine unheilvolle Warnung; 2. trojanische Seherin in der griech. Sage

Kassation *w. (lat.)* Aufhebung eines Gerichtsurteils

Kassiber *m. (hebr.)* heimliches Schreiben an Gefangene oder von Gefangenen

Kastagnette *w. (span.)* hölzerne Klapper zur Begleitung beim Tanz

Kaste *w. (port.)* 1. Gesellschaftsstand in der hinduistischen sozialen Ordnung; 2. sich abschließende gehobene Gesellschaftsschicht; 3. Gruppe im Ameisen- oder Bienenstaat mit speziellen Aufgaben

kasteien *(lat.)* sich Entbehrungen auferlegen; Hptw. **Kasteiung** *w.*

Kastell *s. (lat.)* Befestigungsanlage, befestigtes Schloss; **Kastellan** *m.* Schlossverwalter, Hausmeister

Kastrat *m. (lat.)* 1. kastrierter Mann; 2. Sänger mit Knabenstimme; **Kastration** *w.* Ausschaltung der Hoden oder der Eierstöcke; **kastrieren** unfruchtbar machen, entmannen

Kasualien *Mz. (lat.)* 1. Zufälligkeiten; 2. alltägliche kirchliche Amtshandlungen

Kasualismus *m.* Zufallslehre; **Kasualist** *m.* Vertreter des Kasualismus

Kasus *m. (lat.)* 1. Fall, Angelegenheit; 2. Beugungsfall, Form der Substantive; 3. Beziehung von Adjektiven und Pronomen zu anderen Satzteilen

Kata-, **kat-** *(gr.)* als Vorsilbe: herab, herunter

Katafalk *m. (itl.)* schwarz verkleidetes Gerüst für feierliche Aufbahrung

Kataklysmus *m. (gr.)* katastrophales, erdgeschichtliches Ereignis

Kataklysmentheorie *w.* Katastrophentheorie

Katakombe *w. (gr.-lat.)* unterirdische Grabanlage

katalektisch *(gr.)* unvollständig, verkürzt

Katalepsie *w. (gr.)* Starrkrampf der Muskeln; **kataleptisch** im Starrkrampf

Katalog *m. (gr.)* systematisch geordnetes Verzeichnis von Büchern, Versandhausartikeln etc.

Katalysator *m. (gr.-lat.)* 1. Stoff, der einen chemischen Vorgang hervorruft oder beschleunigt, ohne sich selbst zu verändern; 2. Vorrichtung zur Abgasreinigung an Kraftfahrzeugen; **Katalyse** *w. (gr.)* Hervorrufung oder Beschleunigung eines chemischen Vorgangs durch Anwesenheit eines Katalysators; **katalysieren** einen Vorgang auslösen oder beschleunigen; Eigw. **katalytisch**

Katamaran *m.* oder *s. (engl.)* offenes Sportsegelboot mit Doppelrumpf

Katamnese *w. (gr.)* kritischer Bericht über den Verlauf einer Krankheit

Kataplasie *w. (gr.)* Rückbildung, Rückentwicklung

Katapult *m. (gr.-lat.)* 1. Wurfmaschine; 2. Startvorrichtung für Flugzeuge; **katapultieren** mit Katapult starten lassen, abschleudern

Katarakt 1. *m. (gr.)* Stromschnelle, flacher Wasserfall; 2. *w. (gr.)* grauer Star

Katarrh *m. (gr.)* Schleimhautentzündung; Eigw. **katarrhalisch**

Katastase *w. (gr.)* Entwicklung einer Handlung zum Höhepunkt

Kataster *m. (lat.)* amtliches Grundbuch; **katastrieren** ins Grundbuch eintragen

katastrophal *(gr.)* verhängnisvoll; **Katastrophe** *w.* l. furchtbares Unglück; 2. entscheidende Wendung zum Schlimmen

Katatonie *w. (gr.)* Ausprägung einer Schizophrenie mit Krampfzuständen und Bewegungsstörungen

Katechese *w. (gr.)* religiöse Unterweisung, meist in Form von Frage und Antwort, Religionsunterricht

Katechet *m.* Religionslehrer; **Katechetik** *w.* Lehre von der christl. Unterweisung; **katechisieren** Religionsunterricht erteilen; **Katechismus** *m.* Lehrbuch, Leitfaden in Frage und Antwort für den christl. Glaubensunterricht

Kategorie *w. (gr.)* 1. Grundbegriffe gedankliche Grundform; 2. Begriffsklasse, Gruppe, Gattung; Eigw. **kategorial**; **kategorisch** unbedingt; **kategorischer Imperativ** *m.* absolute Forderung der Vernunft

Katgut *s. (engl.)* chirurgisches Nähmaterial aus Schaf- oder Ziegendarm, das sich im Körper auflöst

Katharsis *w. (gr.)* 1. seelische Läuterung durch Erschütterung; 2. Befreiung von seelischen Konflikten durch Abreaktion

Katheder *s. (gr.)* Lehrpult, Lehrstuhl

Kathedrale *w. (gr.)* Münster, Dom, Hauptkirche eines Bischofssitzes

Kathete *w. (gr.)* eine der Seiten, die im rechtwinkligen Dreieck den rechten Winkel bilden

Katheter *m. (gr.)* röhrenförmiges Instrument zur Einführung in den Körper; **katheterisieren**, **kathetern** einen Katheter einführen

Kathode *w. (gr.)* negative Elektrode, Austrittstelle des elektr. Stoms

Katholik *m. (gr.)* Angehöriger der röm.-kath. Kirche; **Katholikos** *m.* Oberhaupt der armenischen Kirche; **katholisieren** zum katholischen Glauben bekehren; **Katholizismus** *m.* Lehre der katholischen Kirche; **Katholizität** *w.* Rechtgläubigkeit im Sinne der kath. Kirche

Kation *s. (gr.)* positiv geladenes Ion

katonisch *(lat.)* streng, unerbittlich

kauliflor *(lat.)* am Pflanzenstamm ansetzend (von Blüten)

Kauri *m. (Hindi)* Schneckenart

kausal *(lat.)* ursächlich, verursacht durch; **Kausalität** *w.* Ursächlichkeit, Abhängigkeit der Wirkung von der Ursache; **Kausalnexus** *m.* Zusammenhang von Ursache und Wirkung; **Kausalitätsprinzip** *s.* Grundsatz, nach dem jedes Geschehen notwendig eine Ursache voraussetzt; **Kausalsatz** *m.* Nebensatz, der den Inhalt des Hauptsatzes begründet

kaustisch 1. ätzend; 2. spöttisch, beißend

Kautel *w. (lat.)* Vorbehalt, Sicherheitsklausel (Mz. Kautelen)

Kaution *w. (lat.)* Sicherheitsleistung, Bürgschaftsleistung, Hinterlegung

Kautschuk *m. (peruanisch)* Milchsaft tropischer Pflanzen, aus dem Gummi hergestellt wird

Kaval *m. (itl.)* Spielkarte im Tarock

Kavalier *m. (frz.)* 1.Edelmann; 2. Damenheld; 3. Freund, Begleiter einer Frau; **Kavaliersdelikt** *s.* verharmlostes Delikt

Kavallerie *w. (itl.)* 1. berittene Truppe; 2. vier Bilder derselben Farbe beim Tarock; **Kavallerist** *m.* berittener Soldat einer Truppe

Kaveling *w. (niederl.)* Mindestmenge, die auf einer Auktion ersteigert werden muss

Kebab *m. (türk.)* gebratene Fleisch-, bes. Hammelfleischstückchen vom Spieß

Kefir *(türk.)* Getränk aus vergorener Kuhmilch

Keks *m.* oder *s. (engl.)* trockenes Kleingebäck

Kelim *m. (pers.)* beidseitig gewebter Teppich

Kelvin *s.* Maßeinheit auf der Kelvinskala (beginnend mit dem absoluten Nullpunkt der Temperatur bei -273,15° C)

Kemenate *w. (lat.)* heizbares Frauengemach in einer mittelalterlichen Burg

Kendo *s. (jap.)* japanische Selbstverteidigungskunst mit Bambusschlagstöcken

Kenotaph *s. (gr.)* leeres Grab zur Ehre eines in der Fremde Bestatteten

Keramik *w. (gr.)* Erzeugnisse aus gebranntem

Ton; Eigw. **keramisch**; **Keramiker** *m.* Töpfer

Keratin *s. (gr.)* Hornstoff; **Keratitis** *w.* Hornhautentzündung des Auges

Keratoskop *s.* optisches Gerät zur Feststellung der Hornhautkrümmung

Kernenergie *w. (dt.-gr.)* Energie durch Atomkernumwandlung; **Kernphysik** *w.* Zweig der Physik; **Kernreaktion** *w.* Umwandlung von Atomkernen

Kerosin *s. (gr.)* Treibstoff für Flugzeuge und Raketen

Kescher *m. (engl.)* Fangnetz mit Griff

Ketschua *s. (span.)* südamerik. Indianersprache

Khan *m. (türk.-tatar.)* mittelasiatischer Herrschertitel

Khedive *m. (pers.)* Titel des ägyptischen Vizekönigs

Kibbuz *m. (hebr.)* landwirtschaftliches Kollektiv und Siedlungsgemeinschaft in Israel (Mz. Kibbuzim); **Kibbuznik** *m. (hebr.-russ.)* Bewohner eines Kibbuz

Kibitka *w. (russ.)* 1. Nomadenzelt aus Filz; 2. russischer Wagen

Kick *m. (engl.)* 1. Anstoß; 2. Hochstimmung; **kicken** Fußball spielen; **Kicker** *m.* Fußballspieler; **Kickstarter** *m.* Fußanlasser beim Motorrad

Kidnapping *s. (engl.)* Menschenentführung

Kilo- *(gr.)* als Vorsilbe: tausend

Kilogramm *s.* = 1000 Gramm

Kiloampere *s. (gr.-frz.)* 1000 Ampere; **Kilobit** *s.* 1024 Bit; **Kilobyte** *s.* 1024 Byte; **Kilohertz** *s.* 1000 Hertz; **Kilojoule** *s.* 1000 Joule; **Kilokalorie** *w.* 1000 Kalorien; **Kilopond** *s.* 1000 Pond; **Kilowatt** *s.* 1000 Watt; **Kilowattstunde** *w.* Verbrauch eines Tausendwattgerätes pro Stunde

Kilt *m. (engl.)* knielanger Schottenrock

Kimono *m. (jap.)* japanisches Kleidungsstück

Kinästhesie *w. (gr.)* Bewegungsempfindung; Eigw. **kinästhetisch**

Kinemathek *w. (gr.)* Filmarchiv

Kinematograph *m.* erster Filmprojektor; **Kinematographie** *w.* ursprüngliche Bezeichnung für Filmherstellung, Filmkunst, Filmindustrie

Kinematik *w. (gr.)* Lehre von der Bewegung; **kinematisch** zwangsläufig, mitlaufend

Kinetik *w. (gr.)* Lehre von der Bewegung durch Kräfte; **kinetische Energie** *w.* Bewegungsenergie

Kinkerlitzchen *Mz. (frz.)* Nichtigkeiten

Kino *s. (gr.)* Filmtheater, Lichtspielhaus

Kiosk *m. (türk.-pers.)* 1. orientalisches offenes Gartenhäuschen; 2. Verkaufshäuschen für Getränke, Tabakwaren, Zeitungen usw.

Kismet *s. (arab.)* von Allah zugeteiltes Schicksal

Kiwi 1. *m. (maorisch)* neuseeländischer Laufvogel; 2. *w. (engl.)* Frucht

Klassifikation, **Klassifizierung** *w. (lat.)* Einordnung, **klassifizieren** einordnen, zuordnen

Klause *w. (lat.)* 1. Zelle, Einsiedelei, Studierstübchen; 2. Engpass, Schlucht; **Klausner** *m.* Einsiedler

Klausel *w. (lat.)* Vorbehalt, Einschränkung, Nebenbestimmung

Klaustrophilie *w. (gr.-lat.)* krankhafte Sucht, sich abzusondern; **Klaustrophobie** *w.* Panikgefühl in geschlossenen Räumen

Klausur *w. (lat.)* Zurückgezogenheit; **Klausurarbeit** *w.* Prüfungsarbeit unter Aufsicht

Klaviatur *w. (lat.)* alle Tasten eines Instruments

Kleptomanie *w.* krankhafter Drang zum Stehlen; **kleptomanisch** stehlsüchtig; **Kleptophobie** *w.* krankhafte Angst, bestohlen zu werden oder selbst zu stehlen

klerikal *(gr.)* 1. dem kath. Klerus angehörend; 2. kirchlich gesinnt; **Klerikalismus** *m.* Streben nach Einfluss der kath. Kirche auf Staat und Öffentlichkeit; **Kleriker** *m.* katholischer Geistlicher; **Klerus** *m.* die kath. Geistlichkeit

Klient *m. (lat.)* Kunde, Mandant; **Klientel** *w.* alle Klienten

Klima *s. (gr.)* 1. Gesamtheit der Witterungsverhältnisse (Mz. Klimate); 2. Atmosphäre zwischen Menschen; **klimatisch** das Klima betreffend; **Klimaanlage** *w.* Anlage, die Temperatur und Luftfeuchtigkeit im Raum selbsttätig regelt; **Klimatologe** *m.* Klimakundiger; **Klimatologie** *w.* Klimakunde

Klimakterium *s. (gr.)* Wechseljahre; Eigw. **klimakterisch**

Klinik *w. (gr.)* Krankenhaus; Eigw. **klinisch**; **Kliniker** *m.* 1. Lehrer an einer Klinik; 2. Medizinstudent nach der Vorprüfung; **Klinikum** *s. (gr.-lat.)* 1. praktische Ausbildung der Medizinstudenten im Krankenhaus; 2. Krankenhausanlage

Klischee *s. (frz.)* 1. Druckstock; 2. Vorurteil; 3. nichts sagender sprachlicher Ausdruck; **klischieren** 1. herstellen; 2. klischeehaft darstellen

Klitoris *w. (gr.)* Kitzler, weibliches Geschlechtsorgan

Kloake *w. (tat.)* 1. Ablauf für Abwässer

Klon *m. (gr.)* genetisch identische Kopie einer Zelle oder eines Organismus; **klonen** Klon(e) erzeugen; Hptw. **Klonen** *s.*

Klosett *s. (engl.)* Abort mit Wasserspülung, WC

Klotho *w. (gr.)* eine der drei Parzen in der griechischen Mythologie

Klub *m. (engl.)* l. geschlossener Verein für politische, sportliche u. a. Ziele; 2. Klubräume

Kluft *w. (hebr.)* 1. Kleidung, Uniform; 2. Graben, Spalte

Klüver *m. (niederl.)* Vorsegel am Bug eines Schiffes

Knesset, **Knesseth** *w. (hebr.)* israelisches Parlament

Knickerbocker *Mz. (engl.)* weite, knielange Pumphose

Know-how *s. (engl.)* fachmännisches Wissen

Ko(n)-, ko(n)- *(lat.)* als Vorsilbe: zusammen, mit

Koadaption *w. (lat.)* Anpassung an Umweltbedingungen

Koagulat *s. (lat.)* Gerinnsel; **Koagulation** *w.* Gerinnung; **koagulieren** gerinnen

Koala *m. (engl.)* australischer Beutelbär

koalieren *(lat.)* Bündnis eingehen; **Koalition** *w.* Bündnis

Koautor *m. (lat.)* Mitverfasser

koaxial *(lat.)* mit gleicher Achse; **Koaxialkabel** *s.* hin- und rückleitendes Kabel

Kobalt *s. (lat.-dt.)* chemisches Element

Kobra *w. (lat.-port.)* Brillenschlange

Kodein *s. (gr.)* hustenstillendes Mittel aus Opium

Kodex *m. (lat.)* (Mz. Kodizes) 1. handgeschriebenes Buch; 2. Gesetzbuch; 3. ungeschriebene Regeln; **Kodifikation** *w.* Gesetze zu einem bestimmten Rechtsgebiet; **kodifizieren** systematisch erfassen; Hptw. **Kodifizierung** *w.*

Kodizill *s. (lat.)* Zusatz zum Testament

Koeffizient *m. (lat.)* Zahl, mit der eine andere vervielfacht wird

Koexistenz *w. (lat.)* Nebeneinander unterschiedlicher gesellschaftspolitischer Systeme

Koffein *s. (arab.)* Wirkstoff in Kaffee und Tee

Kognak *m. (frz.)* französischer Weinbrand

Kognat *m. (lat.)* Verwandter der mütterlichen Linie

Kognition *w. (lat.)* Kenntnis, Erkenntnis; **kognitiv** erkenntnismäßig

Kognomen *s. (lat.)* Beiname (Mz. Kognomina)

Kohabitation *w. (lat.)* Beischlaf, Geschlechtsakt

kohärent *(lat.)* zusammenhängend; **kohärieren** zusammenhängen; **Kohäsion** *w.* Bindekraft der Moleküle; **kohäsiv** zusammenhaltend

Kohle(n)hydrate *Mz. (dt.-gr.-lat.)* organisch-chemische Verbindungen des Kohlenstoffes mit Wasserstoff und Sauerstoff

Kohorte *w. (lat.)* altrömische Heeresformation

koitieren *(lat.)* Geschlechtsverkehr ausüben; **Koitus** *m.* Beischlaf, Geschlechtsverkehr

Koje *w. (lat.)* Schlafstatt auf Schiffen

Kokain *s. (peruan.)* Rauschgift aus den Blättern des Kokastrauchs

Kokarde *w. (frz.)* Hoheitszeichen an Helm oder Mütze

Koks *m. (engl.)* 1. Steinkohle nach Entzug des Gases; 2. Kokain; **koken** *(engl.)* Koks erzeugen; **Kokerei** *w.* Werk, das Koks erzeugt

kokett *(frz.)* schäkernd; **Kokette** *w.* kokette Frau; **Koketterie** *w.* kokettes Benehmen; **kokettieren** flirten

Kokon *m. (frz.)* Gespinst um verpuppte Insekten

Kokotte *w. (frz.)* 1. Halbweltdame; 2. Auflaufform

Kolchose *w. (russ.)* landwirtschaftliche Produktionsgenossenschaft

Koleoptere *Mz. (gr.)* Käfer; **Koleoptorologie** *w.* Käferkunde

Kolibakterien *Mz. (gr.)* Darmbakterien

Kolibri *m. (karib.-span.)* kleinste Vogelart

Kolik *w. (gr.)* Bauchschmerzen

Kolitis *w.* Dickdarmentzündung

kollabieren *(lat.)* zusammenbrechen

Kollaborateur *m. (frz.)* arbeitet mit einem Feind oder einer Besatzungsmacht zusammen; **Kollaboration** *w.* Zusammenarbeit, bes. mit einem Feind; **kollaborieren** mit einem Feind, mit einer Besatzungsmacht zusammenarbeiten

Kollaps *m. (lat.)* Schwächeanfall, Kreislaufversagen

Kollateralschaden *m.* unabsichtlicher Schaden bei Kriegshandlungen

Kollation *w. (lat.)* 1. Vergleich einer Abschrift

mit der Urschrift; 2. Zwischenmahlzeit, Imbiss, Erfrischung; 3. Übertragung, Verleih eines kirchl. Amtes; **kollationieren** eine Abschrift mit dem Original vergleichen

Kolleg *s. (lat.)* l. Vorlesung an der Universität; 2. Fernunterricht

Kollege *m. (lat.)* Mitarbeiter im selben Betrieb; **kollegial** hilfsbereit, wohlwollend; Hptw. **Kollegialität** *w.;* **Kollegium** *s.* alle Personen mit gleichem Beruf oder Amt

Kollekte *w.* Spendensammlung

Kollektion *w.* Muster, Auswahl; **kollektiv** *(lat.)* 1. gemeinschaftlich; 2. alle Beteiligten umfassend; **Kollektiv** *s.* 1. statistische Menge signifikanter Einheiten; 2. Arbeitsgemeinschaft, Team; **Kollektivierung** *w.* Überführung privater Produktionsmittel in Gemeineigentum; Ztw. **kollektivieren**; **Kollektivismus** *m.* Unterordnung des Einzelnen dem Kollektiv gegenüber; **Kollektivum** *s.* Sammelbezeichnung

kollidieren *(lat.)* 1. zusammenstoßen, zusammenprallen; 2. in Konflikt geraten, streiten; **Kollision** *w.* Zusammenstoß, Widerstreit

Kollier *s. (frz.)* Halsband

Kolloquium *s. (lat.)* Gespräch zwischen Fachleuten

Kolon *s. (gr.)* 1. Doppelpunkt; 2. Dickdarmteil

Kolonat *s. (lat.)* Erbpachtgut im alten Rom; **Kolone** *m.* Erbpachtbauer

Kolonialismus *m.* 1. Streben eines Staates nach Kolonien; 2. wirtschaftliche Ausbeutung und politische Unterdrückung in kolonisierten Ländern; **Kolonie** *w.* 1. Vergesellschaftung von Einzelindividuen; 2. ausländische Besitzung eines Staates; **Kolonisation** *w.* Gründung und Ausbeutung von Kolonien

Kolonnade *w. (frz.)* Säulengang

Kolonne *w. (frz.)* 1. Marschgruppe, Fahrzeuggruppe; 2. Zahlensäule, Zahlenreihe

Koloradokäfer *m.* Kartoffelkäfer

Koloss *m. (gr.)* Riese; Eigw. **kolossal**

Kolportage *w. (frz.)* Verbreitung von Gerüchten; **Kolporteur** *m.* Gerüchtemacher; **kolportieren** Gerüchte verbreiten

Kolumbarium *s. (lat.)* Urnengewölbe, Urnenhalle

Kolumne *w. (lat.)* 1. Druckspalte, Druckseite; 2. Meinungsartikel; **Kolumnist** *w.* Verfasser einer Kolumne

Koma 1. *s. (gr.)* lang dauernde Bewusstlosigkeit; 2. *w. (gr.)* durch die Sonne zum leuchten angeregte Gashülle um einen Kometenkern; **komatös** ein Koma aufweisend.

Kombi-, **kombi-** als Wortteil: vielseitig verwendbar

Kombi *m.* kombinierter Liefer- und Personenwagen

Kombinat *s.* *(lat.)* Zusammenfassung mehrerer Betriebe

Kombination *w.* *(lat.)* 1. Verknüpfung von Gedankengängen; 2. Anzug aus Jackett und Hose; 3. planvolles Zusammenspiel im Sport

Kombinationspräparat *s.* Arzneimittel mit mehreren Wirkstoffen

Kombinatorik *w.* die Lehre vom Kombinieren; **kombinieren** 1. zusammenstellen, verknüpfen; 2. Schlüsse ziehen

Kombizange *w.* Kneif-, Flach- und Rohrzange in einem Werkzeug

Kombüse *w.* *(niederl.)* Schiffsküche

Komet *m.* *(gr.-lat.)* Schweifstern

Komfort *m.* *(frz.)* gute Ausstattung; **komfortabel** bequem, behaglich

Komik *w.* *(gr.)* lustig, witzig; **Komiker** *m.* Spaßmacher; **komisch** belustigend, erheiternd

Komitee *s.* *(lat.-frz.)* Ausschuss, Gruppe, die die Organisation einer Veranstaltung durchführt

Komitien *Mz.* *(lat.)* altrömische Bürgerversammlung

Komma *s.* *(gr.)* Beistrich (Mz. Kommata)

Kommabazillus *m.* Erreger der Cholera

Kommandant *m.* *(lat.-frz.)* Befehlshaber; **Kommandantur** *w.* Sitz der Dienststelle des Kommandanten; **kommandieren** befehlen; **Kommando** *s.* *(itl.)* 1. Befehlsgewalt; 2. militärischer Befehl

Kommemoration *w.* *(lat.)* kirchliche Gedächtnisfeier

Komment *m.* *(frz.)* Brauch, Sitte, Regel in student. Verbindungen

Kommentar *m.* *(lat.)* Erläuterung, Anmerkung, Auslegung; **Kommentator** *m.* jmd., der einen Kommentar gibt, etwas erläutert; **kommentieren** erläutern, auslegen, Stellung nehmen

Kommerz *m.* *(lat.)* Handel, Wirtschaft; **kommerzialisieren** 1. öffentliche in privatwirtschaftliche Schulden überführen; 2. etwas vermarkten; **kommerziell** 1. auf Wirtschaft und Handel beruhend; 2. dem Profitprinzip untergeordnet; **Kommerzienrat** *m.* an Industrielle und Kaufleute verliehener Titel

Kommilitone *m. (lat.)* Mitstudent

Kommiss *m. (lat.)* Militär, Militärdienst

Kommissar *m. (lat.)* 1. staatlich Beauftragter; 2. Polizeidienstgrad; **Kommissariat** *s.* Dienststelle eines Kommissars; **kommissarisch** stellvertretend, vorübergehend

Kommission *w. (lat.)* 1. Ausschuss; 2. Geschäftsauftrag; **Kommissionär** *m.* Zwischenhändler; **Kommissionsbuchhandel** *m.* Zwischenbuchhandel

Kommittent *m.* Auftraggeber eines Kommissionärs; **kommittieren** beauftragen, bevollmächtigen; **Kommittiv** *s.* Vollmachtschreiben

kommod *(lat.)* angenehm, bequem; **Kommode** *w.* Truhe mit Schubladen; **Kommodität** *w.* Annehmlichkeit

Kommodore *m. (engl.-itl.)* l. Titel für ältere Kapitäne in der Handelsmarine; 2. Geschwaderführer bei der Marine oder Luftwaffe; 3. Kapitän der Kriegsmarine in Admiralsstellung

kommun *(lat.)* gemeinschaftlich, gemein; **kommunal** gemeindlich, die Gemeinde betreffend; **kommunalisieren** Privatunternehmen zu Gemeindeeigentum wandeln; **Kommunalpolitik** *w.* Gemeindepolitik; **Kommune** *w.* 1. Gemeinde; 2. Lebensgemeinschaft junger Leute während der Studentenbewegung

Kommunarde *m. (frz.)* Mitglied einer Kommune

Kommunikation *w.* 1. Verbindung; 2. Verständigung, Austausch; **Kommunikationsdesign** *s. (lat.-engl.)* Gestaltung, Formgebung von Informationen; **kommunikativ** mitteilsam

Kommunion *w.* Empfang des Altarsakraments; **kommunizieren** 1. sich verständigen; 2. in Verbindung stehen; 3. das Altarsakrament empfangen

Kommuniqué *s. (frz.)* amtliche Mitteilung

Kommunismus *m. (lat.)* l. Lehre von Karl Marx von Klassenlosigkeit und einer freien Gesellschaftsform, die auf den Sozialismus folgt; 2. politische Bewegung deren Ziel eine sozialist. Revolution ist; **Kommunist** *m.* Anhänger des Kommunismus, Mitglied einer kommunist. Partei; Eigw. **kommunistisch**

kommunitär *(lat.)* gemeinschaftlich

Kommunität *w.* Gemeinschaft, Bruderschaft

kommutabel, **kommutativ** *(lat.)* veränderlich, vertauschbar

Komödiant *m.* *(gr.)* 1. lustiger Schauspieler; 2. Heuchler; **Komödie** *w.* Lustspiel, heiteres Schauspiel; 2. Heuchelei

Kompagnon *m.* *(frz.)* Geschäftspartner, Gesellschafter, Teilhaber

kompakt *(lat.)* fest, dicht, massig

Kompanie *w.* *(frz.)* 1. alte Bez. für Handelsgesellschaft; 2. militärische Einheit

komparabel *(lat.)* vergleichbar; **Komparabilität** *w.* Vergleichbarkeit

Komparation *w.* Steigerung; **Komparativ** *m.* Steigerungsstufe

Komparse *m.* *(frz.)* Statist; **Komparserie** *w.* alle bei einem (Film-)projekt mitwirkenden Komparsen

Kompass *m.* *(itl.)* drehbare Magnetnadel zur Bestimmung der Himmelsrichtung

kompatibel *(lat.)* passend; **Kompatibilität** *w.* Vereinbarkeit 1. von Medikamenten; 2. von Ämtern; 3. von verschiedenen Systemen und Geräten

kompensabel *(lat.)* ausgleichbar; **Kompensation** *w.* l. Aufrechnung, Schuldaufwiegung; 2. Aufhebung von Wirkungen verschiedener Ursachen; 3. Ausgleich mangelhaft arbeitender Organe durch den Organismus; 4. Ersatzbefriedigung; **Kompensator** *m.* Ausgleichsvorrichtung; **kompensieren** ausgleichen, wettmachen

kompetent *(lat.)* 1. sachverständig; 2. befugt; **Kompetenz** *w.* Zuständigkeit, Sachverständnis

Kompilation *w.* *(lat.)* Zusammenstellung; **kompilieren** zusammenstellen, zusammentragen

Komplement *s.* *(lat.)* Ergänzung; **komplementär** ergänzend; **Komplementär** *m.* persönlich haftender Gesellschafter einer Kommanditgesellschaft; **Komplementärfarben** *Mz.* im Farbkreis gegenüber liegende Gegenfarben, Ergänzungsfarben; **komplementieren** ergänzen; **Komplementarität** *w.* eine Erscheinungsform in der Elementarteilchenphysik, bei dem Teilchen je nach Experiment als Teilchen oder Welle auftreten, nie aber beide Eigenschaften zugleich zeigen

komplett *(lat.-frz.)* vollständig

komplettieren vervollständigen

Komplex *m.* *(lat.)* 1. Gesamtheit; 2. Verbindung durch den Zusammenschluss von

Molekülen
komplex vielschichtig, vielfältig
Komplexion *w.* zusammenfassende Bez. für die Farbe von Augen, Haar und Haut
Komplexität *w.* vielschichtige Gesamtheit aller Merkmale
Komplikation *w.* *(lat.)* Verwicklung, Schwierigkeit; **komplizieren** verwickeln, erschweren; **kompliziert** verwickelt, schwierig
Kompliment *s.* *(frz.)* Schmeichelei
Komplize *m.* *(lat.-frz.)* Helfershelfer
Komplott *s.* *(frz.)* Verschwörung
Komponente *w.* *(lat.)* Bestandteil eines Ganzen
komponieren *(lat.)* 1. Musik schaffen; 2. etwas zusammensetzen; **Komponist** *m.* Tondichter; **Komposition** *w.* 1. Musikstück; 2. Aufbau eines Kunstwerks
Kompositum *s.* *(lat.)* zusammengesetztes Wort
Kompost *m.* *(lat.)* natürlicher Dünger aus zerfallenen Pflanzenresten; **kompostieren** zu Kompost verarbeiten
Kompott *s.* *(frz.)* mit Zucker und Wasser gedünstete Früchte
Kompresse *w.* *(lat.)* feuchter Umschlag
Kompression *w.* Zusammenpressung, Verdichtung
Kompromiss *m.* oder *s.* *(lat)* Übereinkunft nach gegenseitigen Zugeständnissen
kompromittieren*(lat.)* bloßstellen
Komptabilität *w.* *(frz.)* Verantwortlichkeit
Komtess, **Komtesse** *w.* *(frz.)* unverheiratete Grafentochter
Kondensat *s.* *(lat.)* verflüssigter Dampf; **Kondensation** *w.* 1. Verdichtung von Dampf oder Gas zu Flüssigkeit; 2. Vereinigung zweier Moleküle zu einem neuen Molekül; **Kondensationspunkt** *m.* Taupunkt, an dem Dämpfe flüssig werden; **Kondensator** *m.* 1. Verflüssiger; 2. Gerät zur Speicherung elektrischer Ladungen; **kondensieren** 1. verflüssigen; 2. eindicken
Kondition *w.* *(lat.)* 1. Bedingung; 2. seelische und körperliche Verfassung; **konditional**, **konditionell** bedingt; **Konditional** *s.* Bedingungsform; **Konditionalsatz** *m.* Bedingungssatz
konditionieren *(lat.)* 1. den Feuchtigkeitsgehalt in Stoffen ermitteln; 2. Stoffe mit Wärme und Feuchtigkeit vorbehandeln; 3. Reflexe ausbilden; Hptw. **Konditionierung** *w.*
Konditor *m.* *(lat.)* Feinbäcker; **Konditorei** *w.*

Feinbäckerei

Kondolenz *w. (lat.)* Anteilnahme bei einem Todesfall; Ztw. **kondolieren**

Kondom *m. (engl.)* Verhütungsmittel, Präservativ

Kondominat, **Kondominium** *s. (lat.)* Hoheit mehrerer Staaten über dasselbe Gebiet

Kondor *m. (peruan.)* südamerikanischer Geier

Kondottiere *m. (itl.)* Söldnerführer im Italien der Renaissance

Kondukt *m. (lat.)* feierlicher Leichenzug

Kondukteur *m. (frz.)* Schaffner

Konduktor *m. (lat.)* 1. elektrischer Leiter (Mz. Konduktoren); 2. jmd., der eine Erbkrankheit überträgt, ohne selbst daran zu leiden

Konfekt *s. (lat.)* Pralinen, Süßigkeiten

Konfektion *w. (lat.)* 1. Bekleidungsindustrie; 2. fabrikmäßige Herstellung von Kleidungsstücken; **Konfektionär** *m.* Hersteller von Fabrikkleidung; **Konfektionsgeschäft** *s.* Geschäft für den Verkauf von Fabrikkleidung

Konferenz *w. (lat.)* Besprechung, Sitzung, Tagung, Meeting, beratende Versammlung; **konferieren** eine Konferenz abhalten, verhandeln; **Konferenzschaltung** *w.* Zusammenschaltung von Telefonleitungen für zwei oder mehr Teilnehmer

Konfession *w. (lat.)* Glaubensbekenntnis, Glaubensrichtung; **Konfessionalismus** *m.* Betonung des Unterschiedes der Konfessionen; **konfessionell** das Glaubensbekenntnis betreffend

Konfetti *Mz. (itl.)* bunte Papierblättchen

Konfident *m. (lat.-frz.)* Vertrauter, Freund

Konfiguration *w. (lat.)* 1. Zusammenstellung, Anordnung; 2. Verformung; 3. bestimmte Stellung der Planeten

Konfirmand *m. (lat.)* jmd., der konfirmiert wird; **Konfirmation** *w.* Einsegnung, Aufnahme in die evang. Gemeinde; **konfirmieren** einsegnen, ein Mitglied in die evang. Kirche aufnehmen

Konfiserie *w. (frz.)* l. Konditoreibetrieb; 2. feines Backwerk

Konfiskation *w. (lat.)* Beschlagnahme, Einziehung von Eigentum durch den Staat; Ztw. **konfiszieren**

Konfitüre *w. (frz.)* mit Zucker eingekochtes Obst

Konflikt *m. (lat.)* 1. Streit; 2. Zwiespalt

Konfluenz *w.*, **Konflux** *m. (lat.)* Zusammenfluss; **konfluieren** zusammenfließen, zusammenströmen

Konföderation *w. (lat.)* Staatenbund; **konföderiert** verbündet

konfokal *(lat.)* denselben Brennpunkt haben

konform *(lat.)* übereinstimmend; **konform gehen** übereinstimmen; **Konformismus** *m.* Angepasstheit; **Konformist** *m.* 1. Mitglied der anglikanischen Kirche; 2. jmd., der die herrschende Meinung übernimmt; **Konformität** *w.* 1. Anpassung; 2. Maßstabstreue

Konfrater *m. (lat.)* geistlicher Amtsbruder in der kath. Kirche

Konfrontation *w. (lat.)* Auseinandersetzung, Gegenüberstellung; Ztw. **konfrontieren**

konfus *(lat.)* verwirrt, verworren; **Konfusion** *w.* Verwirrung, Durcheinander, Zerstreutheit

Konfuzianismus *m.* Lehre des chinesischen Philosophen Konfuzius (551-478 v. Chr.); Eigw. **konfuzianisch**

kongenial *(lat.)* geistesverwandt; Hptw. **Kongenialität** *w.*

kongenital *(lat.)* angeboren

Kongestion *w. (lat.)* Wallung; Eigw. **kongestiv**

Konglomerat *s. (lat.)* 1. Gesteinsmasse; 2. Gemisch

Konglutination *w. (lat.)* Zusammenballung; **konglutinieren** verkleben

Konglutinin *s.* Antikörper

Kongregation *w. (lat.)* 1. kath. Klostergemeinschaft; 2. Verbindung von Klöstern

Kongress *m. (lat.)* 1. Tagung; 2. gesetzgebende Versammlung in den USA

kongruent *(lat.)* übereinstimmend, deckungsgleich; **Kongruenz** *w.* Übereinstimmung, Deckungsgleichheit; Ztw. **kongruieren**

konisch *(gr.)* kegelförmig

Konjugation *w. (lat.)* Beugung des Zeitworts; **konjugieren** Zeitwort beugen

Konjunktion *w. (lat.)* 1. Bindewort; 2. Stand zweier Planeten auf demselben Längenkreis; 3. logische Verbindung von Aussagen, die nur dann wahr ist, wenn die miteinander verknüpften Aussagen wahr sind

Konjunktiv *m. (lat.)* Möglichkeitsform des Zeitworts; **konjunktivisch** im Sinne des Konjunktives **Konjunktivitis** *w. (lat.)* Bindehautentzündung des Auges

Konjunktur *w. (lat.)* Wirtschaftslage; **konjunkturell** die Konjunktur betreffend

konkav *(lat.)* nach innen gewölbt

Konklave *s. (lat.)* geheime Kardinalsversammlung zur Papstwahl

konkludent *(lat.)* schlüssig; **konkludieren**

folgern, schließen; **Konklusion** *w.* Folgerung; **konklusiv** folgernd

konkomitant *(lat.)* belanglos, **konkordant** *(lat.)* übereinstimmend; **Konkordanz** *w.* 1. Übereinstimmung; 2. Verzeichnis; 3. typographisches Maß; 4. gleichmäßige Lagerung von Gesteinsschichten

Konkordat *s. (lat.)* Vertrag zwischen dem Vatikan und einem Staat

konkret *(lat.)* gegenständlich, anschaulich **konkretisieren** veranschaulichen; **Konkretum** *s.* gegenständliches Hauptwort; **Konkretion** *w.* 1. Veranschaulichung; 2. Bildung von Konkrementen; 3. Knollen in Sedimentgesteinen

Konkubinat *s. (lat.)* in der röm. Kaiserzeit nicht legitimierte eheähnliche Verbindung

Konkurrent *m. (lat.)* Rivale, Gegner; **Konkurrenz** *w.* 1. Wettbewerb; 2. alle wirtschaft lichen Gegner eines Unternehmens; **Konkurrenzklausel** *w.* Vertragsklausel, die den Wettbewerb zwischen Vertragspartnern verbietet; **konkurrieren** wetteifern

Konkurs *m. (lat.)* 1. Zahlungsunfähigkeit; 2. Gerichtsverfahren zur Befriedigung der Gläubiger

konnatal *(lat.)* angeboren

Konnetabel *m. (frz.)* Oberfeldherr der französischen Könige

Konnubium *s. (lat.)* alte Bezeichnung für Ehe

Konoid *m. (gr.)* kegelähnlicher Körper

Konquistador *m. (span.)* spanischer Eroberer in Südamerika

Konrektor *m. (lat.)* stellvertretender Rektor

Konsekration *w. (lat.)* 1. Vergöttlichung verstorbener röm. Kaiser; 2. Weihe; 3. Wandlung in der kath. Messe

konsekutiv *(lat.)* abgeleitet; **Konsekutivsatz** *m.* Folgesatz

Konsens *m. (lat.)* Zustimmung, Einwilligung, Übereinstimmung; **Konsensualkontrakt** *m.* Vertragsart; **konsensuell** gleichsinnig, übereinstimmend; **konsentieren** erlauben, zustimmen

konsequent *(lat.)* 1. folgerichtig; 2. unbeirrbar; **Konsequenz** *w.* Grundsatztreue

konservativ *(lat.)* erhaltend; **Konservativismus** *m.* beharrende Grundhaltung

Konservator *m. (lat.)* Fachmann für die Erhaltung von Kunstwerken

Konservatorium *s. (lat.)* Musikhochschule

Konservierung *w.* 1. Haltbarmachung; 2. Erhaltung eines Kunstwerks, Bauwerks

Konsideration *w. (lat.)* Erwägung, Betrachtung

konsistent *(lat.)* 1. dicht, fest, kräftig; 2. widerspruchsfrei; **Konsistenz** *w.* 1. Dichtigkeit, Festigkeit; 2. logischer Aufbau

Konsistorium *s. (lat.)* 1. Kardinalsversammlung unter Vorsitz des Papstes; 2. oberste Verwaltungsbehörde einer Kirchenprovinz der evang. Kirche

Konsole *w. (frz.)* 1. Wandbrett; 2. Steuerpult am Computer

Konsolidation, Konsolidierung *w. (lat.)* 1. Festigung eines labilen Zustandes; 2. Zusammenlegung; 3. Abheilung einer Krankheit; **konsolidieren** auf eine feste Grundlage stellen

Konsonant *m. (lat.)* Mitlaut; **konsonant** 1. harmonisch zusammenliegend; 2. mitschwingend; **Konsonanz** *w.* 1. Häufung von Mitlauten; 2. harmonischer Zusammenklang

Konsorten *Mz.* 1. Geschäftspartner; 2. Spießgesellen; **Konsortium** *s.* Zusammenschluss von Unternehmen

Konspiration *w. (lat.)* Verschwörung; **konspirativ** heimlich, verschwörerisch; **konspirieren** sich verschwören

Konstabler *m. (lat.)* Polizist

konstant *(lat.)* beständig, unveränderlich; **Konstante** *w.* fester Wert; **Konstanz** *w.* Unveränderlichkeit, Stetigkeit

konstatieren *(frz.)* feststellen; Hptw. **Konstatierung** *w.*

Konstellation *w. (lat.)* 1. Stellung der Himmelskörper; 2. Sachlage

konsternieren *(lat.)* verblüffen, bestürzen; **konsterniert** verblüfft, bestürzt; Hptw. **Konsternation** *w.*

konstituieren *(lat.)* 1. einsetzen; 2. begründen; 3. organisieren; **konstituierende Versammlung** *w.* Gründungs- versammlung, verfassunggebende Versammlung; **Konstitution** *w.* 1. Verfassung eines Staates; 2. körperliche und seelische Verfassung und Veranlagung eines Menschen; 3. Anordnung der Moleküle im Atomkern; **Konstitutionalismus** *m.* 1. Staatsform mit Verfassung; 2. politische Richtung, die diese Staatsform anstrebt; **konstitutionell** 1. verfassungsmäßig; 2. in der Veranlagung begründet; **konstitutiv** grundlegend, wesentlich

konstruieren *(lat.)* 1. entwerfen; 2. Sprachelemente nach Regeln zusammenfügen; 3. logisch und gedanklich zurechtlegen;

Konstrukt *s.* Gedankengebäude; **Konstruktion** *w.* l. Entwurf; 2. Aufbau,Bauart; 3. Bau eines Satzes nach grammat. Regeln; 4. wirklichkeitsfremdes Gedankengebäude; **konstruktiv** aufbauend, problemlösend; **Konstruktivismus** *m.* an modernen Zweckkonstruktionen orientierte Kunstrichtung

Konsul *m. (lat.)* 1. staatlicher Auslandsvertreter; 2. Titel hoher Beamter im alten Rom; **Konsulat** *s.* Sitz des Konsuls; **konsularisch** durch den Konsul

Konsulent *m. (lat.)* fachmännischer Berater, Gutachter

Konsultation *w.* 1. Untersuchung durch den Arzt; 2. Beratung durch Wissenschaftler; **konsultativ** beratend; **Konsultativpakt** *m.* Vertrag zwischen Staaten einander zu informieren und zu konsultieren; **konsultieren** Rat einholen

Konsum *m. (lat.)* Verbrauch von Bedarfsgütern; **Konsument** *m.* Verbraucher; **konsumieren** verbrauchen; **konsumierend** verbrauchend; verzehrend; **Konsumtion** *w.* Verbrauch, Verzehr; **konsumtiv** für den Konsum bestimmt

kontagiös *(lat.)* ansteckend

Kontakt *m. (lat.)* 1. Verbindung; 2. berühren; **kontaktieren** in Kontakt treten; **Kontaktmann** *m.* Verbindungsmann; **Kontaktinfektion** *w.* Ansteckung durch Berührung; **Kontaktlinse** *w.* dünne Linse direkt auf der Pupille getragen zur Korrektur von Sehfehlern

Kontamination *w. (lat.)* 1. Verunreinigung, Verseuchung; 2. Neubildung von Wörtern durch Vermischung; **kontaminieren** 1. verunreinigen, verseuchen; 2. verschmelzen

Kontemplation *w. (lat.)* Betrachtung, Versenkung; **kontemplativ** beschaulich

kontemporär *(lat.)* zeitgenössisch

Konter-, **konter-** *(frz.)* als Vorsilbe: gegen, entgegen

Konter *m. (engl.)* Gegenschlag aus einer Verteidigungsstellung beim Sport; **kontern** entgegnen, sich wehren

Konteradmiral *m. (frz.)* Offizier bei der Marine im Rang eines Generalmajors

Konterfei *s. (frz.)* Bildnis, Porträt; **konterfeien** abbilden, porträtieren

Kontergewicht *s. (lat.)* Gegengewicht

konterminieren *(lat.)* auf fallende Börsenkurse spekulieren

Konterrevolution *w.* *(lat.)* Gegenrevolution; Eigw. **konterrevolutionär**

Kontestation *w.* *(lat.)* Anfechtung; **kontestieren** bestreiten, anfechten, widerlegen

Kontext *m.* *(lat.)* Zusammenhang

Kontinent *m.* *(lat.)* Erdteil; **kontinental** festländisch

Kontingent *s.* *(lat.)* begrenzte Menge, vereinbarter Betrag; **kontingent** zufällig, nicht notwendig; **Kontingenz** *w.* Zufälligkeit, Möglichsein; **kontingentieren** einteilen, Anteil bemessen; Hptw. **Kontingentierung** *w.*

kontinuierlich *(lat.)* fortlaufend, ununterbrochen; **Kontinuität** *w.* Stetigkeit, **Kontinuum** *s.* etwas, was sich ohne Unterbrechung fortsetzt

kontra *(lat.)* gegen; **Kontra** *s.* Gegenaussage; **Kontra geben** Gegenposition vertreten

Kontrabass *m.* *(lat.)* Bassgeige

Kontradiktion *w.* *(lat.)* Widerspruch zwischen Aussagen; **kontradiktorisch** sich widersprechend

Kontrafagott *s.* *(lat.)* tiefes Fagott

Kontrafaktur *w.* *(lat.)* Unterlegung eines geistlichen Textes unter die Melodie eines weltlichen Liedes und umgekehrt

Kontrahent *m.* *(frz.)* 1. Gegner; 2. Vertragspartner; **kontrahieren** Muskeln zusammenziehen, Vertrag schließen

Kontraindikation *w.* *(lat.)* Anwendungsverbot von Medikamenten oder Heilverfahren

Kontrakt *m.* *(lat.)* Vertrag; **Kontraktilität** *w.* Fähigkeit (z.B. Muskel), sich zusammenzuziehen

Kontraktion *w.* Schrumpfung

kontraproduktiv *(lat.)* von gegensätzlicher Wirkung, zuwiderlaufend

konträr *(frz.)* entgegengesetzt, gegenteilig

Kontrasignatur *w.* *(lat.)* Gegenzeichnung; **kontrasignieren** gegenzeichnen

Kontrast *m.* *(frz.)* Gegensatz, Unterschied; **kontrastieren** sich unterscheiden, einen Gegensatz bilden, voneinander abstechen

Kontrazeption *w.* *(lat.)* Empfängnisverhütung

Kontribution *w.* *(lat.)* Geldsumme, die ein besiegter Staat an den Sieger zu zahlen hat

Kontrolle *w.* *(frz.)* 1. Überprüfung, Überwachung; 2. Beherrschung; **Kontrolleur** *m.* Aufsichtführender; **kontrollieren** 1. nachprüfen, beaufsichtigen, überwachen; 2. Kontolle über etwas haben

kontrovers *(lat.)* 1. strittig; 2. gegeneinander gerichtet; **Kontroverse** *w.* Meinungsverschiedenheit, Auseinandersetzung

Kontur *w. (frz.)* Umrisslinie; **konturieren** Umrisse verdeutlichen

Kontusion *w. (lat.)* Quetschung

Konus *m. (gr.)* Kegel; Eigw. **konisch**

Konvaleszenz *w. (lat.)* 1. Genesung; 2. Gültigwerden; **konvaleszieren** genesen

Konvent *(lat.)* 1. Zusammenkunft, Versammlung; 2. kath. Kloster; 3. Volksvertretung bei der Französischen Revolution

Konvention *w. (lat.)* 1. Übereinkunft, Abkommen; 2. Verhaltensregel; **Konventionalstrafe** *w.* Geldstrafe bei Vertragsbruch; **konventionell** 1. herkömmlich; 2. förmlich

konvergent *(lat.)* 1. sich einander nähernd; 2. vereinbar; **Konvergenz** *w.* 1. Annäherung; 2. Ausbildung gleicher Merkmale; **konvergieren** l. sich annähern; 2. dasselbe Ziel haben

Konversation *w. (lat.)* Unterhaltung, Gespräch, Geplauder; **Konversationslexikon** *s.* alphabetisch geordnetes Handbuch des Wissens

Konversion *w. (lat.)* 1. Übergang; 2. Übertritt zu einem anderen Glauben; **konvertibel** austauschbar; Hptw. **Konvertibilität, Konvertierbarkeit** *w.;* **konvertieren** 1. umtauschen, umwechseln; 2. zu einem anderen Glauben übertreten; 3. Information auf einen anderen Datenträger übertragen

Konverter *m. (engl.)* technisches Gerät oder System, das umwandelt oder umformt

Konvertit *m.* jmd., der die Glaubensgemeinschaft wechselt

konvex *(lat.)* nach außen gekrümmt

Konviktion *w. (lat.)* Überzeugung

Konvoi *m. (engl.)* Geleitzug von Fahrzeugen oder Schiffen unter bewaffnetem Schutz

konzedieren *(lat.)* einräumen, bewilligen, zubilligen

Konzentrat *s. (lat.)* 1. hochprozentige, gesättigte Lösung; 2. Zusammenfassung des Wesentlichen; **Konzentration** *w.* 1. geistige Sammlung,; 2. Zusammenballung; 3. Sättigung einer Lösung; **Konzentrationslager** *s. (engl.-dt.)* Internierungslager der Nazis, Zwangsarbeitslager, Vernichtungslager; **konzentrieren** 1. sammeln; 2. sättigen; **sich konzentrieren** die Aufmerksamkeit auf etwas richten; **konzentriert** l. gesättigt; 2. aufmerksam; **konzentrisch** um einen Mittelpunkt angeordnet; Hptw. **Kon-**

zentrizität *w.*

Konzept *s. (lat.)* Entwurf

Konzern *m. (engl.)* Vereinigung mehrerer selbständiger Unternehmen; **konzernieren** *(lat.)* Konzern bilden

Konzert *s. (itl.)* Musikaufführung; **konzertiert** aufeinander abgestimmt

Konzession *w. (lat.)* 1. Zugeständnis, Entgegenkommen; 2. behördliche Genehmigung; **Konzessionär** *m.* Inhaber einer Konzession; **konzessionieren** zulassen, bewilligen; **konzessiv** einräumend; **Konzessivsatz** *m.* Nebensatz, der eine Einräumung enthält

Konzil *s. (lat.)* Bischofskonferenz der kath. Kirche

konziliant *(lat.)* umgänglich, entgegenkommend, vermittelnd, verbindlich; **Konzilianz** *w.* freundliche, verbindliche Haltung

konzipieren *(lat.)* 1. entwerfen; 2. empfangen, schwanger werden

Kooperation *w. (lat.)* Zusammenarbeit, Mitwirkung; **kooperativ** zusammenarbeitend, gemeinsam; **Kooperative** *w. (frz.)* Genossenschaft; **kooperieren** zusammenarbeiten

Kopeke *w. (russ.)* russische Münze

Kopie *w. (lat.)* 1. Vervielfältigung; 2. genaue Nachbildung eines Kunstwerks; 3. Nachahmung; **kopieren** vervielfältigen, nachbilden; **Kopist** *m.* Nachbildner

Kopilot *m.* zweiter Pilot im Flugzeug, zweiter Fahrer im Rennwagen

Kopra *w. (ind.)* getrocknetes Fleisch der Kokosnuss

Koproduktion *w. (engl.)* Gemeinschaftsproduktion

Kopulation *w. (lat.)* 1. Begattung, Befruchtung; 2. Veredelung von Pflanzen; **kopulieren** 1. begatten, befruchten; 2. Gewächse veredeln

Koralle *w. (gr.)* Kalkgerüst toter Korallentiere in tropischen Meeren

Koran *m. (arab.)* das heilige Buch des Islam, die Offenbarung Mohammeds

Kornak *m. (ind.)* Elefantenführer

Kornett *s. (itl.-frz.)* Blasinstrument mit Pumpventilen

Korona *w. (lat.)* 1. Glimmentladung an Leitungen; 2. Heiligenschein; 3. Strahlenkranz bei einer Sonnenfinsternis; 4. Freundeskreis

Koronargefäß *s.* Kranzgefäß des Herzens; **Koronarinsuffizienz** *w.* mangelnde Durchblutung des Herzmuskels

Koronis *w. (gr.-lat.)* Verzierung

Koros *m. (gr.)* nackte griechische Jünglingsplastik (Mz. Koroi)

Korporal *m. (frz.)* Unteroffiziersgrad

Korporale *s. (lat.)* Tuch für Kelch und Hostie bei der Messe

korpulent *(lat.)* wohlbeleibt; **Korpulenz** *w.* Beleibtheit

Korpus *m. (lat.)* 1. Leib Christi am Kreuz; 2. Klangkörper eines Instruments (Mz. Korpora); **Korpuskel** *s.* kleinstes Teilchen der Materie

Korral *m. (span.)* Pferch

Korrasion *w. (lat.)* Abschabung

korrekt *(lat.)* einwandfrei; **Korrektion** *w.* Verbesserung; **Korrektiv** *s.* Mittel zum Verbessern; **Korrektor** *m.* Verbesserer; **Korrektur** *w.* Verbesserung

Korrelat *s. (lat.)* Ergänzung; **Korrelation** *w.* Wechselbeziehung; **korrelativ** wechselseitig

Korrespondent *m. (lat.)* 1. auswärtiger Berichterstatter; 2. Teilnehmer an einem Briefwechsel; **Korrespondenz** *w.* Briefwechsel; **Korrespondenzbüro** *s.* Pressebüro, **korrespondieren** Briefe wechseln

Korridor *m. (itl.)* l. Hausgang, Flur; 2. schmaler Gebietsstreifen

korrodieren *(lat.)* zernagen, zerfressen; **korrosiv** zerstörend; **Korrosion** *w.* Verwitterung 2. Anätzung

korrumpieren *(lat.)* bestechen; **korrumpiert**, **korrupt** bestechlich, käuflich, verdorben; **Korruption** *w.* Bestechlichkeit, Bestechung

Korsage *w. (frz.)* versteiftes, die Figur betonendes Oberteil eines Kleides

Korsar *m. (itl.)* 1. Seeräuber, Freibeuter

Korsett *s. (frz.)* Mieder; **Korselett** *s.* Mieder mit eingearbeitetem Büstenhalter

Korso *m. (itl.)* 1. breite, prächtige Straße; 2. Festzug geschmückter Wagen; 3. Pferderennen ohne Jockeys

Kortex *m. (lat.)* Hirnrinde

Kortin *s.* Hormon der Nebennierenrinde; **Kortison** *s.* Kortin enthaltendes Pharmazeutikum

Korvette *w. (frz.)* leichtes Kriegsschiff

Koryphäe 1. *m. (gr.)* Chorführer im antiken Drama; 2. *w.* jmd., der auf einem bestimmten Gebiet außergewöhnliche Fähigkeiten besitzt

koscher *(hebr.)* unbedenklich, sauber

Kosinus *m. (lat.)* Verhältnis der Ankathete zur Hypotenuse im rechtwinkligen Dreieck

Kosmetik *w. (gr.)* 1. Verschönerung des

Äußeren, Schönheitspflege; 2. oberflächliche Behandlung einer Sache, die keine grundlegende Änderung bewirkt; Eigw. **kosmetisch**; **Kosmetika** *Mz.* Schönheitsmittel, Mittel zur Schönheitspflege; **Kosmetikerin** *w.* Schönheitspflegerin; **kosmetische Chirurgie** *w.* Heilkunst durch operativen Eingriff

Kosm(o)-, **kosm(o)-** *(gr.)* als Vorsilbe: Welt, Weltall; **kosmisch** *(gr.)* 1. das Weltall betreffend; 2. weltumspannend; **kosmische Meteorologie** *w.* Lehre von den Einwirkungen der Himmelskörper auf das Wetter

Kosmonaut *m.* Weltraumfahrer

Kosmopolit *m.* Weltbürger

Kosmotron *s.* Teilchenbeschleuniger

kostümieren 1. (sich) verkleiden; 2. (sich) sonderbar anziehen

Kotangens *m.* *(lat.)* das Verhältnis der Ankathete zur Gegenkathete im rechtwinkligen Dreieck

Kotau *m.* *(chin.)* l. Kniefall und Berühren des Bodens mit der Stirn als Ehrenbezeugung im alten China

Kote *w.* *(finn.)* Lappenzelt

Koteletten *Mz.* schmale Bartstreifen vor beiden Ohren

Koterie *w.* *(frz.)* Klüngel, Seilschaft

Kotierung *w.* *(frz.)* Zulassung eines Wertpapiers an der Börse; Ztw. **kotieren**

Koto *s.* u. *w.* *(jap.)* japan. Saiteninstrument

Krake *m.* *(norw.)* Riesentintenfisch

krass *(lat.)* extrem, drastisch

Krawall *m.* *(frz.)* Lärm, Krach, Aufruhr

Kreatin *s.* *(gr.)* in der Muskelfaser enthaltenes Eiweißprodukt

Kreation *w.* *(lat.)* Modeschöpfung, Modellkleid; **kreativ** schöpferisch; **Kreativität** *w.* geistige Schöpferkraft, Ideenreichtum

Kreatur *w.* *(lat.)* Geschöpf, Lebewesen

Kredenz *w.* *(itl.)* Anrichte; **kredenzen** anbieten (bes. Getränke)

kreieren *(frz.)* schaffen, gestalten

Kremation *w.* *(lat.)* Einäscherung, Verbrennung; **Krematorium** *s.* Feuerbestattungshalle

Kreole *m.* *(span.)* in Südamerika geborener Nachkomme schwarzer Sklaven

Kretin *m.* *(frz.)* Schwachsinniger; **Kretinismus** *m.* angeborene Idiotie

Krevette *w.* *(frz.)* Garnelenart

Kricket *s.* *(engl.)* englisches Schlagballspiel

Krill *m.* *(norw.)* tierisches Plankton

kriminal *(lat.)* strafrechtlich; **Krimi** *m.* Kriminalroman, Kriminalfilm; **kriminalisieren** zum Verbrecher stempeln; **Kriminalist** *m.* Kriminalpolizist; **Kriminalistik** *w.* Lehre von der Aufklärung von Verbrechen; **kriminalistisch** mit Hilfe der Kriminalistik; **Kriminalität** *w.* 1. Straffälligkeit; 2. Straftaten innerhalb einer gesellschaftlichen Gruppe zu einem bestimmeten Zeitraum und einem bestimmten Gebiet; **Kriminalpsychologie** *w.* Ursachenforschung des Verbrechens; **kriminell** 1. straffällig; 2. unzumutbar; **Kriminelle** *m.* und *w.* Verbrecher; **Kriminologie** *w.* Wissenschaft von Ursachen und Erscheinungsformen von Verbrechen

Kris *m. (malai.)* gekrümmter malaiischer Dolch

Krise, Krisis *w. (gr.)* Entscheidungssituation; **kriseln** etw. befindet sich in einer Krise

Kristall *s.* geschliffenes Glas; **kristallen** klar; **kristallin, kristallinisch** aus Kristallen bestehend; **Kristallisation** *w.* Kristallbildung; Ztw. **kristallisieren**; **Kristallographie** *m.* Wissenschaft von den Kristallen

Kriterium *s. (gr.-lat.)* Maßstab, Merkmal

Kritik *w. (gr.)* 1. Beurteilung, Bewertung, Besprechung, Begutachtung; 2. Beanstandung, Tadel; **Kritiker** *m.* jmd., der beruflich beurteilt; **kritisch** 1. prüfend, abwägend, beurteilend; 2. krisenhaft, gefährlich; 3. wissenschaftlich erläuternd; **kritisieren** 1. beurteilen; 2. bemängeln, tadeln

Krocket *s. (engl.)* englisches Rasenspiel

Krokant *m. (frz.)* Süßigkeit aus gebranntem Zucker und Mandeln oder Nüssen

Kroketten *Mz. (frz.)* in Fett gebackene Röllchen aus Kartoffelmasse

Kroko *s.* Krokodilleder; **Krokodil** *s. (gr.)* Panzerechse

Krokus *m. (gr.-lat.)* Liliengewächs

Kromlech *m. (kelt.)* druidischer Steinkreis als Grab- oder Kultstätte

Kronide *m. (gr.)* Beiname von Zeus

Kronos *m. (gr.)* Gott der Zeit

Krösus *m.* reicher Mann

krud *(lat.)* 1. grob, roh, ungehobelt; 2. schwer verdaulich; **Krudität** *w.* 1. rohes Verhalten, Grobheit; 2. roher Zustand, Unverdaulichkeit

Krupp *m. (engl.)* diphtherieartige Halsentzündung

Kruzifere *w. (lat.)* Kreuzblütlergewächs

Kruzifix *s. (lat.)* plastische Darstellung Christi am Kreuz; **Kruzifixus** *m.* der gekreuzigte Christus

Kryo-, kryo- *(gr.)* als Vorsilbe: Kälte, Frost

Kryogenik *w. (gr.)* Physik der niedrigen Temperaturen; **Kryolith** *m. (gr.)* Mineral; **Kryometer** *s.* Thermometer für niedrige Temperaturen

Krypt(o)-, krypt(o)- *(gr.)* als Vorsilbe: verborgen, geheim

Krypta *w.* Gruft unter dem Altarraum (Mz. Krypten); **kryptieren** verschlüsseln; **kryptisch** schwer deutbar

Kryptogamen *Mz.* blütenlose Pflanzen

kryptogen, kryptogenetisch von unbekanntem Ursprung

Krypton *s.* chemisches Element; **Kryptonym** *s.* Autorenname bestehend aus Anfangsbuchstaben oder -silben

kubieren *(lat.)* 1. den Rauminhalt eines Körpers berechnen; 2. in die dritte Potenz erheben

Kubik- als Vorsilbe: Raum, dritte Potenz; **Kubikmeter** *s.* oder *m.* Raummeter, Würfel von je 1 Meter Kantenlänge (Abk. m^3); **Kubikwurzel** *w.* dritte Wurzel aus einer Zahl; **Kubikzahl** *w.* dritte Potenz einer Zahl

kubisch würfelförmig; **Kubismus** *m.* Kunstrichtung, die alles in geometrische Formen umsetzt; **Kubist** *m.* Vertreter des Kubismus; Eigw. **kubistisch**; **Kubus** *m.* 1. Würfel; 2. dritte Potenz

Ku-Klux-Klan *m. (engl.)* terroristischer Geheimbund gegen Farbige und Minderheiten

kulant *(frz.)* entgegenkommend, gefällig; Hptw. **Kulanz** *w.*

Kuli *m. (ind.)* 1. Tagelöhner in Ostasien; 2. schlecht bezahlter, harter Arbeiter

kulinarisch *(lat.)* feinschmeckerisch

Kulisse *w. (frz.)* 1. Dekorationselement auf der Bühne; 2. Hintergrund; 3. etwas Vorgetäuschtes

Kulmination *w. (frz.)* 1. Höhepunkt, Gipfelpunkt, Entwicklung: die K. einer Karriere; 2. (Astron.) Durchgang eines Gestirns durch den höchsten od. tiefsten Punkt seiner Bahn in Bezug auf den Beobachter; **Kulminationspunkt** *m.* höchster Punkt einer Bahn, Scheitelpunkt; **kulminieren** seinen Höhepunkt erreichen

Kult, Kultus *m. (lat.)* 1. Religionsausübung; 2. abgöttische Verehrung einer Person, eines Gegenstands; **kultisch** zum Kult gehörig **kultivieren** 1. urbar machen, 2. pflegen; 3. veredeln; **kultiviert** gebildet, gepflegt, geschmackvoll, **Kultur** *w. (lat.)* 1. die Gesamtheit der geschaffenen materiellen u. geistigen Werte einer Zivilisation; 2. Bildung; **kulturell** auf die Kultur bezüglich; **Kulturbanause** *m.* Person ohne Kunstverständnis; Barbar; **Kulturschock** *m. (lat.-engl.)* schockierende Konfrontation mit einer anderen Kultur

Kumiss, Kumyss *m. (russ.)* Getränk aus vergorener Stutenmilch

Kumpan *m. (lat.)* Gefährte, Kamerad; **Kumpanei** *w.* Gemeinschaft; Freundschaft; **Kumpel** *m.* 1. Kamerad; 2. Bergmann

Kumulation *w. (lat.)* Anhäufung, Sammlung, Speicherung; **kumulativ** anhäufend; **kumulieren** anhäufen, steigern

Kung-Fu *s. (chin.)* chinesische Form der Selbstverteidigung

Kupidität *w. (lat.)* Begierde, Lüsternheit

kupieren *(frz.)* abschneiden, stutzen

Kur *w. (lat.)* Heilverfahren unter ärztlicher Aufsicht; **kurabel** heilbar

kurant *(frz.)* gängig, gültig

Kurare *s. (indian.)* südamerikanisches Pfeilgift, Nervengift

Kürass *m. (frz.)* Panzer, Brustharnisch; **Kürassier** *m.* Angehöriger der schweren Reiterei

Kuratel *w. (lat.)* strenge Aufsicht, Kontrolle; **Kurator** *m.* 1. Verwalter einer Stiftung; 2. Treuhänder; **Kuratorium** *s.* Aufsichtsbehörde; **kurativ** *(lat.)* heilend, heilwirksam

kurieren *(lat.)* heilen

kurios *(lat.)* merkwürdig, sonderbar; **Kuriosum** *s.*, **Kuriosität** *w.* Merkwürdigkeit

Kurrentschrift *w. (lat.)* Schreibschrift

Kurs *m. (lat.)* 1. Lehrgang; 2. Börsenpreis von Wertpapieren; 3. Fahrtrichtung

kursieren in Umlauf sein

kursiv schräg; **Kursive** *w.* Kursivschrift

Kurtisane *w.* bezahlte Geliebte eines Hofadligen

Kurve *w. (lat.)* Krümmung, Biegung

Kusin, Kusine = Cousin, Cousine

Kutter *m. (engl.)* 1. leichtes einmastiges Segelschiff; 2. Fischereifahrzeug

Kuvert *s. (frz.)* 1. Gedeck für eine Person; 2. Briefumschlag

Kuvertüre *w. (frz.)* Kakaomasse zum Überziehen von Pralinen und Gebäck

kuvrieren *(frz.)* bedecken, verbergen
Kwas, Kwass *m. (russ.)* russisches Getränk aus gegorenem Brot, Malz und Mehl
Kybele *w. (lat.)* Vegetationsgöttin in der griech.-röm. Antike
Kynologe *m. (gr.)* Hundekenner, Hundezüchter; **Kynologie** *w.* Lehre von der Hundezucht und -dressur
kyrillische Schrift *w.* kirchenslawisches Alphabet

l = Liter

Label *s. (engl.)* 1. Etikett, Aufkleber; 2. Plattenfirma

labil *(lat.)* unsicher; **Labilität** *w.* Unsicherheit, Beeinflussbarkeit

Labium *s.* 1. Lippe; 2. Schamlippe; 3. Luftaustrittschlitz der Blockflöte und Orgelpfeife; 4. Oberlippe bei Insekten (Mz. Labia, Labien)

Labor, **Laboratorium** *s. (lat.)* Untersuchungsraum, Versuchsraum; **Laborant** *m.* Fachkraft für Laborarbeiten; **laborieren** 1. abmühen; 2. mit einer Krankheit ringen

Labskaus *s. (engl.)* seemännisches Eintopfgericht

Labyrinth *s. (gr.)* 1. Irrgarten; 2. Durcheinander; **labyrinthisch** verschlungen

Lachesis *w. (gr.)* eine der drei Parzen

Lack *m. (arab.-itl.)* Harz- oder Kunstharzlösung; **lackieren** mit Lack überziehen

Lacrimae Christi *Mz. (lat.)* am Vesuv wachsender Wein

lädieren *(lat.)* beschädigen

Lady *w. (engl.)* 1. Dame; 2. engl. Adelstitel; **ladylike** damenhaft, vornehm

Lafette *w. (frz.)* Geschützgestell

Lagune *w. (itl.)* durch Sandbank abgetrennter Meeresteil

Laie *m. (gr.-lat.)* 1. Amateur; 2. Nichtkleriker *m.;* **laizistisch** Trennung von Kirche und Staat befürwortend

Laisser-faire *s. (frz.)* Gewährenlassen

Lakai *m. (frz.)* 1. Diener; 2. unterwürfiger Mensch

lakonisch *(gr.)* wortkarg

Lakritze *w. (gr.)* Saft des Süßholzes

Laktalbumin *s. (lat.)* Milcheiweiß; **Laktation** *w.* Milchabsonderung der weiblichen Brustdrüsen; **Laktose** *w.* Milchzucker; **Laktoskop** *s.* Gerät zur Prüfung der Milchqualität

Lakune *w. (lat.)* 1. Textlücke; 2. Hohlraum

Lalopathie *w. (gr.)* Sprachstörung

Lama *m. (tibet.)* tibetanischer Priester; **Lamaismus** *m.* tibetanische Form des Buddhismus

Lama *s. (peruan.)* südamerikanisches Kamel ohne Höcker

Lamäng *(frz.)* aus der freien, unvorbereiteten-; **aus der Lamäng** ohne Vorbereitung

Lambada *m.* oder *w. (port.)* aus Brasilien stammender Tanz

Lambrusco *m. (itl.)* Rotwein aus Italien

Lamé *m. (frz.)* mit Metallfäden durchwirkter Stoff

Lamelle *w.* Unterseite des Pilzes

Lamentation *w.* 1. Klagelieder; 2. Klagegesang im Gottesdienst der Karwoche; **lamentieren** jammern; **Lamento** *s.* Wehklage; **lamentoso** *(itl.)* klagende Musik

Lametta *w. (itl.)* dünne Metallstreifen für Christbaumschmuck

laminieren 1. strecken; 2. mit Glanzfolie überziehen; 3. Glas färben; Hptw. **Laminierung** *w.*

Lampion *s.* oder *m. (frz.)* bunte Papierlaterne

Langade *w. (frz.)* Pferdesprung

lancieren *(frz.)* 1. etwas geschickt an die Öffentlichkeit bringen; 2. jmdm. geschickt einen Posten verschaffen

languendo *(itl.)* Musik: schmachtend

Languste *w. (frz.)* scherenloser Krebs

Lanzette *w. (frz.)* zweischneidiges, chirurgisches Messer; **Lanzettbogen** *m.* schmale, spitze Bogen an gotischen Bauten

La Ola *w. (span.)* Begeisterungsbekundung im Stadion

Laparoskopie *w.* Untersuchung der Bauchhöhle; **Laparotomie** *w.* operative Öffnung der Bauchhöhle

lapidar *(lat.)* 1. markig; 2. kurz und bündig

Lapislazuli *m.* dunkelblauer Schmuckstein

Lappalie *w.* *(dt.-lat.)* Belanglosigkeit

Lapsus *m.* *(lat.)* Versehen, Schnitzer; **Lapsus calami** *m.* Schreibfehler; **Lapsus linguae** *m.* Versprecher

Laptop *m.* *(engl.)* tragbarer Computer

Laren *Mz.* *(lat.)* altröm. Schutzgeister

Larghetto *(itl.)* langsames Musikstück

Larifari *s.* *(itl.)* unsinniges Geschwätz oder Handlung

Laryngitis *w.* Kehlkopfentzündung; **Laryngologie** *w.* Wissenschaft von Kehlkopfkrankheiten

Laser *m.* *(engl.)* Kurzwort aus „light amplification by stimulated emission of radiation", Gerät zur Erzeugung intensiv gerichteter und kohärenter Lichtstrahlen; **Laserdisc** *w.* Kompaktschallplatte, = CD

Lasso *m.* oder *s.* *(span.)* Wurfschlinge

Lasur *w.* *(lat.)* durchscheinender Farbüberzug

lasziv *(lat.)* lüstern; **Laszivität** *w.* laszive Bemerkung, laszive Beschaffenheit

Lätare *m.* *(lat.)* 3. Sonntag vor Ostern

Lateinamerika *s.* mittel- und südamerikanische Länder, in denen eine romanische Sprache gesprochen wird

La-Tene-Zeit *w.* *(frz.)* Epoche der Eisenzeit

latent *(lat.)* verborgen vorhanden; **Latenz** *w.* Verborgenbleiben von etwas Vorhandenem; **Latenzzeit** Inkubationszeit

Lateran *m.* *(lat.)* römischer Palast, ehemalige Residenz des Papstes

Latex *m.* *(lat.)* Milchsaft der Kautschukpflanzen

latinisieren *(lat.)* in lateinische Sprachform bringen; Hptw. **Latinisierung** *w.;* **Latinismus** *m.* in eine andere Sprache übernommene Spracheigentümlichkeit des Lateinischen

Latin Lover *m.* *(engl.)* feuriger südländischer Liebhaber

Latinum *s.* Prüfung in lateinischer Sprache

Latitude *w.* *(lat.-frz.)* geographische Breite

Latitudinarier *m.* Freidenker

Latrine *w.* *(lat.)* Abort

Laudanum *s.* *(gr.)* Opiumtinktur

Laudatio *w.* *(lat.)* Lobrede

Lava *w.* *(itl.)* zähflüssige glühende Gesteinsmasse bei Vulkanausbrüchen

Lavabo *s.* *(lat.)* 1. priesterliche Handwaschung bei einer Messe; 2. dabei verwendete Gefäße: Kanne und Becken; 3. Waschbecken

Lavendel *m.* *(itl.)* starkduftende Heil- und Gewürzpflanze

lavieren *(niederl.)* 1. gegen den Wind kreuzen; 2. umsichtig vorgehen

Layout *s. (engl.)* Anordnungsskizze, Entwurf für Text- und Bildgestaltung; Ztw. **layouten**; **Layouter** *m. (engl.)* Gestalter von Layouts

Lazarett *s. (itl.)* Militärkrankenhaus

leasen *(engl.)* mieten; **Leasing** *s.* Vermietung von Gütern, bei denen die Miete im Falle des späteren Kaufs angerechnet wird

Leckage *w. (dt.-frz.)* Gewichtsverlust durch Verdunsten oder Austräufeln

Leda *w. (gr.)* Geliebte des Zeus

Lee *w. (niederl.)* dem Winde abgekehrte Schiffsseite

legal *(lat.)* gesetzmäßig; **Legalität** *w.* Gesetzmäßigkeit; **legalisieren** rechtsgültig machen, legitimieren, beglaubigen; Hptw. **Legalisierung**, **Legalisation** *w.*

Legasthenie *w. (gr.)* Lese- und Rechtschreibschwäche; **Legastheniker** *m.* an Legasthenie Leidender

Legat 1. *m. (lat.)* Statthalter in der röm. Kaiserzeit; 2. päpstlicher Gesandter; 3. *s.* Vermächtnis, Sonderbestimmung in einem Testament

Legende *w.* Erzählung, die nicht auf Faktentreue basiert

leger *(frz.)* ungezwungen, bequem

legieren *(lat.)* Metalle zusammenschmelzen; **Legierung** *w.* neues Metall, das aus Verschmelzung entstand

Legion *w. (lat.)* 1. altrömische Heereseinheit; **Legionär** *m.* Soldat einer Legion

legislativ *(lat.)* gesetzgebend; **Legislative** *w.* gesetzgebende Gewalt eines Staates; **Legislatur** *w.* 1. Gesetzgebung; 2. gesetzgebende Versammlung; **Legislaturperiode** *w.* Amtsdauer eines Parlaments zwischen zwei Wahlen

legitim *(lat.)* 1. rechtmäßig; 2. berechtigt; **Legitimation** *w.* 1. Beglaubigung; 2. Berechtigung; **legitimieren** 1. beglaubigen; **sich legitimieren** sich ausweisen; **Legitimismus** *m.* Lehre von der Unabsetzbarkeit eines von Gottes Gnaden eingesetzten Herrscherhauses; **Legitimist** *m.* Anhänger des Legitimismus; Eigw. **legitimistisch**; **Legitimität** *w.* Rechtmäßigkeit, Gesetzmäßigkeit

Leguan *m. (hait.-span.)* tropische Eidechsenart

Leitfossilien *Mz. (dt.-lat.)* versteinerte Tiere oder Pflanzen, die die Altersbestimmung des Gesteins ermöglichen

Leitmotiv *s. (dt.-lat.)* beherrschendes bzw. immer wiederkehrendes Motiv in Musik und Dichtung

Lektion *w. (lat.)* 1. Lerneinheit; 2. strenge Belehrung

Lektüre *w. (frz.)* 1. Lesestoff; 2. Lesen

Lemming *m. (dän.)* Wühlmaus

Leninismus *m.* Weiterführung der marxistischen Lehre durch Lenin

lentando *(itl.)* Musik: langsam werdend

lento, lentamente *(itl.)* Musik: langsam

Leoniden *Mz. (gr.)* Sternschnuppenschwärme

Lepidose *w. (gr.)* Hautausschlag

Leporello *s. (itl.)* Bilderbuch in Harmonikafaltung

Lepra *w. (gr.)* ansteckender Aussatz; **lepros, leprös** aussätzig; **Leprom** *s.* Hautknoten bei Lepra; **Leprosorium** *s.* Krankenhaus für Leprakranke

Lepton *s. (gr.)* leichtere Elementarteilchen als Protonen

Lesbe, Lesbierin *w.* homosexuelle Frau; Eigw. **lesbisch**

letal *(lat.)* tödlich; **Letalität** Sterblichkeitsrate

Lethargie *w. (gr.)* Trägheit, Antriebslosigkeit; Eigw. **lethargisch**

Lethe *w. (gr.)* Fluss im Totenreich

Letter *w. (lat.)* Druckbuchstabe

Lettner *m. (lat.)* Wand zwischen Chor und Mittelschiff in gotischen Kirchen

Leukämie *w. (gr.)* krankhafte Vermehrung der weißen Blutkörperchen

Leukozyt *m.* weißes Blutkörperchen

Leutnant *m. (frz.)* Offizier der untersten Rangstufe

Levade *w. (frz.)* Aufrichten des Pferdes auf der Hinterhand

Leviathan *m. (hebr.)* Ungeheuer in Schlangengestalt

Leviratsehe *w. (lat.)* Schwagerehe

Leviten lesen Vorhaltungen machen

Levitation *w. (lat.)* Schweben eines Körpers

Lex *w. (lat.)* Gesetz (Mz. Leges)

Lexik *w.* Wortschatz einer Sprache; **lexikalisch** 1. nach Art eines Lexikons; 2. Bedeutung eines Wortes; **Lexiko-graxphie** *w.* Sprachwissenschaft, die sich mit der Festlegung des Wortschatzes befasst; Eigw. **lexikographisch**; **Lexikon** *s.* alphabetisch geordnetes Nachschlagebuch, Wörterbuch (Mz. Lexika)

Lezithin, Lecithin *s. (gr.)* in tierischen Zellen enthaltenes Lipoid

Liaison *w. (frz.)* Liebesverhältnis
liberal *(lat.)* freiheitlich, vorurteilslos; **Liberale** *m.* und *w.* Anhänger/in des politischen Liberalismus; **liberalisieren** freiheitlich gestalten; **Liberalisierung** *w.* Aufhebung von Einschränkungen; **Liberalismus** *m.* freiheitliche Gesinnung; **Liberalist** *m.* Anhänger des Liberalismus; Eigw. **liberalistisch**; **Liberalität** *w.* Vorurteilslosigkeit, Großzügigkeit
Libero *m. (itl.)* Spieler ohne feste Position beim Fußball
Liberias *w. (lat.)* römische Göttin der Freiheit; **Libertinage** *w.* Ausschweifung, Zügellosigkeit
Libido *w. (lat.)* Liebesbegehren; **libidinös** die Libido betreffend
Libretto *s. (itl.)* Text zu Oper oder Operette
Lifestyle *m. (engl.)* zeitgeistabhängiger und gruppenspezifischer Lebensstil
Lift *m. (engl.)* 1. Aufzug, Fahrstuhl; 2. Lifting der Gesichtshaut; 3. Mitfahrgelegenheit; **liften** chirurgische Hautstraffung
Liga *w. (lat.-span.)* 1. Bündnis; 2. Klasseneinteilung von Mannschaften
Ligade *w. (frz.)* Wegdrücken der gegnerischen Fechtklinge; Ztw. **ligieren**
liieren (sich) *(frz.)* Liebesverhältnis eingehen
Likör *m. (frz.)* Branntwein
Liliazeen *Mz. (lat.)* Liliengewächse
Limbus *m. (lat.)* 1. Vorhölle; 2. Teilkreis an Geräten zur Winkelmessung; 3. Kelchrand von Blütenblättern
Limerick *m. (engl.)* komisches Gedicht mit fünf Reimzeilen
Limes *m. (lat.)* 1. römischer Grenzwall vom Rhein zur Donau; 2. mathematischer Grenzwert
Limit *s. (engl.)* festgesetzte Grenze; **limitieren** begrenzen, beschränken; Hptw. **Limitation** *w.*, **Limitierung** *w.*
Limnologie *w. (gr.)* Seen- und Süßwasserkunde
Limonade *w. (frz.)* Fruchtsaft mit Wasser und Zucker
Limone *w. (itl.)* kleine Zitronenart
Limousine *w. (frz.)* geschlossener Personenwagen
limpid *(lat.)* klar, durchsichtig; Hptw. **Limpidität** *w.*
Lineal *s. (lat.)* Werkzeug zum Ziehen gerader Linien; **linear** *(lat.)* geradlinig
Lingamkult *m.* Phalluskult
Lingerie *w. (frz.)* Damenunterwäsche, Dessous

Lingual *m.* Zungenlaut (z.B. r); **Linguist** *m.* Sprachwissenschaftler; **Linguistik** *w.* moderne Sprachwissenschaft; Eigw. **linguistisch**

Linie *w. (lat.)* 1. Strich; 2. Markierung; 3. Strecke; 4. Kurs; 5. Verwandtschaftszweig; 6. Äquator; **linieren** Linien ziehen; Hptw. **Linierung** *w.;* **Linienrichter** *m.* Schiedsrichterassistent; **Linienmaschine** *w.* Flugzeug, das regelmäßig auf einer Route fliegt

Link *s. (engl.)* anklickbare Verweise in einem Hypertext auf andere Internetseiten, Texte oder Bilder

Linoleum *s. (lat.)* Fußbodenbelag

Linon *m. (frz.)* Baumwollstoff, Halbleinen

Lipase *w. (gr.)* Fett spaltendes Enzym

Lipizzaner *m.* Vollblutpferd

Lipolyse *w.* Fettspaltung, Fettverdauung

Lipom *s.* Fettgeschwulst

Liquefaktion *w. (lat.)* Umwandlung fester Stoffe in flüssige

liquid *(lat.)* 1. flüssig; 2. zahlungsfähig; **Liquidität** *w.* Zahlungsfähigkeit; **Liquida tion** *w. (lat.)* 1. Auflösung einer Firma; 2. Ermordung; **liquidieren** 1. ein Geschäft aufgeben; 2. jmdn. töten

Liquor *m. (lat.)* Gehirn- und Rückenmarksflüssigkeit

Lira *w. (itl.)* frühere italienische Währungseinheit (Mz. Lire)

lirico *(itl.)* Musik: lyrisch

Litanei *w. (gr.)* l. Wechselgebet; 2. langweilende Aufzählung

Liter *m.* und *s. (gr.)* Hohlmaß

Literat *m.* Schriftsteller; **Literatur** *w.* 1. Schrifttum

Lith(o)-, **lith(o)-** *(gr.)* als Vorsilbe: Stein **Lithiasis** *w. (gr.)* Steinbildung in Organen; **lithogen** steinbildend; **Lithograph** *m.* Experte für Steindruck; **Lithographie** *w.* Steindruckverfahren; **lithographisch** im Steindruckverfahren hergestellt; **Lithologie** *w.* Gesteinskunde; **Lithosphäre** *w.* Gesteinsmantel der Erdoberfläche

Liturgie *w. (gr.)* kirchliche Ordnung des Gottesdienstes; **Liturgik** *w.* Lehre von der Liturgie; **liturgisch** zur Liturgie gehörend

live *(engl.)* direkt; **Livesendung** *w.* Direktübertragung im Funk oder TV

Livree *w. (frz.)* Dienerkleidung

Lizenz *w. (lat.)* Genehmigung; **lizenzieren** eine Lizenz erteilen

Lob *m. (engl.)* Tennisschlag über den Gegner

hinweg; Ztw. **lobben**

Lobby *w.* *(engl.)* 1. Interessenverband; 2. Hotelhalle; **Lobbyist** *m.* Angehöriger der Lobby

Lobotomie, **Leukotomie** *w.* *(gr.)* operativer Eingriff im Gehirn

Loft *m.* *(engl.)* als Wohnung umgestaltete frühere Fabrikräume

Log *s.* *(engl.)* Messapparatur für die Fahrgeschwindigkeit eines Schiffes; **Logbuch** *s.* Schiffstagebuch; **loggen** Fahrgeschwindigkeit messen

Logarithmentafel *w.* *(gr.)* Zusammenstellung der Logarithmen; **logarithmieren** mit Logarithmen rechnen; **Logarithmus** *m.* Zahl, mit der man eine andere potenzieren muss, um eine vorgegebene Zahl zu erhalten (Mz. Logarithmen)

Loge *w.* *(frz.)* 1. Zuschauerlaube im Theater; 2. Pförtnerraum; 3. Versammlungshaus der Freimaurer

Loggia *w.* *(itl.)* 1. offene Bogenhalle; 2. nach vorn offener Balkon

logieren *(frz.)* vorübergehend wohnen; **Logis** *s.* 1. Unterkunft; 2. Mannschaftsraum auf dem Schiff

Logik *w.* *(gr.)* 1. folgerichtiges Denken; 2. Gesetz und Form des folgerichtigen Denkens; **Logiker** *m.* 1. klarer Denker; 2. Logik-Wissenschaft; **logisch** 1. folgerichtig, denkrichtig; 2. sich von selbst ergebend; **Logismus** *m.* 1. Vernunftschluss; 2. philosophische Lehre; **Logistik** *w.* 1. mathematische Logik; 2. Organisation des Nachschubs beim Militär; 3. alle notwendigen Schritte zur Durchführung eines Projekts; **Logizismus** *m.*, **Logizität** *w.* logische Folgerichtigkeit eines Arguments oder Sachverhalts

Logo *m.* oder *s.* *(engl.)* Markenzeichen, Firmenzeichen

Logopädie *w.* Sprachheilkunde

Logorrhöe *w.* krankh. Geschwätzigkeit

Loipe *w.* *(skand.)* Langlaufbahn im Schnee

lokal *(lat.)* örtlich; **Lokal** *s.* 1. Räumlichkeit; 2. Gasthaus; **Lokalanästhesie** *w.* örtliche Betäubung; **Lokalkolorit** *s.* Atmosphäre eines Ortes; **Lokalpatriotismus** *m.* starke Heimatliebe; **Lokaltermin** *m.* Gerichtstermin am Tatort

Lokomotive *w.* *(engl.)* Zugmaschine

Lokomotion *w.* *(lat.)* Fortbewegung von Organismen aus eigener Kraft; Eigw.

lokomotorisch

Lokution *w. (lat.)* 1. Ausdrucksweise; 2. Redewendung

Lokus *m. (lat.)* Toilette

Lombard *m.* oder *s. (itl.)* Darlehen; **lombardieren** Wertpapiere beleihen; Hptw. **Lombardierung** *w.;* **Lombardsatz** *m.* festgesetzter Zinssatz für Lombardgeschäfte

Longdrink *m. (engl.)* alkoholisches Mixgetränk

Longe *w. (frz.)* Führleine bei der Pferdedressur

longitudinal *(lat.)* der Länge nach

Look *m. (engl.)* Aussehen, Äußeres

Lord *m. (engl.)* 1. englischer Adelstitel; 2. Titel der Oberhausmitglieder und einzelner hoher Beamter; **Lord Chancellor** *m.* höchster Beamter Englands

Lore *w. (engl.)* kippbarer Güterwagen

Lotion *w. (engl.)* kosmetisches Gesichts- oder Haarwasser

Lotos *m. (gr.)* Wasserrose

Lotterie *w. (frz.)* 1. Glücksspiel; 2. riskante Handlungsweise

Lotto *s. (itl.)* Zahlenlotterie

Louisdor *m. (frz.)* alte frz. Goldmünze

Louis-quatorze *s. (frz.)* frz. Barockstil; **Louis-quinze** *s.* franz. Rokoko-Stil; **Louis-seize** frz. Klassizismus-Stil

Lounge *w. (engl.)* Hotelhalle

Love *(engl.)* engl. Bez. für „null" beim Tennis

Lover *m.* Freund und Liebhaber

loxogonal *(gr.)* schiefwinklig

loyal *(frz.)* treu; **Loyalität** *w.* loyales Verhalten

LSD *s. (engl.)* Abk. von: Lysergsäurediäthylamid, Rauschgift

Lues *w. (lat.)* Syphilis; **luetisch** syphilitisch

lugubre *(itl.)* Musik: traurig

Lukarne *w. (lat.)* Dacherker an spätgotischen Schlössern Frankreichs

lukrativ *(lat.)* einträglich

lukullisch *(lat.)* schwelgerisch

Lukullus, **Lukull** *m.* Genießer

Lullaby *s. (engl.)* Wiegenlied

Lumen *s. (lat.)* 1. Hohlraum in Organen; 2. Einheit des Lichtstroms; 3. innerer Durchmesser einer Röhre

Lumineszenz *w. (lat.)* Leuchtfähigkeit eines Stoffes; **lumineszieren** leuchten; **luminös** hell, strahlend

Luna *w. (lat.)* 1. römische Mondgöttin; 2. Name für den Mond; **lunar**, **lunarisch** den Mond betreffend; **Lunation** *w.* Umlaufzeit des Mondes; **lunatisch** mondsüchtig

Lunch *s. (engl.)* leichte Mittagsmahlzeit; Ztw. **lunchen**

Lupanar *s. (lat.)* Bordell im alten Rom

Lupine *w. (lat.)* Gartenblume

Lupus *m.* Hauttuberkulose

Lure *w. (altisl.)* frühzeitliches germanisches Blasinstrument

Lusitanien *(lat.)* römische Provinz (das heutige Portugal)

lusingando *(itl.)* Musik: spielerisch

Lüster *m. (frz.)* l. Kronleuchter; 2. Glasur auf Glas und Töpferwaren; 3. Glanz auf Perlen oder Perlmutt

Lustration *w. (lat.)* kultische Reinigung

Lustrum *s. (lat.)* Zeitraum von fünf Jahren

Luv *w. (niederl.)* dem Wind zugewandte Schiffsseite

Lux *s. (lat.)* 1. Licht; 2. Einheit der Lichtstärke

luxieren ausrenken, verrenken

luxurieren *(lat.)* 1. wuchern; 2. schwelgen; **luxuriös** verschwenderisch; **Luxus** *m.* Prunk, Wohlstand

luzid *(lat.)* 1. durchsichtig; 2. verständlich; Hptw. **Luzidität** *w.*

Luzifer *m. (lat.)* 1. Teufel; 2. Morgenstern; **luziferisch** teuflisch

Lykorexie *w. (gr.)* Heißhunger

lynchen *(engl.)* Verbrecher ohne Prozess töten

Lyra *w. (gr.)* 1. Zupfinstrument; 2. Streichinstrument; 3. Glockenspiel in Militärkapellen

Lyrics *(engl.)* Liedtext

Lyrik *w. (gr.)* eine der drei Hauptgattungen der Poesie (mit Metrum, Reim, Vers, als Stilmittel); **Lyriker** *m.* Dichter; **lyrisch** gefühlsbetont, stimmungsvoll; **lyrisieren** etwas lyrisch gestalten

Lysin *s. (gr.)* Antikörper, der körperfremde Zellen auflöst; **Lysis** *w.* 1. Auflösung von Krankheitserregern; 2. Fieberrückgang

Lyssa *w. (gr.)* Tollwut

Lyzeum *s. (gr.)* höhere Lehranstalt für Mädchen (Mz. Lyzeen)

m = Meter

Mäander *m.* 1. Fluss in Kleinasien, der in Windungen und Schleifen verläuft; 2. in gewundenen Linien verlaufendes Ziermuster; **mäandern, mäandrieren** schlangenförmig verlaufen; Eigw. **mäandrisch**

Maat *m. (niederl.)* Unteroffizier bei der Marine

Mac *(ir.)* Bestandteil irischer und schottischer Namen in der Bedeutung von „Sohn des ..."

Macchia *w. (itl.)* immergrüner Buschwald am Mittelmeer

Machete *w. (span.)* Buschmesser

Machiavellismus *m.* rücksichtslose Machtpolitik, die sich mit Aussicht auf Erfolg über die Moral hinwegsetzt; **machiavellistisch** skrupellos

Machinationen *Mz. (lat.)* Intrigen, Machenschaften; **machinieren** Ränke schmieden

Machismo *m. (span.)* Männlichkeitswahn; **Macho** *m.* Mann mit ausgeprägtem Imponiergehabe

Macis *m. (frz.)* Muskatblüte

Mackintosh *m.* Regenmantel aus gummiertem Baumwollstoff

Madapolam *m.* oder *s. (ind.)* Baumwollstoff

made in ... *(engl.)* Herkunftsbezeichnung

Madeira *m.* Süßwein

Madeirastickerei Lochstickerei

Madras *(ind.)* durchsichtiges Baumwollgewebe

Madrassa, Medrese, Medresse *w. (arab.-türk.)* 1. geistiges Zentrum des Islam für Lehrer und Schüler, die im Koran und in islamischem Recht, Literatur und Sprache, Medizin und Mathematik unterwiesen werden; 2. eine der Moschee angegliederte Koranschule

Madrigal *s. (itl.)* l. lyrische Versform; 2. mehrstimmig Vertonung dichterischer Texte, ohne instrumentale Begleitung

Maestro *m. (itl.)* Anrede für berühmte Musiker (Mz. Maestri)

Maffia, Mafia *w. (itl.)* krimineller Geheimbund aus Sizilien, heute internationaler operierend; **Mafioso** *m.* Angehöriger der Mafia

Magazin *s. (frz.-arab.)* 1. Lager; 2. Zeitschrift; 3. Patronenkammer; **magazinieren** einlagern

Magdalenien *s. (frz.)* Epoche in der älteren Steinzeit

Magenta *s.* synthetischer Farbstoff

magic *(engl.)* magisch

maggiore *(itl.)* itl. Bezeichnung für Dur

Magie *w. (gr.)* 1. Zauberkunst; 2. magische Ausstrahlung; **Magier** *m.* Zauberkünstler; **magisch** geheimnisvoll, unergründlich

Magister *m. (lat.)* Hochschulgrad; **Magistrale** *w.* Hauptverkehrsstraße; **Magistrat** *m. (lat.)* Stadtverwaltung

Magma *s. (gr.)* 1. Lava; 2. Teig

magna cum laude *(lat.)* mit großem Lob, zweitbestes Ergebnis bei Doktorprüfungen

Magnetismus *m.* l. Fähigkeit, Metalle wie Eisen anzuziehen; 2. angebliche Fähigkeit, Heilkräfte durch Handauflegen auszustrahlen; 3. von einem Menschen ausgehende Anziehung; **Magnetograph** *m.* Gerät, welches erdmagnetische Schwankungen aufzeichnet; **Magneton** *s.* Maßeinheit für die magnetische Kraft von Elementarteilchen; **Magnetophon** *s.* zeichnet Schallwellen magnetisch auf

magnifik *(frz.)* prächtig

Magnifizenz *w. (lat.)* Titel und Anrede des Rektors einer Universität

Magnolie *w. (frz.)* Zierbaum

Magnum *w. (lat.)* doppelter Inhalt einer Wein- oder Champagnerflasche

Magnus *m. (lat.)* der Große

Mahagoni *s. (indian.)* Baumart, die aus Zentralamerika stammt und zur Familie der Zedragewächse gehört.

Maharadscha *m. (sanskr.)* indischer Fürstentitel; **Maharani** *w. (sanskr.)* Frau des Maharadscha

Mahatma *m. (sanskr.)* indischer Ehrentitel für weise Männer

Mahaut, Mahut *m. (sanskr.)* Elefantenführer

Mahdi *m. (arab.)* der von Sunniten erwartete Erlöser

Maiden *s. (engl.)* noch siegloses Rennpferd

Mailbox *w. (engl.)* elektronischer Briefkasten; **mailen** Verschicken einer E-Mail

Mainstream *m. (engl.)* 1. Hauptströmung; 2. Durchschnitt; 3. keine eindeutige Stilrichtung im Jazz

Maire *m. (frz.)* französischer Bürgermeister; **Mairie** *w.* Gemeindeamt in Frankreich

Majestät *w. (lat.)* Anrede an Kaiser und Könige; **majestätisch** erhaben, hoheitsvoll

Majolika *w. (lat.)* bemalte Töpferware, Fayence

Majorat *s.* 1. Erbgut; 2. Ältestenrecht in der Erbfolge

majorenn *(lat.)* volljährig; Hptw. **Majorennität** *w.*

majorisieren *(lat.)* überstimmen

Majorität *w.* Mehrheit

makaber *(frz.)* mit dem Grauen Scherz treibend

Makadam *m.* oder *s.* Straßenbelag aus Schotter und Teer

Makak *m. (afrik.)* Affe aus der Gattung der Meerkatzen

Make-up *s. (engl.)* 1. Verschönerung des Gesichts mit kosmetischen Mitteln; 2. getönte Grundierung für die Haut

Makkaroni *Mz. (itl.)* Nudeln aus Hartweizengrieß

Mako *w.* ägyptische Baumwollsorte

Makramee *s. (arab.)* Knüpfarbeit

Makro-, makro- *(gr.)* als Vorsilbe: groß

Makrobiotik *w. (gr.)* l. die Kunst der Lebensverlängerung; 2. spezielle Ernährungsweise basierend auf Gemüse und Getreide

Makromelie *w. (gr.)* Riesenwuchs

Makromolekül *s. (gr.)* Molekül, das sich aus über 1000 Atomen zusammensetzt

Makrone *w. (itl.)* Gebäck aus Mandeln, Nüssen oder Kokos, Eiweiß und Zucker

Makrophysik *w. (gr.)* klassische Physik

makroskopisch *(gr.)* mit dem Auge sichtbar

Makrostruktur *w. (gr.)* sichtbare Struktur der

Materie
Makulatur *w. (lat.)* unbrauchbar gewordenes Papier; **makulieren** Altpapier einstampfen
Malachit *m. (gr.)* Schmuckstein
malad *(frz.)* 1. krank; 2. müde, abgeschlafft
mala fide *(lat.)* wider besseren Wissens
Malaga *m. (span.)* spanischer Süßwein
Malaisem *w. (frz.)* Unbehagen, missliche Lage
Malakologie *w. (gr.)* Weichtierkunde
Malaria *w. (itl.)* Sumpffieber, das durch die Anophelesmücke übertragen wird
Malefikus *m. (lat.)* Unheilbringer
Malefizkerl *m.* Teufelskerl
Malheur *s. (frz.)* Pech, Missgeschick
Malice *w. (frz.)* Bosheit; **maliziös** hämisch
maligne *(lat.)* bösartig; Hptw. **Malignität** *w.;* **Malignom** *s.* bösartiger Tumor
Mall *w. (engl.)* amerik. Einkaufszentrum
Malocchio *m. (itl.)* der böse Blick
Maloche *w. (hebr.)* Schwerstarbeit; Ztw. **malochen**
Maltose *w. (lat.)* Malzzucker
malträtieren *(frz.)* misshandeln, quälen
Malum *s. (lat.)* Krankheit, Übel
Malvasier *m. (frz.)* Süßwein vom Mittelmeer
Mamba *w. (afrik.)* afrik. Giftschlange
Mambo *m. (kreol.)* Tanz aus Westindien
Mamelucken *Mz. (arab.)* 1. türkische Sklaven am persischen und ägyptischen Hof; 2. ägyptische Truppen aus türkischen Sklaven
Mamilla *w. (lat.)* Brustwarze; **Mamillaria** *w.* Warzenkaktus; **Mamma** *w.* weibliche Brust, Brustdrüse (Mz. Mammae)
Mammalia, **Mammalien** *Mz.* Säugetiere
Mammographie *w.* Röntgenuntersuchung der weibl. Brust
Mammon *m. (gr.-hebr.)* Geld
Mammut *s. (russ.)* urzeitliche Elefantenrasse; **Mammut-** als Vorsilbe: Riesen-
Mamsell *w. (frz.)* Fräulein
Management *s. (engl.)* Betriebsleitung eines Wirtschaftsunternehmens; **managen** organisieren; **Manager** *m.* 1. Führungskraft; 2. Betreuer
mancando *(itl.)* Musik: schwindend
Manchester *m. (engl.)* gerippter Samt
Mandant *m. (lat.)* Auftraggeber; **Mandat** *s.* Vollmacht, Auftrag; **Mandatar** *m.* Beauftragter, Bevollmächtigter
Mandarin *m. (sanskr.)* hoher chinesischer Beamte
Mandarine *w.* Apfelsinenart

Mandoline *w. (itl.)* Lauteninstrument
Mandorla *w. (itl.)* ovaler Heiligenschein, der die ganze Gestalt einhüllt
Mandrit *m. (gr.)* Mönch der Ostkirche
Mandragora *w. (gr.)* alraunartiges Gewächs
Manege *w. (frz.)* Reitbahn, Arena im Zirkus
Manen *Mz. (lat.)* im altröm. Glauben die Seelen, die guten Geister von Verstorbenen
Mangan *s. (lat.)* chemisches Element
Mango *w. (malai.)* Frucht
Mangrove *w. (engl.)* tropischer Sumpfbaum
Manichäer *Mz.* Anhänger des Manichäismus; **Manichäismus** *m.* Lehre des persischen Religionsstifters Mani
Manichino *m. (itl.)* hölzerne Gliederpuppe, die Künstlern für Bewegungsstudien dient
Manie *w. (gr.)* Besessenheit, Sucht; **manisch** besessen ein Ziel verfolgend; **manisch-depressiv** mal übersteigert heiter, mal schwermütig
Manier *w. (frz.)* 1. Art und Weise; 2. künstlerischer Stil; 3. erstarrte Form
Manieren *Mz.* Benehmen
manieriert *(frz.)* gekünstelt, übersteigert; Hptw. 1. **Manieriertheit** *w.;* 2. **Manierismus** *m.* 1. gekünsteltes Verhalten; 2. Stilrichtung zwischen Renaissance und Barock; Eigw. **manieristisch**
manifest *(lat.)* deutlich, erkennbar; **Manifest** *s.* Grundsatzerklärung; **Manifestation** *w.* 1. Offenlegung; 2. Kundgebung; **manifestieren** kundgeben, offenbaren
Maniküre *w. (frz.)* 1. Hand- und Nagelpflege; 2. Handpflegerin; **maniküren** Hände und Nägel pflegen
Maniok *m. (indian.)* Wolfsmilchgewächs
Manipel 1. *m. (lat.)* Teil einer römischen Legion; 2. *w.* Band, das der katholische Priester bei der Messe über dem linken Unterarm trägt
Manipulation *w. (lat.)* 1. Verfahren; 2. Machenschaft; 3. bewusste Beeinflussung; **manipulieren** 1. handhaben; 2. bewusst beeinflussen
Manko *s. (itl.)* Mangel, Fehler
Manna *s.* oder *w. (arab.-hebr.)* 1. göttliche Nahrung; 2. Saft der Manna-Esche; 3. Honigtau von Schildläusen
Mannequin *s. (niederl.-frz.)* Modell für Damenbekleidung
Manometer *s. (gr.)* Druckmesser
Manöver *s. (frz.)* 1. Truppenübung; 2. Ablenkungskniff; **manövrieren** 1. Bewegungen

ausführen; 2. geschickt verfahren

Manpower *w. (engl.)* Arbeitskräftepotential eines Unternehmens

manque *(frz.)* betreffen beim Roulette die Zahlen von 1–18

Mansarde *w. (frz.)* Dachgeschoss

Manschette *w. (frz.)* l. Ärmelbündchen, Ärmelstulpe; 2. Papierhülle für Töpfe; 3. Dichtungsring; **Manschetten haben** (ugs.) Angst haben

Mantik *w. (gr.)* Wahrsagekunst

Mantille *w. (span.)* 1. Kopf- und Schulterschleier spanischer Frauen; 2. kurzer Mantel

Mantisse *w. (lat.)* Dezimalstellen hinter dem Komma des Logarithmus

Mantra *s. (sanskr.)* Ritualformel in der hinduistischen Tradition

Manual, Manuale *s. (lat.)* frühere Bezeichnung für ein Tagebuch; 2. Handklaviatur; **manuell** mit der Hand; **Manufaktur** *w.* Betrieb, in dem Handarbeit vorherrscht; **Manufakturwaren** *Mz.* Meterwaren, Textilien

manus lavat manum *(lat.)* eine Hand wäscht die andere

Manuskript *s. (lat.)* Text eines noch ungedruckten Werks

Manzanilla *m. (span.)* spanischer Weißwein

Maquillage *w. (frz.)* 1. gezinkte Spielkarten; 2. französisch für: Schminken

Maquis *s. (frz.)* französische Widerstandsbewegung im Zweiten Weltkrieg; **Maquisards** *Mz.* Widerstandskämpfer

Marabut *m. (arab.-frz.)* islam. Einsiedler

Maracas *Mz. (span.)* Rumbakugeln

Maracuja *w. (indian.-port.)* Frucht der Passionsblume

Maraschino *m. (itl.)* Kirschlikör aus der Maraskakirsche

Marasmus *m. (gr.)* körperlich-geistiger Kräfteschwund; Eigw. **marantisch, marastisch**

Marathon *m. (gr.)* lang andauernd oder lang anhaltend; **Marathonlauf** *m.* Langstreckenlauf von 42,2 km

Marc *m. (frz.)* französischer Grappa

marcato *(itl.)* Musik: betont

Marchesa, Marchese *m. (itl.)* italienischer Adelstitel

Marcia *w. (itl.)* Marsch; **Marcia funebre** *w.* Trauermarsch

Marge *w. (frz.)* Preisspanne

marginal *(lat.)* l. am Rande; 2. geringfügig

Marginalien *Mz.* Randbemerkungen (Ez. Marginalie *w.*); **Marginalität** *w. (engl.)* = **Marginalexistenz** Existenz am Rande einer sozialen Gruppe

Marihuana *s. (span.)* ein Rauschgift

Marille *w. (itl.)* Aprikose

Marimba *w. (afrik.-span.)* afrikanisches Xylophon

marin *(lat.)* dunkelblau

Marine *w.* Flotte

Marinismus *m.* schwülstige Dichtung

Marinade *w. (frz.)* würzige Essigsoße zum Einlegen von Fisch, Fleisch usw.; **marinieren** in eine Marinade einlegen

Mariologie *w. (gr.)* Marienlehre der kath. Kirche

Marionette *w. (frz.)* 1. Gliederpuppe, die an Fäden bewegt wird; 2. willenloser Mensch

maritim *(lat.)* das Meer und die Seefahrt betreffend

markant *(frz.)* ausgeprägt

Marketender *m.,* **Marketenderin** *w. (itl.)* Händler/in bei einer Soldatentruppe

Marketerie *w. (frz.)* Einlegearbeit in Holz, Marmor usw.

Marketing *s. (engl.)* absatzfördernde Maßnahmen

markieren *(frz.)* 1. kennzeichnen; 2. vortäuschen; **Markierung** *w.* Kennzeichnung

Markör *m.* 1. Punktezähler beim Billard; 2. Apparat zum Furchenziehen

Markise *w. (frz.)* aufrollbarer Sonnenschutz

Marmelade *w. (port.)* fruchtiger Brotaufstrich

Marmor *m. (lat.)* kristallinischer Kalkstein; **marmorieren** etwas marmorartig bemalen oder bedrucken

Marmotte *w. (frz.)* Murmeltier

marode *(frz.)* 1. urspr. unfähig zu marschieren; 2. erschöpft, müde

Marodeur *m.* plündernder Soldat; **marodieren** plündern

Marone *w. (itl.)* l. Frucht der Edelkastanie; 2. Speisepilz

Maroquin *m. (frz.)* nordafrikanisches Ziegenleder

Marotte *w. (frz.)* Schrulle

Marquis *m.,* **Marquise** *w. (frz.)* französischer Adelstitel

Marquisette *w. (frz.)* zarter Gardinenstoff

Mars *m. (lat.)* 1. Kriegsgott der Römer; 2. erdnächster Planet

Marsala *m. (itl.)* Süßwein aus Sizilien

Marseillaise *w. (frz.)* französische Nationalhymne

Marshallplan *m. (engl.)* vom US- Außenminister G. C. Marshall entworfener Plan zum Wiederaufbau der im Zweiten Weltkrieg zerstörten europäischen Wirtschaft

martialisch *(lat.)* kriegerisch

Märtyrer *m. (gr.)* Mensch, der aufgrund seiner Überzeugung verfolgt und getötet wurde; **Martyrium** *s.* Opfertod um des Glaubens willen; **Martyrolog, Martyrolgium** *s.* Verzeichnis der kath. Märtyrer

Marxismus *m.* von Marx und Engels begründete Wirtschafts- und Gesellschaftstheorie; Eigw. **marxistisch**; **Marxist** *m.* Anhänger des Marxismus

Mary Jane *w. (engl.)* Synonym für Marihuana

Marzipan *s. (itl.)* süße Masse aus Mandeln und Zucker

Maschinist *m.* Facharbeiter, der Maschinen bedient und wartet

Maser *m. (engl.)* „microwave amplification by stimulated emission of radiation", Gerät, das die Mikrowellen erzeugt

Maskotte *w.*, **Maskottchen** *s. (frz.)* Talisman, Glück verheißender Gegenstand

maskulin *(lat.)* männlich; **Maskulinum** *s.* männliches Hauptwort (Mz. Maskulina)

Masochismus *m.* 1. sexuelle Lust durch zugefügte körperliche Schmerzen; **Masochist** *m.* jmd., der mit Lust leidet; Eigw. **masochistisch**

Massaker *s. (frz.)* Blutbad; **massakrieren** niedermetzeln

Masse *w. (lat.)* l. viele Menschen; 2. Grundgröße der Mechanik

Massel *m. (hebr.)* 1. Planet, Schicksal, Glück; 2. Masse, Klumpen; 3. Dusel

massieren *(frz.)* mit Massagen heilbehandeln

massiv *(frz.)* 1. dicht, fest; 2. aus einem Material; 3. bedrohlich; **Massiv** *s.* Gebirge

Master *m. (engl.)* akademischer Grad an engl. und amerik. Hochschulen

Mastiff *m. (engl.)* englische Dogge

Mastikator *m.* Knetmaschine

Mastitis *w. (gr.)* Brustdrüsenentzündung

Mastodon *s. (gr.)* urzeitlicher Elefantenart

Masturbation *w. (lat.)* Onanie; Ztw. **masturbieren**

Matador *m. (span.)* Stierkämpfer

Mate *m. (indian.)* südamerikanischer Tee

Matelasse *m. (frz.)* reliefartiges Seidengewebe

Matelot *m. (frz.)* runder Hut

Matelote *w.* 1. Fischragout; 2. Matrosentanz

Mater *w. (lat.)* Matrize

Material *s. (lat.)* Stoff, Rohstoff, Hilfsmittel; **Materialisation** *w. (lat.)* Verstofflichung; **materialisieren** erscheinen; 2. in Materie umwandeln; **Materialist** *m.* 1. Anhänger des Materialismus; 2. jmd., für den die wirklichen, stofflichen Dinge des Lebens im Vordergrund stehen; Eigw. **materialistisch**; **Materialität** *w.* Stofflichkeit

Materie *w. (lat.)* Substanz; **materiell** 1. körperlich; 2. spirituell; 3. finanziell

matern *(lat.)* mütterlich

Mathematik *w. (gr.)* Wissenschaft von den Zahlen- und Raumgrößen; Eigw. **mathematisch**; **Mathematiker** *m.* Wissenschaftler auf dem Gebiet der Mathematik; **mathematisieren** etwas mathematisch formulieren

Matinee *w. (frz.)* künstlerische Veranstaltung am Vormittag

Matjeshering *m. (niederl.)* gesalzener Hering

Matratze *w. (arab.-itl.)* Bettpolster

Mätresse *w. (frz.)* Geliebte eines verheirateten Mannes, die sich vom Liebhaber aushalten lässt

Matriarchat *s. (gr.-lat.)* Mutterherrschaft; Eigw. **matriarchalisch**

Matrikel *w. (lat.)* Studentenverzeichnis an Hochschulen

Matrix *w. (lat.)* 1. Hülle der Chromosomen; 2. Zahlenschema in Rechteckform

Matrize *w. (frz.)* Gußform für Druckbuchstaben

Matrone *w. (lat.)* ältere, gesetzte, mütterliche Frau

Matrose *m. (niederl.)* Mitglied einer Schiffsbesatzung

matsch *(itl.)* schlapp

Matt *s. (arab.)* Niederlage beim Schach

Matura *w. (lat.)* Reifeprüfung, Abitur

Matze *w. (hebr.)* ungesäuertes Osterbrot der Juden

Maureske *w. (frz.-itl.)* arabisches Flächenornament streng stilisierter Pflanzenformen

Mausoleum *s. (gr.)* monumentaler Grabbau

maximal *(lat.)* höchst; **Maxime** *w. (lat.-frz.)* Prinzip, Lebensregel; **Maximum** *s.* Höchstmaß, Höchstwert

Maya *Mz.* indianisches Volk Mittelamerikas

Mayday *(engl.)* internationaler Notruf aus dem frz. „m'aidez“ („helft mir“)

Mayonnaise *w. (frz.)* gewürzte Soße aus Eigelb und Öl

Mayor *m. (engl.)* englischer Bürgermeister

Mäzen *m. (lat.)* Kunstfreund, freigebiger Förderer und Gönner von Künstlern

Mazurka, **Masurka** *w.* polnischer Tanz

mea culpa *(lat.)* durch meine Schuld

Mechanik *w. (gr.)* Wissenschaft vom Gleichgewicht und der Bewegung von Körpern unter dem Einfluss von Kräften; **Mechaniker** *m.* Facharbeiter für Maschinen; **mechanisieren** umstellen auf Maschinenarbeit; Hptw. **Mechanisieren** *w.;* **Mechanismus** *m.* selbsttätiger Vorgang

Medaille *w. (frz.)* Gedenkmünze, Auszeichnung in Form einer Geldmünze

Medaillon *s.* 1. Schmuckkapsel zum Umhängen; 2. rundes Bildnis; 3. Scheibe vom Filet

median *(lat.)* in der Mitte liegend; **Medianebene** *w.* , die den menschlichen Körper in zwei gleiche Hälften teil

Mediation *w. (lat.)* Vermittlung zwischen Staaten

medial vgl. Medium

Medien *Mz. (lat.)* 1. Mz. von Medium; 2. Massenkommunikationsmittel;

Medikament *s. (lat.)* Arzneimittel; **medikamentös** mit Hilfe von Arzneimitteln; **Medikation** *w.* Arzneiverordnung; **Medikus** *m.* Arzt

medio *(lat.)* mittig; **Mediowechsel** *m.* in der Monatsmitte fälliger Wechsel

medioker *(lat.)* mittelmäßig; **Mediokrität** *w.* Mittelmäßigkeit

Medisance *w. (frz.)* üble Nachrede, boshafter Klatsch

Meditation *w. (lat.)* 1. innere Versenkung; 2. geistig-religiöse Übung im Buddhismus; **meditieren** 1. sich versenken; 2. Meditation ausüben

mediterran *(lat.)* mittelmeerländisch

medium *(engl.)* 1. mittel

Medium *s.* 1. besitzt vermittelnde Kräfte zum Übersinnlichen; 2. Kommunikationsmittel (Presse, Rundfunk, Fernsehen)

Medizin *w. (lat.)* 1. Heilkunde; 2. Heilmittel; **Mediziner** *m.* 1. Arzt; 2. Medizinstudent; **medizinisch** heilkundlich; **Medizinmann** *m.* Zauberer, Priester Schamane bei Naturvölkern

Medley *s. (engl.)* Potpourri beliebter Musiktitel

Médoc *m. (frz.)* südwestfranzösische Landschaft; französischer Rotwein

Medusa *w. (gr.)* 1. weibliches Ungeheuer der griech. Sage, dessen Blick in Stein verwandelt; 2. Quallenart (Mz. Medusen)

Meeting *s.* *(engl.)* l. Konferenz; 2. sportliches Treffen

Mega(lo)-, **mega(lo)-** *(gr.)* als Vorsilbe: sehr groß; vor Maßeinheiten: das Millionenfache

Megabit *s.* *(gr.-engl.)* ca. eine Million Bit; **Megabyte** *s.* ca. eine Million Byte

Megalith *m.* *(gr.)* urzeitlicher Riesensteinblock; **Megalithgrab** *s.* Hünengrab; **megalithisch** aus der Jungsteinzeit stammend

Megalomanie *w.* *(gr.)* Größenwahn; Eigw. **megalomanisch**

Megaohm *s.* *(gr.-dt.)* eine Million Ohm

megaout *(gr.-engl.)* total unmodern

Megaphon *s.* *(gr.)* mobiler Lautsprecher

Megäre *w.* *(gr.)* 1. eine der drei Erinnyen aus der griech. Mythologie; 2. rachsüchtige Frau

Megastar *m.* *(gr.-engl.)* internationaler Star

Megavolt *s.* *(gr.)* eine Million Volt; **Megawatt** *s.* eine Million Watt

Mekka *s.* *(arab.)* heilige Stadt des Islam

Melan-, **melan-** *(gr.)* als Vorsilbe: schwarz

Melancholie *w.* *(gr.)* Schwermut; **Melancholiker** *m.* neigt zur Schwermut; **melancholisch** schwermütig, trübsinnig

Melange *w.* *(frz.)* 1. Mischung; 2. Milchkaffee

Melanin *s.* *(gr.)* dunkler Farbstoff in Haut, Haaren, Federn und Schuppen

Melanom *s.* *(gr.)* bösartige Pigmentgeschwulst

Melasse *w.* *(span.-frz.)* Rückstand bei der Zuckergewinnung

melieren *(frz.)* sprenkeln; **meliert** gesprenkelt, ergraute Haare, von grauen Strähnen durchzogen

Melisse *w.* *(gr.)* Heilpflanze

Mellon *s.* *(arab.)* jüdische Viertel in arabischen Städten

Melodie *w.* *(gr.)* liedhafte Tonfolge; **Melodik** *w.* 1. Wohlklang; 2. Lehre vom Aufbau einer Melodie

melodisch, **melodiös** wohlklingend

Melodrama *s.* Rührstück; Eigw. **melodramatisch**

Melograph *m.* *(gr.)* Notenschreibmaschine

Melone *w.* *(gr.-lat.)* 1. kürbisartige Frucht; 2. runder Hut, Bowler

Melpomene *w.* *(gr.)* griechische Muse des Trauerspiels

Membran, **Membrane** *w.* *(lat.)* 1. dünnes Häutchen; 2. schwingungsfähiges Plättchen im Lautsprecher

Membrum *s.* *(lat.)* Körperglied

Memento *s.* *(lat.)* Erinnerung, Mahnung; **Memento mori** gedenke des Todes!

Memo = Memorandum

Memoiren *Mz. (frz.)* Lebenserinnerungen; **Memorabilien** *Mz.* Andenken; **Memorandum** *s.* 1. Merkzettel; 2. Stellungnahme; **Memorial** *s. (engl.)* 1. Denkmal; 2. Veranstaltung zum Gedenken an einen Toten; **memorieren** *(lat.)* auswendig lernen, wiederholen

Memory *s. (engl.)* l. Gesellschaftsspiel; 2. Computerspeicher

Menage *w. (frz.)* Tischgestell für Essig, Öl, Pfeffer, Salz

Menagerie *w. (frz.)* Tierschau

Menarche *w. (gr.)* erste Menstruation

Mendikant *m. (lat.)* Bettelmönch

Menetekel *s. (aram.)* Warnzeichen, Ankündigung drohenden Unheils

Menhir *m. (bretonisch)* urzeitlicher unbehauener aufrechtstehender Hünenstein von kultischer Bedeutung

Meniskus *m. (gr.)* Zwischenknorpel im Kniegelenk

Menopause *w. (gr.-lat.)* Ende der weiblichen Periode in den Wechseljahren

Menorrhöe *w.* Monatsblutung

Menora *w. (hebr.)* sieben- oder achtarmiger Leuchter des jüdischen Kults

Mensa *w. (lat.)* 1. Steinplatte des kath. Altars; 2. Hochschulkantine

Menschewik *m. (russ.)* Mitglied der russ. sozialdemokratischen Partei

Menses *Mz. (lat.)* Monatsblutung

mens sana in corpore sano *(lat.)* gesunder Geist im gesunden Körper

Menstruation *w. (lat.)* Monatsblutung; Ztw. **menstruieren**

Mensur *w. (lat.)* 1. vorgeschriebener Abstand zweier Gegner beim Fechten; 2. Zweikampf zwischen Studenten mit scharfen Waffen; 3. Messzylinder; **mensurabel** messbar; Hptw. **Mensurabilität** *w.*

mental *(lat.)* 1. geistig; 2. verstandmäßig; **Mentalität** *w.* geistige Einstellung; **Mentalsuggestion** *w.* Gedankenübertragung

Mentha *w. (lat.)* Minze; **Menthol** *s.* Aromastoff des Pfefferminzöls

Mentor *m. (gr.)* Ratgeber, väterlicher Freund

Menü *s. (frz.)* 1. Speisenfolge; 2. auf dem Monitor erscheinende Übersicht eines Computerprogramms

Menuett *s. (frz.)* französischer Hoftanz

Mephisto, **Mephistopheles** *m.* Teufel als zynischen Verführer; **mephistophelisch** teuflisch

Merchandising *s. (engl.)* Verkaufsförderung eines Produkts

merci *(frz.)* danke!

Meridian *m.* *(lat.)* größter Kreis der Himmelskugel, verlaufend durch den Nord. bzw. Südpunkt des Horizonts, als auch durch den Zenith und Nadir; 2. Längenkreis auf der Erdkugel, der senkrecht auf dem Äquator steht und durch Nord- und Südpol läuft

Meringe *w.* *(frz.)* Gebäck aus Eischnee und Zucker, Schaumgebäck

Merino *m.* *(span.)* 1. Schaf; 2. feiner Stoff aus der Wolle des Merinoschafes

Meriten *Mz.* *(lat.)* Verdienste

merkantil *(lat.)* den Handel betreffend

Merkantilismus *m.*, **Merkantilsystem** *s.* Wirtschaftspolitik z.Z. des Absolutismus

Merkur *m.* *(lat.)* 1. römischer Gott des Handels, Götterbote; 2. der kleinste und sonnennächste Planet; 3. *s.* alchimistische Bezeichnung für Quecksilber; **Merkurialismus** *m.* Quecksilbervergiftung

Merlan *m.* *(frz.)* Schellfischart

Merzerisation *w.* *(lat.)* Verfahren (nach John Mercer), Baumwolle Seidenglanz zu geben; Ztw. **merzerisieren**

Mesalliance *w.* *(frz.)* nicht standesgemäße Beziehung oder Heirat

meschant *(frz.)* böse, boshaft

meschugge *(hebr.)* verrückt

Meskal *m.* *(mexik.)* aus Agavenblättern bereiteter Branntwein; **Meskalin** *s.* Rauschmittel aus einem mexikanischen Kaktus

Mesmerismus *m.* Lehre von der heilenden Wirkung des Magnetismus

Meso-, **meso-** *(gr.)* als Vorsilbe: mittlere, in der Mitte

Mesolithikum *s.* *(gr.)* mittlere Steinzeit; Eigw. **mesolithisch**

Mesonen *Mz.* *(gr.)* instabile Elementarteilchen

Mesozoikum *s.* *(gr.)* mittleres Erdzeitalter; Eigw. **mesozoisch**

Message *w.* *(engl.)* Nachricht

Messe *w.* *(lat.)* 1. Liturgie der kath. Kirche, Gottesdienst mit Eucharistie; 2. große Anbieterausstellung; 3. *w.* *(engl.)* Aufenthalts- und Speiseraum auf Schiffen

Messias *m.* *(hebr.)* Erlöser; Jesus Christus **messianisch** auf den Messias bezogen; **Messianismus** *m.* Glaube an das Kommen eines Messias

Messidor *m.* *(frz.)* der zehnte Monat im Kalender der Französischen Revolution

Mestize *m.* *(span.)* Halbblut mit einem weißen und einem indianischen Elternteil

mesto *(itl.)* Musik: ernst

Meta-, meta- *(gr.)* als Vorsilbe: zwischen, jenseits, hinter, nach, ver-

metabolisch *(gr.)* veränderlich

Metabolismus *m.* Stoffwechsel

Metagenese *w. (gr.)* Generationswechsel

Metakritik *w. (gr.)* Kritik der Kritik

Metall *s. (gr.)* Elemente, die hinsichtlich ihrer Fähigkeit, Wärme und Elektrizität zu leiten, ihrer Legierbarkeit und Undurchsichtigkeit gleiche Eigenschaften aufweisen; **metallen** bestehend aus Metall; **metallisch** *(gr.)* 1. aus Metall; 2. metallartig aussehend; 3. hart und durchdringend klingend; **Metallogie** *w.* Lehre vom Aufbau und den Eigenschaften der Metalle

Metallurgie *w.* Lehre von der Metallgewinnung

metamorph, metamorphisch *(gr.)* die Gestalt wandelnd; Ztw. **metamorphisieren**; **Metamorphose** *w.* Verwandlung, Umwandlung

Metapher *w. (gr.)* Verbildlichung, Übertragung eines abstrakten Sachverhalts in einen bildhaften Ausdruck; **metaphorisch** bildlich, übertragen

Metaphrase *w.* Übertragung einer Versdichtung in Prosa; **metaphrastisch** mit Synonymen arbeitend

Metaphysik *w. (gr.)* philosophische Lehre von Gesetzmäßigkeiten einer möglichen Wirklichkeit hinter erfahrbaren Dingen; **Metaphysiker** *m.* Philosoph, der sich mit dem Überempirischen beschäftigt; **metaphysisch** überempirisch

Metapsychologie *w.* 1. die Lehre vom Okkulten; 2. Parapsychologie

Metasprache *w. (gr.-dt.)* Sprache, in der Aussagen über eine Sprache gemacht werden

Metastase 1. *w. (gr.)* Tochtergeschwulst; 2. Transport von Geschwulstkeimen an andere Körperstellen; Eigw. **metastatisch**

Metempsychose*w. (gr.)* Seelenwanderung

Meteor *s. (gr.)* kosmischer Partikel, der beim Verglühen in der Erdatmosphäre eine kurzzeitige Lichterscheinung am Nachthimmel hervorruft; **Meteorit** *m.* kosmischer Festkörper

Meteorologe *m.* Wetterexperte; **Meteorologie** *w.* Wissenschaft, die sich mit Klima und Wetter beschäftigt; **meteorologisch** wetterkundlich; **Meteoropathologie** *w.* Grenzbereich zwischen Medizin und Meteorologie (erforscht den Einfluss des Wetters auf den Menschen); **Meteorotropie** *w.* Wetterfühligkeit

Meter *m.* und *s.* *(gr.)* internationale Längeneinheit

Methan *s.* *(gr.)* Kohlenwasserstoff

Methanol *s.*, Methylalkohol *m.* *(gr.)*, giftiger Alkohol, der für die Herstellung von Formaldehyd benutzt wird

Methode *w.* *(gr.)* Verfahren zur Erlangung von Erkenntnissen oder zur Erreichung eines praktischen Ziels; **Methodik, Methodologie** *w.* Lehre von den Methoden und den Verfahren; **Methodiker** *m.* jmd., der nach einer bestimmten Methode verfährt; **methodisch** planmäßig, mit Methode

Methodismus *m.* *(gr.)* religiöse Erweckungsbewegung in den USA (zweitstärkste kirchliche Konfession); **Methodist** *m.* Anhänger des Methodismus

Methusalem *m.* *(hebr.)* Urvater, der 969 Jahre alt geworden sein soll

Metier *s.* *(frz.)* Handwerk, Beruf

Metonomasie *w.* *(gr.)* Übertragung des Eigennamens in eine fremde Sprache

Metonymie *w.* *(gr.)* Wortaustausch, der auf Ideenverbindungen beruht; Eigw. **metonymisch**

Metope *w.* *(gr.)* Schmuckfeld im Kranzgesims griechischer Tempel

Metrik *w.* *(gr.)* 1. Lehre von Versmaß und Versbau bei Gedichten; 2. Lehre vom Takt in der Musik; **metrisch** 1. auf das Versmaß, den Takt bezogen; 2. auf den Meter bezogen

Metrologie *w.*, Lehre von den Maßsystemen

Metro *w.* *(frz.)* Untergrundbahn, u.a. in Paris und Moskau

Metronom *s.* *(gr.)* mechanischer Taktschläger

Metropole *w.* *(gr.)* Hauptstadt, Weltstadt

Metropolit, **Metropolitan** *m.* 1. röm.-kath. Erzbischof; 2. Oberhaupt der orthodoxen Kirche eines Landes

Metrum *s.* *(gr.)* Versmaß, Taktmaß

Mettage *w.* *(frz.)* Umbruch beim Druck, Anordnung des Drucksatzes zu Seiten; **Metteur** *m.* Schriftsetzer beim Druck

Meublement *s.* *(frz.)* Wohnungseinrichtung, Möbel

Mezzanin *s.* *(itl.)* Zwischengeschoss

mezzoforte *(itl.)* Musik: gedämpft

Mezzosopran *m.* Singstimme zwischen Sopran und Alt

Mezzogiorno *m.* *(itl.)* der von Rom aus gesehene südliche Teil Italiens

Mezzotinto *s.* *(itl.)* Kupferstich-Technik (Mz. Mezzotinti)

Mickey Mouse *w.* *(engl.)* von Walt Disney

geschaffene Trickfilmgestalt

Midi *(frz.)* halblange Kleider oder Röcke

Midinette *w. (frz.)* Pariser Putzmacherin.

Midlife-Crisis *w. (engl.)* seelische Existenzkrise in der Lebensmitte des Mannes

Mignon *m. (frz.)* 1. Sinnbild einer sehnsüchtig Liebenden; 2. Liebling; **Mignonne** *w.* Liebchen, Liebling

Migräne *w. (lat.-gr.)* Kopfschmerzanfall begleitet von Sehstörungen, Schwindel und Übelkeit

Mijnheer *(niederl.)* niederl. Anrede für Herr

Mikado *m. (jap.)* 1. Titel für den japanischen Kaiser; *s.* 2. Geschicklichkeitsspiel mit Stäbchen

Mikro-, mikro- *(gr.)* als Wortteil: klein, gering, fein

Mikroben *Mz.* Mikroorganismen

Mikrobiologie *w. (gr.)* Wissenschaft von den Mikroorganismen

Mikrofilm *m.* Film zur wesentlich verkleinerten Speicherung von Schrift- und Bildmaterial

Mikrofotografie *w.* Fotografieren durch ein Mikroskops

Mikrokopie *w. (gr.)* stark verkleinerte Reproduktion von Schrift- und Bildmaterial

Mikrokosmos *m. (gr.)* die Welt der Kleinstlebewesen

Mikroorganismen *Mz. (gr.)* kleinste, einzellige Lebewesen wie Bakterien und Viren

Mikrophon *s. (gr.)* wandelt Schallwellen in elektrische Ströme um

Mikrophysik *w. (gr.)* Physik der Atome und Moleküle

Mikroprozessor *m. (gr.-lat.)* Speicherbaustein, der das Rechen- und Steuerwerk eines Computers umfasst

Mikroskop *s. (gr.)* macht kleinste Gegenstände und Lebewesen sichtbar

Mikroskopie *w.* Untersuchung durchs Mikroskop; Ztw. **mikroskopieren**; **mikroskopisch** 1. nur unter dem Mikroskop sichtbar; 2. winzig

Mikrosomie *w. (gr.)* Zwergwuchs

Mikrotom *s. (gr.)* Gerät zur Herstellung feinster Schnitte für mikroskopische Untersuchungen

Mikrowelle *w. (gr.-dt.)* 1. elektromagnetische Welle im Zentimeterbereich; 2. Kurzwort für **Mikrowellenherd**, *m.* Gerät, mit dem Lebensmittel mit Bestrahlung (Mikrowellen) in sehr kurzer Zeit gegart werden

Mikrozensus *m. (gr.-lat.)* Repräsentativerhebung für bestimmte Daten der Bevölkerung

Milan *m.* *(frz.)* Greifvogelart mit gegabeltem Schwanz

miliar *(lat.)* hirsekorngroß; **Miliartuberkulose** *w.* Form der Tuberkulose mit hirsekorngroßen Tuberkeln

Milieu *s.* *(frz.)* 1. Umfeld, Lebensraum; 2. Rotlichtbezirk, in dem Prostituierte arbeiten; **Milieutheorie** *w.* Lehre von der Bedeutung des sozialen Umfelds für die Entwicklung des Menschen

militant *(lat.)* kämpferisch; Hptw. **Militanz** *w.*

Militär 1. *s.* *(lat.-frz.)* Gesamtheit der Streitkräfte; 2. *m.* hoher Offizier; **Militärattaché** *m.* ein Offizier, dem eine Botschaft zugeteilt wurde; **Militärdiktatur** *w.* Diktatur, in der Militärs an der Macht sind; **Militaria** *Mz.* militärische Gegenstände als Sammelobjekte; **militärisch** zum Militär gehörig; **militarisieren** mit militärischen Mitteln ausstatten; **Militarismus** *m.* Vorherrschaft des Militärs und militärischer Prinzipien im Staat; Eigw. **militaristisch**

Military *s.* *(engl.)* Vielseitigkeitsprüfung in Geländeritt, Dressurreiten und Jagdspringen; **Military Police** *w.* Militärpolizei in England und den USA

Miliz *w.* *(lat.)* Bürgerwehr, die im Kriegsfall einberufen wird

Mille *s.* *(lat.)* das Tausend

Millennium *s.* *(lat.)* Jahrtausend, Zeitraum von tausend Jahren

Milli- *(lat.)* Vorsilbe vor Maßeinheiten: der tausendste Teil

Milliampere *s.* *(lat.-frz.)* ein tausendstel Ampere

Milliardär *m.* *(lat.)* Besitzer von Werten über Milliarden (Euro); **Milliarde** *w.* tausend Millionen; **Millibar** *s.* ein tausendstel Bar (Einheit des Luftdrucks); **Milligramm** *s.* ein tausendstel Gramm; **Millimikron** *s.* ein millionstel Millimeter **Million** *w.* *(lat.)* tausend mal tausend; **Millionär** *m.* Besitzer von Werten über Millionen (Euro)

Milreis *s.* frühere Währungseinheit in Portugal und Brasilien

Mime *m.* *(gr.)* Schauspieler; **mimen** eine Rolle spielen; **Mimik** *w.* menschliches Mienenspiel; **mimisch** etwas durch Gestik ausdrücken

Mimesis *w.* *(gr.)* 1. kreative Wirklichkeitsverarbeitung mit den ästhetischen Mitteln der Künste; 2. spottende Nachahmung; **mimetisch** nachäffend

Mimikry *w.* *(gr.)* Fähigkeit von Pflanzen und

Tieren ihre Farbe der jeweiligen Umgebung anzupassen

Mimose *w.* *(gr.)* 1. Hülsenfrüchtler, der bei Berührung Blätter und Blüten zusammenzieht; 2. überempfindliche Person; **mimosenhaft** überempfindlich, zart besaitet

Mimus *m.* *(gr.)* l. antikes Lustspiel; 2. Schauspieler, der darin auftritt

Minarett *s.* *(arab.)* Turm der Moschee

Mine *w.* *(frz.)* 1. Sprengkörper, der durch Fernzündung oder Berührung explodiert; 2. unterirdischer Stollen; 3. Einlage in Kugelschreibern

Mineral *s.* chemischer und physikalischer Bestandteil der Erdrinde, *Mz.* **Mineralien**; **Mineraloge** *m.* Experte für Mineralien; **Mineralogie** *w.* Wissenschaft von den Mineralien; Eigw. **mineralogisch**; **Mineralöl** *s.* aus Erdöl erzeugter Kohlenwasserstoff; **Mineralwasser** *s.* Wasser mit Mineralsalz

Minerva *w.* *(lat.)* römische Göttin der Weisheit und des Kunsthandwerks

Minestrone *w.* *(itl.)* italienische Gemüsesuppe

Mineur *m.* *(frz.)* 1. Spekulant, der an der Börse die Kurse hochtreibt; 2. Experte für das Legen von Minen; 3. Arbeiter im Minenstollen

Mini Kurzform von „miniature" *(engl.)*, sehr kurze Kleider und Röcke

Miniatur *w.* *(lat.)* Bild in Kleinformat, oft zur Illustrierung alter Handschriften; **miniaturisieren** verkleinern; **Miniaturisierung** *w.* Verkleinerung; **Miniaturist** *m.* Künstler, der Miniaturen malt

minieren *(frz.)* unterirdische Gänge anlegen

Minigolf *s.* *(engl.)* Kleingolf auf Betonbahnen

minimal *(lat.)* geringfügig

Minimal Art *w.* *(engl.)* moderne Kunstrichtung, die auf strikte Reduktion formaler und farblicher Mittel zielt

minimalisieren 1. sehr stark vereinfachen; 2. gering schätzen

minimieren auf den kleinsten Wert bringen

Minimalmusic *w.* *(engl.)* moderne Musik, die aus Wiederholung und allmählicher Verschiebung einfacher Klangfiguren besteht

Minimum *s.* *(lat.)* 1. niedrigster Wert; 2. Kern eines Tiefdruckgebiets

Minister *m.* *(lat.)* Mitglied der Regierung; **Ministerialbeamter** *m.* Beamter in einem Ministerium; **Ministerialbürokratie** *w.* Beamtenschaft eines Ministeriums; **ministeriell** von einem Ministerium ausgehend; **Ministerium** *s.* Amtsbereich eines Ministers, oberste Verwaltungsbehörde eines Staates; **Ministerpräsident** *m.* Leiter des Kabinetts

Ministrant *m. (lat.)* kath. Messdiener

minoisch die Kultur Kretas um 3000–1200 v. Chr.; altkretische Schrift benannt nach dem Sagenkönig Minos von Knossos auf der Insel Kreta

Minorat *s. (lat.)* Erbrecht des jüngsten Sohnes; **minore** *(itl.)* itl. für Moll; **Minorit** *m.* Franziskaner; **Minorität** *w.* Minderheit

Minotaurus *m. (gr.)* kretisches Ungeheuer aus Stier und Mensch

minus *(lat.)* 1. weniger; 2. unter dem Gefrierpunkt; **Minus** *s.* 1. Fehlbetrag, Verlust; 2. Mangel, Nachteil

Minuskel *w. (lat.)* Kleinbuchstabe

Minute *w. (lat.)* 1. der sechzigste Teil einer Stunde; 2. der sechzigste Teil eines Winkelgrads

minutiös, minuziös sehr genau, in allen Einzelheiten

Miozän *s. (gr.)* Zeitalter der Erdgeschichte

Mi-parti *s. (frz.)* Männertracht im 14. und 15. Jh. von verschiedener Farbe und Schnitt für beide Körperhälften

Mir *m. (russ.)* 1. russ. Form der dörflichen Landaufteilung im Zarismus; 2. erste internationale Raumstation (bis Ende 1999, dt.: Frieden)

Mirabelle *w. (frz.)* gelbe Pflaumenart

Mirage *w. (frz.)* Luftspiegelung

Mirakel *s. (lat.)* Wunder, Wundertat; **Mirakelspiel** *s.* mittelalterliches Legendendrama; **mirakulös** wundersam

Misandrie *w. (gr.)* Männerhass

Misanthrop *m. (gr.)* Menschenfeind; **Misanthropie** *w.* Menschenhass; Eigw. **misanthropisch**

Mischna *w. (hebr.)* Aufzeichnung des jüd. Religionsgesetzes aus dem 2. Jh. (Grundlage des Talmud)

Mischpoche, **Mischpoke** *w. (hebr.)* 1. Familie, Sippschaft; 2. üble Leute

Mise en scène *s.* Inszenierung

miserabel *(lat.)* 1. erbärmlich; 2. in schlechter Verfassung

Misere *w. (frz.)* Elend

Miserikordien *Mz. (lat.)* Stützen im Chorgestühl

Misogam *m. (gr.)* Ehefeind; **Misogyn** *m.* Frauenfeind; **misogyn** frauenfeindlich

Misologie *w.* Hass gegen die Vernunft und

gegen rationale Auseinandersetzung

Missale *s. (lat.)* Messbuch mit dem Text der kath. Messe

Missa solemnis *w.* feierliches Hochamt

Missing Link *s. (engl.)* fehlende Evolutionsstufe zwischen Mensch und Menschenaffe

Mission *w. (lat.)* 1. Auftrag; 2. Verbreitung des Glaubens; 3. Staatsdelegation mit Auftrag im Ausland; **Missionar** *m.* Geistlicher in der Mission; **missionarisch** 1. die Mission betreffend; 2. bekehrerisch; **missionieren** eine Glaubenslehre verbreiten

Missiv *s. (lat.)* verschließbare Mappe für Schriften

misterioso *(itl.)* Musik: geheimnisvoll

Mistral *m. (frz.)* kalter Nordwestwind in Südfrankreich

Mitra *w. (gr.)* l. griechische Stirnbinde der Frauen; 2. kath. Bischofsmütze

Mitrailleuse *w. (frz.)* Schnellfeuerwaffe

Mixed Drink *m. (engl.)* Cocktail; **Mixed Grill** *s.* Mischgericht aus gegrilltem Fleisch und Gemüsen; **Mixed Media** *Mz.* künstlerisch gestaltete Medienkombination; **Mixed Pickles** *Mz.* Gemüsesorten, die in scharf gewürztem Essig eingelegt sind; **mixen** *(engl.)* 1. Getränke mischen; 2. Klänge mischen; **Mixer** *m.* 1. Getränkemischer in einer Bar; 2. Gerät zum Mischen von Gemüse, Obst, Säften usw.; **Mixtur** *w. (lat.)* Mischung flüssiger Arzneien

mm Abk. für Millimeter

Mneme *w. (gr.)* Gedächtnis; **Mnemotechnik** *w.* Gedächtniskunst, Technik, sich leicht etwas einzuprägen

Mob *m. (lat.)* Pöbel, Pack; **Mobbing** *s. (engl.)* Tyrannisiertwerden am Arbeitsplatz von Kollegen; Ztw. **mobben**

mobil *(lat.)* 1. beweglich; 2. einsatzbereit

mobile *(itl.)* Musik: lebhaft

Mobile *s.* bewegliche Schwebeplastik an Fäden und Drähten

Mobile *s. (engl.-amerik.)* für Handy

Mobiliar *s. (lat.)* Möbel, Wohnungseinrichtung; **Mobilien** *Mz.* beweglicher Besitz; **mobilisieren** *(lat.)* 1. Truppen mobil machen; 2. zum Handeln, in Bewegung bringen; Hptw. **Mobilisation, Mobilisierung** *w.*

Mobilität *w.* 1. Beweglichkeit; 2. Häufigkeit des Wohnsitzwechsels

Mockturtlesuppe *w. (engl.)* falsche Schildkrötensuppe (Kalbskopfsuppe mit Rotwein)

Mod *m. (engl.)* extrem modebewußter Jugendlicher der 1960er-Jahre

modal *(lat.)* Art und Weise betreffend, durch die Umstände bedingt; **Modalität** *w.* Art und Weise, wie etwas ausgeführt, geschieht oder gedacht wird

Mode *w. (lat.)* Ausdrucks des Zeitgeschmacks; **Modedesigner** *m. (lat.-engl.)* ausgebildeter Modekünstler, Modemacher

Model *m. (lat.)* 1. Gussformform für Ton, Teig oder Metall; 2. erhabene Druckform für Stoff- oder Tapetendruck; 3. *s. (engl.)* attraktive Person, die als Werbeträger in der Mode- oder Kosmetikbranche tätig ist

Modell *s. (lat.)* 1. Vorbild, Muster; 2. dreidimensionaler, verkleinerter Entwurf; 3. nur einmal angefertigtes Kleidungsstück; 4. Person, die als Vorbild für eine Plastik oder ein Gemälde dient; 5. Mannequin; 6. vereinfachte, schematische Ausführung eines komplexen Zusammenhangs; **modellieren** 1. Modell herstellen; 2. künstlerisch formen

Modem *m.* oder *s. (engl.)* dient in Verbindung mit dem Computer zur Datenübertragung über Telefonleitung und besteht aus einem Modulator und einem Demodulator

moderat *(lat.)* maßvoll, gemäßigt; **Moderation** *w. (lat.)* Leitung einer Sendung im Fernsehen oder Radio

moderate *(itl.)* Musik: mäßig

Moderator *m. (lat.)* 1. Leiter einer Diskussion; 2. führt kommentierend durch Radio- oder TV-Sendungen (Mz. Moderatoren); 3. Bremssubstanz zur Verminderung der Neutronenge- schwindigkeit im Kernreaktor; **moderieren** eine Sendung leiten oder kommentieren

modern *(lat.)* zeitgemäß, im Zeitgeschmack, neuzeitlich; Hptw. **Modernität** *w.;* **Modern Dance** *m. (engl.)* amerikan. Form des Ausdruckstanz; **Moderne** *w. (lat.)* 1. die jetzige Zeit; 2. moderne Richtung in der Kunst; **modernisieren** erneuern, dem Zeitgeschmack anpassen; **Modernismus** *m.* 1. theologische Reformbewegung innerhalb der kath. Kirche; 2. Vorliebe für das jeweils Moderne; 3. modernes Stilelement; **Modernist** *m.* Anhänger des Modernismus; **Modern Style** *m. (engl.)* engl. Jugendstil; **modisch** nach der neuesten Mode

Modifikation, **Modifizierung** *w. (lat.)* 1. Abänderung, Abwandlung; **modifizierbar** abwandelbar; **modifizieren** abwandeln, abändern

Modistin *w. (lat.)* Putzmacherin, Hutmacherin

Modul *m. (lat.)* 1. Maßeinheit in der antiken Baukunst zur Bestimmung von Dimensionen und Proportionen bestimmt wurden; 2. Verhältniszahl; 3. Materialkonstante; 4. Berechnungsgrundlage für die Anzahl der Zähne eines Zahnrades; 3. *s. (lat.-engl.)* elektronisches Bauteil, das bestimmte Funktionen übernimmt; 4. Software, die Programmabläufe bausteinartig unterteilt

Modulation *w. (lat.)* 1. Übergang in eine andere Tonart; 2. Abwandlung, Veränderung von Schwingungen; 3. Anpassen von Tonstärke und Klangfarbe; **Modulator** *m.* Gerät zur Umwandlung von Schwingungen; **modulieren** 1. abwandeln; 2. in eine andere Tonart übergehen

Modus *m. (lat.)* 1. Art und Weise; 2. Sprachlehre: Aussageweise des Zeitworts (Mz. Modi); **modus procedendi** *m.* Verfahrensweise; **modus vivendi** *m.* eine Form des erträglichen Zusammenlebens

Mogul *m. (pers.)* islam. Herrscher mongolischer Abstammung in Indien vom 6. bis 19. Jh. (Mz. Moguln)

Mohair *m. (arab.-engl.)* Wolle der Angoraziege

Moira *w. (gr.)* Schicksal, das nach dem Glauben der antiken Griechen dem Menschen zugeteilt ist

Moiren *Mz. (gr.)* die Schicksalsgöttinnen Klotho, Lachesis und Atropos

Moiré *s. (frz.)* 1. lebendig schillerndes Gewebe; 2. fehlerhafte Musterung auf Reproduktionen; **moiriert** schillernd

Moisturizer *m. (engl.)* feuchtigkeitsspendende kosmetische Flüssigkeit

mokant *m. (frz.)* spöttisch; **sich mokieren** sich lustig machen, spotten

Mokassins *Mz. (indian.)* weiche, absatzlose Wildlederschuhe mit buntem Vorderblatt

Mokka *m. (arab.)* l. arabische Kaffeesorte; 2. doppeltstarker Kaffee

Molar *m. (lat.)* hinterer Backenzahn (Mz. Molaren)

Molasse *w. (frz.)* Ablagerung aus Sandstein

Mole *w. (lat.)* Wellenbrecher, Damm

Molekül *s. (frz.)* kleinste Einheit einer chemischen Verbindung, besteht aus Atomen; Eigw. **molekular**; **Molekularbiologie** *w. (gr.-lat.-frz.)* Biologie, die sich mit chemischen und physikalischen Eigenschaften molekularer Verbindungen im Organismus befasst

Molesten *Mz. (lat.)* Beschwerlichkeiten,

Ärgernisse; **molestieren** belästigen

Moll *s. (lat.)* Tonart mit kleiner Terz im Grundakkord

Molluske *w. (lat.)* Weichtier

Moloch *m. (hebr.-gr.)* 1. semitischer Gott, dem Menschen geopfert wurden; 2. eine alles verschlingende Macht

Molton *m. (frz.)* dicker Baumwollstoff

Molybdän *s. (gr.)* chemisches Element

Moment *m. (lat.)* 1. Augenblick; 2. Zeitpunkt; 3. *s.* wichtiger, entscheidender Umstand; 4. Gesichtspunkt, Merkmal; 5. eine physikalische Menge, die mit einem Abstand multipliziert wird; **momentan** augenblicklich, vorübergehend

Monarch *m. (gr.)* Alleinherrscher; **Monarchie** *w.* Staatsform mit einem Monarchen als Staatsoberhaupt; Eigw. **monarchisch**; **Monarchismus** *m.* Bestreben, die Monarchie zu erhalten; **Monarchist** *m.* Anhänger der Monarchie; Eigw. **monarchistisch**

Monasterium *s. (gr.-lat.)* Kloster; **monastisch** klösterlich, mönchisch

Monazit *m. (gr.)* Mineral

mondän *(frz.)* sehr elegant, sehr gewandt

mon Dieu! *(frz.)* mein Gott!

monetär *(lat.)* Geld betreffend; **Moneten** (ugs.) Geld

Mongolismus Down-Syndrom

monieren *(lat.)* beanstanden, bemängeln

Monismus *m. (gr.)* alles Seiende auf ein einheitliches Prinzip zurückführen; **Monist** *m.* Anhänger des Monismus; Eigw. **monistisch**

Monitor *m. (lat.)* 1. Bildschirm; 2. Panzerschiffstyp

Monitorium *s.* Mahnschreiben

Monitum *s. (lat.)* Rüge, Mahnung

Mono-, mono- *(gr.)* als Vorsilbe: allein, einzig

Monochord *s. (gr.)* misst Ton und Intervall

Monochrom *s. (gr.)* in einer einzigen Farbe erstelltes Gemälde; **monochrom, monochromatisch** einfarbig; **Monochromasie** *w.* Einfarbigsehen, Farbenblindheit

Monodrama *s. (gr.)* Einpersonendrama

monogam *(gr.)* in Einehe lebend, zur Einehe neigend; **Monogamie** *w.* Ehe mit nur einem Partner

Monogenese *w. (gr.)* 1. ungeschlechtliche Fortpflanzung; 2. Theorie in der Biologie, nach der sich jede Spezies aus einer einzigen Stammform entwickelt hat; Eigw. **monogenetisch**

Monogramm *s. (gr.)* Namenszeichen aus einem oder mehreren Anfangsbuchstaben des Namens

monokausal *(gr.-lat.)* auf nur eine Ursache zurückgehend, sich auf nur einen Faktor beziehend

Monokel *s. (gr.-frz.)* Einglas; **monokular** mit einem Auge

Monokratie *w. (gr.)* Alleinherrschaft

Monokultur *w. (gr.-lat.)* Anbau nur einer Pflanzenart auf einer Fläche

Monolith *m. (gr.)* urzeitlicher Steinblock; **monolithisch** unzerlegbar, aus einem Stück, untrennbar

Monolog *m. (gr.)* Selbstgespräch; **monologisch** in der Art des Monologs

Monologue interieur *m. (frz.)* gedankliches Selbstgespräch als literarisches Mittel

Monomane *m. (gr.)* jmd., der an Monomanie leidet; Eigw. **monoman, monomanisch**; **Monomanie** *w.* krankhafte Besessenheit von einer einzigen fixen Idee

monomer *(gr.)* aus einzelnen, getrennten Molekülen bestehend; **Monomere** *s.* monomer gebildete chemische Verbindung, Ggs. Polymere

Monophage *m. (gr.)* Tiere oder Pflanzen, die auf eine einzige Nahrungssubstanz spezialisiert sind

Monophobie *w. (gr.)* Furcht vor dem Alleinsein

Monopol *s. (gr.)* 1. alleiniger Anspruch; 2. marktbeherrschendes Unternehmen; **monopolisieren** ein Monopol aufbauen, etwas für sich allein in Anspruch nehmen; **Monopolist** *m.* Inhaber eines Monopols; **monopolistisch** ein Monopol innehabend oder anstrebend

Monopteros *m. (gr.)* Rundtempel, der von einer Säulenreihe getragen wird

Monosyllabum *s. (gr.)* einsilbiges Wort

Monotheismus *m.* Glaube an einen einzigen Gott; Eigw. **monotheistisch**; **Monotheist** *m.* Anhänger des Monotheismus

monoton *(gr.)* eintönig, gleichförmig; **Monotonie** *w.* Eintönigkeit, Gleichförmigkeit

Monoxid *s. (gr.)* Sauerstoffverbindung, die nur ein Sauerstoffatom enthält

Monseigneur *(frz.)* Anrede für weltliche und geistliche Würdenträger

Monsignore *(itl.)* Titel und Anrede kath. Prälaten

Monstranz *w. (lat.)* Hostiengefäß der kath. Kirche

monströs *(lat.)* l. ungeheuerlich; 2. missgestaltet; **Monstrosität** *w.* l. Ungeheuerlichkeit 2. Missbildung

Monstrum *s.*, **Monster** *s.* 1. Ungeheuer, Scheusal; 2. Missbildung

Monsun *m. (arab.)* Wind, der Verbindung mit der tropischen Regenzeit halbjährlich die Richtung wechselt

Mont *m. (frz.)* Berg

Montage *w. (frz.)* l. Zusammenbau von Maschinenteilen; 2. künstlerisches Schnittverfahren beim Film; 3. Kunstwerk aus zusammengefügten Bild- und Materialteilen (Collage, Fotomontage)

montan *(lat.)* zum Bergbau und Hüttenwesen gehörend

Monteur *m. (frz.)* Facharbeiter für Maschinenmontage

Montgolfiere *w. (frz.)* Heißluftballon der Brüder Montgolfier

montieren *(frz.)* zusammensetzen, zusammenbauen, installieren

Montur *w. (frz.)* 1. Kleidung für einen bestimmten Zweck; 2. Fassung für Edelsteine; 3. Unterbau für Perücken

Monument *s. (lat.)* Denkmal; **monumental** gewaltig, ins Übergroße gesteigert; **Monumentalität** *w.* Großartigkeit

Mopp *m. (engl.)* Staubbesen mit Baumwollfransen

Moral *w. (lat.)* 1. System von Grundsätzen und Normen, das traditions-, kultur- und religionsabhängig ist; 2. Kampfgeist; **moralisch** 1. der Moral entsprechend; 2. sittenstreng; **moralisieren** 1. moralische Betrachtungen anstellen; 2. Tugend predigen; **Moralismus** *m.* l. Anerkennung der Moralgesetze; 2. Moral als Maßstab aller Dinge; **Moralist** *m.* 1. Sittenprediger; 2. Kritiker zeitgenössischer Moral; **Moralität** *w.* moralisches Bewusstsein

Moralitäten *Mz.* mittelalterliche Bühnenspiele

Moräne *w. (frz.)* Gletscherschutt

Morast *m. (niederl.-frz.)* 1. Sumpfland; 2. aufgeweichter Boden; Eigw. **morastig**

Moratorium *s. (lat.)* Zahlungsaufschub

morbid *(lat.)* 1. morsch, brüchig; 2. angekränkelt, kränklich; **Morbidität** *w.* Kränklichkeit, Morschheit

Morelle, **Marelle** *w. (frz.)* Sauerkirsche

morendo *(itl.)* Musik: erlöschend

Mores *Mz. (lat.)* Anstand; **Mores lehren** entschieden zurechtweisen

morganatisch *(lat.)* frühere Bezeichnung für eine nicht standesgemäße Ehe

Morgue *w. (frz.)* Leichenschauhaus

moribund *(lat.)* sterbend, todgeweiht

Morisca *w. (span.)* maurischer Tanz

Moriske *m. (span.)* christlich getaufter Maure in Spanien

Moritat *w.* zur Drehorgel vorgetragenes Lied über ein schauriges Ereignis

Morituri te salutant *(lat.)* Gladiatorengruß im antiken Rom (dt.: „Die Todgeweihten grüßen dich!“)

Mormonen *m.* amerikanischen Sekte (von J. Smith 1830 gegründet) und nach seinem nach Buch „Mormon“ benannt

Morphem *s. (gr.)* kleinstes bedeutungtragendes Sprachelement

Morpheus *m. (gr.)* Gott des Schlafes

Morphin, **Morphium** *s. (gr.)* Betäubungsmittel, Rauschgift; **Morphinismus** *m.* Morphiumsucht; **Morphinist** *m.* Morphiumsüchtiger; Eigw. **morphinistisch**

Morphogenese *w. (gr.)* Gestaltveränderung eines Lebewesens während seiner Entwicklung; **Morphologie** *w.* 1. Wissenschaft von den Gestalten und Formen; 2. Wissenschaft von der Gestalt und ihrer Entwicklung bei Lebewesen; 3. Formenlehre als Teil der Sprachwissenschaft; **morphologisch** die Form betreffend

morsen mit Hilfe des Morsealphabets Nachrichten übermitteln

Mortalität *w. (lat.)* Sterblichkeitsziffer

Mortifikation *w. (lat.)* Absterben von Organen und Geweben

Mosaik *s. (gr.-lat.)* Bild oder Muster, das aus zahlreichen bunten Steinchen zusammengesetzt ist; Eigw. **musivisch**

Moschee *w. (arab.-frz.)* islamisches Gotteshaus

Moschus *m. (ind.-lat.)* Drüsenausscheidungs-Duftstoff des Moschustiers

Moskito *m. (span.)* tropische Stechmücke

Moslem, **Muslim** *m. (arab.)* Anhänger des Islam; **moslemisch**, **muslimisch** die Moslems, ihren Glauben betreffend; **Moslime**, **Muslime** *w.* weiblicher Moslem

mosso *(itl.)* Musik: bewegend

Motel *s. (engl.)* Hotel mit Garagen für die Autos der Gäste

Motette *w. (lat.)* a capella gesungenes mehrstimmiges Gesangsstück mit Bibelversen

Motilität *w. (lat.)* Beweglichkeit der Muskeln, Bewegungsvermögen

Motiv *s. (lat.)* 1. Anlass, Beweggrund, Antrieb, Zweck; 2. Stoffelement; 3. Tonfolge in einem Musikstück; **Motivation** *w. (lat.)* alle

Beweggründe, die eine Entscheidung oder Handlung begründen; **motivieren** 1. begründen; 2. jmdn. anregen, einen Antrieb geben; Hptw. **Motivierung** *w.;* **Motivik** *w.* Kunst der Behandlung musikalischer Motive

Motor *m. (lat.)* 1. Antrieb, treibende Kraft; 2. Antriebsmaschine; **Motorik** *w.* 1. Lehre von den Bewegungen des menschlichen Körpers; 2. alle gleichmäßigen Bewegungsabläufe; 3. alle willkürlichen Körperbewegungen; 4. gleichmäßiger Rhythmus in der Musik; **motorisch** 1. von einem Motor angetrieben; 2. treibend-rhythmisch; 3. gleichförmig ablaufend; **motorisieren** mit einem Motor versehen; Hptw. **Motorisierung** *w.*

Motto *s. (lat.)* Wahlspruch, Leitspruch, Kennwort

Mouche *w. (frz.)* l. Schönheitspflästerchen; 2. Schuss ins Schwarze

mouillieren *(frz.)* erweichen, am vorderen Gaumen aussprechen

Mouse *w. (engl.)* mit dem Computer verbundenes Gerät, das die schnelle Positionierung des Cursors erlaubt (dt.: Maus)

Mousepad *s.* weiche Unterlage, auf der die Computermaus bewegt wird

Mousseux *m. (frz.)* Schaumwein; **moussieren** perlen, schäumen

Mousterien *s. (frz.)* Epoche der Altsteinzeit

Movens *s. (lat.)* Beweggrund, Antriebskraft

Mozaraber *Mz. (arab.-span.)* Christen, die während des 8. bis 15. Jahrhunderts im maurischen Herrschaftsgebiet Spaniens lebten; Eigw. **mozarabisch**

MS-DOS Bez. für „Microsoft® Disk Operating System“ weit verbreitetes Betriebssystem für Personalcomputer

Muckraker *m. (engl.)* amerik. Journalist, der Anfang des 20. Jhs. auf reißerische Art politische Missstände aufdeckte

Muckraking *s.* Sensationsmache

Mucor *m. (lat.)* Schimmelpilz

Mudschahed *m. (arab.)* islamischer Freischärler

Muezzin *m. (arab.)* Gebetsrufer der Moslems

Muffins *Mz. (engl.)* Gebäck aus Hefeteig

Mufti *m. (arab.)* islamischer Rechtsgelehrter, Gesetzesausleger

muskös *(lat.)* schleimabsondernd

Mukosa *w.* Schleimhaut

Mulatte *m. (span.)* Nachkomme eines weißen und eines schwarzen Elternteils

Muli *s. (itl.)* Maultier, Kreuzung zwischen Pferd und Esel

Mullah *m. (arab.)* schiitischer Geistlicher

multikulturell *(lat.)* viele Kulturen beinhaltend; **multikulturelle Gesellschaft** Gesellschaft, in der mehrere Kulturen und Lebensformen nebeneinander bestehen

multilateral *(lat.)* mehrseitig, mehrere Partner betreffend

Multimedia *Mz. (engl.)* Verbund verschiedener Medien oder Kommunikationsmittel

multinational *(lat.)* 1. mehrere Nationen betreffend; 2. in mehreren Staaten vertreten

multipel *(lat.)* 1. vielfältig; 2. vielfach; **multiple Sklerose** *w.* schwere Gehirn- und Rückenmarkerkrankung

multiplex *(lat.-engl.)* mehrere Geräte miteinander vernetzt

Multiplikand *m. (lat.)* Zahl, die vervielfacht wird; **Multiplikation** *w.* Vervielfachung; **Multiplikator** *m.* Zahl, die vervielfacht; **multiplizieren** vervielfachen, malnehmen

Multiprozessor *m. (engl.)* mehrere Computer, die im Verbund ein gemeinsames Programm bearbeiten

Multis *Mz. (lat.)* Kurzform für **multinationale Konzerne**, Unternehmen, die sich durch Tochterfirmen in verschiedenen Ländern der nationalen Kontrolle entziehen

Multivalenz *w. (lat.)* Mehrwertigkeit psychischer Eigenschaften, Tests und Schriftmerkmale; Eigw. **multivalent**

Mumie *w. (arab.)* einbalsamierter Leichnam; **mumifizieren** 1. einbalsamieren; 2. vertrocknen (Gewebe); Hptw. **Mumifizierung** *w.*

Mummy *m. (engl.)* Auftraggeber eines Ghostwriters

Mumps *m. (engl.)* Ziegenpeter

Mundus *m. (lat.)* Welt, Weltordnung, Weltall

Mungo *(tamil.)* Katzenart in Afrika und Asien

Munition *w. (lat.)* Schießmaterial

Muräne *w. (gr.-lat.)* aalartiger Fisch in tropischen Meeren

Muschik *m. (russ.)* Bauer im zaristischen Russland

Muse *w. (gr.)* 1. eine der neun griechischen Göttinnen der Künste und Wissenschaften; 2. Frau, die einen Künstler inspiriert und unterstützt; **museal** *(gr.-lat.)* 1. zum Museum gehörig, ins Museum gehörig; 2. überaltert, verstaubt

Museum *s.* Gebäude zum Ausstellen von Sammlungen aus Kunst, Wissenschaft, Geschichte, Technik

Musette *w. (frz.)* 1. französischer Dudelsack;

2. französischer Tanz; 3. Tanzorchester mit Akkordeon

Musical *s. (engl.)* Mischform aus Schauspiel, Operette, Revue und Ballett, Musiktheater

Musicbox *w. (engl.)* Gerät, das nach Geldeinwurf Schallplatten spielt

Musik *w. (gr.)* 1. Tonkunst, Klangkunstwerk; 2. alle Tonkunstwerke aller Stile und Epochen; **Musikalien** *Mz.* gedruckte Musikwerke; **musikalisch** 1. zur Musik gehörig; 2. Begabt für das Aufnehmen und Ausüben von Musik; 3. klangschön; Hptw. **Musikalität** *w.;* **Musikant** *m.* Spielmann; **Musiker** *m.* Tonkünstler; **Musikologie** *m. (gr.)* Musikwissenschaft; **Musikus** *m.* Musiker

Musique concrete *w. (frz.)* elektronisch erzeugte Klangmontage mit Alltagsgeräuschen

musisch *(gr.)* künstlerisch begabt

Muskat *m. (lat.)* Frucht des tropischen Muskatnussbaumes; **Muskateller** *m.* Wein aus Muskatellertrauben

Muskel *m. (lat.)* Bewegungsorgan bei Tieren und Menschen; **Muskelatrophie** *w. (lat.-gr.)* Muskelschwund; **muskulär** zum Muskel gehörig; **Muskulatur** *w.* Gesamtheit der Muskeln; **muskulös** mit starken Muskeln ausgestattet

Muskete *w. (frz.)* altes Gewehr; **Musketier** *m.* Fußsoldat mit Muskete

Muslim = Moslem

Musselin *m. (frz.)* Gewebe aus Wolle in Leinenbindung

Mustang *m. (span.)* ungezähmtes amerik. Steppenpferd

mutabel *(lat.)* veränderlich; **Mutabilität** *w.* Veränderlichkeit; **mutagen** Mutation auslösend; **Mutant** *m.* durch Mutation in seiner Erbanlage verändertes Individuum; **mutieren** sich im genetischen Material ändern; **Mutilation** *w. (lat.)* Verstümmelung; **Mutismus** *m. (lat.)* Stummheit ohne organische Ursache; **Mutität** *w.* Stummheit; **mutual**, **mutuell** *(lat.)* gegenseitig, wechselseitig; **Mutualismus** *w.* 1. Grundsatz der Gegenseitigkeit; 2. Lebensform bei Pflanzen oder Tieren, die sich gegenseitig nützen

Myalgie *w. (gr.)* Muskelschmerz; **Myasthenie** *w.* krankhafte Muskelschwäche; **Myelitis** *w. (gr.)* Rückenmarkentzündung, **Mykoine** *Mz. (gr.)* Antibiotika aus Pilzen; **Mykologie** *w.* 1. Pilzkunde; 2. Wissenschaft von den Mykosen; **Mykose** *w.* Pilzerkrankung

Mylady *w. (engl.)* engl. Anrede für die Frau eines Lords

Mylord *m. (engl.)* engl. Anrede für einen Lord oder Richter

Myodynie *w. (gr.)* Muskelschmerz; **myogen** vom Muskel ausgehend; **Myokard** *s.* Herzmuskulatur; **Myokarditis** *w.* Herzmuskelentzündung; **Myologie** *w.* Wissenschaft von den Muskeln; **Myom** *s.* gutartige Muskelfasergeschwulst; **myomorph** muskelfaserig

myop, **myopisch** *(gr.)* kurzsichtig; **Myopie** *w.* Kurzsichtigkeit

Myospasmus *m. (gr.)* Muskelkrampf

Myriade *w. (gr.)* 1. Einheit von zehntausend; 2. Unzahl, unzählbar große Menge

Myringitis *w. (gr.)* Trommelfellentzündung

Myrmekologie *w. (gr.)* Ameisenkunde

Myrrhe *w. (arab.)* Räucherharz

Myrte *w. (gr.)* Strauch aus der Mittelmeerregion

Mystagoge *m. (gr.)* antiker Priester, der in die Geheimkulte einführte; **Myste** *m.* Eingeweihter

Mysterien *Mz. (gr.)* 1. Geheimkulte der griech. und röm. Antike; 2. geistliche Spiele im Mittelalter; **mysteriös** geheimnisvoll; **Mysterium** *s.* Geheimnis

Mystifikation *w. (gr.)* Täuschung, Irreführung; **mystifizieren** irreführen, vorspiegeln

Mystik *w. (gr.)* Form der Religiosität, bei der der Gläubige durch bestimmte Praktiken die persönliche Vereinigung mit Gott sucht; **Mystiker** *m.* Vertreter der Mystik; **mystisch** 1. zur Mystik gehörend; 2. geheimnisvoll; **Mystizismus** *m.* Wunderglaube, **mythisch** *(gr.)* sagenhaft, erdichtet; **Mythologie** *w.* 1. Wissenschaft von den Mythen und Sagen; 2. die Mythenüberlieferung eines Volkes; Eigw. **mythologisch**; **mythologisieren** Legenden bilden

Mythos, **Mythus** *m. (gr.)* 1. überlieferte Sage oder Dichtung aus der Vor- und Frühzeit eines Volkes; 2. Legendenbildung um eine Person, eine Sache oder ein Ereignis

Nabob *m. (ind.-arab.)* indischer Gouverneur

Nadir, **Nadir** *m. (arab.)* Gegenpol des Zenith

Nagaika *w. (russ.)* Lederpeitsche der Kosaken

naiv *(frz.)* 1. arglos, einfältig, unbedarft, kindlich; 2. natürlich, ursprünglich; **Naive** *w.* Darstellerin, Rollenfach beim Theater; **Naivität** *w.* Unbefangenheit, Arglosigkeit, Unbekümmertheit, Unbedarftheit

Najade *w. (gr.)* Quellnymphe der griech. Sage

Name-Dropping *s. (engl.)* Fallenlassen bekannter Namen, dass der Anschein entsteht, man kenne die berühmten Namensträger persönlich

Nan(o)-, **nan(o)-** *(gr.)* als Vorsilbe: 1. winzig, zwergenhaft; 2. ein Milliardstel

Nänie *w. (lat.)* altrömische Totenklage

Nanismus *m.*, **Nanosomie** *w. (gr.)* Zwergenwuchs

Nano *m. (gr.)* 1. Zwerg; 2. als Vorsilbe: winzig klein

Nanometer *m.* oder *s.* ein millionstel Zentimeter

Nanowissenschaften *Mz.* Forschungsfeld in Chemie, Physik und Biologie über Materie im Nanometerbereich

Nansenpass *m.* bis 1946 Pass für Staatenlose oder Emigranten

Napalm *s.* Benzinbrandbombenfüllung, die über 2000 °C entwickelt und nicht löschbar ist

Naphtha *s.* *(gr.)* Erdöl, Rohpetroleum; **Naphthalin** *s.* fester Kohlenwasserstoff aus Steinkohlenteer

Napoli *(itl.)* Neapel

Nappaleder *s.* glacégegerbtes Leder aus Schaf-, Lamm- oder Ziegenfell

Narde *(sanskr.-gr.)* alle wohlriechende Pflanzen die seit dem Altertum für Salben, Öle und Arznei verwendet werden

Nargileh *s.* oder *w.* *(pers.-türk.)* orientalische Wasserpfeife

Narkolepsie *w.* anfallartig auftretender Schlafzwang von kurzer Dauer

Narkomanie *w.* Betäubungsmittelsucht

Narkose *w.* *(gr.)* künstl. herbeigeführte Betäubung; **Narkotikum** *s.* Betäubungsmittel, Rauschmittel; Narkosemittel

narrativ *(lat.)* erzählend

Narwal *m.* *(dän.)* Zahnwal

Narziss *m.* *(gr.)* Jüngling der griech. Sage, der in sein Spiegelbild verliebt war; **Narzisse** *w.* Frühlingsblume; **Narzissmus** *m.* Selbstverliebtheit, Selbstbewunderung

nasal *(lat.)* näselnd; **Nasal** *m.* Nasenlaut; **nasalieren** nasal aussprechen

Nasigoreng *s.* *(indones.)* Reisgericht

naszierend *(lat.)* im Entstehen, im Werden begriffen

Natalität *w.* *(lat.)* Geburtenhäufigkeit

Nation *w.* *(lat.)* Gemeinschaft von Menschen, die politisch und kulturell eine von anderen Nationen abgrenzbare Einheit bilden; **national** 1. charakteristisch für eine Nation; 2. vaterländisch; **nationalisieren** 1. verstaatlichen; 2. einbürgern; Hptw. **Nationalisierung** *w.;* **Nationalismus** *m.* Ideologie, die die Bedeutung und Interessen der eigenen Nation über alles setzt; **Nationalist** *m.* Verfechter des Nationalismus; Eigw. **nationalistisch**; **Nationalität** *w.* Staatszugehörigkeit; **Nationalitätenstaat** *m.* Vielvölkerstaat; **Nationalitätsprinzip** s. politische Forderung nach Eigenstaatlichkeit jeder Nation; **Nationalkirche** *w.* auf eine Nation begrenzte Kirche; **Nationalökonomie** *w.* Volkswirtschaftslehre; **Nationalsozialismus** *m.* radikal antisemitisch-rassistische Bewegung in Deutschland zwischen 1933 und 1945; **Nationalstaat** *m.* Staat, in dem staatliches Territorium und Nation übereinstimmen

Natrium *s. (ägypt.-arab.)* chemisches Element

Natur *w. (lat.)* 1. alles im Kosmos was nicht vom Menschen geschaffen oder verändert wurde; 2. Tier- und Pflanzenwelt, Landschaft in einem bestimmten Gebiet; 3. Veranlagung eines Tieres oder Menschen

Naturalien *Mz. (lat.)* Bodenerzeugnisse, Naturprodukte; **Naturallohn** *m.* Entlohnung in Naturalien

Naturalwirtschaft *w.* Wirtschaftsform, die auf Gütertausch beruht

Naturalienkabinett *s.* naturwissenschaftliche Sammlung

Naturalisation *w. (lat.-frz.)* 1. Anpassung von Pflanzen und Tieren an eine fremde Umgebung; 2. Einbürgerung eines Ausländers in einen Staatsverband; Ztw. **naturalisieren**

Naturalismus *m. (lat.)* 1. Wirklichkeitsnähe, Wirklichkeitstreue; 2. Kunstrichtung in der Literatur des ausgehenden 19. Jhs.; **Naturalist** *m.* Vertreter des Naturalismus, Eigw. **naturalistisch**

Naturell *s. (frz.)* Eigenart und Temperament eines Menschen; naturell naturrein, unverfälscht

Naturphilosophie *w.* philosophische Versuche, die Natur zu deuten

Nausea *w. (gr.)* Seekrankheit

Nautik *w. (gr.)* Schifffahrtskunde, Steuermannskunst

Nautiker *m.* Schifffahrtskundiger

Navel, Navelorange *w. (engl.)* kernlose Orangenart

Navicert *s. (engl.)* Geleitschein für Handelsschiffe im Krieg

Navigation *w. (lat.)* die Orts- und Kursbestimmung von Schiffen und Flugzeugen; **navigieren** beim Schiff u. Ä. die Navigation durchführen

Navy *w. (engl.)* englische Kriegsmarine

Nazarener *m.* 1. *Mz.* Bez. für die ersten Christen; 2. dt. Malergruppe im 19. Jahrhundert

Nazi *m.* Abk. für Nationalsozialist; **Nazismus** *m.* Abk. für Nationalsozialismus; **nazistisch** Abk. für nationalsozialistisch

n. Chr. Abk. für: nach Christus

nebulos, nebulös *(lat.)* geheimnisvoll, unklar

Necessaire, Nessessär *s. (frz.)* Behälter für kleine Gebrauchsgegenstände

Negation *w. (lat.)* 1. Ablehnung; 2. Antithese; **negativ** 1. ablehnend; 2. kleiner als null;

3. ohne Befund; **Negativ** *s.* Filmstreifen mit umgekehrten Helligkeits- und Farbwerten als beim späteren Abzug; **Negativismus** *m.* Verneinungssucht; **negieren** verneinen; Hptw. **Negierung**, **Negation** *w.*

Negligé, **Negligee** *s.* *(frz.)* Morgenrock

negoziabel *(lat.)* handelsfähig; **Negoziant** *m.* *(frz.)* Geschäftsmann; **negoziieren** Handel treiben

Negrospiritual *s.* *(engl.-amerik.)* religiöses Lied der Afroamerikaner in den USA

Negus *m.* *(abess.)* Titel äthiopischer Könige; **Negus Negesti** *m.* der Titel des äthiop. Kaisers

Nekro-, **nekro-** *(gr.)* als Wortteil: tot, Tot- **Nekrobiose** *w.* *(gr.)* Absterben von Zellen und Gewebe; **Nekrolog** *m.* *(gr.)* Nachruf auf einen Toten; **Nekrologie** *w.* Wissenschaft von den Sterblichkeitsursachen, Todesstatistik

Nekromant *m.* *(gr.)* Geisterbeschwörer; **Nekromantie** *w.* Geisterbeschwörung

Nekrophilie *w.* *(gr.)* sexuelles Verlangen auf Tote

Nekropole, **Nekropolis** *w.* *(gr.)* Totenstadt

Nekropsie *w.* *(gr.)* Leichenuntersuchung zur Feststellung der Todesursache

Nekrose *w.* *(gr.)* Absterben des Gewebes

Nektar *m.* *(gr.)* 1. Getränk der Götter in der griechischen Sage; 2. Zuckersaft der Blüten; **Nektarien** *Mz.* Honigdrüsen von Pflanzen, die Nektar absondern; **Nektarine** *w.* Pfirsichart

Nekton *s.* *(gr.)* die gesamte sich aktiv im Wasser fortbewegende Tierwelt

Nelson *m.* *(engl.)* Nackengriff beim Ringkampf

Nemesis *w.* *(gr.)* griech. Göttin der Rache

Neo-, **neo-** *(gr.)* als Wortteil: Neu-

Neodym *s.* *(gr.)* chemisches Element

Neofaschismus *m.* Gruppierungen die ideologisch dem Nationalsozialismus nahe steht

Neolithikum *s.* *(gr.)* Jungsteinzeit; Eigw. **neolithisch**

Neologismus *m.* *(gr.)* sprachliche Neubildungen

Neon *s.* *(gr.)* chemisches Element; **Neonlicht** *s.* rötlichbläuliches Licht von mit Neon gefüllten Röhren

Neophyt *m.* *(gr.)* 1. Neugetaufter; 2. Pflanze, die auf neuem, bisher „artfremden“ Grund angesiedelt wird

Neoplasma *s.* *(gr.)* Neubildung von Gewebe

Neorealismus, **Neoverismus** *m. (itl.)* Stilrichtung in Literatur und Film Italiens nach dem Zweiten Weltkrieg

Neozoikum, Känozoikum *s. (gr.)* jüngstes Erdzeitalter; Eigw. **neozoisch**

Nephometer *m. (gr.)* misst Dichte und Geschwindigkeit von Wolken

Nephralgie *w. (gr.)* Nierenschmerz

Nephrit *m. (gr.)* grüner Edelstein

Nephritis *w.* Nierenentzündung; **Nephrose** *w.* nicht entzündliche Nierenerkrankung

Nepote *m. (lat.)* Neffe; **Nepotismus** *m.* Vetternwirtschaft

Neptun *m. (lat.)* 1. römischer Gott des Meeres; 2. Planet unseres Sonnensystems

Neptunium *s. (lat.)* chemisches Element

Nereiden *Mz. (gr.)* 1. Töchter des griechischen Meergottes Nereus; 2. Borstenwürmer

Nerv *m. (lat.)* 1. Reizleitungsfaser zwischen Gehirn, Rückenmark und Körperteilen; 2. Kern einer Sache; **Nervatur** *w.* Äderung des Blattes; **nerven** jmdn. belästigen; **nervig** 1. sehnig; 2. störend; **nervös** unruhig, reizbar; **Nervosität** *w.* Reizbarkeit

Nervus Rerum *m.* 1. Triebfede; 2. Umschreibung für Geld

Nerz *m. (russ.)* Sumpfotter

Nessusgewand *s.* Geschenk, das dem Empfänger Unglück bringen soll

Nestor *m.* ältester und erfahrenster Vertreter auf einem Fachgebiet

netto *(itl.)* rein, nach allen Abzügen; **Nettogewicht** *s.* Ware ohne Verpackung; **Nettogewinn** *m.* Reingewinn; **Nettopreis** *m.* Endpreis, der keinen Abzug mehr zulässt; **Nettoregistertonne** *w.* Maß für den Nutzraum eines Schiffes

Network *s. (engl.)* 1. Medienverbundsystem; 2. Datenverbundsystem

Neumen *Mz. (gr.-lat.)* Notenzeichen des frühen Mittelalters

Neur-, **neur-** *(gr.)* als Wortteil: die Nerven betreffend

neural *(gr.)* nervlich; **Neuralgie** *w.* Nervenschmerz; **neuralgisch** 1. auf Nervenschmerz beruhend; 2. heikel, kritisch; **Neurasthenie** *w.* Nervenschwäche; **Neurastheniker** *m.* jmd., der an Neurasthenie leidet oder zur Neurasthenie neigt; Eigw. **neurasthenisch**; **Neuritis** *w. (gr.)* Nervenentzündung

Neurochips *m. (gr.-engl.)* Biochip, der wie die Nervenzelle des menschlichen Gehirns arbeitet; **Neurochirurgie** *w. (gr.)* Chirurgie des Zentralnervensystems

Neurodermitis *w. (gr.)* entzündliche Hauterkrankung

neurogen *(gr.)* von den Nerven ausgehend

Neuroleptikum *s. (gr.-lat.)* dämpfend wirkendes Psychopharmakon gegen Ängste und Wahnideen

Neurologe *m. (gr.)* Nervenarzt; **Neurologie** *w.* 1. Wissenschaft von Aufbau und Funktionsweise des Nervensystems; 2. Nervenheilkunde; Eigw. **neurologisch**

Neuropath *m. (gr.)* Nervenkranker; **Neuropathie** *w.* Nervenleiden; **Neuropathologie** *w.* Lehre von den Erkrankungen des Nervensystems und den Nervenkrankheiten

Neurose *w. (gr.)* seelische Störungen – oft verbunden mit körperlichen Symptomen –, die auf unverarbeitete Konflikte zurückzuführen sind; **Neurotiker** *m.* leidet an einer Neurose; Eigw. **neurotisch**

neutral *(lat.)* unparteiisch, uninteressiert; **neutralisieren** unwirksam machen, Spannung aufheben; Hptw. **Neutralisierung; Neutralisation** *w.;* **Neutralität** *w.* Unbeteiligtsein, Nichteinmischung; **Neutralismus** *m.* Grundsatz der Nichteinmischung in Konflikte

Neutrino *s. (itl.)* ungeladenes Elementarteilchen ohne Masse; **Neutron** *s. (tat.)* ungeladenes Elementarteilchen mit ähnlich großer Masse wie ein Proton

Neutrum *s. (lat.)* sächliches Hauptwort (Mz. Neutra)

Newton s. Maßeinheit der Kraft benannt nach dem engl. Physiker und Mathematiker I. Newton

Nexus *m. (lat.)* Zusammenhang, Verbindung

Nidation *w. (lat.)* Einnistung eines befruchteten Eies in die Schleimhaut der Gebärmutter

Nigromant *m. (gr.)* Magier; **Nigromantie** *w.* schwarze Kunst, Magie

Nihilismus *m. (lat.)* radikale Verneinung von Normen und Werten; **Nihilist** *m.* Anhänger des Nihilismus; **nihilistisch** verneinend

Nike *w. (gr.)* griech. Siegesgöttin

Nikotin *s.* giftiges Alkaloid des Tabaks

Nimbostratus *m. (lat.)* dunkle Regenwolke

Nimbus *m. (lat.)* 1. Heiligenschein; 2. großes Ansehen

Nimrod *m. (hebr.)* leidenschaftlicher Jäger

Niob *s. (gr.)* chemisches Element

Nippes *Mz. (frz.)* Zierrat

Nippon japanischer Name für Japan
Nirwana *s. (altind.-sanskr.)* Endziel des Lebens als Zustand völliger Ruhe
Nissenhütte *w. (engl.)* halbrunde Wellblechbaracke
Nisus *m. (lat.)* Trieb; **Nisus sexualis** *m.* Geschlechtstrieb
Nitrate *Mz. (lat.)* Salze der Salpetersäure; **nitrieren** mit Salpetersäure behandeln; **Nitrit** *s.* Natriumnitrit – verleiht Fleisch- und Wurstwaren eine rote Farbe
Nitrogen *s. (gr.)* Stickstoff; **Nitroglyzerin** *s.* hochexplosiver Sprengstoff; **Nitrophosphat** *s.* Kunstdüngergemisch; **Nitrozellulose** *w.* Schießbaumwolle
Nitrum *s.* Salpeter
nival *(lat.)* Niederschläge in fester Form; **nivales Klima** s. Klima in Polargebieten
Niveau *s. (frz.)* 1. waagerechte ebene Fläche; 2. Rang, Stufe, Höhe, Differenziertheit; 3. feine Wasserwaage
nivellieren einebnen, gleichmachen; Hptw. **Nivellierung** *w.*
Nivose *m. (frz.)* der vierte Monat des franz. Revolutionskalenders
nobel *(lat.-frz.)* 1. vornehm; 2. großzügig, freigebig; **Nobelgarde** *w. (lat.)* bis 1969 Leibwaehe des Papstes aus italienischen Edelleuten
Nobelpreis *m.* vom schwedischen Chemiker A. Nobel gestifteter Preis für hervorragende Leistungen in Wissenschaft, Kunst und Friedensbestrebungen
Nobilität *w. (lat.)* Amtsadel im antiken Rom
Nobility *w. (engl.)* englischer Hochadel; **nobilitieren** *(lat.)* adeln
Noblesse *w. (frz.)* vornehme Gesinnung; **noblesse oblige** Adel verpflichtet
Nobody *m. (engl.)* unbeschriebenes Blatt
Nocturne *s. (frz.)* schwermütiges Musikstück für Klavier
Nodus *m. (lat.)* l. Knoten bei Gichterkrankung; 2. Ansatzstelle des Blattes; 3. Knauf am Schaft eines Trinkglases
Noel *m. (frz.)* Weihnachtslied in Frankreich
Noesis *w. (gr.)* geistiges Wahrnehmen; **Noetik** *w.* Erkenntnislehre; Eigw. **noetisch**
Nokturn *w.* Nachtgebet im kath. Brevier
nolens volens *(lat.)* wohl oder übel
Nolimetangere *s.* bildliche Darstellung des auferstandenen Christus; Springkraut
Nomade *m. (gr.)* 1. Hirtenvolk ohne festen Wohnsitz; 2. unstet lebender Mensch; **nomadisch** nicht sesshaft; **nomadisieren**

umherziehen; **Nomadismus** *m.* Nomadentum als Kultur

Nom de Guerre *m. (frz.)* franz. für Pseudonym; auch Spottname

Nomen *s. (lat.)* 1. Name; 2. Nennwort (Mz. Nomina), Hauptwort; **nomen proprium** *s.* Eigenname; **Nomenklatur** *w. (lat.)* alle Fachausdrücke eines Gebiets

Nomenklatura *w. (russ.)* Führungsschicht der ehemal. Sowjetunion

nominal, nominell *(lat.)* 1. dem Namen nach; 2. mit einem Nomen gebildet; 3. zum Nennwert; **Nominalbetrag, Nominalwert** *m.* auf Banknoten und Wertpapieren angegebene Wert; **Nominalstil** *m.* Bevorzugung von Hauptwörtern

Nominativ *m. (lat.)* Kasus (Werfall)

nominieren *(lat.)* jmdn. zur Wahl vorschlagen; **Nominierung** *w.* Ernennung

Nomogramm *s. (gr.)* Schaubild als Hilfsmittel zum grafischen Rechnen

Nomos *m. (gr.)* Rechtsordnung (Mz. Nomoi); **nomothetisch** wissenschaftl. Aufstellung von Gesetzen

Nonagon *s. (gr.-lat.)* Neuneck; Eigw. **nonagonal**

Non, None *w. (lat.)* 1. Gebetsstunde des kath. Breviers um drei Uhr nachmittags; 2. neunte Stufe der Tonleiter

Nonett *s. (itl.)* Komposition für neun Instrumente

No-Name-Produkt *(engl.-lat.)* Ware ohne Markenzeichen

Nonchalance *w. (frz.)* Ungezwungenheit, Lässigkeit; **nonchalant** ungezwungen, lässig

Non-Cooperation *w. (engl.)* Boykott

Non-Fiction *w. (engl.)* Sachbuch

Nonkonformismus *m. (lat.)* geistige Unabhängigkeit vom Mehrheitsdenken; **Nonkonformist** *m.* jmd., der sich nicht an der herrschenden Meinung orientiert; **nonkonformistisch** geistig unabhängig

non liquet *(lat.)* unklar, juristisch nicht zu entscheiden

Nonne *w. (lat.)* 1. Ordensfrau; 2. Schmetterling; 3. Dachziegel

nonplusultra *(lat.)* unüberbietbar

Nonproliferation *w. (engl.)* Nichtweitergabe von Kernwaffen und atomarem Waffenmaterial

Nonsens *m. (lat.-engl.)* Unsinn

Nonstopflug, Non-Stop-Flug *m. (engl.)* Flug

ohne Zwischenlandung

Nonvalenz *w. (lat.)* Zahlungsunfähigkeit

Nonvaleur *m. (frz.)* 1. entwertetes Wertpapier; 2. unrentable Investition; 3. unverkäufliche Ware

Noologie *w. (gr.)* Lehre vom Eigenleben des Geistes; **noologisch** auf den Geist bezogen

Norge norwegischer Name für Norwegen

Norm *w. (lat.)* 1. Maßstab, Regel; 2. Vorschrift; normal üblich

Normalien *Mz. (lat.)* Regeln, Vorschriften; **normalisieren** wieder in Normalzustand bringen; Hptw. **Normalisierung** *w.;* **Normalität** *w.* übliche Beschaffenheit

Normalnull *w. (lat.)* festgesetzte Höhe, auf die sich alle Höhenmessungen beziehen

normativ *(lat.)* normsetzend, maßgebend

normen, **normieren** *(lat.)* nach einem Schema vereinheitlichen; Hptw. **Normierung**, **Normung** *w.*

Normenkontrolle *w. (lat.)* Überprüfung von Rechtsnormen hinsichtlich ihrer Allgemeingültigkeit bzw. Vereinbarkeit mit übergeordneten Rechtsnormen

Nornen *Mz. (altnord.)* drei nordische Schicksalsgöttinnen

Nosographie *w. (gr.)* Krankheitsbeschreibung

Nosologie *w.* Krankheitslehre; **Nosophobie** *w.* krankhafte Furcht vor Krankheiten

Nostalgie *w. (gr.)* Sehnsucht nach vergangenen Zeiten; Eigw. **nostalgisch**

Nostrifikation *w. (lat.)* 1. Einbürgerung, Aufnahme; 2. Anerkennung ausländischer Diplome; **nostrifizieren** einbürgern, anerkennen

Nostrokonto *s. (itl.)* Konto einer Bank bei einer anderen Bank

Notabeln *Mz. (frz.)* Mitglieder der Oberschicht einer Stadt

Notabene *(lat.)* Merkzeichen, Denkzettel

Notabilität *w. (lat.)* angesehene Persönlichkeit

Notalgie *w. (gr.)* Rückenschmerz

Notar *m. (lat.)* beurkundet und beglaubigt Schriftstücke und Vereinbarungen; **Notariat** *s.* Büro eines Notars; **notariell** durch den Notar

Notation *w. (lat.)* l. Aufzeichnung von Lauten in Zeichen des phonetischen Alphabets; 2. Aufzeichnung einer Schachpartie

Note *w. (lat.)* 1. Papiergeld; 2. Zensur; 3. förmliche diplomatische Mitteilung; 4. Zeichen für die Wiedergabe von musikalischen Tönen

Notebook *s. (engl.)* Tragbarer Personalcomputer, Laptop

notieren *(lat.)* 1. aufschreiben, aufzeichnen, vormerken; 2. Börsenkurs festsetzen; **Notierung** *w.* Festsetzung der Börsenkurse

notifizieren *(lat.)* offiziell übermitteln

Notiz *w. (lat.)* Vermerk; Ztw. **notieren**

notorisch *(lat.)* offenkundig, bekanntermaßen, gewohnheitsmäßig

Nous, Nus *m. (gr.)* das Geistige im Menschen

Nouveauté *w. (frz.)* Neuheit, Neuigkeit

Nouvelle Vague *w. (frz.)* um 1960 entwickelter Filmstil französ. Regisseure wie Godard, Truffaut, Chabrol

Nova *w. (lat.)* neuer Stern

Novation *w.* Schuldumwandlung

Novelle *w. (itl.)* 1. Erzählung; 2. Abänderungs-, Nachtragsgesetz

novellieren Gesetz abändern; **Novellist** *m.* Novellenschreiber; **novellistisch** nach Art der Novelle

Novene *w. (lat.)* neuntägige kath. Andacht

Novität *w. (lat.)* Neuerscheinung

Novize *m.* oder *w. (lat.)* Mönch oder Nonne im Probejahr

Noviziat *s.* Probezeit im Kloster

Novokain *s. (Wz.)* Mittel für örtliche Betäubung

Novum *s. (lat.)* Neuheit, etwas Erstmaliges

Noxe *w. (lat.)* Schädlichkeit, Krankheitsursache

Nuance *w. (frz.)* 1. Schattierung, Abstufung, Abtönung; 2. Spur, Kleinigkeit; **nuancieren** abschattieren, feine Unterschiede machen; **nuanciert** fein abgetönt, differenziert

Nubuk *s. (engl.)* künstlich gerautes Leder

nudis verbis *(lat.)* in nackten, dürren Worten, unbeschönigt

Nudismus *m. (lat.)* Freikörperkultur; **Nudist** *m.* Anhänger des Nudismus; **Nudität** *w.* Nacktheit, Darstellung des nackten Körpers

nuklear *(lat.)* atomar

Nuklearmedizin *w.* verwendet bei Diagnose und Heilung radioaktive Substanzen; **Nukleinsäure** *w.* molekulare Verbindung im Zellkern, Grundsubstanz der Vererbung; **Nukleonen** *Mz.* Bausteine des Atomkerns; **Nukleus** *m.* Nervenkern, Zellkern (Mz. Nuklei); **Nukleine**, **Nukleoproteide** *Mz. (lat.-gr.)* Eiweißverbindungen im pflanzlichen und tierischen Zellkern

Null *w. (lat.)* 1. die Zahl 0; 2. Nullpunkt; 3. nichts leisten, Versager

Nullifikation *w. (lat.)* Ungültigkeitserklärung, Nichtigkeitserklärung; **nullifizieren** für ungültig, für nichtig erklären

Nullipara *w.* eine Frau, die noch kein Kind geboren hat; **Nullität** *w.* Nichtigkeit; **Null ouvert** *(frz.)* Spielweise beim Skat; **Nullserie** *w.* Probeserie eines technischen Erzeugnisses

Numen *s. (gr.)* Gottheit, göttliches Wesen; **numinos** göttlich; **Numinose** *s.* das Göttliche in seiner anziehenden und erschreckenden Wirkung

Numerale *s. (lat.)* Zahlwort (Mz. Numeralia, Numeralien); **Numeri** *Mz.* 1. Mehrzahl von Numerus; 2. Name des vierten Buches Mose; **numerisch** zahlenmäßig, in Ziffern dargestellt; **numerische Steuerung** Steuerbefehle für Werkzeugmaschinen durch Zahlen; **Numerus** m. Zahl, Ziffer (Mz. Numeri); **Numerus clausus** *m.* Zulassungsbeschränkung für bestimmte Fächer an der Universität

Numismatik *w. (gr.)* Münzkunde; **Numismatiker** *m.* Münzforscher, Münzsammler; **numismatisch** die Münzkunde betreffend

Nummer *w. (lat.)* l. kennzeichnende Zahl; 2. ulkiger Mensch; 3. künstlerische Einzeldarbietung; 4. Geschlechtsakt; **nummerieren** beziffern; **Nummernkonto** *s.* Konto, das statt auf einen Namen nur durch eine Zahl gekennzeichnet ist

Nuntius *m. (lat.)* päpstlicher Gesandter bei ausländischen Regierungen; **Nuntiatur** *w.* Amt und Sitz des Nuntius

nuptial *(lat.)* ehelich, hochzeitlich

Nurse *w. (engl.)* 1. Kinderfrau; 2. Krankenpflegerin

Nutation *w. (lat.)* 1. Schwankung der Erdachse; 2. Krümmungsbewegung beim pflanzlichen Wachstum

Nutria *s. (span.)* südamerikan. Biberratte

Nutriment *s. (lat.)* Nahrungsmittel; **Nutrition** *w.* Ernährung; **nutritiv** nährend, nahrhaft

Nyktinastie *w. (gr.)* die Schlafbewegung der Pflanzen

Nylon *s. (engl.)* synthetische Kunstfaser von hoher Elastizität

Nymphäa, Nymphäe *w. (gr.)* Seerose

Nymphe *w. (gr.)* 1. Naturgottheit der griechischen Sage; 2. Insektenlarve; **Nympho-**

manie *w.* krankhaft gesteigerter Geschlechtstrieb bei Frauen, Mannstollheit; Eigw. **nymphoman**, **nymphomanisch**

Oase *w. (gr.)* 1. Wasserstelle in der Wüste; 2. Ort der Ruhe und Erholung in unruhiger Umgebung

Obduktion *w. (lat.)* Leichenöffnung; Ztw. **obduzieren**

Obedienz *w. (lat.)* 1. kanonischer und klösterlicher Gehorsam im kath. Kirchenrecht; 2. Anhängerschaft eines Papstwahlkandidaten

Obelisk *m. (gr.)* vierkantiger, sich verjüngender Steinpfeiler mit pyramidenförmiger Spitze aus Ägypten

Obi *s. (jap.)* Seidengürtel, der den Kimono zusammenhält

Object trouvé *s. (frz.)* Gegenstände, die ohne Bearbeitung von Künstlern ausgestellt werden

Objekt *s. (lat.)* 1. Gegenstand, Sache; 2. Gegenstand des Erkennens; 3. Ergänzung zum Zeitwort, Satzergänzung; 4. aus verschiedenen Gegenständen zusammengestelltes Werk der modernen Kunst

objektiv 1. sachlich, unvoreingenommen; 2. vom subjektiven Bewusstsein unabhängig existierend; **Objektiv** *s.* Linse eines optischen Instruments; **Objektivation** *w.* Vergegenständlichung; **objektivieren**

1. zum Objekt machen, vergegenständlichen; 2. etwas unvoreingenommen darstellen; Hptw. **Objektivierung** *w.;* **Objektivität** *w.* Sachlichkeit frei von subjektiven Einflüssen; **Objektträger** *m.* Glasplättchen, das mikroskopisch zu untersuchenden Objekte trägt

Oblate *w. (lat.)* hauchdünnes Gebäck aus Wasser und ungesäuertem Mehl; **Oblaten** *Mz.* Laienbrüder, Laienschwestern in geistlichen Orden, durch Gelübde gebundene Ange-hörige einer religiösen Gemeinschaft; **Oblation** *w.* l. Brot und Wein in der kath. Messe und ihre Darbringung; 2. Gabe, Geschenk bzw. Kollekte

obligat *(lat.)* 1. unerlässlich, erforderlich; 2. allgemein üblich; 3. verbindliches Musikstück; **Obligation** *w.* 1. Verbindlichkeit, Verpflichtung; 2. Schuldverschreibung, Wertpapier; **obligatorisch** vorgeschrieben, pflichtmäßig, verbindlich; **Obligo** *s. (itl.)* Verbindlichkeit, Haftung; **ohne Obligo** ohne Gewähr

Obliteration *w. (lat.)* 1. Tilgung, Auslöschung; 2. Verstopfung von Körpergefäßen, Verödung, Verwachsung; **obliterieren** 1. tilgen; 2. verstopfen von Körperhohlräumen

Oboe *w. (frz.)* Holzblasinstrument; **Oboe da Caccia**, **Oboe d'Amore** *w. (itl.)* tiefere Oboe; **Oboist** *m.* Oboebläser

Obolus *m. (gr.)* 1. kleine Spende, Scherflein; 2. altgriechische Münze

Observant *m.* **Oberservanten** *Mz. (lat.)* Befolger strengerer Ordensregel; **Observanz** *w.* 1. Befolgung der Ordens-regel; 2. Gewohnheitsrecht; **Observation** *w.* wissenschaftliche Beobachtung; **Obser-vator** *m.* wissenschaftlicher Beobachter; **Observatorium** *s.* Sternwarte, Wetterwarte; **observieren** 1. wissenschaftlich beobachten; 2. einen Verdächtigen überwachen

Obsession *w. (lat.)* Besessenheit, Zwangsvorstellung; **obsessiv** besessen, von einer Zwangsvorstellung

Obsidian *m. (lat.)* glasiges Ergussgestein

Obsignation *w. (lat.)* Genehmigung, Bestätigung, Versiegelung

obskur *(lat.)* unklar, undurchschaubar, verdächtig; Hptw. **Obskurität** *w.;* **Obskurantismus** *m.* Abneigung gegen die Aufklärung

obsolet *(lat.)* veraltet, außer Gebrauch, überholt

Obstetrik *w. (lat.)* Hebammenkunst, Entbindungskunst, Geburtshilfe

obstinat *(lat.)* widerspenstig, halsstarrig, unbelehrbar

Obstipation *w. (lat.)* Verstopfung, Darmträgheit

obstruieren *(lat.)* 1. entgegenarbeiten, Widerstand leisten; 2. verstopfen; **Obstruktion** *w.* 1. Widerstand, Verhinderung, Verschleppung; 2. Verstopfung; **obstruktiv** 1. hemmend; 2. verstopfend

obszön *(lat.)* unanständig, anstößig; Hptw. **Obszönität** *w.* Schamlosigkeit

Obturation *w. (lat.)* Schließung, Verstopfung einer Öffnung

Ochlokratie *w.* Pöbelherrschaft

Ocker *m. (gr.)* gelber mineralischer Farbstoff

Odaliske *w. (türk.)* europäische Sklavin im türkischen Harem

Ode *w. (gr.-lat.)* feierlich-erhabene Dichtung in Strophenform

Ödem *s. (gr.)* Schwellung des Gewebes durch Ansammlung von Wasser oder seröser Flüssigkeit; Eigw. **ödematisch**

Odeon, **Odeum** *s. (gr.)* große Veranstaltungsgebäude

Odeur *s. (frz.)* Duft, Wohlgeruch

odios, **odiös** *(frz.)* 1. unausstehlich, lästig; 2. gehässig

Odium *s. (lat.)* übler Beigeschmack, unangenehme Begleiterscheinung

Ödipuskomplex *m. (gr.)* unbewusste libidinöse Gefühle des Kleinkinds gegenüber dem gegengeschlechtlichen Elternteil

Odontalgie *w. (gr.)* Zahnschmerz; **Odontitis** *w.* Zahn- oder Zahnfleischentzündung; **Odontologie** *w.* Zahnheilkunde

Odyssee *w. (gr.)* Irrfahrt voller unvorhersehbarer Ereignisse und Widrigkeiten

Œuvre *s. (frz.)* Gesamtwerk eines Künstlers

off *(engl.)* hinter der Bühne sprechend; **Off** *s.* Bereich außerhalb einer Szene, die man zwar hört, aber nicht sieht; **Off-beat** *s.* Einfügen beim Jazz von melodischen Akzenten zwischen metrischen; **Off Broadway** experimentelles Kunsttheater abseits der kommerziellen Theaterszene

offensiv *(lat.)* angreiferisch; **Offensive** *w.* 1. offensive Haltung; 2. Angriff, Vorstoß

offerieren *(lat.)* anbieten; **Offerte** *w.* Angebot, Preisangebot; **Offertorium** *s.* Vorbereitungsteil für die Eucharistie in der kath. Messe

Offizial *m. (lat.)* bischöflicher Beamter als Vorsteher des Offizialats; **Offizialat** *s.* kirchl. Gerichtsbehörde; **Offizialvertei-**

diger *m.* vom Staat bestellter Pflichtverteidiger im Strafprozess

offiziell *(lat.-frz.)* 1. amtlich, verbürgt; 2. feierlich, förmlich

Offizier *m. (lat.)* militärischer Rang zwischen Leutnant bis General

offizinell *(lat.)* im amtlichen Arzneiverzeichnis aufgeführt

offiziös *(lat.-frz.)* halbamtlich, nicht verbürgt

Offizium *s. (lat.)* 1. kath. Kirchenamt; 2. Stundengebet im kath. Gottesdienst

off limits *(engl.)* Zutritt verboten; **offline** nicht mit dem Internet verbunden oder mit einer zentralen Datenverarbeitungsanlage gekoppelt; **off season** außerhalb der (Theater-)Saison

Offsetdruck *m. (engl.)* Flachdruckverfahren bei dem das Papier statt von einer Druckplatte über ein Gummituch bedruckt wird

Oger *m. (frz.)* Menschen fressender Dämon

Ogi *s. (jap.)* japanischer Klappfächer

ogival *(frz.)* spitzbogig; **Ogivalstil** *m.* Baustil der Gotik in Frankreich

Ohm *s.* 1. Maßeinheit des elektrischen Widerstands; 2. Flüssigkeitsmaß

Oikos *m. (gr.)* Haus, Halle in der Antike

Okapi *s. (afrikanisch)* zentralafrikanische Giraffenart

Okarina *w. (itl.)* kleines tönernes Blasinstrument

Okeanide *w. (gr.)* Nereide; **Okeanos** *m.* göttlicher Repräsentant des Weltstroms in der griechischen Sage

Okkasion *w. (lat.)* Gelegenheitskauf; **okkasionell** gelegentlich, zufällig

Okki, Occhi *Mz. (itl.)* Kurzform von **Okkispitze** *w.* Knüpfspitze

okkludieren *(lat.)* verschließen; **Okklusion** *w.* 1. Verschluss, Sperre; 2. Zusammentreffen von Warm- und Kaltluftströmen; 3. Bissstellung der Zähne; **okklusiv** die Okklusion betreffend

okkult *(lat.)* verborgen, geheim; **Okkultismus** *m.* 1. alle Geheimwissenschaften; 2. Glaube an geheime übersinnliche Kräfte und Praktiken; Eigw. **okkultistisch**; **Okkultist** *m.* Anhänger des Okkultismus; **Okkultologe** *m.* Forscher auf dem Gebiet des Okkultismus

Okkupation *w. (lat.)* Besetzung, Besitzergreifung; **okkupieren** 1. einnehmen, besetzen, aneignen; 2. in Beschlag nehmen

Öko-, **öko-** als Vorsilbe: 1. Umwelt, Lebensraum; 2. Haushalt; 3. unbedenklich für Natur und Umwelt

Ökologe *m. (gr.)* Wissenschaftler auf dem Gebiet der Ökologie; **Ökologie** *w.* Wissenschaft von den Wechselbeziehungen zwischen Lebewesen und ihrer Umwelt; **ökologisch** 1. die Ökologie betreffend; 2. für die Umwelt und ihren Schutz bedeutsam

Ökonom *m. (gr.)* Wirtschaftswissenschaftler; **Ökonomie** *w.* 1. Wirtschaftlichkeit; 2. Wirtschaftswissenschaft; **ökonomisch** wirtschaftlich, sparsam; wirtschaftswissenschaftlich

Ökosystem *s. (gr.)* natürliche Einheit von Lebewesen und ihrer Umgebung; **Ökotop** *s.* Ökosystem auf kleinstem Raum; **Ökotrophologie** *w.* Haushalts- und Ernährungswissenschaft: **Ökotypus** *m.* an das biologische Umfeld eines bestimmten Standorts angepasste Kleingruppe von Pflanzen und Tieren

Oktaeder *s. (gr.)* von acht gleichseitigen Dreiecken begrenzter Körper

Oktan *s. (lat.)* Kohlenwasserstoff in Benzin und Erdöl; **Oktant** *m. (gr.)* Achtelkreis; **Oktanzahl** *w.* Maßzahl für das Verhalten des Kraftstoffs im Motor

Oktav *s. (lat.)* Buchformat; **Oktave** *w.* 1. achte Stufe der Tonleiter und Intervall zum Grundton; 2. achttägiges kath. Kirchenfest; **oktavieren** bei Blasinstrumenten einen Ton in die Oktave überblasen

Oktett *s. (lat.-itl.)* Musikstück für acht Instrumente und acht Musiker

Oktogon *s. (gr.)* Achteck; oktogonal achteckig; **Oktopode** *m.* Achtfüßler, Tintenfisch

oktroyieren *(frz.)* aufnötigen, aufzwingen

Okular *s. (lat.)* die dem Auge zugekehrte Linse eines optischen Instruments

Ökumene *w. (gr.)* 1. die komplette bewohnte Erde; 2. die ökumenische Bewegung; **ökumenisch** allgemein, die ganze Erde betreffend; **ökumenische Bewegung** *w.* im 19. Jh. einsetzende Bewegung zur Einigung der christlichen Kirchen

Okzident *m. (lat.)* Abendland; **okzidental** abendländisch

okzipital *(lat.)* zum Hinterkopf gehörig

Oldie *s. (engl.)* 1. alter, unverwüstlicher Song; 2. altmodischer Mensch

Oldtimer *m. (engl.)* altes Automobilmodell

mit Liebhaberwert

Oleander *m. (gr.)* mediterraner Zierstrauch

Olefin *s. (lat.)* ungesättigter Kohlenwasserstoff; **Olein** *s.* ungereinigte Ölsäure; **Oleum** *s.* Öl

olfaktorisch *(lat.)* den Geruchssinn betreffend; **Olfaktorius** *m.* Riechnerv

Olig(o)-, olig(o)- *(gr.)* als Vorsilbe: wenig, gering

Oligämie *w. (gr.)* Blutarmut

Oligarchie *w. (gr.)* Herrschaft einer kleinen Gruppe; Eigw. **oligarchisch**

oligodynamisch *(gr.)* in kleinen Mengen wirksam

oligophag *(gr.)* sich nur von wenigen Tieren oder Pflanzen ernährend

Oligophrenie *w. (gr.)* angeborener oder früh erworbener Schwachsinn

Oligopol *s. (gr.)* Beherrschung des Marktes von wenigen Anbieter

oligotroph *(gr.)* nährstoffarm

olim *(lat.)* einst, ehemals; **seit Olims Zeiten** seit Urzeiten, seit jeher

oliv *(lat.)* gelbgrün; **Olive** *w.* Frucht des Ölbaums; **Olivin** *s.* olivfarbenes Mineral

Olla podrida *w. (span.)* spanischer Eintopf mit Wurst und Gemüsen

Olymp *m. (gr.)* 1. Sitz der Götter in der griech. Mythologie; 2. oberster Rang im Theater

Olympiade *w.* aus dem antiken Griechenland stammendes, alle vier Jahre statfindendes, Sportereignis

Olympier *m.* und *Mz.* l. Zeus, *Mz.* die Götter des Olymp; 2. Mann von göttergleicher Überlegenheit; **Olympionike** *m.* Teilnehmer bei Olympischen Spielen; **olympisch** 1. auf Olympia bezüglich; 2. erhaben, göttergleich

Omagra *w. (gr.)* Schultergicht; **Omalgie** *w.* Schulterschmerz; **Omarthritis** *w.* Entzündung des Schultergelenks

Ombre *m. (frz.)* Gewebe mit abschattierten Farben; **ombriert** abschattiert, verschieden getönt

Ombrograph *m. (gr.)* zeichnet die Niederschlagsmenge auf; **Ombrometer** *s.* Regenmesser; **ombrophil** Regen liebende Tiere oder Pflanzen; **ombrophob** Trockenheit bevorzugende Tiere oder Pflanzen

Ombudsman *m. (schwed.)* Beauftragter, der die Rechte des Bürgers gegenüber staatlichen Behörden vertritt

Omega *s. (gr.)* 1. letzter Buchstabe des griechischen Alphabets; 2. Zeichen für Ohm

Omeganebel *m.* omegaförmiger Nebel im Sternbild Schütze

Omelett *s.;* **Omelette** *w.* *(frz.)* in der Pfanne gebackener Eierkuchen ohne Mehl; **Omelette soufflée** im Backofen aufgezogener Eierkuchen

Omen *s.* *(lat.)* Vorzeichen (Mz. Omina); **ominös** bedenklich, verdächtig, zweifelhaft, seltsam

Omissivdelikt *s.* *(lat.)* Unterlassungsdelikt

omnipotent *(lat.)* allmächtig; **Omnipotenz** *w.* Allmacht; **omnipresent** allgegenwärtig; **Omnipräsenz** *w.* Allgegenwart

Omnium *s.* *(lat.)* 1. Rennen, bei dem alle Pferde zugelassen sind; 2. Mehrkampf ohne feste Norm; **Omniumversicherung** *w.* Versicherung gegen alle Risiken

omnivor *(lat.)* alles fressend; **Omnivoren** *Mz.* tierische Allesfresser

Omphalitis *w.* *(gr.)* Nabelentzündung des Neugeborenen; **Omphaloskopie** *w.* Nabelschau

on *(engl.)* eingeschaltete Geräte

Onanie *w.* sexuelle Selbstbefriedigung, Masturbation; **onanieren** sich sexuell selbst befriedigen, masturbieren

Ondit *(frz.)* Gerücht

Ondulation *w.* *(lat.-frz.)* Haare wellen mit dem Brenneisen; ondulieren Haare wellen

Oneirologie *w.* *(gr.)* psychoanalytische Traumdeutung

Oneiromantie *w.* *(gr.)* Weissagung durch Traumdeutung

Onestep *m.* *(engl.)* schneller Gesellschaftstanz

ongarese *(itl.)* ungarische Musik

Oniomanie *w.* *(gr.)* krankhafter Kauftrieb, Kaufzwang

onkogen *(gr.)* Krebs erzeugend; **Onkologie** *w.* Wissenschaft von den Geschwülsten

online *(engl.)* Verbindung des Computers mit dem Internet oder einer zentralen Datenverarbeitungsanlage

Önologe *m.* *(gr.)* Fachmann für Wein und Weinbau

Önologie *w.* Weinkunde, Weinbaukunde; Eigw. **önologisch**; **Önometer** *s.* misst den Alkoholgehalt des Weins

Onomastik, **Onomatologie** *w.* *(gr.)* Wissenschaft von den Eigennamen, Namenskunde; **Onomatopoesie**, **Onomatopöie** *w.* Lautmalerei; **onomatopoetisch** lautmalend

Önorm *w.* Österreichische Industrienorm

on the rocks *(engl.)* (Getränke) mit Eiswürfeln

Ontogenese, **Ontogenie** *w. (gr.)* Entwicklung von der Zelle bis zur Geschlechtsreife; Eigw. **ontogenetisch**

Ontologie *w. (gr.)* Lehre vom Sein; Eigw. **ontologisch**

Onychomykose *w. (gr.)* Pilzbefall der Nägel; **Onychophagie** *w.* Nägelkauen; **Onychose** *w.* Nagelkrankheit

Onyx *m. (gr.)* schwarzer Schmuckstein

Oogenese *w. (gr.)* Bildung und Entwicklung der Eizelle; **Oologie** Lehre von den Vogeleiern

opak *(lat.)* undurchsichtig, lichtundurchlässig; Hptw **Opazität** *w.*

Opal *m. (gr.-lat.)* 1. schillernder Schmuckstein; 2. Baumwollgewebe; Eigw. **opalen**; **Opaleszenz** w. buntes Schillern; Ztw. **opalisieren**; **Opalglas** schimmerndes Glas

Opanken *Mz. (serb.)* geflochtener, bunter Schuh

Op-Art *w. (engl.)* um 1950 entstandene, Kunstrichtung die mit optischen Effekten und Veränderungen arbeitete

OPEC *(engl.)* Organization of the Petroleum Exporting Countries – 1960 gegründete Organisation Erdöl exportierender Länder

Oper *w. (itl.)* 1. musikalisches Drama; 2. Opernhaus und Ensemble; **Opera buffa** *w.* komische Oper; **Opera seria** *w.* dramatische Oper; **Operette** *w.* leichte, singspielartige Oper

Operateur *m. (frz.)* 1. Chirurg, der eine Operation durchführt; 2. Toningenieur

Operating *s. (engl.)* das Bedienen von Maschinen u. Ä.

Operation *w. (lat.)* 1. chirurgischer Eingriff; 2. militärisches Unternehmen; 3. mathematisches Lösungsverfahren; 4. Arbeitsvorgang nach festgelegtem Ablaufschema

operationalisieren Vorgang in überprüfbare Einzelschritte zerlegen; **Operations-Research** *w. (engl.)* Methodensystem zur rationalen Lösung von unternehmerischen Entscheidungsproblemen auf mathematischer Grundlage; **operativ** l. durch einen Eingriff; 2. strategisch; **Operator** *m. (engl.)* l. Bedienungsfachkraft in der EDV; 2. Transformationsregel in der Mathematik; 3. Telefonvermittler in den USA; **operieren**

1. Eingriff vornehmen; 2. verfahren, vorgehen

Ophiolatrie *n (gr.)* Schlangenverehrung, religiöser Schlangenkult

Ophiten *Mz.* Gnostiker des 2. Jh., Schlangenanbeter

Ophir *(hebr.)* Land, aus dem Salomon seine Schätze holte

Ophthalmie *w. (gr.)* Augenentzündung; **Ophthalmologe** *m.* Augenarzt; **Ophthalmologie** *w.* Augenheilkunde; **Ophthalmoskop** *s.* Augenspiegel

Opiat *s. (gr.)* opiumhaltiges Heilmittel

Opinio *w. (lat.)* Meinung, Ansicht; **Opinio communis** *w.* die allgemeine Meinung; **Opinionleader** *m. (engl.)* Meinungsführer

Opium *s. (gr.)* Betäubungsmittel und Rauschgift aus dem Saft des Mohns

Opodeldok *m.* oder *s.* Einreibemittel aus Kampfer, Seifenspiritus, Salmiakgeist gegen Rheumatismus

Opopanax, Opoponax *m. (gr.)* Heilmittel aus Gummiharz

Opossum *s. (Indian.)* amerikanische Beutelratte

Opponent *m. (lat.)* jmd. mit gegenteiliger Meinung; **opponieren** widersprechen, sich widersetzen

opportun *(lat.)* günstig, momentan zweckmäßig, vorteilhaft; Hptw. **Opportunität** *w.;* **Opportunismus** *m.* Anpassung an das jeweils Vorteilhafte; **Opportunist** *m.* immer zum eigenen Vorteil handelnd

Opposition *w. (lat.)* 1. Widerstand, Widerspruch; 2. alle nicht an der Regierung beteiligten parlamentarischen Fraktionen und außerparlamentarischen Gruppen; 3. Gegenschein zwischen Sonne und Gestirn; 4. Stellung gegenüber; **oppositionell** gegnerisch, gegensätzlich

Oppression *w. (lat.)* 1. Unterdrückung; 2. Beklemmung

Optant *m. (lat.)* jmd. der eine Option hat

Optativ *m. (gr.)* Wunschform des griechischen Zeitworts

Optik *w. (gr.)* 1. Wissenschaft vom Licht; 2. Linsensystem; 3. optische Wirkung; 4. Standpunkt, Betrachtungsweise

Optiker *m.* Fachmann für Produktion und Verkauf optischer Geräte

optima fide *(lat.)* im besten Glauben; **optima forma** in bester Form

optimal *(lat.)* bestmöglich; **optimieren** das Bestmögliche herausholen

Optimismus *m.* *(lat.)* 1. zuversichtliche Einstellung, Lebens- und Weltbejahung; 2. philosophische Lehre, die die Welt für die bestmögliche und für vernünftig geordnet hält; 3. Fortschrittsglaube; **Optimist** 1. positiv denkender Mensch von zuversichtlicher Grundstimmung; 2. Anhänger des philosoph. **Optimismus** *s;* Eigw. **optimistisch**

Optimum *s.* *(lat.)* Höchstmaß, Bestwert, der beste Fall

Option *w.* *(lat.)* 1. Wahlmöglichkeit zwischen Dingen; 2. Anwartschaft auf etwas; **Optionsgeschäft** *s.* Börsentermingeschäft; optieren eine Option in Anspruch nehmen

Optional *s.* *(engl.)* freies Ausgleichsrennen für Pferde eines Jahrgangs

optisch *(gr.)* die Augen, das Sehen betreffend; **optische Täuschung** *w.* Wahrnehmungstäuschung; **Optometrie** *w.* Messung der Sehschärfe

opulent *(lat.)* üppig, reichlich, ausgiebig; **Opulenz** *w.* Fülle, Üppigkeit, Überfluss

Opus *s.* *(lat.)* Werk eines Künstlers, *Mz.* Opera; **Opusculum** *s.*, **Opuskulum** *s.* kleines Werk (Mz. Opuscula, Opuskula); **Opus postumum** *s.* nachgelassenes Werk

ora et labora *(lat.)* bete und arbeite

Orakel *s.* *(lat.)* 1. Rätselwort, rätselhafter Spruch; 2. Weissagung in rätselhafter Form; 3. Ort der Weissagung im Altertum; 4. Weissagend(e); **orakelhaft** mysteriös, unverständlich; **orakeln** in Rätseln, Andeutungen sprechen, unbestimmte Prophezeiungen äußern

oral *(lat.)* 1. mündlich; 2. zu Mund und Mundgegend gehörig; 3. durch den Mund, mit dem Mund

Oralhistory *w.* *(engl.)* Zeitzeugenbefragung

Orange *w.* *(frz.)* Apfelsine; **orange** apfelsinenfarbig; **Orangeade** *(frz.)* Getränk aus Orangen-, Zitronensaft, Wasser und Zucker; **Orangeat** *s.* kandierte Orangenschale; **Orange Pekoe** *m.* *(engl.)* indische Teesorte; **Orangerie** *w.* *(frz.)* Gewächshaus in Parkanlagen

Orang-Utan *m.* *(malai.)* Menschenaffe

Oratio obliqua *w.* *(lat.)* indirekte Rede; **Oratio recta** *w.* direkte Rede; **Oration** *w.* kurzes Gebet in der kath. Messe und im Brevier; **Orator** *m.* antiker Redner; **oratorisch** rednerisch, redegewaltig; **Oratorium** *s.* 1. Chorwerk mit Solostimmen und Instrumenten über episch-dramatische,

meist geistliche Texte; 2. Hauskapelle
orbikular *(lat.)* kreisförmig
Orbis terrarum *m.* Weltkreis, Erdkreis
Orbit *m. (lat.)* Umlaufbahn eines Satelliten um Erde oder andere Himmelskörper; Eigw. **orbital**; **Orbital** *s.* Umlaufbahn eines Elektrons um den Atomkern; **Orbitalstation** Raumstation in einem Orbit
Orchester *s. (gr.)* 1. große Musikkapelle; 2. Raum für die Musiker zwischen Bühne und Zuschauerraum; **Orchestra** *w.* Platz für den Chor im antiken Theater; **orchestral** vieltönig; **orchestrieren** Komposition für Orchester einrichten, instrumentieren; **Orchestrion** *s.* Musikautomat, Drehorgel
Orchidee *w. (gr.)* tropisches Knabenkrautgewächs; **Orche** *w.* die Orchideengattung
Orchis *m.* Hoden; **Orchitis** *w.* Hodenentzündung
Ordal *s. (lat.)* Gottesurteil im mittelalterlichen Recht
Order *w. (frz.)* Befehl, Auftrag; **Order parieren** einem Befehl gehorchen; **Orderklausel** *w.* Vermerk nennt auf Wertpapieren, den berechtigten Empfänger; **Orderpapiere** *Mz.* Wertpapiere, die durch Indossament der berechtigten Person übertragen werden können; **ordern** Auftrag erteilen, bestellen
ordinär *(lat.)* gewöhnlich, unfein, vulgär
Ordinärpreis *m.* Ladenpreis
Ordinariat *s. (lat.)* 1. ordentlicher Lehrstuhl an einer Universität; 2. oberste Verwaltungsbehörde des kath. Bistums; **Ordinarius** *m.* 1. ordentlicher Professor; 2. kath. Bischof; **Ordinate** *w.* zweite Koordinate im Koordinatenkreuz; **Ordination** *w.* 1. kath. Priesterweihe; 2. Amtseinsetzung in ein evang. Pfarramt; 3. ärztliche Verordnung; 4. Sprechstunde des Arztes; **ordinieren** 1. in ein kirchliches Amt einsetzen; 2. ärztlich verordnen; 3. Sprechstunde halten
Ordonanz, **Ordonnanz** *w. (lat.)* Melder oder ein zu besonderen Diensten abkommandierter Soldat
Öre *s. (skand.)* Währungseinheit in Skandinavien
Oreade *w. (gr.)* Bergnymphe der griech. Sagenwelt
Organ *s. (lat.)* 1. Teil des Körpers bei Pflanze, Tier und Mensch mit einer bestimmten Funktion; 2. Institution; 3. Stimme; 4. Sinn, Empfänglichkeit; 5. Zeitung,

Zeitschrift als Sprachrohr einer Gruppenmeinung; **Organbank** *w.* Einrichtung, die Organe oder Organteile für Transplantationen aufbewahrt; **ein Organ haben** für etwas empfänglich sein; **organisch** 1. ein Organ, den Organismus betreffend; 2. der belebten Nahrung zugehörig; 3. sinnvoll, gewachsen

Organdy *m. (frz.)* gazeartiger, gesteifter Stoff

Organelle *w. (gr.)* organartiger Zellteil bei Einzellern

Organisation *w. (gr.)* 1. Gliederung, Aufbau, arbeitsteiliges Zusammenwirken; 2. zweckmäßige Anordnung eines Vorgangs; 3. Zusammenschluss, Vereinigung; **Organisator** *m.* jmd., der organisiert, der organisieren kann; **organisatorisch** die Organisation betreffend; **organisieren** 1. planmäßig, systematisch vorbereiten und durchführen; 2. etwas auf nicht ganz legale Weise beschaffen; **sich organisieren** 1. sich zu einem Zweck zusammenschließen; 2. in eine Organisation eintreten

Organismus *m. (gr.)* 1. Organsystem; 2. gegliedertes Ganzes; Eigw. **organismisch** sich auf ein Organ beziehend

Organist *m. (gr.)* Orgelspieler

Organogene *Mz. (gr.)* die Elemente, die den menschlichen, tierischen und pflanzlichen Körper aufbauen; **Organographie** *w.* 1. Beschreibung der Organe und ihrer Entstehung; 2. Lehre vom Bau der Musikinstrumente; **Organologie** *w.* Lehre von den Organen und ihrer Entstehung

Organon *s.* 1. die logischen Schriften des Aristoteles; 2. das logische Instrumentarium der Wissenschaft in der klassischen Philosophie

Organotherapie *w.* ärztliche Behandlung mit aus Organen gewonnenen Mitteln

Orgasmus *m. (gr.)* Höhepunkt der sexuellen Erregung; Eigw. **orgastisch**

Orgel *w. (lat.)* größtes Tasteninstrument mit Register, Manual, Pedal, Pfeifen- und Windwerk; **Orgelprospekt** *m.* Schauseite der Orgel; Orgelpunkt m. Basston auf der Orgel

Orgiasmus *m. (gr.)* ekstatisch-ausschweifende Feier in den antiken Mysterienkulten; **orgiastisch** zügellos, hemmungslos; **Orgie** *w.* 1. ekstatische Feier; 2. wildes

Gelage, Ausschweifung; 3. das Schwelgen in etwas

Orient *m. (lat.)* Morgenland, Vorder- und Mittelasien; **Orientale** *m.* Bewohner des Orients; **orientalisch** morgenländisch; **Orientalistik** *w.* Wissenschaft von den orientalischen Sprachen und Kulturen; Eigw. **orientalistisch**

orientieren *(sich) (lat.)* 1. Standort, Lage feststellen, sich zurechtfinden; 2. ins Bild setzen, unterrichten, Kenntnis geben, Kenntnis nehmen; Hptw. **Orientierung** *w.*

Oriflamme *w. (lat.-frz.)* Kriegsfahne der alten französischen Könige

Origami *s. (jap.)* japan. Kunst des Papierfaltens

Origano, **Oregano** *m. (itl.)* Gewürzstreu des wilden Majorans

Original *s. (lat.)* 1. Urschrift, Urbild, Urfassung; 2. urwüchsiger, schrulliger Mensch; **original** 1. echt, ursprünglich; 2. direkt; 3. urwüchsig, originell; **Originalität** *w.* Ursprünglichkeit, Echtheit, schöpferische, persönliche Eigenart; **originär**, **originell** 1. eigenartig, ursprünglich, urwüchsig; 2. persönlich, schöpferisch

Orkan *m. (Indian.)* Sturm der höchsten Windstärke

Orkus *m. (lat.)* Unterwelt, Totenreich in der röm. Mythologie

Orlog *m. (niederl.)* Krieg

Orion *s.* synthetische Faser

Orlowtraber *Mz.* Pferderasse

Ornament *s. (lat.)* Verzierung, Schmuckform, Muster; **ornamental** schmückend, in der Art eines Ornaments; **ornamentieren** schmücken, mit Schmuckwerk versehen

Ornamentik *w.* 1. Gesamtheit und stilistische Einheit der Ornamente an einem Gebäude oder Kunstgegenstand; 2. die Kunst des Verzierens

Ornat *s. (lat.)* feierliche Amtstracht

Ornithologe *m. (gr.)* Experte für Vogelkunde; Eigw. **ornithologisch**; **Ornithologie** *w.* Vogelkunde

Orogenese *w. (gr.)* Entstehung von Gebirgen; **Orognosie** *w.* Gebirgsforschung und -beschreibung

Orpheus *m. (gr.)* zaubermächtiger Sänger und Leierspieler der griechischen Mythologie

Orphik *w.* religiös-philos. Geheimlehre in der Antike; **Orphiker** *Mz.* Anhänger der Orphik; **orphisch** 1. zur Orphik gehörend;

2. geheimnisvoll, tief

Orplid *s.* Name des von E. Mörike und seinem Kreis erfundene Traum- und Wunschlandes auf einer Insel

Ortho-, **ortho-** *(gr.)* als Vorsilbe: recht-, richtig

Orthochromasie *w. (gr.)* die Farben in richtigen Helligkeitsstufen wiederzugeben außer Rot; Eigw. **orthochromatisch**

orthodox *(gr.)* 1. rechtgläubig, dogmengläubig; 2. starr, intransigent; **Orthodoxie** *w.* Rechtgläubigkeit, Übereinstimmung mit, starres Festhalten an den Dogmen; **orthodoxe Kirche** *w.* die seit 1054 von Rom getrennte Ostkirche mit griechisch- oder russisch-orthodoxem Ritus

Orthoepie *w. (gr.)* Lehre von der korrekten Aussprache der Wörter

Orthogon *s. (gr.)* Rechteck; **orthogonal** rechteckig, rechtwinklig

Orthographie *w. (gr.)* Rechtschreibung; **orthographisch** der Rechtschreibung entsprechend

Orthopäde *w. (gr.)* Facharzt für Orthopädie; **Orthopädie** *w.* Lehre und Therapie von Fehlern und Erkrankungen des Bewegungsapparats; Eigw. **orthopädisch**

Orthoskop *s. (gr.)* optisches Gerät zur Untersuchung von Kristallen

Ortolan *m. (itl.)* Gartenammer, ein Singvogel

Oscar *m. (engl.)* volkstümlicher Name für die Statuette, die von Hollywoods Academy Award verliehen wird

Osiris *m.* altägyptischer Gott der Toten

Osmanen *Mz.* die Türken im früheren osmanischen Reich bis 1922

osmophor *(gr.)* Geruchseindrücke hervorrufend

Osmose *w. (gr.)* Austausch flüssiger Stoffe durch eine dünne Scheidewand; Eigw. **osmotisch**; **osmotischer Druck** *m.* der bei der Osmose auf die Zellwände ausgeübte Druck

Ösophagus *m. (gr.)* Speiseröhre

Osphresiologie *w. (gr.)* Lehre vom Geruchssinn

Ossarium, **Ossuarium** *s. (lat.)* Beinhaus; **Ossifikation** *w.* Knochenbildung, Verknöcherung; Ztw. **ossifizieren**

Ostealgie *w. (gr.)* Knochenschmerz

Ostensorium *s. (lat.)* Monstranz; **ostentativ** 1. herausgestellt, betont; 2. herausfordernd, provozierend

osteogen *(gr.)* Knochen bildend; **Osteogenese**

w. Knochenbildung; **osteoid** knochenähnlich; **Osteologie** *w.* Knochenkunde, Teil der Anatomie

Osteopathie *w.* Knochenleiden; **Osteoplastik** *w.* Knochenersatz; **Osteoporose** *w.* Schwund des Knochengewebes

Osteria *w. (itl.)* Wirtshaus, Gasthaus

ostinato *(itl.)* Musik: beharrlich, immer wiederkehrend

Ostitis *w. (gr.)* Knochenentzündung

Ostrakon *s. (gr.)* Tonscherbe, Schreibgerät in der Antike; **Ostrazismus** *m. (gr.)* Volksgericht im antiken Athen

Östrogen *s. (gr.)* weibliches Geschlechtshormon

Oszillation *w. (lat.)* Schwankung, Schwingung; **Oszillator** *m.* erzeugt elektrische Schwingungen; **oszillieren** schwingen, pendeln, schwanken; **Oszillograph** *m.* zeichnet Schwingungen auf

Otagra, **Otalgie**, **Otodynie** *w. (gr.)* Ohrenschmerz

Otiater, **Otologe** *m.* Ohrenarzt; **Otiatrie**, **Otologie** *w.* Ohrenheilkunde; **Otitis** *w.* Ohrenentzündung; **otogen** vom Ohr ausgehend; **Otosklerose** *w.* Verknöcherung des Mittelohrs mit Schwerhörigkeit im Gefolge; **Otoskop** *s.* Ohrenspiegel; **Otoskopie** *w.* Untersuchung mit dem Ohrenspiegel

Otium *s. (lat.)* Muße

Ottoman *m. (türk.-frz.)* quergeripptes Gewebe aus Wolle oder Seide; **Ottomane** *w.* Ruhebett; **Ottomane** *m.* Türke; **ottomanisch** türkisch

Oubliette *w. (frz.)* Verlies für lebenslänglich Eingekerkerte *Mz.* **Oubliettent**

out *(engl.)* 1. Aus, außerhalb des Spielfelds; 2. nicht mehr gefragt, unmodern

Outcast *m. (engl.)* 1. ein außerhalb der indischen Kasten Stehender, Paria; 2. ein sozial Ausgestoßener

outdoor *(engl.)* draußen, im Freien

outen l. sich öffentlich zu etwas oder einer Neigung bekennen; 2. etwas bisher Verborgenes über jmdn. öffentlich machen; Hptw. **Outing** *s.*

Outfit *s. (engl.)* äußere Aufmachung, Styling

Outlaw *m. (engl.)* Außenseiter, Gesetzloser

Output *s. (engl.)* 1. Ausgangsleistung, Antennenleistung eines Senders; 2. Gesamtheit der erzeugten Güter eines Unternehmens, Ertragsleistung; 3. Datenausgabe

outrieren *(frz.)* übertreiben; **outriert** übertrieben, künstlich, gesucht

Outsider *m. (engl.)* Außenseiter

Outsourcing *s. (engl.)* Auslagerung betrieblicher Aufgaben; Ztw. **outsourcen**

Ouvertüre *w. (frz.)* 1. Vorspiel einer Oper; 2. Einleitung, Auftakt

oval *(lat.)* eirund, länglichrund; **Oval** *s.* Eirund, ovale Form; **Ovar**, **Ovarium** *s.* Eierstock (Mz. Ovarien); **ovarial** zum Eierstock gehörig

Ovation *w. (lat.)* Huldigung, stürmischer Beifall

Overall *m. (engl.)* einteiliger Anzug

overdressed *(engl.)* für einen Anlass zu festlich gekleidet

Overdrive *m. (engl.)* Gang bei der Kraftübertragung, der bei herabgesetzter Umdrehungszahl des Motors gleich bleibende Leistung ermöglicht (Treibstoffersparnis)

Overflow *m. (engl.)* Überschreitung der Speicherkapazität eines Computers

Overheadprojektor *m. (engl.)* Projektionsapparat für Folien

Overkill *m. (engl.)* totale Vernichtung, z. B. durch Atomkrieg

Overprotection *w. (engl.)* übermäßige, seelisch schädigende Beschützung von Kindern durch eine Erziehungsperson

Overstatement *s. (engl.)* Übertreibung

overstyled *(engl.)* übermäßig, zu perfekt zurechtgemacht

ovipar *(lat.)* Eier legend; **ovoid** eiförmig; **Ovulation** *w.* Eisprung, Ausstoßung eines reifen Eis aus dem Eierstock

Oxalsäure *w. (gr.)* Kleesäure, giftige organische Säure

Oxer *s. (engl.)* Hindernis zwischen Viehweiden, künstliches Hindernis auf Rennbahnen

Oxy-, **oxy-** *(gr.)* als Vorsilbe: sauer, sauerstoffhaltig

Oxyd, **Oxid** *s. (gr.)* Verbindung eines Elements mit Sauerstoff; **Oxydation** *w.* Vereinigung eines Stoffs mit Sauerstoff; Ztw. **oxydieren**; **Oxygen**, **Oxygenium** *s.* Sauerstoff, chemisches Element

Oxymoron *s. (gr.)* Widerspruch in sich selbst

Ozean *m. (gr.)* Weltmeer; **ozeanisch** auf den Ozean bezüglich

Ozeanographie *w.* Meereskunde; Eigw. **ozeanographisch**

Ozellen *Mz. (lat.)* die Augen der Kerbtiere

Ozelot *m. (Indian.)* 1. Pantherkatze; 2. Pelzwerk aus dem Fell des Ozelo

Ozellen *Mz. (lat.)* die Augen der Kerbtiere

Ozelot *m. (Indian.)* 1. Pantherkatze; 2. Pelzwerk aus dem Fell des Ozelot

Ozokerit *s. (gr.)* natürliches mineralisches Wachs

Ozon *s. (gr.)* besonders stark oxydierendes Sauerstoffmolekül; **ozonisieren** mit Ozon behandeln; **Ozonloch** *s.* Zerstörung der Ozonschicht; **Ozonschicht** *w.* Schicht der Erdatmosphäre mit starkem Ozongehalt

p. a. = pro anno

Päan *m. (gr.)* altgriech. Siegeslied

Pace *w. (engl.)* Geschwindigkeit eines Rennens; **Pacer** m. Passgänger; **Pacemaker** *m.* Schrittmacher

Pachulke *m. (poln.)* grober Kerl

Pädagoge *m. (gr.-lat.)* 1. Erzieher, Lehrer; 2. Erziehungswissenschaftler; **Pädagogik** *w. (gr.)* Erziehungswissenschaft; **pädagogisch** erzieherisch, erziehungswissenschaftlich

Paddock *m. (engl.)* 1. holzgezäunte Pferdeweide; 2. vorn offener Stand auf dem Sattelplatz

Päderast *m. (gr.)* homosexueller Mann mit Vorliebe für Jungen; **Päderastie** *w.* homosexuelle Vorlieben und Beziehungen von Männern zu Jungen, Knabenliebe; **Pädophilie** *w.* sexuelle Neigung Erwachsener zu Kindern

Pädiater *m. (gr.)* Kinderarzt; **Pädiatrie** *w.* Kinderheilkunde

Padischah *m. (pers.)* islamischer Fürstentitel

Padre *m. (itl.)* Titel und Anrede für Ordenspriester in Italien

Padrone *m. (itl.)* 1. Italien. Bez. für Herr,

Besitzer; 2. Schutzheiliger; **Padrona** *w.* Hauswirtin, Gebieterin

Paella *w.* (*span.*) spanisches Pfannengericht mit Reis, Fleisch, Fisch u.a.

pagan *(lat.)* heidnisch; **Paganalien** *Mz.* ländliche Feste der Römer; **Paganismus** *m.* 1. Heidentum; 2. heidnischer Anteil in christlichen Bräuchen

Pagat *m.* *(itl.)* Haupttrumpf im Tarock

Page *m.* *(frz.)* 1. junger Adliger als Diener bei Hofe; 2. junger Bote, Hoteldiener

Pagina *w.* *(lat.)* Buchseite; **paginieren** mit Seitenzahlen versehen

Pagode *w.* *(port.)* 1. ostasiatischer Tempelturm; 2. *m.* ostasiatisches Götterbild

Pagus *m.* *(lat.)* älteste ländliche Siedlungsform in Altitalien

paille *(frz.)* strohfarben; **Pailletten** *Mz.* glitzernde Flitterplättchen zum Aufnähen

Pair *m.* *(frz.)* Mitglied des hohen französischen Adels

Pairie *w.* Pairswürde

Pakotille *w.* *(frz.)* frachtfreies Gepäck der Schiffsmannschaft

Pakt *m.* *(lat.)* Vertrag, Bündnis

Pal(ä)-, pal(ä)-, Paläo-, paläo- *(gr.)* als Vorsilbe: alt, ur-; **Paläanthropologe** *m.* *(gr.)* Wissenschaftler auf dem Gebiet der Paläanthropologie; **Paläanthropologie** *w.* Wissenschaft vom vorgeschichtlichen Menschen; Eigw. **paläanthropologisch; Paläobotanik** *w.* Wissenschaft von den fossilen Pflanzen; **Paläogeographie** *w.* Erforschung der Urzeitlandschaft; **Paläographie** *w.* Wissenschaft von der Schrift, ihren Formen und Mitteln im Altertum, Handschriftenkunde; **Paläolithen** *Mz.* Werkzeuge aus der Altsteinzeit; **Paläolithikum** *s.* Altsteinzeit; **paläolithisch** altsteinzeitlich; **Paläonto-logie** *w.* Wissenschaft von den Lebewesen vergangener Erdzeitalter; Eigw. **paläontologisch**; **Paläozän** *s.* älteste Phase der Erdneuzeit; Eigw. **paläozän; Paläozoikum** *s.* erdgeschichtliches Altertum; Eigw. **paläozoisch**

Paladin *m.* *(itl.-frz.)* 1. ritterlicher Gefolgsmann am Hofe Karls des Großen; 2. Getreuer, treuer Anhänger

Palais *s.* *(frz.)* Palast, Schloss

Palas *m.* *(lat.)* Hauptgebäude der mittelalterlichen Burg

Palästra *w.* *(gr.)* Ringerschule im alten Griechenland

Palatal *m. (lat.)* Gaumenlaut; **palatal** zum Gaumen gehörig, mit dem Gaumen

Palatin *m. (lat.)* 1. Pfalzgraf im Mittelalter; 2. Stellvertreter des ehemaligen Königs von Ungarn; 3. einer der sieben Berge Roms, Mons Palatinus; **Palatina** *w.* kurpfälzische Bibliothek in Heidelberg, die im Jahre 1623 in die Vatikanische Bibliothek nach Rom überführt wurde

Palatschinken *Mz. (ungar.)* dünne, gerollte Pfannkuchen mit Füllung

Palaver *s. (port.)* langes Hinundhergerede; **palavern** beraten, hin und her reden, ohne ein Ende zu finden

Palazzo *m. (itl.)* Italien. Palast

Pale Ale *s. (engl.)* helles englisches Bier

Paletot *m. (frz.)* 1. zweireihiger Herrenmantel mit Samtkragen; 2. dreiviertellanger Damen- oder Herrenmantel

Palette *w. (frz.)* 1. Scheibe zum Farbenmischen; 2. große Auswahl, Sortiment; 3. genormte Stapelplatte

Pali *s. (sanskr.)* bis ins 12. Jh. Sprache der heiligen Schriften des Buddhismus

Palim-, **palim-**, **Palin-**, **palin-** *(gr.)* als Vorsilbe: wieder, zurück

Palimnese *w. (gr.)* Wiedererinnerung; **Palimpsest** *s.* oder *m.* Handschrift auf Pergament, das vorher schon einmal beschrieben war

Palindrom *s. (gr.)* Wort, das auch rückwärts gelesen (den gleichen Sinn) ergibt; **Palingenese** *w.* 1. im Buddhismus Wiedergeburt durch Seelenwanderung; 2. Wiederholung der Stammesentwicklung in der embryonalen Entwicklung; 3. Gesteinsneubildung durch Aufschmelzung alten Gesteins

Palisade *w. (frz.)* Zaun aus zugespitzten, in den Boden gerammten Pfählen

Palisander *s. (indian.)* südamerikanisches Edelholz; **palisandern** aus Palisanderholz

Palla *w. (lat.)* 1. Decke für den Messkelch; 2. altrömisches Frauengewand

Palladium *s. (gr.-lat.)* 1. Schutzbild der griech. Göttin Pallas Athene; 2. Schutzheiligtum; 3. chemisches Element

Pallas *(gr.)* 1. Beiname der Göttin Athene; 2. *m.* kleiner Planet

Pallasch *m. (ungar.-türk.)* schwerer Reitersäbel

Pallawatsch *m. (itl.)* Durcheinander, Tohuwabohu

palliativ *(lat.)* lindernd, aber nicht heilend;

Palliativ *s.* Linderungsmittel

Pallium *s. (lat.)* 1. weißer wollener Umhang der Römer; 2. mittelalterlicher Krönungsmantel; 3. weißer Schulterschmuck des Papstes und der kath. Erzbischöfe; 4. Großhirnrinde; **Palliengelder** *Mz.* Abgabe der kath. Bischöfe an den Papst bei Übertragung des Erzbischofsamtes

palmar *(lat.)* die Handfläche betreffend

Palmarum *(lat.)* Palmsonntag, Sonntag vor Ostern

Palme *w. (lat.)* tropische Baumgattung

Palmette *w. (frz.)* 1. palmblattartiges Ziermotiv; 2. fächerförmig gezogener Obstbaum, Spalierbaum; **palmieren** etwas beim „Zaubern" hinter der Hand verschwinden lassen

palpabel *(lat.)* fühlbar, tastbar; **palpieren** betasten, abtasten, erfühlen; **Palpation** *w.* Untersuchung durch Abtasten; **Palpe** *w.* Taster, Fühler

Palpitation *w. (lat.)* Herzklopfen, verstärkter Pulsschlag; **palpitieren** klopfen, pulsieren

PAL-System *s. (engl.)* Phase Alternating Line System – Farbfernsehnorm, die störende Übertragungseinflüsse kompensiert

Pampa *w. (indian.)* Grassteppe Südamerikas (Mz. Pampas)

Pampelmuse *w. (tamil.-niederl.)* Grapefruit, apfelsinenartige Frucht mit bittersüßem Geschmack

Pamphlet *s. (engl.-frz.)* Streit- und Schmähschrift; Eigw. **pamphletistisch**; **Pamphletist** *m.* Verfasser von Pamphleten

Pan[1] *m. (gr.)* altgriechischer Hirtengott

Pan[2] *m. (poln.)* 1. poln. Gutsbesitzer; 2. poln. Anrede für Herr

Pan-, **pan-** *(gr.)* als Vorsilbe: ganz, gesamt

Panaché, **Panaschee** *s. (frz.)* 1. gemischtes Kompott; 2. Gefrorenes in bunten Streifen; 3. gemischtes Getränk, bes. Limonade und Bier

Panama *s.* 1. Gewebe mit geflochten wirkender Struktur; 2. Staat und Stadt in Mittelamerika

Panaritium *s. (lat.-gr.)* eitrige Entzündung am Nagel

panaschieren *(frz.)* Kandidaten aus verschiedenen Parteien wählen; **Panaschierung** *w.* 1. das Panaschieren; 2. weiße Musterung auf Pflanzenblättern durch Mangel an Blattgrün

Panax *m. (gr.)* Araliengewächs mit Ginseng-Wurzel

Panazee *w. (gr.)* Allheilmittel, Wundermittel

panchromatisch *(gr.)* lichtempfindlich für alle Farbtöne

Pandämonium *s. (gr.)* alle bösen Geister und ihr Reich

Pandemie *w. (gr.)* sich weit verbreitende Seuche; **pandemisch** weit verbreitet

Pandero *w. (span.)* baskischer Tamburin

Pandit *m. (sanskr.)* Titel brahmanischer Gelehrter

Pandora *w. (gr.)* verführerische Frau in der griechischen Mythologie, die alles Unheil aus einem Gefäß in die Welt entließ; **Büchse der Pandora** Füllhorn des Unheils

Pandur *m. (ungar.)* 1. Leibdiener in Ungarn; 2. ungarischer Fußsoldat

Paneel *s. (niederl.)* 1. Wandtäfelung; 2. vertieftes Feld einer Wandtäfelung; **paneeliert** getäfelt

Panegyrikus *m. (gr.)* Lobeshymne in der Antike

Paneltechnik *w. (engl.)* Methode in der Meinungsforschung, bei der dieselbe Gruppe in Zeitabständen wiederholt befragt wird

panem et circenses *(lat.)* „Brot und Spiele", um das Volk im alten Rom zufrieden zu stellen

Panettone *m. (itl.)* lockerer Hefekuchen mit kandierten Früchten

Panflöte *w. (gr.)* antike Hirtenflöte aus mehreren aneinander gefügten Flöten verschiedener Länge

Panier *s. (frz.)* Feldzeichen, Banner

panieren *(frz.)* Fleisch, Fisch vor dem Braten in Mehl oder Semmelbröseln mit Eigelb wälzen

Panik *w. (gr.)* plötzliche Angst eines Einzelnen oder einer Menschenmenge; Eigw. **panisch**

Pankration *s. (gr.)* Verbindung von Faust- und Ringkampf im alten Griechenland

Pankreas *w. (gr.)* Bauchspeicheldrüse; **Pankreatitis** *w.* Entzündung der Bauchspeicheldrüse

Panlogismus *m. (gr.)* philosophische Lehre, nach der das All vernunftgemäß geordnet ist

Panne *m. (frz.)* 1. Seidensamt, oder *w. (frz.)* 1. Unfall, Schaden; 2. Missgeschick

Panoptikum *s. (gr.)* 1. Kabinett; 2. Kuriositätensammlung; **panoptisch** von allen Seiten einsehbar

Panorama *s. (gr.)* 1. Rundblick; 2. plastisches Rundgemälde

Panpsychismus *m. (gr.)* Philosophie, nach der alle Dinge und die Welt als Ganzes beseelt sind

Pantheismus *m. (gr.)* Lehre, dass Gott und Welt eins sind; Eigw. **pantheistisch**; **Pantheist** Vertreter des Pantheismus

Pantheon *s. (gr.)* l. alle Götter einer Religion; 2. römisches, allen Göttern geweihtes Heiligtum; 3. Ehrentempel

Pantine *w. (frz.)* Holzpantoffel

Pantokrator *m. (gr.)* l. Ehrentitel für den höchsten Gott; 2. Darstellung des thronenden Christus

Pantolette *w.* leichter Sommerschuh ohne Fersenteil

Pantomime *w. (gr.)* l. szenische Darstellung ohne Worte und Requisiten, nur mit Gebärden und Tanz; 2. *m.* Darsteller einer Pantomime; **Pantomimik** *w.* l. Kunst der Pantomime; 2. Gebärdenspiel, Körpersprache; Eigw. **pantomimisch**

Pantry *w. (engl.)* Vorrats- und Anrichteraum auf Schiffen oder in Flugzeugen

Päonie *w. (gr.)* Pfingstrose

Papa *m. (gr.)* 1. kirchl. Titel des Papstes; 2. Titel höherer Geistlicher in der orthodoxen Kirche; 3. Anrede für den Vater; **papal** päpstlich; **Papabili** *Mz.* Kardinäle mit Aussicht, Papst zu werden; **Papat** *s.* Amt des Papstes

Papagallo *m. (itl.)* Latin Lover (Mz. Papagalli)

Papaya *w. (karib.)* Baummelone

Papier *s. (gr.)* l. aus Fasern hergestelltes Material; 2. Schriftstück; 3. Wertpapier; 4. *Mz.* **Papiere**: Ausweis

Papiermaché *s. (gr.-frz.)* Papierbrei mit Zusätzen für die Herstellung von dreidimensionalen Gegenständen

Papillote *w. (frz.)* Lockenwickel

Papirossa *w. (russ.)* russische Zigarette mit Mundstück

Papismus *m. (lat.)* abwertende Bezeichnung für das Papsttum; **Papist** *m.* abwertend für Papstanhänger; Eigw. **papistisch**

Papyrus *m. (gr.)* 1. Schreibmaterial der Antike aus dem Mark der Papyrusstaude; 2. Handschrift auf Papyrus (Mz. Papyri); **Papyrologie** *w.* Papyruskunde

Par-, **para-** *(gr.)* als Vorsilbe: bei, neben, entgegen

Para *m. (frz.)* Abk. von parachutiste (Mz. Paras), Fallschirmjäger

Parabel *w. (gr.)* 1. lehrhaftes Gleichnis; 2. Kegelschnitt; **parabolisch** 1. wie eine Parabel; 2. gleichnishaft

Parachutist *m. (frz.)* franz. Bez. für Fallschirmjäger

Parade *w. (frz.)* l. Truppenschau, Vorbeimarsch der Truppen; 2. Abwehren eines Angriffs beim Fechten, Boxen und Ringen; 3. Anhalten des Pferdes; **Paradebeispiel** *s.* schlagendes Beispiel; **paradieren** 1. vorbeimarschieren, prunken; 2. Stoß oder Schlag abwehren; 3. Pferd anhalten

Paradeiser *m. (gr.)* österreichische Bezeichnung für Tomate

Paradies *s. (gr.)* l. Garten Eden im Alten Testament; 2. Vorhalle romanischer Kirchen; 3. Ort der Seligen, Himmel; 4. Himmel auf Erden; **paradiesisch** himmlisch

Paradigma *s. (gr.)* Beispiel, Musterbeispiel, Denkmuster (Mz. Paradigmen, Paradigmata); **paradigmatisch** als Muster beispielhaft; **Paradigmenwechsel** *m.* Wechsel eines bisher gültigen Weltbildes

paradox *(gr.)* widersinnig, einen unlösbaren Widerspruch enthaltend; **Paradox**, **Paradoxon** *s.* unlösbare Widersprüchlichkeit, Widersinnigkeit (Mz. Paradoxa); **Paradoxie** *w.* Widerspruch in sich, Widersinnigkeit (Mz. Paradoxien)

Paragramm *s. (gr.)* Auswechslung eines Buchstabens in einem Wort, so dass das Wort einen scherzhaften Sinn bekommt

Paragraph *m. (gr.)* l. Abschnitt eines Buches; 2. Abschnitt im Gesetzbuch; 3. das Zeichen § für Paragraph; **paragraphieren** in Abschnitte einteilen

Paraklet *m. (gr.)* Tröster, Helfer, Fürsprecher

Paralipomena *Mz. (gr.)* Ergänzungen, Nachträge, Zusätze, Ez. **Paralipomenon**

Parallaxe *w. (gr.)* 1. Winkel zweier auf einen Punkt gerichteten Geraden; 2. die durch Winkelmessung bestimmte Entfernung eines Gestirns; 3. Abweichung zwischen Sucherausschnitt einer Kamera und aufgenommenem Bild; Eigw. **parallaktisch**

parallel *(gr.)* gleichlaufend, in gleich bleibendem Abstand nebeneinander laufend; **Parallele** *w.* l. eine zu einer anderen im immer gleichen Abstand laufende Linie;

2. Vergleich zweier ähnlicher Tatbestände; **Parallelität** *w.* 1. Gleichläufigkeit; 2. Vergleichbarkeit; Ähnlichkeit; **Parallelogramm** *s.* schiefwinkliges Viereck mit parallel laufenden Seitenpaaren

Paralogismus *m. (gr.)* Fehlschluss, Trugschluss (Mz. Paralogismen)

Paralyse *w. (gr.)* vollständige Bewegungslähmung; **paralysieren** 1. lähmen; 2. hemmen, lahm legen; **Paralytiker** *m.* 1. Gelähmter; 2. Kranker mit Gehirnerweichung; **paralytisch** gelähmt

Paramente *Mz. (lat.)* gottesdienstliche Gewänder, kirchliche Behänge

Paramentik *w.* Paramentenkunde, Paramentenanfertigung

Parameter *m. (gr.)* 1. konstante oder unbestimmte Hilfsgröße bei mathemat. Berechnungen; 2. charakteristische Zahlenwerte einer statistischen Verteilung; 3. wirtschaftsrelevante veränderliche Größen; **parametrisieren** mit einem Parameter versehen

paramilitärisch halbmilitärisch

Paranoia *w. (gr.)* Geistesgestörtheit, die sich in Wahnideen wie Verfolgungswahn oder Größenwahn äußert; Eigw. **paranoisch**; **paranoid** wie Paranoia

Paraph, **Paraphe** *w. (gr.)* Namenszeichen, Namenszug, Stempel mit Namenszug

Paraphernalien *Mz. (gr.)* Zubehör

Paraphierung *w. (gr.)* Vorunterzeichnung eines Abkommens durch die Verhandlungsführer; Ztw. **paraphieren**

Paraphrase *w. (gr.)* 1. Umschreibung, Ausschmückung; 2. freie Übertragung in eine andere Sprache; **paraphrasieren** umschreiben, ausschmücken

Paraplegie *w. (gr.)* doppelseitige Lähmung

Parapluie *m. (frz.)* Regenschirm (heute noch ugs. scherzhaft)

Parapsychologie *w. (gr.)* Lehre vom Übersinnlichen

Parasit *m. (gr.)* Schmarotzer, der auf Kosten eines anderen Lebewesens lebt und dieses dadurch schädigt; **parasitär**, **parasitisch** schmarotzerhaft; **Parasitismus** *m.* Schmarotzertum

Parasol *m. (itl.)* 1. Sonnenschirm; 2. essbarer Blätterpilz

Parasympathikus *m. (gr.)* Teil des vegetativen Nervensystems

parat *(lat.)* bereit, zur Verfügung

parataktisch *(gr.)* nebenordnend; **Parataxe** *w.*

Nebenordnung von Satzgliedern

Paratyphus *m. (gr.)* typhusähnliche Infektionskrankheit

paratypisch *(gr.)* nicht erblich

Paravent *m. (frz.)* Wandschirm, spanische Wand

par avion *(frz.)* per Luftpost

parboiled *(engl.)* so vorbehandelt, dass die Vitamine bei der Zubereitung erhalten bleiben

Parcours *m. (frz.)* Hindernisbahn für Pferde

Pardon! *(frz.)* Verzeihung!

Pardun *s.*, **Pardune** *w. (niederl.)* Stahltau, das den Mast eines Schiffes hält

Parenchym *s. (gr.)* das für ein Organ kennzeichnende Zellgewebe; Eigw. **parenchymatös**

Parentel *w. (lat.)* Nachkommenschaft eines Stammvaters

Parese *w. (gr.)* unvollständige Lähmung, Erschlaffung eines Muskels; Eigw. **paretisch**

par excellence *(frz.)* schlechthin

par exemple *(frz.)* zum Beispiel

Parforcejagd *w. (frz.)* Hetzjagd; **Parforceritt** *m.* Leistung unter großer Anstrengung

Parfüm, Parfüm *s. (frz.)* Duft, Wohlgeruch; **Parfümerie** *w.* 1. Werk, in dem Parfüm hergestellt wird; 2. Geschäft, das Parfüm verkauft; **parfümieren** mit Duftstoff versetzen

pari *(itl.)* zum Nennwert; **Pari** *s.*, **Parikurs** *m.* Kurs zum Nennwert eines Wertpapiers

Paria *m. (ind.)* 1. Angehöriger der niedersten Kaste Indiens; 2. sozial Ausgestoßener

parieren *(itl.)* 1. beim Fechten Hieb oder Stich abwehren; 2. Pferd zum Stehen bringen; 3. *(lat.)* widerstandslos gehorchen

Parität *w. (lat.)* 1. Gleichstellung, Gleichberechtigung, Gleichwertigkeit; 2. feststehender Vergleichswert von Währungen; **paritätisch** gleichberechtigt, gleichgestellt, gleichwertig

Parkett *s. (frz.)* 1. getäfelter Fußboden; 2. Theatersitzreihen zu ebener Erde; 3. Börse für die Kursmakler; **parkettieren** Parkettfußboden verlegen

Parkinsonismus *m.* Schüttellähmung

Parlament *s. (frz.)* Volksvertretung, gesetzgebende Körperschaft, Abgeordnetenhaus; **Parlamentär** *m.* Unterhändler zwischen feindlichen Heeren; **Parlamentarier** *m.* Mitglied des Parlaments, Abgeordneter; **parlamentarisch** vom Parlament ausgehend, das Parlament betreffend;

Parlamentarismus *m.* Regierungsform, in der die Regierung dem Parlament verantwortlich ist

parlando *(itl.)* Musik: dem Sprechen ähnelnd

parlieren *(frz.)* plaudern

Parmesan *m. (itl.)* halbfetter Reibkäse

Parnass *m. (gr.)* 1. Gebirge in der griechischen Mythologie mit Sitz des Apollos und der Musen; 2. Reich der Dichtkunst

Parochie *w. (gr.)* Pfarrbezirk; Eigw. **parochial**

Parodie *w. (gr.)* komisch-satirische Darstellung oder Nachahmung eines Werks, eines Stils; Ztw. **parodieren**; **parodistisch**

Parole *w. (frz.)* 1. Losung, Kennwort; 2. Wahlspruch einer Gruppe; **Paroli bieten** Widerstand leisten

Parodontitis *w. (gr.)* Entzündung des Zahnfleischrandes; **Parodontose** *w.* Erkrankung des Zahnfleischs

Paronymie *w. (gr.)* Ableitung vom Stammwort; **paronymisch** stammverwandte Wörter betreffend

Parotis *w. (gr.)* Ohrspeicheldrüse; **Parotitis** *w.* Entzündung der Ohrspeicheldrüse, Ziegenpeter, Mumps

Paroxysmus *m. (gr.)* l. Höhepunkt eines Erregungszustands oder einer Krankheit, Anfall; 2. gesteigerte vulkanische Tätigkeit

Parrizida *m. (lat.)* Vatermörder, Verwandtenmörder

Parsen *Mz.* Anhänger des Parsismus; **Parsismus** *m.* Lehre des persischen Religionsstifters Zarathustra

Part *m. (lat.)* 1. Anteil; 2. Stimme eines Instrumental- oder Gesangstücks; 3. Rolle in einem Bühnenstück

Parterre *s. (frz.)* 1. Erdgeschoss; 2. die hinteren Reihen des Theaterparketts; **parterre** zu ebener Erde

partial, **partiell** *(lat.)* teilweise; **Partialobligation** *w.* Teilschuldverschreibung; **Partie** *w.* 1. Warenposten; 2. Gesangsrolle, Part; 3. Ausflug, kleine Reise; 4. vorteilhafte Heirat; 5. einzelner Wettkampf; 6. Teil, Ausschnitt

Partikel *w. (lat.)* 1. Teilchen, Elementarteilchen; 2. unbeugbares Wort

partikular, **partikulär** *(lat.)* einzeln, einen Teil betreffend, besonders; **Partikularismus** *m.* Überbetonung einzelstaatlicher Interessen; **Partikularist** *m.* Anhänger des Partikularismus; Eigw. **partikularistisch**; **Partikulier** *m.* Schiffer, der auch Eigentümer seines Fahrzeugs ist

Partikülier *m. (frz.)* Rentner

Partisan, **Partisane** *m. (itl.-frz.)* Widerstandskämpfer einer paramilitärischen Einheit; **Partisane** *w.* Spieß mit Doppelschneide und Zacken

partitiv *(lat.)* teilend

Partitur *w. (lat.-itl.)* Niederschrift der mit Takt für Takt aufgeteilten Stimmen einer Komposition

Partizip, **Partizipium** *s. (lat.)* Mittelwort des Zeitworts; **Partizipation** *w.* Teilnahme, Beteiligung; **Partizipationsgeschäft** *s.* Handelsgeschäft, zu dem sich mehrere Kaufleute zusammentun; **partizipieren** teilhaben, sich beteiligen

Partner *m. (lat.-frz.-engl.)* 1. Teilhaber, 2. Lebensgefährte; 3. Mitspieler, Gegenspieler im Sport, Theater

partout *(frz.)* durchaus, unter allen Umständen

Partus *m. (lat.)* Geburt, Entbindung

Party *w. (engl.)* geselliges, zwangloses Fest

Parusie *w. (gr.)* Wiederkehr Christi zum Jüngsten Gericht

Parvenü *m. (frz.)* Emporkömmling, Neureicher

Parzelle *w. (frz.)* vermessener Teil eines Geländes; **parzellieren** in Parzellen aufteilen

Parzen *Mz. (lat.)* die drei römischen Schicksalsgöttinnen

Pas *m. (frz.)* Tanzschritt; **Pas de deux** Balletttanz für zwei Solotänzer

Pasch *m. (frz.)* Wurf mit derselben Punktzahl auf allen Würfeln

Pascha *m. (türk.)* 1. hoher Beamten- und Offizierstitel in der Türkei und Ägypten; 2. selbstherrlicher Mann

paschen 1. *(frz.)* würfeln; 2. *(hebr.)* schmuggeln; **Pascher** *m.* Schmuggler, Schleichhändler

Paso doble *m. (span.)* Gesellschaftstanz

Paspel *w. (frz.)* Zierstreifen an Nähten von Kleidungsstücken

Pasquill *s. (itl.)* anonyme Schmähschrift

passabel *(frz.)* leidlich, annehmbar

Passage *w. (frz.)* 1. Durchgang, Durchfahrt; 2. Ladenstraße; 3. schnelle Tonfolge; 4. Reiten im spanischen Tritt; 5. Durchgang eines Gestirns durch den Meridian; 6. inhaltlich zusammenhängender Teil eines Textes, einer Rede

Passagier *m.* Reisender, Fahrgast

Passah *s. (hebr.)* jüdisches Fest zur Erinnerung an den Auszug aus Ägyptens

Passant *m. (frz.)* 1. Durchreisender; 2. Vorübergehender

Passat *m. (niederl.)* tropischer, in Äquatorrichtung wehender Ostwind

passé *(frz.)* vorbei, vorüber, veraltet

passen *(frz.)* 1. ein Spiel lang aussetzen; 2. aufgeben

Passepartout *s. (frz.)* 1. Wechselrahmen aus Karton für Bilder; 2. Schlüssel, der überall passt

passieren *(frz.)* 1. überschreiten, überqueren; 2. vorbeigehen, vorbeikommen; 3. geschehen, sich ereignen; 4. durchdrücken, durchsieben

Passion *w. (lat.)* 1. Leidenschaft, Vorliebe, Liebhaberei; 2. der Leidensweg Christi, dessen Darstellung in der Kunst; **passionato** *(itl.)* Musik: leidenschaftlich; **passioniert** *(lat.)* leidenschaftlich; **Passionsspiel** *s.* volkstümliche Spiele der Leiden Christi

passiv *(lat.)* unbeteiligt, untätig; **Passiv**, **Passivum** *s.* Form des Zeitworts; **Passiva** *Mz.* Verbindlichkeiten, Schulden, Sollseite des Kontos; **passive Resistenz** *w.* gewaltloser Widerstand; **Passivität** *w.* Unbeteiligtsein, Teilnahmslosigkeit, Untätigkeit; **Passivsaldo** *m.* Abschluss mit Verlust

Passus *m. (lat.)* Stelle in einer Schrift, Absatz, Passage

Pasta *w.,* **Paste** *w. (lat.-itl.)* 1. streich- und knetbare Masse; 2. Teigwaren

Pasta asciutta *w.* italienisches Gericht aus Nudeln und Hackfleisch mit Käse und Tomatensoße

Pastell *s. (itl.)* 1. Maltechnik; 2. mit Pastellfarben gemaltes Bild oder Zeichnung; **Pastellfarbe** *w.* Mischung aus Kreide, Farbstoff, Ton und Bindemittel

Pastete *w. (lat.)* in Teig gebackenes Fleisch

pasteurisieren keimfrei und haltbar machen; Hptw. **Pasteurisation** *w.*

Pastille *w. (lat.)* Arznei in Plättchenform

Pastor *m. (lat.)* Pfarrer, Geistlicher; **pastoral** 1. ländlich-idyllisch; 2. feierlich, würdig, salbungsvoll; **Pastorale** *w.* Hirtenidyll, **Pastorat** *s.* Pfarramt und Pfarrhaus

Patene *w. (lat.)* Hostienteller

Patent *s. (lat.)* 1. Bescheinigung des staatlichen Urheber- oder Erfindungsschutzes; 2. Bestellungsurkunde für Offiziere; **patent** geschickt, findig, anpassungsfähig; **patentieren** urheberrechtlich schützen; **Patentlösung** *w.* für alle zufrieden stellende Lösung

Pater *m. (lat.)* Ordensgeistlicher (Mz. Patres); **Paterfamilias** *m.* Hausherr; **Paternoster** *s.* 1. Vaterunser-Gebet; 2. Aufzug am Endlosband; **pater patriae** *m.* (-ä) Vater des Vaterlandes, Ehrentitel röm. Kaiser; **paternalistisch** väterlich, in bevormundender Weise

Pathetik *w. (gr.)* Pathos; **pathetisch** 1. feierlich, gehoben; 2. (abwertend) salbungsvoll, affektiert

Patho-, patho- *(gr.)* als Vorsilbe: Krankheit, Leiden

pathogen *(gr.)* krankheitserregend; **Pathogenese** *w.* Krankheitsentstehung; **pathognomonisch**, **pathognostisch** kennzeichnend für eine Krankheit, ein Krankheitsbild; **Pathologe** *m.* Experte für Pathologie; **Pathologie** *w.* 1. Wissenschaft von Ursache und Auswirkung von Krankheiten; 2. Institut für Pathologie; **pathologisch** 1. krankhaft; 2. zur Pathologie gehörig; **Pathophobie** *w.* Krankheitsfurcht

Patience *w. (frz.)* Kartengeduldsspiel für eine oder zwei Personen

Patient *m. (lat.)* Kranker, der von einem Arzt oder in einer medizinischen Institution behandelt wird

Patina *w. (itl.)* 1. Edelrost, Edelgrünspan auf Kupfer; 2. Flair des Antiken; **patinieren** mit Patina überziehen, künstlich alt erscheinen lassen

Patio *m. (span.)* Innenhof eines Wohnhauses in Spanien und Lateinamerika

Patisserie *w. (frz.)* 1. feines Gebäck; 2. Feinbäckerei, Konditorei

Patriarch *m. (gr.)* 1. Stammvater; 2. Titel kath. und ostkirchl. Bischöfe; 3. würdiger Greis; **patriarchalisch** 1. altehrwürdig, altväterlich; 2. männlich-autoritär; 3. zum Patriarchat gehörig; **Patriarchat** *s.* 1. Dominanz des Mannes sichernde Gesellschaftsform; 2. Würde und Amtsbereich eines Patriarchen

Patriot *m. (gr.)* Vaterlandsfreund; **patriotisch** *m.* mit Liebe zum Vaterland

Patristik *w. (lat.)* Wissenschaft von Lehre und Schriften der Kirchenväter

Patrizier *Mz. (lat.)* 1. vornehme Geschlechter im alten Rom; 2. wohlhabende, einflussreiche Bürger im Mittelalter; **Patriziat** *s.* Bürgeradel, Stadtadel; Eigw. **patrizisch**

Patron *m. (lat.)* 1. Schutzherr im alten Rom; 2. Schutzheiliger; 3. Schiffs-, Handelsherr; 4. übler Bursche

Patronage *w. (frz.)* Bevorzugung, Günstlingswirtschaft; **Patronat** *s.* Schirmherrschaft

Patrone *w. (lat.)* 1. Munition der Handfeuerwaffen; 2. Musterform; 3. kleiner Nachfüllbehälter

Patrouille *w. (frz.)* Spähtrupp, Streife; **patrouillieren** eine bestimmte Strecke zu Fuß kontrollieren

Patrozinium *s. (lat.)* 1. Gerichtsvertretung durch einen röm. Patron; 2. Schutz des mittelalterlichen Gutsherrn; 3. Fest des Schutzheiligen einer Kirche

Patt *s. (itl.)* unentschieden beim Spiel

Pattern *s. (engl.)* Denk-, Verhaltensmuster, Schema

pattieren *(frz.)* l. mit Notenlinien versehen; 2. rastern

pauperieren *(lat.)* kümmerlich entwickeln; **Pauperismus** *m.* Massenverarmung

pauschal *(dt.-lat.)* insgesamt, undifferenziert; **Pauschale** *w.* Gesamtzahlung für mehrere Leistungen; Ztw. **pauschalieren**

Pavane *w. (span.)* würdevoller Hoftanz im 16. Jh.

Pavian *m. (frz.-niederl.)* afrikanische Affengattung

Pavillon *m. (frz.)* 1. Gartenhäuschen; 2. Rundbau für Musikkapelle; 3. Einzelbau bei Krankenhäusern; 4. Behelfsbau auf Ausstellungen

Pavor nocturnus *m. (lat.)* Nachtangst

Pax *w. (lat.)* Friede

Pazifismus *m. (lat.)* Friedensbewegung; **Pazifist** *m.* Kriegsgegner, Anhänger des Pazifismus; Eigw. **pazifistisch**

PC Abk. für Personalcomputer

p. Chr., **p. Chr. n** post Christum, post Christum natum

Peanut *w. (engl.)* Erdnuss; **Peanuts** *Mz.* Kleinigkeit, unbedeutend

Pectus *s. (lat.)* Brust, Brustkorb

Pedal *s. (lat.)* 1. Fußhebel; 2. Fußtastenhebel an der Orgel

Pedant *m. (itl.)* Kleinigkeitskrämer, Haarspalter; **Pedanterie** *w.* übertriebene Genauigkeit; **pedantisch** übergenau, kleinlich

Pedell *m. (lat.)* Hausmeister einer Hochschule

Pedigree *s. (engl.)* Stammbaum für Tiere

Pediküre *w. (frz.)* 1. Fußpflege; 2. Fußpflegerin; Ztw. **pediküren**

Pedologie *w. (lat.-gr.)* Bodenkunde

Peeling *s. (engl.)* kosmetische Hautschälung

Peepshow *w. (engl.)* Nackt-Show, die aus einer Kabine beobachtet wird

Pegasus *m.* *(gr.)* 1. geflügeltes Pferd des Perseus in der griech. Sage, Sinnbild dichterischer Phantasie; 2. Sternbild

Peies *Mz.* *(hebr.)* Schläfenlocken orthodoxer Juden

Pejoration *w.* *(lat.)* Bedeutungswandel eines Wortes zum Schlechteren; **pejorativ** bedeutungsverschlechternd; **Pejorativum** *s.* in abwertendem Sinn verwendetes Wort

Pejus *s.* ungünstige ökologische Bedingungen für ein Lebewesen

Pekinese *m.* chinesische Hunderasse

pekuniär *(lat.)* geldlich, finanziell, das Geld betreffend

Pelagial *s.* Hochseetierwelt

Pelemele (*frz.*) l. Durcheinander; 2. Süßspeise aus verschiedenen Cremes

Pelerine *w.* *(frz.)* Umhang

Pellagra *s.* *(gr.)* Vitaminmangelkrankheit

Peltast *m.* *(gr.)* Leichtbewaffneter in der altgriechischen Armee

Pemmikan *s.* *(indian.)* konserviertes Nahrungsmittel aus zerstoßenem Dörrfleisch

Penalty *m.* *(engl.)* Strafstoß beim Eishockey

Penaten *Mz.* *(lat.)* altrömische Schutzgötter der Familie und des Hauses

PEN-Club *m.* *(engl.)* poets, essayists, novelists – 1921 gegründete internationale Schriftstellervereinigung

Pendant *s.* *(frz.)* Gegenstück

Pendüle *w.* *(frz.)* Pendeluhr

Penelope *(gr.)* Frau des Odysseus

penetrant *(lat.)* aufdringlich; **Penetranz** *w.* 1. Aufdringlichkeit; 2. prozentuale Häufigkeit, mit der sich ein Erbfaktor bei genetisch gleichen Lebewesen vererben kann; **Penetration** *w.* l. Eindringen in etwas, Durchdringung; 2. Durchbruch eines Geschwürs; 3. Eindringtiefe eines Prüfkörpers bei der Werkstoffprüfung; Ztw. **penetrieren**

Pengö *m.* *(ungar.)* bis 1946 ungarische Münzeinheit

penibel *(frz.)* peinlich genau

Penicillin *s.* *(engl.)* Antibiotikum aus Schimmelpilz

Penis *m.* *(lat.)* männliches Glied

Pennäler *m.* *(lat.)* Schüler einer höheren Lehranstalt (ugs.)

Penny *m.* *(engl.)* englische Münze, *Mz.* **Pennys**

Pension *w.* *(frz.)* l. Ruhestandsgehalt; 2. kleines familiäres Hotel; **Pensionär** *m.* Beamter im Ruhestand; **pensionieren** in den Ruhestand versetzen

Pensum *s. (lat.)* Arbeitsmenge für eine bestimmte Zeit (Mz. Pensa)

Pent(a)-, **pent(a)-** *(gr.)* als Vorsilbe: fünf; **Pentaeder** *m. (gr.)* von fünf Flächen begrenzter Körper; **Pentagon** *s.* Fünfeck; **Pentagramm** *s.* fünfzackiger Stern, Drudenfuß; **Pentameron** *s.* neapolitanische Märchensammlung, die an fünf Tagen erzählt wurde; **Pentameter** *m.* fünffüßiger (im Deutschen sechsfüßiger) Vers; **Pentateuch** *m.* die fünf Bücher Mose im Alten Testament; **Pentatonik** *w. (gr.)* Fünftonmusik

Pentekoste *w. (gr.)* Pfingsten (am 50. Tag nach Ostern)

Penthesilea *(gr.)* Amazonenkönigin der griechischen Mythologie

Penthouse *s. (engl.)* Apartment auf dem flachen Dach eines Hochhauses

Penunze *w. (poln.)* Geld

Peperoni *Mz. (itl.)* in Essig eingelegte Pfefferschoten

Pepita *s. (span.)* feiner Wollstoff mit Kleinkaromuster in zwei Farben

Peplon, **Peplos** *m. (gr.)* altgriechisches, ärmelloses Gewand für Frauen

Pepsin *s. (gr.)* wichtigstes Eiweiß spaltendes Enzym des Magens; **peptisch** die Verdauung fördernd

Per-, **per-** *(lat.)* als Vorsilbe: 1. mit, mittels, durch; 2. je, pro; 3. bis zum, **per acclamationem** *(lat.)* durch Zuruf

Perche *w. (frz.)* elastische Stange, an der Akrobaten Balanceakte ausführen

Percussion *w. (engl.)* Gruppe der Rhythmusinstrumente

perdendo *(itl.)* Musik: leiser werdend

perdu *(frz.)* verloren, dahin

peremptorisch *(lat.)* aufhebend

Perestroika *w. (russ.)* Umbildung, Umgestaltung

per exemplum *(lat.)* zum Beispiel

perfekt *(lat.)* 1. vollkommen, vollendet, fertig ausgebildet; 2. abgemacht, gültig; **Perfekt**, **Perfektum** *s.* vollendete Gegenwart; **perfektibel** entwicklungsfähig, vervollkommnungsfähig; Hptw. **Perfektibilität** *w.*; **Perfektion** *w.* Vollkommenheit, Vollendung; **perfektionieren** vervollkommnen, vollenden; **Perfektionismus** *m.* sieht in der Vervollkommnung des Menschen das Ziel der Geschichte; 2. übertriebenes Vollkommenheitsstreben; **Perfektionist** *m.* einer, dem nichts perfekt genug ist; **Perfektionisten** *Mz.* amerikan.-methodistische Sekte, die von der Wiedergeburt vollkommene Sündlosigkeit erhofft

perfid, perfide *(lat.)* hinterhältig, niederträchtig; **Perfidie, Perfidität** *w.* Heimtücke, Niedertracht

perforieren *(lat.)* durchlöchern, lochen; **Perforation** *w.* 1. Durchbohrung; 2. Durchbruch eines Geschwürs; 3. gelochte Reißlinie, Transportlinie am Filmmaterial

Performance *w. (engl.)* 1. künstlerische Darstellung; 2. Leistungsbild einer Person, einer Währung usw.

Pergament *s.* präparierte Tierhaut als Schreibmaterial sowie für Bucheinbände, Trommelbespannung

Pergola *w. (itl.)* offener Laubengang mit Kletterbepflanzung

perhorreszieren *(lat.)* verabscheuen, zurückschrecken vor

Peri-, peri- *(gr.)* als Vorsilbe: um, herum

Perigramm *s. (gr.)* graphische Darstellung statistischer Größenverhältnisse durch Kreise und Kreissegmente

Perikard *s. (gr.)* Herzbeutel; **Perikarditis** *w.* Herzbeutelentzündung

perikleisch *(gr.)* gehört zur Epoche des Perikles

Perikopen *Mz. (gr.)* 1. die nach der Gottesdienstordnung vorgeschriebenen Bibelabschnitte; 2. Strophengruppe in der Metrik

perikulös *(lat.)* gefährlich

Perimeter *s. (gr.)* Gerät zur Bestimmung der Größe des Gesichtsfeldes

perinatal *(gr.-lat.)* Zeitraum um die Geburt herum

Periode *w. (gr.)* 1. Umlaufzeit eines Sterns; 2. Zeitabschnitt einer erdgeschichtlichen Formation; 3. ein durch ein charakteristisches Merkmal abgrenzbarer Zeitabschnitt; 4. Schwingungsdauer; 5. Regelblutung, Menstruation; 6. Satzgefüge, Satzgebilde; 7. sich unendlich wiederholende Zahl hinter dem Komma eines Dezimalbruchs; **periodisch** regelmäßig wiederkehrend; Hptw. **Periodik, Periodizität** *w.*

Peripheriegerät *s.* über eine Schnittstelle mit dem Computer verbundenes Zusatzgerät

Periphrase *w. (gr.)* ausschmückende Umschreibung eines Begriffs, Gegenstands oder Sachverhalts; Eigw. **periphrastisch** Ztw. **periphrasieren**

Periskop *s. (gr.)* Fernrohr, Sehrohr in U-Booten

Peristyl *s. (gr.)* antike Säulenringhalle um

einen Tempel oder Innenhof

Peritonitis *w. (gr.)* Bauchfellentzündung

Perkal *m. (pers.)* feinfädiger, meist bedruckter Baumwollstoff; **Perkalin** *s.* appretiertes Baumwollgewebe für Bucheinbände

Perkussion *w. (lat.)* Untersuchung von Organen durch Beklopfen der Körperoberfläche; Ztw. **perkutieren**; **perkutan** durch die Haut hindurch

Perlon *s. (Wz.)* Kunstfaser

permanent *(lat.)* ständig, ununterbrochen, anhaltend; **Permanenz** *w.* Dauer, Fortdauer; **in Permanenz** ständig

permeabel *(lat.)* durchlässig; **Permeabilität** *w.* Durchlässigkeit; **Permiss, Permess** *m.*, **Permission** *w. (lat.)* Erlaubnis, Gewährung; **permissiv** nachsichtig, Freiheit lassend, nicht autoritär; Hptw. **Permissivität** *w.*

permutabel *(lat.)* vertauschbar; **Permutation** *w.* Umstellung der Reihenfolge, Vertauschung; **permutieren** austauschen, vertauschen

perniziös *(lat.)* gefährlich, bösartig, unheilbar; **perniziöse Anämie** bösartige Form der Blutkrankheit

peroral, peros *(lat.)* durch den Mund

Peroration *w.* Schlussteil einer Rede

per pedes *(lat.)* zu Fuß

Perpendikel *s.* oder *m. (lat.)* Uhrpendel; **perpendikular** senkrecht; **Perpendikularstil** *m.* Baustil der englischen Spätgotik, Tudorstil

perpetuieren *(lat.)* ständig fortfahren; **Perpetuum mobile** *s.* Maschine, die ohne Energiezufuhr unendlich Energie erzeugt

perplex *(lat.)* starr, bestürzt, verblüfft

per procura *(itl.)* bevollmächtigt, in Vollmacht

per saldo *(itl.)* Kontostand

per se *(lat.)* von selbst, an sich, aus sich heraus

Perseiden *Mz. (gr.)* Meteorstrom in der ersten Augusthälfte aus Richtung des Sternbilds Perseus kommend

Persenning *w. (frz.-niederl.)* wasserdichtes Gewebe für Zelte, Segel

Persephone *(gr.)* in der griechischen Mythologie die Tochter von Zeus und Demeters

Perseus *m. (gr.)* Held der griechischen Mythologie, der Medusa tötete

Perseveranz *w. (lat.)* Beharrlichkeit, Ausdauer; **Perseveration** *w.* Nachwirken und beharrliches Wiederkehren von Gedanken und Erlebnissen im Bewusstsein; **perseverieren** bei etwas beharren

Persianer *m.* Fell der Karakullämmer

Persiflage *w. (frz.)* geistreiche, ironisierende

Nachahmung; **persiflieren** geistvoll-spöttisch nachahmen

Persiko *m.* *(lat.)* Pfirsichlikör

persistent *(lat.)* anhaltend, beharrlich; **Persistenz** *w.* Beharrlichkeit. Bestehen eines Zustands über längere Zeit; **persistieren** 1. andauern; 2. bestehen auf

Person *w.* *(lat.)* 1. Mensch; **Persona grata** *w.* beliebte Person; **Persona non grata** *w.* unerwünschte Person; **natürliche Person** *w.* lebende Person; **Personal** *s.* *(lat.)* alle betrieblichen Angestellten, Belegschaft; **Personalien** *Mz.* Angaben zur Person; **personalintensiv** *(lat.)* mit viel Personal arbeitend; **personalisieren** an einer Person festmachen; **Personalität** *w.* Persönlichkeit; **Personalkredit** *m.* auf Grund des persönlichen Ansehens, ohne Sicherheit gewährter Kredit; **Personalpronomen** *s.* persönliches Fürwort; **Personalunion** *w.* Vereinigung mehrerer Ämter in einer Hand; **personell** das Personal betreffend

Personifikation, Personifizierung *w.* *(lat.)* 1. Vermenschlichung von Göttern oder Dingen; 2. Verkörperung; **personifizieren** 1. vermenschlichen; 2. verkörpern; **personifiziert** leibhaftig, der Inbegriff von etwas

Perspektiv *s.* *(lat.)* kleines Fernrohr; **Perspektive** *w.* 1. standortabhängige Betrachtungsweise, Blickwinkel; 2. Zukunftsaussicht, Zukunftserwartung; 3. Darstellung eines dreidimensionalen Raumes auf einer zweidimensionalen Fläche; 4. scheinbare Verkürzung und Annäherung paralleler Linien in der Raumtiefe; Eigw. **perspektivisch**

Perspiration *w.* *(lat.)* Hautatmung

persuasiv, persuasorisch *(lat.)* überredend, überzeugend

Perte *w.* *(frz.)* geschäftliche Einbuße, geschäftlicher Verlust

Perturbation *w.* *(lat.)* Störung, Abweichung

Pertussis *m.* *(lat.)* Keuchhusten

per ultimo *(lat.)* zum Monatsletzten

pervers *(lat.)* 1. widernatürlich; 2. sexuell normabweichend; Hptw. **Perversion** *w.*; **pervertieren** ins Abnorme kehren

perzeptibel *(lat.)* wahrnehmbar, fassbar; Hptw. **Perzeptibilität** *w.*; **Perzeption** *w.* sinnliche Wahrnehmung; **Perzeptionalismus** *m.* sinnliche Wahrnehmung als Grundlage des Denkens; **perzeptiv, perzeptorisch** die Wahrnehmung betreffend; **Perzipient** *m.* Empfänger; **perzipieren**

sinnlich wahrnehmen, aufnehmen

pesante *(itl.)* Musik: wuchtig

Peseta *w. (span.)* frühere span. Währungseinheit; **Peso** *m.* Währungseinheit in mehreren südamerikan. Ländern

Pessar *s. (lat.)* Stütz- und Schließring für die Gebärmutter zur Empfängnisverhütung

Pessimismus *m. (lat.)* 1. negative Lebensanschauung; 2. Anschauung, nach der die Welt schlecht und ohne Sinn ist; **Pessimist** *m.* sieht an allem nur die Schattenseiten; **pessimistisch**
schwarzseherisch, lebensunfroh; **Pessimum** *s.* schlechteste Umweltbedingungen für Tier und Pflanze

Pest *w. (lat.)* 1. infektiöse Seuche; 2. etwas Unerträgliches, Hassenswertes

Pestilenz *w.* Pest, Seuche; **pestilenzialisch** pestartig stinkend; **Pestizid** *s.* hochgiftiges Schädlingsbekämpfungsmittel

Petarde *w. (frz.)* 1. Sprengmörser; 2. Feuerwerkskörper

Petent *m. (lat.)* Bittsteller

Petitesse *w. (frz.)* Kleinigkeit, Bagatelle

Petition *w. (lat.)* Bittschrift, Gesuch; **petitionieren** Bittgesuch einreichen

Petit Point *w. (frz.)* Nadelarbeit mit winzigem halbem Kreuzstich, **Petits Fours** *Mz.* kleine Törtchen mit Zuckerguss

Petrefakt *s. (gr.-lat.)* Versteinerung von Pflanzen und Tieren; **petrifizieren** versteinern

Petro-, petro- *(gr.)* als Vorsilbe: Gestein/Stein

Petrochemie *w. (gr.)* Wissenschaft von der Zusammensetzung der Gesteine

Petrogenese *w.* Entstehungsgeschichte der Steine; **Petrographie**, **Petrologie** *w.* Gesteinskunde; **Petroleum** *(gr.-lat.)* Steinöl, destilliertes Erdöl

Petschaft *s. (tschech.)* Siegelstempel; **petschieren** mit einem Siegelstempel siegeln

Petticoat *m. (engl.)* versteifter Halbunterrock

Petting *s. (engl.)* sexueller Kontakt ohne Geschlechtsverkehr

Petum *s. (indian.-port.)* frühere europäische Bezeichnung für Tabak

Phagozyten *Mz. (gr.)* weiße Blutkörperchen, die Krankheitserreger fressen; **Phagozytose** *w.* Tätigkeit der Phagozyten

Phalanx *w. (gr.)* 1. geschlossene Schlachtordnung der Griechen; 2. geschlossene, Abwehr; 3. Fingerglied, Zehenglied

phallisch *(gr.)* 1. den Phallus betreffend; 2. in Form eines Phallus; **Phallus** *m.* das (erigierte) männliche Glied; **Phalluskult** *m.* kultische Verehrung des Phallus als Symbol männlicher Kraft

Phänologie *w. (gr.)* Lehre von den jahreszeitlich bedingten Erscheinungsformen im Pflanzen- und Tierreich; Eigw. **phänologisch**

Phänomen *s. (gr.)* l. erstaunliche Erscheinung, außergewöhnlicher Vorgang; 2. Mensch mit verblüffenden Fähigkeiten; **phänomenal** 1. das Phänomen betreffend; 2. außerordentlich, verblüffend

Phänomenologie *w. (gr.)* Lehre von den Erscheinungen der Dinge; Eigw. **phänomenologisch**; **Phänotyp**, **Phänotypus** *m.* Erscheinungsbild eines Organismus, Eigw. **phänotypisch**

Phantasie *w. (gr.)* 1. Vorstellungskraft, Einbildungskraft, Erfindungsgabe, Einfallsreichtum; 2. Wunschvorstellung, Traumbild; 3. Musikwerk in freier Form; **phantasieren** 1. träumen, sich ausmalen; 2. wirr reden; 3. musikalisch improvisieren; **Phantasma** *s.* Trugbild; (Mz. Phantasmata); **Phantasmagorie** *w.* 1. Wahngebilde, Truggebilde; 2. Gespensterdarstellung auf der Bühne; **Phantast** *m.* Schwärmer, Träumer; **Phantasterei** *w.* Schwärmerei, wirklichkeitsfremdes Gedankenspiel; **Phantastik** *w.* Märchenhaftigkeit, Phantasterei; **phantastisch** 1. wirklichkeitsfern; 2. großartig, märchenhaft, unglaublich

Phantom *s. (gr.)* Geistererscheinung; **Phantombild** *s.* aus Zeugenbeschreibungen erstelltes Bild eines Verdächtigen; **Phantomschmerz** *m.* Schmerz in einem amputierten Körperteil; **Phantosmie** *w.* Geruchshalluzination

Pharao *m. (ägypt.)* Titel der altägypt. Könige (Mz. Pharaonen); Eigw. **pharaonisch**; **Pharao**, **Faro** *s.* Kartenglücksspiel

Pharisäer *m. (aram.)* 1. Mitglied einer strenggläubigen jüdischen Partei; 2. selbstgerechter, heuchlerischer Mensch; 3. Kaffee mit Rum und Schlagsahne; **pharisäisch** selbstgerecht, heuchlerisch; Hptw. **Pharisäismus** *m.;* **Pharisäertum** *s.*

Pharmakologe *m. (gr.)* Wissenschaftler auf dem Gebiet der Pharmakologie; **Pharmakologie** *w.* Wissenschaft von den Arzneimitteln; Eigw. **pharmakologisch**; **Pharmakon** *s.* Arzneimittel (Mz. Pharmaka); **Pharmakopöe** *w.* amtliches Arzneibuch; **Pharmazeut** *m.* Fachmann auf dem

Gebiet der Pharmazie, Apotheker, Arzneimittelhersteller; **Pharmazeutik, Pharmazie** *w.* Wissenschaft von der Zusammensetzung und Herstellung der Arzneimittel; Eigw. **pharmazeutisch**

Pharus *m. (gr.)* Insel bei Alexandria auf der bis zum 14. Jahrhundert ein zu den sieben Weltwundern zählende Leuchtturm stand.

Pharyngoskop *s. (gr.)* Rachenspiegel; **Pharynx** *w.* Rachen, Schlund

Phase *w. (gr.)* 1. Stufe, Entwicklungsabschnitt; 2. Erscheinungsform nicht selbst leuchtenden Gestirne; 3. Schwingungszustand einer Welle; 4. Aggregatzustand eines Stoffes; **phasisch** in Phasen verlaufend, in Wellen wiederkehrend

Phil(o)-, phil(o)- *(gr.)* als Vorsilbe: Freund, freundlich

Philanthrop *m. (gr.)* Menschenfreund; **Philanthropie** *w.* Menschenliebe; **philanthropisch** menschenfreundlich menschlich gesinnt

Philatelie *w. (gr.)* Briefmarkenkunde; **Philatelist** *m.* Briefmarkensammler

Philharmoniker *m.* Mitglied eines philharmonischen Orchesters; **philharmonisch** Musik liebend, Musik pflegend

Philippika *w.* Strafrede, Anklagerede

Philister *m. (hebr.)* 1. Nachbarvolk der Israeliten in Palästina um 1000 v. Chr.; 2. Spießer, Spießbürger; **philiströs** spießig, engstirnig

Philogyn *m. (gr.)* Frauenfreund; **philogyn** frauenfreundlich

Philologe *m. (gr.)* Sprach- und Literaturwissenschaftler; **Philologie** *w.* Sprach- und Literaturwissenschaft; Eigw. **philologisch**

Philosoph *m. (gr.)* 1. Denker, der nach der Erkenntnis des Wesens und Zusammenhangs aller Dinge strebt; 2. Experte aller philosophischen Disziplinen; **Philosophem** *s.* philosoph. Behauptung oder Lehrsatz; **Philosophie** *w.* 1. Ergründung der Sinnzusammenhänge; 2. Gesamtheit der philosophischen Disziplinen und Schulen; **Philosophikum** *s. (gr.-lat.)* Teil der Staatsprüfung in Philosophie für Lehramtskandidaten; **philosophieren** nachdenken; **philosophisch** 1. denkerisch; 2. grüblerisch

Phlebitis *w. (gr.)* Venenentzündung

Phlegma *s. (gr.)* Trägheit, Leidenschaftslosigkeit, Gleichgültigkeit; **Phlegmatiker** *m.* geistig träger Mensch mit schwer erregbarem Temperament; **phlegmatisch** träge, schwerfällig, unerschütterlich

Phobie *w. (gr.)* zwanghafte Angst, krankhafte Befürchtung, Erwartungs- und Situationsangst

Phon, **Fon** *s. (gr.)* Maßeinheit für Lautstärke; **Phon-**, **phon-**, als Vorsilbe: Ton, Stimme; **Phonasthenie** *w.* Stimmschwäche, Stimmversagen

Phonem *s. (gr.)* die kleinste bedeutungsscheidende sprachliche Einheit

Phonetik *w. (gr.)* Lautlehre; **phonetisch** die Phonetik betreffend, lautmäßig

Phönix *m. (gr.)* 1. mythologischer Vogel, der sich selbst verbrennt und aus der Asche zu neuem Leben ersteht; 2. Sternbild des südlichen Himmels

Phonograph *m. (gr.)* historisches Tonaufnahmegerät; **Phonola**® *s.* mechanisches Klavier

Phonologie *w.* Wissenschaft von der Bedeutung der Laute für Wörter

Phonometer *s.* misst Lautstärke und Hörvermögen

Phosgen *s. (gr.)* Giftgas aus Chlor und Kohlenmonoxid, Grünkreuz

Phosphat *s. (gr.)* Salz der Phosphorsäure

Phosphor *m. (gr.)* chemisches Element; **Phosphoreszenz** *w.* Nachleuchten; Eigw. **phosphoreszieren**

Phot *s. (gr.)* Maßeinheit für Lichtausstrahlung

Photo-, **photo-** *(gr.)* als Vorsilbe: Licht

Photochemie *w. (gr.)* Lehre von den chemischen Reaktionen des Lichtes; Eigw. **photochemisch**; **Photoelektrizität** *w.* durch Licht erzeugte Elektrizität

Photokinese *w. (gr.)* durch Licht hervorgerufene Bewegung von Organismen

Photometer *s. (gr.)* misst durch den Vergleich zweier Lichtquellen die Lichtstärke; **Photometrie** *w.* Lichtmessung, Lichtstärkemessung

Photon *s. (gr.)* Lichtteilchen, Lichtquant

photostabil *(gr.-lat.)* lichtbeständig, lichtecht

Photosynthese *w. (gr.)* Umwandlung der Luftkohlensäure in Stärke und Zucker durch das Blattgrün der Pflanze mit Hilfe des Lichts

Phototherapie *w. (gr.)* Heilbehandlung mit Licht

Photozelle *w. (gr.)* wandelt Licht in elektrische Energie um

Phrase *w. (gr.)* 1. Redewendung; 2. abgegriffene, inhaltsleere Wendung; 3. kleine musikalische Einheit; **Phraseologie** *w.* 1. Sammlung charakteristischer Redewendungen einer Sprache; 2. Redewendungen einer Fachsprache; **phraseologisch** spracheigentümlich; **Phraseur** *m.* Phrasendrescher

Phrenesie *w. (gr.-lat.)* Wahnsinn, Eigw. **phrenetisch**

phrygische Mütze Jakobinermütze, das Freiheitssymbol der Französischen Revolution; **phrygische Tonart** mittelalterliche Kirchentonleiter

Phthise, **Phthisis** *w. (gr.)* Lungentuberkulose; **phthisisch** schwindsüchtig

Phyllis *w. (gr.)* Schäferin der griechischen Sage

Phyllobiologie *w. (gr.)* Lehre von den Blättern; **Phyllokaktus** *m.* Blätterkaktus

Phylophagen *Mz. (gr.)* Pflanzenfresser

Phylogenese *w. (gr.)* Stammesentwicklung einer Spezies; Eigw. **phylogenetisch**

Physik *w. (gr.)* beschäftigt sich mit den Vorgängen in der unbelebten Natur; Eigw. **physikalisch**; **Physiker** *m.* Wissenschaftler auf dem Gebiet der Physik; **Physikum** *s.* medizinische Vorprüfung; **Physikus** *m.* alte Bezeichnung für Kreisarzt

Physiognomie *w. (gr.)* Erscheinungsbild bei Menschen und Tieren; Eigw. **physiognomisch**

Physiokrat *m. (gr.)* Anhänger des Physiokratismus; **Physiokratismus** *m.* volkswirtschaftliche Auffassung im 18. Jh., die die Landwirtschaft als einzige Quelle des Reichtum betrachtet; **Physiologe** *m. (gr.)* Wissenschaftler der Physiologie; **Physiologie** *w.* Wissenschaft von den normalen Lebensvorgängen und Funktionen des menschlichen Körpers; **physiologisch** die Physiologie betreffend

Physis *w. (gr.)* 1. körperliche Beschaffenheit eines Lebewesens; 2. das Erfahrbare der Natur; **physisch** 1. körperlich; 2. in der Natur begründet

Phytopathologie *w. (gr.)* Wissenschaft von den Pflanzenkrankheiten

Pi *(gr.)* 1. sechzehnter Buchstabe des griechischen Alphabets; 2. Zahl für das Verhältnis von Kreisumfang zu Kreisdurchmesser

Piaffe *w. (frz.)* Trab auf der Stelle in der hohen Reitschule

Pianist *m. (itl.)* Klavierspieler; **pianissimo** Musik: sehr leise; **piano** leise; **Piano** *s.* Klavier;

Pianola *s.* mechanisches Klavier

Piaster *m. (türk.)* Währungseinheit in Ägypten, Syrien, im Libanon und im Sudan

Piazza *w. (itl.)* Platz, Marktplatz; **Piazzetta** *w.* kleiner Platz

Picadores *Mz. (span.)* berittene Stierkämpfer mit Lanze

Picknick *s. (engl.-frz.)* Mahlzeit im Freien; Ztw. **picknicken**

picobello *(itl.)* piekfein, ohne Fehler

Pidgin-Englisch *(engl.)* Mischsprache aus vereinfachtem Englisch und anderen Sprachen

Piedestal *s. (frz.)* 1. Sockel für Statuen, Kunstgegenstände; 2. Gestell für Zirkusnummern mit Tieren

Pier *m. (engl.)* Landungsstelle für Schiffe, Mole

Piercing *s. (engl.)* Durchbohren oder Durchstechen von Lippen, Nase, Zunge o. Ä., um Schmuck zu befestigen

Pierrot *m.* komische Figur des französischen Theaters

Pieta *w. (itl.)* bildliche Darstellung Marias mit dem toten Christus im Schoß

Pietät *w. (lat.)* Ehrfurcht vor den Toten, rücksichtsvolle Anteilnahme gegenüber Hinterbliebenen

Pigment *s. (lat.)* 1. in Zellen abgelagerter Farbstoff der Haut; 2. Farbstoff in Bindemitteln; **Pigmentation**, **Pigmentierung** *w.* Bildung und Einlagerung von Hautfarbstoff; 2. das Färben mit Pigmenten; **pigmentieren** mit Pigment färben

Pik *m. (frz.)* 1. Bergspitze; 2. Abneigung, Groll; **Pik** *s.* Schippe (Spielkarte); **Pikade** *w. (span.)* ins Urwalddickicht gehauener Pfad

pikant 1. kräftig gewürzt; 2. anzüglich, zweideutig; **Pikanterie** *w.* Zweideutigkeit

Pike *w. (frz.)* Stoßwaffe eines Landknechts; **pikieren** *(frz.)* 1. den Abstand zwischen zu dicht gepflanzten, jungen Pflanzen durch Ausziehen vergrößern; 2. Stoffe zusammennähen, ohne dass der Stich zu sehen ist; **pikiert** gekränkt, verärgert, verschnupft

Pikkolo *m. (itl.)* 1. Kellnerlehrling; 2. (*Wz.*) kleine Sektflasche; **Pikkoloflöte** *w.* kleine Querflöte

Piktogramm *s. (lat.-gr.)* international verständliches Bildsymbol

Pilaster *m. (itl.)* Wandpfeiler

Pile *s. (engl.)* Atombrenner, Reaktor

Pilot *m. (frz.)* 1. Flugzeugführer; 2. Lotsenfisch; **Pilotballon** *m.* unbemannter kleiner Versuchsballon; **Pilotfilm** *m.* einer Fernsehserie vorausgehender Test-Film; **Pilotprojekt** *s.* Testlauf eines geplanten Projektes; **Pilotstudie** *w.* vorbereitende Untersuchung

Pin *m. (engl.)* 1. Stecknadel; 2. ein elektronisches Bauelement mit der Leiterplatte verbindender Stift

PIN *(engl).* personal identification number – Geheimnummer des Benutzers z. B. bei Geldautomaten usw.

Pinakothek *w. (gr.)* Gemäldesammlung

Pinax *m. (gr.)* Holz- oder Steintafel in der Antike

Pingpong *s. (engl.)* Tischtennis

Pint *s. (engl.)* engl. und amerikan. Flüssigkeitsmaß (ca. 0,5 Liter)

Piombi *Mz. (itl.)* Kerker im Dogenpalast von Venedig

Pionen *Mz. (gr.)* Elementarteilchen

Pionier *m. (frz.)* 1. Soldat der technischen Heeresgruppe; 2. Wegbereiter, Vorkämpfer

Pipeline *w. (engl.)* Rohrleitung für Erdöl, Gas usw.

Pipette *w. (frz.)* Ansaugröhrchen aus Glas

Piranha *m. (Tupi)* gefährlicher fleischfressender Fisch, der in südamerikanischen Flüssen vorkommt

Pirat *m. (gr.-lat.)* Seeräuber, Freibeuter; **Piraterie** *w.* Seeräuberei

Piroggen *Mz. (russ.)* Pasteten mit Kohl, Fleisch usw. gefüllt

Pirouette *w. (frz.)* rasche Drehung um die eigene Körperachse; Ztw. **pirouettieren**

PISA *(engl.)* Program for International Student Assessment – führte im Jahr 2000 erstmals eine internationale Schulleistungsstudie mit Schwerpunkt „Lesekompetenz" durch

Pissoir *s. (frz.)* Bedürfnisanstalt für Männer

Piste *w. (frz.)* 1. erhöhter Seitenrand der Zirkusmanege; 2. Rennbahn, Rollbahn, Abfahrtsstrecke; 3. Wüstenweg; 4. Vergnügungsmeile

Pistole *w. (frz.)* 1. kleine Handfeuerwaffe; 2. alte spanische Goldmünze

Piston *s. (frz.)* 1. Pumpenkolben; 2. Ventil an Blasinstrumenten

Pitaval *m.* Sammlung berühmter Rechtsfälle

Pithekanthropus *m. (gr.)* in China und auf Java gefundener Urmensch; **pithekoid** affenähnlich

pitoyabel *(frz.)* beklagenswert, erbärmlich

pittoresk *(itl.)* malerisch

Pittura metafisica *w. (itl.)* von de Chirico und Morandi um 1920 begründete Richtung der italienischen Malerei

Pixel kleinstes Rasterelement bei der digitalen Bilddarstellung

pizzicato *(itl.)* (Streichinstrument) mit den Fingern gezupft

Placebo *s. (lat.)* Scheinmedizin für Testzwecke

plädieren *(frz.)* für etwas oder jmdn. eintreten; **Plädoyer** *s.* Anklage- bzw. Verteidigungsrede im Strafprozess

Plafond *m. (frz.)* 1. Zimmerdecke; 2. oberste Kreditgrenze

Plagiat *s. (lat.-frz.)* unrechtmäßige Nachahmung, geistiger Diebstahl; **Plagiator** *m.* jmd., der plagiiert; **plagiieren** ein Plagiat herstellen

Plaid *s. (schott.)* karierte Wolldecke, Reisedecke

Plakat *s. (frz.)* Werbebild zum Aushängen; **plakatieren** öffentlich aushängen; Hptw. **Plakatierung** *w.*, **plakativ** vereinfachend

Plakette *w. (frz.)* 1. Gedenkmünze, Gedenkplatte; 2. Ansteckplättchen

plan *(lat.)* eben, flach; **planieren** einebnen, glätten; Hptw. **Planierung** *w.*

Planet *m. (gr.)* Himmelskörper, der sich auf einer elliptischen Bahn um eine Sonne bewegt; Eigw. **planetarisch**; **Planetarium** *s.* Gebäude mit Konstruktionsvorrichtung für die Darstellung des Sternenhimmels; **Planetoid** *m.* kleiner Planet

Plani-, plani- *(lat.)* als Vorsilbe: eben, flach

Planimeter *s. (lat.-gr.)* misst den Flächeninhalt ebener Körper; **Planimetrie** *w.* Lehre der Geometrie der Ebene; **Planisphäre** *w.* Karte, die die gesamte Oberfläche der Erde darstellt

Plankton *s. (gr.)* im Wasser treibende Kleinlebewelt ohne Eigenbewegung

Plaque *w. (frz.)* Zahnbelag

Pläsier *s. (frz.)* Vergnügen

Plasma *s. (gr.)* 1. Blutflüssigkeit ohne Blutkörperchen, Blutplasma; 2. Protoplasma; 3. Schmuckstein; 4. ionisiertes heißes Gas; **Plasmaphysik** *w.* beschäftigt sich mit den Eigenschaften und Anwendungen ionisierter Gase

Plasmochin *s. (Wz.)* Malariapharmazeutikum; **Plasmodium** *(gr.-lat.)* einzelliger Blutschmarotzer, Malariaerreger

Plastik[1] *s.* Kunststoff

Plastik[2] *w. (gr.-lat.-frz.)* 1. Bildhauerkunst;

2. operative Ersetzung von Gewebe oder Organen bei der plastischen Chirurgie; **Plastiker** *m.* Bildhauer; **Plastilin** *s.* Knetmasse zum Modellieren; **plastisch** 1. körperhaft, räumlich hervortretend; 2. anschaulich; **Plastizität** *w.* 1. körperhafte Anschaulichkeit, Bildhaftigkeit; 2. Formbarkeit

Plastron *s.* *(frz.)* l. breite Seidenkrawatte; 2. Schutzpolster des Fechters; 3. Stoßkissen zum Üben der Treffsicherheit; 4. Bauchpanzer der Schildkröte

Plateau *s.* *(frz.)* Hochebene

Platin *s.* *(span.)* chemisches Element

Platine *w.* *(frz)* Leiterplatte in der Elektronik

Platitüde, **Plattitüde** *w.* *(frz.)* Plattheit, Binsenwahrheit

Platoniker *m.* *(gr.)* Vertreter der Lehre des griechischen Philosophen Platon; **platonisch** l. zur Philosophie Platons gehörend; 2. rein geistig; nicht sinnlich

plattieren 1. unedles Metall mit edlem überziehen; 2. einfache Fasern mit hochwertigen umspinnen; Hptw. **Plattierung**

platzieren *(lat.)* 1. den rechten Platz anweisen; 2. gut gezielten Wurf oder Schlag anbringen; 3. Kapitalien unterbringen; **sich platzieren** einen guten Platz erringen

plausibel *(lat.)* einleuchtend, klar, verständlich

Playboy *m.* *(engl.)* junger Mann aus reichem Haus, der sorgenfrei und ausschließlich seinen Vergnügungen nachgehen kann; **Playgirl** *s.* weibliches Pendant zum Playboy

Plazenta *w.* *(lat.)* Mutterkuchen, Nachgeburt bei Menschen und Tieren

Plazet *s.* *(lat.)* Zustimmung, Erlaubnis

Plebejer *m.* *(lat.)* 1. Volksgruppe mit geringen Rechten im alten Rom; 2. ungehobelter Mensch; Eigw. **plebejisch**; **Plebiszit** *s.* Volksentscheid; **Plebs** *w.* Pöbel, Gesindel

Plegie *w.* *(gr.)* Lähmung (von Muskeln oder Körperteilen)

Pleinpouvoir *s.* *(frz.)* unbeschränkte Vollmacht

pleite *(hebr.)* zahlungsunfähig, bankrott; **Pleite** *w.* Bankrott

Plektron *s.*; **Plektrum** *s.* *(gr.)* Plättchen zum Schlagen von Zupfinstrumenten

Plenum *s.* *(lat.)* Vollversammlung eines Gremiums

Pleonasmus *m.* *(gr.)* redundante Doppelbezeichnung; Eigw. **pleonastisch; Pleonexie** *w.* Unersättlichkeit

Pleura *w.* *(gr.)* Rippenfell, Brustfell; **Pleuritis** *w.* Rippenfellentzündung; **Pleuropneu-**

monie *w.* Lungen- und Rippenfellentzündung

Plexiglas *s.* *(Wz.)* splittersicheres Glas aus Kunstharz

Plexus *m.* *(lat.)* Nerven- und Gefäßsystem

Plissee *s.* *(frz.)* Pressfalten, Pressfaltengewebe; **plissieren** Plissee legen

Plombe *w.* *(lat.)* 1. Zahnfüllung, Hohlraumfüllung; 2. Bleisiegel; **plombieren** 1. Zahn füllen; 2. mit einer Plombe versiegeln

Plot *m.* oder *s.* *(engl.)* Handlungsschema eines Romans, Films usw.; **plotten** mit dem Plotter zeichnen; **Plotter** *m.* automatisches Zeichengerät in der EDV

Plumbum *s.* *(lat.)* Blei, chemisches Element

Plumeau *s.* *(frz.)* Federbett

Plumpudding *m.* *(engl.)* englischer Weihnachtspudding

Plural *m.* *(lat.)* Mehrzahl; Eigw. **pluralisch**; **Pluraletantum** *s.* nur als Plural existierendes Substantiv; **Pluralismus** *m.* 1. Philosophie, wonach die Wirklichkeit aus einer Vielheit von Bereichen besteht, die sich nicht aufeinander zurückführen lassen; 2. Nebeneinanderbestehen verschiedener gesellschaftlicher Gruppen mit unterschiedlichen Normen und Anschauungen; Eigw. **pluralistisch**; **Pluralist** *m.* Vertreter des Pluralismus; **Pluralität** *w.* Vielheit

plus *(lat.)* 1. zuzüglich; 2. über dem Gefrierpunkt

Plus *s.* 1. Überschuss, Gewinn; 2. Vorzug, Vorteil

Plüsch *m.* *(frz.)* hochfloriger, samtähnlicher Stoff

Plusquamperfekt *s.* *(lat.)* vollendete Vergangenheit

Pluto, **Pluton** *m.* *(gr.)* 1. Gott der Unterwelt; 2. erd- und sonnenfernster Planet unseres Sonnensystems; **plutonisch** unterweltlich

Plutokrat *m.* *(gr.)* jmd., der wegen seines Vermögens politisch mächtig ist; **Plutokratie** *w.* Herrschaftsform, in der Besitz und Vermögen die politische Vormachtstellung begründen; Eigw. **plutokratisch**

Plutonium *s.* *(gr.-lat.)* radioaktives Element

Pluviale *s.* *(lat.)* 1. Krönungsmantel von Königen oder Kaisern; 2. Teil des Priesterornats; **Pluviograph** *m.*, **Pluviometer** *s.* misst den Niederschlag; **Pluviose** *m.* *(frz.)* der fünfte Monat im Kalender der

Französischen Revolution (Ende Januar bis Ende Februar)

Pneu *m. (frz.)* Luftreifen; **Pneuma** *s. (gr.)* 1. in der stoischen Philosophie Hauch, Atem, Lebenskraft; 2. göttlicher Geist; **Pneumatik** *w.* 1. philosophische Lehre vom Pneuma; 2. Bereich der Mechanik, der sich mit den Wirkungsmöglichkeiten der Gase befasst; **pneumatisch** 1. geistig, vom Geist Gottes durchdrungen; 2. mit Luft gefüllt

Pneumatochord *s.* Windharfe; **Pneumatologie** *w.* Geistlehre; 2. Lehre von den Dämonen und Engeln

Pneumatometer *s.* misst den Luftdruck beim Atmen; **Pneumokokken** *Mz.* Erreger der Lungenentzündung; **Pneumonie** *w.* Lungenentzündung; Eigw. **pneumonisch**; **Pneumothorax** *m.* Luftansammlung im Brustfellraum

pochieren *(frz.)* aufgeschlagene Eier oder andere Speisen in siedendem Wasser garen

Podest *s. (lot.)* 1. Treppenansatz, Tritt; 2. niedriges Podium

Podex *m. (tat.)* Hintern, Gesäß

Podium *s. (gr.-lat.)* Rednertribüne

Poem *s. (gr.)* Gedicht

Poesie *w.* 1. Dichtkunst, Dichtung; 2. Stimmungszauber; **Poet** *m.* Dichter; **Poeta doctus** *m.* gelehrter Dichter; **Poeta laureatus** *m.* lorbeergekrönter Dichter; **Poetaster** *m.* abwertend für Dichterling; **Poetik** *w.* 1. Theorie der Dichtung; 2. Lehrbuch für Dichtung; **poetisch** dichterisch, bilderreich, stimmungsvoll; **poetologisch** die Poetik betreffend

Pogrom *s. (russ.)* staatlich gebilligte Gewalttaten und Ausschreitungen gegen Juden und Minderheiten

Pointe *w. (frz.)* Knalleffekt einer Erzählung oder Darstellung; **pointieren** betonen, hervorheben; **pointiert** herausgestellt, hervorgehoben

Pointillismus *m. (frz.)* aus dem Impressionismus entwickelte Maltechnik, bei der ungemischte Farben in Punkten aufgetragen werden

Pokal *m. (itl.)* l. prunkvoller Becher; 2. Siegerpokal; 3. Wettbewerb um einen Pokal

Poker *s. (engl.)* amerik. Kartenglücksspiel

Pokerface *(engl.)* undurchdringliche Miene; **pokern** 1. Poker spielen; 2. Risiken eingehen, bluffen

Pol *m. (lat.)* 1. Drehpunkt, Zielpunkt; 2. Endpunkt der Erdachse, Nord- und Südpol; 3. Anschlussstelle einer elektrischen Stromquelle; 4. Bezugspunkt; **polar** 1. auf die Erdpole bezogen; 2. entgegengesetzt, im Spannungsverhältnis zueinander; **Polarisation** *w. (gr.)* 1. Herausbildung von Gegensätzen; 2. gegensätzliches Verhalten von Stoffen usw.; 3. Herstellung von nur einer Schwingungsrichtung beim Licht; **Polarisator** *m.* erzeugt polarisiertes Licht; **polarisieren** 1. sich polarisieren; Gegensätze, Pole herausbilden; 2. Licht in eine Schwingungsrichtung versetzen; **Polarität** *w.* 1. Vorhandensein zweier Pole; 2. Spannungsverhältnis zwischen zwei einander zugeordneten Gegensätzen

Polder *m. (niederl.)* Weidefläche hinter Deichen

Polemik *w. (gr.)* 1. Meinungsstreit; 2. Affront; **polemisch** 1. kritisch, streitbar; 2. unsachlich; **polemisieren** unsachlich werden; **Polemologie** *w.* Konfliktforschung

Polier *m. (frz.)* bei Maurern und Zimmerleuten der Vorarbeiter bzw. Werkmeister; **polieren** reiben, glätten, blank machen

Poliklinik *w. (gr.)* ambulante Abteilung eines Krankenhauses

Poliomyelitis *w. (gr.)* Kinderlähmung

Politbüro *s. (russ.)* Zentralausschuss einer kommunistischen Partei

Politesse[1] *w. (frz.)* Höflichkeit

Politesse[2] *w.* Hilfspolizistin, die den ruhenden Verkehr kontrolliert

Politik *w. (gr.-frz.)* 1. Handeln von Personen und Institutionen, das auf die Durchsetzung bestimmter Ziele in Staat und Gesellschaft gerichtet ist; 2. geschicktes, berechnendes Vorgehen; **Politiker** *m.* in der Politik Tätiger; **Politikum** *s.* Angelegenheit von öffentlichem Interesse; **politisch** 1. die Politik betreffend; 2. staatsmännisch; **politisieren** 1. über Politik sprechen, politische Angelegenheiten erörtern; 2. etwas unter politischen Vorzeichen betrachten; 3. jmdn. politisch bewusst machen; **Politologie** *w.* Politikwissenschaft

Politur *w. (lat.)* 1. Glätte; 2. Poliermittel

Polizei *w. (gr.)* staatliche Sicherheitsbehörde zur Wahrung der öffentlichen Ordnung; **Polizist** *m.* Angehöriger der Polizei

Polka *w. (tschech.)* Gesellschaftstanz aus Böhmen

Pollen *m. (lat.)* Blütenstaub
Poller *m. (niederl.)* Holz- oder Metallpfosten zum Befestigen von Schiffstauen
Pollution *w. (lat.)* unwillkürlicher Samenerguss
Pollux *m. (gr.)* 1. Stern im Sternbild der Zwillinge; 2. einer der Dioskuren
Polo *s. (engl.)* Ballspiel zu Pferd; **Polohemd** *s.* kurzärmeliges Trikothemd
Polonaise, Polonäse *w. (frz.)* festlicher Schreittanz im Dreivierteltakt
Poly-, poly- *(gr.)* als Vorsilbe: viel, oft
Polyamid *s. (Wz.)* Kunststoff
Polyandrie *w. (gr.)* Ehegemeinschaft einer Frau mit mehreren Männern; Eigw. **polyandrisch**
polychrom *(gr.)* vielfarbig; Hptw. **Polychromie** *w.*
Polyester *m.* Verbindung aus Säuren und Alkoholen, Rohstoff für die Herstellung von Kunstfasern und -harzen
polygam *(gr.)* 1. zur Mehrehe veranlagt; 2. in Mehrehe lebend; **Polygamie** *w.* Vielehe, Mehrehe
polyglott *(gr.)* vielsprachig; **Polyglotte**[1] *m.* oder *w.* jmd., der mehrere Sprachen spricht; **Polyglotte**[2] *w.* Buch mit mehrsprachigem Text
Polygon *s. (gr.)* Vieleck; **polygonal** vieleckig
Polygynie *w. (gr.)* Ehegemeinschaft eines Mannes mit mehreren Frauen, Vielweiberei
polymer *(gr.)* vielteilig; **Polymere** *Mz.* Verbindungen aus Großmolekülen; **Polymerie** *w.* 1. Zusammenwirken mehrerer gleichartiger Erbfaktoren; 2. Verbindung aus Molekülketten; **Polymerisation** *w.* auf der Verbindung von Molekülen beruhendes Verfahren zur Erzeugung von Kunststoffen; Ztw. **polymerisieren**
polymorph *(gr.)* vielgestaltig; **Polymorphie** *w.*, **Polymorphismus** *m.* Vielgestaltigkeit, Verschiedengestaltigkeit
Polyp *m. (gr.)* 1. Tintenfisch, achtarmiger Kopffüßler; 2. gutartige kleine Wucherung auf Schleimhäuten
Polyphage *m. (gr.)* Allesfresser
Polytechnikum *s. (gr.)* technische Hochschule
Polytheismus *m. (gr.)* Verehrung mehrerer Götter; Eigw. **polytheistisch**
polyvalent *(gr.-lat.)* in mehrerlei Hinsicht wirksam
Polyvinylchlorid *s.* Kunststoff aus polymerisiertem Vinylchlorid (PVC)
Polyzentrismus *m. (gr.-lat.)* 1. Verteilung politischer Herrschaft auf mehrere Macht-

zentren; 2. Stadt mit mehreren Zentren

Pomade *w. (itl.-frz.)* parfümierte Creme zum Frisieren; **pomadisieren** mit Pomade behandeln; **pomadig** 1. langsam, schläfrig; 2. mit Pomade behandelt

Pomme de Terre *w. (frz.)* Kartoffel; **Pommes frites** Mz. in Fett gebackene Kartoffelstreifen

Pomologe *m. (lat.)* Fachmann für Obstanbau; **Pomologie** *w.* Obstbaukunde; Eigw. **pomologisch**; **Pomona** *w.* römische Göttin des Baumobstes

Pomp *m. (frz.)* Prunk, Prachtentfaltung; **pompös** prunkhaft, stattlich; **pomposo** *(itl.)* Musik: feierlich

Pompadour *m.* Damenhandtasche

Pompon *m. (frz.)* Quaste, Bommel

Ponceau *(frz.)* orangerot

Poncho *m. (span.)* 1. als Umhang benutzte Decke bei süd- und mittelamerikanischen Indianern; 2. ärmelloser Umhang

Pond *s. (lat.)* ältere Maßeinheit für die Gewichtskraft (ein Gramm)

Ponderabilien *Mz. (lat.)* kalkulierbare, wägbare, greifbare Dinge

Pongé *m. (frz.)* dünnes, naturseidenes Gewebe

Pönitenz *w. (lat.)* kirchliche Buße

Ponte *w. (lat.)* an einem Drahtseil geführte Fähre

Pontifex *m. (lat.)* altrömischer Oberpriester; **Pontifex maximus** 1. oberster Priester im alten Rom; 2. Titel der römischen Kaiser; 3. Titel des Papstes; **Pontifikalamt** *s.* vom Papst oder Bischof zelebrierte Messe; **Pontifikat** *s.* Amtszeit eines Papstes oder Bischofs

Ponton *m. (frz.)* Tragteil einer Schiffsbrücke

Pony[1] *s. (engl.)* kleine Pferderasse

Pony[2] *m.* Stirnfransen

Pool *m. (engl.)* 1. Gewinnverteilungskartell; Ztw. **poolen**; 2. Swimmingpool; **Poolbillard** *s.* Billard, bei dem die Kugeln in sechs Löcher am Rand des Spieltisches gespielt werden

Pop-, pop- Abk. von *(engl.)* popular, als Vorsilbe: populär, modisch

Popanz *m. (tschech.)* 1. Schreckgespenst, Vogelscheuche; 2. vom Willen anderer abhängiger Mensch

Pop Art *w. (engl.)* ab 1945 neue Richtung in der modernen Kunst, die die Banalität von Konsumgegenständen in plakativen Formen darstellt

Popcorn *s.* *(engl.)* Puffmais

Pope *m.* *(russ.-gr.)* Priester der Ostkirche

Popeline *w.* *(frz.)* feiner, ripsartiger Stoff in Leinenbindung

Popmusik *w.* *(engl.)* von Beat und Rock beeinflusste Unterhaltungsmusik

Popper *m.* *(engl.)* modisch gestylter Jugendlicher

Poppers *s.* Rauschmittel, das seine Wirkung nach Einatmen seiner Dämpfe entfaltet

populär *(lat.)* allgemein bekannt, beliebt; **popularisieren** populär machen, gemeinverständlich darstellen; **Popularität** *w.* Volkstümlichkeit, Beliebtheit; **Population** *w.* 1. Bevölkerung; 2. Lokaler Artbestand an Tieren und Pflanzen; 3. Sternengruppe mit gleichen Merkmalen

Populismus *m.* *(lat.-frz.)* 1. demagogisch-volksnahe Politik zur Gewinnung der Massen; Eigw. **populistisch**

Porno *(gr.)* Kurzbez. für Pornoheft, Pornofilm usw.; **Pornographie** *w.* *(gr.)* hüllenlose bildliche, literarische oder filmische Darstellung sexueller Vorgänge; Eigw. **pornographisch**

porös *(frz.)* durchlässig; Hptw. **Porosität** *w.*

Porphyr *m.* *(gr.)* vulkanisches Gestein

Port *m.* *(lat.)* 1. Hafen; 2. sicherer Ort, Zufluchtsstätte

Porta *w.* *(lat.)* Pforte, Tor; **Portal** *s.* Haupteingang, breite Türöffnung, Prachttor

portabel *(lat.)* tragbar; **Portable** *s.* *(engl.)* tragbarer Apparat (Radio, TV, CD-Player, DVD-Player usw.); **portamento** *(itl.)* getragene Musik; **portato** getragen, breit

Portefeuille *s.* *(frz.)* 1. Geschäftbereich eines Ministers; 2. Wertpapierbestand einer Bank; 3. Aktenmappe

Portemonnaie *s.* *(frz.)* Geldbörse

Porter *s.* *(engl.)* dunkles englisches Bier

Portfolio *s.* *(itl.)* 1. Bildband; 2. Künstler-Mappe mit Fotografien oder Graphiken

Portier *m.* *(frz.)* Pförtner; **Portiere** *w.* Türvorhang

Portikus *m.* *(lat.)* Säulenhalle

Portion *w.* *(lat.)* Anteil, zubemessene Menge

Porto *s.* *(itl.)* Postgebühr (Mz. Porti)

Portrait, **Porträt** *s.* (*frz.*) Bildnis; **porträtieren** das Bildnis eines Menschen malen; **Porträtist** *m.* Porträtmaler

Portwein *m.* *(port.)* portugiesischer Süßwein

Porzellan *s.* *(lat.-itl.)* 1. feinste Tonware; 2. Geschirr aus Porzellan; **Porzellanerde** *w.* Kaolin

Pose *w.* *(frz.)* Haltung; **Poseur** *m.* Wichtigtuer, einer, der auf Wirkung bedacht ist; **posieren** eine Pose einnehmen, sich auf Wirkung bedacht benehmen

Poseidon *m.* *(gr.)* Meeresgott der Griechen; **Posidonia** *w.* 1. Meerespflanze; 2. eine Muschelart

Position *w.* *(lat.)* 1. Stellung, Platz, Lage; 2. Grundstellung der Füße beim Ballett; 3. Stellung eines Gestirns; 4. Standort eines Flugzeugs, eines Schiffs; 5. Einstellung, Standpunkt, Ausgangspunkt des Denkens, These; 6. Einzelposten in einer Aufstellung; **positionell** stellungsmäßig; **positionieren** in eine Position bringen, einordnen; **Positionslicht** *s.* grünrotweiße Nachtbeleuchtung von Schiffen und Flugzeugen, die die Fahrtrichtung und Lage eines Schiffes angibt

positiv *(lat.)* 1. bejahend, zustimmend, günstig, vorteilhaft; 2. wirklich vorhanden, beweisbar; 3. größer als null; 4. einen krankhaften Befund anzeigend; **Positiv** *s.* fotografischer Abzug; **Positivismus** *m.* lässt nur beweisbare, erfahrbare Tatsachen als wirklich vorhanden gelten; **Positivist** *m.* Anhänger des Positivismus; **positivistisch** zum Positivismus gehörend

Positron *s.* *(lat.-gr.)* Elementarteilchen mit elektrisch positiver Ladung (Mz. Positronen); **Positur** *w.* auf Situation und Wirkung abgestellte Haltung

Possession *w.* *(lat.)* Besitz; **possessorisch** zum Besitz gehörig; **possessiv** 1. besitzanzeigend: 2. besitzergreifend; **Possessivpronomen** *s.* besitzanzeigendes Fürwort

Post-, **post-** *(lat.)* als Vorsilbe: nach, hinter

Postament *s.* *(lat.)* Sockel, Unterbau

post Christum (natum) (*lat.)* nach Christus, nach Christi Geburt (Abk. p. Chr., p. Chr. n.)

Poster *s.* *(engl.)* plakatartiges Bild

poste restante *(frz.)* postlagernd

post factum *(lat.)* hinterher, danach; **post festum** hinterher, zu spät; **postglazial** nacheiszeitlich; **postgradual** nach Abschluss eines Studiums erfolgend

postieren *(frz.)* aufstellen, aufbauen; **sich postieren** sich zur Beobachtung aufstellen

Postille *w.* *(lat.)* Andachtsbuch, volkstümliche Predigtsammlung für den häuslichen Gebrauch

Postillion *m.* *(frz.)* 1. Postkutscher;

2. Schmetterlingsart; **Postillon d'Amour** *m.* Überbringer von Liebesbriefen

post meridiem *(lat.)* nach Mittag, nach zwölf Uhr

Postmoderne *w.* 1. Architekturstil, der sich aller architektonischen Stilelemente zitathaft bedient; 2. der durch einen Paradigmenwechsel in Politik, Kultur, Kunst, Wissenschaft und Philosophie gekennzeichnete Zeitabschnitt nach der Moderne

postmortal, **post mortem** nach dem Tode; **postnatal** nach der Geburt; **postnumerando** nach der Leistung (zahlbar); **postoperativ** *(lat.)* nach der Operation

Postskript, **Postskriptum** *s.* *(lat.)* Nachschrift

Postulant *m.* *(lat.)* Bewerber um Aufnahme ins Kloster; **Postulat** *s.* 1. sittliche Forderung; 2. Probezeit im Kloster; **postulieren** 1. fordern; 2. als notwendig voraussetzen

potemkinsche Dörfer *Mz.* *(russ.)* Attrappen, Blendwerk, Vorspiegelung falscher Tatsachen

potent *(lat.)* 1. fähig, leistungsfähig; 2. einflussreich, mächtig; 3. zahlungskräftig; 4. fähig zum Geschlechtsverkehr; **Potentat** *m.* Machthaber, Herrscher; **Potential** *s.* 1. Leistungsvermögen; 2. Gesamtheit aller Mittel; **Potentialis** *m.* Möglichkeitsform des Zeitworts; **Potenz** *w.* 1. Leistungsfähigkeit; 2. Fähigkeit zum Geschlechtsverkehr; **potenziell** der Möglichkeit nach vorhanden, denkbar; **potenzieren** 1. steigern, erhöhen, verstärken; 2. Zahlen in die Potenz erheben

Potpourri *s.* *(frz.)* 1. Zusammenstellung; 2. Allerlei, Gemisch, Vielerlei

Poularde *w.* *(frz.)* kastriertes, gemästetes Huhn

Poule *w.* *(frz.)* 1. Spieleinsatz; 2. Art des Billardspiels

Poulet *s.* *(frz.)* Masthähnchen

Pouvoir *s.* *(frz.)* Handlungs-, Verhandlungsvollmacht

Prä-, **prä-** *(lat.)* als Vorsilbe: vor, voraus

Präambel *w.* *(lat.)* 1. feierliche Einleitungsformel zu Gesetzen, Verträgen usw.; 2. Vorspiel in der Lauten- und Orgelmusik

Präbende *w.* *(lat.)* kirchl. Pfründe

Prädestination *w.* *(lat.)* l. göttliche Vorherbestimmung; 2. Geeignetsein aufgrund bestimmter Fähigkeiten und Voraussetzungen; **prädestinieren** vorherbestimmen; **prädestiniert** ideal geeignet, wie geschaffen

Prädikat *s.* *(lat.)* 1. Satzaussage; 2. Beurteilung, Note; 3. Titel, Adelstitel; 4. der die Aussage enthaltende Teil eines Urteils; **prädikativ** aussagend

prädisponieren *(lat.)* vorbereiten, im Voraus festlegen; **Prädisposition** *w.* Anlage, Empfänglichkeit für Krankheiten

prädominieren *(lat.)* vorherrschen, überwiegen; Hptw. **Prädomination** *w.*

Präfekt *m.* *(lat.)* 1. hoher Beamter im antiken Rom; 2. oberster Verwaltungsbeamter eines frz. Departements; 3. kath. Geistlicher mit besonderen Aufgaben

Präfektur *w.* Amt, Amtssitz des Präfekten

Präferenz *w.* *(lat.)* Vorrang, Vorrecht, Vergünstigung

präfigieren *(lat.)* mit einer Vorsilbe versehen; **Präfix** *s.* Vorsilbe

präglazial *(lat.)* voreiszeitlich; **Präglazial** *s.* Erdperiode vor der Eiszeit

Pragmatik *w.* *(gr.)* 1. Sinn für das Praktische, Konzentrierung auf das Nützliche; 2. Sprachwissenschaft, die sich mit dem Sprachverhalten der Menschen beschäftigt; **Pragmatiker** *m.* 1. Vertreter pragmatischer Auffassungen; 2. orientiert sich am praktischen Nutzen; **pragmatisch** 1. sach-, praxis-, anwendungsbezogen, nüchternsachlich; 2. das Sprachverhalten betreffend; **pragmatische Erbfolge** *w.* weibliche Erbfolge, falls kein Sohn als Thronerbe da ist; **Pragmatismus** *m.* 1. pragmatische Denkweise; 2. bemisst den Wert der Erkenntnis nach ihrer Anwendbarkeit auf das praktische Leben

Prägnanz *w.* *(lat.)* Schärfe, Knappheit, Genauigkeit des Ausdrucks; Eigw. **prägnant**

Prähistorie *w.* *(lat.)* Vorgeschichte; **prähistorisch** vorgeschichtlich

Prahm *m.* *(tschech.)* breiter Lastkahn mit Verdeck

Prähominiden *Mz.* *(lat.)* Vormenschenformen

Präimplantationsdiagnostik *w.* *(lat.-gr.)* durch künstliche Befruchtung entstandener menschlicher Keim. Bei der Feststellung von Gendefekten wird von der Implantation des Embryos in die Gebärmutter abgesehen

Prairial *m.* *(frz.)* neunter Monat im Kalender der Franz. Revolution

Präjudiz *w.* *(lat.)* 1. gerichtliche Vorentscheidung; 2. Vorurteil, vorgefasste Meinung;

präjudizieren der Entscheidung vorgreifen

Präklusivfrist *w. (lat.)* gerichtlich festgelegte Frist, nach deren Ablauf ein Recht nicht mehr geltend gemacht werden kann

Praktik *w. (gr.)* 1. Verfahren, Handhabung; 2. Kniff, Trick; **praktikabel** 1. anwendbar, ausführbar; 2. begehbar, benutzbar; Hptw. **Praktikabilität** *w.*; **Praktikant** *m.* Teilnehmer an einem Praktikum; **Praktiker** *m.* jmd. mit praktischer Erfahrung

Praktikum *s.* praktischer Ausbildungsabschnitt im Studium

Praktikus *m.* jmd., der sich immer zu helfen weiß; **praktisch** 1. die Praxis, das Tun, Handeln betreffend; 2. erfahren, geschickt; 3. zweckmäßig, brauchbar; **praktizieren** 1. seinen Beruf aktiv ausüben; 2. Methoden, Techniken, Verfahrensweisen anwenden

Prälat *m. (lat.)* höherer Amtsträger der kath. und evang. Kirche

präliminar, **präliminär** *(lat.)* vorläufig, einleitend; **Präliminarien** Vorverhandlungen, Einleitung, Vorspiel

Praline *w. (frz.)* Schokoladenkonfekt

prälogisch *w. (lat.)* vorlogisch, noch ohne Mitwirken des Verstandes

präludieren *(lat.)* Musik: einleitend oder frei gestaltend spielen; **Präludium** *s.* Vorspiel

prämatur *(lat.)* vorzeitig auftretend; **Prämaturität** *w.* Frühreife

Prämie *w. (lat.)* 1. Preis, Belohnung; 2. Versicherungsbeitrag; **prämieren** preiskrönen, belohnen

Prämisse *w. (lat.)* Voraussetzung, Vorausannahme

Prämolaren *Mz. (lat.)* die vorderen Backenzähne

prämortal *(lat.)* vor dem Tod

prämundan *(lat.)* vor Entstehung der Welt

pränatal vorgeburtlich; der Geburt vorausgehend; **Pränataldiagnostik** *w. (lat.-gr.)* Testprogramm zur Früherkennung von genetischen Defekten und Entwicklungsstörungen beim Embryo

Pränomen *s. (lat.)* Vorname (Mz. Pränomina)

Präparat *s. (lat.)* etwas Zubereitetes oder Konserviertes; **Präparation** *w.* Zubereitung, Herstellung von Präparaten; **Präparator** *m.* Hersteller von Präparaten; **präparieren** l. vorbereiten; 2. Präparat anfertigen, konservieren

Präponderanz *w. (lat.)* Vorherrschaft; **prä-**

ponderieren vorherrschen, überwiegen

Präposition *w. (lat.)* Verhältniswort; Eigw. **präpositional**

präpotent *(lat.)* übermächtig; aufdringlich, dreist; Hptw. **Präpotenz** *w.*

Präputium *s. (lat.)* Vorhaut des Penis

Präraffaeliten *Mz.* engl. Malergruppe, die sich im 19. Jh. inhaltlich und stilistisch an den Vorläufern des Renaissancemalers Raffael orientierte

Prärie *w. (frz.)* Grassteppe in Nordamerika

Prärogativ, **Prärogative** *w. (lat.)* Vorrecht eines Herrschers

Präsens *s. (lat.)* Gegenwartsform des Zeitworts; **präsent** 1. anwesend; 2. verfügbar, gegenwärtig

Präsent *s. (frz.)* Geschenk; **präsentabel** ansehnlich, vorzeigbar; **Präsentation** *w.* Vorzeigung, Vorlegung; **präsentieren** l. vorweisen, vorzeigen, vorlegen; 2. sich **präsentieren**; sich zeigen, vorstellen; 3. mit dem Gewehr eine Ehrenbezeigung ausführen; **auf dem Präsentierteller** für jeden deutlich sichtbar

Präsenz *w. (frz.)* Anwesenheit, Gegenwärtigkeit; **Präsenzbibliothek** *w.* Bibliothek, aus der nicht entliehen werden kann

Präservativ *s. (lat.)* Kondom

Präses *m. (lat.)* Vorsitzender

Präsident *m. (lat.)* 1. Vorsitzender einer Körperschaft, Versammlungsleiter; 2. Staatsoberhaupt einer Republik; Eigw. **präsidial**; **präsidieren** den Vorsitz führen; **Präsidium** *s.* 1. Vorstand, Gesamtheit der Vorsitzenden; 2. Vorsitz, Leitung; 3. Amtsgebäude des Polizeipräsidenten

prästabilieren *(lat.)* vorher festsetzen

Präsumtion, **Präsumption** *w. (lat.)* Annahme, Vermutung; **präsumtiv**, **präsumptiv** mutmaßlich

Prätendent *m. (lat.)* Anwärter, jmd., der Ansprüche, z.B. auf einen Thron, erhebt; **prätendieren** 1. beanspruchen; 2. vorgeben, behaupten; **Prätension**, **Prätention** *w.* l. Anspruch; 2. Anmaßung; **prätentiös** anspruchsvoll, anmaßend

Präteritum *s. (lat.)* Vergangenheitsform des Zeitworts, Imperfekt

präterpropter *(lat.)* so ungefähr, etwa

Prätor *m. (lat.)* hoher Beamter im alten Rom; **Prätorianer** *Mz.* Leibwache des römischen Kaisers; **Prätur** *w.* Amt des Prätors

prävalent *(lat.)* überwiegend, vorherrschend; **Prävalenz** *w.* Übergewicht, Vorrang; **prävalieren** vorherrschen, überwiegen

prävenieren *(lat.)* zuvorkommen; **Prävention** *w.* Vorbeugung, Vorbeugemaßnahmen; **präventiv** vorbeugend

Praxis *w. (gr.)* 1. Ausübung; 2. praktische Erfahrung; 3. Tätigkeit und gewerbliche Räume für die Tätigkeit

Präzedens *s. (lat.)* früheres Beispiel *Mz.* **Präzedenzien**; **Präzedenzfall** *m.* Musterbeispiel, Musterfall

Präzeptor *m. (lat.)* Lehrmeister

Präzession *w. (lat.)* Verlagerung der Rotationsachse der Erde

präzis, **präzise** *(lat.)* genau, treffend, haarscharf; **präzisieren** genau ausdrücken; **Präzision** *w.* Genauigkeit

Predella *w. (itl.)* Sockel des Altaraufsatzes

prekär *(frz.)* misslich, heikel, schwierig

Premier, **Premierminister** *m. (frz.)* Ministerpräsident; **Premiere** *w.* Erstaufführung

premium *(engl.)* von bester Qualität

Prenonym *s. (lat.-gr.)* Deckname, aus einem Vornamen gebildet

Presbyter *m. (gr.)* 1. Vorsteher jüdischer und urchristlicher Gemeinden; 2. vom Gemeinderat der evang. Kirche gewählter Vertreter, Kirchenältester; 3. kath. Priester; **Presbyterianer** *m.* Angehöriger engl. und amerik. reformierter Kirchen; **Presbyterium** *s.* 1. Gemeindekirchenrat der evang. Kirche; 2. alle kath. Priester einer Diözese; 3. Kollegium der Presbyter; 4. der Hochaltarraum in der Apsis

pressant *(frz.)* eilig, dringlich; **pressieren** eilig sein, keine Zeit haben; **Pression** *w.* Druck, Zwang, Nötigung

Pressuregroup *w. (engl.)* Interessenverband, Lobby

Prestige *s. (frz.)* öffentliches Ansehen

prestissimo *(itl.)* sehr schnelle Musik

presto schnell

Prêt-à-porter *s. (frz.)* von einem Modeschöpfer entworfene, dann für die Serienherstellung abgewandelte Kleidung

priapeisch, **priapisch** obszön (benannt nach dem röm. Fruchtbarkeitsgott Priapus)

prima *(lat.)* erstklassig, sehr gut, ausgezeichnet; **Prima** *w.* die beiden obersten Klassen des Gymnasiums

Primaballerina *w. (itl.)* Solotänzerin eines Balletts; **Primadonna** *w.* 1. erste Sängerin einer Opernbühne; 2. anspruchsvoller, verwöhnter Mensch

primär *(lat.)* 1. anfänglich, ursprünglich; 2. an erster Stelle, grundlegend; **Primäraffekt**, **Primärinfekt** *m.* erstes Stadium einer Infektionskrankheit

Primas *m.* *(lat.)* 1. der erste Bischof des Landes; 2. Vorgeiger einer Zigeunerkapelle **Primat** *m.* oder *s.* *(lat.)* 1. Vorrecht, Vorrang; 2. Vorrangstellung des Papstes in der kath. Kirche

Primaten *Mz.* *(lat.)* die Affen und Menschen umfassende Klasse der Säugetiere

primitiv *(lat.)* 1. urzuständlich, einfach, unentwickelt; 2. roh, unfein; 3. behelfsmäßig; Hptw. **Primitivität** *w.*

Primogenitur *w.* *(lat.)* Erbfolge des Erstgeborenen

Primus *m.* *(lat.)* Klassenerster; **primus inter pares** der Erste unter Gleichgestellten

Primzahl *w.* *(lat.)* ganze Zahl, die nur durch die Zahl eins und sich selbst teilbar ist

Prinzeps *m.* *(lat.)* Titel röm. Kaiser; **Prinzip** *s.* *(lat.)* 1. Gesetzmäßigkeit, Schema, nach dem etwas wirkt; 2. Grundsatz, feste Regel, Norm; **prinzipiell** grundsätzlich, im Prinzip

Prior *m.* *(lat.)* Stellvertreter eines Abts

Priorität *w.* Vorrang, Vorrangigkeit, Vorrecht

Prise *w.* *(frz.)* 1. Beute im Seekrieg; 2. kleine Menge, die zwei oder drei Fingerspitzen fassen können

privat *(lat.)* persönlich, nicht öffentlich; **Privatier** *m.* *(frz.)* Rentner; **privatisieren** 1. staatliches in privates Eigentum verwandeln; 2. als Rentner leben; 3. sich in die Privatsphäre zurückziehen

Privileg, **Privilegium** *s.* *(lat.)* Sonderrecht, Vorrecht; **privilegieren** mit Vorrechten versehen, bevorzugen; **privilegiert** mit Sonderrechten ausgestattet

Problem *s.* *(gr.-frz.)* schwierige Fragestellung, Schwierigkeit, ungelöste Aufgabe; **Problematik** *w.* schwieriger Sachverhalt; **problematisch** 1. voller Probleme; 2. fraglich, ungewiss; **problematisieren** ein Problem diskutieren

Procedere *s.* *(lat.)* Verfahrensweise

Produkt *s.* *(lat.)* Erzeugnis, Ergebnis; **Produktion** *w.* 1. Herstellung von Waren und Gütern; 2. Herstellung eines Films, Musiktitels u. ä.; **produktiv** ergiebig, leistungsstark, schöpferisch; **Produktivität** *w.* Ergiebigkeit, Leistungsfähigkeit, schöpferische Leistung; **Produktplatzierung** *w.* unauffällige, beiläufige Werbung für ein Erzeugnis im Film; **Produzent** *m.* Hersteller, Erzeuger, **produzieren** herstellen, hervorbringen, anfertigen; **sich produzieren** die Aufmerksamkeit auf sich lenken, großtun

profan *(lat.)* 1. für weltliche Zwecke; 2. alltäglich, gewöhnlich; **Profanität** *w.* Weltlichkeit, Alltäglichkeit

Profess *w. (lat.)* Ablegung des Ordensgelübdes

Profession *w. (lat.)* Beruf, Gewerbe; **Professional** *m. (engl.)* Berufssportler; **professionalisieren** zum Beruf machen; **Professionalität** *w.* selbstverständliche Beherrschung einer Tätigkeit; **professionell** *(lat.)* berufsmäßig, fachmännisch, souverän

Profil *s. (frz.-ital.)* 1. Seitenansicht; 2. Längs- oder Querschnitt; 3. Riffelung bei Reifen oder Sohlen; 4. ausgeprägte persönliche Eigenart; **profilieren** l. im Profil, im Querschnitt darstellen; 2. herausarbeiten, betonen; **sich profilieren** seine Fähigkeiten zur Geltung bringen; **profiliert** klar umrissen; geriffelt; markant, charakteristisch; **Profilneurose** *w.* zwanghaftes Sichprofilieren

Profit *m. (frz.)* Nutzen, materieller Gewinn; **profitabel** Gewinn bringend, einträglich; **profitieren** Gewinn aus etwas ziehen; **profitorientiert** auf Profit ausgerichtet

pro forma *(lat.)* nur der Form wegen, zum Schein

Prognose *w. (gr.)* Voraussage, Vorhersage

prognostizieren vorhersagen, vorhererkennen

Programm *s. (gr.)* 1. Plan, Arbeitsplan; 2. Folge von Veranstaltungen; 3. Programmheft; 4. Arbeitsanweisung für einen Computer; **Programmatik** *w.* Ziel, Zielsetzung; **programmatisch** richtungweisend, zielsetzend, grundsätzlich, planmäßig; **programmieren** 1. ein Programm für einen Computer erstellen; 2. jmdn. auf etwas festlegen; **Programmierer** jmd., der Computerprogramme entwickelt; **Programmiersprache** *w.* Maschinensprache

Projekt *s. (lat.)* Plan, Vorhaben, Unternehmung; **projektieren** planen, entwerfen, vorhaben; Hptw. **Projektierung** *w.*; **Projektil** *s.* Geschoss; **Projektion** *w.* 1. Wiedergabe eines Bildes durch den Bildwerfer; 2. Übertragung eines eigenen Gefühls auf andere, Unterstellung eigener Gefühle, Wünsche bei anderen; **Projektionsapparat**, **Projektor** *m.* Bildwerfer; **Projektionsfläche** *w.* Filmleinwand; **projizieren** abbilden, übertragen

Proklamation *w. (lat.)* Bekanntmachung, Aufruf; **proklamieren** bekannt machen, aufrufen, kundgeben

Prokura *w. (lat.)* rechtsverbindliche Handlungsvollmacht; **Prokurator** *m.* 1. Verwalter; 2. Provinzstatthalter im alten Rom; **Prokurist** *m.* Geschäftsführer mit Vollmacht

Promenade *w. (frz.)* breiter Spazierweg; **promenieren** spazieren gehen

Promiskuität *w. (lat.)* Geschlechtsverkehr mit häufig wechselnden Partnern; Eigw. **promiskuitiv**

Promission *w. (lat.)* Versprechen

Promoter *m. (engl.)* Manager, Organisator, Veranstalter

Pronomen *s. (lat.)* Fürwort (Mz. Pronomina); **pronominal** als Fürwort; **prononciert** betont, hervorgehoben, deutlich

Pronuntius *m. (lat.)* Nuntius im Kardinalsrang

Propaganda *w. (lat.)* massive Werbung für politische Zwecke; **Propagandist** *m.* jmd., der Propaganda betreibt; **propagandistisch** in der Art von Propaganda werbend; **propagieren** für etwas Propaganda machen

Prophet *m. (gr.)* Künder, Seher, Mahner

Prophetie *w.* Weissagung; **prophetisch** seherisch, voraussagend; **prophezeien**, weissagen, voraussagen; Hptw. **Prophezeiung** *w.*

Prophylaktikum *s. (gr.)* vorbeugendes Mittel; **prophylaktisch** vorbeugend; **Prophylaxe** *w.* Verhütung von Krankheiten, Gesundheitsvorsorge

Proportion *w. (lat.)* 1. Größenverhältnis; 2. Verhältnisgleichung in der Mathematik; 3. ästhetisches Ebenmaß; **proportional** verhältnismäßig; **Proportionalität** *w.* Verhältnismäßigkeit; **Proportionalwahl** *w.* Verhältniswahl; **proportioniert** ebenmäßig, gut abgestimmt; **Proporz** *m.* Verteilung von Ämtern oder Sitzen nach der zahlenmäßigen Stärke derer, die darüber befinden

Propst *m. (lat.)* 1. Vorsteher eines Dom- oder Stiftkapitels; 2. Hauptpfarrer, Superintendent in der evang. Kirche

Propyläen *Mz. (gr.)* Säulenhalle vor griech. Tempeln

Prosa *w. (lat.)* erzählende Dichtung; **Prosaiker** *m.* 1. Prosaschriftsteller; 2. nüchterner Mensch; **prosaisch** l. in ungebundener Form; 2. nüchtern, trocken; **Prosaist** *m.* Prosa schreibender Schriftsteller

Prospekt *m. (lat.)* 1. Werbebroschüre, meist mit Bildern; 2. malerische Wiedergabe einer Landschaft oder Stadt; **prospektiv** vorausschauend, voraussichtlich

prosperieren *(lat.)* gedeihen, sich gut entwickeln, vorankommen; **Prosperität** *w* Gedeihen, gute Geschäftslage, Konjunktur

Prostata *w. (gr.)* Drüse am Anfang der Harnröhre, in der die Samenflüssigkeit gebildet wird, Vorsteherdrüse beim Mann und männlichem Säugetier

prostituieren *(lat.)* preisgeben, herabwürdigen; **sich prostituieren** 1. als Prostituierte *m.* und *w.* arbeiten; 2. sich herabwürdigen; **Prostituierte** *m.* und *w.* Person, die sexuellen Wünschen gegen Bezahlung nachkommt; **Prostitution** *w.* 1. gewerbsmäßige Ausübung sexueller Handlungen; 2. Herabwürdigung

Prostration *w. (lat.)* 1. das Sichniederwerfen bei der Erteilung kath. Weihen; 2. hochgradige Erschöpfung

Proszenium *s. (gr.)* Vorbühne, Raum zwischen Vorhang und Rampe

Protagonist *m. (gr.)* Hauptdarsteller, Wortführer, Vorkämpfer

Protegé *m. (frz.)* Günstling, Schützling; **protegieren** fördern, begünstigen

Proteine *Mz.* einfache, nur aus Aminosäure bestehende Eiweißkörper

Protektion *w. (lat.)* Förderung, Bevorzugung, Begünstigung; **Protektionismus** *m.* staatliche Schutzzollpolitik; Eigw. **protektionistisch**; **Protektor** *m.* jmd., der jmdn. protegiert, Gönner; **Protektorat** *s.* 1. Schutzgebiet; 2. Schutzherrschaft

pro tempore *(lat.)* vorläufig, für jetzt

Protest *m. (lat.)* 1. Missfallensbekundung, Einspruch; 2. öffentlicher Widerspruch gegen politische Maßnahmen

Protestant *m.* 1. jmd., der protestiert; 2. Angehöriger der protestantischen Kirchen oder Gemeinschaften; Eigw. **protestantisch**; **Protestantismus** *m.* die aus der Reformation hervorgegangenen christlichen Gemeinschaften und Kirchen; **protestieren** widersprechen, Protest laut werden lassen, Einspruch erheben

Proteus *m. (gr.)* vielgestaltiger, weissagender Meeresgreis der griech. Mythologie;

Proteusbakterien *Mz.* Fäulnisbakterien; **proteisch** veränderlich, wandelbar

Prothese *w. (gr.)* künstlicher Ersatz für Glieder oder Zähne; **prothetisch** als Ersatz dienend

Protokoll *s. (gr.-lat.)* 1. Niederschrift einer Verhandlung, einer Aussage, eines wissenschaftlichen Versuchs; 2. alle international üblichen diplomatischen Formen; **Protokollant** *m.* Schriftführer; **protokollarisch** dem Protokoll entsprechend, durch Protokoll festgehalten; **protokollieren** schriftlich festhalten

Prototyp *m. (gr.)* 1. Urbild, Musterbild, Urtyp; 2. Probemodell; 3. Unikat

Proviant *m. (itl.)* Mundvorrat, Ration, Lebensmittelvorrat

Provider *m. (engl.)* Dienstleister, stellt die Verbindung zwischen PC und Internet her

Provinz *w. (lat.)* 1. Landesteil, größerer Verwaltungsbezirk; 2. kulturell unattraktive, rückständige Gegend; **Provinzial** *m.* Vorsteher einer Ordensprovinz; **Provinzialismus** *m.* 1. landschaftlich oder mundartlich geprägte Spracheigentümlichkeit; 2. spießige, engstirnige Einstellung; **provinziell** 1. zur Provinz gehörend, engstirnig, hinterwäldlerisch; 2. mundartlich, landschaftlich

Provision *w. (lat.)* Vermittlungsgebühr, Gewinnanteil; **provisorisch** vorläufig, behelfsmäßig; **Provisorium** *s.* einstweilige Regelung, behelfsmäßiger Zustand

Provitamin *s. (gr.-lat.)* Vorstufe eines Vitamins

provokant *(frz.)* herausfordernd, **provozierend**; **Provokateur** *m. (frz.)* Herausforderer, Anstifter; **Provokation** *w.* 1. bewusste Herausforderung; 2. künstliche Erzeugung von Krankheitssymptomen; **provokatorisch**, **provokativ** eine Provokation bezweckend; **provozieren** 1. herausfordern, aufreizen, zur Reaktion zwingen; 2. Krankheiten künstlich hervorbringen

proximal *(lat.)* der Körpermitte am nächsten gelegen

Prozedur *w. (lat.)* Vorgehensweise, langwieriges Verfahren, Behandlungsweise

Prozent *s. (lat.)* Hundertstel; **Prozente** *Mz.* Gewinnanteile, Ermäßigung, Preisnachlass; **prozentual** anteilig, anteilmäßig

Prozess *m. (lat.)* 1. Vorgang, Ablauf, Fortgang; 2. gerichtliches Verfahren, Rechtsstreit;

Eigw. **prozessual**; **prozessieren** mit einem Streitfall vor Gericht gehen

Prozessor *m. (engl.)* aus Rechen- und Steuerwerk bestehende Funktionseinheit des Computers

Prozession *w. (lat.)* kirchlicher Umzug, Bittgang

prüde *(frz.)* zimperlich, sexuell verklemmt; Hptw. **Prüderie** *w.*

Pseudandronym *s. (gr.)* männlicher Deckname einer Frau; **Pseudogynym** *s.* weiblicher Deckname eines Mannes; **pseudonym** unter einem Decknamen; **Pseudonym** *s.* Künstlername, Deckname

Psi *s. (gr.)* 1. der 23. Buchstabe des griech. Alphabets; 2. eine parapsychologische Erscheinung; 3. Elementarteilchen

Psittakose *w. (gr.)* Papageienkrankheit, schwere Infektionskrankheit der Lunge

Psoriasis *w. (gr.)* Schuppenflechte

Psychiater *m. (gr.)* Facharzt für Psychiatrie; **Psychiatrie** *w.* befasst sich mit der Therapie von Geisteskrankheiten und Gemütsleiden; Eigw. **psychiatrisch**

Psycho-, psycho- *(gr.)* als Vorsilbe: Seele, seelisch

Psychoanalyse *w. (gr.)* von Sigmund Freud begründete Theorie zur Erklärung und Behandlung seelischer Störungen; **Psychoanalytiker** *m.* Arzt oder Psychologe, der die Psychoanalyse ausübt; **psychoanalytisch** auf der Basis von Psychoanalyse; **Psychogenese** *w.* 1. seelische Entwicklung; 2. seelische Bedingtheit einer Krankheit; **Psychokinese** *w.* physikalisch nicht erklärbare Einflüsse eines Menschen auf Gegenstände seiner Umgebung; **Psychologe** *m. (gr.)* 1. ausgebildeter Fachmann auf dem Gebiet der Psychologie; 2. Menschenkenner; **Psychologie** *w.* befasst sich mit dem Verhalten und seelisch gesteuerten Erleben des Menschen; **psychologisch** 1. auf Psychologie beruhend; 2. einfühlend

Psychopath *m. (gr.)* psychopathischer Mensch; **Psychopathie** *w.* seelischcharakterlich abnorme Persönlichkeit; **psychopathisch** abnorm in der Persönlichkeitsstruktur; **Psychopathologie** Lehre von den krankhaften seelischen Zuständen

Psychose *w. (gr.)* eine Gemütskrankheit, Eigw. **psychotisch**

Psychosomatik *w. (gr.)* ganzheitliche, Körper und Seele berücksichtigende, Betrachtungsweise; Eigw. **psychosomatisch**

Psychotherapeut *m. (gr.)* Facharzt für Psychotherapie; **Psychotherapie** *w.* Behandlung seelischer Störungen mit den Methoden der Tiefenpsychologie; Eigw. **psychotherapeutisch**

Psychrometer *s. (gr.)* misst Feuchtigkeit und die Verdunstung

ptolemäisches System *s.* Weltbild, bei dem die Erde im Mittelpunkt steht

Ptomain *s. (gr.)* Leichengift

Pubertät *w. (lat.)* Zeit der Entwicklung der Geschlechtsreife beim Menschen

Pueblo *m. (span.)* Siedlung der Puebloindianer im Südwesten USA

Puls *m. (lat.)* 1. fühlbarer Herzschlag; 2. Folge von Impulsen; **Pulsar** *m.* Sternrest, der Röntgenstrahlung abgibt

Pumps *Mz. (engl.)* Damenhalbschuhe mit Absätzen

Punkt *m. (lat.)* 1. geometrische Größe ohne Ausdehnung, Schnittstelle; 2. Satzzeichen; 3. Stelle, Ort; 4. Gegenstand einer Erörterung; 5. Bewertungsmaß im Sport; 6. Maßeinheit im Schriftsatz; 7. genaue Zeitangabe, nach Punkten bewerten; **Punktion** *w.* Entnahme von Flüssigkeit aus Körperhöhlen; **punktuell** (nur) einen oder wenige Punkte betreffend

Pupille *w. (lat.)* Sehloch des Auges

pur *(lat.)* rein, ungemischt

pushen *(engl.)* 1. antreiben, vorantreiben; 2. mit Rauschgift handeln

Pusher *m.* Händler mit harten Drogen

Pustel *w. (lat.)* Eiterbläschen

Puszta *w. (ungar.)* ungarische Grassteppe

Put *m. (engl.)* Verkaufsoption

Putt *m.* oder *s. (engl.)* Schlag mit dem Putter; **putten** einlochen beim Golf; **Putter** *m.* der Schläger zum Einlochen

Puzzle *s. (engl.)* aus Einzelteilen bestehendes Zusammensetzspiel; **puzzeln** etwas zusammensetzen

PVC = Polyvinylchlorid

Pygmalion *m.* Bildhauer der griech. Mythologie, der sich in eine seiner Statuen verliebte

Pyjama *m. (engl.)* Schlafanzug

Pyromane *m. (gr.)* jmd., der an Pyromanie leidet; **Pyromanie** *w.* krankhafter Brandstiftungstrieb; **Pyrometer** *s.* misst hohe Temperaturen; **pyrophor** sich an der Luft entzündend; **Pyrophobie** *w.* krankhafte

Angst vor Feuer; **Pyrotechnik** *w.* Herstellung und Gebrauch von Feuerwerkskörpern und Sprengstoffen; **Pyrotechniker** *m.* Fachmann für Pyrotechnik

Pyrrhussieg *m.* Scheinsieg

Pythia *w.* weissagende Priesterin des Orakels von Delphi; **pythisch** orakelhaft, geheimnisvoll

Pyxis *w.* *(gr.)* Behälter zur Aufbewahrung von Hostien

Quadragesima *w. (lat.)* vierzigtägige christl. Fastenzeit vor Ostern

Quadrant *m. (lat.)* 1. Viertelkreis; 2. Gerät zum Winkelmessen; **Quadrantenelektrometer** *s.* Spannungsmesser

Quadrat *s. (lat.)* 1. gleichseitiges Viereck; 2. die zweite Potenz einer Zahl; **Quadratur** *w.* 1. Umwandlung einer Figur in ein Quadrat gleichen Flächeninhalts; 2. Inhaltsberechnung einer Fläche mittels Integralrechnung; **Quadratur des Kreises** *w.* unlösbare Aufgabe, mit Zirkel und Lineal einen gegebenen Kreis in ein flächengleiches Quadrat überzuführen; **quadrieren** eine Zahl mit sich selbst multiplizieren; Hptw. **Quadrierung** *w.*; **Quadriga** *w. (lat.)* Gespann, mit vier Pferden vor römischem Streit-, Renn- oder Triumphwagen

Quadrille *w. (frz.)* Gesellschaftstanz des 18. Jhs.

Quadrillion *w. (lat.)* eine Million Trillionen

Quäker *Mz. (engl.)* religiöse Gemeinschaft, die im 17. Jh. in England gegründet wurde

Qualifikation *w. (lat.)* l. Ausbildung, Befähigung, Eignung; 2. Befähigungsnachweis; **qualifizieren** 1. ausbilden, befähigen;

2. beurteilen, einstufen; **sich qualifizieren** sich ausbilden, weiterbilden; **qualifiziert** 1. fähig, geeignet; 2. Kenntnisse erfordernd (z.B. eine qualifizierte Tätigkeit); **qualifizierte Mehrheit** vorgeschriebene, über der einfachen Mehrheit liegende Stimmenzahl

Qualität *w. (lat.)* 1. Beschaffenheit; 2. Wert, Güte; **qualitativ** hinsichtlich der Qualität

Quant *s. (lat.)* kleinste unteilbare physikal. Größe, kleinste Energiemenge (Mz. Quanten); **quanteln** in Quanten darstellen; **Quantenmechanik** *w.* physikalische Theorie, die eine widerspruchsfreie Beschreibung von Vorgängen in der Mikrophysik ermöglicht; **Quantensprung** *m.* durch Absorption oder Emission eines Quants bewirkter, unstetiger Übergang eines mikrophysikalischen Systems von einem Energiezustand in einen anderen; **Quantentheorie** *w.* Theorie des sprunghaften mikrophysikalischen Geschehens; **quantifizieren** in Mengenbegriffen darstellen

Quantität *w. (lat.)* 1. Menge, Anzahl; 2. Sprachlehre: Länge oder Kürze eines Vokals; **quantitativ** mengenmäßig

Quantité négligeable *w. (frz.)* Belanglosigkeit

Quantum *s. (lat.)* abgemessene Menge (Mz. Quanten)

Quarantäne *w. (frz.)* räumliche Absonderung von Infizierten oder infektionsverdächtigen Personen

Quarks *Mz.* kleinste Elementarteilchen

Quart *w. (lat.)* Fechthieb

Quarta *w. (lat.)* dritte Gymnasialklasse

Quartaner *m.* Schüler der Quarta

Quartal *s. (lat.)* Vierteljahr

Quartett *s. (lat.)* 1. Musikstück für vier Stimmen oder vier Instrumente; 2. Gruppe von vier Personen; 3. Kartenspiel

Quartier *s. (lat.)* Unterkunft, Nachtlager

Quartier latin *s. (frz.)* Universitätsviertel von Paris

Quasar *m. (lat.)* Stern mit extrem starker Radiofrequenzstrahlung

quasi *(lat.)* gleichsam, sozusagen, gewissermaßen

Queen *w. (engl.)* Königin von England

Querele *w. (lat.)* Klage, Streit, meist *Mz.* **Querelen**

Querulant *m. (lat.)* Nörgler, einer, der sich immer benachteiligt fühlt; Eigw. **querulatorisch**

Queue *s. (frz.)* Billardstock; **Queue** *w.* lange Reihe, Menschenschlange

Quiche *w. (frz.)* franz. Speckkuchen

Quickie *s. (engl.)* Geschlechtsverkehr ohne Umschweife

Quidproquo *s. (lat.)* Verwechslung einer Sache mit einer anderen

Quietismus *m. (lat.)* Erstrebung des Seelenfriedens durch tatenlose Lebenshaltung; **Quietist** *m.* Anhänger des Quietismus; Eigw. **quietistisch**

Quilt *m. (engl.)* gesteppte Bettdecke mit Applikationen

Quinta *w.* zweite Gynmasialklasse; **Quintaner** *m.* Schüler der Quinta

Quintessenz *w. (lat.)* das Wesentliche, der Kern

Quintett *s. (itl.)* 1. Musikstück für fünf Stimmen oder Instrumente; 2. Gruppe von fünf Personen

Quiproquo *s. (lat.)* Verwechslung einer Person mit einer anderen

Quirinal *m.* einer der sieben Hügel Roms mit dem ehemaligen Königspalast

quitt *(frz.)* ausgeglichen, wett; **quittieren** 1. Empfang bestätigen; 2. Dienst aufgeben; 3. etwas vergelten; **Quittung** *w.* 1. Empfangsbestätigung; 2. Vergeltung

Quiz *s. (engl.)* Frage- und Antwortspiel; **Quizmaster** *m.* Spielleiter eines Quiz'

quod erat demonstrandum *(lat.)* was zu beweisen war

Quote *w.* verhältnismäßiger Anteil, Teilbetrag; **Quotient** *w.* Ergebnis einer rechnerischen Teilung; **quotisieren** anteilmäßig verteilen; Hptw. **Quotisierung** *w.*

quo vadis? *(lat.)* wohin gehst du?

Rabatt *m. (itl.)* Preisnachlass; Ztw. **rabattieren**; **Rabatte** *w. (frz.)* schmales Beet, Randbeet

Rabauke *m. (niederl.)* sich wüst aufführender Jugendlicher

Rabbi *m. (hebr.)* Ehrentitel für jüdische Gesetzeslehrer; **Rabbinat** *s.* Amt eines Rabbiners; **Rabbiner** *m.* von der jüdischen Gemeinde berufener Religionslehrer und Seelsorger

rabiat *(lat.)* 1. wütend; 2. rücksichtslos; **Rabies** *w.* Tollwut

Rabulist *m. (lat.)* Wortverdreher, Haarspalter, Rechtsverdreher; **Rabulistik** *w.* Gerede, Argumentationsweise eines Rabulisten; Eigw. **rabulistisch**

Rachitis *w. (gr.)* Vitamin-D-Mangel-Krankheit mit Knochenfehlentwicklung; Eigw. **rachitisch**

Radar *m.* oder *s. (engl.)* **radio detecting and ranging** – Funkverfahren zur Ortung, von Objekten

radial, **radiär** *(lat.)* strahlenförmig; **Radiation** *w.* Strahlung; **Radiator** *m.* Wärmestrahler, Heizofen

radikal *(lat.)* 1. unbedingt, kompromisslos, ohne Zugeständnisse; 2. restlos, ganz und gar, vollständig; Hptw. **Radikalismus** *m.* kompromissloser Einsatz für ein Ziel, kompromissloses Vorgehen

Radikalkur *w.* Rosskur

Radikand *m.* Zahl, aus der die Wurzel gezogen wird

Radio *s.* *(lat.)* 1. Rundfunk; 2. Rundfunkgerät

Radioaktivität *w.* Eigenschaft mancher Atomkerne, sich spontan in andere Atomkerne zu verwandeln, wobei Strahlungsenergie frei wird

Radiologie *w.* *(lat.)* Lehre von den radioaktiven und Röntgenstrahlen

Radiometer *s.* Strahlungsmessgerät; **Radioskopie** *w.* Durchleuchtung mit Röntgenstrahlen

Radius *m.* *(lat.)* 1. Halbmesser des Kreises und der Kugel; 2. Unterarmknochen, Speiche

radizieren *(lat.)* aus einer Zahl die Wurzel ziehen

Radon *s.* *(lat.)* radioaktives Element

Radschah *m.* *(sanskr.)* indischer Fürstentitel

Raffinade *w.* *(frz.)* geläuterter Zucker

Raffinage *w.* *(frz.)* Verfeinerung, Veredelung; **Raffinesse** *w.* 1. Raffinement; 2. berechnendes und taktisch geschicktes Vorgehen; **raffinieren** Reinigung von Zucker, Öl und anderen Naturprodukten; **raffiniert** 1. geläutert, geklärt, gereinigt; 2. durchtrieben, gerissen 3. mit Raffinesse

Raga *m.* *(sanskr.)* indisches Tonleitermodell aus vielen Tausend Melodieweisen

Rakete *w.* *(itl.)* 1. Feuerwerkskörper; 2. militärischer oder ziviler Flugkörper mit Treibsatzantrieb

RAM *s.* *(engl.)* **random access memory** – Arbeitsspeicher im Computer

Ramadan, **Ramasan** *m.* *(arab.)* islam. Fastenmonat

ramponieren *(frz.)* beschädigen; **ramponiert** beschädigt, mitgenommen

Rap *m.* *(engl.)* rhythmisch-schnelles Sprechen zu Musikhintergrund

Rapier *s.* *(frz.)* stumpfer Fechtdegen zum Üben

Rapport *m.* *(frz.)* 1. Bericht, Berichterstattung; 2. Wiederkehr eines Musters auf Stoffen, Teppichen usw.; Ztw. **rapportieren**; **Rapporteur** *m.* 1. Berichterstatter; 2. Winkelmesser

Rapprochement *s.* *(frz.)* politische Versöhnung, Wiederannäherung

rasant *(frz.)* stürmisch, schwungvoll; 2. flach

verlaufend (von der Flugbahn eines Geschosses); Hptw. **Rasanz** *w.*

Räson *w. (frz.)* Einsicht; zur Räson bringen jmdn. zur Einsicht bringen

Raster *m. (lat.)* 1. Liniennetz mit quadratischen Feldern; 2. Folien mit Linien oder Punkten, mit denen sich die Tonwerte eines Fotos in druckfähige Abstufungen zerlegen lassen

Rasterscan *m. (lat.-engl.)* zeilenweises Abtasten eines Bildes

Ratifikation *w. (lat.)* Bestätigung eines Vertrages; **ratifizieren** anerkennen, in Kraft setzen

Ratio *w. (lat.)* Vernunft, logischer Verstand; **rational** vernünftig, verstandesgemäß, verstandesmäßig erfassbar; **Rationalisierung** *w.* 1. zweckmäßige Vereinfachung von Produktionsvorgängen; 2. nachträgliche, bewusste Begründung unbewusster Motive; Ztw. **rationalisieren**; **Rationalismus** *m.* 1. Überzeugung, dass die Welt vernünftig organisiert und verstandesmäßig erkennbar ist; 2. Verstandes-, Vernunftglaube; **Rationalist** *m.* Vertreter des Rationalismus, Verstandesmensch; **rationalistisch** verstandesbetont, vernunftbestimmt; **rationell** zweckmäßig, durchdacht

Ration *w. (lat.)* zugeteilter Bedarf für eine bestimmte Zeit; **rationieren** einteilen

Razzia *w. (arab.-frz.)* überraschende Fahndungsaktion der Polizei

Re-, re- *(lat.)* als Vorsilbe: wieder, zurück

Reaktion *w.* 1. Rückwirkung, Gegenwirkung, Antwort; 2. chemische Wirkung; 3. Festhalten an überholten Einstellungen und Einrichtungen, Fortschrittsfeindlichkeit; 4. alle reaktionären Kräfte; **Reaktionär** *m.* politischer Rückschrittler; **reaktionär** rückschrittlich

reaktiv *(lat.)* 1. als Reaktion auf einen Reiz oder ein Problem auftretend; 2. zurückwirkend; Hptw. **Reaktivität** *w.*; **reaktivieren** wieder einsetzen, wieder wirksam machen; Hptw. **Reaktivierung** *w.*

Reaktor *m. (lat.)* 1. Gerät oder Behälter, in dem physikalische oder chemische Reaktionen ablaufen; 2. Anlage zur kontrollierten Kernspaltung

real *(lat.)* 1. wirklich, tatsächlich; 2. dinglich, stofflich, sachlich; **realisieren** 1. verwirklichen, in die Tat umsetzen; 2. zu Geld machen; 3. durch Bewusstmachung eine Sache begreifen; Hptw. **Realisierung** *w.*;

Realismus *m.* 1. realistische Einstellung, Wirklichkeitssinn; 2. wirklichkeitsnahe Darstellung in der Kunst; 3. Auffassung, dass die Dinge unabhängig vom menschlichen Bewusstsein existieren und durch Wahrnehmung und Denken erkannt werden können; **Realist** *m.* l. Anhänger des Realismus; 2. Tatsachenmensch; **realistisch** wirklichkeitsnah, nüchtern, illusionsfrei

Realität *w.* Wirklichkeit, Tatsache, Gegebenheit; **realiter** tatsächlich, in Wirklichkeit

Reallohn *m.* Lohn nach allen Abzügen

Realschule *w.* Mittelschule

Realtime *w. (engl.)* die Zeit, die ein Computer für die Durchführung eines Befehls braucht, Echtzeit

Realunion *w.* Vereinigung von Staaten, die völkerrechtlich als Einheit auftreten

Reanimation *w. (lat.)* Wiederbelebung; Ztw. **reanimieren**

Reaumur veraltete Thermometerskala, die den Abstand zwischen Gefrier- und Siedepunkt in 80 Grad einteilt

Rebell *m. (lat.)* Aufständischer; **rebellieren** sich auflehnen; **Rebellion** *w.* Aufstand, Auflehnung; **rebellisch** 1. aufbegehrend, widersetzlich; 2. aufständisch

Receiver *m. (engl.)* Kombination von Empfänger (Radio) und Verstärker; dank DVD-Technik sind 6 und mehr Lautsprecheranschlüsse mit entsprechendem Raumklang möglich

Reconquista *w. (span.)* Kampf christlicher Kräfte zwischen dem 8. bis 15. Jahrhundert gegen die arabische Herrschaft auf der Iberischen Halbinsel

Recorder *m.* Gerät zur magnetischen Aufzeichnung von Ton- und Bildmaterial

Recycling *s. (engl.)* Wiederverwertung, Rückgewinnung gebrauchter Materialien; Ztw. **recyceln**

Redakteur *m. (frz.)* Angestellter bei Verlagen, Rundfunk- oder Fernsehanstalten, der Beiträge auswählt und bearbeitet oder selbst erstellt; **Redaktion** *w.* 1. alle Redakteure; 2. Raum, Büro der Redakteure; **redaktionell** durch die Redaktion; **Redaktor** *m.* Herausgeber wissenschaftlicher Werke; **redigieren** für die Veröffentlichung überarbeiten

Redoute *w. (frz.)* 1. Burg; 2. Maskenball; 3. Tanzsaal

Reduktion *w. (lat.)* 1. Verringerung, Herabsetzung, Verminderung; 2. Entzug von Sauerstoff aus einer Verbindung

redundant *(lat.)* überflüssig

Reederei *w.* Schifffahrtsunternehmen

reell (*lat.*) 1. begründet, zuverlässig, wirklich; 2. anständig, gediegen

Refektorium *s. (lat.)* Speisesaal eines Klosters

Referat *s. (lat.)* 1. Fachabteilung, Sachgebiet; 2. Vortrag über ein Thema; **Referent** *m.* 1. jmd., der ein Referat hält; 2. Sachbearbeiter; **referieren** berichten, ein Referat halten

Referendar *m. (lat.)* in praktischer Berufsausbildung stehender Beamtenanwärter mit akademischem Abschluss

Referendum *s. (lat.)* Volksentscheid

Referenz *w. (lat.)* Empfehlung

Refinanzierung *w. (lat.)* Kreditaufnahme, um Kredite geben zu können

Reflation *w. (engl.)* Erhöhung des Geldumlaufs, um einer Depression entgegenzuwirken

Reflexion *w.* 1. Zurückwerfen elektromagnetischer oder anderer Wellen; 2. prüfendes Denken; **reflexiv** rückbezüglich

Reflexivpronomen *s.* rückbezügliches Fürwort

Reform *w. (lat.)* Umgestaltung, Neugestaltung, Verbesserung

Reformation *w.* 1. Erneuerung, Umgestaltung; 2. Glaubensbewegung des 16. Jahrhunderts, die zur Entstehung des Protestantismus führte; **Reformator** *m.* 1. Erneuerer, Umgestalter; 2. Begründer der historischen Reformation; reformatorisch umgestaltend, erneuernd; **reformieren** umgestalten, erneuern; **reformiert** evang.-reformiert; **Reformismus** *m.* Bewegung zur Verbesserung gesellschaftlicher Verhältnisse durch Reformen, nicht durch Revolution

Refrain *m. (frz.)* sich wiederholende Wortfolge; Kehrreim

Regal *s.* (Herk. unsicher) Gestell mit Fächern

Regatta *w. (itl.)* Bootswettfahrt

Regeneration *w. (lat.)* 1. Neubildung von Geweben und Zellen; 2. Rückgewinnung von chemischen Stoffen; 3. Wiederauffrischung, Erneuerung; **regenerieren** erneuern, auffrischen, wiedergewinnen

Regent *m. (lat.)* Herrscher; **Regentschaft** *w.* Regierungszeit eines Herrschers

Regie *w.* (*frz.*) künstlerische Leitung bei Theater oder Film

regieren *(lat.)* herrschen, die Politik leiten; **Regierung** *w.* oberstes Organ, alle Personen, die regieren

Regime *s.* *(frz.)* 1. Regierungsform, Herrschaftsform; 2. Diätvorschrift

Regiment *s.* *(lat.)* 1. Truppeneinheit; 2. Herrschaft, Leitung

Region *w.* *(lat.)* 1. Bereich, Bezirk, Gegend; 2. Körperbezirk, Organabschnitt

Register *s.* *(lat.)* 1. alphabetisches Stichwortverzeichnis in Büchern; 2. amtliches Verzeichnis von Urkunden; 3. Einlage in Briefordnern, in Geschäftsbüchern; 4. Orgelpfeifengruppe aus einem Klangbereich

Registertonne *w.* *(lat.)* Maß für den Laderaum eines Schiffs

Registratur *w.* *(lat.)* 1. Briefablage; 2. die Registerzüge einer Orgel; **registrieren** 1. aufzeichnen, verzeichnen; 2. kommentarlos wahrnehmen; 3. Register an der Orgel ziehen; Hptw. **Registrierung** *w.*

Reglement *s.* *(frz.)* alle Regeln für einen Bereich; **reglementieren** durch Vorschriften regeln, einschränken; **Reglementierung** *w.* 1. das Reglementieren; 2. Beaufsichtigung durch eine Behörde oder Polizei

Regress *m.* *(lat.)* Ersatzanspruch, Erstattungsanspruch; **Regression** *w.* 1. Zurückweichen des Meeres; 2. rückläufige Tendenz in der wirtschaftlichen Entwicklung; 3. das Zurückfallen in kindliche Handlungs- und Erlebnisweisen; **regressiv** 1. sich zurückbildend; 2. psychologisch zurückfallend; 3. einen Regress betreffend; **Regresspflicht** *w.* Ersatzpflicht

Regulär *m.* *(lat.)* Ordensgeistlicher

regulär *(lat.)* vorschriftsmäßig, üblich; **Regularität** *w.* Regelmäßigkeit; **Regulation** *w.* Regelung, Ausgleich; **Regulativ** *s.* regelnde Bestimmung, regelndes Element; **regulativ** regulierend; **Regulator** *m.* 1. Regler, regulierende Kraft; 2. Uhr mit Ausgleichspendel; **regulatorisch** steuernd, regelnd; **regulieren** regeln, ordnen, in Ordnung bringen, einstellen; Hptw. **Regulierung** *w.*

Rehabilitation *w.* Wiedereingliederung eines Patienten in sein altes oder ein neues berufliches und gesellschaftliches Umfeld; **rehabilitieren** 1. jmds. Ansehen wiederherstellen; 2. wiedereingliedern; **Rehabilitierung** *w.* Wiederherstellung des sozialen Ansehens

Reibach *m. (jidd.)* Gewinn, Vorteil

Reinkarnation *w. (lat.)* Wiederverkörperung, Übergang der Seele in einen anderen Körper, Seelenwanderung; **reinkarnieren** sich wieder verkörpern

Reintegration *w. (lat.)* Wiedereingliederung; Ztw. **reintegrieren**

Rekapitulation *w. (lat.)* Wiederholung, Zusammenfassung; Ztw. **rekapitulieren**

Reklamation *w. (lat.)* Beanstandung; **Reklame** *w. (frz.)* Werbung; **reklamieren** *(lat.)* 1. Beschwerde führen, Einspruch erheben, beanstanden; 2. für sich beanspruchen, Anspruch erheben

rekognoszieren *(lat.)* die Echtheit oder Identität beglaubigen

Rekompensation *w. (lat.)* Entschädigung; **rekompensieren** entschädigen

rekonstruieren *(lat.)* l. den früheren Zustand wiederherstellen, nachbilden; 2. einen Hergang in Erinnerung rufen; Hptw. **Rekonstruktion** *w.*

Rekonvaleszent *m. (lat.)* Genesender; **rekonvaleszent** auf dem Wege zur Gesundung; **Rekonvaleszenz** *w.* Genesung

Rekonziliation *w. (lat.)* Wiederaufnahme in die kath. Kirche

Rekord *m. (engl.)* Höchstleistung, Höchstmaß

Rekreation *w. (lat.)* Erholung

Rekreditiv *s. (lat.)* offizielles Antwortschreiben auf die Abberufung eines Diplomaten

Rekrut *m. (frz.)* Soldat in der ersten Ausbildungszeit; **rekrutieren** Soldaten ausheben; **sich rekrutieren** sich zusammensetzen aus, sich ergänzen aus; Hptw. **Rekrutierung** *w.*

Rektifikation *w. (lat.)* 1. Bestimmung der Länge einer mathematischen Kurve; 2. Trennung durch wiederholte Destillation von Flüssigkeiten, Ztw. **rektifizieren**

Rektor *m. (lat.)* Leiter einer Schule; **Rektorat** *s.* Amtsraum und Amt des Rektors

rekurrieren *(lat.)* Bezug nehmen, zurückgreifen auf etwas; **Rekurs** *m.* Rückgriff, Bezugnahme

Relais *s. (frz.)* l. Station zum Auswechseln von Kutschenpferde; 2. Schaltvorrichtung zum Ein- oder Ausschalten eines Arbeitsstromkreises; **Relaisstation** *w.* Funkstation als Zwischenstation zur Weiterleitung von UKW- und Fernsehsendungen vom Sender zum Empfänger

Relation *w. (lat.)* Beziehung, Verhältnis; **relativ** 1. vergleichsweise, verhältnismäßig, entsprechend; 2. bedingungs-, standpunktabhängig, bedingt; 3. bezüglich; **Relativismus** *m.* 1. Lehre, nach der nur die Relationen zwischen Dingen, nicht aber diese selbst erkennbar sind; 2. Annahme, dass Erkenntnisse und Werte nicht absolut, sondern nur in Abhängigkeit von bestimmten Bedingungen gültig sind; Eigw. **relativistisch**; **relativieren** etwas in seiner Bedingtheit sehen, einschränken; **Relativität** *w.* Bedingtheit; **Relativitätstheorie** *w.* Theorie, nach der physikalische Größen wie Raum, Zeit und Masse als relativ anzusehen sind, weil sie vom Bewegungszustand des Beobachters abhängig sind

Relativpronomen, **Relativum** *s.* bezügliches Fürwort

Relaxation *w. (lat.)* 1. Entspannung, Erschlaffung der Muskulatur; 2. Wiederherstellung eines chemischen oder physikalischen Gleichgewichts; **relaxed** *(engl.)* entspannt, gelöst; **relaxen** sich entspannen, sich erholen; Hptw. **Relaxing** *s.*

Relegation *w. (lat.)* Verweisung von Schule oder Hochschule; Ztw. **relegieren**

relevant *(frz.)* erheblich, wesentlich

Relevanz *w.* Gewichtigkeit, Bedeutung

Reliabilität *w. (engl.)* Zuverlässigkeit, Verlässlichkeit

Relief *s. (frz.)* 1. aus einer Fläche herausgearbeitete plastische Formen; 2. Geländeoberfläche; 3. plastisch wirkende Landkarte

Religion *w. (lat.)* 1. Glaube an eine übersinnliche Instanz; 2. religiöses Bekenntnis; **religiös** fromm, gläubig; **Religiose** *m.* und *w.* Mitglied einer religiösen Vereinigung; **Religiosität** *w.* religiöse Einstellung, Frömmigkeit, Gläubigkeit; **religioso** *(itl.)* Musik: andächtig

Relikt *s. (lat.)* Überbleibsel, Restbestand

Reling *w. (niederl.)* Schiffsgeländer

Reliquiar *s. (lat.)* Reliquienbehälter; **Reliquie** *w.* Überrest eines Heiligen oder eines mit ihm zusammenhängenden Gegenstandes

Reluktanz *w. (lat.)* magnetischer Widerstand

Remake *s. (engl.)* Neuverfilmung, Neufassung

remanent *(lat.)* zurückbleibend, verbleibend; **Remanenz** *w.* Restmagnetismus

Reminiszenz *w. (lat.)* Erinnerung, Anklang, Wiedererinnerung

remis *(frz.)* unentschieden; **Remis** *s.* unentschiedenes Spiel

Remission *w. (lat.)* 1. Reflexion von Leuchtdichten; 2. Nachlassen von Krankheitssymptomen; 3. Rücksendung; **Remittenden** *Mz.* unverkaufte Bücher oder Druckschriften, die an den Verlag zurückgehen; **Remittent** *m.* Wechselnehmer; **remittieren** 1. zurücksenden; 2. Zahlung zukommen lassen; 3. nachlassen

Ren *s. (skandin.)* Rentier

Renaissance *w. (frz.)* 1. Epoche vom 14. bis 16. Jh.; 2. Wiederaufleben, Wiederbelebung, neue Blüte

Rendezvous *s. (frz.)* l. Stelldichein, Verabredung; 2. Annäherung, Koppelung

Rendite *w. (itl.)* Zinsertrag

Renegat *m. (lat.)* Abtrünniger, jmd., der seinen Glauben oder seine politische Überzeugung wechselt

Renommee *s. (frz.)* guter Ruf; **renommieren** prahlen, angeben; **renommiert** angesehen, namhaft; **Renommist** *m.* Aufschneider, Prahler

Renovation, **Renovierung** *w. (lat.)* Erneuerung, Instandsetzung; **renovieren** instand setzen, herrichten

rentabel *(lat.-frz.)* einträglich, Gewinn bringend; **Rentabilität** *w.* Verhältnis zwischen eingesetztem Kapital und Ertrag, Wirtschaftlichkeit; **Rentier** *m.* Rentner; **rentieren** Gewinn einbringen, sich lohnen

Reorganisation *w. (lat.)* Neugestaltung, Umorganisation; **Reorganisator** *m.* Neugestalter; **reorganisieren** umorganisieren, neu gestalten, wiedereinrichten

Reparation *w. (lat.)* Kriegsentschädigung, Ersatzleistung; **Reparatur** *w.* Ausbesserung, Instandsetzung; **reparieren** ausbessern, wiederherstellen

Replik *w. (frz.)* 1. Erwiderung, Gegenrede; 2. Kopie eines Werkes durch den Künstler selbst; 3. Wiederholung eines musikalischen Themas; **Replikat** *s.* originalgetreue Kopie eines Kunstwerks; **Replikation** *w.* Reproduktion, Vervielfältigung; **replizieren** 1. erwidern, entgegnen; 2. eine Kopie vom Künstler selbst herstellen

Reportage *w. (frz.)* Bericht, Berichterstattung; **Reporter** *m.* Berichterstatter für Zeitung, Radio, Fernsehen

repräsentabel *(lat.)* ansehnlich, wirkungsvoll; **Repräsentant** *m.* Vertreter, Abgeordneter; **Repräsentantenhaus** *s.* zweite Kammer, Volksvertretung; **Repräsentanz** *w.* Vertretung eines Unternehmens, Geschäftsvertretung

Repressalie *w.* (Mz. Repressalien) *(lat.)* Druckmittel, Vergeltungsmaßnahme; **Repression** *w.* Unterdrückung; **repressiv** hemmend, unterdrückend

Reprint *m.* *(engl.)* Neudruck eines vergriffenen Werkes

Reprise *w.* *(frz.)* l. Wiederaufnahme eines Theaterstücks oder Films, Neuauflage einer Schallplatte; 2. Wiederholung eines Musikabschnitts; 3. Erholung von Börsenkursen

Reprivatisierung *w.* *(lat.)* Zurückführung verstaatlichter Unternehmen in Privatbesitz; Ztw. **reprivatisieren**

Reproduktion *w.* *(lat.)* 1. Vervielfältigung, druckmäßige Wiedergabe eines Bildes; 2. Fortpflanzung, Vermehrung; **reproduzieren** vervielfältigen, nachschaffen, wiederherstellen

Reptil *s.* *(lat.)* Kriechtier (Mz. Reptilien)

Republik *w.* *(lat.)* Staat, der nicht von einem Fürsten, Monarchen o. a. regiert wird; **Republikaner** *m.* Anhänger der republikanischen Staatsform; Eigw. **republikanisch**

repulsiv *(lat.)* abweisend, abschlägig; Hptw. **Repulsion** *w.*

Reputation *w.* *(lat.)* Ansehen; **reputierlich** achtbar, ehrbar

Requiem *s.* *(lat.)* kath. Seelenmesse

requiescat in pace *(lat.)* er (sie) ruhe in Frieden

requirieren *(lat.)* 1. beschlagnahmen; 2. nachforschen; **Requisit** *s.* 1. Ausstattungsstück im Theater oder Film; 2. Zubehörteil; **Requisite** *w.* Raum für Requisiten; **Requisiteur** *m.* Verwalter der Bühnenausstattung; **Requisition** *w.* 1. Beschlagnahme; 2. Nachforschung; 3. Ersuchen einer Behörde um Rechtshilfe

Res cogitans *w.* *(lat.)* das denkende Wesen, Seele, Bewusstsein, Geist

Reservat *s.* *(lat.)* 1. Sonderrecht; 2. Schutzgebiet für Tiere und Pflanzen

Reserve *w.* *(frz.)* 1. Vorrat, Rücklage; 2. Zurückhaltung; 3. Ersatzheer, Ersatztruppe, alle Ersatzspieler im Sport; **reservieren** aufbewahren, vorbehalten, zurücklegen; **reserviert** zurückhaltend, kühl; **Reservist** *m.* Soldat des Ersatzheers; **Reservoir** *s.* Sammelbecken, Sammelbehälter

resezieren *(lat.)* operativ entfernen

Residenz *w.* *(lat.)* Sitz eines Staatsoberhaupts oder Bischofs; **residieren** seinen Wohnsitz haben, Hof halten

Resignation *w.* *(lat.)* das Resignieren; **resignieren** sich abfinden, den Mut verlieren, sich in das Schicksal ergeben; Eigw. **resigniert**, **resignativ**

Resistance *w.* *(frz.)* französische Widerstandsbewegung im Zweiten Weltkrieg gegen die deutsche Besatzungsmacht; **resistent** 1. widerstandsfähig gegen Krankheitserreger; 2. reagiert nicht mehr auf Antibiotika; 3. unempfänglich, unbeeinflussbar; **Resistenz** *w.* *(lat.)* 1. Gegenwehr, Widerstand; 2. Widerstandskraft gegen Krankheiten; Ztw. **resistieren**

resolut *(lat.)* entschlossen, forsch; **Resolution** *w.* Entschließung, schriftliche Erklärung von Forderungen

Resonanz *w.* *(lat.)* 1. Mitschwingen, Mittönen eines Körpers mit gleicher Frequenz; 2. Reaktion auf etwas

resorbieren *(lat.)* aufsaugen, einsaugen

Resozialisierung *w.* *(lat.)* Wiedereingliederung von entlassenen Strafgefangenen in die Gesellschaft

Respekt *m.* *(lat.)* 1. Achtung, Ehrerbietung; 2. Scheu; **respektabel** achtbar, angesehen, Achtung gebietend; **respektieren** achten, anerkennen; **respektive** beziehungsweise

Respiration *w.* *(lat.)* Atmung; **respiratorisch** die Atmung betreffend; **respirieren** atmen

Ressentiments *(frz.)* 1. aus Vorurteilen gespeiste Abneigung

Ressort *s.* *(frz.)* Amtsbereich, Arbeitsgebiet, Aufgabengebiet

Ressource *w.* *(frz.)* 1. Hilfsquelle, Geldmittel, Reserve; 2. Gesamtheit der Produktionsfaktoren

Restant *m.* *(lat.)* 1. Rückstand; 2. Ladenhüter; 3. zahlungsrückständiger Schuldner

Restaurant *s.* (*frz.*) Gasthaus, Speisehaus

Restauration *w.* *(lat.)* 1. Wiederherstellung eines Kunstwerks; 2. politisch rückwärts gewandte Kräfte; **Restaurator** *m.* Fachmann für die Restauration von Kunstwerken; **restaurieren** wiederherstellen; Hptw. **Restaurierung** *w.*

Restriktion *w. (lat.)* Einschränkung; restriktiv einschränkend; **restringieren** 1. einschränken; 2. zusammenziehen

Resümee *s. (frz.)* Übersicht, Zusammenfassung, Überblick; **resümieren** zusammenfassen, ein Resümee ziehen

Resurrektion *w. (lat.)* Auferstehung

Retabel *s. (lat.)* Altarwand

Retardation *w. (lat.)* Verzögerung, Verlangsamung eines Vorgangs; **retardieren** verzögern, hemmen, verlangsamen; **retardierendes Moment** hemmender Umstand; **retardiert** zurückgeblieben in der körperlichen oder geistigen Entwicklung

Retorte *w.* Kugelgefäß mit langem Hals für chemische Untersuchungen; **aus der Retorte** auf künstlichem Wege hergestellt; **Retortenbaby** *s.* entsteht durch künstliche Befruchtung außerhalb des Mutterleibs und Austragung im Mutterleib

retour *(frz.)* zurück; **retournieren** 1. Waren zurückschicken; 2. gegnerischen Tennisball zurückschlagen; **Retourkutsche** *w.* Revanche mit Worten

Retribution *w. (lat.)* Wiedererstattung

Retro-, retro- *(lat.)* als Vorsilbe: zurück, rückwärts, wieder

Retrospektion *w. (lat.)* Rückschau; **retrospektiv** rückblickend, rückschauend

Retrospektive *w.* Ausstellung oder Filmreihe, die das Gesamtwerk eines Künstlers im Rückblick vorstellt

Retusche *w. (frz.)* Überarbeitung, Korrektur von Fotos, Druckvorlagen, Filmen; **Retuscheur** *m.* jmd., der berufsmäßig retuschiert; **retuschieren** 1. korrigieren, überarbeiten; 2. schönfärben, einen Sachverhalt beschönigen oder verklären

Revanche *w. (frz.)* 1. Rache; 2. Gegenleistung; 3. Möglichkeit, eine sportliche Niederlage wettzumachen; **sich revanchieren** 1. vergelten, heimzahlen; 2. sich erkenntlich zeigen, wettmachen

Revanchismus *m. (frz.-russ.)* Vergeltungspolitik, um im Krieg verlorene Gebiete zurückzugewinnen; Eigw. **revanchistisch**

Reverend *m. (engl.-lat.)* Titel der Geistlichen in England und Amerika (Abk. Rev.)

Reverenz *w.* Ehrenbezeigung, Verbeugung

Revers[1] *m. (lat.)* Erklärung, Verpflichtungsschein

Revers[2] *s. (frz.)* Jackenaufschlag; **Reversale** *s. (lat.)* Verpflichtungserklärung eines Staates, internationale Verträge einzuhalten; **reversibel** 1. umkehrbar; 2. heilbar; **reversieren** umsteuern, bei Maschinen den Gang umschalten; **Reversing** *s. (engl.)* Zurückspulen eines Ton- oder Videobands; **Reversion** *w. (lat.)* Umkehrung, Umdrehung

revidieren *(lat.)* 1. nachprüfen, überprüfen, kontrollieren; 2. korrigieren; **Revision** *w.* 1. Kontrolle, Nachprüfung; 2. Korrektur; **Revisionismus** *m.* 1. auf Abänderung bestehender völkerrechtlicher Zustände ausgehende Bestrebungen, 2. Richtung der Sozialdemokratie im 19. Jh.; Eigw. **revisionistisch**; **Revisor** *m.* Rechnungsprüfer, Wirtschaftsprüfer

Revier *s. (frz.)* 1. Polizeidienststelle; 2. Jagdgebiet; 3. Abbaugebiet im Bergwerk; 4. Sanitätsbereich; 5. Tätigkeitsbereich, Gebiet, Bezirk

Revokation *w. (lat.)* 1. Widerruf; 2. Abberufung

Revolte *w. (frz.)* Aufruhr, Aufstand; **revoltieren** sich auflehnen, sich empören, eine Revolte veranstalten

Revolution *w. (lat.)* 1. Umwälzung, Umsturz der politisch-sozialen und kulturellen Ordnung; 2. eine die bisherigen Wissensbestände umwälzende Erkenntnis oder Erfindung; **revolutionär** umwälzend, umstürzlerisch; **Revolutionär** *m.* einer, der das Bestehende revolutioniert; **revolutionieren** umwälzen, umstürzen, grundlegend verändern

Revolver *m. (lat.)* 1. Handfeuerwaffe mit Trommelmagazin; 2. Vorrichtung zum Einspannen von Werkzeugen an Werkzeugmaschinen; **Revolverpresse** *w.* Sensationspresse; **revolvieren** zurückdrehen

Revue *w. (frz.)* 1. Rundschau, Überblick; 2. Bühnenstück mit großer Ausstattung

Rezensent *m. (lat.)* Kritiker, der Rezensionen verfasst; **rezensieren** eine Arbeit kritisch besprechen; **Rezension** *w.* Kritik, Besprechung; **Rezensionsexemplar** *s.* vom Verlag für eine Rezension zur Verfügung gestelltes Buch

Rezept *s. (lat.)* 1. Arztanweisung für Apotheker; 2. Kochanleitung; **rezeptieren** verschreiben, verordnen; **Rezeption** *w.* 1. Übernahme, Aufnahme von Eindrücken; 2. Empfangsstelle, Aufnahmeraum; **rezeptiv** passiv aufnehmend, empfänglich; **Rezeptivität** *w.* Aufnahmefähigkeit, Empfänglichkeit für Eindrücke; **Rezeptor** *m.* reizempfindliches Ende von Nervenfasern; **Rezeptur** *w.* Anfertigung verordneter Arzneien in der Apotheke

Rezession *w.* *(lat.)* Konjunkturrückgang; **rezessiv** 1. zurückgehend, abnehmend; 2. zurücktretend

Rezidiv *s.* Rückfall; **rezidiv** *(lat.)* rückfällig, wiederkehrend; Ztw. **rezidivieren**

Rezipient *m.* *(lat.)* 1. Hörer, Leser, Betrachter; 2. Vakuumbehälter; **rezipieren** aufnehmen, übernehmen, sich zu Eigen machen, gedanklich verarbeiten

Rhapsode *m.* *(gr.)* fahrender Sänger im antiken Griechenland; **Rhapsodie** *w.* 1. Dichtung; 2. Musikstück; **rhapsodisch** 1. nach Art einer Rhapsodie; 2. bruchstückhaft

Rhea *w.* 1. in der griech. Mythologie Gattin des Kronos und Mutter des Zeus; 2. Mond des Saturns

Rhenium *s.* *(lat.)* chemisches Element

Rhesusfaktor *m.* erbliches Blutkörperchenmerkmal, das zu Antikörperbildung bei Bluttransfusionen und Schwangerschaften führen kann

Rhetor *m.* *(gr.)* Beredsamkeitslehrer in der Antike; **Rhetorik** *w.* Technik des wirkungsvollen Redens, Redekunst; **Rhetoriker** *m.* wirkungsvoller Redner; **rhetorisch** 1. den Regeln der Rhetorik entsprechend; 2. rednerisch; 3. schönrednerisch, phrasenhaft; **rhetorische Frage** Scheinfrage, die keine Antwort erfordert

Rheuma *s.*, **Rheumatismus** *m.* *(gr.)* schmerzhafte Erkrankung der Gelenke, Nerven, Muskeln und Sehnen; Eigw. **rheumatisch**; **Rheumarthritis** *w.* Gelenkrheumatismus

Rhinologie *w.* *(gr.)* Nasenheilkunde; **Rhinoskop** *s.* Nasenspiegel

Rhinozeros *s.* Nashorn

rhombisch *(gr.)* rautenförmig; **Rhombus** *m.* gleichseitiges, schiefwinkliges Viereck, Raute (Mz. Rhomben)

Rhythmus *m.* 1. periodischer Wechsel; 2. bei Musik Gliederung in lange und kurze Tondauer; 3. beim Baustil Gliederung durch wiederkehrende Elemente; Eigw. **rhythmisch**; **Rhythmusgruppe** *w.* den Rhythmus erzeugende Schlagzeuggruppe

Ribonucleinsäure *w.* chemische Verbindung in den Zellen jedes Lebewesens, die die Erbinformation von Zellkern zu Zellplasma überträgt

rien ne va plus *(frz.)* nichts geht mehr

rigid, **rigide** *(lat.)* 1. starr, fest; 2. unnachgiebig, streng; Hptw. **Rigidität** *w.*

Rigorismus *m. (lat.)* starres Festhalten an Grundsätzen; **Rigorist** *m.* hält starr an seinen Grundsätzen fest; Eigw. **rigoristisch**; **rigoros** streng, rücksichtslos, unbeugsam; **Rigorosität** *w.* Strenge, Schärfe, Unerbittlichkeit; **Rigorosum** *s.* mündl. Doktorprüfung

Riposte *w. (frz.)* beim Fechten das sofortige Nachstoßen nach erfolgter Abwehr

Risiko *s. (itl.)* Wagnis, Verlustgefahr; **riskant** gefährlich, gewagt; **riskieren** wagen, aufs Spiel setzen

Ritual *s. (lat.)* 1. kultische Feier mit bestimmten Regeln und festgelegten Formen; 2. schematische soziale Verhaltensweise bei bestimmten Anlässen; **ritualisieren** zum Ritual machen; **Ritualisierung** *w. (lat.)* Handlungsablauf, der sich zu einem feststehenden Ritual ausgebildet hat; **rituell** zeremoniell

Ritus *m.* (Mz. Riten) Ritual, Zeremoniell

Rivale *m. (frz.)* Nebenbuhler, Mitbewerber, Konkurrent; **rivalisieren** um den Vorrang kämpfen; **Rivalität** *w.* Nebenbuhlerschaft, Gegnerschaft

Robe *w. (frz.)* 1. festliches Abendkleid; 2. Amtstracht der Richter und Anwälte

Roboter *m. (tschech.)* 1. Maschinenmensch; 2. programmgesteuerte Apparatur mit Sensoren und beweglichen Arbeitswerkzeugen, die komplexe industrielle Arbeitsgänge ausführt

robust *(lat.)* kräftig, stämmig, widerstandsfähig

Rocaille *w. (frz.)* Muschelornament des Rokokos

Rockmusik *w. (engl.)* Sammelbegriff für die populäre Musik seit den 1950er-Jahren mit Gesang, elektrischen Gitarren und Schlagzeug, die Elemente des Blues und Folksongs verbindet

Rokoko *s. (frz.)* europäischer Kunststil in der Mitte des 18. Jhs.

Rollerblades *Mz. (engl.)* einspurige Rollschuhe mit hintereinander gelagerten Rädern

Roma *Mz. (sanskr.)* ethnische Minderheit indischer Herkunft

Roman *m. (frz.)* Prosaerzählung, gehört zur literarischen Gattung; **Romancier** *m.*

Romanschriftsteller; **romanesk** 1. in der Art eines Romans; 2. fabulös; **Romanik** *w.* Kunstepoche des 11. bis 13. Jahrhunderts; Eigw. **romanisch**; **Romanistik** *w.* 1. Wissenschaft von den romanischen Sprachen und Literaturen; 2. Wissenschaft vom römischen Recht

Romantik *w. (lat.)* 1. stilgeschichtliche Epoche in Europa um 1800; 2. romantische Stimmung; **Romantiker** *m.* 1. Vertreter der Romantik; 2. Schwärmer; **romantisch** l. der Romantik zugehörig; 2. schwärmerisch, versponnen, weltfern; 3. phantastisch, märchenhaft; **romantisieren** 1. die Romantik nachempfinden, nachahmen; 2. verklären, schwärmerisch darstellen

Romantizismus *m.* 1. Romantik-Schwärmerei; 2. romantisches Stilelement

Rommé *s. (frz.)* Kartenspiel

Rondell *s. (frz.)* Rundbeet, Rundbau

röntgen mit Röntgenstrahlen einen Körper durchleuchten; **Röntgenologe** *m.* Facharzt für Röntgenuntersuchungen; **Röntgenologie** Lehre von den Röntgenstrahlen nach dem Physiker W. C. Röntgen

Roquefort *m. (frz.)* französ. Käse aus Schafsmilch

Rosette *w.* 1. rundes Ornament aus einem stilisierten Blütenkern; 2. Schleife mit vielen Schlaufen; 3. rundes Kirchenfenster; 4. Edelsteinschliff

Rosmarin *m. (lat.)* mediterrane Gewürz- und Heilpflanze

Rotation *w. (tat.)* Umdrehung um eine Mittelachse; **Rotor** *m.* l. sich drehender Maschinenteil; 2. Hubschrauberpropeller

Rotunde *w. (lat.)* Rundbau, runder Kuppelbau

Roué *m. (frz.)* Lebemann

Rouge *s. (frz.)* 1. rote Schminke; 2. Rot als Farbe beim Roulette

Roulett, **Roulette** *s.* Glücksspiel mit Kugel

Routine *w. (frz.)* Gewandtheit und Können; **Routinier** *m.* Könner; **routiniert** 1. gewandt, erfahren, perfekt; 2. gewohnheitsmäßig

Royalismus *m. (frz.)* Königstreue; **Royalist** *m.* Anhänger des Königtums

Rubel *m. (russ.)* russische Währung

Rubin *m. (itl.-lat.)* roter Edelstein

Rubrik *w. (lat.)* 1. Kategorie; 2. Spalte zum Eintragen; **rubrizieren** einordnen; **Rubrum** *s.* Inhaltsangabe auf Akten

Rudiment *s. (lat.)* verkümmerter Rest;

rudimentär 1. verkümmert; 2. nur in Ansätzen vorhanden

Ruin *m. (lat.)* 1. Zerrüttung, Untergang, Verfall; 2. Bankrott; **Ruine** *w.* zerstörtes oder verfallenes Gebäude; **ruinieren** zerstören, zugrunde richten, bankrott richten; **ruinös** zerstörerisch

Rum *m. (malai.-engl.)* Branntwein aus Zuckerrohrsaft

Rumba *m.* und *w. (span.)* aus Kuba stammender Tanz

Rupie *w. (Hindi)* Währungseinheit in Indien

rural *(lat.)* ländlich, bäuerlich

Rush *m. (engl.)* Ansturm, Endspurt

Rushhour *w.* Hauptverkehrszeit

Rustika *w. (lat.)* Mauerwerk aus roh behauenen Quadern; **rustikal** bäuerlich, derb; **Rustizität** *w.* plumpes, ungehobeltes Wesen

Ruthenium *s. (lat.)* Edelmetall

Rutil *(lat.)* Mineral und Schmuckstein

Rutin *(gr.-lat.)* gefäßabdichtendes Vitamin-P-Präparat gegen Blutgefäßschäden

Sabbat *m. (hebr.)* der jüdische Ruhetag

Sabotage *w. (frz.)* politisch motivierte Zerstörung von wichtigem Material; **Saboteur** *m.* jmd., der Sabotage betreibt; **sabotieren** 1. etwas durch Sabotageakte zerstören; 2. etwas hintertreiben

Sabres *Mz. (Iwrith)* in Israel geborene Kinder jüdischer Einwanderer

Saccharin, **Sacharin** *s. (gr.)* Süßstoff

Sadhu *m. (altind.-sanskr.)* hinduistischer Asket und Eremit

Sadismus *m.* l. sexueller Lustgewinn durch grausame Behandlung des Partners; 2. Lust an Grausamkeiten; **Sadist** *m.* jmd., der Lust aus Grausamkeiten gewinnt; Eigw. **sadistisch**; **Sadomaso** *m.* Kurzform von **Sadomasochismus** *m.* sexueller Lustgewinn durch Grausamkeiten; Eigw. **sadomasochistisch**

Safari *w. (Suaheli-arab.)* Reise oder Fußmarsch mit Trägern und landeskundiger Führung durch Afrika

Safe *m.* und *s. (engl.)* gesicherter Stahltresor für Wertsachen

Saffian *s. (russ.-pers.)* feines Ziegen- oder Schafleder

Safran *m. (frz.-arab.)* 1. Krokuspflanze;

2. daraus gewonnener gelber Farbstoff

Saga *w. (altisländ.)* l. altnordische Erzählung; 2. literarische Familienchronik

Sahib *m. (arab.)* ind. oder pakistan. Bez. für Europäer, Herr

Sake *m. (jap.)* japanischer Reiswein

Sakko *m.* oder *s. (itl.)* Herrenjackett

sakral *(lat.)* 1. geweiht; 2. der Kirche dienend; **Sakrament** *s.* Gnadenmittel der evang. und kath. Kirche; **Sakrizium** *s. (lat.)* Opfer, kath. Messopfer; **Sakrileg** Vergehen gegen religiöse Orte, Gegenstände oder Personen; **Sakristan** *m.* Mesner, Küster; **Sakristei** *w.* Nebenraum in der Kirche für den Priester und kirchliche Gegenstände; **sakrosankt** unantastbar

Sakrum *s.* Teil der Wirbelsäule

säkular *(lat.)* 1. alle hundert Jahre; 2. außergewöhnlich; 3. weltlich; **Säkularfeier** *w.* Jahrhundertfeier; **Säkularisation** *w.* Einziehung kirchlichen Besitzes durch den Staat; **Säkularisierung** *w.* Verweltlichung; Ztw. **säkularisieren**; **Säkulum** *s.* Jahrhundert, Zeitalter (Mz. Säkula)

Salär *s. (frz.)* Gehalt, Lohn

Salmiak *m. (lat.)* Ammoniakverbindung

Salon *m. (frz.)* 1. Empfangszimmer; 2. im 19. Jh. Treffpunkt literarisch-künstlerischer Kreise; 3. elegant ausgestatteter Geschäftsraum; 4. Kunstausstellung; **Salonmusik** *w.* leichte Unterhaltungsmusik, Kaffeehausmusik

salopp *(frz.)* ungezwungen

Salpingitis *w. (gr.)* Eileiterentzündung

Salpinx *w. (gr.)* 1. altgriech. trompetenartiges Instrument; 2. Eileiter

Salsa *w. (span.)* lateinamerik. Tanz

Salto *m.* Überschlag in der Luft; **Salto mortale** *m.* Salto mit mehrfachem Überschlag in großer Höhe

Salut *m. (frz.)* militärischer Ehrengruß; **salutieren** militärisch grüßen

Salvator *m. (lat.)* Erlöser, Retter

Samariter *m. (lat.)* 1. freiwilliger Krankenpfleger; 2. barmherziger Helfer

Samba *m.* und *w. (afrik.-port.)* brasilianische Lied- und Tanzform

Samisen *w. (jap.)* jap. Gitarre mit 3 Saiten aus Seide

Samos *m.* griech. Süßwein von der Insel Samos

Sampan *m. (chines.)* ostasiatisches Wohnboot

Sample *s. (engl.)* 1. Warenprobe, Muster; 2. repräsentative Gruppe in der Meinungsforschung; **Sampler** *m.* 1. CD mit Hits; 2. elektronisch gespeicherte Schall- und Klangspektren

Samsara *m. (altind.-sanskr.)* die indische Lehre von der Seelenwanderung

Samum *m. (arab.)* heißer Wüstenwind in Nordafrika und Vorderasien

Samurai *m. (jap.)* altjapanische Adelsklasse mit strengem Ehrenkodex

Sanatorium *s. (lat.)* Heilstätte mit Heilanwendungen, Kurheim

Sancta Sedes *w. (lat.)* Heiliger Stuhl

Sandale *w. (gr.)* Riemenschuh

Sandwich *(engl.)* 1. belegtes Brot; 2. Belag des Tischtennisschlägers; 3. doppeltes Plakat für Brust und Rücken des Plakatträgers

Sangria *w. (span.)* kaltes Rotweingetränk mit Früchten

Sanguiniker *m. (lat.)* besitzt ein lebhaftes, heiteres Temperament; **sanguinisch** lebhaft, temperamentvoll, impulsiv

sanieren *(lat.)* wieder in intakten Zustand versetzen; Hptw. **Sanierung** *w.*

sanitär *(lat.)* die Hygiene betreffend; **Sanitäter** *m.* Helfer in der Krankenpflege; **Sanitätswesen** *s.* Gesundheitsdienst bei den Streitkräften

Sankt *(lat.)* heilig, steht vor Heiligen- und Ortsnamen; **sanktifizieren** heilig sprechen (in der kath. Kirche)

Sanktion *w. (lat.)* 1. Zustimmung, Billigung, Anerkennung; 2. Zwangsmaßnahme; **sanktionieren** 1. bestätigen, anerkennen, gutheißen; 2. zwingen wollen, Hptw. **Sanktionierung** *w.*

Sanktissimum *s. (lat.)* Allerheiligstes, Hostie; **Sanktuarium** *s.* 1. Altarraum; 2. Reliquienbehälter

Sannyasi; **Sanyasi** *m. (sanskr.)* l. im Hinduismus ein Mensch, der der Welt entsagt hat; 2. Angehöriger einer Sekte, die sich auf hinduistische Lehren beruft

Sanskrit *s. (altind.)* altindische Schriftsprache

Saphir *m. (gr.)* 1. Edelstein; 2. Nadel, Abtastnadel für den Tonarm des Platten-spielers

sapphisch lesbisch – so wie die altgriech. Dichterin Sappho; **Sapphismus** *m.* lesbische Liebe

Sarazene *m. (arab.)* mittelalterliche Bezeichnung für Araber

Sari *m. (ind.)* indisches Frauengewand aus einem Stück

Sarkasmus *m. (gr.)* beißender Spott; **sarkas-**

tisch beißend, höhnisch
Sarkom *s. (gr.)* bösartige Bindegewebsgeschwulst
Sarkophag *m. (gr.)* altägyptischer Steinsarg
Sarong *m. (malai.)* um die Hüften geschlungener Rock malaiischer Frauen
Satan *m. (hebr.)* 1. Teufel; 2. teuflischer Mensch; Eigw. **satanisch**
Satellit *m. (lat.)* 1. Himmelskörper im Erdorbit; 2. Raumflugkörper, Erdsatellit; **Satellitenstaat** formal ein selbstständiger, politisch jedoch von einer Großmacht abhängiger Staat
Satire *w. (lat.)* zeitkritische spöttischironische Darstellung in Wort oder Bild; **Satiriker** *m.* Verfasser von Satiren; **satirisch** ironisch, spöttisch, beißend in der Kritik
Satisfaktion *w. (lat.)* Genugtuung, Ehrenerklärung
Saturation *w. (lat.)* 1. Sättigung; 2. Verfahren der Zuckergewinnung; **saturieren** *(lat.)* sättigen, zufrieden stellen; **saturiert** 1. zufrieden gestellt, wunschlos; 2. selbstzufrieden, satt
Saturn *m.* 1. römischer Gott, dem griech. Kronos entsprechend; 2. zweitgrößter Planet unseres Sonnensystems; **Saturnismus** *m.* Bleivergiftung
Satyr *m. (gr.)* Waldgeist in Bocksgestalt, Fruchtbarkeitsdämon in der griech. Mythologie
Sauna *w. (finn.)* finnisches Schwitzbad
Saurier *m. (gr.)* ausgestorbenes Riesenreptil
sautieren (*frz.*) kurz braten oder in heißem Fett schwenken
Savanne *w. (span.)* tropische Graslandschaft mit vereinzelten Bäumen und Gebüschen
Saxophon *s.* Blasinstrument mit Klarinettenschnabel
sazerdotal *(lat.)* priesterlich
Scabies *w. (lat.)* Krätze bei Menschen, Räude bei Tieren
Scaling *s. (engl.)* das Verkleinern oder Vergrößern von Bildvorlagen für Werbematerial
Scampi *Mz. (itl.)* Garnelen
Scanner *m.* tastet ein Objekt punkt- oder zeilenweise ab und speichert die ermittelten Daten im Computer
Scat *m. (engl.)* Jazzgesang mit einzelnen Silben ohne Wortsinn
Schabbes *m. (jidd.)* vgl. Sabbat
Schablone *w. (frz.)* 1. ausgeschnittene Vorlage; 2. eingefahrenes Denk- und Handlungs-

muster, Schema; **schablonisieren** 1. etwas mit Hilfe einer Schablone ausführen; 2. undifferenziert über einen Kamm scheren

Schabracke *w.* *(türk.)* 1. Satteldecke; 2. überhängende Stoffe auf Möbeln

schächten *(hebr.)* Schlachten nach religiösen Vorschriften

Schadchen *m.* und *w.* *(hebr.)* jüdische(r) Heiratsvermittler(in)

Schafott *s.* *(frz.)* Gerüst für Enthauptungen

Schah *m.* *(pers.)* persischer Herrschertitel

Schaitan *m.* *(arab.)* Teufel, Dämon

Schakti *w.* *(sanskr.)* Urkraft im Hinduismus; die weiblichen Verkörperungen hinduistischer Gottheiten

Schalmei *w.* *(gr.-frz.)* Rohrblattinstrument

Schalotte *w.* *(frz.)* kleine Zwiebel

Schaluppe *w.* *(frz.)* größeres, einmastiges Boot zum Rudern und Segeln

Schamane *m.* *(tungus.)* Zauberpriester bei asiatischen Völkern

Schamotte *w.* feuerfester Ton

schanghaien *(engl.)* Matrosen gewaltsam durch Entführung anheuern

Scharade *w.* *(frz.)* Silbenrätsel, Worträtsel

Scharia, Scheria *w.* *(arab.)* auf den Koran zurückgehendes islam. Gesetz, das als religiöses und staatliches Recht alle Lebensbereiche regelt

Scharlach *m.* *(pers.)* 1. roter Pflanzenstoff; 2. Himbeerrot, leuchtendes Rot; 3. Infektionskrankheit mit rotem Hautausschlag

Scharlatan *m.* *(frz.-itl.)* Schwindler, Aufschneider, Kurpfuscher; **Scharlatanerie** *w.* Prahlerei, Kurpfuscherei

Scharmützel *s.* *(itl.)* Geplänkel, kleines Gefecht; **scharmutzieren** plänkeln

Scharnier *s.* *(lat.-frz.)* Drehgelenk

schassen *(frz.)* hinauswerfen, unsanft entlassen

Scheherazade *w.* *(pers.)* Märchenerzählerin aus 1001 Nacht

Scheich *m.* *(arab.)* arabischer Ehrentitel für weltliche und geistliche Oberhäupter

Schekel *m.* *(hebr.)* israelische Währungseinheit

Schellack *m.* *(niederl.)* Mischung aus Baumharz und Ausscheidungen der Lackschildlaus (zur Lackherstellung)

Schema *s.* *(gr.)* Grundform, Muster, Aufriss (Mz. Schemata); **schematisch** 1. mit Hilfe eines Schemas; 2. schablonenhaft, gleichförmig; **schematisieren** in ein Schema bringen, stark vereinfachen

Schematismus *m.* unterschiedslose Behandlung

Scherif *m. (arab.)* arabischer Titel für die Nachkommen Mohammeds

scherzando (*itl.*) Musik: heiter

Schikane *w. (frz.)* 1. böswillig bereitete Schwierigkeit; 2. schwieriger Abschnitt auf einer Rennstrecke; **Schikaneur** *m.* jmd., der schikaniert; **schikanieren** plagen, triezen; **schikanös** böswillig, kleinlich

Schimäre *w. (gr.)* Trugbild, Hirngespinst; **schimärisch** gespenstisch, trügerisch

Schintoismus *m. (jap.)* frühere japan. Staatsreligion

Schirokko *m. (arab.-itl.)* schwülwarmer Mittelmeerwind

Schisma *s. (gr.)* Kirchenspaltung (Mz. Schismen); **Schismatiker** *m.* Verursacher einer Kirchenspaltung; Eigw. **schismatisch**

Schiwa *m. (sanskr.)* Gott der Zerstörung und Heilsbringer im Hinduismus

schizoid *(gr.)* seelisch zerrissen, leicht schizophren; **schizophren** 1. an Schizophrenie leidend; 2. widersprüchlich, verrückt; **Schizophrenie** *w.* Persönlichkeitsspaltung

Schlamassel *m. (jidd.)* missliche, verfahrene Lage, Unglück

Schmu *m. (jidd.)* unsauberes Geschäft; **Schmus** *m.* Schönrednerei

schmusen 1. liebkosen, kosen; 2. schmeicheln

Schoah *w. (hebr.)* hebr. Bez. für die Vernichtung der Juden während des Nationalsozialismus

Schock *m. (frz.)* 1. akutes Kreislaufversagen; 2. schwere seelische Erschütterung; **schocken** entsetzen, einen Schock versetzen; **Schocker** *m.* Schauerroman, -film; **schockieren** Anstoß erregen, empören; **schockiert** moralisch entrüstet

Schocktherapie *w.* Behandlung mit elektrischen Schocks

schofel *(hebr.)* gemein, schäbig, knauserig

Schogun *m. (jap.)* Titel eines jap. Feldherrn

Scholar, **Scholast** *m. (lat.)* fahrender Student im Mittelalter

Scholastik *w. (lat.)* bemühte sich im Mittelalter um eine Vereinbarung zwischen Theologie und antiker Philosophie; **Scholastiker** *m.* Vertreter der Scholastik; **scholastisch** 1. zur Scholastik gehörend, den Regeln der Scholastik entsprechend; 2. abgehoben, spitzfindig

Scholiast *m. (gr.)* Verfasser von Scholien

Scholien *Mz.* gelehrte Randbemerkungen auf griech. und röm. Handschriften

Schoner *m. (engl.)* Zweimastsegler

Schwadron *w. (itl.)* kleinste Truppeneinheit der Kavallerie; **Schwadronade** *w.* wortreiche Prahlerei; **Schwadroneur** *m.* Schwätzer, Angeber; **schwadronieren** prahlen, großmäulig reden

Sciencefiction *w. (engl.)* literarisch oder filmisch umgesetzte, auf wissenschaftlich-technischen Tendenzen basierende Zukunftsprojektion

Scout *m. (engl.)* 1. Pfadfinder; 2. Talentsucher; 3. Vordenker, Wegbereiter

Scratching *s. (engl.)* Hervorbringen rhythmisierender Effekte durch schnelles hin- und herdrehen einer laufenden Schallplatte

Script *s. (engl.)* Manuskript; Drehbuch; **Scriptgirl** *s.* Mitglied des Produktionsteams, das die Aufzeichnungen über jedes Detail einer Filmeinstellung führt; **Scriptorium** *s. (lat.)* Schreibraum in Klöstern

Séance *w. (frz.)* spiritistische Sitzung

Season *w. (engl.)* Saison

Seborrhöe *w. (gr.)* gesteigerte Absonderung der Hauttalgdrüsen

secondhand *(engl.)* gebraucht, aus zweiter Hand

Secret Service *m. (engl.)* britischer Geheimdienst

sedativ *(lat.)* beruhigend; **Sedativ**, **Sedativum** *s.* Beruhigungsmittel; **sedieren** beruhigen, dämpfen

Sediment *s. (lat.)* Bodensatz, Ablagerung; **sedimentär** durch Ablagerung entstanden; **Sedimentation** *w.* Ablagerung; Ztw. **sedimentieren** ablagern; **Sedimentgestein** *s.* Ablagerungsgestein

Segment *s. (lat.)* 1. Teilstück eines Ganzen; 2. Kreis- oder Kugelabschnitt; 3. Abschnitt eines Organs; **segmental** segmentförmig; **segmentär** aus Segmenten gebildet; **Segmentation** *w.* Aufteilung in Segmente

Seguidilla *w. (span.)* spanischer Tanz mit Kastagnetten

Seismik, Seismologie *w. (gr.)* Erdbebenkunde; **Seismogramm** *s.* zeichnet Erdbeben auf; **Seismograph** *m.*, **Seismometer** *s.* misst Erdbeben; **Seismologe** *m.* Erdbebenforscher

Sekans *m. (lat.)* Verhältnis der Hypotenuse zur Ankathete im rechtwinkligen Dreieck; **Sekante** *w.* Gerade, die eine Kurve schneidet

sekkant *(lat.)* lästig; **sekkieren** belästigen, schikanieren

Sekret *s. (lat.)* Ausscheidung, Absonderung einer Drüse; **sekret** *(lat.)* geheim

Sekt *m. (itl.-frz.)* Schaumwein

Sekte *w. (lat.)* religiöse, weltanschauliche oder politische, verschworene Gemeinschaft; **Sektierer** *m.* Mitglied einer Sekte; **sektiererisch** 1. einer Sekte angehörend; 2. sich auserwählt fühlend, verschworen

Sektion *w. (lat.)* 1. Bereich, Unterabteilung, Gruppe; 2. Leichenöffnung; **Sektionschef** *m.* Abteilungsleiter; **Sektor** *m.* 1. Kreisausschnitt, Kugelausschnitt; 2. Teilgebiet

Sekunda *w. (lat.)* sechste und siebte Klasse einer höheren Schule; **Sekundaner** *m.* Schüler der Sekunda; **Sekundant** *m.* 1. Kampfgehilfe, Betreuer beim Zweikampf; 2. Zeuge beim Duell; **sekundär** an zweiter Stelle, zweitrangig; **Sekundärinfektion** *w.* wiederholte Infektion eines Krankheitsherdes

Sekundogenitur *w. (lat.)* Erbrecht des Zweitgeborenen in Fürstenhäusern

Seldschuke *m. (arab.)* Mitglied eines tür. Volksstammes

Selektion *w. (lat.)* 1. Auswahl, Aussonderung; 2. natürliche Auslese bestimmter Arten; **selektiv** 1. auswählend; 2. trennscharf; Hptw. **Selektivität** *w.*

Selen *s. (gr.)* chemisches Element; **Selene** *w.* griechische Mondgöttin; **Selenographie** *w.* Physik des Mondes

Semantik *w. (gr.)* Lehre von der Bedeutung der sprachlichen Zeichen und Wörter; **semantisch** die Bedeutung eines Wortes betreffend

Semaphor *m.* Signalmast für optische Zeichen; **Semem** *s.* Bedeutungsmerkmal des sprachlichen Zeichens

Semester *s. (lat.)* Studienhalbjahr

Semi-, semi- *(lat.)* als Vorsilbe: halb

Semifinale *s. (lat.)* Vorschlussrunde bei Ausscheidungskämpfen, Halbfinale

Semikolon *s. (lat.)* Strichpunkt

Seminar *s. (lat.)* Bildungsstätte; Lehrveranstaltung, Arbeitsgemeinschaft an der Hochschule; **Seminarist** *m.* Seminarteilnehmer; Eigw. **seminaristisch**

Semiologie, Semiotik *w. (gr.)* 1. Zeichentheorie; 2. Symptomatologie

Senat *m. (lat.)* 1. höchste Regierungsbehörde im alten Rom; 2. Selbstverwaltungskörperschaft der Universitäten; 3. erste Kammer mancher Staaten wie USA; 4. Richterschaft eines höheren Gerichts; 5. Regierungsbehörde in Berlin, Bremen und Hamburg; **Senator** *m.* Mitglied eines Senats

Seneszenz *w. (lat.)* Altern, Altwerden

senil *(lat.)* 1. greisenhaft, altersschwach; 2. vergreist, wunderlich; **Senilität** *w.* Greisenhaftigkeit, Verschrobenheit

Sensation *w. (lat.)* 1. Sinnesempfindung; 2. Aufsehen erregendes Ereignis; **sensationell** unglaublich

sensibel *(lat.)* 1. empfindsam, empfindlich, feinfühlig; 2. reizempfindlich; Hptw. **Sensibilität** *w.*; **sensibilisieren** 1. empfindlich machen, die Wahrnehmungsfähigkeit verfeinern; 2. fotografische Schichten lichtempfindlich machen; 3. den Organismus gegen einen Stoff empfindlich machen; Hptw. **Sensibilisierung** *w.*

sensitiv *(lat.-frz.)* feinnervig, überempfindlich, reizbar; Hptw. **Sensitivität** *w.*

Sensor *m. (lat.)* Messfühler; **sensorisch** die Sinnesorgane betreffend

Sensorien *Mz.* Gebiete der Großhirnrinde für die Sinnesreizwahrnehmung

Sensorium *s.* Gespür

Sensualismus *m. (lat.)* führt Erkenntnisse auf Sinneswahrnehmungen zurück; **Sensualist** *m.* Vertreter des Sensualismus; **Sensualität** *w.* Empfindungsvermögen der Sinnesorgane; **sensuell** sinnlich wahrnehmbar

Sentenz *w. (lat.)* Denkspruch, Sinnspruch, Aphorismus; **sentenziös** als Sentenz gefasst

Sentiment *s. (frz.)* Gefühl, Empfindung; **sentimental** 1. gefühlsschwärmerisch; 2. rührselig; Hptw. **Sentimentalität** *w.*; **Sentimentale** *w.* weibliches Rollenfach, Darstellerin junger, gefühlvoller Frauengestalten

separat *(lat.)* gesondert, einzeln, für sich; **Separates** *Mz. (engl.)* Einzelteile; **Separation** *w. (lat.)* Abtrennung, Absonderung; **Separatismus** *m.* Loslösungsbestrebung aus einem Verband; **Separatist** *m.* Anhänger des Separatismus; Eigw. **separatistisch**

Separator *m.* Zentrifuge, Trennschleuder

Separee *s. (lat.-frz.)* Nebenzimmer, abgetrennter Raum; **separieren** trennen, loslösen, absondern

Sepia *w. (gr.)* 1. Tintenfisch; 2. schwarzbraune

Farbe aus dem Tintenbeutel des Tintenfischs

Sepsis *w. (gr.)* Blutvergiftung

Septett *s. (itl.)* 1. Komposition für sieben Stimmen oder Instrumente; 2. Gruppe von sieben Musikern

Septime *w. (lat.)* siebter Ton der diatonischen Tonleiter und Intervall zwischen Grundton und siebtem Ton

septisch *(lat.)* 1. mit Sepsis verknüpft; 2. nicht keimfrei

Sequel *s. (engl.)* Fortsetzungsfilm, Nachfolgefilm eines Erfolgsfilms

Sequenz *w. (lat.)* 1. Reihe, Aufeinanderfolge, Folge; 2. Wiederholung eines musikalischen Motivs auf einer anderen Tonstufe

Serail *s. (pers.-türk.)* Sultanspalast

Seraph *m. (hebr.)* Engel des Alten Testaments mit sechs Flügeln (Mz. Seraphim); **seraphisch** engelhaft

seren *(lat.)* heiter

Serenade *w. (itl.)* 1. Abendmusik; 2. mehrsätziges Instrumentalstück

Sergeant *m. (frz.-engl.)* Unteroffizier

Serial *(engl.)* Folge einer Fernsehserie

Serie *w. (lat.)* Reihe, Folge, Aufeinanderfolge; **seriell** 1. in Serie gefertigt, veröffentlicht; 2. nacheinander abarbeitend; **serielle Musik** *w.* eine Abart der nach dem Reihenprinzip verfahrenden Zwölftonmusik

Serigraphie *w. (gr.-lat.)* Siebdruckverfahren, Siebdruck

seriös *(frz.)* vertrauenswürdig, ernst zu nehmen, ernsthaft; Hptw. **Seriosität** *w.*

Sermon *m. (lat.)* langatmiges Gerede

Serologie *w. (gr.-lat.)* Lehre vom Blutserum; **serös** 1. aus Serum bestehend; 2. Serum absondernd

Serpentine *w. (lat.)* Schlangenlinie, Zickzackkurve

Serum *s. (lat.)* 1. der flüssige Teil des Blutes; 2. Blutserum, das Abwehrstoffe enthält (Mz. Sera, Seren)

Service[1] *s. (frz.)* Tafelgeschirr

Service[2] *m. (engl.)* 1. Kundendienst, Bedienung, Dienstleistung; 2. Aufschlag im Tennis; **servieren** *(frz.)* auftragen, bedienen; **Serviette** *w.* Mundtuch

servil *(lat.)* unterwürfig, kriecherisch; **Servilität** *w.* Unterwürfigkeit

Sesterz *m. (lat.)* altrömische Münze

Settecento *s.* (*itl.*) Stilepoche des 18. Jh. in Italien

Sèvresporzellan *s. (frz.)* Porzellan aus der Manufaktur in Sèvres bei Paris

Sex *m.* *(engl.)* 1. Sexualität; 2. Geschlechtsverkehr; **Sexappeal** *m.* sexuelle Anziehungskraft einer Person; **Sexismus** *m.* Diskriminierung eines Menschen aufgrund seines Geschlechts

Sext, Sexte *w.* *(lat.)* sechster Ton der diatonischen Tonleiter und Intervall zwischen Grundton und sechstem Ton

Sexta *w.* *(lat.)* erste Klasse einer höheren Schule; **Sextaner** *m.* Schüler der Sexta

Sextant *m.* *(lat.)* Winkelmessgerät zum Feststellen der Gestirnshöhe

Sextett *s.* *(itl.)* 1. Komposition für sechs Stimmen oder Instrumente; 2. Gruppe von sechs Musikern

Sexualität *w.* *(lat.)* Geschlechtlichkeit und daraus resultierende Verhaltensweisen bei Mensch und Tier; **Sexualorgan** *s.* Geschlechtsorgan; **sexuell** geschlechtlich, auf das Geschlechtsleben bezogen; **Sexus** *m.* Geschlecht; **sexy** *(engl.)* sexuell anziehend

Sezession *w.* Absonderung, Trennung, Loslösung

sezieren *(lat.)* Leiche öffnen und anatomisch zerlegen

SFOR *(engl.)* Stabilization Force – internationale Friedenstruppe in Bosnien-Herzegowina unter dem Oberbefehl der NATO

sforzato *(itl.)* Musik: stark betont

Shake *m.* *(engl.)* 1. Mixgetränk; 2. Modetanz der 1960er-Jahre

Shamrock *s.* *(engl.)* Kleeblatt als irisches Nationalabzeichen

Shanties *Mz.* *(frz.-engl.)* Seemannslieder

Shantungseide *w.* chinesische Rohseide

Share *m.* *(engl.)* Anteil, Aktie

Shareholder *m.* *(engl.)* Aktionär; **Shareholdervalue** *m.* Eigenkapital, das sich auf die Aktionäre aufteilt

Shareware *w.* *(engl.)* Software-Programme, die kurze Zeit kostenfrei getestet werden können

Sheriff *m.* *(engl.)* 1. höchster Gerichtsbeamter einer engl. Grafschaft; 2. gewählter Vollzugsbeamter eines amerik. Verwaltungsbezirks

Sherpa *m.* *(tibet.)* 1. tibetanische Bergbevölkerung; 2. Träger und Bergführer in Tibet

Sherry *m.* *(engl.)* spanischer Süßwein

Shop *m.* *(engl.)* Geschäft; **Shopping** *s.* Einkaufen

Shoppingcenter *s.* Einkaufszentrum

Shorts *Mz.* *(engl.)* kurze Hose

Show *w.* *(engl.)* Unterhaltungsschau; **Showbusiness** *s.* *(engl.)* Unterhaltungsbranche;

Showdown *m.* Entscheidungskampf; **Showmaster** *m.* Unterhaltunskünstler

Shredder *m. (engl.)* Zerkleinerungsmaschine

Shrimps, **Schrimps** *Mz. (engl.)* Nordseegarnele

Shuttle *m. (engl.)* 1. Raumfähre; 2. regelmäßiger Flug- oder Fahrdienst zwischen zwei Orten; 3. Vor- und Rücklaufknopf an Recordern

Sial *s.* oberste Gesteinsschicht der Erde

Siam alter Name Thailands; **siamesische Zwillinge**
verwachsene Zwillinge; **Siamosen** *Mz.* gestreiftes oder kariertes Baumwollgewebe

Sibilant *m. (lat.)* Zischlaut

Sibylle *w. (gr.)* Seherin; **sibyllinisch** geheimnisvoll, rätselhaft

Sierra *(span.)* Gebirgskette

Siesta *w. (span.)* Mittagsruhe

Sigel *s. (lat.)* Kürzel

Sightseeing *s. (engl.)* Besichtigung von Sehenswürdigkeiten

Signal *s. (lat.-frz.)* 1. bedeutungsvolles Zeichen; 2. artspezifisches Verhalten; **signalisieren** Zeichen geben; **Signatar** *m.* Unterzeichner; **Signatur** *w.* 1. vereinbartes Ordnungszeichen; 2. Unterschrift; **Signet** *s.* Marken-, Firmenzeichen; **signieren** abzeichnen, kennzeichnen; **signifikant** bezeichnend; Hptw. **Signifikanz** *w.*

Signora *w. (itl.)* Frau

Signore *m.* Herr

Signorina *w.* Fräulein

Signum *s. (lat.)* Zeichen, Signatur

Sikh *m. (Hindi)* Mitglied einer militanten hinduistisch-islamischen Religionsgemeinschaft im Pandschab

Sikkativ *s. (lat.)* Trockenmittel bei Druckfarben

Silentium! *s. (lat.)* Ruhe!

Silhouette *n (frz.)* Schattenriss

Silikon *s.* siliziumhaltiger Kunststoff

Silikose *w. (lat.-gr.)* Staublunge

Silizium *s.* chemisches Element

Simonie *w. (lat.)* Kauf und Verkauf geistlicher Ämter

simpel *(lat.)* 1. sehr einfach, unkompliziert; 2. einfältig, beschränkt; Hptw. **Simplizität** *w.*; **Simpel** *m.* Einfaltspinsel; **Simplex** *s.* unzusammengesetztes, einfaches Wort (Mz. Simplizia); **Simplifikation**, **Simplifizierung** *w.* Vereinfachung, vereinfachende Darstellung; **simplifizieren** vereinfachen; **Simplizität** *w.* 1. Einfalt; 2. Einfachheit

Simulant *m. (lat.)* täuscht etwas – meist Krankheiten – vor

Simulation *w.* 1. Vortäuschung; 2. computererzeugte Nachbildung von Vorgängen oder Verhältnissen; **simulieren** 1. vortäuschen; 2. realistisch nachbilden

simultan *(lat.)* gemeinsam, gleichzeitig; **Simultaneität**, **Simultanität** *w.* Gleichzeitigkeit, Gemeinsamkeit

Singular *m. (lat.)* Einzahl; **singular** 1. vereinzelt; 2. einzigartig; Hptw. **Singularität** *w.*; **Singularetantum** *s.* Wort ohne Mehrzahl; **singularisch** in der Einzahl

sinister *(lat.)* unheilvoll, finster

Sinn Fein *w. (gäl.)* irische Patriotenbewegung

Sinus *m. (lat.)* l. Verhältnis der Gegenkathete zur Hypotenuse im rechtwinkligen Dreieck; 2. Ausbuchtung, Hohlraum

Siphon *m. (gr.-frz.)* l. Behälter mit Druckverschluss; 2. Geruchsverschluss

Sirene *w. (gr.)* 1. dämonische Verführerin aus der griech. Mythologie; 2. Seekuh; 3. Alarmvorrichtung

Sirius *m. (gr.-lat.)* Stern im Sternbild Großer Hund

Sisyphusarbeit *w. (gr.)* nutzlose Anstrengung

Sitcom *w. (engl.)* situation comedy – Situationskomödie

Situation *w. (frz.-lat.)* Lage, Sachlage, Umstände; **situativ** umständehalber; **situiert** 1. in einer bestimmten Lage; 2. begütert

Skala *w. (itl.)* 1. Tonleiter; 2. Stufenleiter; 3. Maßeinteilung

Skalpell *s. (lat.)* chirurgisches Messer

Skandal *m. (gr.)* Aufsehen erregendes Ärgernis

Skandalon *s. (gr.)* Stein des Anstoßes; **skandalös** unerhört, anstößig

skandieren *(lat.)* 1. Verse im Rhythmus der Versfüße aufsagen; 2. abgehackt sprechen

Skelett *s. (gr.)* 1. Knochengerüst, Gerippe; 2. Traggerüst für Bauten; **skelettieren** alle Weichteile entfernen, Knochengerüst freilegen

Skepsis *w. (gr.)* 1. Zweifel; 2. Zurückhaltung, Bedenken; **Skeptiker** *m.* misstrauischer Mensch; **skeptisch** bedenklich, zur Skepsis neigend; **Skeptizismus** *m.* 1. skeptische Haltung; 2. erhebt die Skepsis zum Prinzip des Denkens

Sketch *m. (engl.)* Kurzszene mit witzig-ironischen Pointen

Sklera *w. (gr.)* äußere Haut des Auges; **Sklerophyllen** *Mz.* immergrüne Gehölze

sklerotisch verhärtet

Skopophilie *w. (gr.)* Voyeurismus

Skorbut *m. (lat.)* Mangelkrankheit durch zu wenig Vitamin C

Skotom *s. (gr.)* (teilweiser) Ausfall des Gesichtsfeldes

Skript, Skriptum *s. (lat.)* 1. das Schriftstück, schriftliche Aufzeichnung; 2. Drehbuch

Skrofulose *w.* Erkrankung der Haut- und Lymphknoten

Skrotum *s. (lat.)* Hodensack

Skrupel *Mz. (lat.)* 1. Bedenken, Gewissenszweifel, Gewissensbisse; 2. altes Apothekergewicht; **skrupulös** übergenau, selbstquälerisch

skurril *(lat.)* 1. schrullig, kauzig, verschroben; 2. befremdlich, grotesk; Hptw. **Skurrilität** *w.*

Slang *m. (engl.)* Jargon

Slicks *Mz. (engl.)* 1. profillose Rennreifen; 2. Ölfilme auf der Meeresoberfläche

Slip *m. (engl.)* 1. knappe Unterhose; 2. Seitenbewegung eines landenden Flugzeugs; 3. abfallende Ebene für den Stapellauf eines Schiffes; 4. Abrechnungs-, Belegzettel für Bankaufträge

Slipon *m.* loser Herrenmantel

Slipper *m.* Schlüpfschuh

Slogan *m.* (*engl.*) Schlagwort, Parole

Slowmotion *w. (engl.)* Zeitlupe

Slum *m. (engl.)* Elendsviertel

Smalltalk *s.* oder *m. (engl.)* unverbindliches Geplauder

Smaragd *m. (gr.)* grüner Edelstein

Smoking *m. (engl.)* dunkler Gesellschaftsanzug mit Seidenrevers

Smörrebröd *s. (schwed.)* belegtes Brot

SMS *w. (engl.)* Short Message Service – Kurzachrichten auf Handys; **smsen** SMS verschicken

Soccer *m. (engl.)* amerikan. Bez. für europäischen Fußball

Soda *w. (span.)* 1. Natriumkarbonat; 2. kohlensäurehaltiges Mineralwasser

Sodomie *w.* Geschlechtsverkehr mit Tieren; **Sodomit** *m.* jmd., der Sodomie treibt; Eigw. **sodomitisch** Sodomie treibend

soft *(engl.)* als Wortteil: weich; **soften** Fotos mit Filter weich zeichnen; **Softener** *m.* Weichmacher in der Textilverarbeitung

Softie *m.* empfindsamer Mann; **Softpornographie** *w.* filmische Darstellung sexueller Vorgänge ohne den Geschlechtsakt selbst

Software *w.* System- und Anwendungsprogramme eines Computers

Soirée *w. (frz.)* Abendgesellschaft

Sojabohne *w. (jap.)* eiweißreiche, ölhaltige Hülsenfrucht

Sol *m. (lat.)* 1. römischer Sonnengott; 2. Währungseinheit in Peru; **Solarenergie** *w.* Sonnenenergie; **Solarium** *s.* Anlage zum Körperbräunen; **Solarkonstante** *w.* Messeinheit für die Sonnenbestrahlung der Erde; **Solaröl** *s.* Öl aus Braunkohle; **Solarplexus** *m.* Nervengeflecht in der Magengrube; **Solarzelle** *w.* Halbleiter, der Sonnen- in elektrische Energie umwandelt

Soldateska *w. (itl.)* plündernde Soldaten

solid, solide *(lat.)* 1. haltbar, gediegen; 2. maßvoll, zuverlässig; Hptw. **Solidität** *w.*; **solidarisch** 1. übereinstimmend, gleich gesinnt; 2. gemeinsam, füreinander einstehend; **sich solidarisieren** sich auf jmds. Seite stellen; **Solidarität** *w.* Zusammengehörigkeitsgefühl; Eintreten füreinander; **Solidus** *m.* altrömische Goldmünze

Solitär *m.* einzeln gefasster Edelstein

Solitude *w. (frz.)* Einsamkeit

solo *(itl.)* allein, unbegleitet; **Solo** *s.* 1. Darbietung; 2. Einzelspiel, Alleingang

Solstitium *s. (lat.)* Sonnenwende (Mz. Solstitien)

solubel *(lat.)* löslich; **Solution** *w.* Lösung, Arzneilösung

solvent zahlungskräftig; **Solvenz** *w.* Zahlungsfähigkeit; **solvieren** 1. lösen, auflösen; 2. abzahlen

Soma *s. (gr.)* der Körper; **somatisch** körperlich; **Somatologie** *w.* Wissenschaft vom menschlichen Körper

Sombrero *m. (span.)* mexikanischer Hut

somnambul *(lat.)* schlafwandlerisch, mondsüchtig; **Somnambule** *m.* und *w.* Schlafwandler(in); **Somnambulismus** *m.* Schlafwandeln, Mondsüchtigkeit; **somnolent** schlaftrunken; schlafsüchtig; Hptw. **Somnolenz** *w.*

Sonant *m. (lat.)* Selbstlaut, Vokal

Sonate *w. (itl.)* mehrsätziges Instrumentalstück; **Sonatina** *w.* kleine Sonate

Sonde *w. (frz.)* 1. Abtast-, Prüf- oder Untersuchungsgerät; 2. unbemanntes Raumfahrzeug; **sondieren** 1. mit einer Sonde untersuchen; 2. vorfühlen, vorsichtig erkunden

Sonett *s. (itl.)* aus zwei Vier- und zwei Dreizeilern bestehende Gedichtform

sonor *(lat.)* 1. klangvoll, volltönend; 2. stimmhaft

Sophia *w. (gr.)* die personifizierte Weisheit Gottes, Vorstellung von göttlichen Ideen

Sophismus *m. (gr.)* Scheinbeweis, Trugschluss; **Sophist** *m.* 1. antiker Wanderlehrer; 2. Wortverdreher; **sophisticated** *(engl.)* welt- und wortgewandt, anspruchsvoll-intellektuell; **Sophistik**, **Sophisterei** *w.* spitzfindige Beweisführung, betrügerische Wortverdreherei; **sophistisch** spitzfindig

Sopran *m. (itl.)* 1. höchste Stimmlage von Knaben und Frauen; 2. Sopransängerin, Sopranistin

Sorbet *m. (frz.-arab.)* Halbgefrorenes

Sorbonne *w. (frz.)* Pariser Universität

Sortiment *s.* 1. Warenangebot, Warenauswahl; 2. Buchhandlung mit Lager; **Sortimenter** *m.* Buchhändler

SOS *(engl.)* safe our souls – internationales Seenotzeichen

Soter *m. (gr.)* 1. Retter; 2. Beiname Christi

Soteriologie *w.* theolog. Erlösungslehre

Soubrette *w.* (*frz.*) weibliches Rollenfach in Oper und Operette (jugendliche Liebhaberin)

Soufflé *s. (frz.)* lockere Eierspeise; Auflauf; **Souffleur** *m.* Einsager am Theater; **Souffleuse** *w.* Einsagerin; Ztw. **soufflieren**

Souper *s.* (*frz.*) festliches Abendessen; **soupieren** festlich zu Abend essen

Soutane *(lat.-frz.)* **Sutane** *w.* langes schwarzes Gewand des kath. Geistlichen; **Soutanelle** *w.* kurze Sutane

Souterrain *s. (frz.)* Kellergeschoss

Souvenir *s. (frz.)* Andenken, Erinnerungsgegenstand

souverän *(frz.)* 1. unabhängig; uneingeschränkt in staatl. Hoheitsrechten; 2. eine Sache überlegen beherrschend; **Souverän** *m.* Herr-scher; **Souveränität** *w.* 1. Unabhängigkeit; Hoheitsgewalt; 2. Überlegenheit

sozial 1. gesellschaftlich; 2. gemeinnützig, hilfsbereit; 3. gesellig

Sozialdemokratie *w.* 1. sozialreformerische Partei; 2. alle sozialdemokratischen Parteien

Sozialisation *w.* Einordnung des Einzelnen in die Gesellschaft; **sozialisieren** 1. in Staatsbesitz überführen; 2. die Sozialisation durchlaufen; Hptw. **Sozialisierung** *w.*

Sozialismus *m.* politische Theorien und Bewegungen, die den Kapitalismus ablehnen und eine sozial gerechte Gesellschaftsordnung anstreben; **Sozialist** *m.* Anhänger des Sozialismus; **Sozialpolitik** *w.* staatliche Maßnahmen zur Verbesserung der sozialen Verhältnisse; **Sozialwaise** *w.* Kind, um das sich keine Blutsverwandten kümmern

Sozietät *w. (lat.)* 1. Verband, Genossenschaft; 2. Vereinigung freiberuflich Tätiger zu wirtschaftlichen Zwecken; 3. Gemeinschaft bei Tieren

Soziogramm *s.* grafische Darstellung des Beziehungsgefüges einer Gruppe

Soziolekt *m. (lat.-gr.)* Gruppen- oder Fachjargon; **Soziologie** *w.* Wissenschaft von der Gesellschaft; Eigw. **soziologisch**

Soziotop *s. u. m. (lat.-gr.)* Charakter, Eigenart eines Standorts unter sozial(ökonomisch)en Gesichtspunkten

Sozius *m. (lat.)* 1. Mitgesellschafter, Geschäftsteilhaber; 2. Beifahrer auf dem Motorrad

Spacelab *s. (engl.)* space laboratory – Weltraumlabor; **Spaceshuttle** *m.* wiederverwendbarer bemannter Raumtransporter

Spagat *m. (itl.)* 1. Bindfaden; 2. akrobatische Übung

Spalier *s. (itl.)* 1. Gitterwerk für Blumen und Bäume; 2. Ehrenformation

Spaniel *m. (engl.)* Jagdhund

spartanisch *(gr.)* einfach, anspruchslos, entsagungsvoll (nach der altgriech. Hauptstadt Sparta)

Sparte *w. (itl.)* Fachgebiet, Abteilung

Special Effect *m.* computergenerierte Spezialeffekte bei Filmen

spedieren *(itl.)* versenden, befördern; **Spediteur** *m.* Beförderer von Gütern; **Spedition** *w.* Güterversandunternehmen, Versandabteilung

Spektakel *m. (lat.)* Lärm

Spektakel *s.* Ereignis, Schauspiel; **spektakeln** lärmen; **spektakulär** Aufsehen erregend

Spekulatius *s. (niederl.)* Gewürzgebäck

Spekulum *s. (lat.)* Spiegelinstrument zur Untersuchung von Körperhohlräumen

Speläologie *w. (gr.)* Höhlenforschung

Spenzer *m. (engl.)* kurzes enges Jäckchen

Sperenzen, **Sperenzien** *Mz. (lat.)* Umschweife, Ausflüchte, Umstände

Sperma *s. (gr.)* männliche Samenflüssigkeit; **Spermatogenese** Samenbildung in den Hoden; **Spermatozoon** *s.*, **Spermium** *s.* Samenfaden, männliche Keimzellen

Spesen *Mz. (itl.)* Geschäftsunkosten, Aufwand, Auslagen

Spezereien *Mz. (lat.)* Gewürze, Kolonialwaren

Spezi *m. (lat.)* enger Freund, Kumpel

spezialisieren *(lat.)* sich auf ein besonderes Gebiet konzentrieren; Hptw. **Spezialisierung** *w.*; **Spezialist** *m.* Fachmann, Facharzt; **Speziali-tät** *w.* 1. Besonderheit; 2. besonderes Gebiet; 3. ortsübliches Gericht; **speziell** eigens, besonders, eigentümlich, vor allem; **Spezies** *w.* 1. Gattung; 2. Grundrechenart (Mz. Spezies); **Spezifikation** *w.* Einteilung, Aufgliederung, Einzelaufzählung; **Spezifikum** *s.* 1. Besonderheit, Eigentümlichkeit; 2. Heilmittel, das gegen eine bestimmte Krankheit wirkt; **spezifisch** arteigen, auf eine bestimmte Eigenschaft bezogen, kennzeichnend; **spezifisches Gewicht** Gewicht eines Stoffes im Verhältnis zum Volumen; **spezifizieren** einzeln aufführen, genauer bezeichnen

sphenoid *(gr.)* keilförmig

Sphinx *w.* und *m. (gr.)* Fabelwesen mit Menschenkopf und Löwenkörper

Sphragistik *w. (gr.)* Siegelkunde

Spin *m. (engl.)* Eigendrehimpuls des Elektrons

spinal *(lat.)* zur Wirbelsäule, zum Rückenmark gehörend

Spinat *m. (pers.-arab.)* Blattgemüse, eine Gänsefußgewächsart

Spinnaker *m. (engl.)* großes, dreieckiges Beisegel

Spinn-off *s. (engl.)* Übernahme, Übersprung von technischen Neuerungen aus einem in einen anderen Bereich, Ableger

Spion *m. (frz.)* 1. Kundschafter im Auftrag einer gegnerischen Staatsmacht, Agent; 2. Guckloch an Türen; 3. Spiegelgerät zum Beobachten der Straße; **Spionage** *w.* Tätigkeit eines Spions; **spionieren** Spionage treiben, Geheimnisse auskundschaften, aushorchen

Spirale *w. (lat.)* 1. Schneckenwindung, Schraubenwindung; 2. Gegenstand mit Schnecken- oder Schraubenwindung; 3. Verhütungsmittel, Intrauterinpessar; **spiralig** in der Form einer Spirale; **Spiralnebel** *m.* spiralförmiges Sternsystem

Spirant *m. (lat.)* Reibelaut; *Mz.* **Spiranten**; Eigw. **spirantisch**

Spirillen *Mz. (lat.)* Schraubenbakterien

Spirillose *w.* eine durch Schraubenbakterien hervorgerufene Krankheit (z.B. Cholera)

Spiritismus *m. (lat.)* Geisterlehre; **Spiritist** *m.* Anhänger des Spiritismus; Eigw. **spiritistisch**; **spiritual** *(lat.)* 1. übersinnlich, geistig; 2. geistlich; **Spiritual** *m.* geistlicher Berater; **Spiritualien** *Mz. (lat.)* geistliche Angelegenheiten der Kirche; **spiritualisieren** vergeistigen; **Spiritualismus** *m.* 1. Anschauung, nach der die Wirklichkeit auf ein geistiges Prinzip zurückzuführen ist; 2. Ergriffenheitsfrömmigkeit; geistige Beziehung des Menschen mit Gott; **Spiritualist** *m.* Anhänger des Spiritualismus; Eigw. **spiritualistisch**; **Spiritualität** *w.* geistiges Wesen, Geistigkeit; **spirituell** *(lat.)* geistig; **spirituos, -ös** alkoholisch; **Spirituosen** *Mz.* alkoholhaltige Getränke

Spiritus *m. (lat.)* 1. Luft, Atem, Lebenshauch; Geist, Seele; 2. Weingeist, Äthanol-Wasser-Gemisch; **Spiritus Rector** *m.* treibende Kraft, unternehmender Geist, Seele eines Unternehmens; **Spiritus Sanctus** *m.* der Heilige Geist

Spirochäten *Mz. (gr.)* schraubenzieherförmige Bakterien; **Spirochätose** *w.* durch Spirochäten hervorgerufene Krankheit wie Syphilis

Spirometer *s. (gr.)* misst die Atmung

Spital, **Spittel** *s. (lat.)* Krankenhaus

Spoiler *m. (engl.)* 1. Klappe an Flugzeugtragflächen; 2. Luftleitblech an Rennautos; 3. Spielverderber

Spolium *s. (lat.)* Beutestück im antiken Rom; **Spolien** *Mz.* Bruchstücke antiker Bauten, die in einen Kirchenbau eingefügt wurden

Sponsor *m. (lat.-engl.)* Geldgeber, Förderer, Mitfinanzierer; **Sponsoring** *s.* finanzielle Förderung durch Unternehmen für Werbezwecke; Ztw. **sponsern**

spontan *(lat.)* von selbst, einer Eingebung folgend; Hptw. **Spontaneität** *w.*, **Spontanität** *w.*

sporadisch *(gr.)* 1. vereinzelt, verstreut; 2. ab und zu, gelegentlich

Spore *w. (gr.)* 1. ungeschlechtliche Fortpflanzungszelle; 2. resistente Bakterien; **Sporozoen** *s.* Sporentierchen, Einzeller

Spot *m.* kurzer Film oder Rundfunksendung

Spotlight *s.* gebündeltes Scheinwerferlicht

Spumante *m. (itl.)* italienischer Schaumwein

Squaw *w. (indian.)* nordamerikanische Indianerfrau

stabil *(lat.)* 1. beständig, dauerhaft, fest; 2. widerstandsfähig, robust; **Stabilisator** *m.* Gerät oder Stoff, der Stabilität verleiht; **stabilisieren** festigen, standfest machen; Hptw. **Stabilisierung** *w.*; **Stabilität** *w.* Beständigkeit, Standfestigkeit

Stadion *s. (gr.)* ovales Sportfeld mit Zuschauerrängen, Kampfbahn

Stadium *s. (lat.)* Entwicklungsstufe, Entwicklungsphase

Stagnation *w. (lat.)* Stockung, Stillstand, Stauung; Ztw. **stagnieren**

Staket *s. (niederl.)* Lattenzaun

Stalagmit *m. (gr.)* in Höhle vom Boden zur Decke wachsender Tropfstein, Auftropfstein

Stalaktit *m. (gr.)* in Höhle von der Decke zum Boden wachsender Tropfstein, Abtropfstein

Standard *m. (engl.)* allgemein gültiges Durchschnittsmaß, Richtschnur; **Standardsprache** *w.* Schriftsprache, Hochsprache; **Standardwerk** *s.*maßgebliches Werk; **standardisieren** normen, vereinheitlichen; Hptw. **Standardisierung** *w.*

Standarte *w. (germ.-frz.)* 1. Feldzeichen, Flagge eines Staatsoberhaupts; 2. Einheit von SA und SS; 3. Fuchsschwanz

Stand-by *s. (engl.)* l. Flugbuchung ohne festen Sitzplatz, Flug auf Abruf; 2. Bereitschaftsschaltung an elektronischen Geräten

stante pede *(lat.)* stehenden Fußes, sofort

Stanze *w. (itl.)* achtzeilige Strophenform

Staphylokokken *Mz. (gr.)* Bazillen, Eitererreger

Star *m. (engl.)* erfolgreiche Persönlichkeit aus der Unterhaltungsbranche; **Starlet** *s.* weiblicher Nachwuchsstar; **Stars and Stripes** Nationalflagge der USA, Sternenbanner

Start *m. (engl.)* Beginn, Ausgangspunkt; **starten** 1. beginnen, anfangen; 2. anlassen, in Bewegung setzen

Statement *s. (engl.)* 1. Aussage, Erklärung; 2. Computeranweisung

Statik *w. (gr.)* 1. Lehre vom Gleichgewicht der Kräfte; 2. die Kräfteverhältnisse in Bauwerken; **Statiker** *m.* Spezialist auf dem Gebiet der Statik; **statisch** 1. ohne Entwicklung der Bewegung; 2. die Statik betreffend

Statist *m. (lat.)* Randfigur, nebensächliche Person; **Statisterie** *w.* alle Statisten

Statistik *w. (lat.)* zahlenmäßige Erfassung, Untersuchung und Aufzeichnung von Massenerscheinungen; **Statistiker** *m.* jmd., der Statistiken aufstellt oder auswertet; **statistisch** auf Ergebnissen der Statistik basierend

Stator *m. (lat.)* feststehender Teil bei Maschinen

Statozyste *w. (gr.)* Gleichgewichtssinnesorgan bei wirbellosen Tieren

statuarisch *(lat.)* standbildhaft; **Statue** *w.*

Standbild; **Statuette** *w.* kleines Standbild; **statuieren** festsetzen, bestimmen; **Exempel statuieren** abschreckende Bestrafung durchführen

Statur *w. (lat.)* Wuchs, Körperbau, körperliches Erscheinungsbild

Status *m. (lat.)* 1. Zustand, Lage; 2. Stellung, Rang; **Status quo** *m.* der gegenwärtige Zustand; **Status quo ante** *m.* der vorherige Zustand

Statut *s. (lat.)* Satzung (Mz. Statuten)

Steadycam *w. (engl.)* Steadycamera – frei bewegliche Filmkamera

Stearin *s. (gr.)* Hauptbestandteil von Kerzen

Steno, **Stenogramm** *s. (gr.)* Niederschrift in Kurzschrift; **Stenograf** *m.* jmd., der Kurzschrift schreibt; **Stenografie** *w.* Kurzschrift; **stenografieren** Kurzschrift schreiben

Stenotypistin *w. (gr.)* Büroangestellte, die Stenographie und Maschineschreiben beherrscht

stentando *(itl.)* schleppende Musik

Stereo-, **stereo-** *(gr.)* als Wortteil 1. fest, unbeweglich; 2. räumlich, körperlich; **Stereobild** *s.* zweidimensionales Bild, das dreidimensional erscheint; Raumbild; **Stereometrie** *w.* Geometrie der räumlichen Gebilde; Eigw. **stereometrisch; Stereophonie** *w.* Übertragung von Sprache oder Musik über mehr als einen Kanal; **Stereoskop** *s.* optisches Gerät zum Betrachten von Stereobildern; **stereotyp** starr, formelhaft, feststehend, ständig wiederkehrend; **Stereotyp** *s.* Vorurteil, Klischee; **Stereo-typie** *w.* 1. Ausgießen von Druckplatten; 2. krankhafte ständige Wiederholung von Bewegungen oder Wörtern

steril *(lat.)* 1. unfruchtbar; 2. keimfrei, aseptisch; 3. geistlos, ohne Ausstrahlung; **Sterilisation**, **Sterilisierung** *w.* das Sterilisieren; **Sterilisator** *m.* Apparat zum Entkeimen; **sterilisieren** 1. keimfrei und haltbar machen; 2. unfruchtbar machen; **Sterilität** *w.* Keimfreiheit, Unfruchtbarkeit

Sternum *s. (gr.)* Brustbein

Steroide *Mz. (gr.)* organische, biologisch wichtige Verbindungen wie Cholesterin, Vitamin D, Testosteron oder Östron

Stethoskop *s. (gr.)* ärztliches Hörrohr

Steward *m.* **Stewardess** *w. (engl.)* Betreuer, Betreuerin der Passagiere auf Schiffs- und Flugreisen

Stichomantie *w. (gr.)* Wahrsagen aus einer zufällig aufgeschlagenen Buchstelle; **Stichomythie** *w.* im antiken Drama Wechsel von Rede und Gegenrede mit jedem Vers

Stigma *s. (gr.)* 1. Wundmal, Mal, Zeichen; 2. Narbe des Fruchtknotens; 3. Tracheenöffnung (Mz. Stigmata); **stigmatisieren** zeichnen, brandmarken, diskriminieren; Hptw. **Stigmatisierung** *w.*

Stil *m. (lat.)* 1. künstlerische charakteristische Ausdrucksweise einer Person oder einer Epoche; 2. Eigenart einer Technik; 3. Lebensweise, Lebensstil; 4. sprachl. Ausdrucksweise
stilisieren auf Grundformen vereinfachen; Hptw. **Stilisierung** *w.*; **Stilist** *m.* jmd., der den Stil beherrscht; **Stilistik** *w.* Stilkunde, Ausdruckskunde

Stilett *s. (itl.)* kleiner Dolch

Stimulans *s. (lat.)* Reizmittel, Anregungsmittel (Mz. Stimulantia, Stimulanzien) **Stimulation** *w.* das Stimulieren; **stimulieren** anregen, anreizen; **Stimulus** *m.* Reiz, Antrieb (Mz. Stimuli)

Stipendiat *m. (lat.)* Inhaber eines Stipendiums; **Stipendium** *s.* finanzielle Unterstützung, Beihilfe für angehende Wissenschaftler

Stoa *w. (gr.)* 1. altgriech. Säulenhalle; 2. altgriechische Philosophenschule

Stoiker *m. (gr.)* 1. Angehöriger der Stoa, Vertreter des Stoizismus; 2. gleichmütiger, gelassener, unerschütterlicher Mensch; **stoisch** 1. die Stoa betreffend; 2. gelassen, gleichmütig, unerschütterlich; **Stoizismus** *m.* 1. Lehre der Stoa, wonach die menschliche Freiheit in der Unabhängigkeit von äußeren Dingen besteht; 2. Lebensauffassung und -art eines Stoikers

stopp! *(engl.)* halt!; **Stopp** *m.* Halt, Unterbrechung; **stoppen** 1. zum Stehen bringen, anhalten; 2. mit der Stoppuhr messen; **Stopping** *s.* Verabreichung von Trägheit erzeugenden, leistungsmindernden Mitteln bei Rennpferden

stornieren *(itl.)* (Fehler, Auftrag) rückgängig machen, rückbuchen; **Storno** *s.* Rückbuchung

Stout *s. (engl.)* dunkles Starkbier

Strabismus *m. (gr.)* das Schielen

straight *(engl.)* 1. aufrecht, geradlinig, zuverlässig; 2. in der Musik notengetreu, ohne Variationen; 3. heterosexuell; 4. unvermischte alkoholische Getränke

strangulieren *(gr.-lat.)* erwürgen, erdrosseln, erhängen; Hptw. **Strangulierung** *w.*

Strapaze *w.* *(itl.)* Mühe, Anstrengung; **strapazieren** anstrengen, beanspruchen, abnutzen; strapaziös, anstrengend, beschwerlich

Straps *m.* *(engl.)* Strumpfhalter und -gürtel

Strategie *w.* genau durchdachter Handlungsplan; Eigw. **strategisch**

Stratus *m.* gleichförmige Schichtwolke, Hochnebel

Stratosphäre *w.* *(gr.-lat.)* die Atmosphäre in einer Höhe von 12 bis 80 km

Streptokokken *Mz.* *(gr.)* Kettenbazillen; **Streptomyzin** *s.* *(Wz.)* antibiotisches Heilmittel gegen Tuberkulose

Stress *m.* *(engl.)* seelischer Druck, Belastung; Stress auslösen; Eigw. **stressig**

Stretta *w.* *(itl.)* Schlusssteigerung eines Musikstücks

stretto drängende Musik

strikt *(lat.)* streng, genau; **Striktion** *w.* Zusammenziehung; **Striktur** *w.* Verengung eines Körperkanals

stringent *(lat.)* beweiskräftig, bündig, zwingend; Hptw. **Stringenz** *w.*

Strip *m.* *(engl.)* 1. Striptease; 2. Wundpflasterstreifen; **strippen** 1. Striptease vorführen; 2. Filmmaterial zusammenmontieren; **Stripper** *m.* Stripteasetänzer; **Stripperin** *w.* Stripteasetänzerin; **Striptease** *s.* von einem Stripper oder einer Stripperin vorgeführte Entkleidungsszene

strisciando *(itl.)* schleifende Musik, schleifend

Strizzi *m.* *(itl.)* Strolch, Zuhälter

Stroboskop *s.* *(gr.-lat.)* misst schnell ablaufende Bewegung mit Hilfe von Lichtimpulsen

Stromatik *w.* *(gr.)* Teppichwebkunst

Strontium *s.* *(engl.)* chemisches Element

Strophe *w.* *(gr.)* Gruppe von Verszeilen, Abschnitt eines Gedichts oder Liedes

Struktur *w.* *(lat.)* Gefüge, Aufbau, Anordnung von Teilen eines Ganzen; **strukturell** sich aus der Struktur ergebend, die Struktur betreffend; **strukturieren** eine Struktur geben

Student *m.* *(lat.)* Hochschüler

Studie *w.* *(lat.)* 1. Vorarbeit; 2. wissenschaftliche Untersuchung und Abhandlung (Mz. Studien); **studieren** 1. eine Hochschule besuchen, sich Kenntnisse an einer Hochschule erwerben; 2. genau beobachten, durchlesen, erforschen

Studio *s. (lat.)* 1. Künstlerwerkstatt; 2. Aufnahmeraum; 3. Versuchsbühne; **Studiosus** *m.* Student

Studium *s (lat.)* l. Besuch der Hochschule; 2. wissenschaftliche Erforschung eines Gebietes; **Studium generale** Allgemeinstudium

Stuntman *m. (engl.)* vertritt in gefährlichen Filmszenen den Schauspieler (Mz. Stuntmen)

stupid *(lat.)* blöde, stumpfsinnig; Hptw. **Stupidität** *w.*

Stuprum *s. (lat.)* Vergewaltigung; Ztw. **stuprieren**

Styling *s. (engl.)* modische Formgebung, Aufmachung; Ztw. **stylen**; **Stylist** *m.* Formgestalter

Stylit *m. (gr.)* Säulenheiliger

Styx *m. (gr.)* Fluss in der Unterwelt aus der griech. Mythologie; **stygisch** schauerlich, düster

Suada *w. (lat.)* 1. Überredungskunst, Redegabe; 2. Redefluss; **suasorisch** überredend

Sub-, sub- *(lat.)* als Vorsilbe: unter

subaltern *(lat.)* untergeordnet, untertänig; **Subalternation** *w.* logische Unterordnung eines Begriffs unter einen anderen

subito *(itl.-lat.)* plötzlich, sofort

Subjekt *s. (lat.)* 1. Satzgegenstand; 2. das erkennende Ich; 3. gemeiner Kerl; 4. Thema der Fuge in der Musik; **subjektiv** 1. auf ein Subjekt bezogen, persönlich; 2. befangen, einseitig, unsachlich; Hptw. **Subjektivität** *w.*; **Subjektivismus** *m.* l. Lehre, dass die Wirklichkeit eine Bewusstseinsschöpfung des erkennenden Ichs ist; 2. Ichbezogenheit; **Subjektivist** *m.* Anhänger des Subjektivismus; Eigw. **subjektivistisch**

Subkultur *w. (lat.)* Sonderkultur, Gegenkultur

sublim *(lat.)* erhaben, verfeinert, feinsinnig, vergeistigt; Hptw. **Sublimität** *w.;* **Sublimation** *w.* Überführung eines Feststoffes in den gasförmigen Zustand; **sublimieren** 1. verfeinern; 2. unbewusste Triebimpulse in geistige Tätigkeiten umsetzen; 3. vom festen in gasförmigen, vom gasförmigen in festen Zustand übergehen Hptw. **Sublimierung** *w.*

sublunar(isch) *(lat.)* unter dem Mond, irdisch

submarin *(lat.)* unterseeisch

submers *(lat.)* unter dem Wasser lebend

submikroskopisch *(gr.-lat.)* im Mikroskop nicht mehr sichtbar

submiss *(lat.)* ergeben, unterwürfig

Submission *w.* Vergebung öffentlicher Arbeiten; **Submittent** *m.* Bewerber um einen Auftrag; **submittieren** sich um einen Auftrag bewerben

subnival *(lat.)* unter dem Schnee, unter der Schneegrenze liegend, durch Schnee entstanden

Subordination *w. (lat.)* 1. Unterordnung; 2. Unterordnung von Sätzen, Satzgliedern; **subordinieren** unterordnen

Subskribent *m. (lat.)* verpflichtet sich zur Abnahme eines noch nicht erschienenen Werkes; **subskribieren** vorausbestellen; **Subskription** *w.* Vorausbestellung

substanziell (*lat.*) 1. stofflich, materiell, dinghaft; 2. wichtig, wesentlich; Hptw. **Substantialität** *w.*

Substantiv, Substantivum *s. (lat.)* Hauptwort, Dingwort; **substantivieren** zum Substantiv machen; **substantivisch** wie ein Substantiv

Substanz *w. (lat.)* l. Stoff, Materie; 2. das Unveränderliche, Bestandhabende; 3. das Wesentliche, Wichtige einer Sache

substituieren *(lat.)* ersetzen, austauschen; Hptw. **Substituierung** *w.*; **Substitut** *m.* Ersatz; Vertreter des Verkaufsleiters; **Substitution** *w.* Ersetzung, Austausch; Ersetzbarkeit, Austauschbarkeit

subtil *(lat.)* 1. fein strukturiert, fein ausgeführt; 2. verwickelt, unterschwellig; 3. scharfsinnig, **spitzfindig**; Hptw. **Subtilität** *w.*

Subtrahend *m. (lat.)* die Zahl, die von einer anderen abgezogen wird; **subtrahieren** abziehen; **Subtraktion** *w.* das Substrahieren

Subtropen *Mz. (gr.-lat.)* Gebiet zwischen Tropen und gemäßigter Zone; Eigw. **subtropisch**

Suburb *w. (engl.)* Vorstadt, Trabantenstadt

Subvention *w. (lat.)* Unterstützung durch staatliche Gelder; Ztw. **subventionieren**

Subversion *w. (lat.)* Staatsumsturz; subversive Tätigkeit; **subversiv** umstürzlerisch, zerstörerisch

süffisant *(frz.)* spöttisch überheblich; Hptw. **Suffisanz** *w.*

Suffix *s. (lat.)* Nachsilbe

suffizient *(lat.)* genügend, ausreichend; **Suffizienz** *w.* ausreichendes Funktionsvermögen

Suffragan *m. (lat.)* einem Erzbischof unterstellter Bischof in der kath. Kirche

Suffragette *w.* *(engl.)* Kämpferin für das Frauenstimmrecht

suggerieren *(lat.)* 1. jmdm. etwas einreden, beeinflussen; 2. einen bestimmten Eindruck erzeugen; **suggestibel** leicht beeinflussbar; Hptw. **Suggestibilität** *w.*; **Suggestion** *w.* Willensbeeinflussung; **suggestiv** bestimmte Gedanken, Empfindungen, Verhaltensweisen hervorrufend

Suizid *m.* *(lat.)* Selbstmord

Sujet *s.* *(frz.)* Thema, Gegenstand eines künstlerischen Werkes

Sukkubus *m.*, **Sukkuba** *w.* *(lat.)* 1. Alptraum; 2. der Teufel in Gestalt einer Frau, die beim Geschlechtsverkehr unten liegt

Sukkulenten *Mz.* *(lat.)* Pflanzen mit Wasser speichernden Blättern

Sukzession *w.* Nachfolge, Aufeinanderfolge; Rechtsnachfolge, Thronfolge; **sukzessiv** aufeinander folgend, nach und nach, allmählich eintretend

Sulky *s.* *(engl.)* zweirädriger Wagen für Trabrennen

Sultan *m.* *(arab.)* islamischer Herrschertitel; **Sultanat** *s.* Herrschaft und Herrschaftsgebiet eines Sultans; **Sultanine** *w.* große Rosine ohne Kerne

summa cum laude *(lat.)* mit höchstem Lob (beste Examenszensur); **summa summarum** alles in allem; **summarisch** zusammengefasst; ganz allgemein

Summe *w.* *(lat.)* 1. Endergebnis einer Zusammenzählung; 2. Gesamtbild, Gesamtheit, Gesamtbetrag; **summieren** zusammenzählen; **sich summieren** auflaufen, anwachsen; Hptw. **Summierung**, **Summation** *w.*

Suomi *(fmn.)* finnischer Name für Finnland; die finnische Sprache

Super-, **super-** *(lat.)* als Wortteil: über, ober-, groß(artig)

Superacidität *w.* *(lat.)* Übersäuerung des Magens

süperb *(frz.)* köstlich, erlesen

superfiziell *(lat.)* oberflächlich

Superintendent *m.* *(lat.)* einem Kirchenkreis vorstehender evangelischer Geistlicher

Superior *m.* *(lat.)* Ordens-, Klostervorsteher; **Superiorität** *w.* Überlegenheit, Übergewicht

Superlativ *m.* *(lat.)* höchste Steigerungsform des Eigenschaftsworts; **superlativisch** übersteigert, übertrieben

Supplement *s.* *(lat.)* Ergänzung, Nachtrag; **supplementär** ergänzend, nachträglich

Supply *m. (engl.)* Vorrat, Bestand, Warenbestand

supponieren *(lat.)* unterstellen, voraussetzen

Support *m. (lat.-frz.)* Werkzeugträger an Drehbänken

Supposition *w. (lat.)* Annahme, Voraussetzung

Supra-, supra- *(lat.)* als Wortteil: oberhalb, über

supranational *(lat.)* übernational, überstaatlich; **Supremat** *m.* oder *s.*, **Suprematie** *w. (lat.)* Vorrang, Überordnung

Sure *w. (arab.)* Kapitel des Korans

Surplus *s. (frz.)* Überschuss, Gewinn

Surrealismus *m. (frz.)* Kunstrichtung nach dem Ersten Weltkrieg, die das Unbewusste, Traum- und Rauschhafte in realistischer Darstellungsweise ausdrückt; Eigw. **surrealistisch**; **Surrealist** *m.* Vertreter des Surrealismus

Survivals *Mz. (lat.-frz.-engl.)* Reste untergegangener kultureller Formen, die sich in gegenwärtigen Volksbräuchen und Glaubensvorstellungen fortsetzen; **Survival-Training** *s.* Überlebenstraining

Sushi *s. (jap.)* roher Fisch auf Reis

suspekt *(lat.)* verdächtig

suspendieren *(lat.)* 1. aufschieben, unentschieden lassen; 2. von einer Verpflichtung befreien; 3. hochlagern, schwebend aufhängen; 4. unlösliche Teilchen in einer Flüssigkeit fein verteilen; Hptw. **Suspension, Suspendierung** *w.*; **suspensiv** aufhebend, aufschiebend

Suspensorium *s. (lat.)* Trageverband zum Schutz für Penis und Hoden oder die weibliche Brust

svegliato *(itl.)* frische Musik

Swapgeschäft *s. (engl.)* Devisenaustauschgeschäft

Swastika *w. (altind.-sanskr.)* altind. Bez. für Hakenkreuz, Sonnensymbol

Swing *m. (engl.)* 1. rhythmischer Jazz; 2. Big-Band-Jazz; 3. Tanz; 4. Kreditlinie bei Handelsverträgen; **swingen** l. im Stil des Swing spielen oder tanzen; 2. den Sexualpartner wechseln; **Swinger** *m.* 1. Kurzmantel; 2. jmd., der seinen Sexualpartner wechselt

Sybarit *m. (gr.)* Schlemmerer; **sybaritisch** schlemmerhaft

Sykophant *m. (gr.)* Denunziant; Verleumder;

Eigw. **sykophantisch**

Syllabus *m. (gr.-lat.)* päpstliches Verzeichnis der Irrlehren; **syllabisch** silbenweise; **Syllabarium** *s.* Buchstabierbuch

Syllogismus *m. (gr.)* Schluss vom Allgemeinen auf das Besondere; **Syllogistik** *w.* Lehre von den folgerichtigen Schlüssen; Eigw. **syllogistisch**

Sylphe *m.*, **Sylphide** *w. (gr.)* männlicher oder weiblicher Luftgeist

Sym-, **sym-**, **Syn-**, **syn-** *(gr.)* als Vorsilbe: zusammen, mit, gleichartig

Symbiont *m. (gr.)* Organismus, der mit einem anderen in Symbiose lebt; Eigw. **symbiontisch**; **Symbiose** *w.* Zusammenleben zweier Organismen zu beiderseitigem Vorteil; Eigw. **symbiotisch**

Symbol *s. (gr.)* l. Sinnbild; 2. Formelzeichen; **Symbolik** *w.* l. Lehre von den Symbolen; 2. Sinnbildlichkeit; **symbolisch** sinnbildlich; **symbolisieren** sinnbildlich darstellen; Hptw. **Symbolisierung** *w.*; **Symbolismus** *m.* Kunstrichtung Ende des 19. Jhs. mit symbolischer Ausdrucksweise; **Symbolist** *m.* Vertreter des Symbolismus; Eigw. **symbolistisch**; **Symbolsprache** *w.* die aus Formelzeichen und Abkürzungen besteht

Symmetrie *w. (gr.)* 1. Spiegelbildlichkeit; 2. Ebenmaß, harmonische Anordnung von Teilen zueinander; Eigw. **symmetrisch**

Sympathie *w. (gr.)* Verbundenheit, Zuneigung, Seelenverwandtheit; **Sympathikus** *m.* Teil des vegetativen Nervensystems, der die Eingeweide versorgt; **sympathisch** 1. seelenverwandt, angenehm, zusagend; 2. zum vegetativen Nervensystem gehörend; **sympathisieren** übereinstimmen, innerlich billigen, sich innerlich verbunden fühlen

Symphonie *w. (gr.)* Orchesterwerk in mehreren Sätzen; **Symphoniker** *m.* 1. Komponist von Symphonien; 2. Mitglied eines Symphonieorchesters; **symphonisch** in der Art einer Symphonie

Symposion, **Symposium** *s. (gr.)* 1.Gastmahl im antiken Griechenland; 2. wissenschaftl. Tagung

Symptom *s. (gr.)* 1. Anzeichen, Merkmal, Vorbote, Kennzeichen; 2. Krankheitszeichen; **symptomatisch** 1. bezeichnend; 2. die Symptome, nicht die Krankheitsursachen behandelnd; **Symptomatologie** *w.* Lehre von den Krankheitszeichen

Synagoge *w. (gr.)* Gebetshaus der jüdischen Gemeinde

Synapse *w.* *(gr.)* Kontaktstelle im Gehirn für die Reizübertragung im Nervensystem

Synästhesie *w.* *(gr.)* Mitschwingen eines Sinnesorgans bei Reizung eines anderen; Eigw. **synästhetisch**

synchron *(gr.)* 1. gleichzeitig erfolgend; 2. gleichlaufend; **synchronisieren** 1. zwischen zwei Vorgängen oder Geräten Gleichlauf herstellen; 2. Bild und Ton zur zeitlichen Übereinstimmung bringen; 3. von der Originalsprache eines Tonfilms eine Fassung in anderer Sprache herstellen; Hptw. **Synchronisierung** *w.*, **Synchronisation** *w.*; **Synchronismus** *m.* 1. Gleichzeitigkeit verschiedener Ereignisse oder Vorgänge; 2. Gleichlauf des Elektronenstrahls der Bildröhre mit dem Elektronenstrahl der Aufnahmekamera beim Fernsehen; 3. zeitliches Übereinstimmen von Bild, Sprache und Musik im Film; **Synchrotron** *s.* Gerät zum Beschleunigen von Elementarteilchen

Syndikat *s.* 1. Absatzkartell von Unternehmen; 2. Verbrecherorganisation; synergetisch zusammenwirkend

Synod *m.* *(gr.)* oberste Kirchenbehörde im zaristischen Russland; **synodal** zur Synode gehörig; **Synodale** *m.* Mitglied einer Synode; **Synode** *w.* 1. evang. Kirchenversammlung; 2. Konzil

synonym, **synonymisch** *(gr.)* bedeutungsgleich, bedeutungsverwandt; **Synonym** *s.* bedeutungsgleiches Wort; **Synonymik** *w.* Lehre von den Synonymen

Synopse, **Synopsis** *w.* *(gr.)* 1. vergleichende Gegenüberstellung von Texten oder Textstellen; 2. knappe Übersicht; **Synoptik** *w.* Beobachtung von Wettererscheinungen und ihrer Entwicklung; **Synoptiker** *Mz.* die Evangelisten Matthäus, Markus und Lukas; **synoptisch** übersichtlich zusammengestellt

Syntax *w.* *(gr.)* 1. Lehre vom Satzbau; 2. der Satzbau; 3. alle Regeln einer Programmiersprache; Eigw. **syntaktisch**

Synthese *w.* *(gr.)* l. Verknüpfung einzelner Teile zu einer höheren Einheit; 2. Aufbau einer chemischen Verbindung aus einfacheren Ausgangsstoffen oder Verbindungen

Synthesizer *m.* *(engl.)* erzeugt auf elektronischem Weg Töne, Klänge, Geräusche und spezielle Effekte

Syphilis *w.* *(lat.)* gefährliche Geschlechtskrankheit; **Syphilitiker** *m.* jmd., der an Syphilis erkrankt ist; **syphilitisch** die Syphilis betreffend

Syrinx *w. (gr.)* 1. Hirtenflöte, Panflöte; 2. das Stimmorgan der Vögel

System *s. (gr.)* 1. Ordnungsprinzip, nach dem etwas definiert, eingeordnet oder organisiert wird; 2. planvoll gegliedertes geordnetes Ganzes; 3. Lehrgebäude, philosophisches Gedankengebäude; 4. Herrschafts-, Regierungsform; **Systemanalyse** *w.* Untersuchung betrieblicher Abläufe im Hinblick auf Rationalisierungsmöglichkeiten; **Systematik** *w.* 1. Gliederung eines Sachgebiets nach bestimmten Gesichtspunkten; 2. planmäßige Ordnung; **systematisch** l. planmäßig; 2. als Teil eines Systems, durch ein System bedingt; **systematisieren** in ein System bringen

Systole *w. (gr.)* 1. rhythmisches Zusammenziehen des Herzens; 2. Kürzung von Silben aus Verszwang

Szenario *s. (gr.-lat.)* l. Rohdrehbuch; 2. Planspiel; **Szene** *w.* 1. Auftritt im Theater oder Film; 2. Schauplatz des Auftritts; 3. Umfeld und Milieu; 4. heftige Auseinandersetzung; **Szenerie** *w.* 1. Bühnenbild; 2. Rahmen von etwas; **szenisch** als Szene, bühnenmäßig

szientifisch *(lat.)* wissenschaftlich; **Szientismus** *m.* 1. wissenschaftlich begründete Weltanschauung; 2. Lehre der Christian Science, nach der alle Übel durch Gebet überwunden werden können

Szientist *m.* Anhänger des Szientismus, Eigw. **szientistisch**

Szintillation *w. (lat.)* l. Funkeln der Sterne; 2. das Auftreten von Lichtblitzen, beim Auftreffen radioaktiver Strahlung auf fluoreszierende Stoffe; **szintillieren** funkeln, flimmern

Tab *m. (engl.)* der vorspringende Teil einer Karteikarte

tabellarisch *(lat.)* listenförmig; **tabellarisieren** in eine Tabelle einordnen; **Tabelle** *w.* 1. übersichtliche Zusammenstellung, Liste; 2. Rangtabelle

Tabernakel *s. (lat.)* 1. Schutzdach für Figuren; 2. Gehäuse für die geweihten Hostien kath. Kirchen

Tablett *s. (frz.)* Servierbrett; **Tablette** *w.* rundes gepresstes Medikament

Tabu *s. (polynes.)* 1. religiös begründetes Verbot; 2. etwas, worüber man nicht spricht; **tabu** unantastbar; **tabuieren, tabuisieren** etwas für tabu erklären; **Tabuwort** *s.* einen tabuisierten Gegenstand oder Sachverhalt verhüllende Bezeichnung

Tabula rasa *(lat.)* 1. antike Wachstafel, auf der die Schrift vollständig gelöscht werden konnte; 2. die Vorstellung von der Unbeschriebenheit der Seele bei der Geburt; 3. unbeschriebenes Blatt; **Tabula rasa machen** reinen Tisch machen, etwas aus der Welt schaffen

Tabulatur *w. (lat.)* l. alte Notenschrift für Instrumentalmusik in Ziffern und Buchstaben; 2. musikalische und poetische Regeln im Meistergesang

tacet *(lat.)* Angabe, dass ein Instrument oder eine Stimme eine Pause macht

Tacheles reden *(jidd.)* Klartext reden

Tachismus *m. (frz.)* ungeometrische abstrakte Malerei nach dem Zweiten Weltkrieg; Eigw. **tachistisch**

Tachometer *s.* oder *m. (gr.)* Geschwindigkeitsmesser

Tachykardie *w. (gr.)* Herzjagen

Tackling *s. (engl.)* körperliche Attacke in Fußball oder Eishockey

Taekwondo *s. (korean.)* koreanische Kampfsportart zur Selbstverteidigung

Taft *m. (pers.-itl.)* Gewebe aus Seide oder Kunstseide; Eigw. **taften**

Tai-chi *s. (chin.)* chines. Schattenboxen

Taifun *m. (chin.)* Wirbelsturm

Taiga *w. (russ.)* nördliche Nadelwaldzone

Taille *w. (frz.)* 1. Umfang in der Leibesmitte, Gürtelweite; 2. Aufdecken der Spielkarten für Gewinn oder Verlust; 3. historische Steuer

Takelage *w. (niederl.)* Tauwerk des Schiffes

Take-off *m. (engl.)* 1. Start, Abheben eines Flugkörpers; 2. Durchbruch

Takt *m. (lat.)* 1. regelmäßige, zählbare Gliederung einer Tonfolge; 2. Bewegungsabschnitt; 3. Feingefühl; Ztw. **taktieren** den musikalischen Takt angeben

Taktik *w. (gr.)* 1. Truppenführung im Gefecht; 2. planvolles Ausnützen der Gegebenheiten zur Erreichung eines bestimmten Zieles; Ztw. **taktieren**; **Taktiker** *m.* Beherrscher der Taktik; **taktisch** 1. die Taktik betreffend; 2. planvoll und geschickt

Talar *m. (lat.)* Amtstracht der Richter und Anwälte

Talent *s. (gr.-lat.)* 1. überdurchschnittliche Begabung auf einem bestimmten Gebiet; 2. alte griechische und römische Geldeinheit; **talentiert** begabt

Taliban *m.* und *Mz. (arab.)* 1. Koranschüler; 2. paschtunische Muslime, die zwischen 1995 und 2001 in Afghanistan eine fundamentalistische islamische Diktatur errichtet hatten

Talion *w. (lat.)* Vergeltung einer Tat durch gleichartiges Übel

Talisman *m. (gr.-arab.)* Glück bringender Gegenstand

Talmud *m. (hebr.)* Rechtssammlung und Kommentierung des Judentums; **talmu-**

disch im Sinne des Talmud; **Talmudist** *m.* Talmudkenner, Talmuderklärer

Tambour *m.* *(arab.-frz.)* 1. Trommler; 2. Trommel an Krempeln in der Spinnerei; 3. Unterbau einer Kuppel; **Tambourmajor** *m.* Leiter eines Spielmannszugs; **Tamburin** *s.* 1. kleine Schellentrommel; 2. Stickrahmen

Tamtam *s.* *(Hindi)* 1. asiatischer Gong; 2. marktschreierischer Lärm

Tanga *m.* *(Tupi)* knapper Slip

Tangens *m.* *(lat.)* Verhältnis von Gegenkathete zur Ankathete im rechtwinkligen Dreieck; **Tangente** *w.* Gerade, die eine Kurve oder Fläche in einem Punkt berührt; **tangieren** berühren, angehen, betreffen

Tango *m.* *(span.)* Gesellschaftstanz aus Argentinien

Tank *m.* *(engl.)* 1. Flüssigkeitsbehälter; 2. Panzerkampfwagen; Ztw. **tanken** 1. Flüssigkeit einfüllen; 2. sich betrinken; **Tanker** *m.* Tankschiff

Tantieme *w.* *(frz.)* Gewinnanteil, Umsatzbeteiligung

Taoismus *m.* 1. philosophische Lehre; 2. alte Volksreligion in China; Eigw. **taoistisch**

Tapir *m.* *(Yupi)* tropisches Huftier mit kurzem Rüssel

Tapisserie *w.* *(frz.)* 1. gewirkter Wandteppich; 2. teppichartige Kreuzstichstickerei

Tara *w.* *(itl-arab.)* Verpackungsgewicht

Tarantel *w.* *(itl.)* giftige Wolfsspinne; **Tarantella** *w.* süditalienischer Tanz; **Tarantismus** *m.* Tanzwut

tarieren *(itl.)* 1. Gewicht der Tara bestimmen; 2. auswägen

Tarif *m.* *(arab.-frz.)* 1. festgelegte Preisordnung für Arbeits- und Verkehrsleistungen; 2. ausgehandelter Lohnsatz für Arbeiter und Angestellte

Tarock *s.* *(arab.-itl.)* Kartenspiel für drei Personen; Ztw. **tarocken**; **Tarot** *s.* dem Tarock verwandtes Kartenspiel, das zum Wahrsagen verwendet wird

Tarragona *m.* spanischer Süßwein

Tartaros, Tartarus *m.* *(gr.)* Unterwelt

Taschi Lama *m.* mit dem Dalai Lama geistlicher Herrscher Tibets

Tastatur *w.* *(itl.)* Tastenwerk

Tatar, Tatarbeefsteak *s.* *(engl.)* gehacktes, mit Gewürzen zubereitetes rohes Rindfleisch

tätowieren *(tahitisch)* farbige Muster in die Haut ritzen; Hptw. **Tätowierung** *w.*

Tattoo *s.* *(engl.)* Tätowierung, das Tätowieren

Tautologie *w.* *(gr.)* Bezeichnung einer Sache durch mehrere, dasselbe bedeutende Wörter; Eigw. **tautologisch**

Taxation, **Taxierung** *w.* Schätzung eines Wertes, Wertermittlung; **Taxator** *m.* Wertsachverständiger; **Taxe** *w.* 1. Gebühr; 2. Taxi; **Taxi** *s.* Mietauto; Ztw. **taxieren** schätzen

Taxonomie *w.* *(gr.)* Einordnung von Phänomenen oder Begriffen in ein Ordnungsschema

Team *s.* *(engl.)* 1. Sportmannschaft; 2. Arbeitsgruppe

Teamwork *s.* Gemeinschaftsarbeit einer gut eingespielten Gruppe

Technicolor *s.* *(Wz.)* Entwicklungsverfahren für Farbfilme

Technik *w.* *(gr.)* 1. die Anwendung von naturwissenschaftlichen Erkenntnissen und alle dazugehörigen Mittel und Methoden auf verschiedenen Gebieten; 2. die zur Ausübung einer Tätigkeit gehörenden Fertigkeiten; 3. technische Ausstattung, technische Beschaffenheit; **Techniker** *m.* Spezialist auf einem Gebiet der Technik; **technisch** *(gr.)* zur Technik, zu einer speziellen Fertigkeit gehörend; **technisieren** auf technische Einrichtungen umstellen; Hptw. **Technisierung** *w.*; **Technizismus** *m.* technischer Fachausdruck; **Techno** *(engl.)* synthetisch erzeugte (Disko-)Musik mit einem Beat von 165 bpm aufwärts; **Technokrat** *m.* jmd., für den der technische Fortschritt höchsten Wert besitzt; **Technokratie** *w.* Organisation von Wirtschaft und Gesellschaft unter die Vorherrschaft der Technik; Eigw. **technokratisch**; **Technologie** *w.* Wissenschaft und Forschung zur Entwicklung technischer Produkte und Verfahrensweisen

Techtelmechtel *s.* Liebelei

Teddy *m.* *(engl.)* Stoffbär

Tee *m.* *(chin.)* 1. ostasiatischer Teestrauch; 2. Getränke aus den Blättern des Teestrauchs; 3. Absud von getrockneten Heilpflanzen

Teint *m.* *(frz.)* Farbe und Beschaffenheit der Gesichtshaut

Tektonik *w.* *(gr.)* 1. Wissenschaft von Aufbau und Schichtung der Erdkruste; 2. Konstruktionslehre; 3. geschlossener Aufbau eines Kunstwerks; Eigw. **tektonisch**

Tele-, **tele-** *(gr.)* als Vorsilbe: 1. fern, weit;

2. Ziel, Zweck; **Telebanking** *s.* Erledigung von Bankgeschäften übers Internet; **Telefax** *s.* Fernkopiergerät; **Telefon** *s.* Fernsprecher; **Telefonat** *s.* Anruf, Ferngespräch; **telefonieren** jmdn. anrufen; **telefonisch** fernmündlich, mit Hilfe des Telefons; **Telefonsex** *m.* sexuelle Stimulation mittels Telefonkontakt; **telegen** im Fernsehen gut zur Geltung kommend; **Telegraf** *m.* Fernschreiber; **Telegrafie** *w.* elektrische Nachrichtenübermittlung; **telegrafieren** Nachrichten per Fernschreiber übermitteln; **telegrafisch** auf drahtlosem Wege; **Telegramm** telegrafisch übermittelte Nachricht

Telekinese *w. (gr.)* in der Parapsychologie Bewegung eines Gegenstands ohne Berührung

Telekommunikation *w. (gr.-lat.)* alle Formen des Informationsaustauschs mit den Mitteln der traditionellen Nachrichtenübertragung, der elektronischen Medien und einer Kombination aus beiden

Telemeter *s. (gr.)* Entfernungsmesser

Teleobjektiv *s. (gr.)* fotografisches Objektiv für Fernaufnahmen

Teleologie *w. (gr.)* Lehre von der Zielgerichtetheit und Zielstrebigkeit des organischen Lebens und der Seele; Eigw. **teleologisch**

Telepathie *w. (gr.)* in der Parapsychologie Gedankenübertragung und Gedankenlesen; Eigw. **telepathisch**

Teleshopping *s. (gr.-engl.)* Einkaufen mittels Fernseher und telefonischer Bestellung

Teleskop *s. (gr.)* Fernrohr; Radioteleskop; **teleskopisch** durch das Fernrohr sichtbar

Television *w. (gr.-lat.)* Fernsehen

Tellur *s. (lat.)* chemisches Element; Halbmetall; tellurisch die Erde betreffend, zur Erde gehörig

Telos *s. (gr.)* Ziel, Endzweck

Tempel *m. (lat.)* nichtchristliches religiöses Kulthaus

Temperament *s. (lat.)* 1. Gefühlsveranlagung des Menschen; 2. Schwung, Lebhaftigkeit

Temperatur *w. (lat.)* 1. Wärmegrad; 2. erhöhte Körperwärme; **temperieren** 1. leicht erwärmen; 2. mäßigen; **tempern** Eisen wärmebehandeln

tempestoso *(itl.)* ungestüme Musik

Tempo *s. (itl.)* 1. Geschwindigkeitsmaß in der Musik; 2. Geschwindigkeit, Schnelligkeit; **Tempolimit** *s.* Geschwindigkeitsbegrenzung; **temporal** *(lat.)* zeitlich;

2. das Tempus betreffend; 3. die Schläfe betreffend; **Temporalsatz** *m.* Umstandssatz der Zeit; **temporär** zeitweilig, vorübergehend

Tempus *s. (lat.)* 1. Zeitform des Zeitworts; 2. die Schläfe (Mz. Tempora)

Tendenz *w. (lat.)* 1. Neigung, Hang; 2. Richtung, Zug der Zeit; 3. Absicht; **tendenziell** der Tendenz nach; **tendenziös** weltanschaulich gefärbt; **tendieren** *(lat.)* eine Tendenz haben, zu etwas neigen

Tennis *s. (engl.)* Netzballspiel auf Sand- oder Rasenplatz

Tenno *m. (jap.)* Titel des japanischen Kaisers

Tenor *m. (lat.)* Sinn, Grundhaltung eines Textes oder einer Äußerung; **Tenor** *m. (itl.)* 1. hohe Männerstimmlage; 2. Sänger mit Tenorstimme; auch **Tenorist** *m.*

Tension *w. (lat.)* Spannung, Druck von Gasen

Tequila *m. (mexik.)* mexikan. Branntwein aus Pulque

Termin *m. (lat.)* festgelegter Zeitpunkt

Terminal *m. (engl.)* 1. Abfertigungshalle; 2. Spezialbahnhof für den Containerverkehr; 3. Ein- und Ausgabegerät eines Computers; **terminal** das Ende betreffend; **Termination** *w.* Begrenzung, Beendigung; **Terminator** *m. (lat.)* 1. Grenzlinie zwischen dem beleuchteten und dem unbeleuchteten Teil eines Planeten; 2. *(engl.)* Science-Fiction-Figur, die aus der Zukunft in die Gegenwart eingreift; **Terminer** *m.* 1. Terminüberwacher in Unternehmen; 2. Terminbuch; **Terminologie** *w.* die zu einem Gebiet gehörenden Fachausdrücke; Eigw. **terminologisch**; **Terminus** *m.* 1. Begriff; 2. Fachausdruck (Mz. Termini); **Terminus technicus** *m.* Fachwort

Terrain *s. (frz.)* Gelände

Terra incognita *s. (lat.)* unerforschtes Gebiet, Neuland

Terramycin *s. (Wz.) (gr.-lat.)* antibiotisches Heilmittel

Terrarium *s. (lat.)* Behälter oder Gebäude, in dem Kriechtiere ihren Lebensbedingungen entsprechend gehalten werden

Terrasse *w. (frz.)* 1. Geländestufe; 2. gepflasterte Fläche an oder auf Gebäuden; **terrassieren** terrassenförmig anlegen

terrestrisch *(lat.)* 1. festländisch; 2. zur Erde gehörig, auf dem Erdboden lebend

Territion *w. (lat.)* Androhen der Folter; **territorial** *(lat.)* zu einem Gebiet gehörend; **Territorialität** *w.* Zugehörigkeit zu einem

Staatsgebiet; **Territorium** *s.* Gebiet, Staatsgebiet, Hoheitsgebiet

Terror *m. (lat)* 1. Schreckensregiment; 2. Angst einflößender Druck; 3. unangemessene Reaktion auf ein Ärgernis; **terrorisieren** 1. Terror ausüben; 2. jmd. stark unter Druck setzen; Hptw. **Terrorisierung** *w.*; **Terrorismus** *m.* Schreckensherrschaft, Politik mit terroristischen Mitteln; **Terrorist** *m.* jmd., der Terror plant und ausübt; **terroristisch** durch Gewalt Angst und Schrecken verbreitend

Tertia *w. (lat.)* vierte und fünfte Klasse des Gymnasiums

Tertiär *s.* früheste Stufe der Erdneuzeit

Terzett *s. (itl.)* 1. Komposition für drei Gesangsstimmen; 2. Gruppe von drei Personen

Test *m. (lat.-engl.)* Probe, Versuch, Prüfung aufgrund festgelegter Verfahrensvorschriften; **Testbild** *s.* Fernsehbild, an dem Helligkeit, Kontrast, Schärfe und Farbe kontrolliert werden

Testament *s. (lat.)* letztwillige Verfügung; **testamentarisch** letztwillig verfügt

Testat *s. (lat.)* Bescheinigung, Beglaubigung, Bestätigung; Erblasser; **testen** einem Test unterziehen; **testieren** 1. bescheinigen; 2. Testament machen

Testikel *Mz. (lat.)* Hoden; **Testikelhormon** *s.* männliches Sexualhormon

Tetanus *m.* Wundstarrkrampf

tête-à-tête *(frz.)* vertraulich, unter vier Augen; **Tête-à-tête** *s.* Gespräch unter vier Augen; Schäferstündchen

Text *m. (lat.)* 1. Wortlaut; 2. Folge von sich aufeinander beziehenden Aussagen; 3. die zu einem Bild oder Musikstück gehörenden Beschreibungen; **texten** Texte verfassen; **Texter** *m.* Verfasser von Texten; **textieren** mit Text versehen

Textur *w. (lat.)* 1. Gefüge, Struktur; 2. Zeichnung, Maserung; **Textura** *w.* gotische Prunkschrift

Textverarbeitung *w.* computergestützte Erfassung, Verarbeitung, Speicherung und Ausgabe von Texten

Thalia *w. (gr.)* Muse der Schauspielkunst

Thallium *s. (gr.)* chemisches Element

Thanatologie *w. (gr.)* Tod und Sterben als interdisziplinäres Forschungsthema; **Thanatos** *m.* l. den Tod darstellender Jüngling in der griech. Mythologie; 2. Todestrieb; **Thanatose** *w.* Schreckstellung bei Insekten

Thaumaturg *m. (gr.)* Wundertäter

Theater *s. (gr.)* 1. alle darstellenden Künste; 2. Vorstellung, Aufführung; 3. Getue; **Theatralik** *w.* Gespreiztheit, Schwülstigkeit; **theatralisch** 1. das Theater betreffend; 2. gespreizt

Theismus *m.* (*gr.*) Glaube an eine persönliche schöpferische, außerweltliche Gottheit; **Theist** *m.* Anhänger des Theismus; Eigw. **theistisch**

Theke *w. (gr.)* Ladentisch, Schanktisch

Thema *s. (gr.)* 1. Gegenstand einer Abhandlung, eines Gesprächs; 2. Grundgedanke, Leitgedanke eines künstlerischen Werks; **Thematik** *w.* 1. Themenstellung, Forschungsthema; 2. Kunst der Themenführung in der Kompositionstechnik; **thematisieren** zum Thema machen, diskutieren; **thematisch** das Thema betreffend

Theobromin *s. (gr.)* anregendes Alkaloid im Kakao

Theodizee *w. (gr.)* philosoph. Versuch, die Allmacht und Güte Gottes mit den Übeln der Welt in Einklang zu bringen

Theodolit *m. (gr.)* misst Winkel (Vermessungstechnik)

Theogonie *w. (gr.)* Mythos vom Ursprung der Götter; **Theokrat** *m.* Anhänger der Theokratie; Eigw. **theokratisch**; **Theokratie** *w.* 1. Herrschaftsform, die sich göttlich legitimiert; 2. Priesterherrschaft

Theologe *m. (gr.)* Wissenschaftler in der Theologie; **Theologem** *s.* theologischer Lehrsatz; **Theologie** *w.* wissenschaftliche Lehre vom Glaubensgehalt einer Religion; Eigw. **theologisch**; **theologisieren** theologische Studien treiben; **Theophanie** *w.* Gotteserscheinung

Theorem *s. (gr.)* Lehrsatz; **Theoretiker** *m.* 1. setzt sich theoretisch mit wissenschaftlichen Problemen auseinander; 2. beschäftigt sich nur gedanklich-abstrakt mit den Dingen; **theoretisch** 1. gedanklich, begrifflich; 2. aus einer Theorie folgend, in der Theorie; **theoretisieren** 1. theoretisch durchdenken, eine Theorie aufstellen; 2. wirklichkeitsfremd denken; **Theorie** *w. (gr.)* 1. System begründeter Aussagen zur Erklärung eines Phänomenbereichs; 2. wirklichkeitsfremde Vorstellung

Theosoph *m. (gr.)* Anhänger der Theosophie; **Theosophie** *w.* versteht die Welt und ihre Entwicklung als Entfaltung Gottes; Eigw. **theosophisch**

Therapeut *m. (gr.)* führt eine Therapie durch; **Therapeutik** *w.* Lehre von der Krankheitenbehandlung; **Therapeutikum** *s.* Heilmittel; **therapeutisch** 1. zur Therapie gehörend; 2. vom Therapeuten angewendet; **Therapie** *w.* Behandlung des Kranken und seiner Krankheit

Theriak *m. (gr.)* mittelalterliches Allheilmittel

Therm(o)-, therm(o)- *(gr.)* als Vorsilbe: warm, Wärme

Thermalquelle *w. (gr.)* natürliche warme Heilquelle; **Thermen** *w.* Badeanlage mit warmen Quellen

Thermidor *m. (gr.)* der elfte Monat des französischen Revolutionskalenders

Thermik *w. (gr.)* durch Erwärmung des Erdbodens hervorgerufene Aufwärtsbewegung der Luft; **thermisch** auf Wärme bezüglich; **Thermit** *s. (Wz.)* Hitze erzeugendes Metallgemisch zum Schweißen

These *w. (gr.)* aufgestellter Lehrsatz

Theurg *m. (gr.)* Wundertäter

Theurgie *w.* magische Art der Götterbeschwörung, Zauberei

Think-Tank *m. (engl.)* Expertenrunde für gewichtige Probleme, Denkfabrik

Thomismus *m. (lat.)* Philosophie des Scholastikers Thomas von Aquin und seiner Anhänger, der **Thomisten** (Mz.)

Thora *w. (hebr.)* die fünf Bücher Mose

Thorax *m.* 1. Brustkorb; 2. Bruststück bei Insekten

Thrill *m.* (*engl.*) Erregung, Spannung; **Thriller** *m.* Schauer- und Kriminalroman, Horror- und Kriminalfilm

Thrombose *w. (gr.)* Blutpfropfenbildung innerhalb der Gefäße; **Thrombozyt** *m.* Blutplättchen; **Thrombus** *m.* Blutpfropf

Thuja *w. (gr.)* Lebensbaum (Zypressengewächs)

Thymus *m.*; **Thymusdrüse** *w. (gr.)* innere Brustdrüse, die sich nach der Geschlechtsreife zurückbildet

Thyreoidea *w.* Schilddrüse; **Thyreotoxikose** *w.* krankhafte Überfunktion der Schilddrüse

Thyrsus *m. (gr.)* Stab des Bacchus und der Bacchantinnen

Tiara *w. (gr.-pers.)* 1. altorientalische Kopfbedeckung der Könige; 2. dreifache Papstkrone

Tick *m. (frz.)* 1. Absonderlichkeit, Schrulle; 2. Gesichtszucken

Ticker *m. (engl.)* 1. Fernschreiber (ugs.);

2. elektronischer Kursanzeiger an der Börse

Ticket *s. (engl.)* Fahrkarte, Flugschein; Einlasskarte

Tie-Break *m. (engl.)* Spielzählweise für Satzverkürzung beim Tennis

Timbre *s. (frz.)* zittrige Klangfarbe der Stimme

timen (*engl.*) Vorgänge zeitlich aufeinander abstimmen; **Timing** *s.* 1. Wahl des günstigsten Zeitpunkts für den Beginn einer Handlung; 2. zeitliche Abstimmung verschiedener Handlungen; **Timesharing** *s.* Zeitzuteilung an mehrere Benutzer einer Großrechenanlage

Timokratie *w. (gr.)* Staatsverfassung, in der die politischen Rechte der Bürger nach Vermögen gestaffelt sind

Tinktur *w. (lat.)* Auszug aus pflanzlichen oder tierischen Stoffen

Tinnef *m. (jidd.)* 1. Schundware; 2. Unsinn

Tipp *m. (engl.)* Wink, Hinweis; **tippen** 1. wetten; 2. Maschine schreiben; 3. vermuten

Tirade *w. (frz.-itl.)* 1. Wortschwall; 2. schneller Lauf von Melodietönen

Tiramisu *s. (itl.)* itl. Süßspeise aus Biskuitteig, Mascarpone, Alkohol, Kaffee und einer Kakaoschicht

Titan *s. (gr.)* Element

Titanen *Mz. (gr.)* Riesen, gestürztes Geschlecht der griech. Götter; **titanisch** riesenhaft, gewaltig, übermenschlich

Titel *m. (lat.)* 1. Bezeichnung, Benennung, Überschrift, Name; 2. Amts- oder Ehrenbezeichnung; 3. vollstreckbares Gerichtsurteil, Rechtstitel; 4. Ausgaben für einen bestimmten Zweck im Haushaltsplan; **Titulatur** *w.* Betitelung; Eigw. **titulieren**; **Titulus** *m.* Bildunterschrift unter mittelalterlichen Bildern

Tivoli *s. (itl.)* 1. italien. Kugelspiel; 2. Name von Vergnügungsplätzen, bes. des Vergnügungsparks in Kopenhagen

tizianblond rotblond (nach dem italienischen Maler Tizian)

Tjalk *w. (niederl.)* einmastiges Küstenfahrzeug

Tjost *w. (altfrz.)* Turnierzweikampf der Ritterzeit

Toast *m. (engl.)* 1. geröstete Weißbrotschnitte; 2. Trinkspruch; **toasten** 1. Brot rösten; 2. Trinkspruch ausbringen

Toaster *m.* Gerät zum Rösten von Brotscheiben

Toga *w. (lat.)* altrömisches Obergewand

Tohuwabohu *s. (hebr.)* 1. in altem Testament chaotischer Zustand der Welt vor der Schöpfung; 2. wüstes Durcheinander, Chaos

Toilette *w. (frz.)* 1. das Sichzurechtmachen; 2. Gesellschaftskleidung für Damen; 3. Spiegeltisch mit Zubehör, Toilettentisch; 4. Abort und Waschraum

Token *s. (engl.)* 1. Zeichenfolge; 2. Wertmarke

tolerabel *(lat.)* erträglich; tolerant, großzügig, weitherzig, duldsam; **Toleranz** *w.* 1. Duldung, Duldsamkeit; 2. zulässige Abweichung vom vorgeschriebenen Maß; 3. Empfindlichkeit eines Individuums gegenüber Arzneimitteln; **tolerieren** dulden, zulassen, akzeptieren

Tomahawk *m. (indian.)* Streitaxt der nordamerikan. Indianer

Tombak *m. (malai.-niederl.)* goldfarbene Kupfer-Zink-Legierung

Tombola *w. (itl.)* Verlosung

Tomographie *w. (gr.)* Schichtaufnahmeverfahren in der Röntgentechnik

Tomus *m. (lat.)* Einzelband einer Buchreihe

Tondo *s. (itl.)* Rundbild, Rundrelief

Tonika *w. (itl.)* Grundton der diatonischen Tonleiter und Dreiklang auf der ersten Stufe (Mz. Tonika)

Tonikum *s. (gr.)* stärkendes Mittel; **tonisch** kräftigend; **tonisieren** stärken, kräftigen

Tonnage *w. (frz.)* Laderaum eines Schiffes

Tonsur *w. (lat.)* kreisförmig geschorene Kopfstelle der kath. Geistlichen; Ztw. **tonsurieren**

Tonus *m. (gr.)* normaler Spannungszustand der Muskeln

Top *m. (engl.)* Oberteil mit Trägern

Topas *m. (gr.)* Schmuckstein

topfit *(engl.)* in bester Verfassung

Topik *w. (gr.)* Lehre von den Argumenten, die für eine Erörterung geeignet sind

topless *(engl.)* busenfrei, oben ohne

Topmanagement *s.* oberste Leitung eines Wirtschaftsunternehmens; **Topmanager** *m.* Spitzenmanager; **Topmodel** *s.* Model der Spitzenklasse

Topographie *w. (gr.)* 1. Beschreibung der geographischen Lage von Örtlichkeiten; 2. Beschreibung der anatomischen Lage von Organen; **topographisch** zur Topographie gehörend; **Topologie** *w. (gr.)* 1. beschäftigt sich mathematisch mit der räumlichen Lage und Anordnung geometrischer Gebilde; 2. Lehre von der Stellung der Wörter im Satz; 3. Vernetzung der Geräte in einem Datenverbund

Toponomastik *w. (gr.)* Ortsnamenkunde

Topophobie *w.* unerklärliche Angst vor bestimmten Orten, Platzangst

Topos *m. (gr.)* 1. wiederkehrende Redewendung; 2. Denk- und Ausdrucksschema (Mz. Topoi)

topsecret *(engl.)* streng geheim; **Topstar** *m.* Star der Spitzenklasse; **Top Ten** *Mz.* die zehn Besten auf einer Rangliste

Toreador, **Torero** *m. (span.)* Stierkämpfer

Tories *Mz. (engl)* englische Konservative (*Ez.* Tory *m.*)

Törn *m. (engl.)* Segelbootfahrt

Tornado *m. (span.)* Wirbelsturm

torpedieren *(lat.)* 1. mit Torpedo beschießen; 2. durchkreuzen; **Torpedo** *s.* Unterwassergeschoss

Torso *m. (itl.)* l. Rumpf; 2. unvollendetes Werk

Tortilla *w. (span.)* 1. in Spanien ein Omelett mit Füllung; 2. in Mittelamerika ein Maisfladenbrot

Tortur *w. (lat.)* Qual, Folter, Marter

totalitär *(lat.)* das Ganze umfassend; **Totalitarismus** *m.* Staatsform mit Allmachtsanspruch des Staates; **Totalität** *w.* Vollständigkeit

Totem *s. (Algonkin)* Wesen, Ding, Tier, das von einer Gruppe verehrt und tabuisiert wird; **Totemismus** *m.* Totemglaube und -verehrung; Eigw. **totemistisch**

Touch *m. (engl.)* Anflug, Hauch, Beigeschmack, Note

touchieren *(frz.)* berühren

Touchscreen *s.* oder *m. (engl.)* Computerbildschirm, der auf Berührung mit den Fingerspitzen reagiert und Bedienung des Computers ohne Tastatur oder Maus ermöglicht

Toupet *s. (frz.)* Haarersatzteil; **toupieren** das Haar gegen den Strich kämmen und dadurch Fülle erzeugen

Tour *w. (frz.)* l. Ausflug, Fahrt, Wegstrecke; 2. Umdrehung eines rotierenden Körpers; 3. nicht ganz korrektes Vorhaben; **Tour de Force** *w.* gewaltige Anstrengung; **Tourismus** *m. (frz.)* Fremdenverkehr; **Tourist** *m.* Urlauber; **Touristik** *w.* die Tourismusbranche; **Tournee** *w. (frz.)* Gastspielreise von Künstlern

tout le monde (*frz.*) jedermann, jeder

Towarischtsch *m. (russ.)* Genosse

Tower *m. (engl.)* 1. frühere(s) Königsburg und Staatsgefängnis in London; 2. Kontrollturm auf dem Flughafen

Toxikologie *w. (gr.)* Lehre von den Giften und Vergiftungen; **Toxikose** *w.* Vergiftungskrankheit; **Toxikum** *s.* Gift; **Toxin** *s.* giftiges Stoffwechselprodukt der Bakterien; **toxisch** giftig; **Toxizität** *w.* Giftigkeit

Trabant *m. (tschech.)* 1. ständiger Begleiter einer Standesperson; 2. Satellit

Tracer *m. (engl.)* radioaktiver Indikator, der biochemische Vorgänge anzeigt

Trachea *w. (gr.)* Luftröhre; **tracheal** zur Luftröhre gehörig; **Trachee** *w.* 1. Atmungsorgan der Insekten; 2. Wasserleitungsbahnen bei Samenpflanzen; **Tracheotomie** *w.* Luftröhrenschnitt

Trachom *s. (gr.)* Augenkrankheit

Track *m. (engl.)* 1. Spur für die Speicherung von Informationen; 2. Weg

Tradition *w.* Überlieferung, Brauch; **Traditionalismus** *m.* 1. Festhalten am Überlieferten; 2. Überbewertung des Überlieferten; **traditionell** herkömmlich

Tragik *w. (gr.)* verhängnisvolles Zusammenwirken von Umständen oder Ereignissen, die zu Leid führen; **tragisch** 1. zur Tragödie gehörig; 2. erschütternd, schicksalhaft; **Tragikomik** *w.* Komik mit tragischem Hintergrund; **Tragikomödie** *w.* Lustspiel mit tragischem Hintergrund; Eigw. **tragikomisch**; **Tragödie** *w.* 1. Trauerspiel; 2. schwerer Schicksalsschlag, tragisches Ereignis

Trailer *m. (engl.)* drei bis vier Minuten lange Filmausschnitte, die für anlaufende Filme werben

Trainee *m.* (*engl.*) (meist) Hochschulabsolvent, der von einem Unternehmen als Nachwuchskraft ausgebildet wird

Trainer *m.* trainiert Sportler; Ztw. **trainieren** 1. für besondere Leistungen schulen; 2. systematisch einüben; **Training** *s.* Durchführung eines Schulungsprogramms zur Erhaltung oder Steigerung der Leistung

Traiteur *m. (frz.)* Leiter einer Großküche

Trakt *m. (lat.)* 1. Gebäudeteil, Flügel; 2. gesamte Länge; **Traktat** *s.* 1. Abhandlung; 2. Erbauungsschrift; **traktieren** zusetzen, misshandeln, quälen

Traktor *m. (lat.)* Zugmaschine

Tram, **Trambahn** *w. (engl.)* Straßenbahn

Tramontane *w. (itl.)* Nordwind in Oberitalien

Tramp *m. (engl)* 1. Vagabund; 2. Schiff für Gelegenheitsfahrten; **trampen** per Anhalter reisen

Trampolin *s. (itl.)* Sprunggerät

Trance *w. (frz.)* hypnotischer Zustand

Tranche *w. (frz.)* 1. Schnitte, Scheibe; 2. Teil einer Wertpapieranleihe; **tranchieren** aufschneiden, Fleisch zerlegen

Tranquilizer *m. (engl.)* Beruhigungsdroge

tranquillamente, **tranquillo** *(itl.)* ruhige Musik

Tranquillität *w. (lat.)* Gelassenheit

Trans-, **trans-** *(lat.)* als Vorsilbe: jenseits, hinüber, hindurch

Transaktion *w. (lat.)* geschäftliche Unternehmung

transalpin *(lat.)* jenseits der Alpen; **transatlantisch** jenseits des Ozeans

Transept *s. (lat.)* Querschiff einer Kirche

Transfer *m. (lat.-engl.)* 1. Auslandszahlung in fremden Währungen; 2. Überführung Reisender; 3. Wechsel eines Sportlers gegen Bezahlung zu einem anderen Verein; 4. Übertragung erlernter Verhaltensweisen auf neue Situationen; **transferieren** einen Transfer vornehmen

Transfiguration *w. (lat.)* Verklärung Christi

Transformation *w. (lat.)* Übertragung, Umformung, Umwandlung, Umgestaltung; **Transformator** *m.* Stromumformer; **transformieren** umformen, umwandeln; **Transformismus** *m.* Abstammungslehre

transfundieren *(lat.)* eine Transfusion vornehmen; **Transfusion** *w.* 1. Blutübertragung; 2. Vermischung von Gasen

Transgression *w. (lat.)* das Vordringen des Meeres auf das Land

Transistor *m. (lat.)* elektronisches Verstärkerelement aus Halbleitermaterial

Transit *m. (lat.-itl.)* Durchreise, Durchfuhr; **Transithandel** *m.* Warenverkehr durch ein Drittland; **transitieren** durchgehen, durchfahren

transitiv *(lat.)* zielend; **Transitiv** *s.* Zeitwort, das eine Ergänzung im vierten Fall fordert

transitorisch *(lat.)* vorübergehend, später wegfallend

transkribieren *(lat.)* umschreiben, umsetzen; **Transkription** *w.* 1. Lautschrift; 2. Bearbeitung eines Musikstücks für eine andere Besetzung; 3. Umschreibung einer genetischen Information von DNS in RNS

Translation *w.* *(lat.)* 1. Übersetzung in eine andere Sprache; 2. geradlinige Bewegung eines Körpers; 3. Übertragung von Heiligenreliquien an einen anderen Ort

Transliteration *w.* *(lat.)* buchstabengetreue Umschrift eines Schriftsystems in ein anderes

Transmitter *m.* 1. Umformer; 2. Überträgersubstanz, Neurotransmitter

transparent *(lat.)* durchscheinend, durchsichtig; **Transparent** *s.* Leuchtbild; **Transparenz** *w.* Lichtdurchlässigkeit, Durchsichtigkeit, Durchschaubarkeit

Transpiration *w.* *(lat.)* Ausdünstung, Schweißabsonderung; **transpirieren** schwitzen, ausdünsten

Transplantat *s.* *(lat.)* Gewebe oder Organ, das transplantiert wird; **Transplantation** *w.* *(lat.)* 1. operative Einsetzung von lebendem Gewebe oder Organen; 2. Veredelung; **transplantieren** Gewebe oder Organe einsetzen, überpflanzen

transponieren *(lat.)* 1. in eine andere Tonart übertragen; 2. in einen anderen Bereich übertragen

Transport *m.* *(lat.-frz.)* Beförderung, Versendung; **transportabel** beweglich, tragbar; **Transporter** *m.* Kleinlastwagen; **Transporteur** *m.* 1. jmd., der etwas transportiert; 2. Zubringer an der Nähmaschine; **transportieren** versenden, befördern, weiterrücken

Transrapid *m.* *(Wz.)* Magnetschwebebahn

Transsexualismus, **Transsexualität** *w.* *(lat.)* Gefühl der Zugehörigkeit zum anderen Geschlecht mit dem Wunsch nach Geschlechtsumwandlung; **Transsexuelle** *m.* und *w.* Person, die sich dem anderen Geschlecht angehörig fühlt

Transsubstantiation *w.* *(lat.)* die Verwandlung von Brot und Wein in Leib und Blut Christi

transversal *(lat.)* quer laufend; **Transversale** *w.* eine Gerade, die eine geometrische Figur schneidet

Transvestismus *m.* *(lat.)* Neigung, Kleidung und Verhalten des anderen Geschlechts anzunehmen

Transvestit *m.* jmd., der einen Hang zum **Transvestismus** hat; **transzendent** *(lat.)* übersinnlich; **Transzendenz** *w.* 1. das jenseits der Erfahrung Liegende; 2. das Überschreiten der Erfahrungsgrenzen; **transzendental** übersinnlich; **transzendieren** 1. die Grenze zwischen zwei Bereichen überschreiten; 2. die Erkenntnisgrenzen des Menschen überschreiten

Trapez *s.* *(gr.)* 1. Viereck mit zwei parallelen, aber ungleich langen Seiten; 2. Schaukelreck an Seilen für Artisten

Trapper *m.* *(engl.)* nordamerikanischer Pelztierjäger

Trashfilm *m.* *(engl.)* Filmgenre, das demonstrativ den schlechten Geschmack kultiviert

Trassant *m.* *(itl.)* Aussteller eines Wechsels; **Trassat** *m.* der Bezogene eines Wechsels

Trasse *w.* *(frz.)* abgesteckte Wegspur; **trassieren** 1. eine Trasse anlegen; 2. *(itl.)* einen Wechsel ziehen

Tratte *w.* gezogener Wechsel

Trattoria *w.* *(itl.)* einfaches Gasthaus

Trauma *s.* *(gr.)* 1. Verletzung durch äußere Einwirkung; 2. seelischer Schock (Mz. Traumata, Traumen); **traumatisch** 1. durch Trauma entstanden; 2. wie ein Trauma

Travellerscheck *m.* *(engl.)* Reisescheck

Travers *s.* Seitgang des Pferdes

Traverse *w.* 1. Querdamm zur Flussregulierung; 2. Querträger, Querbalken, Querstück; **Traversflöte** *w.* *(lat.-frz.)* Querflöte; **traversieren** 1. in der Diagonale reiten 2. beim Fechten seitwärts ausfallen

Travestie *w.* *(lat.-itl.)* komische Form einer ernsten Dichtung; **Travestieshow** *w.* in der männliche Darsteller in Frauenkleidern Stars imitieren; **travestieren** 1. in der Form einer Travestie darbieten; 2. ins Lächerliche ziehen

Trawl *s.* *(engl.)* Schleppnetz; **Trawler** *m.* Fischdampfer mit Schleppnetz

Treasury *s.* *(engl.)* das britische Finanzministerium

Treatment *s.* *(engl.)* Vorform des Drehbuchs

Trecento *s.* *(itl.)* itl. Stilepoche im 14. Jh.

Treck *m.* *(niederl.)* Zug von Menschen mit Fuhrwerken; **trecken** in Wagenkolonnen ziehen; **Trecker** *m.* Zugmaschine

trefe *(hebr.)* unrein und deshalb nach den jüdischen Speisegesetzen verboten

Trekking *s.* *(engl.)* längere Wanderung oder Radtour

Trema *s.* *(gr.)* 1. zwei Punkte über einem Selbstlaut als diakritisches Zeichen, dass dieser von einem nebenstehenden Selbstlaut getrennt gesprochen wird; 2. Lücke zwischen den vorderen Schneidezähnen

Tremolo *s.* *(itl.)* Beben des Tones in der Musik; Ztw. **tremolieren**, **tremulieren**

Tremor *m.* Muskelzittern

Trenchcoat *m.* *(engl.)* Wettermantel aus wasserdichtem Stoff

Trend *m.* *(engl.)* Richtung, Tendenz, Entwicklungstendenz; **Trendsetter** *m.* jmd. oder etwas, das einen Trend auslöst; **trendy** im Trend liegend

Trense *w.* *(span.)* Pferdezaum

Trepan *m.* *(gr.)* Schädelbohrer; **Trepanation** *w.* das Öffnen der Schädelkapsel; Ztw. **trepanieren**

Tresor *m.* *(frz.)* Geldschrank, Panzerschrank, Stahlkammer

Tri-, **tri-** *(gr.-lat.)* als Vorsilbe: drei, dreiteilig

Triade *w.* *(gr.)* 1. Dreiheit; 2. chinesische Geheimorganisation

Trial *s.* *(engl.)* im Motorradsport eine Geschicklichkeitsübung im Gelände

Trial and Error (o. Art.) Lernen durch Fehler

Triangel *m.* *(lat.)* dreieckiges Musikinstrument; **triangulär** dreieckig; **Triangulation** *w.* 1. Verfahren der Erdvermessung durch Dreiecknetze; 2. spezielles Veredlungsverfahren bei Gehölzen; **Triangulum** *s.* Dreieck

Trias *w.* *(gr.)* Dreizahl, Dreiheit; **triassisch** zur Trias gehörig

Triathlon *s.* *(gr.)* Mehrkampfsportart

Tribalismus *m.* *(lat.)* 1. stammesgebundene Politik in afrik. Staaten; 2. Tendenz einer Gesellschaft, in partikulare Gruppen zu zerfallen

Tribun *m.* *(lat.)* 1. altrömischer Beamter oder höherer Offizier; 2. altrömischer Volksführer; **Tribunal** *s.* 1. Gerichtshof; 2. politisches Forum, das Missstände anklagt

Tribüne *w.* *(frz.)* 1. erhöhte Zuschauerränge; Rednerbühne; 2. Zuhörerschaft auf der Tribüne

Tribut *m.* *(lat.)* 1. Steuer im alten Rom; 2. Schuldigkeit

Trichine *w.* *(gr.)* Fadenwurm; **Trichinose** *w.* Trichinenkrankheit

Trick *m.* *(engl.)* Kniff, Kunstgriff; **Trickfilm** *m.* Film aus einer Serie von gezeichneten und einzeln aufgenommenen Phasenbildern; **tricksen** Tricks anwenden, etwas hinbiegen; **tricky** trickreich

Trident *m.* *(lat.)* Dreizack

Triennale *w.* Veranstaltung, die alle drei Jahre stattfindet; **Triennium** *s.* Zeitraum von drei Jahren

Triere *w.* (*gr.*) antikes Schiff mit drei Reihen von Ruderern

Triga *w. (lat.)* Dreigespann

Trigeminus *m. (lat.)* Hirnnerv mit drei Ästen

Triglotte *w. (gr.)* Werk in drei Sprachen

Trigon *s. (gr.)* Dreieck; **trigonal** dreieckig; **Trigonometrie** *w.* Dreiecksberechnung; **Trigonometer** *m.* Ausführer von Triangulationen; Eigw. **trigonometrisch**

Triklinium *s. (lat.)* altröm. Esstisch mit drei Liegen

trikolor *(frz.)* dreifarbig; **Trikolore** *w.* frz. Nationalfahne

Trilliarde *w. (frz.)* tausend Trillionen, **Trillion** *w. (frz.)* eine Million Billionen

Trilogie *w. (gr.)* aus drei selbstständigen Teilen bestehendes Werk

Trimester *s.* Zeitraum von drei Monaten

Trimm *m. (engl.)* Schwimmlage eines Schiffes; **trimmen** 1. jmdn. auf eine Leistung trainieren; 2. etwas in ein gewünschtes Aussehen bringen

trimorph *(gr.)* dreigestaltig; **Trimorphismus** *m.* Dreigestaltigkeit

Trinität *w. (lat.)* christl. Glaubenslehre von der Dreieinigkeit Gottes; Eigw. **trinitarisch**

Trio *s. (itl.)* 1. Musikstück für drei Instrumente; 2. Gruppe von drei Personen

Triole *w. (itl.)* dreiteilige Untergliederung einer Note

Trip *m. (engl.)* 1. kurze Reise; 2. Rauschzustand nach Drogengenuss; 3. LSD

Triptychon *s. (gr.)* dreiteiliges Bild

trist *(frz.-lat.)* 1. traurig, trübselig; 2. trostlos, öde; **Tristesse** *w.* Traurigkeit, Schwermut, Melancholie

Tritium *s. (gr.)* radioaktives Wasserstoffisotop; **Trition** *s.* Atomkern des Tritiums

Triton *m. (gr.)* Meergottheit; **Tritonen** *Mz.* muschelblasende Begleiter der Nereiden in der gr. Mythologie

Triumph *m. (lat.)* gefeierter Sieg; **triumphal** ruhmvoll, glänzend, großartig; **Triumphator** *m.* siegreicher Feldherr; **triumphieren** frohlocken

Triumvir *m. (lat.)* Mitglied eines Triumvirats; **Triumvirat** *s.* Herrschaft dreier Männer

trivalent *(lat.)* dreiwertig

trivial *(lat.)* alltäglich, abgedroschen, platt; **trivialisieren** etwas trivial machen; **Trivialität** *w.* Plattheit, Alltäglichkeit; **Trivialliteratur** *w.* einfache Unterhaltungsliteratur ohne künstlerischen Anspruch

Trochäus *m. (gr.)* Versfuß: lang-kurz; Eigw. **trochäisch**

Troglodyt *m. (gr.)* Höhlenbewohner

Troika *w. (russ.)* 1. Dreigespann; 2. Führungsgruppe aus drei Männern

Trolley *s. (engl.)* Kontaktrolle (an der Oberleitung); **Trolleybus** *m.* Oberleitungsbus

Trombe *w. (itl.)* Windhose, Wasserhose, Sandhose

Trophäe *w. (gr.)* 1. Siegesbeute, Jagdbeute; 2. Preis für den Gewinner eines Wettbewerbs

Trophologie *w.* Ernährungswissenschaft

Tropismus *m. (gr.)* Bewegung der Pflanzen oder festsitzenden Tiere nach dem Licht oder anderen Reizen

Troposphäre *w. (gr.)* unterste Schicht der Atmosphäre, Wetterschicht

Trotteur *m. (frz.)* eleganter Damenschuh; **Trottoir** *s.* Gehsteig, Bürgersteig

Troubadour *m. (frz.)* Minnesänger des Mittelalters

Trouble *m. (engl.)* Ärger, missliche Lage, Kummer; **Troubleshooter** *m.* Vermittler, der sich bemüht, Probleme aus der Welt zu schaffen

Trouvère *m. (frz.)* nordfranzösischer Minnesänger des Mittelalters

Troygewicht *s. (engl.)* britisches und amerikanisches Feingewicht für Edelmetalle und Edelsteine

Truck *m. (engl.)* Lastwagen; **Trucker** *m.* Lastwagenfahrer

Truismus *m. (engl.)* Binsenwahrheit

Trumeau *m. (frz.)* hoher, schmaler Pfeiler zwischen Fenstern

Trust *m. (engl.)* Zusammenschluss von Unternehmen zum Zweck der Marktbeherrschung; **Trustee** *m. (engl.)* Treuhänder

Trypanosomen *Mz. (gr.)* Krankheitserreger

Tscheka *w. (russ.)* bis 1922 russische Geheimpolizei; **Tschekist** *m.* Mitglied der Tscheka

Tscherwonez *m. (russ.)* altruss. Zehnrubelstück (Mz. Tscherwonzen)

Tschibuk *m. (türk.)* lange türkische Tabakspfeife

Tschinelle *w. (itl.)* Becken, Schlaginstrument

Tsetsefliege *w. (Bantuwort)* afrik. Stechfliege, Überträgerin des Erregers der Schlafkrankheit

T-Shirt *s.* (*engl.*) T-förmig geschnittenes kragenloses Trikothemd

tua res agitur *(lat.)* es geht um deine Sache

Tuba, Tube *w. (lat.)* 1. Blechblasinstrument, Bass der Bläser; 2. Ohrtrompete; 3. Eileiter; 4. röhrenförmiger Behälter für Salben

Tuberkel *m.* oder *w. (lat.)* Knötchen, Tumor der Tuberkelbakterie; **Tuberkelbazillus** *m.* Erreger der Tuberkulose, der Schwindsucht; **Tuberkulin** *s.* Gift des Tuberkelbazillus; **tuberkulös** schwindsüchtig; **Tuberkulose** *w.* durch Tuberkelbakterien hervorgerufene Infektionskrankheit (Abk. Tb, Tbc, Tbk)

Tubus *m. (lat.)* Röhre(nteil), z.B. an Fernrohren; **tubular, tubulös** röhrenförmig

Tudorstil *m.* (tjuder-) Stil der engl. Spätgotik (nach dem engl. Königshaus der Tudors)

Tuff *m. (itl.-lat.)* 1. poröser Kalkstein; 2. fest gewordenes Auswurfgestein

Tuilerien *Mz.* (*frz.*) ehemalige Residenz der französischen Könige in Paris

Tulipan *w. (türk.-itl.)* poetischer Name für Tulpe

Tumba *w. (lat.)* 1. Steingrabmal, 2. *w. (span.)* große südamerik. Trommel

Tumor *m. (lat.)* Geschwulst, Gewebswucherung

Tumult *m. (lat.)* Lärm, Aufruhr; **tumultuarisch** aufgeregt, lärmend, unruhig

tumultuoso *(itl.)* Musik: wild bewegt

Tundra *w. (russ.-finn.)* Steppe der Polarzone

tunen (*engl.*) abstimmen, einstellen; 2. einen Motor nachträglich auf höhere Leistung bringen; **Tuner** *m.* Vorrichtung in Funk- und Fernsehgeräten zum Einstellen der Wellenlängen

Tunika *w. (lat.)* altrömisches, gegürtetes Gewand

Tunnel *m. (frz.)* unterirdischer Gang

Tupi *s.* eine südamerik. Indianersprache

Turbine *w. (lat.)* Kraftmaschine zur Energieumwandlung

Turbo *(lat.)* Turbomotor; **Turbomotor** *m.* Motor mit Turbolader

turbulent *(lat.)* stürmisch; **Turbulenz** *w.* 1. Wirbelbildung bei Luftströmungen; 2. stürmische Bewegung

Turf *m. (engl.)* 1. Pferderennbahn; 2. Pferdesport

Turkey *m. (engl.)* Entzugserscheinungen bei Drogenentzug

Türkis *m. (itl.)* blaugrüner Schmuckstein; **türkis** blaugrün

Turmalin *m. (frz.-singhal.)* Edelstein in vielen Farben

Turnier *s. (frz.)* l. ritterliches Kampfspiel im Mittelalter; 2. sportlicher Wettkampf

Turnüre *w.* *(frz.)* im 19. Jh. Gesäßpolster in der Damenmode

Tutor *m.* 1. Leiter einer seminarbegleitenden Arbeitsgruppe an der Hochschule; 2. Vormund, Erzieher

tutti *(itl.)* alle

Tuttifrutti *s.* *(itl.)* Dessert aus verschiedenen Früchten

Tutu *s.* *(frz.)* Ballettröckchen aus Tüll

Tweed *m.* *(engl.)* Wollstoff

Twinset *m.* *(engl.)* Kombination von Strickjacke und Pullover

Twist *m.* *(engl.)* 1. Stopf- oder Stickgarn; 2. Modetanz Anfang 1960er-Jahre; 3. Drall eines geschlagenen Balles

Tyche *w.* *(gr.)* griech. Göttin des Zufalls; **Tychismus** *m.* Anschauung, dass der Zufall das Weltgeschehen beherrscht

Tycoon *m.* *(jap.-engl.)* Großkapitalist, Industriemagnat, Bonze

Tympanon, Tympanum *s.* *(gr.)* 1. Giebelfeld eines griechischen Tempels; 2. Bogenfeld über einem Kirchenportal; 3. antike Trommel; 4. Paukenhöhle im mittleren Ohr

Typ, Typus *m.* *(gr.-lat.)* 1. Bauart; 2. Menschenschlag; 3. Grundform

Type *w.* *(frz.)* 1. Druckbuchstabe; 2. sonderbarer Kauz; **typisch** unverkennbar, charakteristisch, kennzeichnend; **typisieren** nach Typen einteilen, zuordnen; Hptw. **Typisierung** *w.*; **Typograph** *m.* *(gr.)* 1. Buchdrucker; Schriftsetzer; 2. Zeilensetzmaschine; **Typographie** *w.* 1. Buchdruckerkunst, Buchgestaltungskunst; Eigw. **typographisch**; **typographischer Punkt** Maßeinheit der Schriftgröße; **Typologie** *w.* 1. Typenlehre; 2. Typendarstellung; Eigw. **typologisch**

Typhus *m.* *(gr.)* Infektionskrankheit des Magen-Darm-Kanals; **typhös** typhuskrank; typhusartig

Tyrann *m.* *(gr.)* 1. Gewaltherrscher; 2. herrschsüchtiger Mensch; Unterdrücker; **Tyrannei** *w.* Herrschaft eines Tyrannen; **tyrannisch** herrschsüchtig, gewaltsam, diktatorisch; **tyrannisieren** unterdrücken, knechten, seinen Willen aufzwingen

Ubiquist *m. (lat.)* Lebewesen, das an verschiedenen Standorten lebt; **ubiquitär** überall verbreitet; Hptw. **Ubiquität** *w.*

Uditore *m. (itl.)* Richter am päpstlichen Gerichtshof

Udometer *s. (lat.)* Regenmesser

Ufo, **UFO** *s. (engl.)* unidentified flying object – unbekanntes Flugobjekt, meist außerirdisches Raumschiff

Ukulele *w. (hawai.)* vierseitige kleine Gitarre

Ulan *m. (poln.-türk.)* Lanzenreiter; **Ulanka** *w.* Waffenrock der Ulanen

Ulema *Mz. (arab.)* islamische Rechts- und Religionsgelehrte (Ez. Alim *m.)*

Ulkus *s. (lat.)* Geschwür (Mz. Ulzera)

Ulster *m.* 1. weiter zweireihiger Herrenwintermantel; 2. schwerer Stoff

Ultima *w. (lat.)* die letzte Silbe eines Wortes; **Ultima Ratio** *w.* das letzte, äußerste Mittel

ultimativ *(lat.)* 1. in Form eines Ultimatums; 2. nachdrücklich; **Ultimatum** *s.* befristete, letzte Aufforderung, etwas zu regeln; **ultimo** am letzten Tag des Monats; **Ultimo** *m.* letzter Geschäftstag

Ultra-, **ultra-** *(lat.)* als Vorsilbe: jenseits von, hinausgehend über, übertrieben

ultramarin *(lat.)* kornblumenblau

Ultramikroskop *s. (lat.)* Mikroskop zur Beobachtung von Teilchen, die kleiner als die Wellenlänge des Lichts sind

ultramontan *(lat.)* streng päpstlich gesinnt, streng katholisch; **Ultramontaner** *m.* strenger Katholik; **Ultramontanismus** *m.* streng päpstliche Gesinnung; **ultramundan** *(lat.)* über die Welt hinausgehend

ultrarot = infrarot

Ultraschall *m. (lat.)* Schallwellen mit Frequenzen oberhalb der menschlichen Hörgrenze (= 20 kHz)

Ultrastrahlung *w. (lat.)* kosmische Höhenstrahlung

Ultraviolett *s.* natürliche oder künstlich hergestellte unsichtbare Strahlung mit kurzer Wellenlänge

Ulzeration *w. (lat.)* Geschwürbildung

Umbilicus *m. (lat.)* Nabel; **umbilikal** zum Nabel gehörig

Umbra *w. (lat.)* 1. dunkler Kern der Sonnenflecke; 2. natürlich vorkommendes, erdbraunes Pigment

Umma, **Ummah** *w. (arab.)* Gemeinschaft aller Muslime, die gesamte arabische Welt

unanim *(lat.)* einmütig, einstimmig; Hptw. **Unanimität** *w.*

Una Sancta *w. (lat.)* die eine heilige katholische Kirche – Selbstbez. der röm.-kath. Kirche

Undercoveragent *m. (engl.)* verdeckter Ermittler

Underdog *m. (engl.)* jmd., der unterlegen, auf der Verliererseite ist

Underground *m. (engl.)* 1. Subkulturen; 2. avantgardistische Künstlergruppen außerhalb des kommerziellen Kunstbetriebs

Understatement *s. (engl.)* bewusste Untertreibung, bewusstes Herunterspielen der eigenen Vorzüge

Undezime *w. (tat.)* Intervall aus Oktave und Quarte

Undine *w. (lat.)* weiblicher Wassergeist

Undograph *m. (lat.-gr.)* misst Schallwellen und zeichnet sie auf; **Undulationstheorie** *w.* Erklärung des Lichts als Wellenbewegung; **undulatorisch** wellenförmig

UNESCO *(engl.)* United Nations Educational Scientific and Cultural Organization – 1945 gegründete Sonderorganisation der Vereinten Nationen zur Förderung der Zusammenarbeit ihrer Mitglieder in Erziehung, Wissenschaft und Kultur

Unguentum *s. (lat.)* Salbe

UNHCR *(engl.)* United Nations High Commissioner for Refugees – Hoher Flüchtlingskommissar der Vereinten Nationen, 1950 gegründete Unterorganisation der UNO zur Hilfe für politisch, religiös oder rassisch verfolgte Flüchtlinge und Vertriebene

uni *(frz.)* einfarbig

Uni-, **uni-** *(lat.)* als Vorsilbe: einzig, nur einmal, einheitlich

UNICEF *(engl.)* United Nations International Children's Fund – Internationales Kinderhilfswerk der Vereinten Nationen zur weltweiten Versorgung von Kindern und Müttern mit Medikamenten, Kleidung und Nahrungsmitteln (1946 gegründet)

unieren *(lat.)* vereinigen; **uniert** vereinigt; **Unifikation**, **Unifizierung** *w.* Vereinigung, Vereinheitlichung; **unifizieren** vereinheitlichen

Uniform *w. (lat.)* einheitliche Dienstkleidung; **uniform** einförmig, eintönig, gleichförmig; **uniformieren** in Uniform stecken, gleich machen; **Uniformität** *w.* Gleichförmigkeit, Einförmigkeit

Unikat *s. (lat.)* 1. das einzige Exemplar eines Schriftstückes, Kunstwerk; 2. etwas in seiner Art Einmaliges; **Unikum** *s.* 1. etwas, was es nur einmal gibt; 2. Sonderling (Mz. Unika)

unilateral *(lat.)* einseitig, nur eine Seite betreffend

Unio mystica *w. (lat.)* Vereinigung der Seele mit Gott als Ziel mystischer Bestrebungen

Union *w. (lat.)* Vereinigung, Verbindung, Bündnis; **Unionist** *m.* Anhänger einer Union

Union Jack *m. (engl.)* die britische Flagge

Unisex *m. (engl.)* Einheitlichkeit im Äußeren beider Geschlechter, sodass die geschlechtlichen Unterschiede im Stil von Mann und Frau entfallen

unisono *(itl.)* einmütig, einstimmig

Unität *w.* Einheit, Einzigartigkeit

universal, **universell** *(lat.)* 1. allgemein, allgemein gültig; 2. allumfassend, allseitig; **Universalerbe** *m.* Alleinerbe; **Universalgenie** *s.* 1. jmd., der auf vielen Gebieten geniale Leistungen hervorbringt; 2. Alleskönner; **Universalgeschichte** *w.* Weltgeschichte; **Universalität** *w.*

1. Allseitigkeit, Gesamtheit; 2. das Ideal einer umfassenden, allseitigen Bildung; **universitär** die Universität betreffend; **Universität** *w.* Hochschule; **Universum** *s.* Weltall

univok *(lat.)* eindeutig; **Univozität** *w.* Eindeutigkeit

UNO *(engl.)* United Nations Organization – Organisation der Vereinten Nationen (1945 gegründet)

unplugged *(engl.)* Popmusik ohne elektronische Verstärkung

Unze *w. (lat.)* alte Gewichtseinheit (ca. 28 g)

Unziale *w. (lat.)* Großbuchstabe in der mittelalterlichen Buchschrift

Update *s. (engl.)* aktualisierte Fassung eines Computerprogramms

Upperclass *w. (engl.)* soziale Oberschicht; **Uppercut** *m.* Aufwärtshaken beim Boxen; **Upper Ten** *Mz.* die oberen Zehntausend, die Reichen; **up to date** auf der Höhe der Zeit

Uran *s.* (nach Uranus) Element und wichtiger Kernbrennstoff; **Urania** *w. (gr.)* Muse der Sternkunde; **Uranoskopie** *w.* Himmelsbeschreibung; **urban** *(lat.)* 1. städtisch, zur Stadt gehörig; 2. kultiviert, weltläufig; **Urbanist** *m.* Städteplaner; **urbanisieren** städtebaulich erschließen; **Urbanität** *w.* 1. urbanes Verhalten; 2. die Atmosphäre einer Stadt; 3. Bildung

urbi et orbi *(lat.)* „der Stadt (Rom) und dem Erdkreis", vom Papst an alle Katholiken erteilter Segen

Urdu *s. (hindi-türk.)* Amtssprache in Pakistan

Urologe *m. (gr.)* Facharzt für Krankheiten der Harnorgane; **Urologie** *w.* Wissenschaft von den Erkrankungen der Harnorgane; **Uroskopie** *w.* Harnuntersuchung

USA *(engl.)* United States of America – Vereinigte Staaten von Amerika

Usance *w. (frz.)* Brauch, Gepflogenheit

User *m. (engl.)* 1. Computer-Benutzer; 2. Rauschgiftabhängiger

Usurpation *w. (lat.)* rechtswidrige Aneignung; **Usurpator** *m.* jmd., der sich unrechtmäßig (Staats-)Macht aneignet; Thronräuber; **usurpieren** sich rechtswidrig aneignen

Usus *m. (lat.)* Brauch, Gewohnheit, Sitte; **Ususfruktus** *m.* Nießbrauch

Utensilien *Mz. (lat.)* Gerätschaften, Zubehör

uterin *(lat.)* zur Gebärmutter gehörig; **Uterus** *m.* Gebärmutter

Utilitarismus *m. (lat.)* Nützlichkeitsstandpunkt, 1. Nützlichkeitsdenken; 2. erhebt die Nützlichkeit zum Prinzip des Lebens und der Lebensführung; **utilitaristisch** auf den Nutzen bedacht

Utopia *w. (gr.)* Traumland, Zukunftsstaat; **Utopie** *w. (gr.)* 1. erdachter Zukunftszustand; 2. Zukunftsphilosophie auf der Basis gesellschaftlicher Kritik; **utopisch** l. wie eine Utopie; 2. unausführbar, mit der Wirklichkeit nicht vereinbar, zukunftsträumerisch; **Utopismus** *m.* Neigung zu Utopien; **Utopist** *m.* jmd., der utopische Vorstellungen hat

Uviolglas *s. (Wz.)* Glas, das ultraviolette Strahlen durchlässt

UV = Ultraviolett

Uvula *w. (lat.)* Gaumenzäpfchen; **Uvular** *m.* Zäpfchenlaut; **uvular** mit dem Halszäpfchen gebildet

Vabanquespiel *s.* Spiel mit hohem Risiko um alles

vacat *(lat.)* ist frei

Vademekum *s.* *(lat.)* Leitfaden, Ratgeber in Buchform

vae victis (*lat.*) wehe den Besiegten!

Vagabund *m.* *(lat.)* Herumtreiber; **vagabundieren** umherziehen, sich herumtreiben; **Vagant** *m.* fahrender Spielmann im Mittelalter, Spielmann

Vagina *w.* *(lat.)* weibliche Scheide; **vaginal** die weibliche Scheide betreffend; **Vaginismus** *m.* Scheidenkrampf

Vagus *m.* *(lat.)* der zehnte Gehirnnerv, der das Atmungs- und Verdauungssystem beeinflusst

vakant *(lat.)* frei, unbesetzt; **Vakanz** *w.* unbesetzte, offene Stelle; **Vakat** *s.* leere Seite in einem Buch

Vakuum *s.* *(lat.)* 1. luftleerer Raum; 2. Leere

Vakzin *s.*; **Vakzine** *w.* *(lat.)* Impfstoff aus abgetöteten Krankheitserregern; **Vakzination** *w.* Schutzimpfung zur Bildung von Abwehrstoffen; Ztw. **vakzinieren**

vale! *(lat.)* lebe wohl! **Valet** *s.* Abschied, Lebewohl

Valeurs *Mz. (frz.)* Tonwerte der Farben in der Malerei

valid *(lat.)* rechtskräftig; **validieren** den Wert, die Aussagekraft von etwas bestimmen; Hptw. **Validierung** *w.*; **Validität** *w.* 1. Rechtsgültigkeit; 2. Gültigkeit, Aussagekraft eines Tests

Valoren *Mz. (lat.)* Wertpapiere. Wertsachen; **Valorisation** *w.*, **Valorisierung** wirtschaftspolitische Maßnahmen zur Stützung der Erzeugerpreise; Ztw. **valorisieren**

Valuta *w. (itl.)* 1. ausländische Währung, ausländisches Zahlungsmittel; 2. Gegenwert; 3. Fälligkeitstag, Zahlungstermin; **Valutaklausel** *w.* Vereinbarung, wonach der Preis einer Ware vom jeweiligen Stand der betreffenden Valuta abhängt; **Valuten** *Mz.* Effekten, die in ausländischer Währung ausgestellt, verzinst und getilgt werden; **valutieren** bewerten; **Valutakredit** *m.* Kredit in ausländischer Währung

Valvation *w. (lat.)* Schätzung eines Werts

Vamp *m. (engl.)* Femme fatale; erotisch attraktive Frau; **Vampir** *m. (serb.)* 1. Blut saugende Fledermausart in Südamerika; 2. lebender Toter, der sich nachts vom Blut der Lebenden ernährt; 3. Ausbeuter

Van *m. (engl.)* Caravan

Vanille *w. (span.)* tropische Gewürzpflanze; **Vanillin** *s.* synthetisch hergestellter Stoff mit Vanilleduft oder -geschmack

Vanitas *w. (lat.)* Vergänglichkeit, Nichtigkeit alles Irdischen

Vapor *m. (lat.)* Dampf; **Vaporetto** *m. (itl.)* Dampfboot; **Vaporimeter** *s.* misst den Alkoholgehalt; **vaporisieren** 1. verdampfen; 2. den Alkoholgehalt bestimmen; Hptw. **Vaporisierung** *w.*

Varia *Mz. (lat.)* Verschiedenes, Allerlei; **variabel** abwandelbar, veränderlich; Hptw. **Variabilität** *w.*; **Variable** *w.* veränderliche Größe; **Variante** *w.* Abart, Lesart, Spielart; **Variation** *w.* 1. Abänderung, Abwechslung; 2. sprachliche Variante; 3. Abwandlung des Themas in der Musik; **Varietät** *w. (lat.)* abweichende Form; **variieren** verändern, abwechseln, abwandeln, abweichen

Varieté *s. (frz.)* Theater mit artistischem Programm

Varikose *w. (lat.)* Krampfaderleiden; **varikös** krampfadrig; **Varikosität** *w.* Krampfaderbildung; **Varix, Varize** *w.* Krampfader, Venenknoten

Variometer *s.* *(lat.)* 1. misst Schwankungen; 2. bestimmt die Vertikalgeschwindigkeit eines Flugzeugs; 3. Spule mit veränderbarer Induktivität

Vasall *m.* *(lat.-kelt.)* 1. mittelalterlicher Lehnsmann; 2. Gefolgsmann

Vasektomie *w.* *(lat.-gr.)* operative Entfernung eines Samenleiterstücks zur Sterilisation des Mannes

Vatikan *m.* *(lat.)* l. Wohnsitz des Papstes in Rom; 2. päpstliche Regierung

Vaudeville *s.* *(frz.)* 1. burleskes Singspiel; 2. franz. Gassenhauer, Spottlied; 3. unterhaltendes Musiktheater mit Tanz und Akrobatik

Vedute *w.* *(itl.)* genaue Wiedergabe einer Landschaft im 17. und 18. Jh.

Veganer *(lat.-engl.)* strenger Vegetarier; **Veganismus** *m.* auf alle Tierprodukte verzichtender Vegetarismus

Vegetabilien *Mz.* *(lat.)* pflanzliche Nahrungsmittel; **vegetabilisch** pflanzlich; **Vegetarier** *m.* ernährt sich fleischlos; **vegetarisch** pflanzlich, fleischlos; **Vegetarismus** *m.* fleischlose Ernährung; **Vegetation** *w.* 1. Pflanzenwelt; 2. Pflanzenwachstum; **vegetatives Nervensystem** *s.* die dem Einfluss des Willens entzogenen Nervengruppen; **vegetieren** kümmerlich das Leben fristen

vehement *(lat.)* heftig, stürmisch; **Vehemenz** *w.* Heftigkeit, Ungestüm, Elan

Vehikel *s.* *(lat.)* 1. Hilfsmittel; 2. klappriges Gefährt

Vektor *m.* *(lat.)* durch Pfeil dargestellte physikal. oder mathem. Größe

Velours *m.* *(frz.)* Samt, Plüsch; **Veloursleder** *s.* samtartig aussehendes Leder

Vendemiaire *m.* *(frz.)* der erste Monat im Kalender der Franz. Revolution

Vendetta *w.* *(itl.)* Blutrache

Vene *w.* *(lat.)* Blutader, in der das Blut zum Herzen fließt

venerabel *(lat.)* ehrwürdig, verehrungswürdig

venerisch *(lat.)* geschlechtskrank; **venerische Krankheiten** *Mz.* Geschlechtskrankheiten

Venia Legendi *w.* *(lat.)* Lehrbefugnis an der Hochschule

veni, vidi, vici *(lat.)* ich kam, sah und siegte

Ventil *s.* *(lat.)* l. steuert den Durchlass von Luft; 2. Möglichkeit, sich abzureagieren

Ventilation *w.* Lüftung; **Ventilator** *m.* Propellergerät zum Bewegen der Luft; **ventilieren**

1. lüften; 2. prüfen, erwägen, erörtern; Hptw. **Ventilierung** *w.*

Ventose *m. (frz.)* der sechste Monat im Kalender der Franz. Revolution

Venus *w. (lat.)* 1. römische Göttin der sinnlichen Liebe und Schönheit; 2. zweiter Planet unseres Sonnensystems

Verb, Verbum *s. (lat.)* Zeitwort; **verbal** 1. als Zeitwort gebraucht; 2. mündlich; **Verbale** *s.* von einem Verb abgeleitetes Wort; **Verbalinjurie** *w.* Beleidigung durch Worte; **verbalisieren** 1. etwas mit Worten ausdrücken; 2. aus einem anderen Wort ein Verb bilden; **verbaliter** wörtlich; **Verbalkonkordanz** *w.* alphabetisches Verzeichnis gleicher Wörter oder Wortverbindungen eines literarischen Werkes; **Verbalnote** *w.* vertrauliche diplomatische Mitteilung auf mündlichem Wege

Verdikt *s. (lat.)* vernichtendes Urteil

Verifikation *w. (lat.)* Beglaubigung; **verifizieren** 1. beglaubigen; 2. die Richtigkeit beweisen; Hptw. **Verifizierung**; **verifizierbar** nachweisbar, prüfbar

verklausulieren *(lat.)* 1. einen Vertrag mit Klauseln versehen; 2. etwas verunklaren

vermaledeien *(lat.)* verfluchen, verwünschen

Vernissage *w. (frz.)* Eröffnung einer Kunstausstellung für geladene Gäste

Vers *m.* (*lat.*) metrisch gegliederte, rhythmisch geschlossene Einheit in einem Gedicht

Versal *m. (lat.)* großer Anfangsbuchstabe

versatil *(lat.)* wendig, beweglich; Hptw. **Versatilität** *w.*

versiert *(lat.)* bewandert, geübt, erfahren

versifizieren *(lat.)* in Verse bringen; Hptw. **Versifikation** *w.*

Version *w. (lat.)* 1. andere Lesart, Variante; 2. andere Fassung eines Werkes; 3. andere Ausführung eines ursprünglichen Modells

vertigines *(lat.)* schwindlig; **Vertigo** *m.* Schwindel

vertikal *(lat.)* senkrecht, lotrecht; **Vertikale** *w.* Senkrechte

Verve *w. (frz.)* Schwung, Begeisterung

Vesper *w. (lat.)* 1. Zwischenmahlzeit; 2. Abendandacht; **vespern** Zwischenmahlzeit halten

Vestalin *w. (lat.)* eine der sechs Priesterinnen der Vesta, der römischen Göttin des Herdfeuers

Vestibül *s. (lat.-frz.)* Eingangshalle

Veteran *m.* *(lat.)* 1. Teilnehmer eines früheren Krieges; 2. Altgedienter, Ausgedienter

Veterinär *m.* *(lat.)* Tierarzt; **Veterinärmedizin** *w.* Tierheilkunde

Veto *s.* *(lat.)* rechtswirksamer Einspruch bei Abstimmungen

Vexierbild *s.* *(lat.)* Suchbild, das nach genauerem Betrachten ein anderes Bild offenbart; **vexieren** an der Nase herumführen, quälen

via *(lat.)* durch, über, mittels; **Viadukt** *s.* Überführung, Talbrücke; **Viatikum** *s.* Sterbesakrament der kath. Kirche

Viagra o. Art. *(Wz.)* Potenzpille, die auf dem Wirkstoff Sildenafil basiert

Vibration *w.* *(lat.)* Schwingung; **Vibrato** *s.* *(itl.)* willkürlich erzeugtes Beben des Tones bei Gesang und Saiteninstrumenten; **Vibrator** *m.* 1. mechan. Schwingungserzeuger; 2. elektrisch betriebener Massagestab; **vibrieren** *(lat.)* beben, schwingen, zittern; **Vibrograph** *m.* *(lat.-gr.)* Schwingungsmesser in der Bautechnik

vice versa *(lat.)* umgekehrt

Vicomte *m.* *(frz.)* französ. Adelstitel zwischen Baron und Graf; **Vicomtesse** *w.* weibliche Form des Adelstitels

Video *s.* *(engl.)* Kurzform für Videoband, -clip, -film; **Videoband** *s.* Magnetband zum Aufnehmen eines Films o. Ä. und dessen Wiedergabe auf einem Bildschirm; **Videoclip** *m.* 1. kurzer Musikfilm; **Videofilm** *m.* mit Videokamera aufgenommener Film; **Videokamera** *w.* Kamera zur Aufnahme von Filmen, die auf dem Fernsehbildschirm wiedergegeben werden; **Videorecorder** *m.* zeichnet Fernsehsendungen auf und spielt sie auch wieder; **Videotechnik** *w.* alle Anlagen, Vorgänge und Verfahrensweisen, mit denen Videofilme hergestellt und auf dem Bildschirm wiedergegeben werden können

vif (*frz.*) rege, gewitzt, aufgeweckt

vigilant *(lat.)* schlau, geweckt, findig; **Vigilanz** *w.* Wachheit, Bewusstseinshelle

Vignette *w.* *(frz.)* l. Titelbildchen oder Randverzierung in Büchern; 2. Gebührenmarke

Vikar *m.* *(lat.)* Hilfsgeistlicher, Pfarrstellenanwärter; **vikariieren** als Vikar tätig sein; stellvertreten; **vikariierend** stellvertretend; ausgleichend

Viktoria *(lat.)* Siegesgöttin; **viktorianisch** im Stil der Zeit der Königin Viktoria von England (1837–1901)

Viktualien *Mz. (lat.)* Lebensmittel

Villa *w. (lat.)* Landhaus, parkumgebenes Wohnhaus

Vinkulation *w. (lat.)* Verpflichtung; Übertragungsrecht eines Wertpapiers an die Genehmigung des Emittenten binden; **vinkulieren** verpflichten, festlegen

Vinyl *s. (lat.-gr.)* ungesättigte Kohlenwasserstoffgruppe

Viola *w. (itl.)* Bratsche; **Viola d'Amore** *w.* Saiteninstrument der Barockzeit; **Viola da Gamba** *w.* Kniegeige, Gambe

Viola *w. (lat.)* Veilchen; **Viola tricolor** *s.* Stiefmütterchen; **violett** veilchenfarbig

violento *(itl.)* Musik: heftig, gewaltsam

Violine *w. (itl.)* Geige; **Violoncello** *s.* Kniegeige, Cello

VIP *m. (engl.)* very important person – jmd., der prominent ist

Viper *w. (lat.)* Otter, Giftschlange

Virgel *w. (lat.)* Schrägstrich zwischen zwei Wörtern

Virginität *w. (lat.)* Jungfräulichkeit

viribus unitis *(lat.)* mit vereinten Kräften

viril *(lat.)* männlich; **Virilität** *w.* Männlichkeit

Virologe *m. (lat.-gr.)* Virusforscher; **Virologie** *w.* Wissenschaft von den Viren; **virös** virusbedingt

virtual, virtuell *(lat.)* der Möglichkeit nach vorhanden; **Virtualität** *w.* innewohnende, der Möglichkeit nach vorhandene Kraft; **Virtuality** *w. (engl.)* computergenerierte Bildschirmwirklichkeit

virtuos *(lat.)* technisch vollendet, meisterhaft; Hptw. **Virtuosität** *w.*; **Virtuose** *m.* Meister seines Fachs

virulent *(lat.)* 1. krankheitserregend, ansteckend; 2. drängend, umtreibend; **Virulenz** *w.* 1. Ansteckungsfähigkeit; 2. drängendes Wirksamsein; **Virus** *m.* auf lebende Wirtszellen angewiesener Krankheitserreger, Mikroorganismus (Mz. Viren)

Visage *w. (frz.)* Gesicht; **Visagist** *m.* Fachmann für Kosmetik

vis-à-vis *(frz.)* gegenüber; **Vis-à-vis** *s.* das Gegenüber

Viscount *m.* (*engl.*) englischer Adelstitel zwischen Earl und Baron

Visier *s. (frz.)* l. Zielvorrichtung am Gewehr; 2. Gesichtsklappe am Helm; **visieren** l. aufs Korn nehmen, ins Auge fassen; 2. eichen; 3. mit Visum versehen

Vision *w. (lat.)* 1. Erscheinung, Wunschbild; 2. optische Halluzination; **Visionär** *m.* jmd., der Visionen hat; **visionär** seherisch, traumhaft

Visitation *w. (lat.)* Untersuchung, Kontrolle, Durchsuchung; **Visite** *w.* 1. täglicher Arztbesuch bei den Kranken einer Krankenhausstation; 2. Besuch (scherzhaft); **Visitenkarte** *w.* 1. Kärtchen mit Personenangaben; 2. etwas Typisches für die Person; **visitieren** durchsuchen, eine Visitation vornehmen

Vis major *w. (lat.)* höhere Gewalt

visualisieren *(lat.)* optisch wirksam machen; **visuell** *(frz.)* 1. das Sehen betreffend; 2. optisch wirksam; **visuelle Kommunikation** *w.* Informationsübermittlung durch bildhafte Darstellungen

Visum *s. (lat.)* Ein- und Ausreiseberechtigung

Vita *w. (lat.)* Lebenslauf, Lebensbeschreibung; **vital** 1. lebenskräftig, lebensvoll; 2. lebenswichtig; **Vitalismus** *m.* führt das organische Leben nicht allein auf chemische und physikalische Vorgänge, sondern auf ein Prinzip der Lebenskraft zurück; **Vitalist** *m.* Anhänger des Vitalismus; Eigw. **vitalistisch**; **Vitalität** *w.* Lebensfülle, Lebensschwung

Vitamin *s. (lat.)* lebensnotwendiger Wirkstoff; **Vitamin B** *s.* auch Beziehungen; **vitaminieren, vitaminisieren** mit Vitaminen anreichern; **Vitaminose** *w.* alle Krankheiten, die aus einer Störung des Vitaminhaushalts entstehen

Vitrine *w. (frz.)* verglaster Schaukasten

Vivarium *s. (lat.)* Kombination von Aquarium und Terrarium

Vivisektion *w. (lat.)* operativer Eingriff am lebenden Tier zu wissenschaftlichen Zwecken

Vize *m. (lat.)* Stellvertreter, jmd. an zweiter Stelle

voilà *(frz.)* na also, sieh da

Vokabel *w. (lat.)* 1. Wort, fremdsprachl. Wort; 2. Bezeichnung, Begriff; **Vokabularium** *s.* 1. Wörterverzeichnis, Wörterbuch; 2. Wortschatz

Vokal *m. (lat.)* Selbstlaut; **vokal** stimmlich; **Vokalise** *w. (frz.)* auf Vokale gesungene Tonfolge; **vokalisieren** 1. als Vokal aussprechen; 2. vokallose Schriften mit Vokalzeichen versehen; Hptw. **Vokalisierung** *w.*; **Vokalist** *m.* Sänger; **Vokalmusik** *w.*

Gesangsmusik; **Vokation** *w.* Berufung in ein (geistliches) Amt

Volant *m.* oder *s.* *(frz.)* 1. Besatzkrause; 2. Steuerrad des Kraftwagens

volatil *(lat.)* flüchtig, verdunstend

Voliere *w.* *(frz.)* großer Vogelkäfig

Volontär *m.* *(frz.)* absolviert in einem kaufmännischen oder journalistischen Beruf eine praktische Einarbeitungszeit; Ztw. **volontieren**

Volt *s.* Maßeinheit der elektrischen Spannung; **Voltameter** *s.* Stromstärkemesser; **Voltampere** *s.* Maßeinheit der elektrischen Leistung; **Voltmeter** *s.* Messgerät für die elektrische Spannung

Volte *w.* *(frz.)* 1. Kreisfigur beim Reiten; 2. Kreiswendung beim Fechten; 3. Kartenmischtrick; Ztw. **voltigieren**, **voltieren**; **Voltigeur**, **Voltigiere** *m.* Kunstreiter, Kunstspringer

Volumen *s.* *(lat.)* 1. Rauminhalt; 2. Band eines Werkes; 3. Umfang, Fülle (Mz. Volumina); **voluminös** umfänglich

Voluntarismus *m.* *(lat.)* hält den Willen für die tragende Kraft des Seelenlebens und allen Seins; **Voluntarist** *m.* Vertreter des Voluntarismus; Eigw. **voluntaristisch**; **voluntativ** fähig zu wollen, willensmäßig

voluptuös *(lat.)* wollüstig

Volute *w.* *(frz.)* spiralförmig eingerollte Verzierung an Kapitell oder Giebel

volvieren *(lat.)* 1. drehen, rollen, wälzen; 2. durchdenken

vomieren *(lat.)* sich übergeben; **Vomitiv** *s.* Brechmittel

Voodoo *m.* *(kreol.)* magisch-religiöser und mit kath. Einflüssen vermischter Geheimkult in Westafrika und auf Haiti

Vorazität *w.* *(lat.)* Gefräßigkeit; Heißhunger

votieren *(frz.)* abstimmen; **Votum** *s.* Stimmabgabe, Meinungsäußerung

Votivgabe *w.* *(lat.)* auf Grund eines Gelübdes gestiftetes Weihegeschenk

Voucher *s.* *(engl.)* Gutschein, Beleg für Leistungen, die im Voraus bezahlt wurden

Vox *w.* *(lat.)* Stimme; **Vox populi vox Dei** Volkes Stimme (ist) Gottes Stimme

Voyeur *m.* *(frz.)* erfährt sexuelle Befriedigung bei der Beobachtung von sexuellen Handlungen anderer; **Voyeurismus** *m.* Neigung und Verhaltensweise eines Voyeurs; Eigw. **voyeuristisch**

vozieren *(lat.)* 1. vorladen; 2. berufen

vulgär *(lat.)* 1. gewöhnlich, gemein, ordinär;

2. unwissenschaftlich, unzulässig vereinfachend; Hptw. **Vulgarität** *w.*; **Vulgärlatein** *s.* aus dem Latein entstandene Umgangssprache, die zur Grundlage der romanischen Sprachen wurde; **vulgo** gemeinhin, gewöhnlich

Vulkan *m. (lat.)* 1. Erdoberfläche, an der Magma austritt; 2. Feuer speiender Berg; Eigw. **vulkanisch** benannt nach Vulcanus, dem röm. Gott des Feuers und der Schmiedekunst; **Vulkanfiber** *s.* Kunststoff; **vulkanisieren** Kautschuk in Gummi umwandeln; **Vulkanismus** *m.* alle vulkanischen Erscheinungen

Vulva *w. (lat.)* die äußeren weiblichen Geschlechtsorgane

Wafer *m. (engl.)* Siliziumscheibe mit integrierten Schaltungen, aus der Computerchips hergestellt werden

Waggon, **Wagon** *m. (frz.)* Eisenbahnwagen, Güterwagen

Walkie-Talkie *s. (engl.)* tragbares Funksprechgerät; **Walkman** *m. (Wz.)* tragbarer Kassettenrecorder oder CD-Player mit Kopfhörern

Wallstreet *w.* Finanzzentrum der USA in New York

Wandale *m.* sinnlos zerstörender Mensch, Eigw. **wandalisch**; **Wandalismus** *m.* blinde Zerstörungswut

Waran *m. (arab.)* tropische Riesenechse

Warlord *m. (engl.)* Kriegsherr

Warrant *m. (engl.)* Lagerschein, übertragbares Wertpapier

Wat *m. (sanskr.)* buddhistische Klosteranlage

Waterloo *s.* Schlachtfeld, auf dem Napoleon 1815 seine größte Niederlage erlitt

waterproof *(engl.)* wasserdicht

Watt *s.* Maßeinheit der Stromleistung

weatherproof *(engl.)* wetterfest

Website *w. (engl.)* Internetseite, Homepage

Wellness *w. (engl.)* körperliches Wohlbefinden

Werst *w. (russ.)* altes russisches Längenmaß (ca. 1 km)

Wesir *m. (arab.)* erster Staatsminister in islamischen Staaten

Wesleyaner *m.* Methodist

Western *m. (engl.)* Wildwestfilm

Westerner *m.* Westernheld

Whig *m. (engl.)* britischer Liberaler

Whiskey, **Whisky** *m. (engl.)* Branntwein aus Getreide

Whist *s. (engl.)* Kartenspiel für vier Personen

White-Collar-Kriminalität *w. (engl.)* Schreibtischtäter in Wirtschaft und Politik

WHO *w. (engl.)* World Health Organization – 1948 gegründete Weltgesundheitsorganisation der Vereinten Nationen

Who's who? *(engl.)* Wer ist wer? Englisches Fachbuch über berühmte Persönlichkeiten

Wigwam *s. (Algonkin)* zeltartige Rundhütte nordamerikanischer Indianer

Wischnu *m.* höchster indischer Gott

Wodka *m. (russ.)* russischer Branntwein

Woilach *m. (russ.)* Pferdedecke

Woiwode *m. (poln.)* oberster Beamter einer polnischen Provinz

Wok *m. (chines.)* chinesisches schüsselförmiges Kochgerät zum Garen von Speisen

Workaholic *m. (engl.)* Arbeitssüchtiger; **Workout** *s.* intensive Gymnastik; **Workshop** *m.* Kurs, Seminar; **Workstation** *w.* Personalcomputer, der mit einem größeren lokalen Netz verknüpft ist

World Wide Web *s. (engl.)* weltweites Informationssystem im Internet

Wrestling *s. (engl.)* auf Show ausgerichtetes Catchen

WTO *(engl.)* World Trade Organization – 1995 gegründete Welthandelsorganisation, eine Sonderorganisation der Vereinten Nationen zur Überwachung und Förderung des Welthandels

X

Xanthippe *w. (gr.)* zanksüchtige Ehefrau, benannt nach der Ehefrau des Sokrates

Xanthophyll *s.* gelber Farbstoff der Pflanzenzellen

X-Chromosom *s. (gr.)* bestimmt in der Samenzelle das Geschlecht des Embryos als weiblich

Xenie *w.*; **Xenion** *s. (gr.)* Spottgedicht

Xenokratie *w. (gr.)* Fremdherrschaft; **xenophil** fremdenfreundlich; Hptw. **Xenophilie** *w.*; **xenophob** fremdenfeindlich; Hptw. **Xenophobie** *w.*

Xenotransplantation *w. (gr.-lat.)* Implantation von Tierorganen in den menschlichen Organismus

Xerokopie *w. (gr.-lat.)* im Trockendruckverfahren hergestellte Vervielfältigung

xerophil *(gr.)* Trockenheit liebende Pflanzen; Hptw. **Xerophilie** *w.*; **Xerophyten** *Mz.* Pflanzen mit wasserspeichernden Blättern

Xetra *(Wz., engl.)* Exchange electronic trading – 1997 in Deutschland eingeführtes vollelektronisches Handelssystem für Aktien

XL Abk. von extra large *(engl.),* extra große Kleidergröße

X-Strahlen Röntgenstrahlen

XXL Abk. von extra extra large *(engl.)*, Übergröße bei Kleidungsstücken

Xylographie *w. (gr.)* Holzschneidekunst

Xylophage *m. (gr.)* Holzfresser

Xylophon *s. (gr.)* Schlaginstrument aus melodisch abgestimmten Holzplättchen

Yacht Jacht

Yak *m. (tibet.)* tibetanischer Ochse

Yakusa *w. (jap.)* japanische Verbrecherorganisation

Yang und Yin *(chin.)* das Prinzip des Männlichen und Weiblichen in der chinesischen Philosophie

Yankee *m. (engl.)* Nordstaatenamerikaner; **Yankee Doodle** *m.* altes amerikanisches Nationallied

Yard *s. (engl.)* englisch-amerikanisches Längenmaß (ca. 92 cm)

Y-Chromosom *s.* bestimmt in der Samenzelle das Geschlecht des Embryos als männlich

Yen *m. (jap.)* japanische Währungseinheit

Yerba *w. (span.)* südamerikanische Stechpalme

Yeti *m. (nepales.)* sagenumwobener Schneemensch im Himalaja

YMCA *(engl.)* Young Men's Christian Association – 1955 gegründeter Christlicher Verein Junger Männer in den USA

Yoga, **Joga** *s. (altind.-sanskr.)* indische Meditationsmethode, um die Seele vom Diesseitigen zu lösen; **Yogi**, **Jogi** *m.* indischer Asket und Anhänger des Yoga

Ysop ***m.*** *(hebr.-gr.)* Heil- und Gewürzpflanze

Ytong *m. (Wz.)* Leichtbaubeton

Yucca *w. (span.)* Palmlilie

Yuppie *m. (engl.)* young urban professional people – junger karrierebewusster großstädtischer Aufsteiger

Zabaglione, **Zabaione** *w. (itl.)* Weinschaumcreme

zappen *(engl.)* hin und her schalten; **Zapper** jmd., der zappt; **Zapping** *s.* wahlloser Wechsel zwischen Fernsehprogrammen mittels Fernbedienung

Zar *m. (russ.-gr.)* Herrschertitel in Russland, Bulgarien und Serbien; **Zarewitsch** *m.* Sohn des Zaren; **Zarewna** *w.* Tochter des Zaren; **Zariza** *w.* Zarin

Zäsur *w. (itl.)* Einschnitt, Pause

Zebaoth *Mz. (hebr.)* alttestament. Bez. Jahwes als Herr der himmlischen Heerscharen

Zebra *s. (lat.-port.)* schwarz-weiß oder braunweiß quer gestreiftes afrikanisches Wildpferd

Zechinen *Mz. (itl.)* 1. alte venezianische Goldmünzen; 2. Geld

Zeder *w. (gr.-lat.)* Kieferngewächs

Zelebrant *m. (lat.)* die Messe lesender Priester; **Zelebration** *w.* feierlicher Vollzug; **zelebrieren** 1. feierliches Ritual ausführen; 2. die Messe lesen; **Zelebrität** *w.* 1. berühmte Person; 2. Feierlichkeit

zellular, **zellulär** *(lat.)* aus Zellen gebildet, zur Zelle gehörig, zellenartig; **Zellulitis** *w.* 1. Entzündung des Zellgewebes der Unterhaut; 2. Vermehrung des Fettgewebes der Unterhaut, Orangenhaut

Zelluloid *s. (engl.)* Kunststoff aus Zellulosenitrat

Zellhorn, **Zellulose** *w. (lat.)* Hauptbestandteil der pflanzlichen Zellmembran

Zelot *m. (gr.)* Glaubenseiferer; **Zelotismus** *m.* Glaubensfanatismus; **zelotisch** fanatisch

Zen *s.* oder *m. (sanskr.-chin.-jap.)* Ausformung des Kontemplation und Meditation betonenden Buddhismus in Japan

Zenit *m. (arab.-itl.)* 1. Scheitelpunkt, der senkrecht über dem Beobachter befindliche Himmelspunkt; 2. Höhepunkt einer Entwicklung, höchster Entfaltungspunkt

zensieren *(lat.)* beurteilen, benoten; 2. überwachen, unterdrücken; **Zensor** *m.* 1. altrömischer Beamter; 2. jmd., der im behördlichen Auftrag Veröffentlichungen überwacht; **Zensur** *w.* l. in Noten ausgedrückte Bewertung, Beurteilung einer Leistung; 2. staatliche Überwachung von Schriften, Filmen und Datenmaterial; **Zensus** *m.* 1. Volkszählung; 2. Vermögensschätzung durch die altröm. Zensoren

Zentaur, **Kentaur** *m. (gr.)* griech. Fabelwesen mit menschlichem Oberkörper und Pferdeleib

Zentenarium *s.*; **Zentenarfeier** *w. (lat.)* Hundertjahrfeier

zentesimal *(lat.)* hundertteilig

Zentigrad *m. (lat.)* ein hundertstel Grad

Zentigramm *s. (lat.-gr.)* ein hundertstel Gramm; **Zentiliter** *m.* und *s.(lat.-frz.)* ein hundertstel Liter

Zentimeter *m.* und *s. (lat.)* ein hundertstel Meter

zentral *(lat.)* 1. den Mittelpunkt bildend, in der Mitte liegend; 2. von einer Hauptstelle aus; 3. wesentlich, entscheidend; **Zentrale** *w.* Hauptstelle, Mittelpunkt; **Zentralisation**, **Zentralisierung** *w.* Zusammenfassung, Unterstellung unter eine Zentrale; **zentralisieren** an einem Punkt zusammenziehen, von der Zentrale aus leiten; **Zentralismus** *m.* Bestreben, die Staatsgewalt zentralistisch zu organisieren; **zentralistisch** von der Zentrale ausgehend, auf die Zentrale bezogen; **Zentralnervensystem** *s.* Gehirn und Rückenmark; **zentrieren** zum Mittelpunkt hin ausrichten; Hptw. **Zentrierung** *w.*

zentrifugal *(lat.)* vom Mittelpunkt wegstrebend; **Zentrifugalkraft** *w.* Fliehkraft

Zentrifuge *w.* Schleudergerät zum Trennen fester und flüssiger Bestandteile; **zentrifugieren** ausschleudern; **zentrisch** im Mittelpunkt befindlich; **Zentrum** *s.* 1. Mittelpunkt, Mitte; 2. zentraler Bezirk, Stadtmitte

Zenturie *w. (lat.)* Hundertschaft der römischen Legion; **Zenturio** *m.* Befehlshaber einer Zenturie

Zerberus *m. (gr.)* gestrenger Wächter der Unterwelt in der griech. Mythologie

Zerealien *Mz. (lat.)* Feldfrüchte, Getreide

zerebral *(lat.)* zum Großhirn gehörig; **zerebrospinal** *(lat.)* Gehirn und Rückenmark betreffend

Zeremoniale *s. (lat.)* alle Zeremonien der kath. Kirche; **Zeremonie** *w.* feierliche Handlung, feierlicher Brauch; **Zeremoniell** *s.* alle vorgeschriebenen Förmlichkeiten bei feierlichen Anlässen; **zeremoniell** 1. dem Zeremoniell entsprechend, feierlichförmlich; 2. umständlich, steif; **zeremoniös** steif, gemessen

Zero *s. (arab.-frz.)* Null

Zertifikat *s. (lat.)* Bescheinigung, Beglaubigung, Anteilsschein; Ztw. **zertifizieren**

Zession *w. (lat.)* Abtreten einer Forderung an einen Dritten; Ztw. **zedieren**

Zeus *m. (gr.)* der höchste der griechischen Götter

Zikade *w. (lat.)* grillenähnliches Insekt

Zikkurat *w. (semit.)* terrassenförmig angelegter monumentaler Tempelturm in Mesopotamien

Zilie *w. (lat.)* 1. Wimper; 2. Flimmerhaar der Wimperntiere

Zimelie *w. (gr.-lat.)* 1. kostbares Buch oder Handschrift im Besitz einer Bibliothek; 2. Kirchenschatz (Mz. Zimelien)

Zimier *w.* oder *s. (frz.)* Ritterhelmschmuck

Zinnober *m. (gr.-lat.)* 1. rotes Metall, ein Quecksilbererz; 2. Unsinn, dummes Zeug

Zionismus *m. (hebr.-lat.)* 1. im 19. Jh. entstandene Bewegung zur Gründung eines nationalen jüdischen Staates in Palästina; 2. nationalistische politische Strömung im heutigen Judentum, die die Interessen des Staates Israel vertritt; Eigw. **zionistisch**; **Zionist** *m.* Anhänger des Zionismus

zirka *(lat.)* etwa, ungefähr

Zirkel *m. (lat.)* 1. Zeichenhilfsmittel zum Kreiszeichnen; 2. Zeichen einer studentischen Verbindung; 3. Kreisfigur beim

Dressurreiten; 4. eng verbundene gesellige Versammlung; **Zirkelschluss** *m.* Trugschluss

Zirkon *m.* *(pers.)* Edelstein

Zirkular *s.* *(lat.)* Rundschreiben

zirkulär, zirkulär kreisförmig

Zirkulation *w.* 1. Umlauf; 2. Blutkreislauf; **zirkulieren** umlaufen, in Umlauf sein

Zirkumzision *w.* *(lat.)* Beschneidung der Vorhaut des männlichen Glieds

Zirkus *m.* *(lat.)* 1. Kampfplatz im antiken Rom; 2. Schaustellerunternehmen; 3. Trubel, Wirbel

Zirrhose *w.* *(gr.)* entzündliche Bindegewebswucherung eines Organs mit Schrumpfung und Verhärtung

Zirrokumulus *m.* *(lat.)* flockenartige Eiswolke; Schäfchenwolke; **Zirrostratus** *m.* hohe Schleierwolke aus Eisfedern; **Zirrus** *m.* 1. isolierte Federwolke aus Eisteilchen; 2. Körperanhang bei Wassertieren

zirzensisch *(lat.)* zum Zirkus gehörig

Zis-, zis- *(lat.)* als Vorsilbe: diesseits; **zisalpin** diesseits der Alpen von Rom aus gesehen

Ziseleur *m.* *(frz.)* Metallstecher; **ziselieren** Metall verzieren

Zisterne *w.* *(lat.)* unterirdisches Auffangbecken für Regenwasser

Zitadelle *w.* *(itl.)* 1. Festung innerhalb einer Stadt; 2. letzter Widerstandsort einer Festung

Zitat *s.* *(lat.)* 1. wörtliche Wiedergabe einer mündlichen oder schriftlichen Äußerung; 2. geflügeltes Wort; **zitieren** 1. eine Belegstelle aufführen; 2. jmdn. zu sich bestellen

zivil *(lat.)* l. bürgerlich; 2. annehmbar, angemessen; **Zivil** *s.* bürgerliche Kleidung; **Zivilcourage** *w.* mutiges Verhalten im öffentlichen Leben; **Zivilehe** *w.* standesamtliche Ehe; **Zivilisation** *w.* die durch Wissenschaft und Technik geschaffenen Lebensbedingungen und Lebensverfeinerungen; **zivilisatorisch** auf Zivilisation gerichtet, zur Zivilisation gehörend; Ztw. **zivilisieren**; **zivilisiert** verfeinert, kultiviert, gesittet; **Zivilist** *m.* Nichtsoldat

Zobel *m.* *(russ.)* sibirischer Marder

zocken *(hebr.-jidd.)* Glücksspiele spielen

Zocker *m.* Glücksspieler

zodiakal *(gr.)* den Tierkreis betreffend; **Zodiakus** *m.* zwölf Sternbilder, der Tierkreis

Zoff *m.* *(hebr.)* Streit, Zank, Ärger

Zölibat *s.* oder *m.* *(lat.)* Ehelosigkeit der kath. Priester

Zombie *m. (engl.)* untoter Toter
Zönobium *s. (lat.)* 1. Klostergemeinschaft; 2. Lebensgemeinschaft einzelliger Lebewesen
Zoologe *m. (gr.)* Wissenschaftler auf dem Gebiet der Zoologie; **Zoologie** *w.* Wissenschaft von den Tieren, Tierkunde; Eigw. **zoologisch**
Zoom *m. (engl.)* Objektiv mit stufenloser Brennweitenveränderung
zoophag *(gr.)* Fleisch fressend
Zoophage *m.* 1. Fleisch fressende Pflanze; 2. Fleisch fressendes Tier; **Zoosemantik** *w.* Wissenschaft, die sich mit der Zeichensprache der Tiere beschäftigt
Zootomie *w.* Anatomie von Tieren
Zores *m. (hebr.)* Durcheinander, Ärger
Zucchino *m. (itl.)* Kürbisart mit gurkenähnlichen Gemüsefrüchten (Mz. Zucchini)
Zyankali *s. (gr.-arab.)* hochgiftige Verbindung von Zyan und Kalium; **Zyanose** *w.* bläuliche Hautverfärbung wegen Sauerstoffmangels im Blut; **Zyanotypie** *w.* Lichtpausverfahren für technische Zeichnungen
Zygote *w. (gr.)* Zellvereinigung von Keimzellen
Zyklamen *s. (gr.)* Alpenveilchen
zyklisch *(gr.)* 1. regelmäßig wiederkehrend; 2. ringförmig angeordnet; **Zykloide** *w.* mathematische Radkurve, Rollkurve; **Zyklometrie** *w.* Maßbestimmung am Kreis; **Zyklon** *m. (gr.)* tropischer Wirbelsturm
Zyklone *w.* barometrisches Tiefdruckgebiet
Zyklop *m. (gr.)* einäugiger Riese der griechischen Sage; **zyklopisch** gewaltig, riesig, überlebensgroß
Zyklothyme *m.* und *w. (gr.)* Mensch mit starken Stimmungsschwankungen; Eigw. **zyklothym**
Zyklotron *s. (gr.)* Apparat zur Beschleunigung von Atomteilchen und zur Atomumwandlung
Zyklus *m. (gr.)* periodisch wiederkehrendes Geschehen
Zylinder *m. (gr.)* 1. geometrische Figur; 2. walzenförmiger Hohlkörper, in dem sich ein Kolben bewegt; 3. hoher Hut; Eigw. **zylindrisch**
Zyma *s. (gr)* Gärstoff der Hefe; **zymisch** auf Gärung beruhend
Zymologie *w.* Lehre von den Gärungsvorgängen; **zymotisch** Gärung erzeugend
Zynegetik *w. (gr.)* Hundeabrichtung für die

Jagd; Eigw. **zynegetisch**

Zyniker *m. (gr.)* Spötter; Eigw. **zynisch**; **Zynismus** *m.* spöttische Haltung gegenüber den Gefühlen anderer

Zyste *w. (gr.)* kapselartiger, mit Flüssigkeit gefüllter Hohlraum, Geschwulst

Zytoblast *m. (gr.)* Zellkern; **zytogen** Zellen bildend; **Zytologie** *w.* Wissenschaft von den Zellen; **Zytoplasma** *s.*Zellplasma; **Zytostatikum** *s. (gr.-lat.)* chemisches Mittel, hemmt das Zellwachstum (Mz. Zytostatika); **Zytotoxin** *s. (gr.)* Zellgift